东南学术文库
SOUTHEAST UNIVERSITY ACADEMIC LIBRARY

新诗现代性建设研究

The Modernity of Chinese New Poetry

王 珂◆著

东南大学出版社
·南京·

图书在版编目(CIP)数据

新诗现代性建设研究/王珂著. —南京：东南大学出版社，2015.12（2019.3 重印）
ISBN 978-7-5641-6243-6

Ⅰ.①新… Ⅱ.①王… Ⅲ.①新诗—诗歌研究—中国 Ⅳ.①I207.25

中国版本图书馆 CIP 数据核字(2015)第 316156 号

新诗现代性建设研究

出版发行：东南大学出版社
社　　址：南京市四牌楼 2 号　邮编：210096
出 版 人：江建中
网　　址：http://www.seupress.com
经　　销：全国各地新华书店
排　　版：南京星光测绘科技有限公司
印　　刷：虎彩印艺股份有限公司
开　　本：700mm×1000mm　1/16
印　　张：29.25
字　　数：557 千字
版　　次：2015 年 12 月第 1 版
印　　次：2019 年 3 月第 2 次印刷
书　　号：ISBN 978-7-5641-6243-6
定　　价：88.00 元(精装)

编委会名单

作者简介

王珂，男，重庆人，文学博士，1966年生，东南大学人文学院三级教授、美学博士生导师，东南大学现代汉诗研究所研究中心主任。西南大学中国诗学研究中心兼职教授，首都师范大学中国诗歌研究中心兼职研究员，中国香港《当代诗坛》、中国《诗学》、美国《休斯敦诗苑》编委。曾任国家社科基金通讯评委和成果鉴定专家，福建师范大学文学院教授、文艺学和中国现当代文学博士生导师、国家重点学科中国现当代文学诗歌方向负责人、文艺学硕士点负责人。主要从事现代诗歌和文艺理论研究。出版专著《诗歌文体学导论——诗的原理和诗的创造》(61万字，北方文艺出版社，2001年)，《百年新诗诗体建设研究》(21万字，上海三联书店，2004年)，《新诗诗体生成史论》(58万字，九州出版社，2007年)，《诗体学散论——中外诗体生成流变研究》(39万字，上海三联书店，2008年)，《新时期30年新诗得失论》(42万字，上海三联书店，2012年)，《两岸四地新诗文体比较研究》(43万字，知识产权出版社，2015年)。参编(译)著作10余部，发表论文300余篇。共出版发表诗作、译作、散文和学术文字约800万字。

摘　要

本书由新诗现代性建设的理论创作研究、影响生态研究和建设策略研究三大部分构成，回答了“现代诗如何现代，新诗怎样新”。把新诗视为一种现代性文体，借用哲学的现代性理论和后现代性理论与文学的功能文体学理论和生态文体学理论，采用文体研究和文化研究的方法，在中外现代诗歌的现代性建设和中国政治文化的现代性建设大背景下，全面深入地考察了新诗现代性建设的历史和现状，总结出经验和教训，研究出策略和方法。认为新诗应该加强启蒙现代性建设和审美现代性建设，具体为一大问题、两大需要、三大功能、四大任务、五大建设、六大特质、七大类型、八大诗体、九大题材和十大关系。主张新诗的现代性建设必须为中国的现代化建设服务，要培养现代中国人和建设现代中国。确定出新诗现代性的基本概念：世俗性、先锋性、断代性、叙事性、相关性、启蒙性和审美性。认为新诗是一种先锋性世俗化文体，是用现代汉语和现代诗体，抒写现代生活和现代情感，具有现代意识和现代精神的语言艺术。总结出新诗现代性建设的总方针：新诗应该绝对现代，但是不能极端现代。

本书是作者研究新诗生态、功能和文体 30 多年的总结性成果，独创出“生态决定功能，功能决定文体，文体决定价值”的新诗文体学理论；也是作者专业研究和创作新诗 30 多年的经验性成果，大量作者和诗人的个人经历披露了诗坛真相。本书的新观点和新材料可以启发新诗研究者，具有较大的理论意义和史料价值；新策略和新方法可以指导诗人创作，具有较大的应用价值和操作价值。

ABSTRACT

This book consists of three parts, namely, research on theoretical writing study, ecological influence study and construction strategy study, touching the issue as "how New Poetry obtain its modernity and how to be really 'new'?" Upon the background of the construction of the modernity of Chinese New Poetry and Chinese political culture, using the perspective of the theory of modernity of philosophy, the theory of functional stylistics in literature, and the theory of ecological stylistics, as well as method of stylistics studies and cultural studies, this book displays a comprehensive and in-depth survey of the history and reality of Chinese New Poetry's modernity, summarizes the experiences and failures, and finally provides strategies and approaches. It argues that the construction of enlightening modernity and aesthetical modernity of Chinese New poetry should be strengthened. Specifically, the construction deals with "a problem", "two necessities", "three functions", "four missions", "five constructions", "six peculiarities", "seven types", "eight poetical styles", "nine themes", and "ten relationships". It maintains that the construction of the modernity of Chinese New poetry should be consistent with the modernization of China and the cultivation of modern China people. This book also aims at defining some concepts as secularism, pioneering, fault in literary history, narrativity, correlation, enlightenment, and aestheticism. It insists that

New Poetry is a kind of style being both pioneering and secular; New Poetry is kind of modern poetical style of Modern Chinese language; New Poetry is a kind of linguistic art of modern spirit and consciousness, expressing modern life, passion, and consciousness. The present book finally summarizes the general principle of the construction of the modernity of Chinese New Poetry: Chinese New Poetry should be definitely modern, but the modernity shouldn't go to its extremity.

This book is a conclusive summarization of the author's thirty years' study on the ecology, function and style of Chinese New Poetry. It elaborates independently the theory of New Poetry stylistics as "ecology determines function", "function determines style", and "style determines value". The book is also a harvest of thirty years' personal experience from the author as both a scholar and a poet. Included as well are some disclosures of the poetry writing circle by the author and his literary colleagues. New opinions together with the new materials in this book, which are of theoretical significance and historical material values, will be thought-provoking to New Poetry researchers; while new strategies and new skills expounded in it, which are of great practical values, will guide the poets' writing.

（陈义海译）

目　录

绪论

新诗必须重视现代性建设

中国的20世纪是革命、战争、运动、改革……此起彼伏的动荡时代，21世纪是否应该是“可持续发展”的建设时代？中国建设“和谐社会”是否有利于建设“和谐诗歌”——自由诗与格律诗并存、传统与现代共处的诗歌？建设新诗是否首先应该完成新诗现代性建设？新诗现代性建设是否有利于中国人成为现代人，有利于把中国建设成为现代化强国？

答案当然是肯定的。百年新诗的历史就是新诗现代性建设的历史。新诗本身就是一种现代性文体，是与政治文化的现代性建设基本同步的先锋性文体。今日新诗与古诗以及不同时期的新诗比较，这种文体在功能、体裁、题材、技法，特别是在写作方式和传播方式方面都有较大变化，这种变化通常是“现代性变化”。这种变化有的有利于新诗的健康成长，有的却产生了负面作用。“波德莱尔，尤其是从1850年代晚期起，就清楚地意识到了现代化各个较为阴暗的方面，它的各种社会代价和美学上的冲击力。”〔1〕不能用进化论的观念来肯定新诗现代性建设的价值，还需要有“现代性批评”。

研究新诗现代性，准确点说是在探讨新诗现代性建设，尤其是在寻找新诗现代性建设策略，即回答“现代诗如何现代，新诗如何新”。过去流行的本质主义和现在流行的关系主义方法都不可能回答这些复杂问题，必须将两者

〔1〕［美］罗伯特·皮平：《作为哲学问题的现代主义——论对欧洲高雅文化的不满》，阎嘉译，商务印书馆，2007年，第63页。

结合，把新诗现代性问题细分为以下关系：民族性和世界性、现代性和后现代性、世俗性和先锋性、断代性和相关性、叙事性和抒情性、主体性和主体间性、边缘性和中心性、文体性和诗体性、大众性和精英性、启蒙性和审美性……要弄清各组之间的既对抗又和解的复杂关系，才能回答“如何现代，何为新诗”这一新诗现代性建设的基本问题。

1930年12月12日，梁实秋给徐志摩写信说：“我一向以为新文学运动的最大的成因，便是外国文学的影响；新诗，实际上就是中文写的外国诗。”[1]实际上从30年代开始，新诗就不再“全盘西化”，多次出现“反现代性”潮流，如“大跃进诗歌”及“新民歌运动”。甚至直到今天，不仅波德莱尔的阳光还没有普照到中国新诗的大地上，也没有建立起“现代语言”和“现代诗体”，更没有培养出“现代情感”和“现代精神”。

不可否认新诗百年在现代性建设上也有些成绩。尤其是在五四运动时期和改革开放30年，诗的启蒙功能得到重视，促进了中国人的思想解放，加速了中国的现代化进程。但是中国诗歌的现代化和中国国家的现代化一样，与西方相比，起步太晚。20世纪又没有得到应该有的重视，21世纪应该奋起直追。西方诗歌的现代性建设开始于19世纪，比中国早半个世纪。“19世纪可以被称为自由主义(Liberalism)的年代，尽管深入观察那个伟大运动，其结局带来了最低潮。”[2]世界文学的“现代运动”(modern movement)，如英语文学的“现代运动”大约开始于1880年，更早可以追溯到1800年英国的浪漫主义运动。“这个运动的重要性在于它是过去文学与现代文学的一大转折点。”[3]

21世纪的新诗现代性建设仍然要强调“新”，甚至要“与时俱进”地重视“当下性”，要充分利用“现代性的动力”。“现代性的动力首先是在一个拥有传统和固定信念的世界里开始动摇传统和信念的。它们在催生一种现代社会格局上是有帮助的。但它们仅仅有一次成功地完成了这一任务，在它出现在所谓的世界舞台上之后两千年。在它们最初出现的时候，现代性的动力遇

---

[1] 梁实秋：《新诗的格调及其他》，杨匡汉、刘福春编：《中国现代诗论》，上编，花城出版社，1985年，第141页。原载1931年1月20日《诗刊》创刊号。

[2] L. T. Hobhouse. Liberalism. London: Richard and Sons, Ltd., 1911. p. 214.

[3] G. S. Fraser. The Modern Writer and His World. London: Penguin Books Ltd., 1964. p. 12.

到了一种非常暧昧的接受。”[1]“‘modern(现代)’这个术语源于一个拉丁词，意思是‘在这个时代’。这一英语词汇迅速地演变出两种用法，意味着‘当代、当今’，另一用法则添加了这样的涵义——在现代时期，世界已不同于古典的和中世纪的世界。在这一词汇的现今用法中保留了这两层含义，只是当今世界与之相对立的历史时期已经不只是古典的和中世纪的两个阶段了。在社会科学中，而且某种程度上在它的通常用法中，已演绎出关于现代的和传统的生活方式之间的一种更为精致的对立。很多的时代可能也会觉得他们是与众不同的，但我们倾向于认为我们的独特性远非一般的差异可比；我们正在发展着历史中的崭新事物。”[2]“我们不能低估像‘现代’这样一个具有不规则动力的词语。要理解这一术语，我们至少有两个互为竞争的模式。第一种模式是将它放入时间框架中并对它进行分类。这势必引出一些划分时间的词(将来时、前将来时、过去将来时、未完成时等等)。”[3]库尔珀强调“新”是为了突出现代与传统的对立，把现代性事物视为“历史中的崭新事物”。20世纪出现的这种用现代汉语写的抒情文体，就是“历史中的崭新事物”，它是与古代汉诗“对立”的产物，所以称为“新诗”或“现代诗”都有异曲同工之妙，不管它被称为“新诗”“现代诗”“现代汉诗”“汉语新诗”……这些命名都具有“现代性”特质，都是特定时代产生的“现代性”文体。

21世纪的新诗现代性建设强调的“新”与20世纪的“新”有本质差异。20世纪的“新”是“标新立异”的“新”，是与“旧”极端对抗的“新”，是为了“破坏”，而且是“只破不立”的“破坏”的“新”。所以20世纪新诗坛流行“弑父式写作”。21世纪的“新”更多是为了“建设”的“新”，“新”既有“创新”的“新”，也有“推陈出新”的“新”，新与旧的关系更多是“和解”，甚至不能作好与坏的价值评判。今天致力于新诗现代性建设，应该适当采用“现代”或“现代性”的早期概念：“现代的观念本身就多半是西欧、基督教传统的产物，或许是其最有代表性的或典型的产物，即使这个词语本身在文字上源于罗马，在日期上早于16世纪与17世纪所制定的一种明确的、革命性的规划。人们广泛承认这个词语的出现，是在5世纪晚期或6世纪初期的某个时候(源于副词 modo，

---

〔1〕 [匈]阿格尼丝·赫勒：《现代性理论》，李瑞华译，商务印书馆，2005年，第65页。

〔2〕 [美]库尔珀：《纯粹现代性批判——黑格尔、海德格尔及其以后》，臧佩洪译，商务印书馆，2004年，第22—23页。

〔3〕 [美]库尔珀：《纯粹现代性批判——黑格尔、海德格尔及其以后》，臧佩洪译，商务印书馆，2004年，第22—23页。

即'最近的'或'此刻的'),最初注意到现代与古代之间重要的,甚至有疑问的差别,可能是在罗马历史学家卡西奥多鲁斯在那个'新的'时代对'旧的'罗马之德行和实践活动的思考中,这种思考受到了东方和日耳曼人的极大影响。……这段史实是现代性逐渐形成的史实之一,远远不是一个年代学的范畴,而是一种标明与'那时'相反的'现在'的简单方法。这种情形出现于'现在'开始被理解为一种古代方式之连续性或转变,甚至是根本转变之外的某种东西,被理解为标志着一个真正新奇的时代,这个时代对于最高尚的或根本的事物的设想,与过去的各种设想不一致。"[1]"作为一个概念,'现代性'一词经常与现代相关联,因此当我们发现这个词实际上早在公元5世纪就已经存在时,不免会大吃一惊。基拉西厄斯(Gelasius)教皇一世在使用该词时,它仅仅用于区分不同于先前教皇时代的当代,并不含有现在优越于过去的意思(除了现在在时间顺序中的排列)……站在教皇的角度看,哥特人新建立的帝国并没有在基督教传统中形成一种断裂;但对于知识人士而言,它却代表了一种根本性的分界,这种分界使得先前的经典文化有别于现代文化,而后者的历史任务在于对先前的文化进行再造。正是这种分界使得'现代'这一术语形成了特定的意义,这一特点因此延续至今。……这里的一个争议是关于'新'(novus)和'现代'(modernus)的区别。我们能不能说,凡是现代的必然是新的,而新的未必就是现代的?在我看来,这个问题类似于个人与集体(或者历史的)之间的区别问题:一方面是形成个人经验的事件,另一方面是对整个集体暂时性进行明显调整的那些时刻作出隐含或者公开的认同。"[2]

"新的未必就是现代的","新诗"也不能与"现代诗"等同。新诗与旧诗是断裂的甚至对抗的,打破了"无韵则非诗"的做诗原则。新诗是在"诗体大解放"甚至"作诗如作文"的口号下,在"白话诗运动"甚至"新诗革命"的洪流中,在文化激进主义甚至政治激进主义的思潮中,"意外"问世的。它丝毫没有对先前的诗歌进行再造,它只有现代性激进的一面。所以今日的新诗现代性建设必须强调现代性面孔的丰富性,一定要重视现代性中庸甚至保守的一面。

一方水土养一方人,不同国家有不同的文化,"现代性"在不同国家也各

---

〔1〕[美]罗伯特·皮平:《作为哲学问题的现代主义——论对欧洲高雅文化的不满》,阎嘉译,商务印书馆,2007年,第41页。

〔2〕[美]詹姆逊:《詹姆逊现代性的四个基本原则》,王亚丽译、王逢振:《詹姆逊文集.第4卷,现代性、后现代性和全球化》,中国人民大学出版社,2004年,第13页。

有特色。"'在法国,现代被理解为一种特定的现代性,它始于波德莱尔和尼采,因而它带有虚无主义色彩:就它与现代化,尤其与历史的关系,以及它对进步采取的怀疑和顾虑而言,这个概念从一开始就显得模棱两可……然而,在德国,现代始于启蒙运动,否定现代就意味着抛弃各种文明理念。'……波德莱尔首次使用的现代仅仅指法国传统中的审美现代主义,剩下来的还有西班牙的用法。事实上,是尼加拉瓜诗人卢本·达里奥(Ruben Dario)在1888年首次传播了'现代'(modernismo)这个术语,显然,这个词非常清楚地代表某种风格的同义词,这种风格有时候也被称作'象征主义'或者'青春艺术'。"[1]弗雷西在《现代作家与他的世界》一书中认为很难确定诗的现代性标准:"在诗中,读者更能体会到'现代'的明显风格,特别表现在诗的格调上,尽管很难给出诗中的'现代性'的绝对标准。"[2]弗内斯在《表现主义》一书中也说:"法国的'现代'诗无疑开始于波德莱尔。诗人们如英国的艾略特和庞德在他和拉弗格、兰波那里找到了他们正在寻求的现代性。20世纪的法国诗歌中并没有什么彻底的创新可与艾略特和庞德在1914—1920年的英国所作的一切进行比较,这一切在数十年前的法国就已经完成了。早在1870年,兰波就宣称:'应该绝对地现代'。"[3]但是他也没有研究出波德莱尔和兰波的"现代性"的准确含义。

"现代性"在中国的意义,即使在不同时期,也各有侧重。20世纪,偏向西方现代性的"前期"概念,所以新诗革命是政治激进主义和文化激进主义的产物。21世纪,偏向西方现代性的"后期"概念,所以新诗革命的合法性和新诗问世的时宜性一直被质疑。因此今天新诗现代性建设必须借鉴外国的经验,又应该有中国特色。如马泰·卡林内斯库在《现代性的五副面孔》一书中认为现代性有五个基本概念:现代主义、先锋派、颓废、媚俗艺术和后现代主义。他甚至认为"现代化"是现代性的第六副面孔,但是这五副面孔是相互交错的,如"现代主义"和"后现代主义"都有"现代性"意味,尤其是都有"先锋"特色。有些并不太适合中国,如"颓废"和"媚俗艺术"都涉及世俗化、日常生活化,甚至欲望化、庸俗化。"诗乃人之行略,人高则诗亦高,人俗则诗亦俗,

〔1〕[美]詹姆逊:《詹姆逊现代性的四个基本原则》,王亚丽译,王逢振:《詹姆逊文集.第4卷,现代性、后现代性和全球化》,中国人民大学出版社,2004年,第82—83页。

〔2〕G. S. Frase. The Modern Writer and His World. England: Penguin Books Ltd. ,1964. p. 31.

〔3〕[美]R. S. 弗内斯:《表现主义》,艾晓明译,昆仑出版社,1989年,第90页。

一字不可掩饰。见其诗如见其人。”[1]在强调意义大于娱乐、严肃性大于抒情性、群体大于个体、社会人大于自然人的中国，“颓废”和“媚俗艺术”需要适度控制，如情色诗与打油诗是新诗现代性建设应该重视的八大诗体之二，却受到中国特有的社会道德和中国诗人特有的写作伦理的巨大压制，这种压制在特定的历史时期竟然是既合理又合情的。

新诗现代性建设的目的是为中国的现代化建设服务，为培养现代中国人和建设现代中国作贡献。要把这种先锋性与世俗化、启蒙性和审美性并存的文体，真正建设成为用现代汉语和现代诗体，抒写现代生活和现代情感，具有现代意识和现代精神的语言艺术。它可以分为新诗启蒙现代性建设和审美现代性建设，具体为一大问题、两大需要、三大功能、四大任务、五大建设、六大特质、七大类型、八大诗体、九大题材和十大关系。一大问题指生存问题。两大需要指人的生理需要与审美需要。三大功能指启蒙、抒情与治疗功能。四大任务指新诗要促进改革开放，记录现代生活，优美现代汉语和完美汉语诗歌。五大建设指新诗要建设现代情感、现代意识、现代思维、现代文化和现代政治。具体为：一、现代情感重视自然情感与社会情感的和谐。二、现代意识重视个人意识与群体意识的融合。三、现代思维重视语言思维与图像思维的综合。四、现代文化强调保守主义与激进主义的共处。五、现代政治追求宽松自由与节制法则的和解。六大特质指要重视新诗在新世纪的六大文体特质。具体为：一、在写什么上多变的情绪多于稳定的情感。二、在写作手法上叙述受到重视，但是诗的叙述是从主观世界，尤其是从感觉和感受出发，写的是所感所思；散文的叙述是从客观世界，尤其是从生相和物象出发，写的是所见所闻。三、在写作语言上平民化口语多于贵族性书面语，意象语言受到轻视，口语甚至方言受到重视。四、在诗的音乐性上诗的内在节奏大于诗的外在节奏，诗的音乐性减弱。五、在诗的结构形式上诗的视觉结构大于听觉结构，诗的排列形式重于诗的音乐形式。六、在写诗的思维方式上图像思维受到重视，语言思维受到轻视。七大类型指现实主义、浪漫主义、现代主义、后现代主义、先锋派、颓废和媚俗艺术。八大诗体指自由诗、格律诗、小诗、长诗、散文诗、图像诗、网络诗和跨界诗。九大题材指校园诗、城市诗、乡土诗、生态诗、旅游诗、爱情诗、打油诗、哲理诗、政治诗。十大关系指新诗现

---

〔1〕［清］徐增：《而庵诗话》，《续修四库全书》编纂委员会：《续修四库全书(1698)·集部·诗文评类》，上海古籍出版社，2002年，第4页。

代性建设与时代、政治、经济、文化、科技、宗教、性别、年龄、地域、民族的关系。

21 世纪的新诗现代性建设必须吸取 20 世纪新诗革命的教训，只有把它限定为稳健的现代汉语诗歌改良活动，而不是激进的现代汉语诗歌革命运动，才能通过新诗的现代性建设促进中国人的现代性建设和中国社会的现代性建设。只有通过新诗的诗体现代性建设带动新诗文体现代性建设，通过新诗的文体建设带动整个新诗的建设；通过改善诗歌生态来改善文学生态，通过改善文学生态来改善政治文化生态，才能完成新诗现代性建设培养现代公民和建设现代国家的神圣使命，才能拓展新诗的功能，完善新诗的文体，提升新诗的价值，净化新诗的生态，让现代诗真正“现代”，让新诗真正“新”。

第一章

理论创作研究

第一节 理论思辨

一、文体狂欢与文体自律

“文体”指文学作品的“体裁”“体式”的规范，文体的生成是错综复杂的。“规范反映了某种价值系统，因为它们可以引导一个决策者做出恰当的选择；按照规范提供的标准行为，可以帮助决策者找到有利的选择方式，或是找到应当比其他选择方式更为有利的选择方式。因此毫无疑问各种规范和估价总是结合起来描述一个系统的正常的方面的特性。”[1]文人与文体都有追求自由的天性，也有强烈的归宿感和秩序感。这是社会存在和文体存在的心理学基础。因此作家、诗人既有文体自觉性，也有文体创造性。“任何深刻的敏感和对艺术具有天赋的人(不应把想象力的敏感和心的敏感混为一谈)都会像我一样地感觉到，任何艺术都应该是自足的，同时应停留在天意的范围内。然而，人具有一种特权，可以在一种虚假的体裁中或者在侵犯艺术的自然肌体时不断地发展巨大的才能。”[2]

---

〔1〕 [荷]A. F. G. 汉肯：《控制论与社会》，黎鸣译，商务印书馆，1984 年，第 147 页。

〔2〕 [法]波德莱尔：《哲学的艺术》，波德莱尔：《波德莱尔美学论文选》，郭宏安译，人民文学出版社，1987 年，第 390 页。

现代意义的文体学大约出现在20世纪60年代，既是语言学也是文艺学的分支，更多是语言学领域的“风格学”和文艺学领域的“体裁学”。尽管巴赫金的文体研究并非现代意义上的文体学，但是他的研究既有传统的“修辞学”，也涉及现代的“体裁学”和“风格学”，他创造性地更新了文体研究的方法，极大地拓展了文体研究的范围，特别是打破了文学研究的疆域，将语言学和政治学融入文学研究中，他不仅重视“体裁”和“文本”，也重视“风格”和“作家”，还重视文本体裁和言语风格产生的社会背景和美学基础。在某种意义上，他可以被称为将文体学研究中的语言文体学和社会文体学及政治文体学融合的先行者。在文学研究中，巴赫金敏锐地意识到文体研究，特别是体裁研究的薄弱和研究方法的单调：“体裁尚无充分的研究。获得研究的仅有文学体裁的理论，但它是建立在亚里士多德和新古典主义的狭窄基础之上的。像长篇小说这种现代文学的主导体裁，则根本没有人探讨。体裁理论的出发点，是从指物意义上加以界定的。体裁与风格的关系也曾有所研究，如亚里士多德、贺拉斯、布瓦洛、罗蒙诺索夫。”[1]巴赫金从语言学、文学、美学、社会学、政治学等多方面研究了文体。文体理论在巴赫金诗学中占有重要地位，构成巴赫金诗学的三大理论复调小说理论、对话理论和狂欢理论都直接讨论了文体的生成与进化。他的代表作《陀思妥耶夫斯基诗学问题》全书五章，有三章谈及文体，第四章的标题是《陀思妥耶夫斯基作品的体裁特点和情节布局特点》。《文本、对话与人文》一书涉及文体的论文有《陀思妥耶夫斯基小说类型(体裁类型)的历史》《言语体裁问题》《〈言语体裁问题〉相关笔记存稿》。《周边集》一书涉及文体的章节有《关于形式主义方法的历史》《诗学中的形式主义问题》《文学史中的形式主义方法》等。巴赫金十分重视“体裁”研究的重要性：“形式主义者一个劲儿地强调，他们研究的是作为客观现实的艺术作品，而不管作者和接受者的主观意识和主观心理如何。因此对他们来说，文学史就成为作品和由这些作品根据内在的特征联合而成的客观群体——流派、风格、体裁——的历史。由于形式主义者的这个原理是提出来反对心理主义美学和对艺术作品所作的素朴的、主观心理的解释(把它解释成为艺术家的内心世界、‘心灵’的表现)的，因此他们的这个论点完全可以接受。”[2]

〔1〕［俄］巴赫金：《言语体裁问题相关笔记存稿》，巴赫金：《文本对话与人文》，白春仁、晓河等译，河北教育出版社，1998年，第206页。

〔2〕［俄］巴赫金：《周边集》，李辉凡、张捷等译，河北教育出版社，1998年，第301—302页。

在《言语体裁问题》一文中，他不但承认言语体裁具有稳定性："人类活动的所有领域，都与语言的使用相关联。……每一单个的表述，无疑是个人的，但使用语言的每一领域却锤炼出相对稳定的表述类型，我们称之为言语体裁。"[1]还高度肯定了体裁具有"质文代变"的特点和研究文体进化的意义："每一时代，每一文学流派和文学作品的风格，一个时代和流派范围内的每一文学体裁，各自都有对文学作品接受人的独特见解，都有对自己的读者、听众、观众、民众的独特感觉和理解。研究这些见解的历史沿革，是一项有意义的重要的任务。"[2]

巴赫金认为："复调的实质恰恰在于：不同声音在这里仍保持各自的独立，作为一个独立的声音结合在一个统一体中，这已是比单声结构高出一层的统一体。如果非说个人意志不可，那么复调结构中恰恰是几个人的意志结合起来，从原则上便超出了某一人意志的范围。可以这么说，复调结构的艺术意志，在于把众多意志结合起来，在于形成事件。"[3]复调可以共建文体，产生"跨界"文体及"跨界"写作，"作诗如作文"就是一种"跨界写作"。狂欢更能直接生成新文体，具有培育文体革命的潜能，最后导致极端的文体革命。中国的白话诗运动及新诗革命在某种程度上就堪称一次"文体狂欢"，才会出现"诗体大解放"的结果。巴赫金认为："狂欢既是一种世界的和语言的一般感受，也是一种特殊的文体形式的一般感受。"[4]他还研究出狂欢式的几个特殊范畴：人们之间随便而又亲昵的接触、插科打诨、俯就、粗鄙。

"一件艺术品，借助于美学改造，在个人的典型命运中表现了普遍的不自由和反抗力量，从而突破被蒙蔽的（和硬化的）社会现实，打开变革（解放）的前景，这件艺术品也可以称为革命的。"[5]正是人，特别是社会人的狂欢与文体自身的狂欢性促成了文学体裁的分化与演变。如巴赫金所言："言语体裁能比较直接地、敏锐地、灵活地反映出社会生活中所发生的一切变化。表述

---

〔1〕［俄］巴赫金：《言语体裁问题相关笔记存稿》，巴赫金：《文本对话与人文》，白春仁、晓河等译，河北教育出版社，1998年，第140页。

〔2〕［俄］巴赫金：《言语体裁问题相关笔记存稿》，巴赫金：《文本对话与人文》，白春仁、晓河等译，河北教育出版社，1998年，第185页。

〔3〕［俄］巴赫金：《诗学与访谈》，白春仁、顾亚玲译，河北教育出版社，1998年，第27页。

〔4〕James P. Zappen. Mikhai Bakhtin. (1895—1975). http://www.rpi.edu/～zappenj/Bibliographies/bakhtin.htm.

〔5〕［美］赫·马尔库塞：《现代美学析疑》，绿原译，文化艺术出版社，1987年，第2页。

及其类型亦即言语体裁，是从社会历史到语言历史的传送带。”[1]“除了此类程式化的体裁之外，……这些体裁的大部分都可加以自由的创造性的改造（这一点同艺术体裁一样，而某些体裁还可在更大程度上改造）。不过，创造性的自由的运用并不是重新创造体裁；为了自由地运用体裁，需要很好地掌握体裁。”[2]

文体自身也具有狂欢和稳定的品质，特别是人的狂欢性和社会的狂欢性加剧了文体狂欢，导致了更多的、更激烈的文体革命。因此，作家具有强烈的文体自觉性，也具有强烈的文体创造性，特别是在人和社会都处在高度压抑被独裁统治的境况下，或者出现了文体独裁的情况下，作家的文体独创性会远远大于文体自觉性。个体生活的压抑、社会生活的压抑和优势文体的压抑，其中任何一个因素都可能激活各自的狂欢品质，导致文体革命，生成新的文体。如果其中两项甚至三项融为一体，文体革命便会更加猛烈。“由某一类型构成的连续性可以体现在该类型的所有本文系列中，……文学类型在非逻辑、组的特殊性意义上是可以确定的，与广泛的辅助功能的范围相对。文学类型可以独立结构本文，这种结构必须在由不可替代的因素构成的结构中进行共时性的认识，同时在形成连续性的潜在可能性中进行历时性的认识。”[3]对话和狂欢都具有生成体裁的意义，特别是后者，能够生成一种具体的带有狂欢特质的体裁，如庄谐体；还能够形成一类具有狂欢性质的体裁，如在诗歌、小说、戏剧中经久不衰的讽刺体。

“自由是艺术的根基。”[4]在群体社会中，自由总是受到法则的制约。“我们对自由的定义，取决于强制概念的含义，而且只有在对强制亦作出同样严格的定义以后，我们才能对自由做出精确界定。”[5]在人类社会，人一直扮演着“自然人”和“社会人”两种角色，人的自然属性使人更有自由欲，人的社

---

〔1〕[俄]巴赫金：《言语体裁问题相关笔记存稿》，巴赫金：《文本对话与人文》，白春仁、晓河等译，河北教育出版社，1998年，第147页。

〔2〕[俄]巴赫金：《言语体裁问题》，巴赫金：《文本对话与人文》，白春仁、晓河等译，河北教育出版社，1998年，第164—165页。

〔3〕[德]H. R. 姚斯：《走向接受美学》，周宁、金元浦译，辽宁人民出版社，1987年，第102—103页。

〔4〕[美]雷纳·威勒克：《近代文学批评史》，第三卷，杨自伍译，上海译文出版社，1997年，第87页。

〔5〕[英]弗里德里希·冯·哈耶克：《自由秩序原理》，上册，邓正来译，生活·读书·新知三联书店，1997年，第16页。

会属性使人更有秩序感。一方水土养一方人，有的文化更尊重自然人，如西方文化；有的文化更重视社会人，如东方文化，俄苏文化更多属于后者。“狂欢”更重视自然人，“对话”更重视“社会人”。如加登纳所言：“人们是能够辨别出每一个正常个体身上这两方面发展的主要特征的——一面是，对别人的关注及对社会角色的把握；另一面是，对自我的关注及对一个人自己人格生活的把握。重点可有不同，但一个人是个统一的个体——他仍须在社会环境中成长（是个有情感与努力目标的个体），必须依靠别人来达到自己的目标、判断自己的成绩——这样一个事实则是人类条件中不可避免的方面，它是牢固植根于我们物种之中的。”[1]

偏重于“自然人”的作家更有文体独创性，偏重于“社会人”的作家更有文体自觉性。作家面对文体自由与文体法则，如同人在社会生活中必须处理个体自由与社会法则的矛盾。尽管“人的自主意识随着社会生活的发展而发展”[2]，人却一直生活在自由与法则的对抗与和解中。但是不管哪类作家都是富有创造力的人，他的创造力更多来自集体而非个人，他必须更多地依赖传统而非个人才能从事创作。如荣格所言：“每个具有创造力的人都是合二为一的，甚至是异质同构的复合体。他既是有个体生活的人，又是非个人的、创造的程序（creative process）。因为作为一个人，他可能是健康的或病态的，所以必须关注他心理的构成，从而发现他人格的决定因素。……他的艺术性格承受了过多的反对个人性的集体心理生活。艺术具有一种抓住人并将人作为它的工具的天生驱动力。艺术家并不是一个生来就把追求自由意志（free will）作为最终目标的人，而是一个让艺术通过他来实现自身目的的人。作为一个人，他可能有自己的情绪、意志与目标，但是作为一位艺术家，他是一个具有更高意义的人——一个集体人（collective man）。他承担和呈现着人类的无意识的心理生活。为了履行好这艰巨的责任，有时他不得不牺牲个人的幸福欢乐甚至普通人生活中值得生活的任何事物。”[3]社会人或集体人的自由空间是有限的，特别是在现实生活中，人的自由总是被社会的法则制约着，使人不得不压抑着狂欢的天性，过着被他律和自律双重限制的生活。自由甚至被视为一种负担：“不仅在哲学的语言里，而且在政治学的语言里，

---

[1] [美]H. 加登纳：《智能的结构》，兰金仁译，光明日报出版社，1990年，第294页。

[2] Denys Thompson. The Uses of Poetry. London: Cambridge University Press, 1974. p. 3.

[3] G. G. Jung. Psychology and Literature. 20th Century Literary Criticism. London: Longman Group Limited, 1972. pp. 185 - 187.

自由都是一个最为含糊不清的术语。……即不管是在个人生活里还是在政治生活里，自由经常是被看作是一种负担而不是一种特权。”[1]

人的分类本能不仅体现在对形式本身的注意上，更体现在形式自身所包含的意义对人的吸引上。即使是纯形式的艺术，也由于人的本性和心理可以使形式具有物理性质而产生实在的意义。这更引起了人对形式及命名的重视。名正言才顺，“命名”决定“存在”。文体的“分类”及“命名”正是某种文体获得文体自律和文体自足的特权，它是维护体裁稳定性的重要手段。体裁名称本身就具有制定文法的意义，文体如人一样具有归宿感和秩序感。在文体运动中，一旦某种文体确立，一些相邻文体便纷纷靠拢，这种文体的特色及属性便被建立和凸显，它的稳定性便得到了确立。以中国“五四”运动时期的白话诗运动为例，“白话诗”这一名称的出现不仅集结了用白话、俗语、俚语写的无韵诗，而且集结了用白话写作的有韵诗；不仅集结了文人写的诗歌，而且集结了民间歌谣；不仅集结了中国的现代诗歌，而且集结了外国的现代诗歌和中国古代诗歌中的通俗诗歌。外国诗歌、古代汉语诗歌和民间诗歌成为中国新诗的三大诗体资源。正是这三大诗体资源保证了新诗文体的相对稳定性。

尽管巴赫金认为狂欢生成体裁，他的文体进化论却具有明显的改良性质。他的这段话十分重要：“文学体裁就其本质来说，反映着较为稳定的、‘经久不衰’的文学发展倾向。一种体裁中，总是保留已在消亡的陈旧的因素。……在文学发展过程中，体裁是创造性记忆的代表。正因为如此，体裁才可能保证文学发展的统一性和连续性。”[2]

文体的流变并不完全与人类文化的进化同步，尽管文体在流变过程中也追求一个完美的目标，但是也不一定如同生命及人类文化的进化那样，总是从简单结构开始，向种类更新、结构更复杂的方向发展。社会、语言、艺术都呈动态性发展，任何文体都会经历萌芽、成长、繁荣到萧条的演变过程。因此文体的进化并不能简单地界定为由低级向高级的进化，由简单到复杂，由文体规范到文体自由或者由文体自由到文体规范的规律性进化。“进化原则说的是：整个生命的演化和进化是在偶然与必然相关条件下进行的。首先，演变也就是变化，演变就是转入具有不同结构的新的状态。向本质上的全新结构，向结构更为高级和更为复杂的方向发生变化，这就是进化。进化产生于

---

〔1〕［德］恩斯特·卡西尔：《国家的神话》，范进、杨君游、柯锦华译，华夏出版社，1990年，第337—338页。

〔2〕［俄］巴赫金：《诗学与访谈》，白春仁、顾亚玲译，河北教育出版社，1998年，第140页。

结构的内部，而且与外部世界有一定的关联。”[1]“当进化最后到达人类阶段，激烈地演化便转移到劳动、技术、社会和文化生活的结构上，不断地向更高方向进行自我组织，而在短暂的几千年里实现了从原始文化到当代高度文化的神速进化。不管文化悲观论者如何咒骂，不管一切悲观主义者的诅咒呼号，我们的高度文化毕竟是高素质的文化。”[2]

巴赫金诗学在中国的传播颇有意思，令人深思。20 世纪 80 年代是中国文化激进主义与政治激进主义思潮风起云涌的开放时代，巴赫金诗学并没有受到中国学界重视，全面译介和受到追捧却是在文化及政治保守者得势的 90 年代，特别是对话理论和狂欢理论受到极大欢迎。这一时期也是后现代主义及解构主义受到知识分子，特别是公共知识分子青睐的时代。世纪之交的中国爆发了新一轮的文体大革命，文艺界出现了“众神狂欢”的繁荣景象。诗歌界出现了“知识分子写作与民间立场写作之争”“下半身写作”“垃圾派”“梨花体”“废话诗”“羊羔体”……有的甚至演变成诗歌事件及文化事件。这些事件在一定程度上可以说是诗坛“狂欢”的结果，导致了新诗创作的混乱，也促进了新诗现代性建设。

巴赫金狂欢生成体裁的改良主义的文体进化论对新诗的文体建设及现代性建设具有重要的理论意义，但是必须全面分析，客观评价，正确使用。20 世纪现代汉语诗歌正是将文体革命变味成政治运动，如 19 世纪末期的“诗界革命”和 20 世纪初的“新诗运动”都是太具有“狂欢性”的非诗的文体大革命，造成新诗虽然建设了百年，却没有建立起理想的诗体，更没有形成自己的传统，“弑父”式写作泛滥。正是由于破大于立的文体革命缺乏自律性，新诗诗人的文体独创性远远大于文体自觉性，缺乏必要的文体自足和文学自律，新诗的文体建设在 20 世纪始终处于“自发”而非“自觉”状态。今天以新诗文体现代性建设为主要内容的新诗现代性建设，不能搞政治化的“狂欢运动”。既重视文体狂欢又重视文体自律，这才是巴赫金文体观的精髓。它也是新诗现代性建设，尤其是以诗体为核心的新诗文体现代性建设必须坚持的基本原则。

---

〔1〕 [德]布鲁诺·伏格曼：《新实在论》，张丹忱译，中国世界语出版社，1992 年，第 136 页。

〔2〕 [德]布鲁诺·伏格曼：《新实在论》，张丹忱译，中国世界语出版社，1992 年，第 137 页。

二、诗体自由与诗体律化

“中国新诗将近八十年的艺术运动，自由与格律的交替变奏已成规律之一。……古典诗词在形式(主要是格律)上的登峰造极的成熟，但太顽固了，遂有‘诗界革命’，遂有现代白话诗的‘尝试’，遂有五四时期旨在彻底摆脱格律约束的诗体解放。自由诗如狂风席卷，日趋毫无节制的无序散漫，于是‘新月派’在二十年代揭竿而起，闻一多力主‘戴着脚镣跳舞’，倡导以‘三美’(音乐美、绘画美、建筑美)为诗之格律，且理论与实践并重，惨淡经营其艺术的防线。不久时局丕变，三十年代民族危亡，琴弦易为鼓角相闻，镣铐激使马蹄生烟，艾青等举起‘散文美’的大旗，自由奔突，再度打破诗律王国的平衡。从五十年代到七十年代，在台湾地区，尽管有过诗之‘乡土’与‘现代’的情绪化的论争，但整齐或不整齐、格律化或自由化的诗作者始终各唱各的调；在大陆，渴求建立一种以民歌和古典诗歌为基础的统一诗格的努力，往往因意识形态化而收效甚微。八十年代以降，无论是海峡此岸或彼岸，从大的趋向看，是又一次诗体解放对诗体律化的否定。”[1]在百年新诗史中，尽管有很多人致力于新诗的诗体建设，也取得了一些成绩，如初步形成了诗的建筑美和音乐美两大形式特质，确立了新诗的初步形态，还在不同时期进行了小诗、长诗和新格律诗等诗体的建设，却始终处在文体自发与文体自觉、诗体的准定型与不定型、诗的格律化与自由化、诗人的秩序感和破坏欲、诗人的文体自律性与文体创造性的对抗与和解中，其中对抗远远大于和解，造成每种诗体都无法进行持续的建设，没有建设起古代汉诗的格律诗和外国诗歌的十四行诗那样的定型诗体。

新诗文体的现代性建设没有处理好诗体的自由化与格律化的关系，对抗太多和解太少。这种生态既不利于文体及诗体的建设，也不利于新诗的现代性及新诗诗人的现代化建设。这种生态具有深层的社会原因，是以革命、战争为主旋律的动乱时代的产物。它使新诗既生不逢时，又长于乱世，最终成为一种发育不良的文体。20世纪前半期，特别是一二十年代，是新诗诗体建设最重要的时期，小诗、长诗、新格律诗等准定型诗体都初步形成，最能呈现出新诗诗体建设生态的恶劣。

---

〔1〕 杨匡汉：《说诗调——诗学札记之一》，吕进、毛翰：《中国诗歌年鉴1996年卷》，西南师范大学中国新诗研究所编印，1997年，第476页。原载《诗神》1996年9月号。

无论是 19 世纪末期的“诗界革命”，还是 20 世纪初期的“白话诗运动”，都不是纯正的文体革命，常常被渴望政治革命的革命者利用。从 1920 年 9 月 1 日出版的《新潮》第 1 卷第 5 期封底为陈独秀作的《尝试集》广告可见一斑：“诸君要知道胡适之先生个人主张文学革命的小史吗？不可不看胡适之先生的《尝试集》。”[1]因此“诗界革命”的倡导者和“白话诗运动”的主将大多成了中国政治革命的领袖，如梁启超、陈独秀。当然也不能否认最早的新诗运动的主将中有人不为政治而为诗革命的，如刘半农、沈尹默、俞平伯等文人、诗人，但是受时代潮流的影响，他们无力扭转“白话诗运动”承载的过多的非诗功能，因此新诗革命时期是新诗诗体偏激的建设期。狂风暴雨似的“五四”新文化运动渐趋平缓以后，“白话诗运动”由政治的、思想的、文化的运动渐渐向汉语诗歌的“文体运动”，甚至由“激进的文体改革”向“渐进的文体改良”发展，要求诗写得像诗及诗人写的应该是诗而不是散文，甚至不是散文诗的诗观渐渐获得共识，作诗如作文、甚至作诗如作散文诗的诗风得到适度纠正，出现了散文诗与诗的分流，确立以“分行”为重要标准来确定新诗与散文、新诗与散文诗的文体差别。文人的、审美的、艺术的诗风开始主导诗坛，诗的文体建设，特别是诗的音乐形式和排列形式建设得到了重视。

即使是五四时期的激进诗人，在“作诗如作文”激进口号流行一段时间后，也很快感觉到诗文有别，但是有的诗人迫于激进局势，明知已有行为极端不利于汉语诗歌的发展，却又不愿意将偏激的甚至非诗的文体革命转向稳健的诗的文体改良。即使有的新诗诗人想以诗的艺术为重，不愿意再走极端，甚至想拨乱反正，也不愿意被反对新诗的人嘲笑，更害怕被革命者们视为落伍逃兵，只好死要面子活受罪地苦苦撑着，呆在“革命”的战车上一路狂奔下去。沈尹默、鲁迅等更有理智和艺术良知的人放弃了新诗写作，但出于中国当时确实需要激进青年和政治热情的原因，并不公开反对新诗的无序。

随着人们对新诗的艺术要求标准日渐提高，新诗诗人创作技巧的增加，也随着除散文诗以外的外国诗歌，特别是有很多不是自由诗，如歌德、海涅的有韵诗作的大量译进，再加上一批从域外归来的学者诗人，如闻一多、宗白华、梁宗岱、朱光潜、穆木天、王独清、李金发等人强调艺术性的诗论文章和具有唯美色彩的诗体较规范的诗歌创作，否认了由文化激进主义者控制的国内诗坛散布自由诗，特别是散文诗是同时期外国诗歌的主流诗歌，外国也在进

[1] 《尝试集》广告，《新潮》，1920 年 9 月第 1 卷第 5 期，封底。

行如中国同样大规模的“自由诗运动”等“新潮”观念。新诗文体的现代性建设受到重视，尤其是很多人认为新诗应该有“体”（章法）。如新诗选本《时代春秋》的编者卢冀野认为早期新诗的普遍缺点有六：“一、不讲究音节，二、无章法，三、不选择字句，四、格式单调，五、材料枯窘，六、修辞糁杂。”[1]针对新诗无“体”导致创作的“无章法”，一些具有文体自觉性的诗人开始进行以诗体为重心的新诗文体建设。如在新诗革命中最强调诗的平民性的诗人刘大白认为中国诗篇外形律的中心就是整齐律，他说：“偶然采用一点旧诗底外形律，只消用得恰好，也仍然不失其为新诗。”[2]宗白华在刊于1920年2月《少年中国》第1卷第8期的《新诗略谈》中说：“近来中国文艺界中发生了一个大问题，就是新体诗怎样做法的问题，……诗的定义可以说是：‘用一种美的文字……音律的绘画的文字……表写人的情绪中的意境。’这能表写的、适当的文字就是诗的‘形’，就是诗中的音节和词句的构造；诗的‘质’就是诗人的感想情绪。……所以我们对于诗，要使他的‘形’能得有图画的形式的美，使诗的‘质’（情绪思想）能成音乐式的情调。”[3]宗白华的这段为新诗定“体”的话是当时很多文人诗人的心声，描绘出新诗的基本形态和新诗诗体建设的基本任务。但是这种提法并不合时宜，整个诗坛流行的还是郭沫若的“写”新诗而不是宗白华的“作”新诗。

在百年新诗的文体建设史中，20世纪上半叶是新诗文体建设最有成效的时期，新诗由草创渐渐走向成熟。但是由于革命、战争等原因，这一时期新诗的文体建设道路曲折，仅仅初步建立起粗略的音乐美和建筑美两大诗形与小诗、长诗、新格律诗三大准定型诗体。经历了激进的草创期（五四时期）——全面的重建期（二三十年代）——局部的建设期（三四十年代）的流变过程。这一时期是新诗的文体建设最为重要的时期，成就远远大于当代。主要确定了新诗的两大形式特质：音乐美与建筑美，特别是诗的视觉形式（shape of poetry）逐渐受到新诗诗人的高度重视。百年新诗的主要诗体，如散文诗、小诗、长诗、新格律诗都在现代，特别是二三十年代初具形态，还出现

[1] 朱自清：《选诗杂记》，朱自清：《中国新文学大系1917—1927·诗集》，上海文艺出版社，1981年影印版，第16页。

[2] 朱自清：《导言》，朱自清：《中国新文学大系1917—1927·诗集》，上海文艺出版社，1981年影印版，第5页。

[3] 宗白华：《艺境》，北京大学出版社，1987年，第20—21页。原载《少年中国》1920年2月第1卷第8期。

了新月派、现代派等多种诗派，文人诗歌与大众诗歌、唯美的抒情诗和实用的政治诗等不同体裁、不同风格的诗歌都各有千秋。由于受到革命、战争的影响，尽管这一时期的文体建设在20世纪最有成效，但很多建设也都是匆忙的甚至急功近利的，因此没有建立起真正相对规范的诗体，导致当代新诗的文体混乱，以致新诗发展了百年后的今天还有不少人否认它的成绩，甚至认为新诗没有存在价值。即使在这个诗体建设最有成绩的时期，也呈现出诗体建设的艰难和生态的恶劣。如李健吾1935年7月20日在《大公报》发表的《新诗的演变》一文所说："从音律的破坏，到形式的试验，到形式的打散（不是没有形式：一种不受外在音节支配的形式，如若我可以这样解释），在这短短的年月，足见进展的迅速。我们或许感觉中间的一个阶段太短了些（勿须悲观，因为始终不断有人在努力形式的试验），然而一个真正的事实是：唯其人人写诗，诗也越发难写了。"〔1〕

可以大致勾勒出20世纪上半叶新诗诗体建设的轨迹："诗界革命"和五四时期的"白话诗运动"处在以打破旧诗为己任的文体革命期，它们不是纯正的文体革命，新诗革命还成为政治革命的先锋，破除格律的极端行为使"作诗如作文"的诗观流行。既是文体革命者和文体先锋，更是政治革命者和思想先锋的新诗诗人大力提倡的散文体的"白话诗"和"自由诗"，成为新诗的代名词。五四后随着革命思潮的渐渐平静，政治力量在诗界渐渐淡化，文人的、艺术的、审美的纯诗渐成主流，出现了20年代文体的大建设和诗体的大涌现，五四时期对旧诗激进的文体改革变成改良，这一时期成为新诗史上最重要的诗体建设时期。但是这种大规模的诗体建设活动由于国内的革命及战争和稍后的抗战被终止。特别是抗日战争使文人诗人进行纯正的文体建设的计划成为不合时宜的梦想，诗人们纷纷承担起救国的责任，为了宣传抗战，二三十年代新诗的文人化、唯美化、个人化被通俗化、实用化和大众化思潮代替，只有极少数诗人还在进行文人化的纯诗创作，进行艺术至上的文体实验。为了配合抗战，不仅诗人写抗战诗歌，很多小说家、散文家也写起了诗。抗战时期是中国新诗史上"产量"最高的时期，从1937年到1945年，共出版诗集约416部。其中1937年25部，1938年51部，1939年34部，1940年48部，1941年45部，1942年58部，1943年53部，1944年50部，1945年52部。1938年

---

〔1〕 李健吾：《新诗的演变》，郭宏安编：《李健吾批评文集》，珠海出版社，1998年，第24页。

是全民抗战的第二年，便由25部猛升到51部。[1] 1942年是抗战最重要的一年，达到最高峰58部。尽管数量很多，艺术质量却不高。如舒兰认为："抗战时期的新诗，由于宣传的需要，更因为左派的鼓吹'通俗化'，所以数量虽然很多，质地却并不高。再有一个现象，那就是诗人尽管写诗，而非诗人的诗却占了极大的比重。"[2]

地方诗歌曾被当作发展大众化诗歌的最基本条件，山歌、歌谣、小调、道情等大众诗体的发展导致了已初步建立起的文人诗体的倒退，也扼杀了一些文人诗人，如何其芳、卞之琳等人的诗歌生命。只有少数人重视诗的语言形式，致力于文人抒情诗体的建设。昆明西南联大在战火纷纷的年代仍然是一块纯诗的净土，有闻一多、卞之琳、冯至、朱自清等组成的教师诗人群和由穆旦、赵瑞蕻、杨周翰、俞铭传、王佐良、郑敏、杜运燮、袁可嘉等组成的学生诗人群，特别是学生诗人群深受英国青年诗人奥登、"剑桥诗人"燕卜逊等域外诗人的直接影响。尽管抗战时期及整个40年代也有诗人在进行审美的、文人化的现代诗歌创作，但都没有20年代中期那样大规模的诗体建设工作，生活在动荡中的诗人也无力静心进行"诗体实验"，他们把精力放在了诗的风格而不是体裁、诗的实用（情感宣泄甚至政治宣传）而不是诗的审美上，为艺术而艺术，强调诗体建设的"纯诗"确实与那个特殊的战争年代格格不入。

正是新诗过分强调创作的自由，没有诗体规范的"自由诗"流行整个20世纪，才会出现诗的过分"普及性""大众化""青年性"。新诗的"普及性""大众化""青年性"更加剧了诗体的不规范定型，特别是青年人的激情会促进观念的独创性，使青年诗人比中老年诗人更缺乏文体自律意识和历史意识，不但成为已有旧诗体，而且成为正在流行诗体的"破坏者"。整个20世纪都流行的青春期写作与"革命"的时代主潮相融合的现象，造成绝对的文体自由的"自由诗"的盛行，诗体规范及诗体建设通常被视为保守，成为争当先锋的青年的"革命"对象。反现代性的力量此起彼伏，导致新诗诗体的现代性建设收效甚微。

[1] 笔者根据徐乃翔编《中国新文学大系1937—1949·理论史料选》（中国文联出版公司1998年版）《文艺书目》栏中的《新诗》（第923—926页）统计。

[2] 舒兰：《抗战时期的新诗作家和作品》，成文出版社，1970年，第5页。

三、题材现代与体裁传统

可以把新诗现代性建设分为启蒙现代性建设和审美现代性建设两大类，虽然两者有交叉，但是前者更关注新诗题材的现代性建设，后者更指涉新诗体裁的现代性建设。既重视文体狂欢又重视文体自律是新诗文体建设的基本方针，新诗现代性建设的总方针应该是高度重视题材的"现代"和适度坚持体裁的"传统"，前者强调重视"现代精神"及"现代意识"为代表的启蒙现代性建设，后者突出对"诗家语"及"准定型诗体"为代表的审美现代性建设的重视。由此可以得出结论：现代汉诗是用现代汉语和现代诗体抒写现代精神和现代意识的语言艺术。"现代汉语"和"现代诗体"需要适度"传统"，"现代精神"和"现代意识"需要尽量"现代"。

现代汉语诗歌诗体的现代性主要指语体的现代性和文体的现代性。此处用"现代汉语诗歌诗体的现代性"，不用"新诗诗体的现代性"或者"现代诗诗体的现代性"，是想强调这种文体的语言特性，更是为了强调这种抒情文体的诗体建设需要重视现代汉语。本来涉及"现代性"问题，最准确的表述应该是"现代汉诗诗体的现代性"。

用"现代汉诗"取代"新诗"来指称用现代汉语抒写的这种抒情文体的历史并不长，这种"取代"在某种程度上可以呈现出新诗诗人，特别是新诗理论家们渴望新诗被"现代性"，甚至渴望新诗的文体建设与中国政治经济改革的现代化进程同步的心态。1991 年春天，唐晓渡与芒克、孟浪等人创办了诗歌民刊《现代汉诗》。1996 年，王光明获得国家社会科学基金重点课题项目"现代汉诗的百年演变"。1997 年夏天，由他负责的"现代汉诗的百年演变"课题组在武夷山承办了福建师范大学与中国社会科学院文学所联合举办的"现代汉诗诗学国际研讨会"。我是课题组成员，负责这次研讨会的会务。近年海外学者奚密也提出了"现代汉诗"概念，她的两部著作的名称就是《从边缘出发：现代汉诗的另类传统》《现代汉诗：1917 年以来的理论与实践》。国内很多新诗学者，如沈奇也认为应该把新诗讨论限定在"现代汉诗"的范畴内才有效。

我一直主张用"现代汉诗"取代"新诗"。1997 年，在武夷山"现代汉诗诗学国际研讨会"上，我提出"现代汉诗"的"现代"指"语言的现代"和"情感的现代"，即现代汉诗是用现代汉语抒写现代情感的诗。

2000 年，我给当时的现代汉诗下的定义是："诗是艺术地表现平民性情感的语言艺术。"[1]这个定义两次用了"艺术"一词，目的是强调这种抒情文体的艺术性，却用了"平民性情感"来强调现代汉诗的两大现代性特征——现代世俗性情感和现代通俗性语言。这个定义受到了西方现代诗人波德莱尔和奥登的影响。一个世纪以前，世界现代诗歌的鼻祖波德莱尔就意识到了诗的自主性和世俗化："只要人们深入到自己的内心中去，询问自己的灵魂，再现那些激起热情的回忆，他们就会知道，诗除了自身外并无其他目的，它不可能有其他目的，除了纯粹为写诗而写的诗外，没有任何诗是伟大、高贵、真正无愧于诗这个名称的。"[2]"即便在理想的诗中，缪斯也可以与人来往而并不降低身份。"[3]半个世纪以前，奥登加快了世界诗歌，尤其是现代诗的世俗化进程，他尖锐地指出："诗不比人性好，也不比人性坏；诗是深刻的，同时却又浅薄，饱经世故而又天真无邪，呆板而又俏皮，淫荡而又纯洁，时时变幻不同。"[4]

十年后，我把这个诗的定义扩展为："新诗包括内容（写什么）、形式（怎么写）和技法（如何写好）。内容包括抒情（情绪、情感）、叙述（感觉、感受）和议论（愿望、冥想）。形式包括语言（语体）（雅语：诗家语（陌生化语言）、书面语；俗语：口语、方言）和结构（诗体）（外在结构：句式、节式的音乐美、排列美，内在结构：语言的节奏）。技法包括想象（想象语言、情感和情节的能力）和意象（集体文化、个体自我和自然契合的意象）。……可以用一句话来概括这个新诗观：新诗是采用抒情、叙述、议论，表现情绪、情感、感觉、感受、愿望和冥想，重视语体、诗体、想象和意象的汉语艺术。"[5]这个定义超越了把诗分为内容（写什么）与形式（怎么写）的"两分法"，把应该属于"怎么写"的技法（如何写好）单列，目的是为了强调现代汉诗在写作技法上的现代性——现代汉诗是用现代技法写的现代汉语诗。

2014 年 10 月 16 日，我给东南大学中国现当代文学研究生讲授"诗歌文体学"课程时，提出了"新诗是体现现代精神的诗"，主张"新诗的现代化必须

---

〔1〕 王珂：《诗是艺术地表现平民性情感的语言艺术——论现代汉诗的现实出路》，《东南学术》2000 年第 5 期，第 104 页。

〔2〕 [法]波德莱尔：《再论埃德加·爱伦·坡》，波德莱尔：《波德莱尔美学论文选》，郭宏安译，人民文学出版社，1987 年，第 135 页。

〔3〕 [法]波德莱尔：《再论埃德加·爱伦·坡》，波德莱尔：《波德莱尔美学论文选》，郭宏安译，人民文学出版社，1987 年，第 134 页。

〔4〕 林以亮：《序》，林以亮编：《美国诗选》，今日世界出版社，1976 年，第 4 页。

〔5〕 王珂：《今日新诗应该守常应变》，《西南大学学报》2010 年第 4 期，第 27 页。

与中国人的现代化基本同步”和“新诗的现代性建设必须为中国的现代性建设作贡献”。

透析我2000年、2010年和2014年对诗下的定义的变化，具体为重视“题材的现代”与“体裁的现代”的共处，到偏向“体裁”的现代，最后到偏向“题材”的现代，不难看出我的政治观影响了诗歌观。在2000年前后，我主张建立准定型诗体，受到了建设宽松而有节制的上层建筑的政治观的影响。2010年前后，我强调诗的语言技法，甚至于2008年在南京东南大学华文诗歌研究所召开的“九龙湖诗会”上提出了“谁掌握了语言技巧，谁就是新诗的主人”的极端口号，还于2009年在武夷山举办了“现代诗研究创作技法研讨会”，与当时中国政治强调建设“和谐社会”有直接关系。当时随着改革开放的深入，特别是“和谐社会”口号的深入人心，新诗与政治的关系远远没有改革开放前期那么紧密。近年我又重视起现代汉诗的“现代精神”，甚至在文体学研究中高度重视功能文体学及话语文体学，也与时局有关。因为我从中外诗歌史，特别是从诗体的流变历史中发现，诗体具有艺术价值和政治价值，既有艺术规范及艺术革命的潜能，也有政治律令及政治革命的潜能，是诗的文体功能及文体价值和诗人的存在意义及生存方式的显性表现。

“任何价值系统都形成一种意识形态，很明显，一种意识形态只能存在于通过转移而被重新构建的境况之中。”[1]诗体研究实质上是诗的本体研究。现代社会越来越重视“形式本体”“混合本体”和“表现本体”，新诗诗体三者兼具，特别是当代及未来的新诗，是由多种诗体（定型诗体、准定型诗体和不定型诗体）共存、多种文体（散文、戏剧、小说、新闻）共建和多种技法（抒情、叙述、议论、戏剧化）共生的文体。诗体在当代社会更具有特殊价值，不仅是诗的语言体式，而且是调控权力之流的规则系统。因此新诗诗体学不仅具有诗学的意义，还具有政治学和伦理学的价值，讨论现代汉语诗歌诗体的现代性，就是在讨论现代汉语诗歌，尤其是现代汉诗的现代性。即在现代汉语诗歌诗体的现代性建设中，要高度重视它的政治建设，重视它与意识形态的直接关系。

新诗是与中国政治文化变革基本同步的先锋性文体。仅从共和国成立到改革开放，就出现过多次论争，如新诗的民族形式、新诗与传统等。改革开

---

〔1〕 Judith Williams. Decoding Advertisements. London: Robert MAClehose and Company Limited, 1978. p. 43.

放30年是中国政治大改革、文化大转型和思想大解放的特殊时期。诗歌论争更是层出不穷,如80年代的朦胧诗论争、90年代的个人化写作论争等。今天,这种文体在功能、文体、体裁、题材、技法、写作方式和传播方式等方面都有较大变化,如技法、情绪、叙述、方言、诗体、个体自我意象等受到重视。这些变化正是新诗"现代性"或者"现代化"的结果。

生态决定功能,功能决定文体。"新诗""现代诗"和"现代汉诗""现代汉语诗歌"等多种称谓被用来指称胡适、刘半农等人领导的"白话诗"运动产生的这种汉语文学中的抒情文体。这种抒情文体主要分布在我国(大陆、台湾、香港、澳门)、东南亚等地。虽然各地都是用现代汉语写源自白话诗运动的诗,决定了"现代汉语"这种抒情文体的同一性,但是由于地域空间、政治体制、文化记忆等原因,尤其是政治原因,形成了不同的诗歌生态,导致文体功能、形态甚至价值都有差异。如用现代汉语写的这种诗歌文体在内地的主要称谓是"新诗",台湾在50年代到70年代,主要称为"现代诗"。台湾20世纪50年代出现了现代派诗歌运动,纪弦1953年创办了《现代诗》季刊,1956年1月在台北召开了现代诗人第一届年会,正式宣布成立"现代派",提出了"现代诗六大信条"。70年代后,尤其是21世纪,"新诗"称谓又受到重视,出现了"现代诗"与"新诗"共存现象,以几部重要的台湾新诗著作和诗选的书名为例,萧萧的《台湾新诗美学》(2004年)、杨宗翰的《台湾现代诗史》(2002年)、白灵的《新诗30家》(2008年)、张默的《现代女诗人选集》(2011年)。同一位台湾新诗理论家也将"现代诗"与"新诗"混用,如丁旭辉的诗学著作名称是《浅出深入话新诗》和《台湾现代诗图像技巧研究》。

在澳门,也有人认为"现代诗"有别于"新诗",如陶里认为应该用"现代诗"取代"新诗"。"在中国语境中论说现代诗,首先遭遇到的是如何区分'新诗'与'现代诗'的问题。依陶里之见,将这两者等同起来显然不恰当,而这种等同恰恰是中国学界的普遍做法。在写于1989年的《认识现代诗》一文中,陶里指出所谓'现代诗'有两种界说:其一指'五四'以来的新诗,国内学界多持此种看法;其二指二战以后反传统或反既定模式、强调个人实验或感觉历程的诗,海外学界多持此种看法,陶里说他认同后者。"[1]"1989年,陶里、黄晓峰等人组建'五月诗社',极力鼓吹现代诗。正如陶里所说:'五月诗社以弘

[1] 李观鼎:《论陶里的现代诗论》,《世界华文文学论坛》2001年第3期,第31页。

扬现代主义的姿态出现于保守的澳门诗坛，引起文化震荡。’”[1]

1951年，梁实秋在台北说：“白话诗运动起初的时候，许多人标榜‘自由诗’(Vers libres)作为无上的模范。……我们的新诗，一开头就采取了这样一个榜样，不但打破了旧诗的规律，实在是打破了一切诗的规律。这是不幸的。因为一切艺术品总要有它的格律，有它的形式，格律形式可以改变，但是不能根本取消。我们的新诗，三十年来不能达于成熟之境，就是吃了这个亏。”[2]但是今天外国现代诗的影响越来越少，可以说几乎是“荡然无存”。所以今日诗体现代性建设既要重视现代汉语及现代汉诗的特性，也要与世界现代诗保持一定的联系，如适当讲究诗体规范。

在西方，现代诗不能等同于自由诗，自由诗严格地说是自由体诗。“在通常意义上，形式指一件事物作为整体的设计图样或结构布局。任何诗人都无法逃避已经形成类型的某些形式。……用定型形式写诗，指一个诗人跟随或者发现一些模式，如十四行诗体，它有自己的韵式和十四个五音步抑扬格诗行。通常，定型形式的诗倾向于寻找规则和对称……采用定型形式写作的诗人明显追求完美，也许很难替换已采用的任何词语。……采用非定型形式(open form)的诗人通常自由地使用空白作为强调，能够根据感觉的需要来缩短或者加长诗行，诗人让诗根据它的进程来发生自己的形状，如同水从山上流下，由地形和隐形的障碍物来调整形状。过去的很多诗采用的是定型形式，现在美国诗人更愿意采用开放形式，尽管韵律和节奏已经没有它们过去那样流行，但是它们仍然明显存在。”[3]“自由诗是没有韵律和缺乏一个有规律的诗律的统一的诗，自由诗不是形体上的自由。”[4]“自由诗(‘free’verse)不是简单地反对韵律，而是追求散体与韵体的和谐而生的独立韵律。”[5]美国诗人乔治·欧佩(George Oppen)认为诗的形式具有两大重要性，1961年他给玛丽·艾伦·索沃特的信中说：“我们非常关注诗体(poetic form)，不仅

---

[1] 李观鼎：《论陶里的现代诗论》，《世界华文文学论坛》2001年第3期，第31页。

[2] 梁实秋：《文学讲话》，徐静波编：《梁实秋批评文集》，珠海出版社，1998年，第228页。

[3] X. J. Kennedy. Literature: An Introduction to Fiction, Poetry, and Drama. Toronto: Little, Brown and Company. 1983. p. 557.

[4] David Bergman, Daniel Mark Epstein. The Heath Guide to Literature. Toronto: D. C. Heath and Company, 1987. p. 24.

[5] Northrop Frye. Anatomy of Criticism. New Jersey: Princeton University Press, 1971. p. 272.

是因为形式(form)可以作为结构(texture),而且还是一种能够让诗可能被抓住的形状(shape)。"[1]西方诗体学偏重诗歌语言的听觉形式和视觉形式研究,如诗节、诗行、音步、抑扬格或扬抑格等,语体是诗体的重要内容。如1938年纽约出版的《诗的门口》(Doorway to Poetry)共六章,三章涉及诗体。第二章是《诗的语体》(the Diction of Poetry),第三章是《诗的类型》(the Kinds of Poetry),第五章是《诗的构成》(the Forms of Poetry)。第五章分为四个小节:《诗是如何建立的》(How Poetry is Built)、《形体与诗节》(Shape and Stanzas)、《十四行诗》(the Sonnet)和《定型形式与自由形式》(Forms Fixed and Free)。作者路易士·昂特梅尔(Louis Untermeyer)这样定义自由体诗:"自由体诗(Free verse)韵律自由、规则的音步自由和诗节形式的常规限制自由。"[2]新诗诗体现代性建设必须接受这些诗观,尤其是自由诗观。

"艺术乃是一种视觉形式,而视觉形式又是创造性思维的主要媒介,要想使艺术从它的非创造性的孤立状态中解放出来,就必须正视这一点。"[3]诗形建设是新诗诗体建设的主要内容。新诗没有外在韵律结构减少了诗的音乐性,必然导致它对诗的内容与形式的承载功能减弱,对诗的排列的高度重视恰好可以弥补诗的音乐性减少所造成的诗美损失。因此新诗的视觉形式建设比音乐形式建设重要。但是诗体重建不能走格律化的极端,必须考虑新诗的自由化、世俗化等文体特性,在百年新诗诗体建设已有的基础上,进行改良式的"常规诗体"的建设。任何文体的生成和创造及演变都既与文体传统有关,更与当时的社会政治文化和创作主体有关,文体变革的三大动力是社会变革、人的创造天性和文体自身的进化潜能。新诗本质上是一种反对"经典化""定型诗体"和"贵族性"的世俗化、自由化和平民化文体。因此今天的诗体重建应该顺应历史潮流,遵循渐变的文体进化原则,强调诗歌及诗体的多元与和谐,这种和谐甚至应该包括古代汉诗(格律诗)与新诗(自由诗)的"和平共处"式的和谐。但是要重视古今汉诗的诗歌生态及诗歌功能的差异性,如现代汉诗更重视情绪,古代汉诗更重视情感;现代汉诗更重视写作过

---

〔1〕 Mike Weaver. William Carlos Williams. London: Cambridge University Press, 1971, p. 55.

〔2〕 Louis Untermeyer. Doorways to Poetry. New York: Harcourt, Brace and Company, 1938. p. 417.

〔3〕 [美]鲁道夫·阿恩海姆:《视觉思维》,滕守尧译,光明日报出版社,1987年,第426页。

程，古代汉诗更重视写作的结果。

四、西诗有体与中诗无体

19世纪末20世纪初，东西方都出现了诗体革命及自由诗，两者却有巨大的差异。以英语诗歌为代表的自由诗更多是诗歌内部改革的结果，根本没有完全破除诗体。中国的自由诗生于乱世，是应“运”（运动）而生的，出现了新诗与旧诗在诗的语言与诗的体式上的绝对对抗，具体为文言与白话、定型诗体与非定型诗体、有韵诗与无韵诗，甚至韵文与散文的极端对抗。意象派运动是英语诗歌中的“新诗革命”，比中国的新诗革命稍早几年爆发。“在诗的世界里，它是一个改革的象征，也是一个改革的力量，这一运动具有那个时代特有的热情和振奋。它坚持简约，拥护自由诗（free verse）的路线。”〔1〕意象派确实是西方诗歌中真正推崇自由诗的现代诗歌流派，但是它并不极端，特别是以庞德为代表的意象派诗人并没有把意象派运动与自由诗运动等同起来，意象派运动是纯粹的文体运动，准确地说是诗的技巧上及诗的写法上的改良，并不太涉及诗的语言和诗的体式的大变革。

英语诗歌的诗体规范及定型诗体的建立并不像古代汉语诗歌那样极端，即使是格律诗体也没有形成太严重的诗体独裁。英语诗歌是最早的无定型诗体，诗体走向定型主要受到法语诗歌和意大利语诗歌的影响，很多定型诗体是从法语诗歌和意大利语诗歌中引进的，如商籁体（sonnet）。由于本身没有形成严格的诗体定型传统，英诗的诗体变革频繁。因此英语诗歌的无韵诗（blank verse）历史久远。“无韵诗在英语诗歌中占有较大的比例，无韵诗由无韵的抑扬格五音步诗行组成，在莎士比亚的诗剧中和现代诗人瓦伦斯·斯坦芬斯的《星期天的早晨》（Sunday Morning）中都有无韵诗的影子。”〔2〕blank verse也被译为无韵白体诗或者白体诗，它并不是一种纯粹的自由诗，实际上是一种准定型诗体。莎士比亚的诗剧将白体诗推向了新的高度，特别是在他的后期作品中，如《李尔王》和《辛白林》中的一些诗作，更是任意地破坏诗的格律，比前期诗作更“口语化，俗语化（demotic）。”〔3〕传统的blank verse为英语诗歌的现代自由诗奠定了基础。

---

〔1〕［英］马库斯·埃里夫：《美国的文学》，方杰译，今日世界出版社，1975年，第249页。

〔2〕Joseph de Roche. The Heath Introduction to Poetry. Toronto: D. C. Heath and Company, 1975. p. 24.

〔3〕王佐良：《英国诗史》，译林出版社，1997年，第89页。

“19世纪是政治上的民族主义兴起的时代。”[1]美国民族主义的兴起使美国诗歌试图摆脱英国诗歌的控制，英国诗歌已经形成了格律诗传统，如同在政治体制上试图用共和制取代君主制，美国诗歌追求民族独立自治，也容易采用与英国主流诗体——格律诗体相反的自由诗体。在世界诗歌史，特别是在英语诗歌史上，最早致力于自由诗创作的诗人是美国诗人爱伦·坡。他有意识地创造出比传统韵律自由得多的新韵律，改革了来自英国的定型诗体。如在《安伦堡·李》(Annabel Lee)中改变了诗的传统形式。坡是自由诗的尝试者，他并不主张废除韵律，甚至还赋予韵律一种极端的重要性，通过韵律来获得更多的诗美。他认为：“文字的诗可以简单界说为美的有韵律的创造。”[2]他甚至推崇诗的“制作性”：“我认为我可以自夸的是，我的作品中没有一点是被偶然地抛出来的，整个作品都带着数学问题的精确性和严密逻辑一步步走向它的目的。”[3]波德莱尔这样评价坡的“无韵诗”：“关于无韵诗，我要补充说，坡赋予韵律一种极端的重要性，他是带着同样的细心和精妙的分析精神从韵律中所获得的数学、音乐的愉快和一切有关诗艺的问题的。”[4]

惠特曼加速了英语诗歌诗体的解放。他宣称：“现在是打破散文与诗之间的形式壁垒的时候了。”[5]“主要的自由诗独创者却是惠特曼。在他的自传体系列诗诗集《草叶集》中，他使用了高度非规则的诗行。他宣布伟大的解放，放弃规则的格律程式。……惠特曼的诗是自由的，受到了后来诗歌的仿效。”[6]“惠特曼不是独行者，与他同时代的诗人艾米莉·狄金森的创作也打破了常规限制，自由地抒发情感。”[7]自由诗的倡导者们反对束缚人的思想

---

〔1〕 Charles R. Hoffer. The Understanding of Music. Belmont, California: Wadsworth Publishing Company, 1985. p. 360.

〔2〕 [美]艾伦·坡：《诗的原理》，伍蠡甫、蒋孔阳、秋燕生：《西方文论选》，下卷，上海译文出版社，1979年，第501页。

〔3〕 [法]波德莱尔：《再论埃德加·爱伦·坡》，波德莱尔：《波德莱尔美学论文选》，郭宏安译，人民文学出版社，1987年，第207页。

〔4〕 [法]波德莱尔：《再论埃德加·爱伦·坡》，波德莱尔：《波德莱尔美学论文选》，郭宏安译，人民文学出版社，1987年，第207—208页。

〔5〕 李野光：《草叶集前言》，惠特曼：《草叶集》，上册，楚图南、李野光译，人民文学出版社，1994年，第5—6页。

〔6〕 Sven P. Brikerts. Literature: the Evolving Canon. Massachusetts: Allyn and Bacon, 1993. p. 550.

〔7〕 Sven P. Brikerts. Literature: the Evolving Canon. Massachusetts: Allyn and Bacon, 1993. p. 550.

和创作自由的传统的做诗规则，并不反对做诗无技巧、无限制，更不会主张取消诗体。尽管惠特曼宣称："诗的特性并不在于韵脚或形式的均匀或对事物的抽象的表白，也不在于忧郁的申诉或善意的教诲，而是这些以及其他许多内容的生命，并且是寓于灵魂之中的。"[1]他并不否定韵律和诗的均匀形式在诗中的重要性："韵的好处是它为一种更美妙更丰饶的韵律播下种子，而均匀性能将自己导入扎在看不见的土壤中的根子里。"[2]惠特曼的诗作并非完全是采用他所推崇的"明明白白的口语"和"粗野的美国语言"写成的"新诗"。这种新诗不是完全无诗体，更没有割裂传统。他推崇的"美国当代诗歌"与此前的英语传统诗歌在文体上，特别是诗体上并没有质的变化。在英语诗歌史上，惠特曼的文体创造精神确实是前所未有的，但是他并没有写出极端个人化的、美国化的、诗体极端自由化的诗歌。

"高度集中的经济、政治和道德权威在 1896 年开始运动，形成了新的文化冲击力，并集结成强大力量，直到为 20 世纪的美国的整个社会创造出新的政治准则。"[3]在美国文化变迁史中，1900 年到 1916 年被称为"野性的呼唤"(The Call of The Wild)时代，在文学、音乐、诗歌、绘画等领域都出现了巨大"反叛"(Rebellion)，涌现出电影等新型艺术和艺术的现代精神，启蒙运动、先锋艺术及世俗艺术都应运而生。美国的文学"反叛"运动发生于 1900 年，诗的大规模的改革稍后。在 1907 年，"英语诗歌的水平还很低。在英国，乔治派诗人正得势。青年时代的詹姆斯还在写满纸书卷气的保守诗歌，就连这一点也无人知晓。叶芝则还没有摆脱唯美主义的枷锁。美国的状况甚至更令人沮丧。路易斯·昂特迈耶(louis Untermeyer)把这个时期称为'过渡时期：1890—1912'。"[4]当时诗歌仍然被视为贵族的艺术，成为文学中最为保守的文体之一。"诗是感到压力和起来反叛的最后文化媒介之一。1912 年一些不满的年轻诗人聚集在芝加哥和纽约的格林威治村开始了反叛之举。在他们的眼中，过去的都是死的，诗的生命力在于自发(spontaneity)、自我表现

---

〔1〕 李野光：《草叶集前言》，惠特曼：《草叶集》，上册，楚图南、李野光译，人民文学出版社，1994 年，第 1081—1082 页。

〔2〕 李野光：《草叶集前言》，惠特曼：《草叶集》，上册，楚图南、李野光译，人民文学出版社，1994 年，第 1082 页。

〔3〕 Lawernce Goodwyn. The Populist Moment. London：Oxford University Press，1978. p. 265.

〔4〕 [美]J. 兰德：《庞德》，潘炳信译，中国社会科学出版社，1992 年，第 23 页。

(self-expression)和改革(innovation)。"[1]"格林威治村是新的道德和新的时尚的象征。"[2]卡尔·桑德堡等很多现代诗人都力图打破旧有的语言秩序,创造更自由的诗体。尽管意象派运动是在英国伦敦爆发的,美国诗人在这场活动中的作用却远远大于英国诗人,庞德、洛威尔分别是意象派前后两个阶段的实际领袖,在美国本土,意象派运动及自由诗革命也比在英国剧烈得多。

19世纪,特别是19世纪末20世纪初,是文学的"现代运动"(Modern movement)兴起的时代,更是人类诗歌艺术大变革的时代。法国诗歌率先进行"现代运动","法国的'现代'诗无疑开始于波德莱尔。诗人们如英国的艾略特和庞德在他和拉弗格、兰波那里找到了他们正在寻求的现代性。20世纪的法国诗歌中并没有什么彻底的创新可与艾略特和庞德在1914—1920年的英国所作的一切进行比较,这一切在数十年前的法国就已经完成了。早在1870年,兰波就宣称:'应该绝对地现代'。"[3]

在西方,20世纪初期更是以个人主义为中心、以先锋精神为时尚的现代艺术流行的年代,反叛传统、规则、秩序成为时尚,无论是音乐、绘画,还是诗歌、小说,艺术家都获得了空前的创作自由,艺术创作由节制走向宽松、由法则倾向自由。"本世纪初诗歌陷入的危险状态,从那些专搞反叛和改革的文学团体的数目来看,也就一目了然了。在那些团体中,乔治派、未来派、意象派、漩涡派都是突出的。"[4]西方最大的自由诗革命发生在英语诗歌中。弗林特是英国诗歌中较早使用自由诗体写作的诗人。他曾被视为在伦敦的法国诗歌权威,深受法国现代诗,特别是法国自由体诗的影响。他1909年献给妻子的情诗《在星星的网中》就开始采用创新了的诗的形式,1915年出版的诗集《节奏》大多数采用的也是自由体或他称之为"不押韵的节奏"的诗。1917年1月29日,弗林特在致J. C.先生的信中为自由诗辩护说:"诗的情感和幻象最好是让词自由地写出来得到表达,只由你所掌握的那种写作艺术和

---

[1] Roderick Nash. The Call of The Wild (1900—1916). New York: George Braziller, Inc. ,1970. p. 141.

[2] Nelil Harris, David J. Rothman, Stephan Thernstrom. The History of The United States Volume Ⅱ: 1850 to Present Source Readings. New York: Holt, Rinehart and Winston, Inc. 1969. p. 223.

[3] [美]R. S. 弗内斯:《表现主义》,艾晓明译,昆仑出版社,1989年,第90页。

[4] [英]彼德·琼斯:《意象派诗选导论》,彼德·琼斯:《意象派诗选》,裘小龙译,漓江出版社,1986年,第2—3页。

风格感觉来加以控制。”[1]

“文学界到1924年兰色姆发表《诗歌的未来》一文，指出现代主义——即意象主义——的两个特点：内容上的真诚，表达上的准确；采用自由体，以容纳新意。从这以后，‘现代主义’这个词就流行起来。”[2]尽管意象派诗歌强调对现代生活，特别是对世俗生活的直接关注，但是意象派诗人拥有梦想的权力、天性自由的权力和对已有的限制的反叛的权力，更多地体现在诗歌的文体变革及技巧革命上，意象派诗人对表现和创造的权力的重视也更多地体现在诗人的文体自由上。尽管意象派诗人主张直接处理题材（事物和情感），却反对表现主义的直抒胸臆的抒情方式和极端的文体自由，主张通过并非单纯的，而是叠加的合并的“意象”（combining images）来解决现代诗歌在放开“写什么”后在“怎么写”上出现的问题：急于表现自我带来的激情式写作方式严重淡化了诗意的浓度，减少了诗美，使诗失去了诗的传统意义上的多种美德，如凝练、含蓄。用意象化的方式写世俗化的诗，正是纯洁现代诗的重要的和有效的手段。

“庞德自1912年就鼓吹‘意象主义’：一首简单的通俗诗歌，接近口语体的韵律；眼睛盯着实物；‘朴素、直接、不受浮动情绪的影响’。他竭力反对浪漫主义和维多利亚时期的趣味……”[3]意象派从初期庞德主张的接近口语的韵律，到中期洛威尔对自由诗的格外推崇，在文体创新，特别是在对自由诗的重视上，都是英语诗歌史上前所未有的改革流派。《〈意象主义诗人〉（1916）序言》结尾一段颇能说明这一点：“我们还年轻，我们是实验主义者。但我们请求人们用我们的标准来衡量我们，而不是用那些在其他时间支配了其他人的标准来衡量我们。”[4]早在英国伦敦时，诗人休姆就宣称意象派诗歌要“愉快、平淡、精细”[5]。只有通过意象才能使诗在使用日常口语的条件下达到精细。如庞德所言：“意象主义的要旨，在于不把意象当作装饰，意象本身就是语言。”[6]过去诗歌观念中装饰的部分在现代诗歌观念中被纳入了诗的整体中，正式的韵律被音乐性诗句的连续出现产生的弦律所代替。因

---

[1] [英]彼德·琼斯：《意象派诗选》，裘小龙译，漓江出版社，1986年，第172页。

[2] 袁可嘉：《现代派论·英美诗论》，中国社会科学出版社，1985年，第92页。

[3] [美]韦勒克：《20世纪西方文学批评》，伍蠡甫、胡经之：《西方文艺理论名著选编》，北京大学出版社，1987年，第686页。

[4] [英]彼德·琼斯：《意象派诗选》，裘小龙译，漓江出版社，1986年，第164页。

[5] [英]马库斯·埃里夫：《美国的文学》，方杰译，今日世界出版社，1975年，第247页。

[6] [英]马库斯·埃里夫：《美国的文学》，方杰译，今日世界出版社，1975年，第247页。

此，庞德等诗人为了弥补日常语言进入诗后造成的传统“诗家语”精致性丧失的弱点，从中国古诗和日本俳句等东方诗歌中寻找到通过精炼的字句获得完美的含蓄的作诗技法，在英语自由诗的创作中追求至高无上的精纯。尽管艾米·洛威尔很快抛弃了格律，写多音散文(polyphonic prose)，成为“自由诗革命”的急先锋，但是她也没有激进到完全放弃韵律及诗体。《〈意象主义诗人〉(1915)序言》中这样表述她的自由诗观念：“运用日常会话的语言，但要使用精确的词，不是几乎精确的词。……我们并不坚持认为‘自由诗’是写诗的唯一方法。我们把它作为自由的一种原则来奋斗。……我们把这个词(自由诗)用于越来越多的这样的诗。在这些诗中，节奏要比散文的节奏更明显，更确凿，更连贯，但这些诗中的节奏又不像所谓的‘正规诗’那样强烈地或明显地落下重音。”[1]

尽管倡导口语体诗歌，庞德却反对自由诗不顾及诗的音乐性和精炼性。他这样批评洛威尔等人的自由诗：“自由体诗确实像它以前任何一种软弱无力的诗歌一样，变得冗长、噜嗦。”[2]他有意识地淡化自由诗体的重要性，反对用自由诗体取代其他诗体：“我认为只有在‘必须’写自由诗的时候才写，也就是说，只有当‘事物’组成的韵律比现成的格律更美的时候，或者比音调规则的诗歌在韵律上更真实，更成为‘事物’的情感的一部分，更恰当，更密切，更可能解说的时候；这种韵律能使人对现成的抑抑扬格产生不满。艾略特对此有很好的说法，他说：‘对于想写好诗的人来说，不存在什么自由体的诗。’”[3]

中国的新诗运动是汉语诗歌进化到一定阶段需要改革的结果，受到了外国诗歌潮流，特别是世界性的诗体解放运动的巨大影响，更是中国以政治改革、文化革命为社会生活主旋律的特定时代的产物。“周策纵先生认为当年胡氏提倡‘文学改良’是受当时美国文学改良运动的影响。这一论断，大体是正确的，但是不够完备。我个人认为胡氏所倡导的运动——至少是那个‘文学革命’的口号——是直接受了‘辛亥革命’的影响。既然政治可以‘革命’，文学当然也可以‘革命’。”[4]新诗革命把革新政治与革新文学混为一体，甚

[1] [英]彼德·琼斯：《意象派诗选》，裘小龙译，漓江出版社，1986年，第158—159页。

[2] [美]庞德：《回顾》，王治明：《欧美诗论选》，青海人民出版社，1990年，第353—354页。

[3] [美]庞德：《回顾》，王治明：《欧美诗论选》，青海人民出版社，1990年，第354页。

[4] 唐德刚：《胡适杂记》，华文出版社，1990年，第124页。

至把革命视为解决一切旧问题的灵丹妙药:"今欲革新政治,势不得不革新盘踞于运用政治者精神界之文学,使吾人不张目以观世界社会文学之趋势及时代之精神,日夜埋头故纸堆中,所目注心营者,不越帝王权贵鬼怪神仙与夫个人之穷通利达,以此而求革新政治,是缚手足而敌孟贲也。"[1]在政治革命者眼中,古代汉诗已经形成了以格律诗为代表的文体垄断及诗体独裁,这几乎是封建政治独裁的艺术体现,自然容易成为政治革命和文化革命的"替罪羊",当然应该采用破除一切诗体的极端手段进行汉诗革命。"诗体大解放"成了"政治大解放"的代用口号,刘半农等非政治革命者为了进行纯粹的汉诗诗体改革提出的"增多诗体"的汉诗改革策略,也与重在"打破"而非"重建"的时代潮流大相径庭,自然会受到轻视。胡适的诗歌革命的理想也被他更想进行的文学革命的理想替代,胡适更被时代潮流裹挟,无法实现单纯的文学革命的理想,他的文学革命几乎沦为文化革命和政治革命的先锋。

中国的新诗革命是用白话取代文言的诗歌语言的革命,是以自由诗体取代格律诗体的诗体的革命,是用"作诗如作文"来取代诗文有别的作诗方法的革命。根本目的是打破汉语诗歌的诗要有自成一体的"诗家语""诗体"和做诗法的传统。当时以格律诗词为正统的诗体也如文言一样保护着旧的社会价值体系,如同"不学诗,无以言",能否使用这些定型诗体是区分贵族与平民、读书人与普通人的重要标准,社会是否继续承认这些定型诗体,更是维护文人地位,保持文人优越感的重要条件之一。政治革命已经导致了读书人在社会生活中地位下降,会写古诗成为读书人保持清高的重要本钱。文体革命是政治、文化、伦理等非艺术革命的具体呈现,汉诗由定型诗体转向准定型诗体甚至无体,必然导致政治、文化、伦理快速地由有序转向无序。当时的中国由于辛亥革命等政治革命出现社会大动乱,由定型诗体格律诗词维系着暂时稳定的诗坛正是大量失意文人逃避乱世的净土。已经被动乱搞得惊惶失措的文人自然知道诗体大解放会产生怎样的后果,他们害怕因此引来政治、文化、伦理秩序的全面崩溃。想在中国进行全面、彻底革命的激进者也深知这一点,自然选择其为突破口。

文体革命的三大动力包括文体自身的革命潜能、人的追求自由的天性和社会中存在的政治文化革命的力量。意象派运动的动力更多是源于文体自

---

〔1〕 陈独秀:《文学革命论》,胡适:《中国新文学大系 1917—1927·建设理论集》,上海文艺出版社,2003 年影印版,第 44 页。

身的革命潜能，即英语诗歌发展到 1913 年前后需要作自我调整，特别是要适度放宽诗体，采用口语，重视意象。这场文体革命源自人的追求自由的天性和社会的革命因素远远没有中国的新诗革命那样多，特别是社会政治文化革命，几乎成了新诗革命三大动力中最大的动力，政治激进主义和文化激进主义决定了新诗革命的性质、目的和结果，使汉语诗歌在特定时期出现了新诗与旧诗、文言格律诗与白话自由诗你死我活的极端对抗。

胡适的"作诗如作文"最能说明新诗革命是极端的自由诗革命。胡适对"文"的重视和意象派，特别是以庞德为代表的强调诗的文体纯洁性的意象派对"文"的重视有本质上的差别。庞德反对"作诗如作文"，即使"散文"的文学性和艺术性比"文"要多得多，他也反对"作诗如作散文"。他在意象派的行动纲领——《意象主义者的几"不"》中警告诗人："不要在平庸的诗中重讲在优秀的散文中已讲过的故事。不要以为你试着把你的作品切成了行，避开了优秀散文艺术的极难的难处，就能骗得过任何一个聪明人。"[1]庞德对意象在自由诗中的高度重视更呈现出他的自由诗观：自由体诗(free verse)确实是对格律体诗(verse)的解放，具体为诗体由定型到准定型，语言由书面语到口语(在当时的英语中，书面语与口语，贵族语言与平民语言的差别及对抗都远远小于中国)，诗的精神由朦胧到清晰，诗的内容由贵族化到世俗化的巨变，特别是在诗体和诗的语言上两者的变革极大，但是加强了对意象的重视，因此 free verse(自由体诗)的写作难度既不比 verse(韵文)的低，根本不可能降低到"作诗如作文"的水平上。

正是在"作诗如作文"这一极端口号的影响下，新诗初期"自然"作诗法流行。胡适认为做诗全凭自然，追求语气的自然节奏、每句内部所用字的自然和谐。1918 年 6 月 5 日，朱经农在美国给胡适写信说："……'白话诗'应该立几条规则。我们学过 Rhetoric，都知道'诗'与'文'之别，用不着我详加说明。总之，足下的'白话诗'是很好的，念起来有音，有韵，也有神味，也有新意思，我决不敢妄加反对。不过《新青年》中所登他人的'白话诗'，就有些看不下去了。……想想'白话诗'发达，规律是不可不有的。此不特汉文为然，西文何尝不是一样？如果诗无规律，不如把诗废了，专做'白话文'的为是。"[2]胡适

---

〔1〕［美］庞德：《意象主义者的几"不"》，彼德·琼斯：《意象派诗选》，裘小龙译，漓江出版社，1986 年，第 153 页。

〔2〕朱经农：《致胡适的信》，耿云志：《胡适论争集》，上卷，中国社会科学出版社，1998 年，第 33—34 页。

1918年给朱经农的回信阐明了白话诗运动的宗旨就是“诗体的解放”，反对作诗有规则：“我们做白话诗的大宗旨，在于提倡‘诗体的解放’。有什么材料，做什么诗；有什么话，说什么话；把从前一切束缚诗神的自由的枷锁镣铐，拢统推翻；这便是‘诗体的解放’。因为如此，故我们极不赞成诗的规则。”〔1〕1993年2月，郑敏反思这段历史后结论说：“我们在世纪初的白话文及后来的新文学运动中立意要自绝于古典文学，从语言到内容都是否定继承，竭力使创作界遗忘和背离古典诗词，对当时提出应当白话文兼容古典诗词的艺术的学者如朱经农、任鸿隽、钱玄同等的意见也都加以否定，并由陈独秀出面宣布‘必不容反对者有讨论之余地’。”〔2〕

诗体是诗最大的“框框”，只有极端地破除诗体，采用“作诗如作文”的极端写法，才会出现写自由诗容易得一气可以写几百行的情况，正是因为追求抒情的极端自由和诗体的极端解放，新诗革命时期涌现的无数自由诗才没有一首像庞德的《地铁站上》那样的追求意象的精确、语言的凝练、想象力的丰富、情绪的节制的精致之作。胡适的日记记录了他受到了意象派中最致力于自由诗革命的激进派提出的“六条原理”的影响，但是新诗革命时期的自由诗完全没有遵守“六条原理”的作诗原则：使用精确的词、创造新节奏、题材选择绝对自由、呈现意象、诗要硬朗清晰，特别是没有像意象派那样，认为“凝练是诗歌的灵魂”〔3〕，更没有在打破“无韵则非诗”这一汉诗源远流长的文体传统后，像意象派那样“创造新节奏”。

意象派运动的“自由诗”与新诗革命的“自由诗”在诗的音乐形式上有质的差别。尽管白话自由诗也主张应该有内在的节奏，但是在打破“无韵则非诗”原则和“作诗如作文”的极端口号下，新诗诗人是不重视诗的节奏的，都赞成新诗革命的“自由诗”是真正的不受诗歌传统及韵律节奏、语体和文体限制的“自由”写作的诗。无论在诗的内容变革上多么激进，在文体演变上，西方诗坛始终有保守主义者，即使是那些激进主义者，绝大多数诗人都强调文体改良大于改革，血气方刚的年轻诗人也不例外。在诗的“写什么”上，他们可以依靠甚至推崇观念的独创性和情绪的力量，但是在包括诗体在内的诗的

---

〔1〕胡适：《答朱经农》，耿云志：《胡适论争集》，上卷，中国社会科学出版社，1998年，第31页。

〔2〕郑敏：《世纪末的回顾：汉语诗歌语言变革与中国新诗创作》，吕进、毛翰：《中国诗歌年鉴(1993卷)》，西南师范大学出版社，1994年，第352页。

〔3〕[英]彼德·琼斯：《意象派诗选》，裘小龙译，漓江出版社，1986年，第159页。

"怎么写"上，他们并不极端，总是能够正确处理传统与个人才能、文体自律与文体自由的矛盾。如23岁的庞德1908年10月21日给美国诗人威廉斯·卡洛斯·威廉斯写了一封信，谈及"诗艺的最终成就"，他得出了与20世纪中国年轻诗人，特别是新诗革命时期的激进诗人截然不同的诗歌改革观："彻底的创新，自然是办不到的。"[1]即使他在领导意象派运动时，也绝不以革命者自居和以创造者为荣。

正是因为在新诗革命时期，新诗革命的领袖们过分重视诗在文体形式上的散文化、自由化和诗在内容素材上的平民化、世俗化，才无法使汉语自由诗形成英语自由诗那样的"现代风格"，特别是在诗体的具象定型和诗的语言意象的暗示上远远落后于西方。即白话自由诗不但缺乏中国古代汉诗的"诗味"，更缺乏世界现代诗歌的"诗质"，而且没有建设起相对规范的诗体，形成千人千面、千诗千体的混乱局面。

在强调中西方自由诗存在本质差异的同时，也不否认西方诗歌的文体解放与汉语诗歌有很多相似之处，甚至也承认中西方自由诗有很多共同点，如都重视对已有的韵律，特别是押韵形式的改造甚至破坏。如在英语诗歌中，无论是无韵诗(blank verse)还是自由诗(free verse)，都具有对诗的已有法则(rules)挑战的意味。无韵诗是对诗的旧有韵式，特别是表面韵式，即诗行的押韵方式的弱化，在诗的音乐形式上进行了较大的改良；自由诗在诗体解放上比无韵诗更激进，强调在诗的听觉形式和视觉形式上的改造，力图创造出新的规范而不呆板、自由而不散漫的诗体。即在西方，传统的"无韵诗"和现代的"自由诗"都是有常规诗体的诗。为了突出这两种诗是"有体"诗的文体特征，应该将"blank verse"译成"白体诗"或者"素体诗"，不能译成"无韵诗"，将"free verse"译成"自由体诗"。"一种体裁从一个民族文学传入另一个民族文学，名称却发生了变化，这类变化发生时产生了什么样的后果，体裁的名称迻译成别种文字是否正确得当。因为从词源学上看，名称的改变通常意味着意义的改变。"[2]20世纪中国通常把"free verse"译成"自由诗"，把"blank verse"译成"无韵诗"，"自由"与"无韵"两个词都容易让人误解国外的现代诗歌甚至古代诗歌是没有诗的基本规则和基本诗体的诗歌。用现代汉语写的自由诗又是20世纪中国的垄断文体，因此很多中国新诗诗人误以为英语诗

[1] [英]彼德·琼斯：《意象派诗选》，裘小龙译，漓江出版社，1986年，第7页。
[2] [美]韦斯坦因：《比较文学与文学理论》，刘象愚译，辽宁人民出版社，1987年，第101页。

歌在现代和古代都不遵守“无韵则非诗”这一世界诗歌通用法则，总是把西方的自由体诗等同于中国的自由诗，这极大地刺激了他们进行新诗革命和创作自由诗的热情，导致了自由诗的泛滥。

在反思西方自由诗在中国的体裁称谓及译名是否准确的同时，也应该反思用“自由诗”来指称打破了传统汉诗的诗体束缚、用现代汉语创作的一类抒情文体的科学性。“‘命名’行为对于一个当下的事物，即对于一个以前已熟悉的对象，不只是增加一个单纯的、约定的符号；毋宁说它是关于客体概念的先决条件，也是关于一个客观的经验的实在观念。”[1]文学体裁、文学命名的不准确必定带来文体的混乱。目前，新诗的“诗体重建”已在中国诗坛形成共识，弄清中西方自由诗的差异，还西方自由诗是有诗体的诗这一本来面目，称之为“自由体诗”，很有必要。近年学界主张用“现代汉诗”一词取代“新诗”，来指称用现代汉语写的诗，有助于纠正百年间中国诗人过分重视创新的缺点。在20世纪甚至今天，很多诗人都认为，既然用现代汉语写的诗叫“新诗”，为何这种诗歌的写作不能从“我”开始？以致百年间现代汉语诗歌的写作总是后浪推前浪，太富有创新意识的后一代诗人不仅否定了古代诗歌，还把前一代的全盘否定掉。20世纪初出现了对古代汉诗的极端否定，20世纪80年代中期还出现了当时刚出世的“第三代”诗人对问世于70年代后期和80年代初期的“朦胧诗”的极端否定，“打倒某某”“pass某某”的口号此起彼伏。近年诗坛上又出现了新的否定前代诗歌的思潮，新诗的无体化、口语化、散文化倾向也日趋严重。所以应该改变百年来外语自由诗(free verse)在中国的译法，把它译为“自由体诗”而不是“自由诗”，还要把汉语的自由诗也改称为“自由体诗”。这样可以强化新诗诗人的诗体自律意识，让汉语自由诗不再“无序无体”。

第二节　创作考察

一、叶维廉的诗形

诗形即诗的视觉形式或诗的排列形式，在诗创作，特别是现代诗创作中

---

〔1〕［德］恩斯特·卡西尔：《国家的神话》，范进、杨君游、柯锦华译，华夏出版社，1990年，第52页。

具有重要的地位。叶维廉也重视诗形，尽管他的诗论中没有出现“诗形”这个术语，但是他多次论及诗形，写过研究具象诗、回文诗和图像诗等有关诗形的文章，他的诗创作也较重视诗形。

叶维廉强调中国现代诗的文法独创性和独特形式。1959 年他写的《论现阶段中国现代诗》多处涉及这个不被人重视的话题，对重视诗的排列，甚至是“形异”的图像诗及具象诗有较高评价。他主张现代诗人应该有文体独创精神，现代诗应该有一个“新形式”：“现代诗人要在一个新的世界去探索，但这个世界他们是陌生的、新奇的。他们如何去表现它呢？他们不能再用旧的作诗法，他们必须要创立新的方法，他们要发明和大胆去实验，甚至要超过文法。他们宁愿牺牲语言传统的成果，破坏语法为求得一个适当的新形式。所以在文字上，现代主义也含有极端的破坏性。……诗人在文字上是具有‘破坏性’和‘实验性’两面的。”[1]他推崇“诗的独到之处”：“卞之琳自己也说：‘诗的材料可以不拘，旧材料也可以，如果能化腐朽为神奇；但必须有独到之处。’卞先生强调感觉可及的诗的世界，也是现代诗的一个明显的特色。‘独到之处’是表示一首诗应该有个性。”[2]他重视利用中国方块文字的特点来“以图示诗”：“中国人对于美的观念一向非常保守，我们当然承认某一件艺术品(或某一首诗，或甚至某一时期的诗)的‘已存在的美’的价值，但这种已存在过的美经常是受时间所限制的，某一时代的美的观点并不可作为另一时代的美的准则。一种超脱时空的美应该是一连串新的美的不断的创造(当然美的创造应该经过诗人高度的艺术整理)。就在上述的观念之下，一部分诗人要求做到每一首诗都有新的表现，其中一个目标是如何利用中国方块文字的特点，以图示诗。”[3]

汉字是一种诗意文字，适合用来写诗，更适合用来写图像诗。保尔·克洛代尔认为：“1. 中文表意文字是综合性的。一眼就能看到呈现眼前的事物的画面。西方表意文字是分析性的，是借助一系列推论而得出的一种概念。

[1] 叶维廉：《论现阶段中国现代诗》，叶维廉：《叶维廉文集》，第三卷，安徽教育出版社，2002 年，第 195 页。

[2] 叶维廉：《论现阶段中国现代诗》，叶维廉：《叶维廉文集》，第三卷，安徽教育出版社，2002 年，第 197 页。

[3] 叶维廉：《论现阶段中国现代诗》，叶维廉：《叶维廉文集》，第三卷，安徽教育出版社，2002 年，第 197—198 页。

2.中文表意文字是一个人,西方的字母是一次行动,一个动作,一种运动。”[1]叶维廉也说:“莱辛认为文字是任意形成的符号,而画用的是自然的符号。即是说,画里一间房子和我们看见的房子完全可以相符相认的;但House(英文)Maison(法文)都与我们经验中看到的房子不相符,是任意决定代替视觉经验中‘房子’的符号。梵诺罗莎(Fenollosa)第一次接触到中文,惊为神语;因为这不是任意形成的符号,而是与我们经验相符的自然符号。……他并且惊异中文字的具象性,譬如‘東’字是‘太阳在树后’,‘旦’是‘日自地平线上升起’等。庞德由梵氏那里取得‘作为诗的传达媒体的中国字’一文,大大的发挥成为他的‘具象诗学’,并在‘诗章’中加上中文字,力求‘自然’‘具体’。事实上,这个‘神语’的表现性能,梵氏知其一不知其二,曾有很多错误的解释。但就中文强烈的‘实象实说’来说,自有其美学道理。”[2]在这篇文章中,叶维廉客观地指出了“以图示诗”的优点和缺点,反对走极端:“以图示诗,以前法国亚波里奈亚(Apollinaire)诸人写过,但他们带有游戏的成分,至于美的表现——有意义的美的表现方面较弱,从事‘以图示诗’的中国诗人如白萩及季红却似乎有意去把握一种多方暗示的气氛。企图以一种气氛获得多方的反应也正是象征诗的主要使命。……他的成功处应该归于他的不断追求美的表现模式。他是要在实验中为诗发掘更多的可能性。”[3]

大陆诗形建设落后的主要原因是很多诗人学者既不承认新诗应该有“诗体”,更不承认新诗应该有“诗形”。甚至到了今天,大陆很多诗论家还把这类诗作称为文字游戏之作,没有意识到诗形建设的意义及图像诗的价值。鸥外鸥是20世纪三四十年代未来主义的代表诗人,当时创作了《被开垦的处女地》《第2回世界讣闻》《传染病乘了急列车》《食纸币而肥的人》等大量重视诗形的诗。他在晚年时却不敢肯定《被开垦的处女地》的价值。他在1985年出版此诗时加上了这样一段颇能表现新诗诗人,特别是大陆当代诗人进行图像诗创作的“不安”的话:“此诗写于第二次大战前的1937年初,通过各方面不平常的动态,预见大战的迹象已迫近。所以利用英语‘WAR’一词作为叫卖

---

[1] [法]保尔·克洛代尔:《西方的表意文字》,蔡宏宁译,乐黛云、李比雄:《跨文化研究》13,上海文化出版社,2003年,第73页。

[2] 叶维廉:《“出位之思”:媒体及超媒体的美学》,叶维廉:《中国诗学》,生活·新知·读书三联书店,1992年,第174—175页。

[3] 叶维廉:《论现阶段中国现代诗》,叶维廉:《叶维廉文集》,第三卷,安徽教育出版社,2002年,第198—199页。

号外时惊呼'喝呀'的拟声,又兼用了原词'战争'的意义。不会被视为'形式主义'吧?有人会这样看的。"[1]比较1959年叶维廉以及1985年鸥外鸥的话,不难看出海内外两地诗形观的差异及叶维廉的高明。

叶维廉还肯定了具象诗对新诗现代性建设的贡献:"具象诗的产生极早,与现代主义同步。它的产生另有历史与美学的缘由,我在这里无法细论。但在50年代以后的诗人,对具象诗的出现,另有一种认同。诗,在19世纪末安诺德(Mathew Arnold)的鼓吹下,被视为'高度严肃的东西'(high seriousness),是文化的试金石:文化便是由荷马以来许多试金石构成的结晶。这个传统,现代主义代表人物如庞德和艾略特都奉为金科玉律。具象诗,以小事小物的戏谑为诗,可以说是对'严肃性'的调侃,在精神上与前卫艺术反艺术体制的种种挑逗是一贯的。……所以具象诗往往也是图诗(picture poems)或音诗(audio-poeme)。像这样的诗,不但作者曾煞费心机去'构筑'(说'写'不能表达其超媒体的行为),读者也要煞费心机才可以认识这个形象。语言的性能作了显著的疏离与扭曲才可以达到超媒体的表现。"[2]

诗的视觉形式与诗的听觉形式有时是相依相存的,好的诗形可以更好地表现诗的音乐性,特别是表现如"情绪的流动"一样的诗的内在的音乐性,这是现代诗采用标点、空白、分行、分节等方式来重视诗形的一大原因。叶维廉意识到了这一点,他在《诗的再认》一文中说:"一提到诗的音乐性,老一辈的人唯平仄、唯抑扬是诗之要件;中辈的人(其实还有不少的年轻的人)则强调字的音乐性,殊不知'诗的音乐性'还是以其心象的动向为依归,无论作者是'口语诗人',还是文字中的'天籁诗人'。(我们相信诗人中对于音的认识不少是天生的,叶芝即是一例。)所以当韩波(Rimbaud)攻击波特莱尔'未曾注意未听过的东西'而在其《灵光集》中打破形式并诉诸'情绪的流动'的散文时,他在'音乐性'的认识上确比波特莱尔更进一步;因此,亚波内里亚及超现实主义者毫不迟疑地称韩波为宗师,亦因此圣约翰·濮斯不顾一切地抓住了散文的形式(亦即韩波《灵光集》的形式),来发掘'未知的深层'(the Unknown Substratum)。"[3]

---

[1] 鸥外鸥:《鸥外鸥之诗》,花城出版社,1985年,第27—28页。

[2] 叶维廉:《"出位之思":媒体及超媒体的美学》,叶维廉:《中国诗学》,生活·新知·读书三联书店,1992年,第170—171页。

[3] 叶维廉:《诗的再认》,叶维廉:《叶维廉文集》,第三卷,安徽教育出版社,2002年,第184—485页。

尽管比同时代的诗论家重视诗形，叶维廉的诗形观与今天的诗形观仍有差异，今天视觉思维受到高度重视，甚至人类已经进入“读图时代”，图像甚至大于语言、图像思维重于语言思维，诗的游戏功能与娱乐功能也受到高度重视，诗甚至可以称为“视觉的艺术”。叶维廉更多是站在传统的“形式为内容服务”的形式观上重视诗形的，他反对文字游戏及形式主义。他的观念与阿恩海姆的有些相似。尽管高度重视视觉思维，重视研究艺术与视知觉的关系，阿恩海姆还是坚持形式为内容服务：“没有一个视觉式样是只为它自身而存在的，它总是要再现某种超出它自身的存在之外的某种东西。这就是说，所有的形状都应该是某种内容的形式。当然，内容也不等同于题材，因为在艺术中，题材只能作为形式为内容服务。”[1]

叶维廉的诗形观具有传统与现代、中国与西方有机契合的特色。正如乐黛云所言：“随着叶维廉越来越深入地进入比较文学和比较文化的研究领域，他对西洋诗传统和中国诗传统的把握也更为深邃，更为自觉。作为一个诗人的学者和学者的诗人，他说‘我面对的是很复杂的情景，是东西方的糅合，有两方面的冲突’。”[2]无论是诗论还是诗作，都表明叶维廉具有艾略特所讲的“历史意识”。他说：“在我自己来说，一直有接触传统的东西，而有时在西洋诗里面，我觉得冥冥之中有一些地方是刚刚相交的时候，我自己亦会接受它的做法。这是一种无形中的汇合。”[3]“我对旧诗的爱好实在太深，理论上，我并不是没有想过要不要写大众诗这个问题，可能我对传统的东西有很多非常深厚的感情，这并不是一下子可以摆脱得了的。”[4]

叶维廉不仅受到了中国诗歌传统的影响，也受到了西方诗歌的影响。他在《让我们随着诗的激荡到英国》一文中说：“对我这个来自中国的爱诗者，因为曾经在英诗中得过一些滋养，自然会情不自禁地流连于诗人阁，要确知我心中喜爱的诗人都被立碑追封，虽然有时我曾经和他们‘争吵’。这里是华兹华斯，一度我的‘导师’，一度我批评的对象。这里是辜勒律己，浪漫主义哲学的说明者。这里是‘美是永远的欢悦’的济慈。这里是‘诗人即是世界的立法

---

〔1〕［美］鲁道夫·阿恩海姆：《艺术与视知觉》，滕守尧、朱疆源译，中国社会科学出版社，1984年，第115页。

〔2〕乐黛云：《序》，叶维廉：《叶维廉文集》，第一卷，安徽教育出版社，2002年，第5页。

〔3〕叶维廉：《与叶维廉谈现代诗的传统和语言——叶维廉访问记　现代诗与传统》，叶维廉：《叶维廉文集》，第七卷，安徽教育出版社，2002年，第354页。

〔4〕叶维廉：《与叶维廉谈现代诗的传统和语言——叶维廉访问记　诗的语言》，叶维廉：《叶维廉文集》，第七卷，安徽教育出版社，2002年，第359—360页。

者'的雪莱。莎士比亚，白朗宁，还有，啊，你看诗多正义！这里是入了美籍的奥登！……我们为过多少中国的诗人，古代的，现代的诗人追封立碑？中国的'诗人阁'在哪里？我们有完全专藏售李白或者杜甫诗文研究的书籍(中文的，日文的，英文的，法文的……)书店吗？"[1]这段感叹也说明他对诗歌遗产的重视。

在回答有关"现代诗与传统"问题时，他说："在1916—1917年左右，中国的新学人猛烈攻击中国传统的文字，认为旧文字无法传播新思想，间接做成中国的落后云云。但差不多在同时，西方的庞德却在文章里称赞传统中文的优美，称之为最适合诗的表达的文字。……但早期的白话诗却接受了西洋的语言，文字中增加了叙述性和分析性的成分，这条路线发展下来，到了三四十年代的时候，变得越加散文化了。不过当时还有另外一条路线的发展，那就是新月派的路线。新月派在当时相当西化。在这两条同是接受西方的路线中，新月派开始比较注重'诗味'的问题，虽然是用西洋的形式，但希望不完全是叙述，而能达到自我对物象的感受。"[2]

叶维廉对新诗革命忽视古代汉诗传统的论述是相当精辟的。新诗文体的初步形成主要经历了19世纪末的"诗界革命"和20世纪初的"白话诗运动"两大阶段。诗界革命是保守的文体改良运动，以增加"新名词"为汉诗改良的主要内容，并没有动摇汉诗的根基——以格律诗为代表的定型诗体和准定型诗体，文体变革的力度太小，基本上没有对汉诗的诗句、诗节、诗章及诗律进行变革。白话诗运动又太激进，对已有的古代汉诗诗体进行了全面的颠覆，不仅改变了汉诗的语言、文体和内容，甚至写诗的思维方式也发生了巨变，是一次超过了汉诗承受能力的文体大变革。

叶维廉对大陆"朦胧诗"的论述也说明他对传统的熟悉与重视："所谓'朦胧'，所谓'难懂'，对大陆以外一般的读者而言，根本不存在。这些诗被批判的主要原因是：他们用了多重意义多重指涉的意象和隐喻。……'文革'之后，1978—1979，这些年轻人面临一个重大的危机，突然间，那30年来种植在他们意识中加强又再加强，肯定又再肯定的东西瓦解了。正如一位40年代的老诗人亲口对我说的，那个一度被视为永恒价值的坚实可触的实体，一夜

[1] 叶维廉：《让我们随着诗的激荡到英国》，叶维廉：《叶维廉文集》，第八卷，安徽教育出版社，2002年，第87页。

[2] 叶维廉：《与叶维廉谈现代诗的传统和语言——叶维廉访问记　现代诗与传统》，叶维廉：《叶维廉文集》，第七卷，安徽教育出版社，2002年，第351—352页。

之间变成了'假、大、空'——虚假的、大言的、空虚的。这个所谓客观完整的现实既是个虚架子,便当然无法成为溶合统摄经验的依据。诗人一旦失去了这个'存在的理由'和完整意义的依据,很自然地会摒除这个破碎不全的外在世界而转向内心世界,去追求新的价值,新的统一的意义。而这个试图以艺术的创造、文化的再现来重新肯定他们存在价值的内在旅程,相应地要求他们寻出新的表达形式;这是辩证必须的过程,多义的意象只不过是他们的语言手段之一而已。"[1]"朦胧诗"论争在新诗史上占有重要的地位,众说纷纭,论述众多,很少有比这更精彩的论述。重视诗的排列即是重视诗的"表达策略",好的诗形可以产生无理而妙的效果,有"放射性的指涉作用"。

乐黛云在《叶维廉文集》的《序》中说:"叶维廉首先是一个诗人,而且是一个现代派诗人。还是一个十几岁的少年时,叶氏就十分热衷于诗歌探索和诗歌创作。在1955年至1961年的台湾求学时代,他已经写了不少中文诗和英文诗,在《现代文学》、《创世纪》、《新思潮》等杂志发表。1963年,他参加了美国爱荷华大学的诗创作班,翻译编选了《现代中国诗选》,同年出版了他的第一部诗集《赋格》,后来又陆续出版了多卷诗集如《愁渡》、《醒之边缘》、《野花的故事》、《花开的声音》、《松鸟的传说》、《三十年诗选》、《惊驰》、《留不住的航渡》、《移向成熟的年龄》等。这些诗中的一部分曾数度获奖,他本人也于1979年荣获台湾十大杰出诗人的美称。"[2]"他试图突破过去的郁结,更倾向于山水林木,力求溶入中国诗歌传统的宁静澹泊,追求中国旧诗'非常浓缩的气氛和感受'。在语言方面则力图以文言的浓缩来补救白话的松散,他推重李白的乐府诗的语言,认为那是一种口语化的语态,同时又是比较提炼的语言,而他自己则'大概是先在白话和文言之间提炼了一种语言之后,而以这个为基础再来调剂一下民间的语言'。"[3]这个评价是比较准确的。

叶维廉这样描述他的诗写作:"一首诗的产生,……起码这一点我们是与三四十年代的诗人不同的,他们的主题几乎在脑袋里构想得非常清楚,知道写些什么,写给什么样的对象看,然后再在意象上推进一步。对我来说,不是这样,有时是一个意象将我捉住,使我迷惑,然后由意象而发展成一首诗。或

---

〔1〕 叶维廉:《危机文学的理路——大陆朦胧诗的生变》,叶维廉:《中国诗学》,生活·新知·读书三联书店,1992年,第273—274页。

〔2〕 乐黛云:《序》,叶维廉:《叶维廉文集》,第一卷,安徽教育出版社,2002年,第3—4页。

〔3〕 乐黛云:《序》,叶维廉:《叶维廉文集》,第一卷,安徽教育出版社,2002年,第5页。

者有时是一种非常郁结的感觉和心情引起，开始写，写出了一两个意象之后，再由这些意象引发写出整首诗来。所以郁结了一段时间之后，一写差不多就写出来了。当然我也有修改。《降临》的初稿，和后来有分别的，主要是第三首。已经写好了，我觉得不够力量，不够浓缩……所以后来再改写。”[1]在创作中，叶维廉非常重视语言。在回答有关“诗的语言”问题时，他说：“庞德说过：‘诗人的责任是净化该民族的言语。’这方面的好处和缺点很明显在我的诗中出现，缺点就是说，可能由于我这样的做法的时候，我所提炼的诗是艺术的语言，艺术的语言在现代社会里面应不应该尝试？站在文化上的立场来说，像是应该这样做的，不是吗？但艺术的语言在现代这样急促、这样动荡的社会里面，不能够得到读者。”[2]梁新怡曾问叶维廉：“在你早期的诗里，一直有用古典的文字或者借用古诗的文字，这究竟是摆脱不掉的怀恋，还是另有深意?”[3]叶维廉回答说：“这里面是有着两个情况：一个情况是我觉得在我利用一首旧诗的时候，有很多地方可以将在旧诗里非常浓缩的气氛和感受，带到我诗里面需要这样表达的地方；另外是我在那个时候始终觉得白话有许多缺点，这些缺点是文言的浓缩可以补救的。所以我许多时候把白话和文言尽可能混合到不可以分开。譬如有些朋友觉得我的《游子意》里面和《愁渡》这阶段的混合的尝试比较成熟。但是我在这之后却尽可能放弃这种做法。但也不一定能放弃。相信我对旧诗的爱好实在太深，理论上，我并不是没有想过要不要写大众诗这个问题，可能我对传统的东西有很多非常深厚的感情，这并不是一下子可以摆脱得了的。”[4]

受传统影响，叶维廉很早就重视诗的“怎么写”及诗的形式，他的文体意识及诗体意识在学生时代就觉醒了。他在《台北与我》一文中回忆说：“在那段波起潮击的日子里，我和文兴等人的切磋是相当繁密的，虽然我那时也忙于在香港推出《新思潮》、《好望角》，也忙于和痖弦、洛夫、商禽等人试探现代诗新的表达形式。我们关心的毕竟是同一的问题，都是要求建立语言的艺术

[1] 叶维廉：《与叶维廉谈现代诗的传统和语言——叶维廉访问记　几个阶段的诗》，叶维廉：《叶维廉文集》，第七卷，安徽教育出版社，2002 年，第 357 页。

[2] 叶维廉：《与叶维廉谈现代诗的传统和语言——叶维廉访问记　诗的语言》，叶维廉：《叶维廉文集》，第七卷，安徽教育出版社，2002 年，第 360—361 页。

[3] 叶维廉：《与叶维廉谈现代诗的传统和语言——叶维廉访问记　诗的语言》，叶维廉：《叶维廉文集》，第七卷，安徽教育出版社，2002 年，第 359 页。

[4] 叶维廉：《与叶维廉谈现代诗的传统和语言——叶维廉访问记　诗的语言》，叶维廉：《叶维廉文集》，第七卷，安徽教育出版社，2002 年，第 359—360 页。

来补救当时'只知故事不知其他'的小说创作。我不妨附带说,当时偏重艺术性,是针对当时历史上的需要而发的,而非完全的追求艺术至上主义,当时确是如此。即就后来必须批评现代主义(基于另一种历史上的需要)的好友陈映真,在当时的成就也是语言艺术先于社会意识的。这并不是说社会意识不重要,事实上,我还没有看到一个完全脱离社会意识而可以立足的作家。"[1]"我和《现代文学》合作无间,与先勇同班同学打成一片,恐怕也是历史的机缘。我自香港来台北,带着三四十年代诗人们给我的'现代'意识和手法,带着我在学习中的后期象征主义的手法和其他的前卫运动,带着二者对艺术性刻心镂骨的凝练,带着中国古典诗在我艺术意识中的呼喊,进入了一段创作上只求内容而不求写作技巧的贫乏时代。在这空谷中,夏济安师在《文学杂志》里巧妙地推出了福楼拜的《风格绝对论》和詹姆斯的小说艺术。《现代文学》的同仁大部分都曾受益于济安师,当时继起兴办的《现代文学》正好响应着我内心的渴求:向'艺术营养不良症'进军。我和《现代文学》一呼万应地合作无间,这当然是重要原因之一。"[2]正是年轻时接受了健康的文学教育,有意识地"向艺术营养的不良症进军"和"试探现代诗新的表达形式",重视诗人的学养和诗写作的难度与技巧,叶维廉才有较好的诗体意识及诗形观念,才意识到诗形的重要性。

在诗创作中,他重视诗形却不走极端,反对文字游戏,坚持诗的排列及诗形是为配合最经济和最传神的表现而活用的。采用读古代汉诗"藏头诗"的"拆字"解读方式,很容易读出"诗中诗"。他有一些诗的排列独具匠心,是刻意而为的;有的排列产生的"诗中诗"的奇特效果却是无心插柳柳成荫的。以《上午小调》为例,全诗如下:

走着
　一条小小小小的石子路
行过
　一排弯弯弯弯的蓝顶屋
听那

[1] 叶维廉:《台北与我》,叶维廉:《叶维廉文集》,第九卷,安徽教育出版社,2002年,第69页。

[2] 叶维廉:《台北与我》,叶维廉:《叶维廉文集》,第九卷,安徽教育出版社,2002年,第70—71页。

一双细细细细的银铃足

轻踏

一段急急急急的碎花步

且看

一一打开开开开的圆窗户

探出

一列圆果果果果的红脸谱

奏着

一组点滴滴滴滴的乌眼珠

透亮

一个喜气洋洋初生的上午

这首诗的两字诗行与多字诗行都可以单独组成一首诗。两字诗行组成的诗是:“走着/行过/听那/轻踏/且看/探出/奏着/透亮”。多个两字诗行几乎可以与任何一个多字诗行组成诗。如:“走着/行过/听那/轻踏/且看/探出/奏着/透亮/一个喜气洋洋初生的上午”;“走着/行过/听那/轻踏/且看/探出/奏着/一组点滴滴滴滴的乌眼珠”;“走着/行过/听那/轻踏/一段急急急急的碎花步”。

诗的排列不仅仅是为了节奏美(音乐美)和视觉美(建筑美),还是为了更好地表情达意,可以使诗意增值,甚至达到“诗中含诗”的奇特效果,如中国古代诗歌中的“藏头诗”。如果一首诗任意选取不同的视角都可以产生一首同样主题的诗,这首诗的技巧和效果就是非常好的,如苏蕙的《璇玑图诗》不仅利用语言文字的力量,而且用色彩来增加诗情和诗意,被后世称为“奇图佳文”。这幅诗图共有 841 个字,排成纵横各为 29 个字的正方图,由五色织成,图中藏诗多达万余首。这首诗的读法很多,不同的读法有不同的结果,有四边四角读法、中间井栏式读法、经纬读法和其他多种读法。现代汉诗中也有人写这种诗,如台湾诗人苏绍连的《〈逢入京使〉变奏曲》。叶维廉不是专门的图像诗人,但是他的诗借鉴了具象诗及图像诗的一些技法,取得了较好的艺术效果。这些诗也说明了他对诗形的重视。

采用如此手法“细读”(close reading)甚至可以说是另类解读叶维廉的诗,是想说明叶维廉在创作实践中也较重视诗形,同时也想说明他在理论上和在创作上对诗形的重视程度是不太一样的。这在一定程度上反映出新诗创作中的学者型诗人的写作和诗人型学者的研究特点，学者型诗人的诗写作不像非学者型诗人那样激进，诗人型学者的研究不像纯粹的学者型的那样保守。2006 年 10 月 14 日，在北京友谊宾馆由首都师范大学中国诗歌研究中心和北京大学中国新诗研究所举办的“新世纪中国新诗学术研讨会”上，叶维廉在发言中说他本来想当诗人，只是为了生存，才选取了当学者这样的职业。他非常重视诗在现代生活中的作用：“我们所拥有的‘自然’面貌已经逐渐变化到可以纳入焦虑、动荡、残暴、非理性和混乱。就像洛夫所说的：‘揽镜自照，我们所见到的不是现代人的影像，而是现代人残酷的命运，写诗即是对付这残酷命运的一种报复手段。这就是为什么我的诗的语言常常触怒众神，使人惊觉生存即站立在血的奔流中此一赤裸裸的事实。’于是，我们看到洛夫和痖弦各以自己的方式抓紧当代经验中锋锐的张力(angular tension)和遽跃的节奏(disjunctive rhythm)。”[1]《叶维廉文集》既收录了他的论文和散文，也收录了他的诗。诗人与学者的两栖身份，跨文化生活和学术环境，都使叶维廉的诗论和诗作独具特色，也使他的诗形观与众不同。

叶维廉是当代屈指可数的几位关注诗形的诗论家之一，他的诗形观具有“改良主义”的色彩，他不是一个形式主义者。他更重视诗形的表情达意功能，只适度肯定诗形的语言游戏功能。在理论上，叶维廉重视诗形，甚至为汉语图像诗创作提供了及时的理论支持，但是也不极端；在创作上，他更反对采用极端的诗形。他说：“写诗是一个长久的计划，我希望在诗中把那些被压抑的，被割舍掉的，被工业物质化埋没的灵性经验解放出来。……文学中的诗并非显了迁就这个物质世界，它必须还有批判，对于僵化的人际关系的批判，至于采取何种方式，全在于诗人们微妙的处理。所谓的批判并不一定要在字里行间，它可以潜藏在诗中对僵化的人际关系作暗示性的抗衡。若是诗里只是表面离享乐式意符的游戏而不带意识，就不能算是好的文学作品了，这点在中国传统中是非常强烈的，但在西方社会里，社会使命和批判精神都慢慢地被文化工业所消融化灭。”[2]他的这种观念与古代汉诗的“诗言志”传统有异曲同工之处。在对诗形的态度上，他的创作和理论有些差异，所以他说：

---

〔1〕 叶维廉：《中国现代诗的语言问题》，叶维廉：《叶维廉文集》，第三卷，安徽教育出版社，2002 年，第 221—222 页。

〔2〕 叶维廉：《与叶维廉谈现代诗的传统和语言——叶维廉访问记》，叶维廉：《叶维廉文集》，第七卷，安徽教育出版社，2002 年，第 370—371 页。

"而现在有些人却以我谈诗的文章来看我的诗了，这有时是风马牛不相及的。"[1]"有些人研究我的诗，先看我的理论再回头看我的诗，其实有时并不一定能配合，因为我是在写诗以后才整理出一套理论，而它针对的问题并不一定是我的诗。诗这东西有一种很奇妙的辩证，例如：我讨论中国诗的时候特别提出非演绎性表达，很多人便认为叶维廉的诗必定也是如此，然而过程并非一定这样，有时我也刻意去使用演绎性，希望能超越限制而达到非演绎性所导致的境界。"[2]叶维廉在诗创作上对极端诗形的谨慎态度说明他的诗形理论只是处在"改良"状态，他保持了一个学者型诗论家应该有的严谨与客观，也证明他不主张极端的新诗现代性建设。

二、云鹤的诗体

云鹤本名蓝廷骏，1942 年 4 月生于菲律宾马尼拉市，1967 年毕业于菲律宾远东大学。17 岁时出版第一本诗集《忧郁的五线谱》，后来出版了《秋天里的春天》《盗虹的人》《蓝尘》《野生植物》《诗影交辉》和《云鹤的诗 100 首》。2001 年 10 月 28 日，他回忆自己的诗路历程："很年轻就写诗。第一首公开发表的诗，是在先父主编的《新潮》副刊上，在听到邻居传来的一阵琴声后有感而抒，题目是《紫色的琴声》，但琴声为什么是紫色的？自己也说不出所以然。……进一步认识诗，是报上覃子豪老师主持的函授班之后。60 年代写了很多，受到的影响也很杂，痖弦、洛夫、叶珊、商禽、白浪萍……的影子，在诗中挥之不去。70 年代菲国军统，文坛沉寂，诗思中断。这十多年空白期，对我是很重要的。因为再出发时虽然还创造不出自己独特的音响，但相对地说，较之 60 年代成熟多了。诗中的'我'，也逐渐凸现。这段时间写得不多，可能是创作态度较为严肃的缘故。……80 年代末，我写出了自己感到最满意的一首诗，因为这首诗不仅仅是以情写，也是以泪与血写的。……之后，我久久无诗。是不是精神上顿然失去了寄托而形成诗思的失落？我说不出来。"[3]

从这段文字可以读出云鹤诗歌的三个关键词：语言智能、诗体意识和现代意识。这三个关键词颇能反映出他的创作特色。他创作的第一首诗就运

---

〔1〕 叶维廉：《与叶维廉谈现代诗的传统和语言——叶维廉访问记　创作与理论》，叶维廉：《叶维廉文集》，第七卷，安徽教育出版社，2002 年，第 363 页。

〔2〕 叶维廉：《与叶维廉谈现代诗的传统和语言——叶维廉访问记》，叶维廉：《叶维廉文集》，第七卷，安徽教育出版社，2002 年，第 376 页。

〔3〕 [菲]云鹤：《云鹤的诗 100 首》，菲律宾华裔青年联合会，2003 年，第 207—208 页。

用“通感”，独具慧眼“看”出了琴声的色彩。尽管云鹤声称自己也说不出琴声为何是紫色的，这件事情本身却说明他具有极好的语言智能和诗歌天赋。他生于书香家庭，自然容易受到古代汉诗的作诗法则及诗体观念的影响，比其他人更容易具有诗体意识及历史意识。他早年读过覃子豪的诗歌函授班，接受到的诗歌教育也是比较正统的，很重视诗的写法及诗体规范。他还受到了洛夫、商禽等更具有现代意识的诗人的影响，他的诗既有历史意识，更具有现代意识。从云鹤的诗歌中更容易读出这三个关键词，更不难发现他是一位具有较好的语言智能和一定的诗体意识、具有较强的自我意识和现代意识的诗人，可以形象地借用他的笔名来表现他的诗歌风格：在语言的迷宫和诗的云海中飞翔的诗之鹤。

云鹤在《诗记》中用芥川龙之介的名言作为题记：“那语言把他向不认识的世界——接近诸神的‘自我’的世界解放了。”这说明云鹤对语言的重视，证明语言的魔力对他有无穷的诱惑。他的早期写作正是在情感的力量，特别是激情的力量，与语言的力量，特别是诗性语言的魔力的双重驱使下完成的，他不仅情感细腻，而且对语言有特别到位的感悟力。与众不同的忧郁气质和较好的语言智能正是成就一位优秀的现代诗人的重要条件。

“奥登论述说，一位年轻的作家，他的前途并不存在于他观念的独创性，也不存在于他情绪的力量之中，而存在于他语言的技巧之中。……‘诗人在其发展的最初阶段中，在找到其独特风格之前，可以说是与语言结了缘的。”[1]云鹤第一首公开发表的《紫色的琴声》和17岁就出版的诗集《忧郁的五线谱》，证明他是一位具有较好的语言智能和诗歌天赋的早熟诗人。有研究者甚至把他称为“神童”，如潘亚暾在2001年8月的《海内与海外》发表了《“神童”的传奇人生——记著名诗人、名编、摄影家、建筑设计师蓝廷骏》。云鹤的诗，特别是早期的诗，如1958—1963年间的诗，在语言上非常有特色，很多诗句是纯粹的，甚至是色、香、味俱全的“诗家语”。他对色彩有天生的敏感与喜爱，这也是他成为摄影家的重要原因。摄影家、建筑设计师的职业也使他的诗创作比一般诗人更具有色彩感。画家出身的诗人普遍重视诗的色彩及光影，如艾青是著名的“火把诗人”。云鹤第一首公开发表的诗的题目中采用了“紫色”，他的大部分诗集的名称也与色彩有关，《蓝尘》中有“蓝”色，《盗虹的人》的虹是彩色，是赤橙黄绿青蓝紫争相辉映的混合体。在《诗影交辉》

---

〔1〕 [美]H. 加登纳：《智能的结构》，兰金仁译，光明日报出版社，1990年，第93页。

这个诗集名中也不难发现色彩，正是因为不满足只通过语言来表现色彩，他才将诗的艺术与摄影艺术相结合，让情景交融、理趣交织。一些研究者也注意到云鹤诗歌的这些特色，如乐融融在 1987 年 9 月 26 日香港《星岛日报》上发表了《在生活的光谱中寻找颜色——云鹤诗歌赏析》，陈慧瑛在 1988 年 11 月《泉州文学》发表了《蓝色的云鹤》。

《蓝尘》一诗颇能体现出他的语言智能及他的"诗家语"特色。这首诗几乎是"妙语连珠"，很多诗句及词语都如"神来之笔"，诗人诗出侧面，使用了大量"陌生化""词性变异""夸张""拟人""怪诞"的语言，产生了无理而妙的效果。以诗的前三个诗节为例："弃你的眼睛在火中/埋你的披肩在南方/漂泊者，在潮来的夜里饮尽你的童年/风泣的日子/记忆是多彩的落霞/多彩地只属于我诗里的黄昏//踩散了阶前的惘然/客人自醉酒的远道来/以耳语点燃了你枱上红烛/你就知道，那时窗外是星雨濛濛/窗内泣声凄凄，雾从你的笑涡间消逝//夜是迟归的赌客，从我的杯缘踏过/扇摺里是去秋的低叹/不喜上露台的少女哪/你左手上竟亮着我心颤的次数。"这首诗中还有大量像"踩散了阶前的惘然""夜是迟归的赌客，从我的杯缘踏过""你左手上竟亮着我心颤的次数"这样的想象奇特、感受怪异却又富有诗意的句子，如"爱轻轻敲碎你的坚贞""眉梢撒满闪烁的星光"。有的句子是从古典诗词自然化解而来，如"这季节好静，没有人频频扣响你的柴扉"。《秋烬》以优美的笔调、华丽柔美的诗句抒发了忧郁而美丽的浪子情怀。诗中也有诗意十足的"诗家语"。以第四个诗节为例："眉间是一个节日的悼念/红叶下，以月光织披肩赠我/你的眼神是山南一段弯曲的碎石路/我骑马流浪/黄昏在马背上抽搐。"《秋潮》中也有很多佳句，颇有古代汉诗，特别是非常讲究"艳词丽句"的词的语言特色，不仅利用声音、色彩来营造诗境，还利用长句和短句的巧妙交错来突出诗的音乐性，呈现诗人复杂的秋思秋愁，把游子的乡愁淋漓尽致地表现了出来。以第一个和第二个诗节为例："向南来，秋潮汹涌/异乡人埋入异乡的风景里//你以十指弹出秋色/天籁在弦上，天籁在昨日/昨日空旷似青空/似濛濛山雨/在你睫下依稀。"

"一首诗则是生命的真正的形象，用永恒的真理表现了出来。……诗人是一只夜莺，栖息在黑暗中，用美妙的声音唱歌，以安慰自己的寂寞。"[1]云鹤的诗，特别是早期的诗，情感热烈，语言优美。他的诗人形象与以上所言也

[1] [英]雪莱：《诗辩》，伍蠡甫：《西方文论选》，下卷，上海译文出版社，1979 年，第53 页。

颇为相似。青少年时期的云鹤，比一般人有更敏锐的感受性和更多的热忱和温情，更像用美妙的声音唱歌来安慰自己的寂寞的夜莺。“文化通过正规的指导，或通过文学、仪式及其它符号形式而帮助成长中的个体去对其自己的情感或对环境中的其他人作出识别。正如 T. S. 爱略特曾经指出的那样：‘(诗人)在发展其语言、丰富其文字的方面为其他人创造出更广泛的情绪与知觉范畴的可能性，因为他向他们提供了能表达更多东西的言谈。’”〔1〕“按照斯宾德尔的看法，早期语言掌握中还有一个关键的因素，那便是对经验的纯粹记忆：‘以特殊方式所进行的记忆是诗才的一种天赋。诗人首先便是个绝不会忘记他所经验过的某些感觉印象的人，他仿佛以所有最初的新鲜感而一遍一遍地使这种感觉印象复现。’”〔2〕云鹤早期的诗歌强烈地呈现出他不仅具有较好的语言智能，而且还有较好的图像智能及非常优秀的联想能力，能够在写作时失去时间与地点的现在感，把过去的感觉印象清晰起来和具体化起来。所以他的诗的画面感非常强，如“波下之波”“浪下之浪”“海下之大海”，又如“楼外的风，守着楼内的孤独”。

诗歌写作需要过基本语言关，包括诗体知识的诗歌知识关和由语言智能决定的诗歌技巧关。很多诗人年纪稍大便无法写诗，不仅是因为激情缺失，更是因为语言智能受到压制，过不了诗歌写作的技巧关。云鹤曾在诗路上停足 15 年，不仅有政治和生活上的原因，更有语言智能减弱及语言感觉麻木的原因。如同成语“江郎才尽”所言。这是很多富有语言天赋的早慧诗人的共同命运。纵观云鹤一生的创作，明显发现青少年时期是他的语言智能最好的时期，他的中晚年诗作的思想越来越深邃，诗作的思想性越来越强，但是早年的语言的“灵气”和“灵动”却几乎是“荡然无存”。当然这与他绚烂之后归于平淡，在晚年追求大智若愚，推崇清水出芙蓉、天然去雕饰的朴素诗风休戚相关。“大直若屈，大巧若拙，大辩若讷。”(老子《道德经》)云鹤在《偶得》一诗中抒写出了这种追求：“挥毫之后/所有的留白都涂成一幅/狂狂野野的山山水水/唯独留下，洗笔后的余墨/无意间滴落，成为/陶潜的瘦菊/悠然与历史对视。”

受覃子豪等人的影响，也受家学的熏陶，云鹤具有较强的历史意识，比较尊重古代汉诗和现代汉诗的传统。覃子豪反对诗的随意粗糙，主张诗要准

---

〔1〕［美］H. 加登纳：《智能的结构》，兰金仁译，光明日报出版社，1990 年，第 293 页。
〔2〕［美］H. 加登纳：《智能的结构》，兰金仁译，光明日报出版社，1990 年，第 93 页。

确，诗人要苦心经营的是完美的表达。“自由诗在中国诗坛已形成了一道主流。有少数人却误解了自由诗的真义，以为自由即放纵。实不知自由亦有其法则。”[1]云鹤较多地借鉴了古代汉诗的“诗家语”传统、“推敲”传统、“意象”传统和“意境”传统，他借用现代汉诗在新诗草创期就形成的准定型诗体小诗和特殊的抒情文体散文诗，写出了许多优秀作品。

云鹤也写了很多精致的小诗，有的诗只有四行，甚至还专门写了一首题为《四行》的诗，这首诗采用的是如卞之琳的《断章》两行一诗节的分节方式，却改变了原有的句式，把一句一诗行的句式改为两句一诗行的方式，实质上是将四行诗变成了八行诗，增加了流行的四行诗体的容量。如《四行》：“爱看寒风里飘雪的热带女郎，已回来/说她的遭遇，像一场暗蓝色的噩梦//然而我却把开灵魂之锁的钥匙，遗忘在另一个梦境/仅以苦涩的喉，唱一曲失去了旋律的歌。”云鹤有一定的诗体意识，却不想当定型诗体的奴隶，而是让诗体为自己的抒情内容和写作目的服务，他的小诗也有变体，如《暮色》一诗的一、二、四个诗行由两个单句组成，第三个诗句却只有一个句子：“有人打风哨中走来，袖里满是暮色/穿过了寂寞的迴廊，廊外遗下一个沉郁的黄昏//他偏不爱这饰着落英的绿窗/仅无语地立在栏前，数一季远山的烟雨……”

庞德主张：“用准确的字眼来表达确切的意思，这是诗歌的标准……诗人作诗的基本技巧是，既要掌握自然旋律，又要掌握语言节奏，因为它们依赖于词的意义和整体的基调。同样，能够和谐而有节奏地背诵这样的诗歌，也是必备的基本功。”[2]“一个人与其在一生中写浩瀚的著作，还不如在一生中呈现了一个意象。”[3]覃子豪也非常重视诗的语言的准确：“我绝对主张诗要有新的表现，但必须以准确为原则。准确的表现是一切创作中必备条件，可以说是表现法则中的法则。……自由诗并非没有限制，准确就是他的限制；并非没有法则，准确就是它的法则。”[4]云鹤也力求语言准确，具有古代汉诗诗人的推敲之功。他的小诗写作高度重视意象，特别是重视具有汉语诗歌特色的重在意义而非形象的中国式“意象”，立意高远。尤其是他 80 年代以后创

---

〔1〕 覃子豪：《新诗向处去?》，杨匡汉、刘福春编：《中国现代诗论》，下编，花城出版社，1985 年，第 199 页。

〔2〕 [美]J. 兰德：《庞德》，潘炳信译，中国社会科学出版社，1992 年，第 6 页。

〔3〕 [英]彼德·琼斯：《意象派诗选》，裘小龙译，漓江出版社，1986 年，第 152 页。

〔4〕 覃子豪：《新诗向处去?》，杨匡汉、刘福春编：《中国现代诗论》，下编，花城出版社，1985 年，第 207—208 页。

作的小诗，非常重视诗的哲理追寻，重视诗的思想性，如同一位哲人在写作。以《时空的归宿》的第一首为例："不应该写期票/欲天天在写/健康、快乐、幸福……//最后那一张是/生命/看你跳不跳票。"

尽管云鹤在诗歌创作中重视诗的音乐性(the music of poetry)和诗的形体(poem's shape)，特别是在小诗创作中重视诗的排列。他如同建筑设计师一样设计自己的诗的形体。9行的《序曲》和12行的《触及》都具有较好的诗的建筑美。但是他并不愿意写闻一多、徐志摩倡导的讲究"节的匀称"与"句的均齐"的现代格律诗。在收入他各个时期的代表作的《云鹤的诗100首》中，没有"豆腐块"式的现代格律诗。他追求的是诗的内在的音乐性，没有表面的韵律，甚至追求诗的"散文美"，特别是到了80年代以后的中后期，他的诗的"散文化"倾向更加严重，有的甚至是将一句富有哲理的话分行排列，以他的代表作《野生植物》为例："有叶/却没有茎/有茎/却没有根/有根/却没有泥土//那是一种野生植物/名字叫/华侨。"

人的本质特征是"不限于只用一种特定的和单一的途径来对待现实，而且能够选用自己的观点从事物的一个方面转移到另一个方面"。[1] 散文诗是人类情感符号形式的再创造，是一种特殊的抒情文体。云鹤的散文诗创作更能体现出云鹤重视诗体但是又不囿于诗体的诗体观，体现出他对诗人的文体自由的重视。他的散文诗创作极早，在《云鹤的诗100首》中，每一时期的每一辑都收录了散文诗，但没有标明是"散文诗"，如选入1958—1963年作品的第一辑收录了《海》《风》《墙》《终于》《影》等11首散文诗。选入1980—1995年作品的第二辑收录了《铰链》《剖》《窗景》《烧肉粽》《小丑》等11首散文诗。即这册诗集收录的100首诗中有22首散文诗。

云鹤生于菲律宾，也受教育于此，他的诗歌生态具有特殊性。但是他接受的现代汉诗教育和影响主要来自台湾。台湾很少有人把散文诗视为独立的抒情文体，甚至有人称之为"分段诗"。所以云鹤在《云鹤的100首诗》中完全以诗的名义收录了22首散文诗(分段诗)。云鹤散文诗具有以下优点：语言优美、想象丰富、意象密集、暗示性强，是更偏向于诗的散文诗，甚至不能把这些形体像散文诗的作品命名为"散文诗"，只能称为"诗"，更应该称为"分段诗"。云鹤是以诗人的身份而不是以散文家的身份写散文诗的，他甚至宣称

---

〔1〕［德］恩斯特·卡西尔：《艺术》，蒋孔阳：《二十世纪西方美学名著选》，下册，复旦大学出版社，1988年，第24页。

世界万物都有“诗性”，都可以入诗。他的散文诗更富有诗意，更具有诗的文体特征，他更多地继承了散文诗的“诗性”传统。

云鹤是一位富有现代意识的诗人。他的《生存》深刻地揭示了现代人的荒诞感，以第一节为例：“生存是荒谬的，在岁月的激流中/是苍白的尸首缓慢地腐蚀/棺盖之下，另一股性命正冉冉升起。”他的《爪痕》让人不由自主想到写《恶之花》与《巴黎的忧郁》的波德莱尔。以第3则为例：“在太阳被遗忘的时刻，一个酒徒踉跄地走到我面前说：/‘酒瓶将是我的棺材。’//这使我想起以酒瓶盛泪的往事，那时我也是一个饮者：/恒醉在欢笑与哭泣间。”

在诗中最早提出“现代性”概念的波德莱尔的艺术世界由酒、梦和女人构成，这也是现代人，特别是造就现代诗人浪漫而又荒诞的生活的三大因素。云鹤散文诗中的《小丑》更让人想起波德莱尔散文诗中的那些都市生活中的弱者，感受到云鹤与波德莱尔有异曲同工之处。“法国的‘现代’诗无疑开始于波德莱尔。诗人们如英国的艾略特和庞德在他和拉弗格、兰波那里找到了他们正在寻求的现代性。20世纪的法国诗歌中并没有什么彻底的创新可与艾略特和庞德在1914—1920年的英国所作的一切进行比较，这一切在数十年前的法国就已经完成了。早在1870年，兰波就宣称：‘应该绝对地现代’。”〔1〕“应该说，没有一个人……像帕斯卡尔那样如此精确地描述了无限与有限、上帝的可能性和人的不确定性。……帕斯卡尔只是在两个世纪之后，当无聊这一概念在波德莱尔和克尔凯郭尔时代成为中心范畴的时候，才找到了堪与其比肩的人物。人们用无聊来分析空虚与弃神、忧郁与孤独的统一。”〔2〕诗人云鹤的现代意识在一定程度上体现于他的一些诗作及诗歌观念与波德莱尔有相似之处，特别是云鹤的诗也写出了现代人的无聊甚至颓废，他的诗也追求精致。尽管云鹤承认诗歌写作过程中的快乐，也重视诗的抒情功能和启蒙功能，即使抒写日常生活的“无聊”，也强调诗人应该尽力挖掘事物本身具有的“诗性”。

云鹤博取众家之长，分别受到了50年代台湾现代诗坛三大流派的代表诗人——“蓝星”的覃子豪、“创世纪”的痖弦、“现代派”的商禽等诗人的影响。台湾诗人较重视外国现代诗歌的表现方式，特别是在50年代中后期，很多台湾诗人都具有源自西方的“现代意识”。“因为官方禁止30年代文艺，文学发

〔1〕［美］R. S. 弗内斯：《表现主义》，艾晓明译，昆仑出版社，1989年，第90页。

〔2〕［德］瓦尔特·延斯：《“确定性！确定性！”》，汉斯·昆，瓦尔特·延斯：《诗与宗教》，李永平译，生活·读书·新知三联书店，2005年，第30页。

生断层，竟出现'新诗乃是横的移植，而非纵的继承'的悲鸣。"[1]只有少数诗人重视古典汉诗和现代汉诗的传统，曾发生过现代与传统的激烈争论。纪弦提出"现代派六大信条"，主张"新诗再革命"，走"西化"道路，如第一条提出要扬弃并发扬光大自波德莱尔以降的一切新兴诗派的精神与要素，第二条认为新诗是西洋诗歌横的移植而非中国诗歌纵的继承。覃子豪等"蓝星"诗人却针锋相对，不仅反对全盘移植西洋诗，也反对纪弦等"现代派"诗人主张的知性创作，倾向于抒情。覃子豪在《蓝星诗选·狮子星座号》上发表了著名的《新诗向何处去?》。他说："中国新诗自'五四'运动以来，否定了旧诗词，而新诗尚不能独自生长，不得不依赖外来的影响，在西洋诗中去学习方法。英德浪漫派的昂扬，法国象征派的含蓄，英国的格律诗和美国的自由诗的技巧，均曾经过中国诗人的实验。……中国人民的社会生活并没有达到现代化的水准，我们的诗不可能超越社会生活之表现。……中国新诗不应该是西洋诗的尾巴。"[2]争鸣的结果却如痖弦在1980年8月27日的总结所言："经过长时期的辩论、争执，新诗的激进派与保守派不同意见的相激相荡，彼此间的自觉或不自觉的调整与修正，现代与传统的问题已有认同程度比较大的看法。近年，关于现代与传统的争议已大大减少，绝对的全盘西化和国粹派人士也逐渐敛迹，这是一个可喜的现象。"[3]

如同痖弦所言，云鹤不是全盘西化者，也不是国粹派人士。尽管云鹤一生的诗歌观念颇有变化，特别是早期与晚期差异较大，早期更有现代意识，晚期重视回归传统；早期诗歌华丽，晚期诗歌朴素。他的诗歌观念，特别是诗的写作内容及诗的功能观，却更多地受到了覃子豪的影响。如覃子豪重视诗的抒情等实用功能："完美的艺术，对人生自有其抚慰与启示，鼓舞与指引。诗尤其具有这种功能，但诗并不是麻醉剂，而是启示人对人生与世界的自觉，来决定他们生活的态度。诗的意义，宏而宜伟。诗不是生活的逃避；它的意义在于能给人类一份滋养，一份光亮。"[4]"阿诺德把诗称为'生活的批评'，强

---

〔1〕 司马长风：《中国新文学史》，上卷，昭明出版有限公司，1980年，第14页。

〔2〕 覃子豪：《新诗向处去?》，杨匡汉、刘福春编：《中国现代诗论》，下编，花城出版社，1985年，第199—200页。

〔3〕 司马长风：《中国新文学史》，上卷，昭明出版社有限公司，1980年，第14页。

〔4〕 覃子豪：《新诗向处去?》，杨匡汉、刘福春编：《中国现代诗论》，下编，花城出版社，1985年，第203—204页。

调诗的有用性，反对无聊之作……华兹华斯相信诗是'强烈情感的自由流露'。"[1]云鹤既主张诗要抒情，也不反对知性写作，但他更重视前者。云鹤的很多诗都是强烈情感的自然流露之作，即使是强调诗的有用性的"生活的批评"之作，如他创作的政治诗，也应该称为政治抒情诗，也具有浓郁的抒情意味。即使到了晚年，虽然他的写作越来越理性，甚至有时出现"思"大于"诗"的现象，仍然重视诗的抒情功能，所以他才把 80 年代后期用血与泪写成的一首诗视为自己最满意的诗。

奥登声称诗是"'记忆的言说(memorable speech)'，认为除广告的叮当声等东西以外，很多都可以称为诗"。[2] 云鹤认为世界万物均有"诗性"，都可以入诗，他甚至认为诗人创作时自囿于某种特定的题材中比囿于音韵格律更为可怕。他并不极端反对新诗的严肃性，尽管主张虽然一切事物都可以入诗，但是认为诗人只有深入发掘以掌握其特性才能写出意涵深邃的佳作。

不管是在古代还是在现代，诗都是抒情文体。古今中外很多诗人和诗论家都强调诗在写什么上的"抒情性"和在怎么写上的"技巧性"，强调诗要写得很美。诗的美是通过诗人的丰富的想象力得到的。在诗歌创作中，间接联想多于直接联想，诗不仅是直觉的产物，更是想象的产物，想象在创作中的力量大于直觉。诗人不仅应该具有想象"情感"的能力，更应该具有想象"语言"的能力和想象"思想"的能力，即诗人不仅是一个情感丰富的人，而且是一个具有较好的语言智能的人和较高的思想觉悟的人。"诗人对宇宙人生，须入乎其内，又须出乎其外。入乎其内，故能写之；出乎其外，故能观之。入乎其内，故有生气；出乎其外，故有高致。美能成入而不出，白石以降，于此二事，皆未梦见。"[3]古代诗人尚且如此，现代诗人更应该具有较好的感悟力和洞察力。云鹤是一个有感情、有思想和有语言智能的现代诗人，他对宇宙人生，既能入乎其内，又能出乎其外，这使他的诗丰富多彩。

云鹤诗歌主要采用了自由诗、小诗和散文诗，不喜欢讲究格律的现代格律诗，说明尽管他具有一定的诗体意识，但是他还是重视诗人的诗体独创性，

---

〔1〕 David Bergman, Daniel Mark Epstein. The Heath Guide to Literature. Toronto: D. C. Heath Company, 1987. p. 419.

〔2〕 David Bergman, Daniel Mark Epstein. The Heath Guide to Literature. Toronto: D. C. Heath Company, 1987. p. 419.

〔3〕 王国维：《人间词话》，郭绍虞：《中国历代文论选》，上海古籍出版社，1979 年，第 444 页。

是一个具有浓郁的自我意识和现代意识的诗人。他的自我意识正是现代意识的重要组成部分。他的自我意识主要表现在对人生的自由与艺术的自由的不懈追求上。云鹤的诗歌创作是创造性工作,他并不愿意完全遵守前人的诗体规范,受到诗歌传统的束缚,他早期的写作受到别人的影响较多,他的诗与当时的很多台湾诗人的诗有相似之处,甚至在一些诗家语的运用上,也给人似曾相识之感,如"蹄声"。他自己也坦率地说:"受到的影响也很杂,痖弦、洛夫、叶珊、商禽、白浪萍……的影子,在诗中挥之不去。"[1]

"人的自主意识随着社会生活的发展而发展。"[2]如他在《云鹤的诗 100 首》的后记中所言:"70 年代菲国军统,文坛沉寂,诗思中断。这十多年空白期,对我是很重要的。因为再出发时虽然还创造不出自己独特的音响,但相对地说,较之 60 年代成熟多了。诗中的'我',也逐渐凸现。这段期间写得不多,可能是创作态度较为严肃的缘故。"[3]这里的"成熟"更多是指他结束了 60 年代的"青春期写作",随着思想的成熟进入了"中年写作",在诗的语言形式上不再追求"语不惊人死不休",在诗的内容上不再让激情泛滥,学会了节制"语言的冲动"和"情感的冲动",具有了知性写作的特征。题材由浪漫的爱情转入了严肃的社会沉思,这种转变是成功的。但是不可讳言:诗人早年的语言天赋由于诗人的创作态度过分严肃受到较严重的损害,诗人中后期的一些诗歌创作没有充分发掘出诗人的语言智能。

"所谓抒情诗,就是现在(包括过去和未来的现在化)的自己(个人独特的主观)的内在体验(感情、感觉、情绪、愿望、冥想)的直接的(或象征的)语言表现。"[4]现代心理学的研究结果表明,人的感情、感觉、情绪、愿望和冥想等人的内在体验是不稳定的,特别是影响诗歌创作的主要因素——情绪更是千变万化。情绪是诗歌创作的主要动力,正如纳什认为:"情绪是使有机体去克服或防止导致不满足这一障碍的驱使力量。"[5]情绪与有机体的需要相联系,在种族发生上具有明显的生物学适应价值,又具有很强的社会性,是有机体在社会环境中特别是在人际交往中发展起来的。因此,人既具有与生物学需

---

[1] [菲]云鹤:《云鹤的诗 100 首》,菲律宾华裔青年联合会,2003 年,第 207 页。

[2] Denys Thompson. The Uses of Poetry. London: Cambridge University Press,1974. p. 3.

[3] [菲]云鹤:《云鹤的诗 100 首》,菲律宾华裔青年联合会,2003 年,第 207—208 页。

[4] [日]滨田正秀:《文艺学概论》,陈秋峰、杨国华译,中国戏剧出版社,1985 年,第 47 页。

[5] [苏]斯托曼:《情绪心理学》,张燕云译,辽宁人民出版社,1987 年,第 283 页。

要相联系的情绪体验(如疼痛引起的不愉快情绪),又具有与社会文化相联系的高级情绪或社会情操(如道德感、审美感)。正如萨特认为:"情绪是人们去理解世界的一种方式,能够产生一种想象上的改变,永远包含着对世界的质的改变,并非所有情绪是完全清晰可辨的。"[1]情绪的想象特质产生的虚拟性、模糊性与诗歌语言的象征性、弹性一起决定了诗美的朦胧性。

云鹤早期的诗如同滨田正秀的抒情诗定义所言,是诗人的内在体验(感情、感觉、情绪)的象征性的语言表现,这些诗具有较强的朦胧美。晚期的诗更多是诗人的内在体验(感情、愿望、冥想)的直接的语言表现,这些诗朴素、明快,甚至在语言上及诗艺上有些粗糙。有些诗作甚至是愿望大于感情、思想大于诗意的"分行的散文"。如《树》,如果不分行,完全是一篇思想深刻、语言朴实的散文,与他年轻时那种想象奇特、文采飞扬、意象新颖、激情澎湃的诗或散文诗都大相径庭。在晚年写的小诗也有思想大于诗意、意象缺乏、说理直白的弱点。如《玉龙雪山》:"据说/人老,发就白了//当我面对玉龙雪山,才懂得/什么是白发三千丈/什么是——/永恒。"虽然《黄埔》采用了诗出侧面,间接说理的方式,诗中"指挥刀""水位"两个意象还留有当年诗歌"神童"的一些风采,仍然能够显示出云鹤的睿智,但是这首诗理性太浓,说理的成分远远多于抒情,很难肯定这是成功的"知性写作":"黄埔,这指挥刀塑成的/建国方略中南方的重港/百年来,以它最深的水位/默默地承受/历史的沉淀。"每个诗人都会有"没诗的苦闷",云鹤的《覆信》形象地写出了这种"苦闷":"朋友来信,问我/曾否经历过/没诗的苦闷?//该如何回答?/提笔深思、苦想/忽然听见/户外扑翅的声响/猛推窗/竟见,对面屋檐下/落日正惊慌地窜飞//而天空呢?/天空已低得盖住了暮色!"诗人的"没诗的苦闷",在很大程度上是因为云鹤的语言智能、诗体意识和现代意识都随着年龄的增加而减弱了。目前,华文诗坛,特别是大陆青年诗人正极端忽视在新诗创作中占有重要地位的"语言智能""诗体意识"和"现代意识",这也是今日诗坛广泛出现"没好诗的苦闷"的重要原因。

三、黄药眠的现代

因为在中国当代文艺理论学科建设方面有拓荒之功,又组织参与了1957年的美学大讨论,所以黄药眠一向被视为我国著名的文艺理论家和美学家,

---

〔1〕[苏]斯托曼:《情绪心理学》,张燕云译,辽宁人民出版社,1987年,第48页。

他的文艺理论家的名气极大地遮掩了他的诗名。也由于我国已有的现代文学史及新诗史的作者常常采用从教材到教材，而不是采用仔细考证原始史料编写教材的方法，造成很多优秀诗人和优秀诗作被文学史"遗漏"，我们的文学史教育往往又是将这类文学史教材视为知识权威，被不认真的文学史家"遗漏"甚至"封杀"的优秀作家和作品，也自然很难被后世知道。现有的文学史及诗歌史都十分清楚地以权威的口吻告诉人们：无论是在创造社历史或者是在新诗历史上，黄药眠都是无足轻重的。如北京语言学院《中国文学家辞典》编委会编，四川人民出版社 1979 年出版的《中国文学家辞典》不是称他"现代诗人"，而是称他"现代作家"和"文学翻译家"。中国社会科学院文学研究所现代文学研究室编，北岳文艺出版社 1996 年出版的《中国现代经典诗库》收入了四百多位诗人的二千余首诗作，也只收入了黄药眠的六首诗作：《黄花岗的秋风暮雨》《我梦》《诗人之梦》《五月歌》《重来》和《囚徒之春》。这些只是黄药眠诗作的极小部分，编选目的更多是重诗的思想内容，这些诗作并不能代表黄药眠的诗艺水平。由于历史的长期遮蔽，尽管黄药眠出版过诗集《黄花岗上》(1928 年 5 月上海创造社出版部)、《英雄颂》(1952 年 1 月北京师范大学出版部)和《黄药眠抒情诗集》(1990 年 6 月长江文艺出版社)；出版过长诗《桂林底撤退》(1947 年 10 月香港群力书店)和《悼念——为纪念周总理逝世三周年而作》(1980 年 11 月陕西人民出版社)；出版过译诗集《春》(1927 年 12 月上海创造社出版部)、《海多霞》(1944 年 6 月峨嵋出版社)、《西班牙革命诗歌选》(1950 年 8 月北京中外出版社)和《伊萨可夫斯基诗选》(1952 年 12 月北京人民文学出版社)。还在《洪水》《创造月刊》等刊物发表了《晚风》《五月歌》等大量诗作。他的新诗创作活动的时间跨度也很大，创作的高峰期是 20 世纪 20 年代后期，但是准确地说他一生都在写诗和诗论。他的诗论也在中国新诗理论史上占有一席之地，有很多佳作，如 1927 年的《梦的创造》和 1982 年的《论朦胧诗及其它》。但是黄药眠的"诗人身份"至今也没有得到"确认"，他对中国新诗作的贡献也没有得到应有的肯定。只有极少数人意识到了这一点，如龙泉明 1999 年出版的《中国新诗流变论》把黄药眠视为与蒋光慈、殷夫、冯乃超同样重要的"普罗诗人"："黄药眠以'五一'、'五四'、'五卅'等伟大历史事件为题材的长诗《五月歌》等，唱出了宏亮的反帝战歌，蒸腾着民族正气和爱国热情，反映出日益高涨的全民族反帝情绪。"[1]他

---

〔1〕 龙泉明：《中国新诗流变论》，人民文学出版社，1999 年，第 184 页。

还认为黄药眠是创造社的“感伤主义”诗人中的一员，他认为西欧没落颓废的“世纪末”情调与这些诗人的幻灭感相契合，他们的作品表现出消极悲观的思想情调。但是龙泉明只是从诗的思想内容方面肯定了他，而黄药眠对新诗的贡献，不仅在题材上，而且在体裁及诗歌艺术上，特别是后者，远远没有得到应该有的肯定。我在 2003 年 10 月 18 日北京师范大学文学院和北京师范大学文艺学研究中心举办的“黄药眠文艺思想研讨会”上，以《千万不要忘记诗人黄药眠》为题，呼吁不要只把黄药眠视为文艺理论家和美学家，但是应者寥寥。近年来研究黄药眠的文艺理论、美学甚至散文的文章都纷纷问世，但是关于他的新诗创作的学术论文几乎只有一篇，而且这篇论文还出自他的儿子黄大地之手，发表的刊物是他和儿子都供职的北京师范大学主办的《北京师范大学学报》。2004 年第 5 期发表了《黄药眠创造社时期的诗歌创作——纪念黄药眠诞辰 100 周年》。黄大地对父亲的新诗创作作出了较高的评价：“黄药眠是创造社后期重要的诗人和诗论家。黄的早期诗作，既有独特的风格和很高的艺术价值，又体现了创造社不同时期的文学特征，因而在创造社文学倾向发展历程上有重要意义。在艺术特征上，黄诗突出表现了浪漫主义的生命创造、理想追求和个性表现等特征，但黄诗的浪漫主义既不像郭沫若那样雄强自信，也不像郁达夫那样一味的悲观感伤，而是一种在理想与个性带动下的既有飞扬的遐想，又常在现实生活的挤压下迸发出铿锵强音的兼具感伤与感奋之意的浪漫主义。因而黄药眠的早期诗作在我国现代文学的浪漫主义流派中独具特色和价值。”[1]尽管这个评价是公正的，但是也很容易让人产生“自家人夸自家人”的质疑。

黄药眠很小就喜欢文学。他晚年回忆他的中学时代：“尽管在学校学习期间经常写实用文，如契约之类，但我还是喜欢文学的。……例如文学是为人生的呢，还是为艺术的呢？这个世界是心的还是物的？对于这些问题，我脑子里经常在想。”[2]他在中学期间就显示出文学天赋。“教师中有一位孙波庵先生，他教我们国文和习作。……我还记得在我的一篇习作中，他作了一段批语：‘你如能再加努力，将来不难在文坛上获得一席地位’。”[3]他在大学期间就立志搞文学：“我既讨厌那些庸俗之徒，又厌恶那些营营于名利场中

〔1〕 黄大地：《黄药眠创造社时期的诗歌创作——纪念黄药眠诞辰 100 周年》，《北京师范大学学报》2004 年第 5 期，第 55—62 页。

〔2〕 黄药眠、蔡彻：《黄药眠口述实录》，中国社会科学出版社，2003 年，第 32 页。

〔3〕 黄药眠、蔡彻：《黄药眠口述实录》，中国社会科学出版社，2003 年，第 33—34 页。

的争权夺利之辈。我宁愿专心搞文学。我常常想：印度虽然亡国了，但泰戈尔还不是名扬天下。……当时我很佩服两个人的诗。一个是尼采，他说'真理是美人，永远只爱战士'，一个是泰戈尔。……我正是抱着这样的心情来搞文学的。同时我又喜欢读柏格森的形而上学，我读到他的《论生命力的冲动》的时候，人都像大瀑布冲刷之下的新花，晶莹焕发，腾泻周遭。我感觉很得劲，我想：诗人就是要这样腾跃晶莹。这是多么美丽的场景啊！……在这个时期，我也正在学着写诗，在诗里面写了许多美人呀，爱情呀，爱呀，说得天花乱坠；但事实上，我是一个穷光蛋，在大学读了四年，每年都穿着那件破布棉袄，挨过南国的冬天。"[1]黄药眠酷爱文学、钟情诗歌的学生生涯为他以后的诗人生涯打下了坚实的基础。

黄药眠的优秀诗作主要创作于20年代，在中国新诗诗坛，他犹如一颗流星，发出了炫目的光。他在1927年《洪水》第3卷第32期上发表了《晚风》，署名"药眠"。这是一首60行的爱情诗，写得雅致清新、美丽动人。以第一个诗节为例："晚风，/激着了缥渺的寒波，/白沫，/抱着了凄凉的故国，/我送你/在一个春花明媚的江头，/我哭你/在一个冷落无人的荒陌！/守望着往远江海的轮舟，/但海上的骚魂何以归得。"雪莱在《诗辩》中给诗人下定义："诗人是一只夜莺，栖息在黑暗中，用美妙的声音唱歌，来安慰自己的寂寞。"[2]青年诗人黄药眠正是雪莱所言的"夜莺"一般的诗人，追求纯情和唯美。黄药眠1921年入广东高等师范英语系，受到了英国浪漫主义诗人的影响。当时很多新诗人都写爱情诗，但极少有内容如此真情动人，形式又如此柔美的诗作。这首诗的优秀程度从发表这首诗时加的"编者按"就可见一斑。当时发表作品一般是没有"编者按"的，除非是非常重要的诗人的优秀诗作。"编者按"是当时极有影响的诗人王独清写的，他是创造社"三巨头"之一。全文如下："我们这次到了广州，毕竟不算空去。因为认识了许多无名的青年作家。只就我个人来说，虽然还是两手空空地折返到上海，但一想到这层，倒真像是发现了宝藏而归，心中感着无限的安慰。黄药眠君也正是能使我们得到安慰的一个人，他底诗，要算据我所知道的广州青年底作品中最有希望的。我这次到上海来，带了许多广州青年朋友底作品，但在这许多的礼物之中，只有黄君的最为丰富。我将陆续地给他选择发表。现在先借这里郑重地介绍这位诗人，并

---

〔1〕 黄药眠、蔡彻：《黄药眠口述实录》，中国社会科学出版社，2003年，第37—38页。

〔2〕 [英]雪莱：《诗辩》，伍蠡甫：《西方文论选》，下卷，上海译文出版社，1979年，第53页。

望黄君继续努力。独清 6 月 28 日。”[1]同期刊物上还发表了黄药眠的诗论《梦的创造》。在那时的诗坛，同一期刊物发表一位新作者的诗作和诗论，还有名诗人写的评价极高的“编者按”，几乎是前所未有的。由此可见诗人黄药眠初入诗坛就光彩夺目，被“隆重”推出，并得到诗坛的高度重视。

他还有一首情诗代表作发表在 1927 年《洪水》第 3 卷第 35 期上，题目是《黄浦滩上的中秋》，写诗人中秋之夜漂泊于黄浦滩上怀念旧时情人的真实感受。这首诗比《晚风》写得更细腻、婉约、动人，在诗艺上也更精致，不像《晚风》那样采用的是自由诗体，而是当时流行的新格律诗体，语言非常优美，音韵十分和谐，在辞藻与韵律的美丽上绝对不逊色于当时倡导新格律诗的著名诗人，如徐志摩、闻一多等诗人的一些著名诗作。以第一节和最后一节为例：“凉风拂晓着那薄薄的云间明月，/千里外的浪人也还记得今夕是中秋，/唉，天上的月圆总是依旧的一年一次，/而我，尽管是一年一处的漂流。”“啊，你枯死的黄叶待我把你投入海心，/这起伏不平的海波正合于你青春的残骸的坟墓，/我也愿把我过去的一切恩情都交付与你，/你替我去埋葬到这月光照不到的黑波深处！”这首诗的真情实感更是那些著名诗人的名诗所缺乏的。

冯乃超在 1928 年 6 月 12 日写了《冷静的头脑——评驳梁实秋的“文学与革命”》，他在该文的《浪漫主义与革命的文学》一节中说：“Rmoausique 或许是孤独的巡礼者，或许是热情的异端者……他们的主观主义是可以发展到革命，破廉耻，独断论，反动等一切的事情身上的自己中心主义。卢梭的呼声好像革命的喇叭……浪漫的魔术的角笛吹奏革命的歌调……浪漫主义奔狂的革命的热情要拖历史‘向后走’，这就是它在历史上尽的责任。”[2]当时黄药眠和很多青年诗人都像“普罗诗歌”的代表诗人冯乃超那样理解“浪漫主义”。黄药眠是那群浪漫主义诗人中的一员。他在创造社出版部工作过一年多时间，曾经同成仿吾、成绍宗三人同住一间房子，郭沫若诗《瓶》中的那位女主角，也住在同一楼上。他晚年回忆说：“创造社是一向以提倡浪漫主义著名的，所以在出版部，也有浪漫故事先后发生。首先有《瓶》的主角那位某女士，同成绍宗恋爱，后来成就带着出版部的现款连同那个女士一道逃跑了。……创造社的浪漫风气，当然也会感染到我。……我常常到咖啡店里去喝咖啡。

---

〔1〕 王独清：《编者按》，《洪水》第 3 卷第 32 期。

〔2〕 冯乃超：《冷静的头脑——评驳梁实秋的“文学与革命”》，《创造》月刊 1928 年第 2 卷第 1 期，第 15 页。

一杯咖啡两角钱，我给那里的女侍一块钱就不要找，扬长而去。”[1]黄药眠还回忆起当时蒋光慈的“浪漫”：一位手抱一大束桃花的摩登小姐来见蒋光慈，蒋光慈不在，黄药眠接待了她，蒋光慈回来后竟然想将她介绍给黄药眠，理由是：“这一类的女子，我实在太多了。我有点应付不来了。”[2]他还回忆起柯仲平的“浪漫”：“我听到了诗人柯仲平的故事。据说他写了诗，就对大家朗诵，情绪激昂，如疯如狂，好像中酒。最后他嫌出版部生活太单调，决心出门流浪去了。”[3]

创造社成员“浪漫”甚至“放荡不羁”的做人方式，与中国文人传统的做人方式“温柔敦厚”大相径庭，却迎合了当时知识青年追求个性解放与行为自由的时代潮流。黄药眠正是在这样的环境中迅速成长为一位优秀的浪漫主义诗人的。由于他到创造社以前就受到了良好的诗歌教育和诗歌写作训练，又不像创造社的主要诗人是留日学生，也不出生于富贵家庭，所以在做人上，尽管他也沾染了一些“浪漫”习气，却远远没有别人那么“浪漫”：“我虽然有些浪漫故事，但我经得起考验，麦拿里对面就是一个舞厅，我从来是不去看的。在秘密的夜总会里，有公开的‘性交表演’，我也是不去看的。我暗地里还是想储蓄一些钱，有机会到日本去留学。”[4]在做诗上，黄药眠也不像别人那样恃才傲物信手写作，而是主张写诗也要“下工夫”，要讲究诗艺，所以只是创作社出版部的“助理编辑”或“校对”的他会觉得当时的老师辈名诗人蒋光慈的创作没有“下工夫”。中国人信奉先到为君后到为臣，如黄药眠的回忆录所言创造社论资排辈严重，他又是创造社的“三巨头”之一王独清慧眼识珠隆重推出的，王独清等人对他有“提携之功”和“知遇之恩”，所以他在创造社诗人群中只处于“小伙计”或“小孩子”的地位，他的诗风与做诗目的又与郭沫若、王独清等人颇有差异，导致他的诗才和诗作没有受到应有的重视。这是他在新诗史中的地位被贬低的重要原因。

在中外诗歌史上，有一个共同的现象：诗人随着自己人生经历和生存境遇的变化，诗歌创作观念及诗风也会发生相应的变化，甚至还会出现巨变。如随着生存境遇的改变，俄国诗人莱蒙托夫的诗歌创作出现了由个人的生活抒情诗到大众的政治抒情诗的诗风大转变，写出了《不要相信自己》《祖国》等

---

[1] 黄药眠、蔡彻：《黄药眠口述自传》，中国社会科学出版社，2003 年，第 68 页。
[2] 黄药眠、蔡彻：《黄药眠口述自传》，中国社会科学出版社，2003 年，第 69 页。
[3] 黄药眠、蔡彻：《黄药眠口述自传》，中国社会科学出版社，2003 年，第 67 页。
[4] 黄药眠、蔡彻：《黄药眠口述自传》，中国社会科学出版社，2003 年，第 69—70 页。

非个人化诗篇。中国新诗的著名诗人戴望舒早期写了政治性较弱、艺术性极强的《雨巷》，在国难当头的抗日战争时期却写了《我用残损的手掌》等爱国主义诗篇。中国现代很多诗人，如何其芳、艾青、卞之琳等，也曾由小我的抒情诗人变成了大我的抒情诗人，诗的抒情视点由内视点向外视点转变，诗的功能由宣泄个体的苦闷情感向抒发人民大众的乐观情感转变，诗的体裁由个人的生活抒情诗向大众的政治抒情诗转变，诗的形式由重技巧的唯美精致向重实用的通俗易懂转变。

黄药眠的新诗创作更有这样的巨大转变。他很快放弃了这种小资产阶级式的"浪漫"的做人方式，由布尔乔亚式诗人变成了布尔什维克式诗人。他的"向左转"是因为创造社"向左转"了。他在晚年回忆说："大概是在1928年冬左右，成仿吾去日本，带回来一批'左倾'的名将，如李初梨、彭康、冯乃超、朱镜我、李铁生一伙人。他们认为创造的'洪水'时代已经过去，应朝普罗塔里亚(proletariat)文学的方向前进。……随着创造社的'左'倾，我虽然作为一个小伙计，但也不甘落后地追随左转。我所以追随左转，现在想起来有四点原因：一、家属中产之家，但正日益贫困化，几乎到了难以维持的地步。二、我大学毕业后，经济生活并不固定，随时有失业的危险。而且军阀混战，年复一年，国民经济的困难日甚一日。中国要如何才能够找到一个出路？心里不禁时时考虑这个问题。三、我到上海不久，偶然在马路上碰见'抄靶子的'，他们搜查我的身子，并问我'你什么时候到大英帝国来的？'我当时气得发抖！帝国主义这样欺侮中国的人民，引起我对于帝国主义的横行霸道不胜愤慨。四、我还听说过，上海工人三次暴动以前，公园大门口还挂有'华人与狗不准进内'的牌子。直到上海工人三次暴动以后，这个牌子才撤销。这种民族的压迫和歧视，引起我极端的愤怒和憎恨。"[1]1928年7月10日《创造月刊》第1卷第12期上发表了他的《五月歌》，这首诗与他此前的柔美纯净诗风截然不同。当时他如诗中写的那样已参加了革命，并且在1928年5月加入了中国共产党。"大家丢开了书本齐集在昏沉沉的古代城门，/在黄尘滚滚的城门外，他们宣誓，他们排成行，/个个青年都手执着旗帜，要把官僚打倒。"这首诗呈现出作者是一位革命鼓动者和劳动大众的代言人。如雪莱在《诗辩》中所言："一个伟大的民族觉醒起来，要对思想和制度进行一番有益的改

〔1〕 黄药眠、蔡彻：《黄药眠口述自传》，中国社会科学出版社，2003年，第70页。

革,而诗便是最为可靠的先驱、伙伴和追随者。"[1]在20年代后期到30年代前期,"革命文学""普罗文学"流行,具有高度的济世救民的使命意识和时代感的文人诗人,为了启蒙大众,宣传革命,都纷纷降低艺术标准,涌现出大量"口号"式诗作。尽管黄药眠在诗中申明:"我并不是什么诗人,要讴歌'人性'传名,/我只愿把它当成战鼓,催着你们奋兴!"这也确实是一首工人的赞歌,绝对不是一首如同新月派诗歌的唯美之作,诗人写作绝对不是为了显示诗才诗艺,而是为了直抒胸臆突出思想,因此诗中有很多政治口号,用了很多感叹词,采用了一泻千里的自然诗风。

1939年《文艺阵地》第2卷第11期发表了他的《囚徒之春》,是他1936年3月1日在莫愁湖边的国民党监狱中写的,这首诗改变了初入诗坛的华丽文雅诗风,也不像在从事革命宣传活动时的诗作激情似火,而是写得朴素自然,单纯明快,短小精致,真实地写出了一个革命志士身陷囹圄的生存境遇和渴望自由的心情。全诗如下:"小鸟在檐前啁啾地叫,/好像是对我们说:/春天已到了江南了。//它们一时向窗前盼睐,/一时又飞到墙外去了,/啊,如果我能成一个飞鸟!//墙头的少女已换上了新装;/但是我们这儿呢,/永远没有春天,永远没有太阳!"

黄药眠的《重来》发表于1944年3月1日《当代文艺》第1卷第3期。这是一首怀念革命战友的诗,仍然采用了"诗出侧面""诗酿而为酒"等传统诗法,甚至写得很隐晦,如诗中的一个诗节:"周围的山,/侧着头/向我凝视了好久,/它沉默着,/忽然用云遮出脸哭泣,/'你那个同来的人呢?/你那个同来的人呢?'/我低着头含着眼泪。"黄药眠1979年对这首诗作注说是悼念20年代与自己一同战斗过的林觉烈士的。他在自注中说:"因当时在蒋帮统治之下,所以诗写得比较隐晦。"[2]正是"比较隐晦"才使这首诗比当时众多的是"炊而为饭"而不是"酿而为酒"的流行诗更有诗味。

黄大地回忆他父亲说:"我就讲讲他出道的过程,他上中学时就爱读诗,上大学后更是沉醉于诗歌创作之中,他的专业是英语,所以他也就借机阅读了大量的外国名诗,什么雪莱、拜伦、彭斯、华兹华斯,包括印度的泰戈尔,都是他喜爱的诗人。"[3]

---

〔1〕[英]雪莱:《诗辩》,伍蠡甫:《西方文论选》,下卷,上海译文出版社,1979年,第56页。

〔2〕中国社会科学院文学研究所现代文学研究室:《中国现代经典诗库》,北岳文艺出版社,1996年,第114页。

〔3〕黄大地:《黄药眠的跌宕人生》,《新文学史料》2013年第3期,第5页。

黄药眠1921年入广东高等师范英语系，受到了较好的专业训练。他特别喜欢英语诗，在1927年10月19日他说："我素喜欢英文诗，每当我读到它的好处时，就不觉手痒，想把它译出。前年暑假因为在家里住着没有事情，就随便取'金库'（The Golden Treasure）中的几首抒情诗来试译，随读随译，不觉已译了十余首。去年冬在广州之东山市隐了半年，我偶尔翻出旧稿，不觉心动，于是又继续译了十几首。现在将这两次所译合拢起来，再把它修改了几次，除删去几首外，共得抒情诗三十五首，其中以由'金库'选来为多。译者能力薄弱，本不足以言译诗，惟自信对于原诗的情调，尚能保持，不过如有错误的地方，则希望读者加以指正。末了，我要感谢仿吾、独清二先生的帮助，不过译文如有错误时，译者负责。"[1]

黄药眠译诗的内容丰富，选译精粹，尤其重视选择具有现代性色彩的浪漫主义诗歌和现代主义诗歌。英语译诗集《春》收录了他译的19位英语诗人的代表作。他对华兹华斯格外重视，译了他的《早春书怀》《杜鹃》《水仙曲》。他还译了拜伦的《少和老》和《挽歌》，译了雪莱的《给》和《哀歌》。黄大地、张春丽编的《黄药眠诗全编》附录了《黄药眠译诗年表》，除收录了"《春》（英诗选译）译诗集，上海创造社出版部，1927年12月初版。"[2]这则信息外，还收录了其他19则，译诗集有诗创作社1942年4月出版发行的《西班牙诗歌选》和人民文学出版社1952年12月出版的《伊萨可夫斯基诗选》。他译诗不仅重视诗的语言形式，还重视诗的情调。在诗歌翻译史上，诗人译诗，更有诗意。他选译的都是篇幅较小的抒情诗，采用的是介于口语与书面语之间的语言，雅致的语言与柔美的抒情结合，颇有"小资情调"。这种情调与当时创造社诗人主张的"革命文学"格格不入，却更能深入人心，更真实地反映出那个时代知识青年的心态及生存境遇。写"无产阶级的革命诗"，译"资产阶级的爱情诗"，让诗的抒情功能大于言志功能，特别是大于启蒙宣传功能，这在当时是非常有意义的。

黄药眠所处的时代正是自由诗流行甚至泛滥成灾的时代，急需有识之士出来纠正极端。1926年出现了新诗史上少有的"诗体建设"高潮，闻一多、徐志摩等人还提出了新格律诗主张，反对极端的自由诗。黄药眠的译诗在某种

---

〔1〕 黄药眠：《小引》，黄大地、张春丽：《黄药眠诗全编》，人民文学出版社，2010年，第415页。

〔2〕 黄药眠：《小引》，黄大地、张春丽：《黄药眠诗全编》，人民文学出版社，2010年，第588页。

程度上支持了这种主张，为新诗的诗体建设作出了贡献。他按照英语原诗的诗形和韵律译诗。如果原诗是四行分节，他就四行分节，原诗押韵，他就押韵。以雪莱的《给——》为例：

当柔脆的娇声逝了
清歌在记忆里轻弱，
当清芬紫罗兰病了
柔香在敏锐的感觉里来还

玫瑰的叶儿，当玫瑰花儿谢了，
积累着做情人的睡床，
你的情怀也是如此，你去后
爱情她自己来静躺。

梁实秋在1930年12月12日给徐志摩的信中说："我一向以为新文学运动的最大的成因，便是外国文学的影响；新诗，实际上就是中文写的外国诗。"[1]诗的分行排列、奇偶诗句间的退后一格高低错落书写、每四句分为一诗节等形体范式都是移植外国诗歌的。黄药眠的译诗为新诗诗人提供了形体范式，有利于新诗诗体的现代性建设。

黄大地这样解释"诗人黄药眠"鲜为人知的原因："长期以来，由于种种原因，黄药眠早年在创造社的文学活动，特别是他的诗歌创作，一直被人们所忽略，而未得到应有的重视和评价。原因之一，可能是黄药眠加入创造社的时间较晚，他刚刚开始在那鼓吹破坏与创造、弘扬自由与个性解放的伟大时代展示才华不久，创造社就开始左转，搞起了'革命文学'。在那个日新月异的年代，任何一种思潮风行不了多久，马上就会被另一个什么流派所取代。创造社从创办的1921年到1929年解体，短短的八九年时间，就经历了从'创造'时代(1921—1925)，到破坏一切的'洪水'时代(1925—1927)，到'革命文学'时代(1928—1929)三个时期。而在黄药眠的大批诗作于1928年5月结集《黄花岗上》出版之时，创造社已高扬起了'革命文学'的旗帜，而这个诗集

〔1〕 梁实秋：《新诗的格调及其他》，杨匡汉、刘福春编：《中国现代诗论》，上编，花城出版社，1985年，第141页。原载1931年1月20日《诗刊》创刊号。

的诗作大都是他 1923—1927 年的作品，反映的也都是那个时期的精神风貌，但它们长期积压在创造社出版部，未曾在创造社的刊物上发表，因而尽管他的诗集，作为创造社‘创造’、‘洪水’时代精神的回光返照为当时正高喊革命的创造社增色不少，并也确立了他浪漫主义诗人及创造社后起之秀的地位，但是从当时文坛的状况来看，这些诗作毕竟与当时阶级斗争激化的形势不大相符，显得有些时过境迁。就是从文学史的角度来看，因它生不逢时，所以也没有被作为一个时期主流文学的代表。我想可能正是由于这个时间差，使他的诗作没有得到应有的评价，未能焕发出应有光辉。”〔1〕这个结论是相当准确的。“时运交移，质文代变，古今情理，如可言乎！……故知歌谣文理，与世推移，风动于上，而波震于下者。”〔2〕在革命、运动为主旋律的 20 世纪上半叶，更显示出“质文代变”的特性和“时势造英雄”的重要性。但是黄药眠在后来，特别是在今天的被“遮蔽”，更是由于诗歌史研究者生活在学术成果量化的学术体制中，不愿意下苦功夫回到历史语境中细读原始报刊造成的。还与长期以来学术界对创造社的研究过分重视郭沫若、穆木天、王独清等代表诗人，过分重视诗的启蒙功能及诗的思想性休戚相关。也与新诗研究界长期存在一种非健康的研究风气有关，在诗歌流派研究中过分重视同一诗派中的不同诗人的创作和同一诗人在不同阶段的创作的相似性，忽视差异性；过分重视对流派的领袖人物的研究，很多领袖人物常常是利用诗外功夫浪得虚名，流派研究往往简单化为“贴标签”式的研究。

诗是最高的语言艺术，不仅是人类语言智能的典型范例，而且是各种文体中最讲究艺术性、情感性的文体。黄药眠早年的诗歌创作活动对他以后的文艺观产生了重大影响，使他在重思想轻艺术，重视大我情感，轻视小我情感的极左时代，能够维护艺术的纯洁性和新诗的现代性，重视人和人性，如他早年崇拜的印度诗人泰戈尔那样，对人总是充满信心，坚信人总是人。这也是他无论是在 20 年代和 30 年代在国民党的监狱中，还是在 60 年代在共产党的“牛棚”中，都能够乐观地生存下去并坚持写诗论诗的重要原因。

“文革”期间，生性耿直的他受到了造反派的巨大冲击与非人折磨。文革后他又受到重视，是文艺学界最权威的教授。他利用自己的权威身份及“话语权”尽可能地减少了极左思潮对文学自身特点及新诗的艺术创新思想的压

---

〔1〕 黄大地：《黄药眠创造社时期的诗歌创作——纪念黄药眠诞辰 100 周年》，《北京师范大学学报》2004 年第 5 期，第 55—62 页。

〔2〕 刘勰：《文心雕龙 · 时序》，周振甫：《文心雕龙今译》，中华书局，1986 年，第 250 页。

制，如 1982 年在全国群起声讨朦胧诗时，82 岁高龄的他还敢仗义执言："即使有点朦胧意味的诗也可以。"[1]没有对艺术，特别是诗歌艺术的创作体验的人是很难发出这种真知灼见的。没有诗人的"直率"天性的人也不会"不识时务"地说真话和说行话。在 2003 年 10 月 18 日"黄药眠文艺思想研讨会"上，黄药眠的弟子童庆炳用"耿直"一词来评价黄药眠的为人。他甚至这样解释"耿直"：坚持自己认定的道路，即使撞到墙也不愿意回头。这种缺乏"变通"的"耿直"恰恰是很多诗人的性格。黄药眠一生都具有这样的诗人气质，这种诗人气质既有中国古代诗人的"不为五斗米折腰"的"耿直"，也有西方浪漫主义诗人的"浪漫"。"耿直"加"浪漫"正是 20 世纪上半叶新诗诗人的共同气质及生活方式，由此很容易产生"革命的现实主义和革命的浪漫主义结合"的"现代"诗，这种现代诗既有"现代性"的保守，甚至是反现代性的，也有"现代性"的激进。

四、郑敏的传统

"郑敏先生是我国当代著名诗人，也是'九叶诗派'中创作生命持续最长的作家之一。她从 40 年代开始诗歌创作，一直持续到世纪初的今天，被青年诗评家誉为'世纪之树'。……她有长期的诗歌创作实践，同时又有哲学家的理论思辨能力。她的《英美诗歌戏剧研究》《结构——解构视角：语言·文化·评论》《诗歌与哲学是近邻：结构—解构诗论》等诗学著作，总结了中国现代诗发展的历史经验，建构了自己的诗学体系，是中国新诗理论建设的重要成果。郑敏的诗歌创作和理论成果深受读者的喜爱，在诗歌界和理论界产生了重要影响。"[2]这个评价是十分准确的。

郑敏是既敢说话，说出来的又是"行话"的真正的诗论家。尤其是在诗坛歪风出现时，那些声称不怕虎的初生牛犊都学会了"龟息大法"，世故老人们更是推崇"沉默是金"，诗坛上却出现了一个"真实"而"响亮"声音，一个强调现代性的"相对规则"，甚至有些"传统"的声音。

1993 年 2 月，郑敏在《世纪末的回顾：汉语诗歌语言变革与中国诗歌新诗创作》中指出："考虑当时遗老遗少们对文言文的依附，当时白话文运动所

---

〔1〕 陈学虎、黄大地：《黄药眠美学文艺学论集》，北京师范大学出版社，2003 年，第 652 页。

〔2〕 中国当代文学研究会、北京师范大学外国语学院、首都师范大学中国诗歌研究中心：《关于举办"郑敏诗歌创作与诗歌理论研讨会"的预备通知》。2004 年 2 月 12 日发出。未刊稿。

受到四面的包围和压力，胡、陈及郑振铎等人奋力为白话文运动打开局面的勇气和热情是值得我们今天的敬重。但是从思维方式和对语言的性质的认识，我们在一个世纪后的今天，又不得不对他们那种宁左勿右的心态，和它对新文学，尤其是新诗的创作的负面影响作一些冷静的思考。总之他们那种矫枉必须过正的思维方式和对语言理论缺乏认识，决定了这些负面的必然出现。语言主要是武断的、继承的、不容选择的符号系统，其选择必须在继承的基础上。”[1]新诗革命并非是纯正的文体革命，受到了政治激进主义和文化激进主义的极大影响，采用的确实是“宁左勿右”的极端方式，给汉语诗歌带来了巨大的伤害，也给以后的新诗带来了较大的负面影响。

1999年2月，郑敏在《诗探索》第1辑发表了《胡“涂”篇》，尖锐地指出：“青年诗人无不以了解当代先锋诗论和诗歌作品为荣，但却不愿逆流而上找到西方先锋思潮与西方文学传统间的血缘及变异的关系。……这造成两种不好的后果，一是对物质文明发展较迟缓的东方国家的人文文化抱有歧视，并养成中国人的自卑心态；二是对文学艺术采取一代淘汰一代的错误价值观，以致争当‘先锋’，往往宣称自己是超过前一代的最新诗歌大师，并有文学每五年换一代的荒谬理论，造成青年创作队伍浮躁与追逐新潮的风气，未能潜心钻研，坚持‘根深树大’的文学艺术信念，只求以最短的时间争取最大的名声与商业效益。”[2]

国人信奉“识时务者为俊杰”，郑敏对“青年诗人”的严厉批评是很“不识时务”的。在诗歌、小说、散文等各种文体的创作中，诗人是最具有“自主意识”和“先锋精神”的写作者，对批评具有比小说家、散文家多得多的“抵触情绪”。因此新诗理论界出现了“千万不要与诗人打交道”的极端说法，很多诗论家都明哲保身地不去针砭时弊“招惹”诗人。特别是20世纪80年代初期朦胧诗的论争最后以激进派的胜利结束后，新诗创作越来越激进，激进得连当年朦胧诗的理论家们也被新生代诗人视为保守，新潮理论家也感叹读不懂80年代后期和90年代前期的新诗。很多诗论家，特别是中老年诗论家，尤其是在朦胧诗论争时被视为保守派的诗论家也变得世俗起来，识时务地不再有求实作风和理论锐气，变成不再批评创作界操之过急的浮躁诗风的中庸派。因此尽管80年代中后期的诗歌及90年代前期的诗歌比朦胧诗激进得多，很

〔1〕郑敏：《世纪末的回顾：汉语诗歌语言变革与中国新诗创作》，吕进、毛翰编：《中国诗歌年鉴》，1993年卷，西南师范大学出版社，1994年，第353页。

〔2〕郑敏：《胡“涂”篇》，《诗探索》1999年第1辑，第103页。

多诗论家在心里都很清楚，当时诗坛在“怎么写”上的“口语化”和“写什么”的“世俗化”，以及整个写作方式的“个人化”等很不利于新诗的发展，却很少有人在改革高于一切的政治环境中，在先锋好于一切的诗歌生态中，直言不讳。在这样的形势下，公开地站出来指责青年诗人“数典忘祖”，更需要敢说话的勇气和会说话的能力。出来力挽狂澜，当中流砥柱的却是一位老太太！

郑敏在1999年北京大学出版社出版的现代主义和后现代主义诗学著作《诗歌与哲学是近邻——结构—解构诗论》中，更是大胆地说了她反思新诗的“行话”：“我深感到，一个民族丢掉了自己的纯熟的语言之后，它的整个文化都受到影响，因为语言和文化是互为表里的。语言和人的思想也是互为表里的，是我们的语言塑造了我们的思想感情，而语言又是思想感情的化石和记录。语言和文化是不可分割的。当中国告别了自己的语言传统时，在世界潮流的冲击下，陷入了一种漩涡状态。在这种情形下，新诗的创作肯定是非常困难的。我觉得不管我们怎么面对世界，我们必须首先找回我们的汉语。在这个基础上，丰富我们的语言，使它现代化，吸收当代世界上可以丰富我们语言的因素。”[1]“我认为中国新诗在二十一世纪的任务是找回汉语诗歌自身的性格。同时，我们一定要开放地和世界的思潮、诗潮进行对话。如果我们丢掉自己，我们就无法对话，而只能抄袭、回应，做西方的影子。”[2]

2002年她在《诗探索》发表了《中国新诗能够向古典诗歌学些什么?》，更是反对割裂传统：“中国新诗很像一条断流的大河，汹涌澎湃的昨天已经一去不复返了。可悲的是这是人工的断流。将近一个世纪以前，我们在创造新诗的同时，切断了古典诗歌的血脉，使得新诗与古典诗歌成了势不两立的仇人，同时口语与古典文字也失去了共融的可能，也可以说语言的断流是今天中国汉诗断流的必然原因。……古典汉语是一位雍容华贵的贵妇，她极富魅力和个性，如何将她的特性，包括象征力、音乐性、灵活的组织能力、新颖的搭配能力吸收到我们的新诗的诗语中，是我们今天面对的问题。”[3]

尽管新诗百年出现了闻一多、何其芳等新诗理论家，对中国新诗发展作出了巨大贡献，但是就整体而言，新诗理论研究仍然落后。尤其是理论家们

---

〔1〕 郑敏：《诗歌与哲学是近邻——结构—解构诗论》，北京大学出版社，1999年，第469页。

〔2〕 郑敏：《诗歌与哲学是近邻——结构—解构诗论》，北京大学出版社，1999年，第470页。

〔3〕 郑敏：《中国新诗能向古典诗歌学些什么?》，《诗探索》2002年第1—2辑，第24页。

总是分为诗人理论家和不会写诗的学者理论家，极少有诗人与学者一体的理论家，因此他们的理论常常走极端。诗人理论家总是喜欢根据自己的创作体会和经验，轻率地作“随感式”的印象批评；学者型理论家的理论虽然“系统”，却总是与创作脱节，给人以隔靴搔痒之感。郑敏完全可以算是“诗人与学者一体”的理论家。因此她对诗坛发表意见时，既有诗人的正直和锐气，也有学者的严谨与学理。

郑敏对中国诗坛主要有五大贡献：

一、她是优秀的诗歌理论家。以她做人的正直和作文的内行，甚至利用她在诗坛上的权威地位，有效地纠正了诗坛的极端，是一个人格高尚、业务过硬、尽职尽责的“诗坛守望者”，不仅纯洁了诗歌创作界，也纯洁了诗歌理论界。

二、她是优秀的现代诗人。她的独具风格的诗作丰富了新诗，尤其是丰富了妇女诗歌。郑敏和陈敬容堪称 20 世纪 40 年代中国妇女诗歌的代表诗人。因为她们的存在，40 年代出现了中国第二个妇女诗歌创作高潮。她们既是诗人，也是熟悉中外诗歌的学者，都翻译过大量的外国优秀诗作。如郑敏译过英国诗人罗伯特·布莱、理查·阿庭顿、挪威诗人 R. 耶可布森等大诗人的诗作；陈敬容译过奥地利诗人里尔克、法国诗人波德莱尔等大诗人的作品。她们译的多是男性诗人，尤其是哲理性和思想性较强的男性诗人的诗作。她们的诗也深受外国优秀诗作的影响，在创作中广泛借鉴了现代诗歌创作技法。如袁可嘉认为郑敏的诗注意雕塑或油画的效果，以连绵不断的新颖意象表达蕴藉含蓄的意念；陈敬容的诗往往是火爆式的快速反应，高速度地以外景融化内感。直白方式是女性写作的主要方式，因此国外有理论家结论说女诗人不会使用剪刀与磨石，意思是不重视诗艺。中国人有句俗语说女人头发长见识短，意思是女人不会思考。郑敏的诗作，不管是 40 年代的，还是八九十年代的，都完全可以否定这两点。她的诗歌创作是“艺术地表现智者的沉思”。在古今中外无数的诗的定义中，滨田正秀的定义相对准确：“所谓抒情诗，就是现在（包括过去和未来的现在化）的自己（个人独特的主观）的内在体验（感情、感觉、情绪、愿望、冥想）的直接的（或象征的）语言表现。”[1]郑敏写的正是这样的诗，她的“内在体验”更多是深刻的“愿望和冥想”，而不是

〔1〕［日］滨田正秀：《文艺学概论》，陈秋峰、杨国华译，中国戏剧出版社，1985 年，第 47 页。

肤浅的"感情、感觉和情绪",她的语言方式更多是"象征的"而不是"直接的"。1983年郑敏的挚友袁可嘉评价她说:"她有哲学家对人生宇宙进行深思的癖好,又喜绘画、雕塑和音乐,因此她的诗寓于形象,又寓于哲理。她善于从客观事物引起思索,把读者引入深沉的境界。她以诗来掌握世界的方式是里尔克式的:冷静地观察事物,以敏感的触须去探索事物可能含有的意蕴。她最近给我的信中说,'因为我希望走入物的世界,静观其所含有的深意,里尔克的咏物诗对我很有吸引力,物的雕塑中静的姿态出现在我们的眼前,但它的静中是包含着生命的动的,透视过它的静的外衣,找到它动的核心,就能理解客观世界的真义和隐藏在静中的动。'她还提到里尔克受罗丹的启示,写下了《豹》那样的咏物诗,她则在里尔克的影响下,写下了《马》《荷花》《金黄的稻束》等作品。"[1]

在19世纪末20世纪初风起云涌的西方文学"现代运动"(modern movement)中诞生的英语现代诗歌,形成了"复合"(complexity)"暗示"(allusion)"反讽"(irony)和"朦胧"(obscurity)等特点,现代诗歌也比古典诗歌和浪漫主义诗歌更重视诗的表现手法,利用诗歌语言的"张力"(tension)与诗体的"具象"(concrete)和灵活(free),来弥补自由诗体带来的诗美的损失。百年新诗太重视诗意忽视诗艺,最缺乏的就是这样的现代诗歌"品质"。郑敏的一些诗,如《Renoir少女画像》《金黄的稻束》等诗,是新诗史上少有的具备了这些"诗质"的"现代诗歌"。在现代诗歌中,诗体的自由使诗失去了一定的"诗性"和"诗质",必须通过诗的技艺来弥补。因此郑敏如庞德那样强调"凝练是诗歌的灵魂"[2],十分重视作诗的技法,强调诗的含蓄。她在《诗的内在结构》一文中说:"诗与传统的小说、散文、戏剧的不同之处是诗的突出的含蓄。这种含蓄使它有着不同于上述文学品种的内在结构。……它的主要特性在于通过暗示、启发,向读者展示一个有深刻意义的境界。"[3]尽管强调"含蓄"是为了"深刻的意义",而不是为了抒情的动人境界,却有利于提高新诗的写作难度,保证新诗更有艺术性。郑敏提出这个观点的时间是1981年,正是朦胧诗兴起并流行的特殊时期,诗要写得含蓄这个观点具有十分重要的"指导"意

---

〔1〕 袁可嘉:《西方现代派诗与九叶诗人》,袁可嘉:《现代派论·英美诗论》,中国社会科学出版社,1985年,第382—383页。

〔2〕 [英]彼德·琼斯:《意象派诗选》,裘小龙译,漓江出版社,1986年,第159页。

〔3〕 郑敏:《诗的内在结构》,杨匡汉、刘福春编:《中国现代诗论》,下编,花城出版社,1986年,第366—367页。

义。尽管俞平伯很早就提出了“朦胧是成诗的一条捷径”，但是很少受到重视，浅白直露一直是新诗的通病。因此郑敏的诗和诗论都为提高新诗的艺术品位，为改变新诗的肤浅粗糙诗风，为纠正古今中外的妇女诗歌写作都存在的“直白”弊病，做出了特殊的贡献。

三、她是诗体改革家，她在新诗的文体建设上做出了较大的贡献。她写过非常散文化、口语化的自由诗，尤其是在 40 年代，如《寂寞》中有这样的诗行：“世界上有哪一个梦/是有人伴着我们的呢?”《中国现代经典诗库》共收录郑敏 40 年代的诗九首，其中八首是诗体自由化、散文化的诗，一首是十四行诗，诗题是《鹰》。她也写过有诗体规范的十四行诗，如文化生活出版社 1949 年出版的《诗集・1942—1947》中就有十四行诗多首，如《歌德》《献给贝多芬》《贫穷》《鹰》《荷花——观张大千氏画》《兽》《濯足——一幅画》。她的十四行诗还有 1948 年《中国新诗》第 1 期发表的《Renoir 少女画像》，1984 年 11 月香港《八叶集》收入的《古尸二首》和《消息》。1994 年 1 月《人民文学》发表的《诗人之死》中也有十四行诗 19 首。她对新诗文体建设的更大的贡献仍然是在自由诗上，她的自由诗的“诗的内在结构”理论极大地纯洁了自由诗。她的“诗应当有感性美，诗中要有画，有音乐”[1]等自由诗观念保证了自由诗具有“诗的品质”。

四、她是诗歌教育家。培养和扶持了大量优秀的诗歌人才，尤其是新诗理论人才。

五、她是学贯中西的学者。不仅在译介外国优秀诗作上很有贡献，在译介外国文学理论，尤其是西方现代诗论及现代文论上，做出了特殊的贡献。

郑敏的诗和诗论也不是十全十美的，主要有两个弱点：

一、太追求哲理、玄思，比较缺乏抒情性、世俗味和女人味。郑敏、陈敬容是百年新诗中泛女性化抒情的代表。尽管她俩超越了冰心所处的“非女”时代，但是性别特征并不十分明显。当妇女诗歌在 20 世纪 80 年代和 90 年代分别出现“女性”和“女人”抒情模式时，郑敏完全没有进入这种由年轻女诗人引发的潮流，她的创作仍然缺乏妇女诗歌的“柔美”，理性（哲理性）有余感性（抒情性）不足，她 40 年代的诗歌观念并没有改变多少。1981 春天她写了《诗的内在结构》一文，1981 年冬天修改，发表于《文艺研究》1982 年第 2 期。文中说：“我们不妨将诗的特点及人们在读诗时的文艺心理概括如下：1. 诗

〔1〕 阎纯德：《她们的抒情诗》，福建人民出版社，1983 年，第 327 页。

以丰富、新颖、精确、深刻的意象表达作者的思想感情。2. 诗所创造的意境启发人的顿悟真理。3. 人在强烈的感受中得到精神的提高与审美的享受。"[1]这个结论如果与华兹华斯的"诗是强烈感情的自然流露"相比,对感情的重视要少得多,她更愿意接受艾略特的诗是感情的逃避的主张。尽管郑敏诗歌对哲理的追寻,有助于纠正中国新诗过分迷信浪漫主义的诗的"抒情"几乎成了诗的"滥情"的极端,但是郑敏在一定程度上走向了另一个极端,她的智性写作助长了百年新诗存在的一大弱点——高度的严肃性。

袁可嘉1983年在北京写的《西方现代派与九叶诗人》说:"三十年代初的奥登有较强的社会意识,面对西方世界的种种怪现象,他常以轻松幽默的笔触加以鞭挞。杜运燮对笔者讲过,他当年写轻松诗《如游击队歌》《善诉苦者》是受奥登的启迪。奥登即使写严肃的主题,也免不了夹几句俏皮话。他描写中国士兵'他用命在远离文化中心的场所/被他将军和虱子所抛弃'。"[2]同样是西南联大出来的诗人,在郑敏的诗作和诗论中却几乎没有广泛影响过西南联大诗人群的奥登的影子,在她的诗作中几乎找不到奥登式的"轻松诗"。尽管她的西学极好,在诗的写法上也受到了西方现代派诗歌的巨大影响。但是在诗的功能甚至诗的内容上,她更多地接受了中国源远流长的"诗教"传统,很少接受西方的,特别是来自英美诗歌中的"现代诗歌精神",她接受的德语诗歌的影响更多一些,如她像歌德那样追求"诗与真",像里尔克那样追求"诗与思"。西方现代诗歌追求的两大境界是睿智与幽默,她接受的更多是前者。因此她堪称中国新诗中"智性写作"和"学院派写作"的代表。郑敏的诗是艺术地表现贵族性思想的语言艺术。

世俗化是现代诗的一大特征,如波德莱尔反对把诗神圣化,赋予诗过多的崇高功能,他认为诗是世俗的:"只要人们愿意深入到自己的内心中去,询问自己的灵魂,再现那些激起热情的回忆。他们就会知道,诗除了自身外并无其他目的,它不可能有其它目的,除了纯粹为写诗的快乐而写的诗外,没有任何诗是伟大、高贵、真正无愧于诗这个名称的。"[3]郑敏追求的是"伟大、高

---

〔1〕 郑敏:《诗的内在结构》,杨匡汉、刘福春编:《中国现代诗论》,下编,花城出版社,1986年,第381页。

〔2〕 袁可嘉:《西方现代派诗与九叶诗人》,袁可嘉:《现代派论·英美诗论》,中国社会科学出版社,1985年,第379页。

〔3〕 [法]波德莱尔:《再论爱德加·爱伦·坡》,波德莱尔:《波德莱尔美学论文选》,郭宏安译,人民文学出版社,1987年,第205页。

贵,真正无愧于诗这个名称”的诗。1983 年福建人民出版社出版了新诗史上首部全面收录女诗人诗作的诗选——《她们的抒情诗》,共收录了从“五四”时期到 80 年代的 115 位女诗人的诗作四百多首(包括少量旧体诗)。世俗的生活和柔美的情感充盈了全书。郑敏的“作者简介”却说:“她的诗,深受德国诗人里尔克的影响,善于从客观事物引起深思,通过生动丰富的形象,展开浮想联翩的画幅,把读者引入深沉的境界。”[1]尽管郑敏也关注过世俗生活,如发表于《长江》1982 年第 1 期的《修墙》:“半个多世纪过去了。/春天,人们又在修墙、补篱,/但这里没有争论,/邻居们都同意: 修墙,补篱。”但是诗根本没有写如何修墙补篱,而是诗人自己的哲理思考:“把什么/圈进来? 圈出去?”这两句诗很容易让人想到莎士比亚的名句“To be or not to be, that is a question”。这首诗还用了美国诗人罗伯特·弗洛斯特的《修墙》中的两句诗作为题记:“修墙之前我希望弄清/圈什么进来和圈什么出去”。她也关注过人的生命及现实的生存境遇,如很多诗人一样相信“真实是诗人唯一的自救之道”,如 90 年代她的代表作《诗人之死》。但是她的诗和同时代的大多数中外诗人,特别是中国 90 年代的青年诗人相比,世俗的成分还是少得多,她追求的更多是与善和美合为一体的理想中的“真”。她对思想的追求、对哲理的追寻、对理想的向往,远远多于对情感的追求、对当下生活的关注。她的诗人形象令人联想到罗丹的雕塑《沉思者》。她用《诗与哲学是近邻》来作她的诗学专著的书名颇能反映出她的诗歌观念。尽管郑敏的诗并非不食人间烟火,但是与现实生活的“疏离”是显而易见的,她的诗有“超凡超俗”的“气质”,她的人也有这种气质,她的理想化人格一目了然。

在多元的政治生活和诗歌生态中,郑敏的哲理性写作、智性写作才更显示出其特有的价值。郑敏的写作方式,对纯洁汉语诗歌,特别是对纠正当前诗歌内容上世俗化、形式上粗劣化等极端,才更具有十分重要的现实意义。如她在《诗探索》2002 年第 1—2 辑上发表了《中国新诗能向古典诗歌学些什么?》,虽然不能说这篇文章起到了拨乱反正、力挽狂澜的作用,但是对青年诗人的警醒作用还是客观存在的。她认为应该学习古典诗歌的“诗的境界与诗人”,她举出了能够引起“精神震荡”的五种境界: 豪情、潇洒、婉约含蓄、悲怆、悟性。她认为:“诗的实质实际上仍然落实到诗人本身的素质问题。而素质的核心,就是诗人的精神境界。中外文学传统对于诗人的境界提出过很高

---

[1] 阎纯德:《她们的抒情诗》,福建人民出版社,1983 年,第 327 页。

的标准，譬如诗人被称为预言家、智者、圣者。当人们读一首诗时，他们不但希望读到工丽的语句，而且等待一种心灵的震撼，或者一种悟性的突然闪光。这一切只能来自诗人的境界，而这种激荡往往来自诗的结尾或对诗的整体的回味。境界本身并不仅仅指那一霎时的激动，而是对诗的整体一种审美和伦理的省悟，而随之而来的精神升华。"[1]这段话在流行即时性愉悦的"快感写作"和"快感阅读"的时代，当然是很"保守"的，但是它却像沙漠中的一湾清泉，显得特别的纯净和高贵，对那些诗歌游子（当然不能将"身体写作""快感写作"一类的青年诗人都视为误入歧途的"浪子"），确实是有"振聋发聩"的效果。

二、郑敏的诗，尤其早期的诗作太追求相当"玄乎"的"诗的内在结构"，太重视自由诗，不利于新诗诗体的相对规范定型。尽管她写过多首十四行诗，也有百年新诗诗坛普遍存在的"老去渐于诗律细"的现象，但是她写的自由诗更多，而且她的自由诗很松散。尽管她认为"诗中要有画，有音乐"[2]，但是她追求的是诗的内在的画和音乐，她的诗很少有闻一多所说的那种诗的"音乐美"和"建筑美"。到 1981 年，郑敏还认为自由诗重在内在结构。她在《诗的内在结构》中说："长期以来，人们对于诗的第一个印象就是押韵、节拍整齐、有音乐感。但是事实上这种所谓的特征已经不能普遍地运用在所有的诗上了。这自然是因为自由诗的出现和愈来愈多的现代、当代诗人对自由诗的发展和运用。……诗与散文的不同不在于是否分行、押韵、节拍有规律；二者的不同在于，诗之所以成为诗是因为它有特殊的内在结构（非文字的、句法的结构）。"[3]她在 1982 年发表的《珍珠集》，共六首诗，全是"散文化"严重的自由诗。郑敏的"自由诗"在诗体的自由程度上超过西方。20 世纪中西方自由诗运动及自由诗有较大差别，西方的只是对传统严谨诗体的改良，是"相对的自由"。"自由诗是没有韵律和缺乏一个有规律的诗律的统一的诗，自由诗不是形体上的自由。但是，事实上，可以说自由诗没有外部的整齐的设置也能够赋予内部结构充分的范围。"[4]20 世纪中国新诗出现了诗体自由化和格

---

〔1〕 郑敏：《中国新诗能向古典诗歌学些什么?》,《诗探索》2002 年第 1—2 辑，第 25 页。

〔2〕 阎纯德：《她们的抒情诗》，福建人民出版社，1983 年，第 327 页。

〔3〕 郑敏：《诗的内在结构》，杨匡汉、刘福春编：《中国现代诗论》，下编，花城出版社，1986 年，第 366 页。

〔4〕 David Bergman, Daniel Mark Epstein. The Heath Guide to Literature. Toronto: D. C. Heath and Company, 1987. p. 624.

律化的极端对抗，郑敏是百年新诗史上少有的学贯中西的诗人，她在处理这一任何诗人都无法回避的矛盾时，尽管有一定的弱点，她仍然是处理得比较好的诗人之一，她的自由诗在外在形体上比较松散，在“内在的结构”上，确实比新诗史上很多的自由诗都有“诗”的品质。由于一些模仿者并不知道，或者知道却不能很好地领悟她的自由诗的“内在结构”理论，她的自由诗在一定程度上加剧了新诗中的自由诗的“散漫”，不利于新诗诗体的相对定型。值得庆幸的是，她在晚年重视起“诗的格律”，认为格律并不会限制诗人的创作自由。她在《诗探索》2002 年第 1—2 辑上发表的《中国新诗能向古典诗歌学些什么?》中认为应该学习“节奏感”。她说：“古典诗词的节奏是值得我们参考的，这种节奏是由字群的错落有致所形成的。”[1]“字群的组合在一定程度上避免了诗行的散文化，使诗行间增加了凝聚力。我们关于顿的说法与美国七十年代流行的‘可变的音步’(W. 威廉斯)有相似之处，可变的音步是和呼吸的节奏有关，因此诗行走出了音节的整齐，更多地关注情感的表达，我们的顿也和呼吸的自然节奏有关，似乎每行以三四顿为好。中国的古典诗歌，以七言律诗为例可算三顿，五言则为二顿，超过四顿就有太长的感觉。我认为一定的宽松格律还是应当追求的。”[2]从重视散文美到重视音乐美的转变中，不难看出郑敏十分重视现代性中的“旧”的一面，正是这种“旧”才能保证“新”，这是郑敏为新诗诗体现代性建设作出的重要贡献。

〔1〕 郑敏：《中国新诗能向古典诗歌学些什么?》，《诗探索》2002 年第 1—2 辑，第 24 页。
〔2〕 郑敏：《中国新诗能向古典诗歌学些什么?》，《诗探索》2002 年第 1—2 辑，第 26 页。

第二章

影响生态研究

第一节　影 响 探 源

一、西方现代诗歌

1911 年罗布豪斯(L. T. Hobhouse)在《解放主义》(Liberalism)一书中结论说:“十九世纪可以被称为解放主义(Liberalism)的年代,尽管深入观察那个伟大运动的结局带来了最低潮。”[1]19 世纪,特别是从 19 世纪末到 20 世纪初是世界文学的“现代运动”(modern movement)的草创期。如英语文学中的“现代运动”正式始于 1880 年,甚至可以从 1800 年英国的浪漫主义运动算起。“这个运动的重要性在于它是过去文学与现代文学的一大转折点。”[2]在 19 世纪末,尽管激情式抒写的浪漫主义诗歌受到重视诗艺的诗人质疑,仍然存有活力,特别是敢于创新的浪漫主义精神极大地影响了现代诗人。还涌现出象征主义、超现实主义、未来主义、立体主义等诗歌流派,多个国家出现了“自由诗”运动。特别是在法国和美国等国的自由诗运动,为中国的白话自由诗运动创造了条件,中国的白话诗运动只是世界性的现代运动和

---

〔1〕 L. T. Hobhouse. Liberalism. London: Richard and Sons, Ltd. , 1911. p. 214.

〔2〕 G. S. Frase. The Modern Writer and His World. England: Penguin Books Ltd. , 1964. p. 12.

自由诗运动的一个组成部分,新诗革命既是汉诗发展到特定阶段自身新陈代谢的结果,更是受到域外自由诗思潮影响的产物。由于中国白话诗运动源于旧体格律诗已成强弩之末需要更新、中国正处在社会政治大变革时代等非诗因素,受到外来诗歌及域外诗歌浪漫主义、象征主义及自由诗革命等激进的诗歌运动的影响。世界性的自由诗运动主要在法国、美国、英国、俄国发生,由于各个国家的语言、文化、政治、诗歌的特点及诗的演变特点不同,尽管都有反对古典传统,解放已有诗体、诗的格律由严到宽的共同倾向,但是诗的"自由化"程度颇有差异,但是都没有像中国的白话诗运动那样全盘否定本国诗歌传统及已有的格律诗体。同样是现代诗歌运动,无论在诗的内容变革上多么激进,在文体演变上,西方诗人强调文体改良大于改革,在 19 世纪末 20 世纪初的文学"现代运动"中诞生的英语现代诗歌形成了"复合"(complexity)"暗示"(allusivenss)"反讽"(irony)和"晦涩"(obscurity)等特点,现代诗歌比此前的诗歌更重视诗的表现手法,充分利用诗歌语言的"张力"(tension)和诗体的灵活(free)来达到言简意赅的效果。"在诗中,读者更能体会到'现代'(modren)的明显风格,特别表现在诗的格调(tone)上,尽管很难给出诗中的'现代性'(modernity)的绝对标准。"[1]

19 世纪中叶到 20 世纪初的法国诗歌的历史最能呈现出世界诗歌在这一时期的变革特点:富有创新意识的流派纷呈,却殊途同归,追求诗体解放和作诗自由,出现了诗的散文化倾向,又都重视诗艺的探索。尽管也有激进的改革,但更多是较为稳健的改良。特别是每当有激进的改革时,便会出现有文体自觉意识的诗人有意识地纠正偏差,避免极端。如缪塞在法国浪漫主义诗人的政治热情大于艺术热情,走向反传统的极端时,反对艺术为某种政治服务,反对激进的诗歌革命,呼吁浪漫主义诗人重视诗歌传统。尽管这一时期也是法国政治大动荡时期,诗歌有时也被视为政治斗争的工具,如法国大革命时期的现实主义诗歌,却因为诗的艺术性更受重视使非诗因素减少。即此间的法国诗歌总是在破与立的和解而非对抗中,在内容与形式、法则与自由、诗意改革与诗艺改良的和解中发展演变的。正是这样的非极端的诗歌改良,使有些极端改革也能够得到及时纠正,才保证了法国诗歌在创新中稳健发展,成为世界现代诗歌的发源地。因此法国诗歌的散文化趋势和自由诗运

[1] G. S. Frase. The Modern Writer and His World. England: Penguin Books Ltd. ,1964. p. 31.

动也时强时弱，时时处在“改革与调整”的更替状态中，特别是在诗的“散文化”猛烈到危及诗的生存的时候，就产生了“散文诗”文体，极大地缓和了散文对诗的巨大的文体颠覆。中国新诗草创期将“散文诗”与“诗”混同，波德莱尔的散文诗被视为打破无韵则非诗的典范，甚至散文诗被当成汉诗改革的方向，成为新诗的主要诗体。即使后来散文诗的文体独立性被一些中国新诗诗人渐渐意识到了，散文诗在法国所起的对以韵文为代表的诗歌的诗艺的纯洁性的维护作用，即缓和诗的散文化、自由化运动对已有诗体的解构、颠覆力量的作用并没有得到有效发挥，反而影响了新诗的诗体被适度规范的文体建设。也不能完全否认散文诗作为一种抒情文体在中国如同在法国，对维护传统的抒情文体——诗的文体独立性和纯粹性，仍然有一些积极作用。如诗人想用更自由的方式表达自己的情感思想，又不想受到已有的抒情文体诗的束缚，便会选择比格律诗更自由的自由诗，如果连自由诗的最基本的形式规范，如分行排列，也不愿意遵守，又坚持要写诗，诗的散文化倾向就会十分严重，会影响到诗的文体本身应该具有的纯洁性。如果有散文诗使用，他的散文化创作便不会给诗带来危害。

在中国的白话诗运动期间，法国也出现了极端否定传统、理性和规则的诗歌流派达达主义，但并未形成主流。第一次世界大战使人们对人类文明总是由低级向高级发展的进化观产生了怀疑，更对重理性、秩序、传统的生活方式产生了质疑，导致一些激进诗派涌现。以达达主义为代表的超现实主义是法国当时最有影响力的激进诗歌流派。达达主义是1916年2月在瑞士的苏黎世以罗马尼亚诗人特里斯唐·查拉为核心成立的一个团体。1918年，达达主义发表宣言：“自由：达达，达达，达达，痉挛的色彩的嚎叫，各种对立、矛盾、滑稽和非逻辑事物的交错：即生活。”〔1〕由于20世纪初法国是世界艺术的中心，很多从事艺术的中国青年都向往巴黎。很多重要的新诗诗人和理论家，如李金发、梁宗岱、艾青等都曾留法，法国诗歌也大量译介进中国，如波德莱尔是20年代初被译介的最重要的外国诗人之一。如果说以胡适、闻一多为代表的留美学生为新诗革命立了首功，让英语诗歌最早成为新诗文体建设的重要参照物，闻一多、徐志摩等新月派诗人主要受到英美诗歌的影响，那么，以李金发为代表的法国留学生主要是为新诗革命稍后的文体建设做出了巨大的贡献，特别是在维护新诗的审美现代性，尤其是艺术性方面，如诗的意

〔1〕 郑克鲁：《法国诗歌史》，上海外语教育出版社，1996年，第308页。

象、诗的音乐性和视觉形式方面成绩显著。如法国象征派诗人对诗的音乐性的重视促进了中国诗人对新诗的音乐形式的重视，很多诗人都受到兰波、魏尔伦等诗人的影响。如穆木天在1938年6月30日写的《诗歌创作上的表现形式的问题》中结论说："诗，是要凭藉语言的形象和声音，去表达它的内容的。诗的语言中的音响的考察，是一个诗歌工作者所要注意的。……雨果的诗，就是O,A很多，魏尔林的I,U很多。前者，是大锣大鼓的诗歌，后者则是低音乐器的小曲了。譬如，魏尔林，在他的《秋之歌》里边，用好多的鼻音以传达和唤起秋日的哀愁，就是一例。"[1]这段话说明魏尔伦等重视诗的音乐性的外国诗人对中国新诗诗人的影响，这是新诗文体建设中音乐美与建筑美成为新诗的两大形式特质的重要原因。

英语诗歌对新诗文体建设影响最大，不仅雪莱、拜伦、华兹华斯等19世纪英国浪漫主义诗人的诗作极大地影响了新诗诗人的改革思想和新诗的诗体建设，而且20世纪初的英语现代主义诗歌，特别是英美意象派诗歌及美国爆发的"自由诗革命"(free verse revolution)更是直接催生了中国新诗革命。以英语诗歌为代表的西洋诗歌的诗体诗形被直接"移植"进中国，成为新诗诗体诗形接受和摹仿最多的范式。英美诗歌对新诗的影响从1928年8月10日出版的《新月》第一卷第六号封二上的《近代英美诗选》(叶公超、闻一多编著)的"广告"中可见一斑："中国新诗是从那里演化出来的？一般诗人的背景都受过些甚么影响？能答复这两个问题的人，自然知道现在中国的新诗和英美诗——尤其是和近代英美诗的密切关系。……闻一多先生在新诗坛里的地位早已经为一般人所公认。叶公超先生又是中国唯一能写英文诗的诗人。他们两位把这精选拿出来贡献给大家，不是文艺界的幸福是什么？"[2]

美国人重视实用性创造，崇尚冒险，如美国精神(American Spirit)中的最重要一条便是"没有冒险就没有得到"(No venture，no gain.)，即美国文化及美国人有不安分的天性，美国艺术更轻视秩序和规范，特别是19世纪后期及整个20世纪美国诗歌常常比其他国度的诗歌更具有先锋性，涌现出爱伦·坡、惠特曼、庞德、卡洛斯·威廉斯、E. E. 肯明斯、金丝堡等对世界诗歌产生巨大影响的诗人。美国的诗歌改革运动也此起彼伏，诗歌变革的极端性远远强于西方其他国家。美国是最早有中国留学生的国家，也是中国留学史

---

[1] 陈惇，刘象愚编：《穆木天文学评论选集》，北京师范大学出版社，2000年，第218页。

[2] 《近代英美诗选》"广告"，1928年8月10日《新月》第一卷第六号封二，《新月》，上海书店1985年影印版，第一册。

上早期接受中国留学生最多的国家,后来日本、法国才位居其上,留学生在美国生活学习的时间通常比日本、法国等国家长,如胡适在美国留学长达七年,特别是美国人的创新意识更容易影响中国留学生。“虽然学者们有时称为的‘自由诗革命’(free verse revolution)发生在二十世纪早期,有影响的代表诗人是庞德、玛蕾安·摩尔、H. D、威·卡·威廉斯等人。主要的自由诗独创者却是惠特曼。在他的自传体系列诗诗集《草叶集》中,他使用了高度非规则的诗行。他宣布伟大的解放,放弃规则的格律程式。……惠特曼的诗是自由的,受到了后来诗歌的仿效。”[1]“惠特曼不是独行者,与他同时代的诗人艾米莉·狄金森的创作也打破了常规限制,自由地抒发情感。……自由诗(free verse)并不是放弃一定的作诗规则,可以胡乱地裁决诗行,……而是主张根据表达的需要来确定格律形式,而不是根据原有的计划。”[2]

郭沫若在日本接受了惠特曼的巨大影响。1928 年 8 月 11 日朱湘给赵景深的信中说:“郭沫若我从前称赞他有单调的想象,近来翻看 Whitman,发现了他是模仿这美国诗人,不觉敬意全消。”[3]

尽管美国诗歌经历了 20 世纪初的“自由诗革命”,但是只是“改良”,诗体没有发生巨大的变化,诗的韵律和旧有的诗式都没有如同古代汉诗完全被极端地“破除”,特别是经过了 1916 年前后的“自由诗革命”后,美国诗歌更趋于保守的改良而非激进的改革,传统的格律诗形式得到进一步的重视,即使是倾向于诗体改革的激进者,也没有像中国诗人那样完全舍弃传统诗体的格律形式,而是力求在传统与现代之间寻找到契合点,如同艾略特所强调的诗人要处理好传统与个人才能的矛盾。1927 年美国哈佛大学出版的 The Third Book of Modern Verse A Selection From The Work of Contemporaneous American Poets 较全面地呈现出美国 20 年代初美国诗歌的创作情况,诗集收录的 300 多首诗作中,不讲究格律的纯粹的自由诗占的比例极小,但是极端呆板的格律诗也不多,绝大多数是改良的格律诗。

20 世纪一二十年代正是美国诗歌出现以“自由诗革命”、意象派诗歌为代表的大变革、大创新时期,胡适等留美学生受其影响,成为中国新诗革命的

---

〔1〕 Sven P. Brikerts. Literature: the Evolving Canon. Massachusetts: Allyn and Bacon, 1993. p. 550.

〔2〕 Sven P. Brikerts. Literature: the Evolving Canon. Massachusetts: Allyn and Bacon, 1993. p. 550.

〔3〕《文学周报》第七卷,开明书店 1929 年 1 月合订本,第 348 页。

主将。1916 年 7 月 26 日，胡适在《一首白话诗引起的风波》写道："觐庄来信（二十四日）读大作如儿时听'莲花落'，真所谓革尽古今中外诗人之命者！足下诚豪健哉！盖今之西洋诗界，若足下之张革命者，亦数见不鲜，……大约皆足下'俗话诗'之流亚，皆喜以前无古人，后无来者自豪，皆喜诡立名字，号召徒众，以眩骇世人之耳目，而已则从中得名士头衔以去焉。'又曰：'文章体裁不同，小说词曲固可用白话，诗文则不可。今之欧美，狂澜横流，所谓'新潮流''新潮流'者，耳已闻之熟矣。有心人须立定脚根，勿为所摇。诚望足下勿剽窃此种不值钱之新潮流以哄国人。'又曰：'其所谓'新潮流''新潮流'者，乃人间之最不祥物耳，有何革新之可言！觐庄历举其所谓新潮流者如下：文学：Futurism. Imagism，Free Verse. 美术：Symbolism，Cubism，Impressionism. 宗教：Bahaism，Christian Science，Shakerism，Free Thought，Church of Social Revolution，Billy Sunday. "[1]这段话充分证明胡适及当时的留美学生受到了当时的西方新潮文学的影响，特别是未来主义（Futurism）、意象主义（Imagism）和自由诗（Free Verse）等新诗潮的影响，即中国的新诗运动既是汉诗本身进化到一定阶段需要适度改革的结果，也是以政治改革、文化革命为社会生活主旋律的特定历史的产物，还受到了外国诗歌潮流，特别是世界性的诗体解放运动的巨大影响，汇入了世界诗歌向口语化、散文化、无韵化发展的新潮流中。正是由于历史积淀下来的汉诗诗体过于定型、韵律过于严谨等汉诗本身的问题和当时中国正处在政治、文化大革命的动荡中，在当时的欧美被视为新潮的意象主义诗歌、未来主义诗歌及自由诗才在中国大受欢迎。其实它们没有中国的自由诗横扫一切旧诗体、取代有韵诗的极端行为和恶劣后果。这些新潮诗本身也没有激进到要完全废除韵律（Rhyme），在强调自由诗的同时也追求不完美韵（Imperfect Rhyme），并没有把"自由诗"（Free Verse）等同甚至降格为"无韵诗"（Blank Verse），更不极端反对诗律（Versification）及作诗的基本法则（Rules），不完全使用俚语口语。

1916 年 7 月 24 日留美学生梅觐庄给同在美国的胡适的信中所言的意象派诗歌是当时英美，特别是美国的新潮诗歌。"在诗的世界里，它是一个改革的象征，也是一个改革的力量，这一运动具有那个时代特有的热情和振奋。它坚持简约，拥护自由诗（free-verse）的路线。"[2]1953 年艾略特在题为《美

〔1〕 胡适：《一首白话诗引起的风波》，耿云志：《胡适论争集》，上卷，中国社会科学出版社，1998 年，第 22 页。

〔2〕 [英]马库斯·埃里夫：《美国的文学》，方杰译，今日世界出版社，1975 年，第249 页。

国文字和美国语言》的演说中说："出发点，即人们通常地、便利地认作现代诗歌的起点，是1910年左右伦敦的一个名叫'意象主义者的团体'。"[1]1914年3月，第一部《意象主义者》诗集问世。1916年，第二部《意象主义诗人》问世。"意象派的崛起，大体上与我国新诗的兴起是平行的；但当时我国新诗形式面临的主要是白话与文言的选择，所要解决的问题不完全一样。"[2]但是意象派诗歌运动对中国新诗革命的影响是巨大的，特别是意象派诗人掀起了美国诗歌真正的自由诗革命，它在文体创新意识上直接影响到了中国的新诗革命。以对实验性形式最具热忱和最有追求的"自由诗革命"的主将爱米·罗厄尔为例，在1916年前后较极端地追求诗的自由，创作多音式散文，追求诗的散文化，以至在1916年出版360页的诗集《男人、女人和鬼魂》(Men, Women and Ghosts)时，她删掉了那段时期写的纯粹抒情形式的诗作。新诗草创期对写实性的重视，如胡适写《人力车夫》、沈尹默写《三弦》、刘半农写《晓》，甚至周作人写《小河》等，都呈现出一股强烈的反抒情重叙事、轻精神重世俗的现代诗风。

"在十九世纪九十年代，在法国诗歌中长期存在的填补了诗的世界与日常生活的巨大鸿沟的诗学意识开始在英语诗歌中显现。"[3]这种意识即波德莱尔等现代诗人所主张的诗应该反映现代生活的现代意识，如波德莱尔反对把诗神化："只要人们深入到自己的内心中去，询问自己的灵魂，再现那些激起热情的回忆，他们就会知道，诗除了自身外并无其他目的，它不可能有其他目的，除了纯粹为写诗而写的诗外，没有任何诗是伟大、高贵、真正无愧于诗这个名称的。"[4]这种诗的世俗化的现代诗观导致意象派诗人主张的诗人"写什么"的绝对自由，诗应该反映现代生活、抒发现代人的情绪情感的诗观盛行。

1914年英国批评家亨利·纽伯特在《诗的未来主义和形式》(Futurism and Form in Poetry)中指出："诗人把经历的水变成了情感的酒，采用的不是他的声音，而是用有序的语言的魔力。他并没有给你事件的成分和你能从中

---

[1] [英]彼德·琼斯：《意象派诗选》，裘小龙译，漓江出版社，1986年，第2页。

[2] 裘小龙：《译后记》，[英]彼德·琼斯：《意象派诗选》，漓江出版社，1986年，第183页。

[3] G. S. Frase. The Modern Writer and His World. England: Penguin Books Ltd.,1964. p. 247.

[4] [法]波德莱尔：《波德莱尔美学论文选》，郭宏安译，人民文学出版社，1987年，第135页。

获得的巨大热情,他只给你他自己的直觉,他已经创造的可以在穿越静寂时永存的自我世界。未来主义……是留声机的,它有留声机的限制。"[1]1921年,艾略特指出现代诗歌语言应该适应多元化的现代文化:"我们的文化体系包含极大的多样性和复杂性,这种多样性和复杂性在诗人精细的情感上起了作用,必然产生多样的和复杂的结果。诗人必须变得愈来愈无所不包,愈来愈隐晦,愈来愈间接,以便迫使语言就范,必要时甚至打乱语言的正常秩序来表达意义。"[2]很多现代诗人都力图打破旧有的语言秩序,创造更自由的诗体。芝加哥新诗运动的代表诗人桑德堡和林赛不仅"试图解答美国公众的一大难题,把寻常事物变成非凡事物,从普通事物里找到意义"[3],更想进行诗歌语言及诗体的革命,如让街头语入诗,反对旧诗所用的题材和词汇,充分体现美国通俗语言的生命力,力求诗的"通俗"。用通俗语言写普通事物,这与中国白话诗运动用白话写日常生活的新诗革命十分相似。威廉·卡洛斯·威廉斯在1920年写道:"什么东西我他妈的愿意写,什么时候我他妈的愿意写,我就写,只是因为我他妈的愿意。"[4]他在诗的语言和诗体上最富有独创性,"用一种激情的、独特的努力,创造一种全新的——美国的——诗的语言。"[5]

"尽管在所有时代抒情诗总是与耳相关,但是随着诗的功能的增加和印刷术的提高,诗与眼的关系越来越密切,诗的视觉效果越来越受到重视,E. E. 肯明斯的诗的图式(visual patters)就是明证。"[6]肯明斯正是受到了威廉·卡洛斯·威廉斯的影响。与威廉斯同期的女诗人玛丽安娜·摩尔的《你就像在彩虹的脚下理想地寻找金子的现实的结果》也通过奇特的排列,产生一只变色蜥蜴在爬动的视觉效果。正是这些意象派诗人意识到了现代诗歌可以营造"诗如画"的视觉艺术效果,用语言意象的所指间接产生视觉效果,用诗的语言符号的巧妙排列产生直接的视觉形式。在英语诗歌形体上取得

---

〔1〕 Vincent sherry. Ezra Pound, Wyndham Lewis, and Radical Modernism. New York: Oxford University Press, 1993. p. 15.

〔2〕 [英]托·斯·艾略特:《玄学派诗人(1921)》,托·斯·艾略特:《艾略特文学论文集》,李赋宁译,百花文艺出版社,1994年,第24—25页。

〔3〕 [英]马库斯·埃里夫:《美国的文学》,方杰译,今日世界出版社,1975年,第237页。

〔4〕 [英]彼德·琼斯:《意象派诗选》,裘小龙译,漓江出版社,1986年,第147页。

〔5〕 [英]彼德·琼斯:《意象派诗选》,裘小龙译,漓江出版社,1986年,第147页。

〔6〕 Northrop Frye. Anatomy of Criticism. New Jersey: Princeton University Press, 1971. p. 278.

了重大的突破，为后面的英语诗歌乃至世界诗歌，特别是"图像诗"的发展开辟了道路，也影响了中国新诗的形体建设，加上受中国的回文诗、宝塔诗等"形异诗"传统的影响和法国立体派诗人阿波里奈尔和俄国未来派诗人马雅可夫斯基等域外诗人创造的诗的图式的影响，穆木天、田间、鸥外鸥、杨炼、詹冰等很多新诗诗人都重视诗的图式（shapes of poetry），新诗也出现了"形异诗"及"图像诗"。

二、东方现代诗歌

"提起小诗二字，我们便联想到周作人介绍的所谓日本的小诗。最初我听了这个名字时，很有点不明白周君所指的是什么，后来才知道就是日本的和歌与俳句。"[1]"现在流行的小诗，不必尽是受了周作人的影响。"[2]康有为为黄遵宪的《人境庐诗草》作序说："公度……游宦于新加坡、纽约、三藩息士高之领事官。……及久游英、美，……采欧、美人之长，荟萃融铸而自得之。"[3]新诗文体的现代性建设不仅受到了西方英语诗歌和法语诗歌的影响，还受到了日语诗歌和印度诗歌（泰戈尔用孟加拉语和英语）等东方诗歌的巨大影响，特别是中国新诗的现代性受到了日本新诗的现代性的巨大影响。这种影响既有"写什么"（题材）上的，更有"怎么写"（体裁）上的，尤其是郭沫若等诗人在日本获得了"现代精神"。

中国的改革及现代化晚于日本，特别是在接受西方新思潮方面，日本往往比中国领先一步，日本几乎成了西学进入中国的中转站。如日本1921年就译介了尼采的"如此说"，中国大量译介尼采是在1923年，曾留日的郭沫若在《创造周报》第一号译介了尼采的《查拉图司屈拉》，第二号译介了《道德之讲坛》，第三号译介了《遁世者流》，第四号译介了《肉体的侮辱者》，第五号译介了《快乐与狂热》，第六号译介了《苍白的犯罪者》……第十三号译介了《死之说教者》。新文化运动前后日本与中国的交往极多，日本的新思潮受到中国知识界的高度重视，如厨川白村的《走出象牙之塔》等理论很快就被鲁迅等人译介进中国。

"政治小说与其说是纯粹的文学，不如说是带有其他目的的东西，但从社

---

〔1〕 仿吾：《诗之防御战》，《创造周报》1923年5月第1号，上海书店1983年影印。

〔2〕 仿吾：《诗之防御战》，《创造周报》1923年5月第1号，上海书店1983年影印。

〔3〕 黄遵宪：《人境庐诗草自序. 人境庐诗草笺注(上)》，钱仲联笺注，上海古籍出版社，1981年，第1页。

会上处于领导地位的人们关心文学并亲自执笔这一点来看，改变了以往江户时期所谓文学不过是给女人和孩子们看的这样一种观点，它和翻译文学一起使我们认识到文学是形成新文化的一个重要因素。从这一意义来说，它是具有充分的、相对的价值的。还有，作为这种启蒙思潮的产物之一，新的文学形式——诗的出现，也是不容忽视的。明治十五年(1882)出版的《新体诗抄》，是一部以翻译为主、加上少数创作的诗集。在使读者一般了解西洋诗的同时，还创作了模仿西洋诗的新体诗，……这部《新体诗抄》的序文以及由后来坪内逍遥的《小说精髓》等书中，就把日本传统的短歌和俳句由于诗形短小而被称之为野蛮的、未开化的形式。"[1]美、英、法等国的现代诗歌运动本身是在艺术领域中的改革，如美国意象派诗人的自由诗革命完全是诗歌领域的自由化改革，在日本很容易变味为反对传统的启蒙运动和社会改革的先驱和手段。这会使更渴望改革的中国留学生采用更激进的方式进行中国诗歌的改革，中国的新诗革命更会带上非诗的因素，新诗更会成为中国思想启蒙者和政治改革者宣传革命、启蒙民众、开启民智的工具。

由于政府的开明、改革的顺利和西化的彻底，日本很快完成了现代化改革。日本最早的国语课本都是从英、美等国翻译过来的，东京大学的教材最初也是采用英文，外国人居多，日本教师也用英语教学。日本教师大都留学过西洋，"东京大学工程系有123位教授，每个人在美国或者欧洲都获得过博士学位。"[2]在日本明治维新时期(明治元年是1868年)日本形成了全面西化的热潮。"在这一时代的初期还可以看到这样一种情况，即相信否定日本过去的旧传统、模仿外国，那就是开化文明，就是建设日本的方法，因而就几乎是无条件、无批评地模仿西洋的东西。"[3]

日本的新体诗一开始就是从模仿西洋诗开始的，对西洋诗的自由化、现代化进程了解彻底。"短歌与俳句的短小形式已不能容纳现代人的复杂心情、要求歌颂新思想的最早的新体诗作者的意图，不久通过许多长篇的叙事诗或诗剧的创作而开始发展起来。"[4]以浪漫主义诗歌为主的现代诗歌受到日本诗人的极大欢迎。1889年森鸥外的以德国和英国为主的译诗集《面影》拉开了大量译介西方诗歌的序幕。1897年国木田独步、松冈国男等人的《抒

[1] [日]吉田精一：《现代日本文学史》，齐干译，上海人民出版社，1976年，第15页。
[2] James W. Bashford. China and Methodism. New York: Eaton and Mains, 1906. p. 98.
[3] [日]吉田精一：《现代日本文学史》，齐干译，上海人民出版社，1976年，第5页。
[4] [日]吉田精一：《现代日本文学史》，齐干译，上海人民出版社，1976年，第15页。

情诗》和岛崎藤村的《嫩草集》的出版标志着日本现代诗的开始。“在日本抒情诗的历史上,《嫩草集》被看作是一部揭开序幕的著作,其重要的理由是,首先,它把西洋的近代诗体和日本传统的情调溶化在一起,因而日本人的感情开始在这种新型的诗体上扎下了根。其次是语言使用问题,藤村使用的都是极其普通的、非常自然的词句,也就是说,它使普通的口语获得了新的生命。还有一点,随着自我的觉醒,作者把自身那种抑制不住的冲动,像青春的自然流露那样热情洋溢地歌唱出来,而诗人藤村自身的青春正好是和近代日本的青春时期合拍的,因而就产生了这种时不再来的青春的诗歌。”[1]藤村的创作与青年郭沫若以及在整个20世纪中国诗坛都流行的“青春期自发写作”极为相似。

日本诗歌的现代运动与西方诗歌的现代运动几乎同步。1899年,东京新诗社成立,出版了诗歌杂志《明星》,以这个刊物为中心,浪漫主义短歌流行一时。正冈子规等人使俳句获得了新的生命,成为适应新时代文学精神的一种形式。1905年法国象征派和高蹈派作品也由上田敏等人译介进日本,结集为译诗集《海潮声》,深受好评。象征派诗歌等现代派诗歌的传入,使本来就重视诗艺的日本新体诗改革更重视诗艺,“通过这些活动和作品,抒情的纹理开始细腻起来,语言的运用越来越巧妙,智能方面的感觉也越来越复杂。”[2]从1887年到1905年,是日本诗歌改革的重要时期,“口语体自由诗”出现。受象征主义的影响,明治末期出现了北原白秋为代表的写象征诗或感觉诗的诗人,他的代表作是1909年出版的《邪教》。在大正中期,白鸟省吾等人掀起了“民众诗”运动,现代性的一大特征是世俗性。“民众诗”导致了日本新诗的世俗化,影响了中国的白话诗运动。日本的平民文学促进了中国新诗的世俗化。周作人是“五四”前后平民文学的主要鼓吹者,他1914年任绍兴县教育会长时公开搜集儿歌。1918年,周作人任北京大学教师时还与刘半农、沈尹默等人发起征集歌谣运动。

与民众诗相对抗的是具有丰富的视觉美的“歌特式浪漫诗体”,由日夏之介等推行。荻原朔太郎是口语诗的真正完成者,“他的诗使用纯粹的口语,而且还把它化为美丽的诗语。”[3]中国白话诗使用了纯粹的口语,却很少转化成美丽的诗家语。石川啄木还创造了一种散文式的短歌风格,采取三行的形

---

[1] [日]吉田精一:《现代日本文学史》,齐干译,上海人民出版社,1976年,第42页。
[2] [日]吉田精一:《现代日本文学史》,齐干译,上海人民出版社,1976年,第45页。
[3] [日]吉田精一:《现代日本文学史》,齐干译,上海人民出版社,1976年,第110页。

式来创造短歌，以这种形式写成《一握砂》，使旧形式得以新生。这种形式影响了中国的小诗和散文诗，尤其是中国的小诗受到了日本俳句、短歌的直接影响。

周作人初稿于1919年，改于1921年3月21日的《日本的诗歌》，介绍了日本诗歌的现代性建设情况："明治时代新兴了新体诗，仍以五七调为本，自由变化，成了各种体裁；又因欧洲思想的影响，发生几种主义的派别；因此诗歌愈加兴盛了。新体诗的长处，是表现自由，可以补短诗形的缺陷。以前诗有文语两种，现在渐渐口语诗得了势，文章体的诗已少见了。这诗歌两种形式有异，却并行不悖，因诗人依了他的感兴。可以拣择适应于表现他思想的诗形，拿来应用，不至有牵强之弊。"[1]当中国小诗兴起时，周作人写了极大地促进了小诗发展的《日本的小诗》，他赞扬说："日本诗人如与谢晶子、内藤鸣雪等都以为各种诗形都有一定的范围，诗人可以依了他的感兴，拣择适宜的形式拿来应用，不致有牵强的弊，并不以某种诗形为唯一的表现实感的工具，意见很是不错。"[2]"中国现代的小诗的发达，很受外国的影响，是一个明了的事实。"[3]小诗在中国风行一时，日本诗歌的影响是首要的。

很多中国新诗诗人都是在日本接触到西方诗歌的，甚至出现了西洋诗歌的汉译先从日本开始的奇特现象。如中国最早大规模地译介拜伦及英国诗歌的苏曼殊是在日本进行翻译工作的，所译的诗集也先在日本问世，再由国内出版。1908年他的第一本译诗集《文学因缘》在日本东京出版后才由国内重印，题为《汉英文学因缘》。1909年他译的《拜伦诗选》也是于同年9月在东京出版，后由上海泰东书局翻印的。1911年他译的第三本译诗集《潮音》和1914年他编译的《汉英三昧集》都是先在日本印行的。此间日本出现大规模的外国诗歌译介活动，泰戈尔、惠特曼、歌德、海涅等世界性大诗人都被大量译介进日本，如1888年7月二叶亭四迷译了屠格涅夫的《幽会》(即《猎人日记》)，1894年1月大和田建树译出了《欧美名家诗集》，1913年1月森鸥外译了歌德的《浮士德》第一部，1919年2月生日春月译了《海涅诗集》，1919年4月富田碎花译了惠特曼的《草叶集》第一卷，1921年11月有岛武郎译了《惠特曼诗集》……郭沫若等很多中国新诗人正是在日本接触到了这些大诗人，尤其受到了这些大诗人的现代精神的影响。如留美学生闻一多发表于《创造周

〔1〕 周作人：《日本的诗歌》，杨扬编：《周作人批评文集》，珠海出版社，1998年，第280页。
〔2〕 周作人：《日本的诗歌》，杨扬编：《周作人批评文集》，珠海出版社，1998年，第289页。
〔3〕 周作人：《论小诗》，杨扬编：《周作人批评文集》，珠海出版社，1998年，第87页。

报》第四号上的《女神之时代精神》赞扬郭沫若:“若讲新诗,郭沫若君底诗才配称新呢,不独艺术上他的作品与旧诗词相去最远,最要紧的是他的精神完全是时代的精神——二十世纪底时代的精神。有人说文艺作品是时代底的产儿。女神真不愧是时代底一个肖子。”[1]《女神之时代精神》一点也没有谈及《女神》的艺术性,如文中引用的田汉给郭沫若的信中所说:“与其说你有诗才,无宁说你有诗魂,因为你的诗首首都是你的血,你的泪,你的自叙传,你的忏悔录啊!”[2]闻一多重视的也不是郭沫若的“诗才”,更看重的是他的敢为天下先的“创造”精神。

正是因为对现代诗歌精神的高度推崇,郭沫若的文体自觉性远远小于他的文体创造性。所以他回国后在新诗草创时期组织的不仅是“创造社”,创办的刊物也以“创造”为名。如1922年3月15日他和成仿吾、郁达夫编辑创刊的《创造》是创造社最早发刊的文艺刊物,到1924年停刊,共出了两卷六期。郭沫若特地写了一首赞美创造精神的《创造者》作为发刊词,诗中称:“我知道社会到了,/我要努力创造!……创造个光明的世界……我要高赞这最初的婴儿,/我要高赞这开辟鸿荒的大我。”[3]1923年5月他和郁达夫、成仿吾等又编辑了《创造周报》,到1924年5月停刊时共出了52期。在创刊号上他又写了倡导“创造”的《创世工程之第七日》作为发刊词:“上帝,你最初的创造者哟!/我至今呼你的名,不是想来礼赞你。……我们是要重新创造我们的自我。/我们自我创造的工程/便从你贪懒的第七天上做起。”[4]。他们太注重思想、立意上的创造精神,太推崇直抒胸臆的抒情方式,太强调对古代汉诗诗艺及人类所有诗歌诗艺的破坏。

印度是中国的近邻,同属于东方文化,都以追求哲理为艺术的最高境界。在新诗革命及新诗草创期,本来大多数国人以西学为荣,试图通过西学来拯救中国,对东方文明,特别是中国古代文明颇有怀疑,但是少数试图通过改革救国的精英文人也想通过东方文明来改变中国,甚至出于对西方文明的警惕

[1] 闻一多:《女神之时代精神》,《创造周报》1923年6月3日第4号,第3页,上海书店1983年影印版。

[2] 闻一多:《女神之时代精神》,《创造周报》1923年6月3日第4号,第7页,上海书店1983年影印版。

[3] 郭沫若:《创造者》,《创造季刊》1922年3月15日第1卷第1号,第1—4页,上海书店1983年影印版。

[4] 郭沫若:《创造者》,《创造季刊》1922年3月15日第1卷第1号,第1—2页,上海书店1983年影印版。

和对东方文明根深蒂固的热爱，特别是当新文化运动及新诗革命以毁灭东方（中国）旧文化的极端革命方式造成了只“破”不“立”、“破”后难“立”的后果时，当更多的文人感觉到中国需要温和的改良而非激进的革命时，日本、印度等国的东方文明越来越受到重视。特别是泰戈尔的哲学观、文艺观在20年代初在中国受到了以文学研究会为中心的作家的欢迎。1924年泰戈尔访问中国，虽然受到了鲁迅、郭沫若等人的攻击，却受到了梁启超、徐志摩、王统照等人的欢迎。这次访问扩大了泰戈尔对中国的影响。泰戈尔对中国新诗能够产生较大影响的原因至少还有两点：一是用英语写作（印度当时是英国殖民地，他的一些作品用孟加拉语写成后自己再译成英语，中国读者和译者主要是从英语中接触到他的作品的），新诗初期英语诗歌影响最大，他的诗被当作了英语诗的一部分。二是他获得过诺贝尔文学奖，为东方人争了光，自然成为中国作家诗人效仿的偶像。中国文化很早就受到印度文化的影响，如佛教的传入，使有的人也想到印度取“经”，泰戈尔便被视为“诗哲”了。

1915年10月出版的《新青年》第2期就登载了泰戈尔的四首短诗，题为《赞歌》，是陈独秀从英文版的《吉檀迦利》中摘译的。篇末还有译者的作者介绍：“达噶尔，印度当代之诗人。提倡东洋之精神文明者也。曾受Nobel Peace Prize，驰名欧洲。印度青年尊为先觉。其诗富于宗教哲学之理想。”[1]不知道想进行政治革命的陈独秀是否是故意将泰戈尔获得的“诺贝尔文学奖”改为“诺贝尔和平奖”，也可能是陈独秀的知识性错误。但是这个寥寥数语的“泰戈尔介绍”已经把他偶像化了，特别是“印度青年尊为先觉”一句，足以让正在寻求个人和国家出路的中国青年接受和崇拜他。1917年《妇女杂志》第3卷6、7、8、9期刊发了天风、无为翻译的泰戈尔的三篇短篇小说《雏恋》《卖果者言》《盲妇》。1918年《新青年》第5卷3期刊载了刘半农译的诗《同情》《海滨》。由此可见泰戈尔的诗直接影响了新诗革命。1913年泰戈尔以首位东方作家的身份获得诺贝尔文学奖，欧洲出现了泰戈尔热。1914年泰戈尔热由欧洲进入日本，当时日本有大量中国留学生，郭沫若正是在日本接受了泰戈尔影响。由于新诗革命采用的是极端改革方式，五四前期的激进的政治气候并不适合泰戈尔的改良思想，尽管1915年陈独秀就译介了他，他在1920年前并没有受到想全盘西化的中国改革派的重视。如郭沫若所言：

[1] 张光璘：《中国现代文学史上的一次“泰戈尔热”》，张光璘：《中国名家论泰戈尔》，中国华侨出版社，1994年，第188页。

“我在民国六年的年底竟做了一个孩子的父亲了。在孩子将生之前，我为面包问题所迫，也曾向我的精神上的先生太戈尔求过点物质的帮助。我把他的《新月集》，《园丁集》，《偈檀迦利》三部诗集来选了一部《太戈尔诗选》，想寄回上海来卖点钱。但是那时的泰戈尔在我们中国还不为行世，我写信去问商务印书馆，商务不要。我又写信去问中华书局，中华也不要。”[1]1920年后，由于激进的白话诗运动及五四新文化运动渐趋平缓，新诗诗体建设开始受到重视，泰戈尔热在中国出现。从1920年到1925年，泰戈尔的主要著作几乎都有了中译本，他的诗歌、小说、戏剧、论文、书信、讲演、自传都流行于报刊，共有《诗》《小说月报》《文学周报》《少年中国》《晨报》副刊等30多种报刊登载，《小说月报》还出版过“泰戈尔专号”，研究他的文章也纷纷出现，如郑振铎的《泰戈尔传》、张闻天的《泰戈尔对于印度和世界的使命》和瞿菊农的《泰戈尔的思想及其诗》等。

泰戈尔是在新诗初期译介最多的外国诗人之一，从1915年到1926年这一新诗诗体建设的最重要时期，他的诗作至少有71次被报刊登载，刊物包括《青年杂志》(1915年10月第1卷第2期，陈独秀译《赞歌》)、《新青年》(1918年8月第5卷第2期，刘半农译《诗二章》；1918年9月第5卷第3期，刘半农译《同情》《海滨》)、《学灯》(1920年3月14、17日，黄仲苏译《太戈尔的诗》)、《少年中国》(1920年12月第2卷第6期，王独清译《末尾》；1921年1月第2卷第7期，王独清译《云与波》)、《小说月报》(1921年7月第12卷第7期，郑振铎译《杂译泰戈尔诗》；1922年1月第13卷第1期，郑振铎《杂译泰戈尔诗》)、《诗》(1922年第1卷第2期，陈南士译《偈檀迦利》)、《文学周报》(1924年3月17日第113期，赵景深译《译太戈尔采果集两首》)、《晨报》副刊(1921年6月1、3日，武陵译《太戈尔诗》；1924年11月24日，徐志摩译《谢恩》)、《文学旬刊》(1922年3月1日第30期，泯译《太戈尔的诗》)等当时的重要刊物。译泰戈尔诗作的主要是诗人，其中较有名的有刘半农、郭沫若、徐志摩、李金发、王独清、梁宗岱、郑振铎、叶绍钧、赵景深、陈南士等，其中很多人都对新诗文体建设做出过巨大贡献。

由于报刊的大量介绍和诗坛的极力推崇，泰戈尔的英文诗在20年代诗

---

[1] 郭沫若：《太戈尔来华的我见》，《创造周报》1923年10月14日第23号，第3—4页，上海书店1983年影印版。

坛风靡一时,"甚至连一般的中学生都以能背诵几首诗人的英文诗为荣。"[1]"泰戈尔对我国现代作家的影响,从郭沫若和冰心两位作家身上可以窥见一斑,除他们两人外,郑振铎、王统照、徐志摩等人也程度不同地受过泰戈尔的影响。诚然,对泰戈尔影响的估计应该实事求是,不能如某些评论者那样夸大。但是,这种影响是客观存在的,也是不容忽视的。特别是对'五四'以后新诗的发展,确实产生过一定的影响。"[2]

郭沫若受泰戈尔的影响较大。1939 年 8 月郭沫若在接受蒲风的采访时说:"最早对泰戈尔接近的,在中国恐怕我是第一个。"[3]1923 年 11 月 11 日,郭沫若回忆说:"我知道太戈尔的名字是在民国三年。那年正月初我初到日本,太戈尔的文名在日本正是风行一时的时候。九月我进了一高的预科,我和一位本科三年级的亲戚同住。有一天他从学校里拿了几张英文的油印录回来,他对我说是一位印度诗人的诗。我看那诗题是'Baby's Way','Sleep-Stealer','Clouds and Waves'。我展来读了,便生了好些惊异。第一是诗的容易懂;第二是诗的散文式;此外可还有使我惊异的地方,我可不记得了。从此太戈尔的名字便深深印在我的脑里。我以后便很想买他的书来读,但是他的书在东京是不容易买的,因为一到便要消(引者注:应为'销')完。我到买得了他的一本《新月集》,'The Crescent Moon'的时候,已经是一年以后的事了。……看见他那种清雅的装订和几页静默的插图,我心中的快乐真好像小孩子得着一本书报一样。"[4]民国三年,即 1914 年,不仅郭沫若还未写新诗,而且整个白话诗运动的序幕还没有拉开,胡适在美国鼓吹白话诗也是在两年后。白话新诗后来追求的正是"容易懂"和"散文式",郭沫若的早期诗歌更是具有"容易懂"和"散文式"特点。

1981 年 6 月 23 日,冰心在《〈泰戈尔诗选〉译者序》中说:"泰戈尔是我少

---

〔1〕 张光璘:《中国现代文学史上的一次"泰戈尔热"》,张光璘:《中国名家论泰戈尔》,中国华侨出版社,1994 年,第 189 页。

〔2〕 张光璘:《中国现代文学史上的一次"泰戈尔热"》,张光璘:《中国名家论泰戈尔》,中国华侨出版社,1994 年,第 202 页。

〔3〕 张光璘:《中国现代文学史上的一次"泰戈尔热"》,张光璘:《中国名家论泰戈尔》,中国华侨出版社,1994 年,第 199 页。

〔4〕 郭沫若:《太戈尔来华的我见》,《创造周报》1923 年 10 月 14 日第 23 号,第 3 页,上海书店 1983 年影印版。

年时代最爱慕的外国诗人。”[1]冰心更是受到了泰戈尔的影响，和宗白华等其他新诗人一起，创造出了新诗史上重要的准定型诗体“小诗体”。冰心的《繁星》和《春水》从诗体形式、诗的思想内容上都直接受到泰戈尔诗的影响。1921年9月1日，冰心在《繁星自序》中说：“1919年的冬夜，和弟弟冰仲围炉读泰戈尔(R. Tagore)《迷途之鸟》(Stray Birds)，冰仲和我说：‘你不是常说有时思想太零碎了，不容易写成篇段么？其实也可以这样的收集起来。’从那时起，我有时就记下在一个小本子里。1920年的夏日，二弟冰叔从书堆里，又翻出这小本子来。他重新看了，又写了‘繁星’两个字，在第一页上。1921年的秋日，小弟弟冰季说，‘姊姊！你这些小故事，也可以印在纸上么？’我就写下末一段，将它发表了。是两年前零碎的思想，经过三个孩子的鉴定。《繁星》的序言，就是这个。”[2]1932年清明节她在《我的文学生活》中也说：“《繁星》，《春水》不是诗，至少那时的我，不在立意做诗。我对于新诗，还不了解，很怀疑，也不敢尝试。我以为诗的重心，在内容不在形式。同时无韵而冗长的诗，若是不分行来写，又容易与‘诗的散文’相混。我写《繁星》，正如跋言中所说，因着看泰戈尔的《飞鸟集》，而仿用他的形式，来收集我零碎的思想，所以《繁星》第一天在《晨副》登出的时候，是在‘新文艺’栏内。登出的前一夜，伏园从电话内问我，‘这是什么？’我很不好意思的，说：‘这是小杂感一类的东西。’”[3]

泰戈尔的诗能够对冰心、郭沫若、宗白华等新诗诗人产生巨大的影响，既与泰戈尔英语诗歌采用的类似散文诗的散体诗体本身适合中国的自由诗有关，更与时局有关。当时中国诗歌正处在汉诗诗体大解放、诗体只“破”未“立”的无体状态下，新诗诗人无更多的诗体可以选择，便盲目地将外来的散文诗体和小诗体视为新诗的诗体，使这两种诗体成为当时最流行的诗体。如同郭沫若所言泰戈尔的诗的特点是“散文式”，主要原因是因为他和绝大多数新诗诗人一样接触到的是英文诗，而且主要是散文诗。因此泰戈尔的诗不仅直接影响了中国“小诗体”的产生，还加剧了汉语诗歌由旧诗向新诗的变革，

---

[1] 冰心：《泰戈尔诗选译者序》，张光璘：《中国名家论泰戈尔》，中国华侨出版社，1994年，第176页。

[2] 冰心：《繁星自序》，卓如编：《冰心全集》，第一卷，海峡文艺出版社，1994年，第115，233页。

[3] 冰心：《我的文学生活》，卓如编：《冰心全集》，第三卷，海峡文艺出版社，1994年，第9—10页。

助长了新诗的散文化。

泰戈尔不仅影响了中国新诗人的作诗方式，也影响了他们的做人方式和作诗的目的。受泰戈尔的诗人与哲人同体，甚至哲人比诗人更重要的诗观影响，很多新诗诗人都认为写诗应该以哲理追寻为最高境界，诗的思想大于诗的情感，都想当哲人。连冰心这样的年轻女诗人，也成了泰戈尔式的女哲人。1920年8月30日，还是大学生的冰心写了一篇散文《遥寄印度哲人泰戈尔》，对泰戈尔做人的哲人方式推崇备至，从题目上可以看出冰心更注重的是泰戈尔的"哲人"身份而不是"诗人"身份。她还在文中高度肯定泰戈尔的思想对自己的影响："你的极端信仰——你的'宇宙和个人的灵中间有一大调和'的信仰；你的存蓄'天然的美感'，发挥'天然的美感'的诗词，都渗入我的脑海中，和我原来的'不能言说'的思想，一缕缕的合成琴弦，奏出缥缈神奇无调无声的音乐。泰戈尔！谢谢你以快美的诗情，救治我天赋的悲感：谢谢你以超卓的哲理，慰藉我心灵的寂寞。"〔1〕她还在1921年12月29日专门写了一首《谢"思想"》的诗，感叹自己的诗写不出高深的思想，如诗的最后一节说："思想呵！/无可奈何，/只能辜负你，/这枝不听命的笔儿/难将你我连在一起。"〔2〕冰心早期的作品更是追求思想哲理，甚至不惜用"思"来代表"诗"。1923年1月20日冰心写了《中国新诗的将来》一文，不但承认《繁星》和《春水》中的作品格言太多，甚至否认其为诗："不解放的行为，/造就了自由的思想。（这一首是《春水》里的。为做这篇论文，又取出《繁星》和《春水》来，看了一遍，觉得里面格言式的句子太多，无聊的更是不少，可称为诗的，几乎没有！）……可以说诗是偏于情感的；深入浅出的；言尽而意不尽，诗通常是仿佛要从句后涌溢出来的。反之，偏于理智判断的；言尽而意索然，一览无余的；日记式，格言式的句子，只可以叫做散文，不能叫做诗。"〔3〕冰心的《繁星》《春水》哲理味太浓的弱点当时被评论家指出了。梁实秋在《创造周报》第十二号发表的《〈繁星〉与〈春水〉》一文认为冰心长于小说短于诗的原因是表现力强而想象力弱，散文优而韵文技术拙，理智富而情感分子薄。他在文中说："我读冰心诗，最大的失望便是她完全袭受了女流作家之短，而几无女流作家之

---

〔1〕 冰心：《遥寄印度哲人泰戈尔》，卓如编：《冰心全集》，第一卷，海峡文艺出版社，1994年，第115页。本篇最初发表于1920年9月《燕大季刊》第1卷第3期，署名阙名。

〔2〕 冰心：《谢"思想"》，《时事新报·学灯》1922年1月14日。

〔3〕 冰心：《中国新诗的将来》，卓如编：《冰心全集》，第二卷，海峡文艺出版社，1994年，第5页。本篇最初发表于1923年2月《燕大周刊》第1期，署名谢婉容。

长。……不幸冰心女士——现今知名的唯一的女作家——竟保持其短而舍去其长。"[1]他在文尾说:"冰心女士是一个散文作家,小说作家,不适宜于诗,《繁星》《春水》的体裁不值得仿效而流为时尚。"[2]从冰心这一个案不难发现泰戈尔诗的哲理性的诗观和散文化的诗体方式,对中国新诗诗体的建设产生了较大的负面影响,也影响了新诗现代性建设,尤其是阻碍了新诗的世俗化进程。

三、诗界革命

不可讳言,新诗一直存在着"合法性危机"和"公信度危机",自问世以来一直受到很多人的质疑甚至反对,原因是它采用了"弑父式"方式与旧诗"决裂"。这种质疑在当代越来越多,甚至来自新诗界。

1988年,梁实秋的《关于鲁迅》由台北传记文学出版社再版,其中收录了他的《五四与文艺》一文,他尖锐地指出了文学革命及新诗革命的不足:"我以为新诗如有出路,应该是于模拟外国诗之外还要向旧诗学习,至少应该学习那'审音协律敷辞惔藻'的功夫。理由很简单,新诗旧诗使用的都是中国文字,而中国文字,如周先生所说,是先天的一字一音以整齐的对称为特质。这想法也许有人以为是'反动'或'反革命',不过我们不能不承认,文学的传统无法抛弃,'文学革命'云云,我们如今应该有较冷静的估价了。"[3]

近年随着中国的政治日渐稳定、社会日趋和谐,改良主义思想越来越受到重视。在新诗研究界,新诗革命的合法性研究颇受重视,越来越多的学者开始反思受到政治激进主义和文化激进主义影响的新诗作为一种抒情艺术的合法性及新诗革命的时宜性。著名新诗诗人和新诗理论家郑敏是"反戈一击"的代表人物,她1993年在《文学评论》发表了《世纪末的回顾:汉语诗歌语言变革与中国诗歌新诗创作》,认为新诗革命者宁左勿右的心态、矫枉必须过正的思维方式及对语言理论缺乏认识,给新诗带来了巨大的负面影响。郑敏后来还认为新诗既没有继承古诗的传统,更没有形成自己的传统。2002年她在《诗探索》发表了《中国新诗能够向古典诗歌学些什么?》,她尖锐地指出:"中国新诗很像一条断流的大河,汹涌澎湃的昨天已经一去不复返了。可悲

[1] 梁实秋:《繁星与春水》,《创造周报》1923年7月29日第12号,第5页。
[2] 梁实秋:《繁星与春水》,《创造周报》1923年7月29日第12号,第9页。
[3] 梁实秋:《"五四"与文艺》,徐静波编:《梁实秋批评文集》,珠海出版社,1998年,第253页。

的是这是人工的断流。将近一个世纪以前，我们在创造新诗的同时，切断了古典诗歌的血脉，使得新诗与古典诗歌成了势不两立的仇人，同时口语与古典文字也失去了共融的可能，也可以说语言的断流是今天中国汉诗断流的必然原因。……古典汉语是一位雍容华贵的贵妇，她极富魅力和个性，如何将她的特性，包括象征力、音乐性、灵活的组织能力、新颖的搭配能力吸收到我们的新诗的诗语中，是我们今天面对的问题。”[1]

一些新诗研究界以外的学者对旧诗更是情有独钟，纷纷为新诗献计献策。著名文艺理论家童庆炳在2001年10月19日说：“我一直认为，中国现代汉诗文体的建立，要充分考虑到四个方面：第一是‘诗意’，诗必须有诗意，这是诗区别于其他文体的一个特点，当然这诗意必须渗入语言的运用中。第二是意境，意境是诗的一个形象，诗的形象区别于其他文体的形象就是必须有这样或那样的意境，当然这形象也必须是语言（之内、之外）呈现出来的。第三是节奏，没有节奏就没有音乐美，当然节奏可以是不同的，不必完全套用近体律诗，但通过语言所创作的节奏，是诗者诵读时所必须有的。第四是造型，也就是闻一多所说的建筑美，各种造型都可以，但通过文字来造型的诗歌传统不能丢。我特别欣赏词的文体，虽然它的句子的长短不一，但它的文体是富于艺术性的。我有时候甚至想，要是我们能用现代汉语创造出新的一二百种不同的词牌来，也许我们的现代汉诗的文体将进入一个成熟时期。”[2]

现代文学著名学者钱理群探讨出新诗诗人为何“老去渐于诗律细”，“回归”写旧诗，甚至由新诗的倡导者变成新诗的反对者的原因：“和充分成熟与定形的传统（旧）诗词不同，新诗至今仍然是一个‘尚未成型’、尚在实验中的文体。因此，坚持新诗的创作，必须不断地注入新的创造活力与想象力；创造力稍有不足，就很有可能回到有着成熟的创作模式、对本有旧学基础的早期新诗诗人更是驾轻就熟了的旧诗词的创作那里去。”[3]当代新诗比现代新诗更被人否定。钱理群甚至在2006年5月30日到6月2日写的《诗学背后的人学——读〈中国低诗歌〉》中说：“我对当代中国诗歌几乎是一无所知，坦白

[1] 郑敏：《中国新诗能向古典诗歌学些什么?》，《诗探索》2002年第3—4辑，第24页。

[2] 童庆炳：《序》，王珂：《诗歌文体学导论——诗的原理与诗的创造》，北方文艺出版社，2001年，第3页。

[3] 钱理群：《论现代新诗与现代旧体诗的关系》，《诗探索》1999年第1—2辑，第101页。

地说,我已经20年不读、不谈当代诗歌了,原因很简单,我读不懂了。"[1]钱理群尚且如此对待当代诗歌,何况其他文学学科的学者或者普通读者。对新诗的合法性的质疑在很大程度上是因为人们,特别是郑敏、谢冕、童庆炳和钱理群等受过良好的旧诗教育的学者始终生活在旧诗的阴影中。

这些来自权威学者的质疑声音不得不让我们提出这样的假设:如果新诗革命采用诗界革命的文体改良主义策略,是否更有利于汉语诗歌的发展?更让我们不得不探讨这样的问题:诗界革命对新诗生成到底起了什么作用?如果追根溯源,不难发现新诗长期存在的"合法性危机"和"公信度危机"既源于白话诗运动,更源于诗界革命。因为晚清诗坛的进步势力与保守势力既对抗更和解的局势决定了诗界革命的保守改良性质。诗界革命产生的是古代汉诗范畴中的近代诗歌而不是现代汉诗范畴中的现代诗歌。诗界革命影响了新诗的文体形态和文体特征与文体功能和文体价值,特别是极大地影响了新诗的诗体建设,白话诗运动的诗体"西洋化"是对新诗革命采用诗体"本土化"保守策略的极端反拨。诗界革命领袖对诗歌开启民智功能的重视是新诗具有高度严肃性的源头之一。诗界革命以文为诗的方式促进了汉诗的平民化和现实化,有利于新诗的通俗性和社会性两大文体特征的形成。诗界革命在文体变革上的过分保守导致了新诗形态的过分自由。"我手写我口"为鼓吹自由诗是"自由写作"的诗的新诗革命者及诗体大解放者树立了重要的"榜样",极大地促进了写诗的思维模式和汉诗文体范式的自由化变革。

新诗生成具有特殊的历史境遇,它孕育于社会大动荡和文化大转型的特殊时代。在清末民初中国变革大系统中,政治变革和文化变革是这个系统中的子系统,文学变革是文化变革的子系统,诗歌变革是文学变革的子系统。新诗问世和新诗革命爆发的原因可以用以下关系式表示:社会动乱—社会变革—政治文化变革—教育改革—科举制度的取消—文人生存方式巨变—汉诗功能巨变—汉诗文体巨变。其中文人生态的变化与汉诗功能的变化是互相促进的。科举制度的取消是这个关系链中的重要环节。它彻底改变了中国文人传统的成才方式和生存方式。出国留学成为新的成才方式。当报人、办平民教育成为新的生存方式。诗人新的生存方式带来诗歌功能及诗歌文体的巨变,极大地促进了新诗的生成。但是在诗界革命时期文人的生存方

〔1〕 钱理群:《诗学背后的人学——读〈中国低诗歌〉》,张嘉谚:《中国低诗歌》,人民日报出版社,2008年,第1页。

式并没有如白话诗运动时期那样发生巨变，从事诗界革命的文人大多是在其位谋其政的“举子文人”，在政治生活甚至经济生活中仍然占有相当重要的地位。因此诗界革命既可以称为新诗革命的第一阶段，这一时期更应该称为新诗的孕育期。诗界革命是多元发生的汉诗改良运动。社会的动荡造成文人生态的恶劣，政治与文化上的大转型和大动乱导致文人在社会生活中的角色的大变化，文人由中心地位沦落到边缘地位。文人的生存境遇的巨变导致诗歌的巨变。文人的优越地位被颠覆后，格律诗成为文人身份的象征，导致汉诗僵化保守。文坛及诗坛的保守势力严重影响了汉诗的健康发展，特别是影响了汉诗更好地适应新的时代。

“中国近代诗歌，是古代诗歌与‘五四’以后的新诗的过渡。它在精神实质上已不同于古代诗歌，在艺术形式上亦不完全同于古代而有所拓展，原因是近代诗人对古代诗歌的观念已经更新，但基本上仍然是古代诗歌的体制，又不同于‘五四’以后的新诗。所以近代诗歌具有新旧交替、承前启后的特点。”[1]这一时期是中国社会最动荡的时期，也是中国社会内部发生巨变的时期。“1894 年到 1904 年的十年是变化加速而不可逆转的转折期。张謇就曾指出：‘此十年中，风云变幻，殆如百岁。’”[2]维新运动和诗界革命都发生在这一时期。在内忧外患的生态下，晚清文坛如同晚清政坛，也出现了激进与保守两大极端派别。一是外来文化的冲击越来越大，坚持祖宗之法不可变的一批文人越来越保守。二是穷则思变、经世致用的实用学风渐成主潮，“维新”改良受到重视，改良主义思潮及稍后的改革思潮都通过文学变革具体呈现出来，“文界革命”“小说界革命”和“诗界革命”发生。除因为以格律为正统的古代汉诗诗体到了清末，确实已成强弩之末需要改革和当时的政治改良的需要外，“诗界革命”发生的一大原因就是当时文坛及诗坛的保守势力影响了汉诗的健康发展。

“前清的文学，可称历代之冠，诗、词、戏曲、小说和古文、骈文，作家之多，好如过江之鲫，而尤以康熙乾隆两朝最盛。其故有三：一、学术发达，前清汉学、宋学二者俱臻极盛，故考据与名理各有特长，所以发乎文章，自成佳构。

〔1〕 钱仲联：《历史时代的一面镜子——中国近代文学大系诗词集·导言》，上海书店：《中国近代文学的历史轨迹》，上海书店出版社，1999 年，第 141 页。

〔2〕 [法]马里亚尼·巴斯蒂-布律吉埃：《社会变化的潮流》，[美]费正清、刘广京：《剑桥中国晚清史 1800—1911 年》，下卷，中国社会科学院历史研究所编译室译，中国社会科学出版社，1993 年，第 615 页。

二、国势强盛,……文人辈出,故能在太平歌舞之世,优游于文艺之圃,因之鸿篇巨制,层见叠出。三、朝廷奖进,自满清入主中华,深惧汉人异动,有所报复,故特奖进文学,开博学鸿词科,编纂图书,以笼络人心,使天下有才之士,都在故纸堆中和笔杆头上讨生活。一般文人的气节,虽被怀柔政策给销沉下去了,但文学却因之大昌。"[1]清朝统治者运用科举制度与文字狱两种手段对文人软硬兼施,尽管诗人诗作数量远胜前代,清代却没有出现唐宋时代那样的大家,清中叶乾嘉间却盛行"考据"学风,诗风向拟古主义和形式主义方向发展。如台阁体诗人沈德潜(1673—1679)主张格调说,对诗体高度重视,如他在《唐诗别裁集序》中表明选诗标准:"既审其宗旨,复观其体裁,徐讽其音节。"[2]王闿运认为:"诗,承也,持也,承人心而持之,以风上化下,使感于无形,动于自然。故贵以词掩意,托物寄兴,使吾志曲隐而自达,闻者激昂而欲赴;其所不及设施,而可见施行……近代儒生,深讳绮靡,用区分奇偶,轻诋六朝,不解缘情之言,疑为淫哇之语,言原出于毛、郑,其后成于里巷,故风雅之道息焉。"[3]陈衍这样评价以王闿运、邓辅论、高心夔为代表的湖湘派诗人:"湖外诗墨守《骚》、《选》、盛唐,勿过雷池一步。"[4]

也有一些诗人强烈反对复古,如郑板桥认为农夫是天地间第一等人。他反对作诗拟古和形式主义诗风,强调打破陈规旧矩,自由抒情。他在《偶然作》中发出了在当时有些石破天惊的声音:"英雄何必读史书,直摅血性为文章;不仙不佛不圣贤,笔墨之外有主张。"赵翼更是鲜明地提出诗文应该进化,他在《论诗》中的主张更是惊世骇俗:"诗文随世运,无日不趋新。""李杜诗篇万口传,至今已觉不新鲜;江山代有才人出,各领风骚数百年。""词客争新角短长,迭开风气递登场;自身已有初中晚,安得千秋尚汉唐。"龚自珍在《己亥杂诗》中宣称:"九州生气恃风雷,万马齐瘖究可哀!我劝天公重抖擞,不拘一格降人才。"他还在《定庵八箴》的《文体箴》中说:"文心古,无文体,寄于古。"[5]

---

〔1〕 刘经庵:《中国纯文学史纲》,东方出版中心,1996年,第125页。

〔2〕 沈德潜:《唐诗别裁集》,中华书局,1975年,第1页。

〔3〕 王闿运:《湘绮论诗文体法》,郭绍虞、罗根泽:《中国近代文论选》,上册,人民文学出版社,1959年,第324页。

〔4〕 钱仲联:《历史时代的一面镜子——中国近代文学大系诗词集·导言》,上海书店:《中国近代文学的历史轨迹》,上海书店出版社,1999年,第144页。

〔5〕 龚自珍:《文体箴》,张正吾、陈铭:《中国近代文学作品系列文论卷》,海峡文艺出版社,1992年,第7页。

“人具有一种特权，可以在一种虚假的体裁中或者在侵犯艺术的自然肌体时不断地发展巨大的才能。”[1]诗界革命的真正原因并不是因为当时古代汉诗的僵化，特别是格律诗体的僵化，相反，那时正是历代各种诗体集大成汇成河的诗体繁荣时代。诗人可以选择古体诗和近体诗写作，可以采用定型诗体格律体和准定型诗体词和曲。那是一个以定型诗体为主导，以准定型诗体为辅助的诗体多元格局时代，特别是词和曲有效地削弱了格律诗体的文体霸权，缓和了定型诗体的僵化，在一定程度上满足了如波德莱尔所言的人的发展体裁的特权的本能需要及审美需要。这正是诗界革命的领袖们只重视“词”的革命却忽视“体”的革命的重要原因。

文体起源往往决定文体形态、文体功能及文体价值。黄遵宪的诗几乎可以完整地呈现出那几十年间中国内外交困的社会历史状况，鸦片战争、太平军起义、中法战争、戊戌变法、义和团、捻军起义、八国联军入侵等重大历史事件都在他的诗中较完整地呈现出来。梁启超在《饮冰室诗话》中称黄遵宪的诗是“诗史”，康有为也高度赞扬黄遵宪的以诗记事的诗风，他在为黄遵宪作的《日本杂事诗》的序言中说：“古者记事之文，有详有略，有纲有目，有经有记，有大题，有小注……后世著书记事，此体久矣……近世宋诗纪事，十国宫词，外国竹枝词之作，有词有注……吾友嘉应黄观察公度，壮使日本，为《日本杂事诗》，似续似乂，窈窕其思。”[2]诗界革命对新诗产生的一大贡献就是以文为诗，以文为诗极大地改变了汉诗的功能和文体。梁启超就十分羡慕西方诗歌的“宏大叙事”功能，即“史诗”传统，为中国古代诗歌缺乏这一传统感到遗憾，才十分钦佩黄遵宪的以文入诗、以诗记事、以诗叙史的诗风。他在《饮冰室诗话》中说：“希腊诗人荷马（旧译作和美尔），古代第一文豪也。其诗篇为今日考据希腊史独一无二之秘本，每篇率万数千言。近世诗家，如莎士比亚、弥尔顿、田尼逊等，其诗动亦数万言。”[3]以诗记事而不是以诗抒情，写出的诗是为了传给世人教育大众，不是为了自我娱乐个人消遣，在很大程度上改变了诗的功能，也带来了诗的语言和诗体的改变。特别是在语言上，为了

---

〔1〕［法］波德莱尔：《哲学的艺术》，波德莱尔：《波德莱尔美学论文选》，郭宏安译，人民文学出版社，1987年，第390页。

〔2〕康有为：《日本杂事诗序》，郭绍虞、罗根泽：《中国近代文论选》，上册，人民文学出版社，1959年，第7页。

〔3〕梁启超：《饮冰室诗话》，张正吾、陈铭：《中国近代文学作品系列文论卷》，海峡文艺出版社，1992年，第281页。

记事方便，诗人不得不放弃汉诗源远流长的以雅致为本的"诗家语"。诗人要尽可能地采用通俗易懂的语言，甚至采用日常口语直接叙述，才能够完成以诗记事的任务。这有助于白话及白话诗的出现。以诗叙事产生的晓畅明白的诗风受到重视，也有利于汉诗的俗化和平民化。"尽量用铺张排比、以文为诗的手法，使现实得到没遮拦的描写。"[1]这不但改变了动荡生活中的晚清文人只会谈"空言"作"空文"，只能当于"世"无补的"边缘人"甚至"多余人"的被动局面，而且使汉诗改变了过分重视虚空的精神生活，轻视实际的现实生活的弱点，在诗的写什么上也极大地促进了汉诗的平民化和现实化。对现实生活及民众生活的重视，甚至是极端关注，正是白话新诗的重要特点。

晚清是古代汉诗的各种诗体"大会演"的特殊时代。五言古诗、七言古诗、五言律诗、七言律诗、五言绝句、七言绝句等古代汉诗的主要诗体都被诗人广泛运用，倡导"诗界革命"的诗人也不例外。以"诗界革命"的代表诗人黄遵宪为例。他虽然打破了阳春白雪诗体与下里巴人诗体的界限，身为贵族举子文人，却采用过山歌、童谣等民间诗体，但是他自己没有创造出一种新诗体，主要使用的仍是古代汉诗的诗体。《锡兰岛卧佛》用了五言古诗，《冯将军歌》用了七言古诗，《香港感怀十首》用了五言律诗，《酬曾重伯编修》用了七言律诗。夏曾佑也使用过七言绝句写《无题》，五言律诗写《舟过大沽望炮台二首》，五言古诗写《别任公》和《己亥秋别天津有感寄怀严蒋陈诸故人》。梁启超使用过五言古诗写《感秋杂诗》、七言律诗写《庚戌岁暮感怀》。"诗界革命"的倡导者们在旧诗体的使用上也呈现出渐进地追求自由的"改良"态势，都爱用格律相对自由、不受篇幅限制、叙事方便的五言古诗和七言古诗等古体诗，特别是黄遵宪用古体写了《哀旅顺》《台湾行》等一系列叙事诗。他们对唐代形成的格律谨严的近体诗格律诗用得较少，很少使用五言绝句和七言绝句等汉诗中最定型的诗体。这呈现出他们在追求诗的革命精神时也具有自觉寻求文体自由，特别是寻求诗体自由的改良心态。但是他们文体改革力度较小，他们的诗都是有韵诗，一点没有打破"无韵则非诗"的传统作诗法则。由此可以证明"诗界革命"后期的改革也受到政治革命思潮的巨大影响，是重内容轻形式的诗的风格的革命，并非真正意义上的以语言改革和诗体改革为主要内容的诗的体裁革命。

---

〔1〕 钱仲联：《历史时代的一面镜子——中国近代文学大系诗词集 · 导言》，上海书店：《中国近代文学的历史轨迹》，上海书店出版社，1999 年，第 147 页。

由于诗界革命的领袖具有思想改革领袖和诗歌改革领袖的双重身份，会产生巨大的“名人效应”，因此诗界革命采用改良主义甚至是保守主义的汉诗改革方式极大地影响了后来的诗人，为他们的保守提供了先例。“诗界革命”稍后的诗人的政治革命的积极性及民主自由意识强于前代，受到外来诗歌的影响也大于过去，但是在辛亥革命前后，旧诗体仍然占据诗坛。甚至政治上激进，主张用文字来鼓吹反清的“南社”诗人也有些厚古薄今。如柳亚子、陈去病等人推崇唐诗和五代、北宋词，反对宋诗和南宋词，姚锡钧、胡先骕等人还沦为“同光体”的崇拜者。以柳亚子为例，他 1906 年参加孙中山领导的同盟会，1909 年创立南社，以文字鼓吹革命，虽然他的诗有所创新，但仍然是“旧风格含新意境”的内容大于形式、精神创新大于诗体创新的文体改良。柳亚子谙熟古典诗体，创作也用旧体，如用五言律诗写了《哭宋遁初烈士》，用七言律诗写了《吊鉴湖秋瑾女士》《寄题西湖王家同慧云作》，用七言绝句写了《消寒》《海上赠刘三》。尽管柳亚子也主张“文学革命”，他也像诗界革命的倡导者那样以外来语入诗。如 1903 年 11 月 19 日，他在《江苏》第 8 期发表《读〈史界兔尘录〉感赋》，“直接以外来语‘烟士披里纯’（inspiration 灵感）入诗。”[1]但是他的文学革命观念仍然是保守的，死抱着“文言”和“格律体”不放。因此胡适在《〈尝试集〉自序》中批评柳亚子：“近来稍稍明白事理的人，都觉得中国文学有改革的必要。……甚至于南社的柳亚子也要高谈文学革命。但是他们的文学革命论只提出一种空荡荡的目的，不能有一种具体进行的计划。……但是我们认定文学革命须有先后的程序：先要做到文字体裁的大解放，方才可以用来做新思想精神的运输品。我们认定白话实在有文学的可能，实在是新文学唯一的利器。但是国内大多数人都不肯承认这话，——他们最不肯承认的，就是白话可作韵文的唯一利器。”[2]柳亚子以外的绝大多数“南社”诗人都认为韵文是汉语诗歌的唯一选择，不愿意解放已有的定型诗体，更不愿意出现不定型的“新诗体”（自由体）。1919 年，白话文运动及白话自由诗运动已经开展得轰轰烈烈，姚光还致书林楚伧、邵力子，反对《民国日报》对“新文体”改取赞成态度，认为白话文只可“偶一为之”：“往日《民国日报》艺文栏中，亦曾有致疑于新文体之说，何以忽一变而为赞成耶？弟于十余年前，遇新学说，即极端赞成；今对于新文体，则颇不以为可。然对于新文体

[1] 杨天石、王学庄：《南社史长编》，中国人民大学出版社，1995 年，第 17 页。

[2] 胡适：《尝试集自序》，耿云志：《胡适论争集》，上卷，中国社会科学出版社，1998 年，第 285 页。

中所提倡之学说，则仍愿研究，非顽固者流之一概，加以反对也。窃谓我国文学高尚优美，自有一种感人之处。兄等皆文学巨子，当深知之，自无待言。革命功成，文字鼓吹，不无小补，然当时之文字，亦诗歌文言耳。……弟意提倡新学说可也，提倡新文体不可也；白话体偶一为之可也，欲尽以代我国固有之文言不可也。"[1]这种不识时务的保守言论立即受到了激进的改革者的有力回击。叶楚伧1919年12月11日在《民国日报》发表了《告反对白话的人》："文字传达的目的，是要人民知。少数人不要人民知，只要人民由，将人民看成车辕的马，桔槔边的牛一般。对于牛马，只须呼叱，用不着文字的传达；所需文字只适用于少数人间，自然原有的文章也够用了。现在的中国，是全国人民的中国；现在中国的政治实业，是全国人民的政治实业。现在中国的人民是主人，不是牛马，所以文字传达的范围，应该由少数人扩充到全国。试问原有文学式的文章，能传达到全国，使全国的人民领悟吗？"[2]但是"南社"的众多诗人仍然固执己见，即使有些人，如胡先骕，不愿意墨守陈规，最多也只赞成"文学改良"，反对胡适、陈独秀、刘半农等人的"文学革命"。

白话诗运动采用文体大革命的极端方式，彻底颠覆传统、打倒古代汉诗，特别是打破了"无韵则非诗"这一世界性的做诗的基本原则，与当时诗界的保守，特别是受到了旧诗诗人的强烈反对有关。如陈独秀的《文学革命论》所言："余甘冒全国学究之敌，高张'文学革命军'大旗，以为吾友之声援。旗上大书特书吾革命军三大主义。曰推倒雕琢的阿谀的贵族文学，建设平易的抒情的国民文学。曰推倒陈腐的铺张的古典文学，建设新鲜的立诚的写实文学。曰推倒艰涩的迂晦的山林文学，建设明了的通俗的社会文学。"[3]白话诗运动的领袖们都是冒着当"全国学究之敌"的风险，在险恶的环境中顽强战斗的。反对派的巨大力量可从胡适给蓝志先的信中见到："先生曾说：'这文学革命的事业，现在正是萌芽的时候，到处都是敌人。吾辈应当壁垒森严，武器精良，才可以打破一条血路，战倒这恶浊社会。'这几句话，我极赞成。"[4]胡适甚至在《建设的文学革命论》中提出用"新文学""取代"保守派文学："我

---

〔1〕 杨天石、王学庄：《南社史长编》，中国人民大学出版社，1995年，第545—546页。

〔2〕 杨天石、王学庄：《南社史长编》，中国人民大学出版社，1995年，第546页。

〔3〕 陈独秀：《文学革命论》，胡适：《中国新文学大系1917—1927·建设理论集》，上海文艺出版社，1981年影印版，第44页。

〔4〕 胡适：《致蓝志先书》，耿云志：《胡适论争集》，上卷，中国社会科学出版社，1998年，第52页。

想我们提倡文学革命的人，固然不能不从破坏一方面入手。……'江西诗派'的诗哪，梦窗派的词哪……他们所以还能存在国中，正因为现在还没有一种真有价值，真有生气，真可算作文学的新文学起来代他们的位置。有了这种'真文学'和'活文学'，那些'假文学'和'死文学'，自然会消灭了。所以我希望我们提供提倡文学革命的人，对于那些腐败文学，个个都该存一个'彼可取而代之'的心理，个个都该从建设一方面入手，要在三五十年内替中国创造出一派新文学的活文学。"[1]如果当时旧文学与新文学都不将对方视为死敌，双方都不会采用"置对方于死地"的极端方式。这种极端对抗既是政治保守主义与政治激进主义、文化保守主义与文化激进主义的对抗，也是诗歌保守主义与诗歌激进主义的对抗。

在梁启超、黄遵宪、谭嗣同、夏曾佑等"诗界革命"领袖中，在文体创新上最有成绩的是黄遵宪。如胡适所言："康梁的一班朋友中，也很有许多人抱着改革文学的志愿。他们在散文方面的成绩只是把古文变浅近了，把应用的范围也更推广了。在韵文方面，他们也曾有'诗界革命'的志愿。……但当时他们的朋友之中确有几个人在诗界上放一点光彩。黄遵宪与康有为两个人的成绩最大。但这两人之中，黄遵宪是一个有意作新诗的。"[2]他的诗虽然都押韵，主要是采用古体诗和近体诗的定型诗体和准定型诗体写诗，但是他的诗最接近白话诗，诗中使用的语言更接近白话，甚至"我手写我口"地直接将口语入诗。他在汉诗进化史上的最大贡献是将诗的语言和诗体形式都作了一定的"改良"，为白话诗运动创造了条件。尽管他没有主张白话直接入诗甚至用白话思维直接写诗，但是他在语言上打破了复古派的"六经字所无，不敢入诗篇"的金科玉律。他在《人境庐诗草自序》中说："士生古人之后，古人之诗号专门名家者，无虑百数十家，欲弃古人之糟粕，而不为古人所束缚……其取材也，自群经三史，逮于周、秦诸子之书，许、郑诸家之注，凡事名物名切于今者，皆采取而假借之。其述事也，举今日之官书会典方言俗谚，以及古人未有之物，未辟之境，耳目所历，皆笔而书之。其炼格也，自曹、鲍、陶、谢、杜、韩、苏讫于晚近小家，不名一格，不专一体，要不失乎为我之诗。诚如是，未必

[1] 胡适：《建设的文学革命论》，胡适：《中国新文学大系 1917—1927 · 建设理论集》，上海文艺出版社，1981 年影印版，第 127 页。

[2] 胡适：《五十年来中国之文学》，耿云志：《胡适论争集》，上卷，中国社会科学出版社，1998 年，第 98 页。

遽跻古人,其亦足以自立矣。"[1]他无所顾忌地将轮船、火车、电报等新事物新术语入诗。这在当时,完全是打破汉诗的"诗家语"传统的巨大创新。此前的汉诗语言不仅是书面语,而且是比书面语更雅致更雕琢的"诗家语"。在黄遵宪的眼中,新奇粗俗的语言都能入诗。如他在1868年写的《杂感》中所言:"我手写我口,古岂能拘牵?即今流俗语,我若登简编,五千年后人,惊为古烂斑。……古近辨诗体,长短成曲引。洎乎制义兴,卷轴车连轸,常恐后人体,变态犹未尽。……文胜失则弱,体竭势已窘。"

"诗界革命"对新诗生成的最大影响是黄遵宪的"我手写我口",这个口号对新诗诗人的文体创新观念及汉诗的自由写作意识的影响深远,直到百年后的今天,还有很多青年诗人将它当座右铭。这一强调"诗中有我"、重视诗人的本体性的"口号",尽管是他年轻气盛时提出来的,具有一定的偏激性,却在汉诗历史上具有里程碑的意义。从郑板桥的"英雄何必读史书,直摅血性为文章"到黄遵宪的"我手写我口,古岂能拘牵",经过了漫长的百余年。中国诗人,特别是清代诗人能够摆脱科举制度下用圣贤之体为圣贤立言,如试帖诗的写作的残酷束缚,真正获得写作的"自由",是多么不容易。尽管"我手写我口"这样的自由不仅黄遵宪没有真正获得,百年后的新诗诗人也没有真正实现这个理想。但是这句口号被后来的文体创新者推崇,特别是为鼓吹自由诗是"自由写作"的新诗革命者及诗体大解放者,树立了重要的"榜样"。这个富有反叛精神的口号在百年新诗历史中,时时被推崇汉诗抒情的自由与文体的自由的诗人利用,成为很多新诗诗人进行独创性写作的口头禅和护身语。"我手写我口"不但极大地唤醒了汉诗诗人的主体意识、自我意识及文体自由意识,也有利于汉诗文体本身具有的政治革命潜能及文体更新意识的觉醒,它在一定程度上导致了新诗诗人,特别是早期的新诗诗人对创作主体和诗的抒情功能的极端重视,导致新诗革命进行诗体大解放后出现了诗体"只破不立""破了难立"的混乱局面。"我手写我口,古岂能拘牵"的作诗方法确立了新诗的内容特质:抒情性、个人性和多元性。虽然"古岂能拘牵"既可以解释为古诗的功能,特别是教化职能和应试功能岂能限制诗人的自由抒情,也可以解释为旧的定型诗体岂能限制诗人的自由抒写,是对诗人主体性和诗的文体独创性的充分肯定。内容决定形式,功能决定文体,汉诗的"写什么"的放

---

〔1〕 黄遵宪:《人境庐诗草自序》,钱仲联:《人境庐诗草笺注》,上册,上海古籍出版社,1981年,第3页。

开必然会带来汉诗的“怎么写”的解放，必然引发写诗的思维模式和汉诗文体范式的自由化变革。这正是诗界革命后不久就出现了声势浩大的白话诗运动的重要原因之一。

尽管“诗界革命”只是汉诗的改良运动，对白话诗的产生和白话诗运动及新诗革命所起的先锋作用却是不可否认的，主要从三个方面影响了新诗的文体特征和诗体建设：一是在诗写什么上强调“我手写我口”，功能的变化必定带来文体的变化，赋予诗的内容上的创作自由必然引发诗体形式的选择和创造的自由。二是在诗的语言（语体）的变革上以新术语、外来语、白话俚语入诗，特别是白话的入诗迟早会带来诗体由规范到自由、由定型到准定型甚至不定型的巨变。白话渐渐取代文言也会使诗人的写作方式发生巨变，由用文言思考，在诗中放入一些新术语；到用文言思考，再把文言译成白话放入文言诗体中；最后到用白话思考，白话直接入诗，不得不打破，直至去除旧诗体。用文言思维更多是“字”或“词”的思维，是点的思维而不是线或者面的思维，思维的规范性有助于准确地得出思维的结果。用白话思维更多是“句”或者“段”甚至“章”的整体思维，并不重视细节的准确，具有更多的思维的自由。所以用文言写诗，相对定型的诗体有助于思维，它的存在是有很大的合理性的。但是用白话写诗，诗体过分定型，反而会影响思维，白话思维的自由也会冲淡诗体规范对诗人的束缚。三是对民间歌谣、儿歌等传统意义上是“低俗”诗体的重视及采用，打破了汉诗诗体贵贱明确雅俗分明的等级观念，为平民文学的兴起和白话新诗的出现开辟了道路。

四、科举制度

科举制度的取消在新诗现代性建设中作用重大，尤其是取消科举制度极大地影响了汉诗的进程，是导致新诗革命的重要原因之一。科举制度的取消改变了汉诗的功能，使汉诗由应试进仕功能转变为个体的抒情功能和社会的启蒙功能，功能的改变带来了文体的巨变，使科举制度被取消以后写诗的中国人在“写什么”和“怎么写”上都获得了前所未有的自由，为汉诗的诗体大解放创造了重要的条件。科举制度的取消导致了中国教育的大改革，导致了留学运动和教会教育运动的兴起，中国的以文史哲为主的国学渐渐被以科技理工科为主的西学取代，新式学堂取代了私塾教育。这些都为中国人接触到外国诗歌创造了条件，同期国外文学艺术潮流，特别是自由主义思潮、进化论思想、实用主义思想和诗歌的散文化、非韵律化运动及浪漫主义思潮的涌入极大地影响了中国诗歌，刺激了白话诗的产生和新诗革命的爆发。科举制度取消后的平民文学运动和平民教育也有利于白话诗的产生，加快了汉诗世俗化的速度。最重要的是，科举制度培养出的是“古代人”，科举制度取消后的新式教育大多采用的是西式教育，培养出的是“现代人”。即科举制度的取消让中国人，尤其是中国文人变成了“现代人”，它在中国的现代化进程中具有里程碑的意义。

持续了1300多年的科举制度是一种高度的规范的人才选拔制度，是对包括文体的规范保守在内的以诗取仕价值系统和传统伦理道德价值系统的肯定。传教士明恩溥说：“我们已经考察到中国的教育体制非常偏狭，它驱使中国的学子们在一条狭窄的令人难以置信的沟槽中竞跑。这好像是一种文化摸彩，在这项活动中，许多人既承担着风险，又期待着中奖。如遭到失败，学业功名中的所有利益就此与他无缘。”[1]“我常常见到一些人拼命地想获取哪怕是最低一级的学历，他们毫不掩饰其动机就是为了将来利用这种学历来抬高自己，压制别人。中国的每种地痞都是非常可怕的，但没有哪种比文人地痞更令人生畏。”[2]“最有意义的是，中国人自己也认识到他们的教育体制容易使人的精神麻木不仁，教师成了机器，学生成了应声虫。假定所有的学子将继续他们的学习，而且，最终为获取某个学位而考试，那么，要想提出任何新的教育体制来取代现有的这种强调高容量记忆作为成功主要条件的体制，将是非常困难的。”[3]传教士卫礼贤也发现：“在过去几个世纪里，旧式的中国学校更多地发展一种形式上的活力，把自己限制在仅仅发展学生单纯的记忆能力上。绝大部分课程局限于文学和历史科目。就是对待充满智慧的古代文学，在很大程度上也是为了对付考试。而这种考试自明代以来已经越来越注重形式了。在确定的八股文体中，应该包括压缩处理过的四书的内容……因此，把整个学校体制置于一个健全的基础上势在必行。这一行动通过两个方面来完成，一是取消国家考试，二是引进开设具体课程的公立学校。”[4]传教士古德诺感叹说：“我们几乎不可能想象在我们美国会出现这样的情况：我们的高级官员都必须是在写作十四行诗的考试中取得成功之后才可能得到他们的官位，在参加考试之前他们要经过古代经典的学习，而学

---

〔1〕［美］明恩溥：《中国乡村生活》，午晴、唐军译，时事出版社，1998年，第306页。
〔2〕［美］明恩溥：《中国乡村生活》，午晴、唐军译，时事出版社，1998年，第220页。
〔3〕［美］明恩溥：《中国乡村生活》，午晴、唐军译，时事出版社，1998年，第102页。
〔4〕［德］卫礼贤：《中国心灵》，王宇洁等译，国际文化出版公司，1998年，第128页。

习这些古代经典的主要目的就是要培养他们对道德的理解和尊崇。然而在中国过去的制度下，这一切都是真正发生过的事情。”[1]“中国的传统教育主要局限于哲学、文学领域，即我们称之为人文学科的领域，这样的知识对于征服自然并无多大帮助。这样，我们就会明白为什么中国社会长期停滞不前。有人说我们西方人通过接受教育不仅可以使人如何谋生，而且可以学会如何生活，如果我们接受这样的观点，也许我们就可以较为公正地说，中国人已经学会了如何生活，但以西方的生活水平为标准，中国人还没有学会如何谋生。”[2]

金克木指出科举考试中八股文的缺点："从文体方面说，八股有罪可分两股说。一是这文体集中了汉文作文传统中的一些习惯程式又固定下来，达到了顶峰，因而僵死如木乃伊，不能再有发展。二是它成为中国科举传统中最后的限制最严的工具，又重腔不重意，不顾词句不通，只准代言，不许露出己意，在狭隘天地里捉摸转圈子，于是重复说空话废话，对皇帝说假话，成为习惯，出现定式，永恒不变，因而也成为木乃伊。可惜人是活的，人活了，八股就死了。”[3]“八股有特色，一是命题作文。二是对上说话。三是全部代言。四是体式固定。就体式说，又可有四句。一语破的。二水分流。起承转合。抑扬顿挫。这四句中：一是断案。二是阴阳对偶。三是结构，也是程序。四是腔调，或说节奏，亦即文‘气’。”[4]“应举需要对中国古典著作有丰富的知识，因此，举子的思想中充满了统治官僚制度的社会哲学以及有关其半管理性质和专制主义的国策的伟大学说。”[5]

一批清朝官员意识到科举制度祸国殃民。冯桂芬认为科举制度影响文人前程："聪明智巧之士穷老尽气，销磨于时文试帖楷书无用之事。又优劣得失无定数，而莫肯徙业者，以上之重之也。”[6]李鸿章 1864 年上书恭亲王："欲学习外国利器，则莫如觅制器之器。师其法而不必尽用其人。欲觅制器

[1] [美]古德诺：《解析中国》，蔡向阳、李茂增译，国际文化出版公司，1998 年，第 38 页。

[2] [美]古德诺：《解析中国》，蔡向阳、李茂增译，国际文化出版公司，1998 年，第77 页。

[3] 金克木：《八股新论》，启功、张中行、金克木：《说八股》，中华书局，2000 年，第97 页。

[4] 金克木：《八股新论》，启功、张中行、金克木：《说八股》，中华书局，2000 年，第165 页。

[5] [美]卡尔·A·魏特夫：《东方专制主义——对于极权力量的比较研究》，徐式谷等译，中国社会科学出版，1989 年，第 366 页。

[6] 郭廷以、刘广京：《自强运动：寻求西方的技术》，[美]费正清：《剑桥中国晚清史 1800—1911 年》，上卷，中国社会科学院历史研究所编译室译，中国社会科学出版社，1993 年，第 544—556 页。

之器之人，则或专设一科取士。士终身悬以为富贵之鹄，则业可成，艺可精，而才亦可集。”[1]他说：“中国士大夫沉浸于章句小楷之积习，武规悍卒，又多粗蠢而不加细心。以致所用非所学，所学非所用。无事则嗤外国之利器为奇技淫巧，以为不可必学；有事则惊外国之利器为变怪神奇，以为不能学。不知洋人视火器为身心性命之学者数百年。”[2]“魏源认为令人最不能容忍的是，中国文人的精力尽‘出于无用之途’，科举考试只强调语言学和词源学，对官员们则只用毫无意义的尺度来考核：对于翰林只考察他们是否‘书艺工敏’，对于行政官员只考察他们‘胥吏案例’的本事。……他响亮地提出要用经世致用的态度来实行改革。”[3]

一批年轻举子的观点更加尖锐。康有为主张：“先从取消传统的八股文和旧式武科这类传统的科举考试制度中的重要科目做起，以专门的西学为基础的考试来取而代之。康氏希望这些革新将最终废除科举制和建立全国性的学堂制度。”[4]梁启超说：“从根本上说，这包括废除科举和建立全国的学校系统。这种新途径的首要目的是在民众中普及识字和有用的知识。”[5]

科举制度的取消彻底改变了国人习诗、作诗的目的及汉诗的职能，由单一的应试求仕的功能转向了抒情和启蒙两大功能。作为一种非功利性的情感性写作，诗的自我宣泄情感甚至自娱、自慰的功能得到前所未有的重视。汉诗传统的“思无邪”“止乎礼义”的压抑人的自然情感，特别是本能的“情欲”的抒情方式开始被摒弃，对人的自然情感的重视极大地增加了写诗的快感。功能决定文体，写自己的感情，为自己而写作的功能让新诗诗人的主体意识

---

〔1〕 郭廷以、刘广京：《自强运动：寻求西方的技术》，[美]费正清：《剑桥中国晚清史1800—1911年》，上卷，中国社会科学院历史研究所编译室译，中国社会科学出版社，1993年，第552页

〔2〕 郭廷以、刘广京：《自强运动：寻求西方的技术》，[美]费正清：《剑桥中国晚清史1800—1911年》，上卷，中国社会科学院历史研究所编译室译，中国社会科学出版社，1993年，第551页。

〔3〕 [美]琼斯、库恩：《魏源——经世致用论与今文学研究的范例》，[美]费正清：《剑桥中国晚清史1800—1911年》，上卷，中国社会科学院历史研究所编译室译，中国社会科学出版社，1993年，第165—166页。

〔4〕 [美]张灏：《思想的变化与维新运动，1890—1898年》，[美]费正清、刘广京：《剑桥中国晚清史1800—1911年》，下卷，中国社会科学院历史研究所编译室译，中国社会科学出版社，1993年，第336页。

〔5〕 [美]张灏：《思想的变化与维新运动，1890—1898年》，[美]费正清、刘广京：《剑桥中国晚清史1800—1911年》，下卷，中国社会科学院历史研究所编译室译，中国社会科学出版社，1993年，第346页。

大大增加，自然不再愿意受到为了应试目的的试帖诗的书写形式的清规戒律束缚，甚至不愿意受到任何定型甚至准定型诗体的束缚，导致了汉诗诗体的大解放。诗的内容与形式的双重解放使诗不再成为贵族文人的专用品，促进了诗的“平民化”和诗人群体的“大众化”，这样产生的诗作由于通俗性大大增加也扩大了读者群，形成良性循环。由于时代改革的需要，诗作为宣传工具的实用性功能也得到重视。启蒙功能与传统的教化功能不同的是前者重视现实，可以开启民智，培养现代公民，甚至唤起激进的革命；后者是为了培养循规蹈矩中庸保守的臣民，甚至带有“愚民”性质，扼杀人的创造天性和自我意识。因此在19世纪末期和20世纪前半期，很多革命者都用新诗宣传革命，甚至很多革命者，如高君宇、周恩来写过新诗，胡也频、殷夫等是著名的新诗诗人。

科举制度断了国人在国内读诗书求学进仕的成才之路，不得不走出国门，也使缺乏官员精英的清政府对留学高度重视。1904年清政府规定京师应设总理学务大臣，学务大臣分为六处，其中一处为管理出洋游学生一切事务的“游学处”。“去日留学和出仕二者开始挂上了钩。与此有关并且最终发展而为最重要的一件大事，是1905年科举考试制度改革和最后取消。出国留学代替了经典著作的基础训练，成为进政府工作的基本条件。……到1905年底，中国的留日学生的估计数已增至八千到一万人，1906年是人数最多的一年，估计人数为六千至两万人。”[1]“仅弘文学院就收了黄兴、鲁迅、陈独秀等学生7 192名，其中3 810名毕业。曾在日本的大学和学院注册登记的中国留学生比毕业的要多。1900—1937年注册生的数目，估计是135 000；而1901—1939间，从日本教育机构中毕业的中国留学生，最多只有12 000人。……在1854—1935年，在美国教育机构中学习的中国人达21 000之多。尽管这些数字需要进一步证实和分析，但已足以证明在二十世纪，约2万名从西方归来的中国学子，是一个数量虽少能量却大的群体。……他们国外游学的经历更坚定了他们对中华民族的赤诚忠心。”[2]留学生成了积极改革中国政治经济的现代人，还成为新诗革命和新诗建设的主要力量。

以试帖诗和八股文取仕的科举制度确定了以诗为中心的贵族文学在社

---

〔1〕［美］詹森：《日本与中国辛亥革命》，［美］费正清、刘广京：《剑桥中国晚清史1800—1911年》，下卷，中国社会科学院历史研究所编译室译，中国社会科学出版社，1993年，第406页。

〔2〕［美］孙任以都：《学术界的发展(1912—1949)》，［美］费正清：《剑桥中华民国史》，第二部，章建刚等译，上海人民出版社，1992年，第396—397页。

会生活中至高无上的地位，使中国的语言和文学艺术都成为贵族的专用品，中国文学便过分强调“立意的高远”“境界的玄妙”“形式的精致”“语言的深奥”“诗体的稳定”“用典的复杂”……过分强调作家诗人的“人品和学养”。通俗文体和通俗文艺长期难登大雅之堂，如小说一直被视为“街头巷尾之言”。科举制度的取消动摇了贵族文人和高雅文体独有的尊贵地位，导致了阳春白雪与下里巴人文体的和解，促进了雅俗文学的合流，特别是刺激了民众文学的空前繁荣，小说文体取代诗歌文体成为社会的主流文体，加速了汉诗在诗的功能、内容、形态的全面世俗化、平民化、自由化。

科举制度取消后，做官不再是文人的唯一职业。很多文人成了职业文人。“利用学会和报纸来推进‘开民智’的工作，这一努力是近代中国社会和文化发展的里程碑。”[1]“作为改革的工具，在维新运动年头里出现的报纸和杂志比新式学堂更为重要。在十九世纪九十年代，现代化的报刊在中国已不是新颖之物。十九世纪九十年代中期，在主要的口岸城市大约已经出现了12份报纸，多数在香港和上海。而从1895年起，在中国分开发行的报刊有了惊人的增加和新的发展。在1895年至1898年期间，出现了约60种报纸。……规模最大的《时务报》，最盛时销路有万余份。……它几乎遍及中国本部的所有省份。”[2]从1815年至1915年中国出版了近两千种中文报刊。1906年，仅上海一地出版的报纸就达到66家之多，这个时期出版的报刊总数达到239种。报刊业的大发展不仅促进了思想的交流，成为传播新的政治文化思想意识形态的有力工具，而且极大地推动了白话的运用和大众文学的发展。白话和文学都成了改革宣传工具，极大地动摇了以古代汉诗为代表的“旧文学”的审美自娱功能的地位，淡化并消灭了古代汉语与文学都存在的“贵族性”，催生了语言的白话化（口语、俗语化）和文体的通俗化，培育了重视内容的通俗化（平民化、大众化、生活化、非审美的实用化）的白话诗。

科举教育更多是精英教育、贵族教育。科举制度的取消，使平民教育受到前所未有的重视。清末民初的教育改革，特别是新式教育、平民教育、实用

---

〔1〕［美］张灏：《思想的变化与维新运动，1890—1898年》，［美］费正清、刘广京：《剑桥中国晚清史1800—1911年》，下卷，中国社会科学院历史研究所编译室译，中国社会科学出版社，1993年，第343页。

〔2〕［美］张灏：《思想的变化与维新运动，1890—1898年》，［美］费正清、刘广京：《剑桥中国晚清史1800—1911年》，下卷，中国社会科学院历史研究所编译室译，中国社会科学出版社，1993年，第387页。

教育等有助于文学革命及白话诗的生成。从事平民教育的主要有传教团体、民间教育团体和政府三大方面。“教会教育是传教士传道布教及训练宗教人才的重要措施，故自清嘉庆十二年(1807)年新教徒(Protestant Missionary)东来之后，即十分注意教育工作。”[1]“1877 年有 6 000 人进入教会学习。到 1890 年上升到 16 836 人，到 1906 年又升到 57 683 人。除两千多所小学外，到 1906 年开办了近四百所高等专业学校，包括许多大学在内，与天主教的做法大异其趣，绝大多数新教的各级学校都开设有西方科目的教学。”[2]1906 年美国纽约出版的 China and Methodism 书后有一则 1905 年教会在中国的发展情况统计表[3]，具体数据为：教堂 3 455 所，教徒约 169 276 人，教会医院 19 所；教会小学学生 6 559 人；全日制或其他形式的教会学校 340 所，注册人数 2 220 人；高级中学 33 所，注册学生 411 人；教会大学 5 所；周日学校 462 所，学者 15 635 人。教会学校不仅培养了学生追求平等、自由的现代人生观，还极大地冲击了保守的文言及古代汉诗诗体，使学生能够直接接触到英语诗歌，熟悉国外的现代诗歌运动。20 世纪 20 年代新诗建设期主要以英语诗歌为新诗诗体的参照物，不但与闻一多、徐志摩等人留学英、美，熟悉英语诗歌有关，更与英语诗歌由于传教士活动及教会学校在中国的普及提高了中国人的英语水平及英语诗歌的欣赏水平有关。如新月派著名诗人孙大雨 13 岁时就进入基督教办的上海青年会中学附小读书，1922 年毕业于青年会中学。

一些中国文人也致力于平民教育。如 1917 年黄炎培等人针对学校教育培养出来的学生无法适应社会和学校教育的不普及问题创立了“中华职业教育社”。1919 年北京大学还办起了“平民夜校”，在征集团员启事上说：“盖闻教育之大别有二：一曰以人就学之教育，学校教育是也；一曰以学就人之教育，露天演讲，刊发出版物事也。共和国家以平民教育为基础。平民教育，普及教育，平等教育也。……北京大学固以平民主义之大学为标准者也。平民主义之大学，注重平民主义之实施，故平民教育尚焉。同人等发起兹团，所以

[1] 王树槐：《基督教教育会及其出版事业》，朱有瓛等编：《中国近代教育史资料汇编·教育行政机构及教育团体》，上海教育出版社，1993 年，第 649 页。

[2] [美]科恩：《1900 年前的基督教活动及其影响》，[美]费正清：《剑桥中国晚清史 1800—1911 年》，上卷，中国社会科学院历史研究所编译室译，中国社会科学出版社，1993 年，第 637 页。

[3] James W. Bashford. China and Methodism. New York: Eaton and Mains, 1906. p. 107.

达此旨也。同学中热心平民教育者，愿兴起共襄斯举。”[1]平民教育的受重视使平民文学成为时代主潮，不仅确立了20世纪文学始终重视“大众文化”的主要特色，确定了“文学为大众服务”的基本功能，不但有利于当时白话诗的诞生，还使新诗长期处于“通俗化”“大众化”“青年化”“实用化”的状态中，新诗的艺术性、审美性及诗体的精致性及规范性受到损害。平民教育运动还使知识分子更了解民间生活，对民间艺术及大众文化产生浓厚兴趣。“主张大众文化更有活力的论点促使顾颉刚及其他人努力去了解民间风俗和乡土习惯，搜集民间故事和民歌。1919年以来，在学生中出现了‘走向民间’的新运动。”[2]民间歌谣不仅成为新诗草创期的重要来源之一，而且在整个20世纪，由于“文艺为大众服务”的观念常占上风，民间歌谣分别在五四时期、抗战时期、20世纪50年代成为新诗诗体建设最重要的诗体资源，在90年代还受到一些青年诗人的青睐。

第二节 生态反思

一、创作评论

如果客观理性地回顾新诗历史、探究新诗现状和预测新诗未来，不难得出这样的结论：过去成就与问题并存，现在机遇与挑战同在，将来鲜花与荆棘相伴。如果只从数量上看，新诗的成绩是惊人的。如1988年出版的《中国新诗大辞典》就收入了1917年至1987年70年间诗人、诗评家764人，诗集4 244部，诗评论集306部。2006年出版的《中国新诗书刊总目》收录了1920年1月至2006年1月大陆、台湾、香港、澳门及海外出版的汉语新诗集、评论集17 800余种。

即使从新诗对百年中国的影响上看，也可以毫无愧色地宣称新诗是无愧于人民、时代和国家的。可以把百年来新诗的成就与贡献总结为以下十点：一、新诗促进了中国的思想解放，特别是促进了中国的现代化进程甚至民主改革进程。如新诗在新文化运动中是文学革命、文化革命甚至思想革命和政

---

〔1〕 朱有瓛等编：《中国近代教育史资料汇编·教育行政机构及教育团体》，上海教育出版社，1993年，第491页。

〔2〕 [美]史华兹：《五四及五四之后的思想史主题》，费正清：《剑桥中华民国史》，第一部，章建刚等译，上海人民出版社，1991年，第463页。

治革命的急先锋。在这个中国的“文艺复兴运动”中，新诗实质上扮演了急先锋的角色，成了乱世中的“英雄”。二、新诗完美了现代汉语，使现代汉语更富有文采和诗意。尤其是在现代汉语的精致优美上，新诗发挥了重要作用。胡适当年进行文学革命及新诗革命的目的就是创造“文学的国语”：“我们所提倡的文学革命只是要替中国创造一种国语的文学，有了国语的文学，方才可以有文学的国语。有了文学的国语，我们的国语方才算得真正的国语。”〔1〕在百年后的今天，不难发现胡适的目的基本达到了。三、新诗丰富了国人，特别是普通人的感情和想象力，使普通人的生活也有了诗意。尽管20世纪是一个动荡不安的时代，但是因为有了新诗，一些人还是能够“诗意地栖居”。新诗是大众化的抒情文体，有利于民众的身心健康。在百年新诗历史中，高度的严肃性是新诗重要的文体特色，启蒙功能是最重要的功能。“社会化写作”长期作为主旋律写作，历代诗人都具有强烈的“使命意识”，创作了大量黄钟大吕式的作品，如“五四诗歌”“抗战诗歌”和“改革诗歌”，激励了大众的斗志。即使是“个人化写作”产生的微风细雨式的作品，也可以安慰普通人的心灵。四、发展和丰富了汉语诗歌，在汉语诗歌的文体建设上做出了一定的成绩，如确立了汉语诗歌的建筑美。诗的视觉形式逐渐受到新诗诗人的高度重视，“建筑美”成为新诗重要的形式特质。五、一些诗作记录了历史，展示出国人在不同时期的生存状态。如近年的“打工诗歌”真实地呈现出“打工者”的生存境遇。特别是田间、郭小川、李季、闻捷等人的长诗，常常具有“诗史”的价值。六、自新诗问世起，就有人从事新诗理论工作，百年来新诗研究取得了较大的成绩，促进了中国现代学术的发展，如现代诗论是中国现代文论的重要组成部分，出现了胡适、闻一多、梁宗岱、废名、李广田等新诗理论家。七、新诗文体丰富了小说、散文等其他文体，不仅为小说、散文提供了优美的语言和诗的意境，还在培养小说家的想象力上做出了成绩，很多散文家、小说家走上文学道路都是从写新诗开始的。甚至还出现了“诗体小说”和“诗体散文”。八、新诗极大地推动了中国现代音乐，特别是现代歌曲的繁荣。严格地说，歌词作者，特别是流行歌曲的作词者也是诗人，有的还是优秀诗人。一些流行歌曲的歌词本身就是新诗史上的经典诗作，如胡适的《希望》写于1920年10月4日，发表于1922年7月1日《新青年》第9卷第6号，在

〔1〕胡适：《文学革命运动》，阿英：《中国新文学大系史料1917—1927·索引》，上海文艺出版社，1981年影印版，第15页。

80年代成为著名的流行歌曲《兰花草》。刘半农的《叫我如何不想她》和徐志摩的《海韵》也是著名的流行歌曲。九、新诗促进了中国妇女文学的发展，甚至为中国女性的思想解放作出了贡献。女诗人直接参与了中国的女性主义文学运动甚至女权主义运动。十、新诗为民族诗人提供了优秀的抒情文体，促进了民族诗歌的繁荣。由于多种原因，很多民族没有自己的诗歌传统，甚至没有自己的文字。一些有自己的诗歌传统和文字的民族，如藏族、蒙古族等，也因为古代汉诗作诗法则，如格律太严格，无法学习和掌握。新诗是一种"通俗"文体，好学易用，成为很多民族诗人使用的文体，涌现出很多优秀的民族诗人，如回族的木斧、白族的晓雪、蒙古族的查干、藏族的格桑多杰、彝族的吉狄马加、满族的巴音博罗……

同样可以找出新诗存在的十大问题：一、新诗生于乱世，先天不足。考察与反思新诗的生成历史，特别是新诗革命这段历史，探讨诗人的生存境遇与汉诗功能的巨大变化，不难发现新诗的问世既有必然性也有偶然性。新诗是多元发生的文体，具有文体生成演变语境的特殊性。新诗革命是政治激进主义和文化激进主义的产物，违背了诗体应该渐变的文体进化原则，极端地废除了定型诗体甚至准定型诗体，导致新诗诗人的文体破坏欲远远多于文体秩序感，文体自发性远远大于文体自觉性，形成了"新诗应该无体"的错误观念。新诗革命及新诗草创期的极端文体革命行为，为新诗后来的发展留下了隐患。"白话诗运动"是打破了诗体的基本限制的文体改革，它产生的"新诗"首先是语言上的"新"而不是诗体上的"新"，要求诗的语言用白话取代文言。用白话直接思维远远比早期的白话运动用文言思维再译成白话自由得多，是质的飞跃。直接使用白话"写"诗的自由必定带来对用文言"做"诗必须合体的束缚的极端反叛，白话诗自然会强调诗是"写"出来的，不是"做"出来的，已有的任何诗体都不合时宜，特别是在文言思维方式下确立的种种诗体已不适应白话写作的需要，甚至改良旧诗体也失去意义。白话诗人不但完全摒弃了汉诗已有的定型诗体，还打破了"无韵则非诗"这一作诗的基本要求，提出了"作诗如作文"这种打破诗与散文的文体界限的极端口号，要求白话诗人在完全无诗体的限制下、无任何游戏规则下的"自由抒写"。要打破"无韵则非诗"的作诗信条，就只能写"无韵诗"。二、新诗长于乱世，后天无法弥补先天的缺陷。尽管汉语诗歌的文体建设经历了保守的萌芽期、激进的草创期、全面的建设期、特殊的改革期和偏激的重建期五大时期，但是每一个时期的中国都处在动乱中，无法为新诗提供良好的建设环境。三、新诗缺乏必要的文体及诗体标准，过分重视自由诗。尽管有很多诗人为新诗的文体建设做出过贡献，如胡适、刘半农、郭沫若、闻一多、徐志摩、朱湘、穆木天、戴望舒、卞之琳、何其芳、艾青、冯至、穆旦、林庚、沙鸥等，刘半农甚至在新诗草创期就提出了要“增多诗体”。但是新诗百年，绝大多数时间都处在文体自发阶段，或从文体自发到自觉的过渡阶段，或幼稚的文体自觉阶段，并未真正进入成熟的文体自觉阶段，建立起成熟的诗体，以致今天很多诗人、读者、研究者都不知道“新诗为何物”。1951 年梁实秋在台北说：“我们的新诗，一开头就采取了这样一个榜样，不但打破了旧诗的规律，实在是打破了一切诗的规律。这是不幸的。因为一切艺术品总要有它的格律，有它的形式，格律形式可以改变，但是不能根本取消。我们的新诗，三十年来不能达于成熟之境，就是吃了这个亏。”[1]现在仍然可以得出结论：新诗百年来都没有达到“成熟之境”，也是吃了打破了一切诗的规律的“亏”。中国的新诗革命虽然源于欧美的自由诗革命，应该属于 20 世纪初世界性的自由诗运动的一部分，却既没有“原汁原味”地引进它，更没有与它同步发展，而是滑向了“自由化”“散文化”“无序化”的另一个极端，导致了新诗诗体的建设难和定型难，使新诗失去了基本的创作规律和操作规则。四、新诗的职能单一。诗的职能被偏激地简单化和世俗化，具体表现为极端社会化和极端个人化。中前期社会化严重，新诗具有高度的严肃性，诗人的政治革命自觉性远远大于文体革命的自觉性，诗常沦为辅助政教的工具和时代的传声筒。在中前期也有个人化严重的现象，如湖畔派、新月派、象征派诗歌，在世纪之交，由于国人特殊的生存境况产生了实用至上的创作倾向和阅读倾向，出现了大量为安慰自己的情感和满足自己的审美需要而写作的诗人和为了自娱目的而进行自慰式阅读的读诗者。整个诗坛出现了题材和体裁的“轻化”现象：涌现出大量和风细雨式的、抚慰人的情感性、生活性、实用性的小我诗歌。甚至“个人化写作”沦为了“私人化写作”，超出了新诗写作应该有的道德底线和艺术底线。五、新诗诗人不仅严重缺乏诗体意识，导致自由诗泛滥，还缺乏“诗家语”意识，导致口语诗泛滥。无论是新诗初期的“白话诗”还是近年的“口语诗”，都完全摒弃了汉语诗歌源远流长的“诗家语”意识。古代汉诗是间接地抒情言志的，在内容与形式上都追求美的精致的语言艺术。新诗具有平民诗歌与通俗诗歌的性质，甚至过分强调通俗性和社会性。新诗革命的领袖们的理想是赋予普通人写诗的权力和能

[1] 梁实秋：《文学讲话》，徐静波编：《梁实秋批评文集》，珠海出版社，1998 年，第228 页。

力。因此新诗革命时期新诗诗人热衷于采用口语甚至俚语写诗，世纪之交的新诗诗人喜欢采用原生态的语言写“生活流”诗歌。新诗诗人缺乏古诗诗人做诗的语言基本功——“推敲”之功，降低了新诗的难度，极大地助长了新诗诗人的懒怠。由于国人接受的诗歌教育主要是古代汉诗传统教育，新诗诗人背道而驰，激化了作者与读者的矛盾，更加剧了新诗诗人的“敝帚自珍”心理，极端地提出为少数人写作甚至为个人写作，最后形成作者与读者对抗的恶性循环。六、新诗诗人严重缺乏经典意识。新诗是以反对甚至彻底打倒崇尚经典的古代汉诗的“造反者”角色登上历史舞台的，坚持的是反传统立场。新诗生长于“革命”受到极端重视的乱世，既有高度的严肃性、精英性，更有强烈的时代性、平民性、世俗性、青年性、先锋性。人在社会生活中的自由天性受到抑制，便从诗意的艺术世界中去寻找现实生活中失去的自由，艺术创作便成了人的自由本能的宣泄方式，诗是人的自由精神和自由意志的具体的艺术化呈现。诗是自由的文体，世界现代诗的生命力在于自发(spontaneity)、自我表现(self-expression)和改革(innovation)。在“革命土壤”中生成的中国新诗更是崇尚自由的文体，新诗诗人更是具有文体独创精神和自由思想与自由精神的人，极度推崇人格独立和个性解放。新诗本质上是一种反“经典化”的世俗化、通俗化文体。福柯所说的“知识”与“伦理”会压制诗自身的文体革命潜能和诗人追求做人与作文的双重自由的天性，特别是会剥夺新诗如同婴儿般的鲜活生命力，即新诗革命者倡导的，如同“少年中国”一般的“新精神”。如宗白华为了祝贺郭沫若五十生辰，在1941年11月10日《时事新报》发表的题为《欢欣的回忆和祝贺》的文章所言：“白话诗运动不只是代表一个文学技术上的改变，实是象征着一个新世界观，新生命情调，新生活意识寻找它的新的表现方式。……白话诗是新文学运动中最大胆，最冒险，最缺乏凭籍，最艰难的工作。”[1]七、年轻人的浮躁、偏激、自负、无知、盲目甚至投机、从众心理一直影响着现代汉诗的健康发展。青年诗人是新诗诗人的主体，20世纪自由诗几乎是激进的年轻人的专利，常常沦为急功近利的年轻人显示新潮、展现个性、获得浪名甚至谋取功利的终南捷径。年轻人的偏激自负主要起源于对诗歌传统及文化传统的无知，对汉语诗歌传统的极度轻视和对外来诗歌的过分盲从，对青春激情和人的创造力的迷信，对诗的革命性及改造社会的力量、诗的自我宣泄职能与游戏职能和诗在艺术中的以追求自由为本质

---

〔1〕 宗白华：《艺境》，北京大学出版社，1987年，第142—143页。

特征的先锋性的过度迷恋……特别是自由体诗成为某些青年沽名钓誉的工具，严重影响了新诗的文体建设。恶意炒作在假病流行的广告时代，在无诗艺检测标准与缺乏敢仗义执言的诗论家的特殊时代，确有效果。20世纪40年代初施蛰存在《文学之贫困》中说："文学家仅仅是个架空的文学家。生活浪漫，意气飞扬，语言乏味。面目可憎，全不像一个有优越修养的样子。"[1]这正是众多青年诗人的真实写照。"学写作先从写最好写的诗开始""诗人是天生的，诗是自然写出的，反传统、反文化、反语言更能写诗""知识越多越不能写诗"……这样的奇谈怪论长期充斥青年诗坛，"弑父式写作"在很多青年中流行。一些青年诗人本末倒置地致力于"诗外功夫"，通过拉帮结派当领袖，充当某种新术语或新理论的发明者，甚至用自我吹捧等"非诗"手段"炒作"自己。在"乱世出英雄"的广告时代，特别是在最近30年，很多"著名诗人"都是搞"运动"起家的。这种"终南捷径"令很多本不屑于走这些歪门邪道的诗人吃亏不少，有的人也受不了名利的诱惑成为诗歌运动的"健将"和诗坛上的"交际花"。在近30多年来的青年诗坛，形成了"运动"为主要特征的诗歌环境，诗坛甚至沦落成一个赤裸裸的名利场，诗歌的艺术之争常常变味为"话语权之争"。诗人主要不是依靠自己的诗作出名，而是依靠"诗歌运动"，不仅严重危及自己的诗歌前途，还严重败坏了新诗的声誉。八、外国诗歌的负面影响。把浪漫主义精神片面理解为与现实社会格格不入的叛逆精神，过分强调自我表现和个人自由，助长了新诗诗人做人和作诗都不拘法度，力求自由的自由主义甚至无政府主义的极端行为。在20世纪90年代，一些诗人受到外国诗歌的玄学风气甚至廉价哲学的影响，导致神性写作流行。九、新诗的普及工作和教育工作落后，长期缺乏行之有效的重视操作性的新诗普及教育。大中小学十分重视古诗的教学，轻视新诗教学。大学至今都无一部完整的新诗史。中小学语文教材中古诗的比例远远大于新诗，中小学语文教材所选的新诗远远落后于新诗的发展，也很不重视诗的文体特性及艺术性。流行的诗集、诗刊太商业化，大多是一些迎合大众读者的低级诗歌，更会使人认为新诗是最不讲究文体规范的文体。近年的很多网络新诗更让大众感受到新诗是"粗制滥造"的文体，其艺术性与古代汉诗相比完全是小巫见大巫。十、新诗理论界，特别是新诗评论界缺乏既敢说真话，又会说行话的理论家。

[1] 施蛰存：《文学之贫困》，本书编委会编：《中国新文学大系1937—1949》，第二集，文学理论卷二，上海文艺出版社，1990年，第50页。

在各个时期，特别是在最近 30 年，诗评家通常扮演的是“广告人”的角色，缺乏必要的“职业操守”，不仅不能获得诗人的信任，为诗人提供必要的理论支持和舆论支持，还失去了读者及公众的信任。

尽管 20 世纪出现了闻一多、朱自清、朱光潜、郭沫若、何其芳、谢冕等新诗理论家，对中国新诗发展作出了巨大贡献，但是就整体而言，新诗理论研究仍然落后。特别是理论家总是分为诗人理论家和不会写诗的学者理论家，极少有诗人与学者一体的理论家，因此新诗理论常常走极端。诗人理论家总是喜欢根据自己的创作体会和经验作“随感式”的印象批评；学者型理论家的理论虽然“系统”，却总是与创作脱节，给人以隔靴搔痒之感。很多理论家是“通用”型的文艺理论家，喜欢用“通常”的文学理论，特别是叙事文学理论来对待新诗，严重违背新诗是一种特殊文体的事实，无法解决新诗自己的问题。

新诗理论常常受群体的政治情绪或个体的情感情绪左右，情绪化印象式诗歌批评长期泛滥，文体研究等基础理论研究薄弱。流云式、会议发言式、假、大、空、玄的理论驱逐着求实、创新的理论，特别是缺乏可供操作的具体理论。新诗理论研究还急功近利，常常受到政治思潮、个人情绪和商业利益的影响。新诗理论界缺乏既学识渊博又人格高尚、既精通理论又熟悉创作的理论家。长期存在或保守或激进的一家之言，或太贴近生活或闭门造车的对体验生活片面理解等问题。在强调大众化、社会化、政治化诗歌时期，表现为三怕三惧：怕诗歌创作内容上的个人主义、理想主义和情感主义；惧诗歌创作形式的自由主义、唯美主义和先锋性。在个人化诗歌中，三怕三惧被反其道而行之。如朦胧诗的论争最后以激进派的胜利结束，导致了诗歌创作越来越激进，激进得连当年朦胧诗的理论家们也被新生代诗人视为保守，也感叹读不懂 90 年代以后的新诗。另一恶果是很多诗论家，特别是在朦胧诗论争时期被视为保守派的诗论家亦变得世俗起来，变成不再批评创作界浮躁诗风的中庸派。因此 80 年代中后期的第三代诗歌尽管比朦胧诗激进得多，很多诗论家也认识到它会在“怎么写”上的“口语化”和“写什么”上的“世俗化”，以及整个写作方式的“个人化”上，将把新诗引向歧途，却很少有人在创新高于一切，“发展才是硬道理”的特殊时代，敢对“新生事物评头论足”。

新诗史上最有代表性的两个诗的定义便能说明新诗理论的偏激。郭沫若在 1926 年 2 月 16 日给诗下的定义是：“诗＝（直觉＋情调＋想象）（Inhalt）

十(适当的文字)(Form)”[1]。他追求的是心中的诗意诗境的纯真表现,他声称:“我也是最厌恶形式的人,素来也不十分讲究它。我所著的一些东西,只不过尽我一时的冲动,随便地乱跳乱舞罢了。”[2]郭沫若的定义产生于新诗初期,它使新诗革命的最大理想——“诗体大解放”变成现实,涌现出大量“极端地自由”写诗的人,有利于新诗的平民化。它的缺点是太重视直觉和情调,忽视想象,更轻视诗应该有的形式,严重影响了新诗的诗体建设。何其芳在1944年7月写的《谈写诗》中说:“中国的新诗我觉得还有一个形式问题尚未解决。从前,我是主张自由诗的。因为那可以最自由地表达我自己所要表达的东西,但是现在,我动摇了。因为我感到今日中国的广大群众还不习惯于这种形式,不大容易接受这种形式。而且自由诗本身也有其弱点,最易流于散文化。恐怕新诗的民族形式还需要建立。这个问题只有大家从研究与实践中来解决。”[3]他于1953年在《关于读诗和写诗》中给诗下定义:“诗是一种最集中地反映社会生活的文学样式,它饱含着丰富的想象和感情,常常以直接的方式来表现,而且在精炼与和谐的程度上,特别是在节奏的鲜明上,它的语言有别于散文的语言。”[4]这个定义太强调诗的社会性,太重视诗的外在形式,如韵律、节奏,较否定诗的散文美。何其芳这个诗的定义带来的后果是产生了形式单一内容贫乏的诗,这种诗因为只求诗的外在形式的精炼和谐与节奏鲜明,直接反映社会生活,忽视诗的内在形式和诗人的主体性,无法更好地发挥诗的抒情、语言游戏等多种职能。

在新诗史上有一个奇特的现象,优秀的诗歌流派或较大的诗歌运动总是有自己的理论家“保驾护航”。如新月诗派有闻一多,象征派诗歌有梁宗岱,七月诗派有胡风,现代格律诗运动有何其芳,新民歌运动有张光年,朦胧诗运动80年代有谢冕、孙绍振、徐敬亚,90年代有陈仲义。甚至在八九十年代较小的诗歌流派或诗潮中,也有自己的理论家,如以杨牧、周涛、章德益为代表的新边塞诗兴起时,有理论家周政保。西部诗歌在80年代有自己的理论家

---

〔1〕 宗白华、郭沫若、田汉:《三叶集》,林同华:《宗白华全集》,第一集,安徽教育出版社,1994年,第217页。

〔2〕 郭沫若:《论诗三札》,杨匡汉、刘福春编:《中国现代诗论选》,上编,花城出版社,1985年,第59页。

〔3〕 何其芳:《谈写诗》,杨匡汉、刘福春编:《中国现代诗论选》,上编,花城出版社,1985年,第455页。

〔4〕 何其芳:《关于读诗和写诗》,蓝棣之编:《何其芳全集》,第四卷,河北人民出版社,2000年,第267页。

孙克恒,90年代前半期有王珂。非非主义诗派的理论家是周伦佑。九叶诗派的理论家是唐湜。第三代诗人出现时,给予强有力支持的理论家有陈超。90年代出现生活流、个人化写作时,有吴思敬、王珂等为之辩护。世纪之交“知识分子写作与民间立场写作”之争,各自更有“旗帜鲜明”的理论家,前者有唐晓渡等,后者有沈奇等。21世纪初女性诗歌写作繁荣时,理论家有张德明等。在每一次较大的诗歌创作“运动”中,新诗理论家们都及时提供了理论支援,特别是当新诗的创作方法及美学原则发生重大变革时,如朦胧诗问世时,理论家的投入更是积极,甚至爆发了影响巨大的“论争”,政治意识形态还卷了进来。但是,这种理论家穷于应付时时爆发的战斗——“遭遇战”式的理论“生产”方式,不但无法建立起系统的新诗理论,而且还出现急功近利甚至唯我独尊的“军阀割据”局面,人为地夸大自己的研究对象,甚至存在不惜牺牲艺术的“品格”和理论家的人格来“炒作”自己诗派的现象。

“革命与战争”是20世纪中国社会生活的主旋律,20世纪新诗诗坛也动荡不安,经常出现流派纷争及非诗性质的“窝里斗”。新诗理论家们不得不时刻准备着加入“战团”,进行短、平、快的战斗,无法潜心探索诗艺。因此,多“弄潮儿”式的诗评家,少“做学问”的诗论家;多过眼云烟式、应景式的偏激的诗歌“随感”,少系统、稳健、求实的诗歌理论,特别是新诗的基础理论严重缺乏。即使有很多“理论”出现,也缺乏必要的理论深度和学理。特别是诗坛上的风云人物,常常不是那些甘于寂寞,潜心修道,十年磨一剑的“诗论家”,而是四处当“诗坛广告人”的“诗评家”,特别是“媒体诗评家”。既然是“广告人”,便有了“无奸不商”的“行业本色”,想保住学术的贞操、守住学者的道德底线实在是一件不容易的事情。在广告时代和公关社会,当好诗评家需要的不只是学问,还需要处理好错综复杂的人际关系和形形色色的帮派纠纷的能力,做得更多的不是艺术评判,而是故作正人君子和冒充内行的道德评判。因此近年学界竟然出现这样的说法:“做不了正经学问,就去当诗评家。”

最可怕的是,很多文艺理论家根本不懂现代诗,更不知道何为现代性,仍极端坚持老祖宗的“诗言志”“思无邪”“止乎礼义”“温柔敦厚”等诗观。2010年4月24日下午,在中国中外文艺理论学会第七届年会暨“文学理论前沿问题”国际学术研讨会的小组讨论会上,我做了一个测试,请同意“诗是纯洁的也是淫荡的”说法的学者举手,没有一个学者举手。直到我说这不是我的胡说八道,是大诗人奥登的观点,海外学者林以亮早在上个世纪70年代就认为它最能体现“现代诗的精神”,一些学者才恍然大悟。林以亮的原话是:“现代英国诗人，后入美国籍的奥登(W. H. Auden)曾经说过：‘诗不比人性好，也不比人性坏；诗是深刻的，同时却又浅薄，饱经世故而又天真无邪，呆板而又俏皮，淫荡而又纯洁，时时变幻不同。’最能代表现代诗的精神。”[1]从这个“测试”中，明显发现专业从事“大文学”研究(相对诗歌、小说、散文等分体文学研究者而言)的文艺理论家有严重的“明道宗经”式保守心态。

近年文化的多元化带来了诗人生存方式的多元化，新诗创作界和评论界都不如上个世纪80年代“纯洁”。进入90代，诗评界的风气变坏，1994年秋天，在中国社会科学院文学所举办的“当代文学研究”学术研讨会上，我下结论说90年代的新诗理论界缺乏80年代谢冕那样的学识渊博又人格高尚的诗评家。

从90年代开始诗评界的风气变坏的一大原因是大量专业诗评家躲进大学当起了诗论家，远离诗坛。如2003年南帆的《批评抛下文学享清福去了》所言：“90年代的文学是寂寞的。……批评不再介入文学的‘现在进行时’，指点江山，臧否人物，并且承担责任。批评抛下了文学享清福去了。……批评家星散而去，大部分转到了学院的大麾之下。……‘学院派’再也不是一个贬义词，学院体制正在显示出愈来愈强的控制力；一大批批评家改弦更张，中规中矩地当教授去了。”[2]

学院派评论家，严格地说是“学院派教授级评论家”的“严重缺席”导致诗坛出现一个响亮的口号：“诗人们的事情诗人自己管！诗人的诗诗人自己评！”特别是一些诗派为了扩大影响，让某位诗人负责“评论”甚至“宣传”工作，涌现出一批诗人评论家。这批“江湖诗评家”因为既是诗人，又在诗歌现场，他们的“诗歌作品的感悟力”常常比学院派诗评家好，这也造成他们对评论对象过分的“惺惺相惜”。他们又缺乏将评论诗作与新诗史上的优秀作品作纵向和横向比较的学养，缺乏写理论文章必要的逻辑思维甚至遣词造句能力，特别是对文艺理论及诗歌理论的一些专业术语缺乏必要的研究，就不知轻重地胡乱套用，如后现代、话语、意识形态、弹性、张力、神性、平民化、个人化写作、身体写作……他们常常进行的是“人有多大胆文有多大产”的激情式偏激写作，导致印象式表扬性诗评，甚至随意性炒作式诗评流行。这类诗评大多出现在民间诗歌刊物，包括一些有公开刊号却由民间力量办刊的刊物

〔1〕 林以亮：《序》，林以亮编：《美国诗选》，今日世界出版社，1976年，第4页。
〔2〕 南帆：《批评抛下文学享清福去了》，《中华读书报》2003年第3期，第12版。

上。新世纪报纸，特别是都市报晚报类报纸，网络，尤其是博客和网站等大众媒体繁荣，使“媒体诗评家”涌现。这类诗评家很多也是诗人，他们的诗评不但受到了“诗人利益”的诱惑，还必须考虑媒体的利益，常常出现“语不惊人死不休”的诗评。如果将诗评家分为“学院派”与“江湖派”，“媒体批评家”应该大多属于后者。严格地说，近年诗坛并不缺乏“学院派评论家”，特别是身在学院的青年评论家，以在校的博士研究生和毕业不久的博士为主体，一些人还成为今日诗评界的主力队员。不可否认，他们为诗评界的繁荣，特别是从江湖评论家手中抢回新诗评论的话语权作出了贡献，甚至可以说在某种程度上也“捍卫了学院诗评家”的尊严。但是其中少数人也有致命的弱点：由于大学科研成果实现量化考核和必须早点在诗坛抢占一席之地，他们不得不尽可能多发文章，早日完成“跑马圈地”式的学术的“原始积累”。在校博士和刚毕业的博士在大学不但受到了学术权威甚至“学霸”和论文写作的学术规范的压力，也受到了经济的压力。写诗评，特别是写吹捧性诗评可以满足他们更多的“自我实现的需要”，获得心理上和名利上的满足感。

由于诗评家的生态环境太差，当正直的诗评家越来越难，越来越多的新诗研究者，特别是那些“功成名就”的新诗教授们纷纷逃离这个“是非之地”，实行“惹不起躲得起”的“洁身自好”“明哲保身”的生存策略。年轻的新诗研究者，无论是在校期间还是毕业工作后，都很容易受到诗评界不良学风的影响。一位博士生甚至对我说：“听说作家送书给评论家时，书里会夹着钱。”他的眼里居然流露出羡慕的神情。行风如此，一些在校研究生自然会写“有偿诗评”。研究生经济困难，又需要早点出名，一些导师也只好“睁一只眼闭一只眼”。有的导师甚至让研究生为自己的朋友写吹捧式诗评，甚至做成学位论文。目前诗坛上的一些“无德”青年诗评家就是在学校变“坏”的。一些老师怕学生变坏，不准学生写诗评，如我长期规定研究生不准为当下的诗人写诗评，我带过数十位研究生，2014 年前没有一位为当代诗人写过诗评。实质上这是因噎废食，导致学生远离创作界，不仅影响了研究生的培养质量，还削弱了诗评界的力量。甚至还有一些学生在校期间太压抑，毕业离开老师后胡作非为大写吹捧式诗评，更加剧了诗评界的混乱。

近年新诗研究界及评论界不受创作界及读者的欢迎还与文学研究不重视文学感悟有关。文学感悟即文学敏感，指人对文学语言和文学情感本能的、直觉的审美感受力。文学是语言的艺术，也是情感的艺术。文学研究者需要多愁善感的情感感受力和细致入微的语言分辨力。人的情感本能与语言智能是文学活动的基础，特别是诗歌创作鉴赏活动的生理和心理基础。近年文学评论家纷纷进入大学当教授，成为以知识取胜的理论家，旁征博引的学院派论文取代了才气逼人的江湖派评论，上个世纪80年代出现的理论与创作共同繁荣，理论家评论家和作家诗人"共结同心"的文学生态几乎消失。

早在一百多年前，英国浪漫主义诗人柯勒律治就在《文学传记》中说："保持儿时的感情，把它带进壮年才力中去；把儿童的惊奇感、新奇感和四十年来也许天天都惯常见的事物：日、月、星辰，一年到头/男男女……/结合起来，这个就是天才和才能所以有区别的一点。因此，天才有首要价值，它的最明白不过的表现形式，就是他能把见惯的事物如此表达出来，使它们能够在人们心目中唤起同样的感觉——即一种经常伴随着肉体与精神健康的恢复而来的那样清新的感觉。谁没有看见过雪落水面一千次？然而读过彭斯以官能快感作比拟的诗句：就像雪片落在江上/一刹那间的白——随即永远的消失！谁又能够看见下雪而不体验到一种新的感觉呢？"[1]

今天的文学研究者，特别是已过"不惑之年"的文学理论家、文学评论家及文学教授，读到柯勒律治这段话时都会感到惭愧，甚至心虚。尽管掌握了大量的文学理论，懂得无数的解读文学作品的方法，但是仍然害怕面对具体的文本，无法满足于自己的圆滑却空洞的诠释性文章，甚至会怀疑自己到底读不读得懂一首诗、一则小散文或者一篇小小说。因为自己并没有被作品的情感思想和语言技巧"打动"，貌似科学，实为教条机械的文学教育和重理论轻实践的文学研究已经使文学研究从业人员失去了童心、激情、热情，失去了文学的直觉和对文学的敏感，情感麻木、思想僵化、语言智能退化、艺术感觉迟钝。随着年龄的增长，从事文学研究的时间越长，文学洞察力可以越来越好，文学感悟能力却可能越来越差。

"德·桑克蒂斯(1817—1883，意大利)区分出批评活动的三个阶段：首先是服从性活动，即耽于最初的印象，其次是再创造，最后是评判。所以他说，批评不可'歪曲或破坏我情感上的纯真。''正如诗人取代不了天才，批评同样取代不了趣味，趣味便是批评家的天才。正如人们所言诗人是天生的，批评家同样是天生的：批评家身上也有几分天才必然是自然的禀赋。'"[2]对

---

[1] [英]柯勒律治：《文学传记》，伍蠡甫：《西方文论选》，下卷，上海译文出版社，1979年，第32页。

[2] [美]雷纳·威勒克：《近代文学批评史》，第四卷，杨自伍译，上海译文出版社，1997年，第119页。

“最初的印象”与“情感上的纯真”的重视即是对批评者的感悟能力的重视。今日批评家既不重视“最初的印象”，更没有“情感上的纯真”。

文学鉴赏活动包括文学阅读及文学欣赏和文学批评及文学研究，在这些文学鉴赏活动中，都需要文学感悟，文学感悟是文学鉴赏活动的基础。文学阅读及文学批评既是“灵魂”的探险，也是“语言”的探险。文学感悟能力主要分为两大能力：读者欣赏文学作品时对作品的“写什么”方面，如对作品的情感、思想等作品的意蕴的感受能力；对作品的“怎么写”方面，如对文学语言、写作技巧、艺术手法的感受能力。即人们通常所说的“情感的共鸣”能力和“艺术的享受”能力。在文学感悟中，“感”比“悟”更重要，“感”指文学的直感、直觉，指人对文学作品的敏感程度，所以可以把“文学感悟”称为“文学敏感”，它是偏重于人的本能的、直觉的审美感受力，具体分为三大方面：人对文学语言，如对“诗家语”的敏感；人对文学情感，如对人性的敏感；人对文学形式，如对文体的敏感。以读一首抒情诗为例，一位文学感悟能力强的读者不仅更容易被这首诗抒发的情感打动，从而获得情感宣泄的快感，还会因为诗是最高的语言艺术，是人的语言智能的典型范例，从诗的语言形式上获得美感，从而获得阅读的快感和美感。即一首诗可以同时给人抒情的美和形式的美，特别是诗的音乐形式和视觉形式的美。这些诗美的多少及文学作品带给读者的愉悦感的强弱，在很大程度上受到读者的感悟能力的制约。

“诗人——确实，他一辈子都是小孩——为自己保留了处在原始范围里的与我们一道逐渐消逝的一种内心世界。”[1]文学感悟能力既是天赋的，也是后天培养的，人的诗歌感悟能力更具有天然性。人的情感本能与语言智能是文学活动的基础，特别是诗歌创作鉴赏活动的生理和心理基础，诗歌鉴赏更需要诗歌感悟。

诗人对情感、自然、语言的感受力可能是与生俱来的，读者的文学感受力也可能是天生的，是在潜意识中客观存在的，文学感悟行为更多是一种本能的无意识行为，是自发的热情或激情，甚至是一种一触即发的冲动。文学感悟的天然性质还体现在读者对文学语言的直感中，无论是诗人，还是普通读者，都有不同程度的语言天赋和诗歌天赋，如诗歌的韵律节奏与自然节奏和生命节奏有异曲同工之处，普通读者不经过特殊的诗歌教育和诗歌训练，也

---

〔1〕［德］玛克斯·德索：《美学与艺术理论》，兰金仁译，中国社会科学出版社，1987年，第198—199页。

能够直接感受到。即人对语言文字，特别是“诗家语”具有先天的敏感性。“在诗人身上，我们极清晰地看到了语言的核心操作能力在起着作用。诗人有对文字的敏感性，一位个体正是凭着这种敏感性才能看出‘有意识地’、‘故意地’或‘有目的地’打泼墨水这三种表达之间的微小差异。诗人有对文字排列的敏感性——有遵循语法规则，而在精心选择的场合下则又有打破这种语法规则的能力。从某种较高感觉层次上（对声音、节奏、回折及文字节拍的敏感性）说，诗人又具有那种能使诗歌即便在翻译成外文之后也仍然优美动听的能力。他还有对语言的不同功能（其便于朗诵的特征、其说服力、激发力、传达信息或使人愉快的力量）的敏感性。但我们多数人并不是诗人，甚至连业余诗人都称不上，然而我们却具备着很高程度的这类敏感性。……对诗人的研究便是我们研究语言智能的恰当的绪论。”[1]

无论是在情感上还是在语言技巧上，诗比小说、散文等其他文学文体更重视直觉与体验。这决定了包括诗歌阅读、欣赏、批评和研究的诗歌鉴赏更需要重视直观感受，重视偏重直觉与体验的诗歌感悟。这是因为诗既是情感（快感）的艺术，更是语言（技巧）的艺术，人对情感和语言都有较强的自然感受力。柯勒律治认为诗是获取快感的语言艺术，写诗和读诗的目的就是获得快感。“诗是一种创作类型，它与科学作品不同，它的直接目的不是真实，而是快感。与其他一切为目的的创作不同，诗的特点在于提供一种来自整体的快感，同时与其组成部分所给予的个别快感又能协调一致。……良知是诗才的躯体，幻想是它的衣衫，运动是它的生命，而想象则是它的灵魂，无所不在，贯穿一切，把一切塑成一个有风姿、有意义的整体。”[2]

奥登强调语言技巧的重要性，认为诗人是有语言天赋及语言直觉的人。“奥登论述说，一位年轻的作家，他的前途并不存在于他观念的独创性，也不存在于他情绪的力量之中，而存在于他的语言技巧中。当然，到了最后，将成为大诗人的作家必定会找到表达自己的语言和思想框架。诚如诗人卡尔·夏皮乐曾经说过的那样：‘诗的天才也许只是一种对形式的直觉知识。字典里含有所有的字，诗的教科书里含有所有的节拍，但除了诗人自己对形式的直觉知识之外，哪儿都不能指导诗人，不可能告诉他应选用什么字，应该让这

---

〔1〕［美］H. 加登纳：《智能的结构》，兰金仁译，光明日报出版社，1990年，第87—88页。

〔2〕［英］柯勒律治：《文学传记》，伍蠡甫：《西方文论选》，下卷，上海译文出版社，1979年，第32页。

些字落在什么样的节奏上。'"[1]正是诗人对形式有超常的直觉能力，诗人才具有比小说家、散文家更多的文体自觉性。艾略特也认为诗人有语言天分。"(诗人)在发展其语言、丰富其文字的方面为其他人创造出更广泛的情绪与知觉范畴的可能性，因为他向他们提供了能表达更多东西的言谈。"[2]鉴赏依赖人的情感直觉、语言直觉和艺术形式直觉创作出来的诗歌，需要鉴赏者的情感直觉、语言直觉和艺术形式直觉。

"我相信，每一个对诗歌的魅力能够或多或少地感受到的人能够回忆起在他或她的青年时代的某一个时刻，会被某一位诗人的作品感动得失去了自制力。……好的批评家——我们大家都应该努力成为批评家，而不应把文学批评的责任完全推卸给那些为报纸写书评的人们——是这样一种人，他把敏锐、持久的感受力和广泛的、与日俱增的有辨别力的阅读结合在一起。广泛阅读的价值并不在于作为一种贮藏、积累知识的手段，也不是为了获得人们有时用'蕴藏丰富的头脑'这一词语所指示的东西。广泛阅读之所以有价值，那是因为在受到一个接着一个的强大个性的感动过程中，我们就会变得不再受任何一个或任何少数强大个性的统治。……正是我们为'娱乐'而进行的阅读，或'纯粹为快感'而进行的阅读，对我们可能产生最大的和最料想不到的影响。正是我们读起来最不费力的文学，才可能最容易地和最不知不觉地影响着我们。……虽然我们可以仅仅为了乐趣阅读文学，为了'娱乐'，或为了'美的享受'，我们这种阅读永远也不会仅仅打动了我们一种特殊的感觉：它会影响作为活人的我们的全部心灵；它也影响我们的道德生活和宗教生活。"[3]艾略特的这种文学阅读策略十分高明，文学阅读的任务正是要培养读者的感悟能力和批判能力，读者需要多元化的广泛阅读。为了"娱乐"和"审美享受"的文学阅读是偏向于跟着感觉走的阅读活动，更需要偏重于直观感受的文学感悟，也更有利于文学感悟的培养。

文学批评是高层次的文学鉴赏活动，也需要文学感悟。哈曼(1730—1788，德)认为："一切美学的花招都不可能代替直感。"[4]诗歌评论家，更需

[1] [美]H.加登纳：《智能的结构》，兰金仁译，光明日报出版社，1990年，第93页。

[2] [美]H.加登纳：《智能的结构》，兰金仁译，光明日报出版社，1990年，第293页。

[3] [英]托·斯·艾略特：《艾略特文学论文集》，李赋宁译，百花洲文艺出版社，1994年，第246—248页。

[4] [美]雷纳·威勒克：《近代文学批评史》，第一卷，杨岂深、杨自伍译，上海译文出版社，1997年，第241页。

要诗人那种天赋般的诗歌敏感——对情感的善感性和对语言的善感性，即无论是来自天赋还是来自后天教育，诗歌评论家都应该如同诗人，比一般人具有更多的热情和温情、更多的语言智能和语言天赋，即比一般人有更多的“诗歌感悟”。刘勰的《文学雕龙·明诗》认为：“人禀七情，应物思感，感物吟志，莫非自然。”[1]诗歌创作要“感物吟志”，诗歌解读、诗歌阐释的有效办法也如同“感物”，这里的“物”可以替换成“文本”，只有通过“感受文本”，对诗作的直观感受来获得快感和美感，在此基础上才能对作品做出正确的审美价值评判。如同奥·威·施莱格尔(1767—1845，德)所言：“最理想的是，一个批评家应当能够随意地自我调节，即随时都能对任何心智作品唤起最纯洁最生动的感受性。”[2]如果一个批评家能够随时从作品中获得最纯洁最生动的感受性，他就不但能够热情投入作品的阐释及鉴赏活动中，并从中获得乐趣，还能够使阐释更准确、鉴赏更完美、批评更科学。在人类诗歌批评史上，诗人型批评家都十分重视感悟能力，他们的诗歌批评，特别是对具体作品的阐释往往比学者型批评家的更准确。如波德莱尔格外渴望“既有趣又有诗意的批评”，希望艺术批评家既有理性又有感性，既有智力又有感受力。“我真诚地相信，最好的批评是那种既有趣又有诗意的批评，而不是那种冷冷的、代数式的批评，以解释一切为名，既没有恨，也没有爱，故意把所有的感情的流露都剥夺净尽。……批评家就有了一个确定的标准，取诸自然的标准，他应该满腔热情地完成他的任务，因为批评家也还是人，而热情会使类似的性情接近，将理性提到新的高度。”[3]

在文学研究历史上，印象式、感悟式批评经久不衰，甚至被视为中国文学批评的正统方法，“诗话”“点评(评点)”成为中国古代文学批评史上最重要的“批评文体”，特别是高度重视文学感悟的“点评”是中国的一种传统的批评文体，出现了毛宗岗、金圣叹等评点大师。即使堪称中国古代文论中理论体系最完备的著作《文心雕龙》的作者，“我国最有科学条理的文论家刘勰”[4]，也具有极强的文学感悟能力。和西方的一些理论著作，如亚里士多德的《诗

[1] 刘勰：《文学雕龙·明诗》，周振甫：《文心雕龙今译》，中华书局，1986年，第56页。

[2] [美]雷纳·威勒克：《近代文学批评史》，第二卷，杨自伍译，上海译文出版社，1997年，第69页。

[3] [法]波德莱尔：《波德莱尔美学论文选》，郭宏安译，人民文学出版社，1987年，第215—216页。

[4] 朱光潜：《结束语：“还须弦外有余音”》，朱光潜：《谈美书简》，北京出版社，2004年，第139页。

学》、黑格尔的《美学》相比，《文心雕龙》在理论的系统性、逻辑性，特别是在思维之严密、组织之繁复上，都是异曲同工。《文心雕龙》处处显示出刘勰对文学作品的感悟功夫，他擅长的不是逻辑推理、理论概括，而是形象思维、感性描述。特别是在语言的表述方式上，采用更多的是比喻性的文学语言，甚至是意象性的“诗家语”，文体更接近诗赋，语言富有文采，不像亚里士多德、黑格尔等西方理论家的著作，使用的是写实性、更准确的科学语言，采用的文体完全是散文化的论说文体。“刘勰的《文心雕龙》，体大虑周，其规模、识见，到二十世纪的今天，仍然可说罕见其匹。……刘勰本人‘积学储宝’，‘操千曲而后晓声，观千剑而后识器’，是个博观的批评家，因此他能观作品的‘通变’，看到《楚辞》的‘虽取熔经意，亦自铸伟辞’。他的这些说法，使现代读者不禁想起艾略特影响深远的《传统与个人才能》(Tradition and the Individual Talent)一文，而认为刘勰是具有现代意义的批评家。”[1]中国古代的文学理论家、评论家几乎都是作家诗人出身，他们的文学感悟能力可以在创作中得到培养。即使是那些相对专业的理论家，如刘勰，也是“博观的批评家”。“操千曲而后晓声，观千剑而后识器”几乎是“从业的基本条件”。“操千曲，观千剑”不但可以保护人天生的文学感受力，更有助于培养与提高这种能力。

中国现代的文学研究者，更是把文学感悟能力视为从事文学工作的“看家本领”，很多理论家都有创作经历，如闻一多、梁实秋、宗白华、林语堂、周作人等，有的还是优秀的作家诗人。有的理论家的创作较少，但是对文学创作及文学作品高度重视，如朱光潜、李健吾、李长之等，他们的很多理论文章都是直接评点具体作品的“文学评论”，有的甚至是“文学欣赏”。他们的文学感悟能力在这些不成体系的小文章中淋漓尽致地显现出来，让后辈不敢轻视。朱光潜在现代文论史上堪称最有“学问”的学者，他最受西方的科学性文艺理论影响，他的文学理论最系统化，文学理论家的职业角色也最清楚。冰心听到他逝世的消息时说：“他是一位真正的学者。”[2]他是中国现代美学、文艺心理学的创建者之一，十分强调理论的科学性和系统性，也是“学院派”批评的代表，坚持文学阅读和文学批评的“纯正”。他主张“灵魂在杰作中的冒险”，重视的是“杰作”。他甚至结论说：“艺术是情趣的活动，艺术的生活也就

---

〔1〕 黄维樑：《中国古代文论新探》，北京大学出版社，1996年，第6页。

〔2〕 李醒尘：《语重心长的美学诤言》，朱光潜：《谈美书简》，北京出版社，2004年，第2页。

是情趣丰富的生活。……所谓人生的艺术化就是人生的情趣化。”[1]“艺术的创造之中都寓有欣赏。……我们主张人生的艺术化，就是主张对于人生的严肃主义。”[2]但是他也重视通过欣赏来研究文学，重视文学感悟。他在《“灵魂在杰作中的冒险”》一文中反对把“研究文学”与“整理国故”合为一体。“考据所得的是历史的知识。历史的知识可以帮助欣赏却不是欣赏本身。欣赏之前要有了解。了解是欣赏的预备，欣赏是了解的成熟。只就欣赏来说，版本、来源以及作者的生平都是题外事，因为美感经验全在欣赏形象本身，注意到这些问题，就是离开形象本身。”[3]他喜欢重视作品和读者主观感受的“印象派”批评：“印象派的批评可以说是‘欣赏的批评’。就我个人说，我是倾向这一派，不过我也明白它的缺点。印象派批评往往把快感误认为美感。……总而言之，考据不是欣赏，批评也不是欣赏，但是欣赏却不可无考据与批评。从前老先生们太看重考据和批评的功夫，现在一般青年又太不肯做脚踏实地的功夫，以为有文艺的嗜好就可以谈文艺，这都是很大的错误。”[4]朱光潜对“欣赏”的高度重视是因为他认为文学有助于提高人的感悟能力。“文学的要义在‘见得到，说得出’，这‘见’字很要紧，如今我们已逐渐学得西方文学家，‘见’人生世相的法门了，这就无异于说，我们扩充了眼界，磨锐了敏感，加强了想象与同情。”[5]文学活动(文学阅读、文学教育和文学研究)应该磨锐而不是麻木人的敏感，加强而不是减弱人的想象力与同情心。朱光潜也强调文学欣赏的主动性和文学感悟的重要性。他在《研究诗歌的方法》一文中说：“真正的欣赏都必寓有创造，不仅是被动的接受。诗都以有限寓无限，我们须从语文所直示的有限见出语文所暗示的无限。这种‘见’需要丰富的想象力，建立一个整个的境界出来。最重要的是视觉想象，无论读哪一首诗，‘心眼’须大明普照，把它的情景事态看成一个完整境界，如一幕戏或一幅

---

〔1〕 朱光潜：《“慢慢走，欣赏啊！”》，林同华编：《朱光潜全集》，第二卷，安徽教育出版社，1987年，第96页。

〔2〕 朱光潜：《“慢慢走，欣赏啊！”》，林同华编：《朱光潜全集》，第二卷，安徽教育出版社，1987年，第93页。

〔3〕 朱光潜：《“灵魂在杰作中的冒险”》，林同华编：《朱光潜全集》，第二卷，安徽教育出版社，1987年，第38页。

〔4〕 朱光潜：《“灵魂在杰作中的冒险”》，林同华编：《朱光潜全集》，第二卷，安徽教育出版社，1987年，第41页。

〔5〕 朱光潜：《现代中国文学》，林同华编：《朱光潜全集》，第九卷，安徽教育出版社，1987年，第330页。

画……诗主要由感官透入心灵，读诗时我们也不妨随时分析，看哪些意象该用哪种感官去了解。”[1]重视实际的审美体验是朱光潜美学思想的重要特色，他对审美体验的重视正是对艺术感受及文学感悟的重视。

社会时尚、教育体制、学术体制等多方面的原因导致文学活动重视感悟的中国传统渐渐消失。特别是学术体制及学术评价的影响，如大学的科研工作量考核重视理论文章，轻视评论文章，甚至在整个学术界都认为研究作品的评论文章缺乏“学术性”。大约从1995年开始，很多评论家隐身于大学，当起了钻故纸堆的文学教授，成为专门的理论家。文学理论家不需要文学评论家那样强的文学感悟力，评论家的集体改行是近年文学研究界的文学感悟能力及研究水平严重下滑的重要原因。

目前中国的文学研究者主要分为理论家和评论家两大部分，两者的文学感悟能力都出现严重下降，特别是文学理论家谈起理论头头是道，解读作品却束手无策。文坛流行“诗歌理论家读不懂诗”“小说理论家读不懂小说”的说法并非极端。原因是文学研究太重理论轻作品，现在很少有文学理论家像刘勰那样“积学储宝”“操千曲而后晓声，观千剑而后识器。”文学研究者都愿意广泛吸收中外理论，甚至与文学关系不大的政治学、社会学理论，宁愿当掉书袋的知识型理论家，也不愿做细读文学作品的批评家。福柯、詹姆逊、巴赫金、萨特、尼采、弗洛伊德、朱光潜、宗白华等理论家成为文学研究者的“保护神”，很多人却不愿意甚至也不知道马尔克斯、海明威、博尔赫斯等作家，特别是对当代中国作家和诗人的作品相当陌生。如莫言2012年获得诺贝尔文学奖后，很多文学研究者都不知道他的代表作是什么，甚至一些从事当代文学研究的学者也没有读过他的小说。

上个世纪80年代中后期中国文学研究界出现过短暂的感悟式研究热，很多文学研究者热衷解读具体作品，如《名作欣赏》的撰稿者都是一流的文学教授。不仅小说评论、诗歌评论流行，很多文学刊物都开辟“评论”专栏，还出现了文学教授编作品鉴赏辞典热。如吕进集结了一群新诗研究生和新诗学者编了《外国名诗鉴赏辞典》、吴奔星集结了几十位诗评家编了《中国新诗鉴赏大辞典》。在大学工作量考核中，鉴赏性文章一般不被视为学术论文，现在已经没有教授编鉴赏辞典。

---

〔1〕 朱光潜：《研究诗歌的方法》，林同华编：《朱光潜全集》，第九卷，安徽教育出版社，1987年，第208页。

由于文学感悟受到轻视，文学研究界对具体作品的研究能力越来越弱。以与文学作品离得较近的现代文学研究为例，最缺乏的正是通过“文学感悟”对具体的，特别是单个的文学作品进行准确解读阐释的论文。魏建在《目睹中国现代文学研究之现状——以2003年的研究论文为例》[1]一文中认为2003年中国现代文学有五大研究热点：一、说不完的“现代性”。二、文学的传播方式。三、文化视野。四、文学体式的研究。五、文学思潮·社团流派·文学批评。作品解读根本不是研究热点。多年过去了，今天在文学研究界，重视理论轻视作品的不良现象并没有多大改变。原因是受到学术体制控制的大学文学教育严重忽视文学感悟。近年学术规范越来越森严，大学文学教育，特别是硕士、博士的研究生教育越来越重知识轻才气，大学真的成了把石头磨亮却让钻石失去了光泽的地方，“掉书袋”式的“学位论文写作”让很多青年学子成了“学贯中西”的“学问家”，却是“江郎才尽”的“评论家”。

北京师范大学资深教授童庆炳堪称中国最著名的文学研究生导师。“童庆炳教授是国内著名的文艺理论家，出版学术专著19部，发表论文近200篇，发表的散文随笔不计其数(见他的博客)。他的学术研究推进了文艺学学科的发展。他培养的博士达28名，绝大多数成为各高校学术骨干；他名下毕业的硕士50多名，在各个领域里叱咤风云。”[2]北师大文艺学教育一向有重视创作的传统，创始人黄药眠先生曾是“创造社”诗人；童庆炳出版过长篇小说《生活之帆》(1981)、《淡紫色的霞光》(1987)和散文随笔集《苦日子 甜日子》(2000)。他还指导过莫言、毕淑敏等多位著名作家。“北师大文学院因为培养了两个诺贝尔奖得主，成为最牛文学院；两个得主的导师都是童庆炳，童老师也被称为最牛导师。”[3]可以说北师大文艺学是国内最重视文学创作及文学感悟的研究生培养基地，培养出了散文家赵勇、诗人陈太胜和小说家李建盛等多人，他们更是优秀学者。2011年10月19日，童先生给我的著作《诗歌文体学导论——诗的原理和诗的创造》作序说：“我阅读全书感到王珂治学的谨严与锐利，谨严，是说他的著作搜集了大量丰富的资料，他的研究是建立

[1] 魏建：《目睹中国现代文学研究之现状——以2003年的研究论文为例》，《社会科学报》，2005年1月20日。

[2] 吴学先：《童庆炳为师有德，弟子多为名师》，http://blog.sina.com.cn/s/blog_6200ed7101013vkl.html.

[3] 吴学先：《童庆炳为师有德，弟子多为名师》，http://blog.sina.com.cn/s/blog_6200ed7101013vkl.html.

在事实的基础上的，这里有求实之心，没有虚玄之论，并且对问题的方面都作了周详的考虑；锐利，是说他的著作，不囿于陈言旧说，有学术创新的勇气。这两点对于一个学者来说，实在是很重要的。这两者的结合构成一个学者应有的品质。”〔1〕由此可见他对“创新”的重视，文学研究如文学创作一样需要创新，学术研究也需要“学术敏感”。从这段话中也不难看出文学博导培养博士的基本方针是“谨严”大于“锐利”。我在2001年9月18日为此书写的《后记》中的一段话也证明了这一点：“应该感谢我的博士生导师、著名文体学研究专家、我国唯一的国家级文艺学研究中心主任、北京师范大学中文系的童庆炳教授，是他帮助我解决了目前我国从事文学史研究的学者‘不懂文艺理论’的通病。在近三年的博士学习中，‘恶补’了中外古今文论，使我完成了由江湖激情型诗评家向学院沉思型诗论家的转变（本书有意识地保留了两种风格）。”〔2〕

如果是培养学者，博士教育把“江湖激情型诗评家”培养成“学院沉思型诗论家”，完全是成功的，是无可非议的。但是如果极端重视“谨严”，培养出的是麻木不仁的“钻故纸堆的书虫”，“读死书，死读书，读书死”就不仅是个人的悲哀，也是学界及文坛的悲剧。今日大学像童庆炳这样的名师越来越少，很多文学研究生导师不创作，也不读作品，缺乏基本的文学感悟力。可怕的是近年文学博士渐渐成为文学研究界的生力军。目前新诗理论界有影响的诗论家、诗史家近百位，却没有一位有影响的诗评家，也不愿意当评论家。90年代初一位新诗研究硕士到武汉大学读博士，著名新诗学者龙泉明告诫他说要远离创作界接近学界，现在他已经成了著名教授。很多文学博导都这样告诫过学生，要他们遵守学界的游戏规则，否则无法通过博士论文答辩。

目前国内有数百家刊登文学论文的学术期刊，直接关注当代文坛，刊发作品评论的只有《小说评论》《当代作家评论》《南方文坛》《文艺争鸣》等几家。中国学术期刊的主力军大学学报一般不发评论文章，研究具体作品的细读性论文更难在《中国社会科学》《文学评论》《文艺研究》等“权威”期刊发表。

令人欣慰的是少数刊物意识到评论的重要性，如《理论与创作》改名为《创作与评论》，有意识地淡化“理论”，重视“创作”。尽管仍然坚持了过去的

---

〔1〕 童庆炳：《序》，王珂：《诗歌文体学导论——诗的原理和诗的创造》，北方文艺出版社，2001年，第1页。

〔2〕 王珂：《诗歌文体学导论——诗的原理和诗的创造》，北方文艺出版社，2001年，第720页。

“学术性”，保持了“厚重的理论品格和高雅的文化品位”，但是这种“敢冒天下之大不韪”的办刊方针大改革在改名之初也受到非议，特别是来自文学教授们的非议。2012年冬天，几位来自湖南的名教授还对我谈起这些争议。作者群也因为刊物改名和办刊方针变化而变化，不但得到了学院派评论家的支持，还扶持了大量年轻评论家。较成功地完成了创作与理论，特别是创作与评论的有效“嫁接”和作家与评论家的有机“结合”。却因为太重视创作评论而不重视理论研究，在2013年核心期刊考核中落选。评刊人很多是理论家，他们在骨子里是看不起评论文章的，认为那不是“论文”，其实正是因为他们缺乏基本的文学感悟，他们根本不会写“评论”，所以意识不到评论的价值。

《诗探索》是国内最优秀、最权威的新诗研究刊物，已有30多年历史，过去解读具体作品的文章所占比例极小，如2003年第2期共发表论文16篇，只有一篇作品解读，题目是《北岛诗二首解读》。近年也重视作品研究，将刊物分为理论卷与作品卷，在作品卷中开设了《专题论诗》《回顾与重读》等研究具体诗作的专栏。新诗理论研究界也开始重视作品细读。“2012年10月20—21日，北京大学中国新诗研究所与首都师范大学中国诗歌研究中心在北京紫玉饭店成功召开以‘诗歌批评与细读’为主题的学术研讨会。此次会议汇聚了来自中国大陆、台湾、香港以及美国、新加坡、意大利、马来西亚、日本等国家和地区的新诗研究领域的知名专家学者，如谢冕、洪子诚、孙玉石、吴思敬……等近70人与会，提交论文42余篇高质量的论文，是一次经过精心筹备、高规格、高水平、高质量的学术会议。……与会的专家、学者们就‘近年新诗批评的处境、症候及批评家的角色’、‘当代诗歌批评的历史检讨’、‘细读式批评’的想象、实践及反思’等命题展开了深入、广泛的讨论与争鸣，真诚地提出了各自的观点和看法，极具建设性和启发性。”[1]

尽管一些刊物和研究领域开始重视文学评论和作品细读，但是由于长期忽视文学感悟，当前仍然缺少优秀评论家和评论文章，学术界的作品细读研讨会也很难收到解读具体作品的论文，在创作界的作品研讨会上理论家通常一面对作品便“环顾左右而言他”，很多大学文学院都意识到培养未来的文学从业者和教育者需要开设“作品导读”一类的课程，却严重缺乏师资。

良好的文学生态需要作家、评论家和读者共同建设。在20世纪80年

---

[1] 罗小凤：《“诗歌批评与细读”研讨会在京成功召开》，http://www.cssn.cn/news/565402.htm.

代，文学评论及评论家不但受到了作家诗人的尊重，还受到了社会公众的重视。如果80年代没有评论家对作家的保驾护航，大力开展对作品的评论研究，就没有文学创作的繁荣。朦胧诗如此，寻根文学如此，先锋小说更如此。文学研究界只有高度重视文学感悟在当代中国文学研究中的特殊作用，响亮地提出"文学学者作家化"和"文学学者读者化"口号，才能重振文学研究，特别是当代文学研究的雄风，理论界才能获得创作界的尊重。

二、传播接受

"凡文学事实都必须有作家、书籍和读者，或者说得更普通些，总有创作者、作品和大众这三个方面。于是，产生了一种交流圈，通过一架极其复杂的，兼有艺术、工艺及商业特点的传送器，把身份明确的（甚至往往是享有盛名的）一些人跟多少有点匿名的（且范围有限的）集体联结在一起。在这种圈子的各个关节点上都提出不同的问题；创作者提出各种心理、伦理及哲学的阐释问题；作为中介的作品，提出美学、文体、语言、技巧等方面的问题；最后，某种读者集体的存在又提出历史、政治、社会，甚至经济范畴的问题。换言之，至少有三千种考察文学事实的方法。文学同时属于个人智慧、抽象形式及集体结构这三个世界的情况，给研究工作带来重重困难，尤其当我们必须为它编写一部历史时，这种三维现象实在让人难以想象，事实上，在几个世纪里，而且直到现在，文学史还是过多地局限在研究人和作品（风趣的作家生平及文本评注）上，而把集体背景看作是一种装饰和点缀，留给政治编年史作为趣闻轶事的材料。"[1]新诗细读式批评的原则是科学意识和文学敏感结合，方法是文本细读法与知人论世法结合，细读是否成功关键在意象解读。文学是一个生产场，新诗细读是重要的组成部分，是文学传播中塑造经典的重要方式，本身也是一个生产场。解读"场域"决定着细读者的言说方式和言说内容。福柯描述任何社会运作系统的存在方式："起源于三个宽阔的领域：控制事物的关系，对他者产生作用的关系，与自己的关系。这并不意味着三者中的任何一组对其他都是完全无关的……但是我们有三个特殊的轴心：知识轴心、权力轴心和伦理轴心，有必要分析它们之间相互作用的关系。"[2]文

---

〔1〕［法］罗贝尔·埃斯皮卡：《文学社会学的原则和方法》，罗贝尔·埃斯皮卡：《文学社会学》，王美华译，浙江人民出版社，1987年，第1页。

〔2〕 John McGowan. Postmodernism and Critics. New York: Cornell University Press, 1991. p. 134.

学作品涉及作者、作品和读者，新诗细读的运作系统也有这三个轴心，导致“新诗细读式批评”具有特殊的“解读生态”。20世纪的中国，革命、战争、运动此起彼伏，出现剧烈的知识更新、权力更替、伦理转变，甚至可以说诗人生活在特殊的“政治生态”中，新诗是一种政治化、道德化文体。作品与读者也受到风云变幻的“生态”影响，特别是受到知识、权力和伦理的制约。生态决定功能，功能决定方法，方法决定结果。不仅某一诗作会出现不同时代的版本，而且对某首诗作的解读，甚至某一读者对同一诗作的解读都出现“质文代变”的现象。冯至《蛇》的细读史堪称典型个案，文本和解读甚至解读者都有“面具”特征，解读生态奇特，意义丰富，被解读为色情诗、情色诗、爱情诗、思乡诗甚至哲理诗。在是否是色情诗或性暗喻文本上，专家学者与普通读者、官方与民间、纸质媒体与网络媒体差异较大。文本修改与作者的创作谈使它被伦理化和纯洁化。需要还原这首诗的真实面目，肯定原作比改作更优秀，特别要肯定它的“色情”价值，让它在“诗的心理精神治疗”中发挥作用。《蛇》也堪称百年新诗史中具有现代性的“世俗性”特征的代表作。《蛇》的个人接受史和集体接受史也可以呈现出新诗文体现代性建设的历史风貌和具体生态，它呈现出的很多问题，尤其是题材被“纯洁化”甚至被“道德化”，也可以说明新诗现代性建设的艰难性和复杂性。

1981年我15岁，上高一，就读到这首诗，十分喜欢，觉得“写到自己的心坎上了”。当时不知道作者冯至是大诗人和大学者，那时接受的诗歌教育是：诗是写“真善美”的，诗人是道德高尚的人，有赤子之心的纯真之人。我那时只有“情愁”没有“乡愁”：处在情窦初开，少年不识愁滋味的年代；从没有离开过家，根本没有“举头望明月，低头思故乡”的真情实感。很自然把这首诗理解为一首爱情诗。特别是被“单相思”折磨时，便不由自主地感叹：“我的寂寞是一条长蛇！”但是有负罪感，那时社会还没有完全“思想解放”，家长和学校不允许中学生听邓丽君的歌曲，我是班长，被称为“社会主义的好苗苗”，怎么敢说自己有“寂寞”，更不敢说自己渴望“爱情”。

1983年我17岁，去外地上大学，乡愁由无到有，由淡到浓，加上诗歌教育的作用，我不仅知道了冯至曾被鲁迅称为“中国最为杰出的抒情诗人”，那时的鲁迅还被“神化”，可以说是“道德楷模”，我想他赞扬的冯至绝对是脱离了低级趣味的诗人。再后来，我还知道了冯至是德国文学研究大家，一位研究诗歌的权威教授甚至还告诉我当时中国诗坛的“四大诗人”是艾青、臧克家、卞之琳和冯至。尽管大学时代我正疯狂地写柏拉图式精神恋爱式“情诗”，但是冯至在我心中日渐树立的“高大形象”，使《蛇》这首诗越来越“纯洁”。

在后来十多年的夫妻两地分居生活中，为了缓解心理和生理的压抑，我写了一些“色情诗”。1994 年寒冬，我读到了海外学者林以亮的这段话：“老实说，五四以来，中国的新诗走的可以说是一条没有前途的狭路，所受的影响也脱不了西洋浪漫主义诗歌的坏习气，把原来极为广阔的领土限制在(一)抒情和(二)高度严肃性这两道界限中间。我们自以为解除出了旧诗的桎梏，谁知道我们把自己束缚得比从前更紧。中国旧诗词在形式上限制虽然很严，可是对题材的选择却很宽：赠答、应制、唱和、咏物、送别，甚至讽刺和议论都可以入诗。如果从十九世纪的浪漫派的眼光看来，这种诗当然是无聊，内容空洞和言之无物，应该在打倒之列。可是现代诗早已扬弃和推翻了十九世纪诗的传统而走上了一条康庄大道。现代英国诗人，后入美国籍的奥登(W. H. Auden)曾经说过：‘诗不比人性好，也不比人性坏；诗是深刻的，同时却又是浅薄的，饱经世故而又天真无邪，呆板而又俏皮，淫荡而又纯洁，时时变幻不同。’最能代表现代诗的精神。”[1]奥登的诗观极大地改变了我从小接受的“诗是纯洁的”这一本质主义诗观，为我在特殊的生存环境中的“色情诗写作”找到了“理论”支持。我从此公开宣扬奥登的这个诗观，主张“快感写作”，尽管如此，我仍然没有把《蛇》解读成“色情诗”。

在长达 30 多年的《蛇》的阅读历史中，特别在身为专业的新诗研究者和教育者的 20 多年中，我一直认为这是一首写思乡的“纯洁”的抒情诗，最多把它视为一首与血性，特别是肉欲无关的爱情诗，如果说是爱情诗，也是柏拉图式的精神恋爱。

一次奇遇改变了我 30 多年的固定观念。2006 年 1 月 13 日，我在福建师范大学文学院监考，考试科目是“文学作品导读”。其中有一道试题是赏析冯至的《蛇》，原诗印在考卷上。这门课程是福建师范大学文学院汉语言文学专业的特色课程，是汉语言文学专业本科大一新生第一学期的基础课。教学目的是向学生们重点介绍中外诗歌、小说和散文中的名作，教会学生欣赏方法，特别是培养“文本细读”能力。我从 2004 年开始讲授其中的“诗歌作品导读”。由于诗歌文体的复杂性和学生的特殊性，如诗是最高的语言艺术，诗是人的语言智能的典型范例，中小学诗歌教育，特别是现代诗歌教育严重落后，导致文学院大一新生的诗歌知识十分欠缺。我改变了这门课程只讲解分析

---

[1] 林以亮：《序》，林以亮编：《美国诗选》，今日出版社，1976 年，第 4 页。

单个诗作的传统教法，将教学内容分为三部分：诗歌知识、文本解读方法和具体诗作解读。把教学重点放在系统介绍诗歌知识，特别是诗体知识上，如诗的音乐和建筑形式，现代格律诗、小诗、口语诗、散文诗、图像诗等具体诗体的历史、基本概念和代表作品上。文本解读主要介绍中国的“知人论世”和西方的“文本细读”方法，要求学生解读作品时将两者结合，重点偏向文本细读。我教给学生的具体解读方法时强调三点：一、掌握外国的“新批评”方法，重视细读(close reading)，但强调恰如其分的阅读(adequate reading)。二、掌握中国传统的知人论世方法，但要重视语言结构。三、将“新批评”方法与“知人论世”方法结合。知意象，知语言，知文体；懂诗人，懂语言，懂诗歌知识，懂诗歌写作技巧；重诗人，重文本，重感悟，重知识。在20多年的大学教学中，我一直采用“授人以鱼，不如授人以渔”的教学原则。尽管我赞成“教会学生思考比教给学生知识更重要”的教学理念，但是在培养学生的“诗歌作品的欣赏及细读能力”时，我更强调科学精神，认为群体的“知识”比个体的“感悟”更重要。

我在诗歌作品解读教学中高度重视解读诗的意象，认为诗歌解读关键在意象分析，强调意象分析必须“系统”分析，方法有四点：一、宏观与微观结合。既要尽精微，才能致远大。更要高屋建瓴，站得高，才能看得远，登泰山而小天下。二、分清主次意象。如蜘蛛织网，纲举目张；红花绿叶，相得益彰。三、重视意象与其他语言符号和非语言符号的协作关系，特别要注意排列、节奏、空白、长短句、重复等技巧。四、全面分析，协同作战，诗歌解读不可孤立分析意象。意象分析必须与写作特色分析合为一体，重视意与象、个人意象与集体意象、作品分析与作家分析、语言学分析与社会学分析的有机结合。我把意象分类为三类：符号性意象、象征性意象和情感性意象。要求分析某个意象应该重视六个方面：原始意义、文化意义、时代意义、作者意义、读者意义和文体意义。我赞成杰·温加德(Joel Wingard)的观点：“一次完整的文学阅读活动由四个方面相互作用完成，这四个方面是：文本(the text)：文学的整套功能(literary repertoire)；读者(the reader)：文学经历(literary experience)；文化关系(culture context)：意识形态(ideology)；生活经历(life experience)：意识形态(ideology)。”[1]重视读者在阅读活动中占

[1] Joel Wingard. Literature: Reading and Responding to Fiction, Poetry, Drama, and the Essay. New York: Harper Collins College Publishers, 1996. p. 34.

有的重要地位,因为这四个方面的相互作用离不开读者的"直觉"或"直感",阅读效果的好坏直接受到读者的文学经历和生活经历所形成的文学感悟能力的制约。文化及文化关系(意识形态)不是天生的,是随着人类社会的发展逐渐形成的,完全不具备人的生物性特征,但是多次来自外界的文化刺激和长久历史的文化积淀,可以培养人对文化的如同生命冲动的自然感受力,使人对某种特定的文化符号和特殊的文化关系产生生物性"条件反射"。"文化关系"不仅体现在文本中,也积淀和蕴藏于读者身上,自然而然地影响着读者的阅读,帮助读者完成"文学感悟"。对于读者,尽管要注意它的原始意义、文化意义、时代意义、作者的意义和文体意义,但是读者会读出自己的某种非常奇特的意义来。意象解读要重视文学感悟,需要读者的"文学感悟能力"。文学感悟能力既是天赋的,也是后天培养的,人的诗歌感悟能力更具有天然性。人的情感本能与语言智能是文学活动的基础,特别是诗歌创作鉴赏活动的生理和心理基础,诗歌鉴赏更需要诗歌感悟。文学阅读是低层次的文学鉴赏活动,是文学批评的第一步,文学阅读效果的好坏受到读者的文学感悟力强弱的制约。文本细读及文学批评是高层次的文学鉴赏活动,也需要文学感悟。中国文学教育和文学研究很早就形成了重视感悟的传统。所以在大学文学教育,特别是诗歌作品细读教学中,虽然我主张将历史、文化与美学结合,仍然十分强调读者的阅读自由,重视印象式批评,轻视社会-历史式批评。为了调动大学生,特别是大一学生解读作品的兴趣,享受解读过程的快乐,除了向学生们介绍新批评重视规范准则的"科学化批评"——文本中心式批评外,我还向学生介绍新批评认为的一些错误的批评方法和理论,如个人误见(personal heresy)、意图谬见(intentional fallacy)、传达谬见(fallacy of communication)、意释误说(heresy of paraphrase),重视诗人的私设象征(private symbol)和读者的感觉性(sensibility)。不仅重视弗洛伊德的心理分析,还重视瑞恰慈的心理主义。我甚至还鼓励学生如玩魔方或探迷宫那样,利用自己的语言敏感和情感敏感进行"过度阐释"。在这样的教育下,学生的平时作业通常出现的是"八仙过海各显神通",尤其是他们解读一些非经典作品,很少出现"英雄所见略同"。

这门课程的考试内容分为诗歌欣赏和诗歌创作两部分,要求考生闭卷赏析一首老师未讲解过的现代诗和写一首现代诗。2004 级学生考的是郑敏的《金黄的稻束》,300 多位学生的答案基本一致,认为这是一首哲理诗,没有出现五花八门的现象。2005 级学生考题,我选用了冯至的《蛇》。

那天我一边监考，一边默读这首诗，突然发现它居然是一首“色情诗”，“蛇”“茂密的草原”“浓郁的乌丝”“绯红的花朵”似乎是与身体有关的意象。我想：“如果有答卷结论这是一首色情诗，并言之有理，我就给满分。”考试结果是，300 多位考生中只有一位平时写诗的女生认为这是一首赤裸裸的色情诗，“蛇”意象是男性身体意象，她分析得十分有理。还有一位平时非常优秀的男生在答卷上这样写道：“我最初读到这首诗时认为是一首色情诗，但我知道是冯至先生写的后，为自己的这种想法羞愧，他怎么会写色情诗呢！所以今天我认为这是一首写思乡感情的抒情诗，甚至还含有哲理意味。”

从此以后，我有意识地向很多人，包括新诗研究专家和普通读者作过“调查”，绝大多数人，特别是专家否认这是一首色情诗。但是我在教学和讲座中，尤其近年在医科大学等地举办专业性的“诗歌心理精神疗法”讲座中发现，很多读者，特别是普通读者受到“《蛇》可能是色情诗”的暗示后，确实很容易从这首诗中读出色情意味。

我还特地将赏析这首诗作为作品分析题，放入福建师范大学文学院文艺学和中国现当代文学研究生入学考试科目《文艺理论》中，200 多位考生没有一人结论说是色情诗。这些考生已经不是大一新生而是大四学生或毕业生，都接受过“文学概论”“中国古代文论”甚至“马列文论”等文学院常规课程的“正统教育”，特别是高等教育出版社的《文学理论教程》是这批考生考《文艺理论》的唯一“必读书”。这道试题又要求：“用学过的文学理论，分析冯至的《蛇》。”《文学理论教程》第八章是“文学创造的审美价值追求”，其中第二节是“情感评价”，强调“善的价值追求”“高尚的品格”“诚挚的感情”，甚至将“人文关怀”视为“善”的终极价值体现。“作家天生是人类命运的关注者和社会文明进步的促进者。当文学步入作家时代之后，人文关怀成为他们的自觉的价值追求和神圣的社会职责。”[1]第十二章是“抒情性作品”，在第一节“抒情界定”的第三小节是“抒情中的自我与社会”，也强调抒情的社会性甚至思想性。“文学抒情作为一种自我表现，同时也包含着普遍的社会内涵，可以引起普遍的社会共鸣。”[2]甚至还引用了莱蒙托夫的话——你痛苦不痛苦与我们有什么关系。很多考生还熟悉中国古代文论中的“名言”：“诗乃人之行略，人高则

〔1〕 童庆炳：《文学理论教程》，高等教育出版社，2004 年，第 171 页。

〔2〕 童庆炳：《文学理论教程》，高等教育出版社，2004 年，第 266 页。

诗亦高，人俗则诗亦俗，一字不可掩饰。见其诗如见其人。”[1]被这样的文学理论“规训”过的考生，当然不会也不敢在决定事业前途的研究生考场上把《蛇》解读成色情诗。这些考生除了考“文艺理论”外，还要考以中国现当代文学为主的“中国文学”，指定的“中国现当代文学”教材不但没有说《蛇》是色情诗，还对冯至的做人与做诗作了极高的评价：“鲁迅颇推崇冯至的抒情诗，称之为‘中国最杰出的抒情诗人’，而朱自清则看重冯至的叙事诗，以为其‘叙事诗堪称独步’。”[2]这些评价也会动摇考生的直觉（生理直觉与语言敏感）判断，“先入为主”地“因人论诗”，特别是事先做出价值评判，尤其是思想道德价值，尽可能“论证”出冯至“人格高尚诗艺高明”。

考生明显受到福柯所言的已有知识、现实权力和流行伦理的制约，特别是考场这种特殊的“阐释生态”无法让考生畅所欲言。知识、权力和伦理形成的“期待视野”也会将他们引导到“正确”甚至“政治”的阐释之路上，强调阐释伦理，不会“胡思乱想”。

我专门在一些文学史著作和新诗著作中寻找专家们对这首诗的解读及评价，发现几乎没有专家把它解读为“色情诗”，甚至不说它是“爱情诗”。特别是中学和大学教材，不仅害怕“谈性色变”，甚至害怕“谈情色变”。

以最新的北京大学出版社和北京师范大学出版社的《中国现代文学史》为例：

“‘热烈的乡思’却以冰冷的‘蛇’的形象化外化出来，也正是把‘热烈’与‘悲凉’的双重情调统一在一起，在反差中给人以极其难忘的印象。诗人自称这首诗是看过了一幅关于口里衔着一朵花的蛇的比亚兹莱画风的绘画之后所作。作为鲁迅所激赏的‘90 年代世纪末独特的情调底唯一的表现者’，比亚兹莱那‘把世上一切不一致的事物聚在一堆’的手法也影响了冯至的创作，这或许是诗人被鲁迅给予了过高的赞誉的原因。”[3]

“情感与意象的交替升华，并把真切的感受和难言的情感诉诸具体的形象是冯至诗作的特点。他的另一首很有名的诗作《蛇》借蛇的形象来写一种

---

〔1〕［清］徐增：《而菴诗话》，《续修四库全书》编纂委员会：《续修四库全书（1698）·集部·诗文评类》，上海古籍出版社，2002 年，第 4 页。

〔2〕朱栋霖、丁帆、朱晓进：《中国现代文学史 1917—1997》，高等教育出版社，1999 年，第 79 页。

〔3〕程光炜、刘勇、吴晓东、孔庆东、郜元宝：《中国现代文学史》，北京大学出版社，2011 年，第 124 页。

奇妙的寂寞之情。其中蛇的游动、蛇的形态以及有关蛇的联想，都从不同角度提示了无言的寂寞的内涵写出了诗人奇特的感受，无论在意象的新颖，还是在情感内涵的深沉方面，都堪称诗坛奇葩。”[1]

相对文学史教材，新诗学者的著作论述这首诗更“开放”一些，但是仍然有节制。一些著作仍然重视思想和艺术性，如周晓风认为：“稍后的《蛇》则明显更加注重思想知觉化和情感意象化，诗的语言也更为含蓄整饬而富有变化……此诗以冷冰冰的蛇的形象隐喻炽热的相思，给人以新奇之感。”[2]

有两位专家的解读较为大胆，一位是陆耀东，还有一位是骆寒超。

陆耀东结论说这是一首爱情诗，他的“细读”是目前见到的最完整的“细读”。全文如下：

“冯至的诗到1925年趋于成熟，1926年写的这首《蛇》，便是诗人收获季节里的一颗硕果。这是一首爱情诗，新颖别致之至。一般人对蛇总是怀着厌恶、惧怕的心理，然而冯至笔下这‘蛇’的形象，却使人感到亲切可爱。抒情主人公在当心爱的姑娘不在身边的时候，感到无比的寂寞；他将这寂寞比作一条长蛇，借蛇的游走、乡思、归来，抒发了‘我’对姑娘的深沉的爱恋。这比喻，给人以奇美之感。第一节取蛇的修长和无言，形容寂寞，说它‘冰冷地没有言语’。读者也仿佛有触到蛇身似的感觉。嘱咐姑娘如梦到它时，不要害怕，这一方面显现了‘我’对姑娘的细心关怀，另一方面，也委婉地希望姑娘在梦中能与‘我’的心接近。第二节取蛇的栖息草丛的生活习惯，用它暗示‘我的寂寞’——忠诚的爱的化身产生的原因。从姑娘头上的浓郁的乌丝，想到‘茂密的草原’，这联想简直使人叫绝。第三节取蛇行走和它只能用口衔物的特点，表达了‘我’的愿望，探悉姑娘的内心世界。至于‘像一只绯红的花朵’，既可以理解为姑娘的梦境，也可以理解为使‘我’高兴的消息，或者正是‘我’的美丽的希望。这些想象，真像天马行空，引人遐想。诗中所用的一系列比喻，喻体与被喻的事物，相近相似，却又不过实过死。寂寞与长蛇，草原与乌丝，梦境与花朵，都是如此。在诗中，比喻欠真，就失去比喻的作用；比喻过实，又显得呆滞。齐白石谈及绘画时说：‘妙在似与不似之间’，诗亦如此。有了这个‘之间’，才便于读者在欣赏过程中驰骋想象。

《蛇》的感情表达方式，是曲折的或者说是间接的，不是直接的宣泄式的。

---

〔1〕 刘勇、邹红：《中国现代文学史》，北京师范大学出版社，2010年，第174页。

〔2〕 周晓风：《新诗的历程——现代新诗文体流变(1919—1949)》，重庆出版社，2001年，第412—413页。

全诗没有一个爱字，主要是写‘我’的寂寞——长蛇的活动，较为明显的地方，也只是说，它想着草原——姑娘的乌丝，但‘我’对姑娘的深深思恋之情，可以说，已表达得恰到好处。诗人仿佛是一个导游，他将旅游者引到可以隐约窥见胜地之处，即让旅客自己去欣赏，去发现，去神会。

《蛇》有点近似海涅早期作品和后来苏联伊萨柯夫斯基的诗，有情节线索贯穿全诗，每一节诗，都有一个情节。第一节告诉她，如果梦见这‘蛇’，不要害怕；第二节写‘蛇’的乡思，说它想念的草原，就是她的乌丝；第三节写‘蛇’悄悄地把她的梦境衔来。其中有小小的情节波澜，这小小的情节波澜，隐藏着浓郁的诗趣。

《蛇》在艺术上兼具中外诗歌之长，它有中国古代诗歌的那种优美意境，而在表现方法上又创造性地融化了象征派诗的某些东西，例如重暗示，采用蛇、梦境、花朵这些近似象征性的形象等。由于这种择取是融化在作品之中，而不是模仿和生搬硬套，因而很难说某一部分是从哪里受到启迪和熏陶。”〔1〕

骆寒超意识到这首诗与性有关，但没有明确表明它是色情诗。他在2001年出版的《20世纪新诗综论》中说：“这一阶段的现代主义追求者对性变态的心理作了隐喻表现，从而使新诗中的超现实抒情达到了相当高的层次，郭沫若在长诗《瓶》中的《春莺曲》就很动人地隐示着主体的性变态，不过在奇想联翩中那一道隐示的帷幕透明度还是大的。冯至的《蛇》可就透明度极有限了。‘蛇’的冰凉、阴沉、无声的潜行，给予人的只能是恐惧而神秘的感觉联想，在冯至这首诗中，却竟然说‘蛇’是‘我’忠诚的侣伴！还‘潜潜地’向‘你’走去，把沉睡中‘你’的‘梦境衔了来’，这些表现潜在地反映着《蛇》里没有正常人怀春的艳美，而是心灵严重受损者病态地阴郁的抒情。但问题还不是这么简单的。想把人郁积的心力发泄于适当的行动就是欲望；人心成为欲望同社会影响的激斗场，而当后者取得了胜利，就会造成欲望的压抑。为了摆脱这种压抑，欲望只得逃入隐意识里躲起来，但它又随时要想乔装一番，通过检查作用而闯到意识中去，以求得满足。可是又毕竟出不去，这时它只有通过求梦或白日梦——幻想来获得满足。于是，这些以具体的意象为标志的梦或白日梦，作为一种欲望的满足，以显相代表隐义，就出现了象征。现在对《蛇》要进一步考察的，就是白日梦中一个蛇的显象意象究竟象征什么意义或者情绪。

〔1〕 傅天虹：《汉语新诗90年名作选析》，香港银河出版社，2008年，第102—103页。

不妨注意一下诗人写‘蛇’对‘你’的示爱：‘它在想那茂密的草原/你头上的，浓郁的乌丝。’还有：‘它月光一般轻轻地/从你那儿潜潜走过。’如果承认该诗梦中的图像都是睡眠中器官状态的象征，梦中的‘戏剧化’都是以具体的形象来表现抽象的欲望的话，那么《蛇》中这些图像和‘戏剧化’表现就可以解释为某种白日梦中性行为的象征，而隐义则是追求超文化的动物本能之意这一主体怪异情结的泄露。”[1]

骆寒超在2009年出版的《中国诗学(第一部形式论)》中，采用了冯至的创作谈，似乎淡化了这首诗的“色情”解读：“心态幻表象的心灵综合则来自于主体接受直觉刺激而对内在世界产生幻觉，其幻表象也就有更多心理性的恍惚。如冯至的《蛇》，是诗人看了毕亚兹莱的画《蛇》，直觉到与自己内心中敏感的触点：生活寂寞感、存在阴冷感正好相融，因而写成的。因为蛇是细长、冰冷和给人阴郁之感的。所以一开头诗就这样写：‘我的寂寞是一条长蛇，/冰冷的没有言语——/姑娘，你万一梦到它时，/千万啊，不要悚惧。’把自己的寂寞视为一条冰冷而无言的长蛇，是对物理性感觉表象在心灵综合中的幻觉化，又说少女若梦到这样一条蛇时，也不要怕，是主体在神秘的想象恍恍惚惚展开中把内心那一缕寂寞的温柔寄寓在‘蛇’身上了。”[2]

通过电脑网络和纸质媒体，我“细读”了这首诗的“解读”历史，发现一种现象：教材和教案(这首诗被选进人教版、苏教版等多种版本的高中语文教材中)等与教学有关的解读几乎都强调这首诗“思想”的纯洁性，通常把它解读为一首乡情诗或爱情诗，强调“育人大于教书”的中学语文老师更愿意把它讲解成乡情诗，一些中学语文教师告诉我即使他们读出了这是一首爱情诗，也不敢在课堂上深入分析。现在的中学语文教学仍然极端重视“育人”甚至“思想品德教育”，“课堂生态”并非纯粹的“学术生态”，不可能“百花齐放，百家争鸣”。

尽管中国的改革开放取得了较大进步，但是在大学课堂上，“政治”与“色情”，特别是后者，仍然是很多教师不愿意涉及的话题。很多教师明知这两个话题有利于大学生的思想发育和身体发育，有利于大学生的人格健全和心理健康，更有利于爱情诗、爱情小说、女权主义文学理论等教学内容的教学，也会“明哲保身”，少讲甚至不讲。我的大学教学比较开放，甚至将蒙田的“在社

[1] 骆寒超：《20世纪新诗综论》，学林出版社，2001年，第23—24页。
[2] 骆寒超：《中国诗学(第一部形式论)》，中国社会科学出版社，2009年，第98页。

会礼仪允许的范围内，把事情的真相告诉给大家"的写作原则视为自己的教学原则，即使采用未改动的旧作，也不敢在课堂上把《蛇》解读为色情诗，只适度提示学生们自己去思考。即使这样，还会受到一些"纯洁主义者"和"正人君子"的"非议"，甚至有"卫道士"怀疑我的"师德"，说"王教授"是"黄教授"。我把《蛇》可以解读成"色情诗"的观点放在网络博客上，也受到了一些读者的非议，说居然专业的诗歌教授可以从《蛇》中读出"色情"。

一些专家解读这首诗时也有意识地提高它的纯洁性，甚至有学者把这首诗与邵洵美的《蛇》进行比较研究。如丹妤发表在新诗研究权威刊物《诗探索》上的《行走的花朵——冯至、邵洵美诗〈蛇〉的读解》认为："写作《蛇》时的作者显然还不具备驾驭'经验'的经验，抒情性在这里还占据着主调，还不具备写作《十四行集》时吟唱的复沓，技巧性欠缺了些，一个冲动——寂寞，也就是单相思，附丽于一个意象——蛇，在两种情境——幻想与现实——之间抒发一回，全诗就告结束。"〔1〕"确实，冯至在《蛇》里表白的，正是'一己暗恋之情思'——'心里害着热烈的乡思'，年轻的生命萌动出正常的渴求，因此对心中美好的异性怀着亲近的愿望，然而'种族记忆'里的民族性格决定了诗人不可能将热烈的相思化作热烈的表白，这里面更有诗人怯懦的性格、节制的古典追求。于是，他只能'静静地没有言语'。"〔2〕但是在文章的结尾，作者写了一段意味深长的话："——如果敢于用心，我当然可以发现冯至一章'草原'、'乌丝'的性意味——不就是女性性征吗？然而，我不敢推断。"〔3〕

网络开放带来了学术民主，出现了"《蛇》是色情诗"的言论，但言说者几乎都是匿名作者及普通人，有的是没有名的专业人员。如在"国学数典论坛"的"现代文学研究"的"冯至《蛇》赏析"栏目有几则跟帖：牛头怪发表于2009年11月6日17点21分："诗中想象那蛇的故乡是'草原'，又由草的摇动联系到头发，由此寄托'我'对'你'的思恋。这里没法把蛇的形象直接喻系于头发。何况这里的头发是含有性意味的渴望的对象，而满头的蛇多少是令人不

〔1〕 丹妤：《行走的花朵——冯至、邵询美诗〈蛇〉的读解》，《诗探索》2004年冬季卷，第35—36页。

〔2〕 丹妤：《行走的花朵——冯至、邵洵美诗〈蛇〉的读解》，《诗探索》2004年冬季卷，第36页。

〔3〕 丹妤：《行走的花朵——冯至、邵洵美诗〈蛇〉的读解》，《诗探索》2004年冬季卷，第41页。

快的。”[1]Snash 发表于 2009 年 12 月 7 日 13 点 14 分：“有人认为此诗是写‘性苦闷’、‘性暗示’，很有道理。冯至此一时期其它作品也有此类的意境，有郁达夫‘自我暴露’意味。”[2]

较全面论述《蛇》有“色情”意味的文章是 2006 年 2 月 9 日辛临川在“博客中国”发表的论文《性隐喻的文本——冯至诗作〈蛇〉新解》。“博客中国”介绍作者：“辛临川，原名辛禄高。东华理工学院中文系讲师，广告与新闻教研室主任。”[3]论文摘要如下：“本文对冯至的名作《蛇》进行了全新的解读，认为该诗中‘蛇’和‘花朵’这些意象本身就是生殖器的象征；诗人创作该诗时，正处于性的苦闷时期，对性充满着渴望，但由于他内向而又懦弱的性格，他不敢勇敢地去追求异性，而只能通过文学曲折地表现他的性渴望；另外，比亚兹莱的插画、瓦雷里的诗歌《一条蛇的草图》《年轻的命运女神》中的‘蛇’也都是性的隐喻，这些对冯至创作也有影响。因此冯至的诗作《蛇》其实是诗人的性幻想的场景诗意呈示。”[4]这篇论文的正文加 16 个注释共 5 374 字，主要观点如下：“《蛇》便是冯至早期最优秀的代表作之一。在该诗中，诗人婉约地咏歌着怯懦而寂寞的爱情。这首诗自发表以来，一直受到评论者的好评。有的学者从诗歌构思的角度对之进行评价，认为它构思精巧，把蛇的‘乡思’化为人的‘相思’，把蛇怀念不已的‘茂密的草原’点化为人所缅怀的‘头上的浓郁的乌丝’。有的学者从‘蛇’这一意象入手进行分析，认为冯至把热恋中的‘我’的寂寞比作‘一条长蛇’，冰冷无言，令人悚惧。这个大胆的意象本身，就有现代诗人的超前性；后面关于蛇衔来梦境像衔来一只绯红的花朵的奇想，更冲去了浓重的感情色彩，具有了明显的理智性的特征，这种美学追求的智性特点有点波特莱尔的影子。有的评论者则认为，此诗的成功源于诗人青年时期对‘寂寞’有深切的感受，因而就得到了一个奇异的比喻：寂寞‘冰冷地没有言语’，像一条蛇。种种说法，不一而足。但我认为，总的说来，这些评论还停留在文本的浅层次上，还没有深入到文本的文化、心理层面。因此，我将在这里对这首诗进行重新的解读，以期获得一种新的发现。让我们先来分析

[1] 辛临川：《性隐喻的文本——冯至诗作〈蛇〉新解》，http://bbs.gxsd.com.cn/archiver/? tid-361395.html.

[2] http://bbs.gxsd.com.cn/archiver/? tid-361395.html.

[3] 辛临川：《性隐喻的文本——冯至诗作〈蛇〉新解》，http://xinlinchuan.blogchina.com/119334.html.

[4] 辛临川：《性隐喻的文本——冯至诗作〈蛇〉新解》，http://xinlinchuan.blogchina.com/119334.html.

诗中的意象'蛇'和'花朵'。也许人们会认为,这仅仅是诗人为了表达他的'寂寞'与'相思'之情而找到的'客观对应物'。其实不尽然,我在这里要探讨的是,'蛇'和'花朵'这些意象的文化含义。根据文化人类学者的考察,在原始社会,人类始则崇拜女性生殖器,注意其构造,寻找其象征物,继则崇拜男性生殖器,注意其构造,寻找其象征物,又进而运用文化手段给予写实式的再现和抽象化的表现,包括再现和表现男女结合的情景。例如,印度先民以莲花象征女阴,以颈屏膨起的眼镜蛇象征男根。那么,冯至在该诗中同时使用的'蛇'和'花朵'这两个意象,是否具有生殖崇拜的文化涵义呢?……回到冯至这首诗本身,我们就可以这样理解:'蛇'衔来'一只绯红的花朵'这一情景,实际上就隐喻着两性结合,冯至在诗中所描写的,其实就是一个性幻想场景。关于这一点,骆寒超先生也曾注意到,只可惜他没有对此进行深入的论证,还带有猜测的成分。……冯至生性怯懦、敏感、内向而抑郁。在创作该诗前后,他对异性极端敏感和饥渴而又求之不得,这使他在原有软弱性格的基础上产生了一种近乎郁达夫似的病态特征。他对异性的渴求非常强烈,对异性的肉体充满幻想。……邵洵美的诗集《花一般罪恶》里,有一首同名诗《蛇》,诗中写道:'在宫殿的阶下,在庙宇的瓦上',有条蛇垂下来,而这垂下的'最柔嫩的一段'竟被诗人敏感地联想成'女人半松的裤带','在等待着男性的颤抖的勇敢!'由于太直露,它激不起读者的审美快感。而在冯至的《蛇》中,诗人通过他的诗歌技巧,运用'阻拒性'很强的一些意象:蛇、月光、草原、花朵、梦境等,将他的性幻想巧妙地隐藏了起来,从而淡化了粗俗的一面,因而具有了相当高的审美品味。另外,冯至用'蛇'这一意象来表达他的寂寞和相思,其实也显示了诗人当时的病态心理。因为'蛇'的冰凉、阴冷、无声的潜行,给予人的只能是恐惧而神秘的感觉联想。在诗中,诗人竟说'蛇'是'我'忠诚的侣伴,还'潜潜地'向'你'走去,把沉睡中'你的梦境衔了来'。这些表现潜在地反映着《蛇》里没有正常人怀春的艳美,而是心灵严重受损者病态的、阴郁的抒情。……冯至曾说过,他创作该诗是受到比亚兹莱的插画的启发:'画上是一条蛇,尾部盘在地上。身躯直立,头部上仰,口中衔着一朵花。'蛇口中衔着花,正如我们前面分析过的,其实就是两性结合的隐喻。冯至本人也似乎隐约地意识到了这一点。他说,比亚兹莱插画中的蛇'那沉默的神情,像是青年人感到的寂寞,而那一朵花呢,有如一个少女的梦境。'要知道,冯至在北大听过周作人讲述英国人蔼理斯的《性心理学》和鲁迅讲述日本人厨川白村的《苦闷的象征》,他不会不明白这一隐喻的。……冯至的《蛇》中的'蛇'隐喻着男性生殖器，‘花朵’隐喻着女性生殖器，‘蛇’衔来‘一只绯红的花朵’也就隐喻着两性的结合了。……以上我从‘蛇’和‘花朵’的文化隐喻、冯至当时的性心理，以及比亚兹莱、瓦雷里的作品的性隐喻的分析，从而得出结论：冯至的《蛇》其实就是一个性隐喻的诗歌文本，它呈示了诗人的性幻想。……”[1]

辛临川的“大胆”解读并非“另类解读”，考证细致，学术性极强。但是不难发现，和骆寒超一样，他的解读仍给人“虎头蛇尾”或“欲言又止”之感，并没有“一针见血”地指出《蛇》是色情诗。也许他们认为这首诗有些“色情意味”，最多是中性的“情色诗”，而非贬义的“色情诗”。

在“中国期刊全文数据库”中没有查到辛临川的这篇论文，估计学术刊物很难接受观点如此“新锐”的文章。2012 年 9 月 5 日我以博客纸条方式问他此文是否发表，他没有回答。但此文 2006 年 2 月 9 日后就在网上流传。我以“冯至《蛇》”为关键词搜索，共有 22 篇文章，细读文章有 6 篇，其中只有一篇涉及“性”，是华中师范大学文学院的涂丹妮写的《超现实主义的爱欲流放——试论冯至〈蛇〉中性心理的病态书写》，发表于《科教文汇》2008 年第 10 期，作者和刊物的影响都很小。此文明显受到辛临川论文的影响，甚至有些语言有相似之处。全文无作者具体介绍，可能是本科生或研究生之作。文中结论说：“冯至的《蛇》中的‘蛇’隐喻着男性生殖器，‘花朵’隐喻着女性生殖器，‘蛇’衔来‘一只绯红的花朵’，也就隐喻着两性的结合。而诗人在潜意识里选择这两种意象作为文本中的主意象，暗含着诗人在虚构文本中所进行的性幻想。”[2]

英美新批评的一些理论有助于理解《蛇》的“解读现象”，特别是修改现象和误读现象。“几千年来诗人已经作过很大努力，想说出他们的意图。但是他们不仅努力说出了，而且还曾经努力地证明了他们的意图。圣人以愉快地走进火中来证明自己的观点。而诗人用以证明自己的观点的方法却是不那么引人注目地把它放进反讽的火焰——他的结构的戏剧——中去，并期望他的观点在火焰中会得到精炼。换言之，诗人希望说明他的观点已经立住脚，以及他的观点能够对照经验的复杂与矛盾之后仍然存在。而反讽就是对照

[1] 辛临川：《性隐喻的文本——冯至诗作〈蛇〉新解》，http://xinlinchuan.blogchina.com/119334.html.

[2] 涂丹妮：《超现实主义的爱欲流放——试论冯至〈蛇〉中性心理的病态书写》，《科教文汇》2008 年第 10 期，第 170 页。

这些东西的一种手段。"[1]"我们认为：就衡量一部文学作品成功与否来说，作者的构思或意图既不是一个适用的标准，也不是一个理想的标准。而且在我们看来，这是一条深刻触及历来各不同的批评观念之间某些分歧中的要害问题的原则。这一原则曾接受或排斥过古典主义的'模仿'和浪漫主义的'表现'这两种截然对立的观点。它要求对灵感、真实性，生平传记、文学史，作者学识以及当时的诗坛倾向等都有许多具体而精确的了解。文学批评中，凡棘手的问题，鲜有不是因批评家的研究在其中受到作者'意图'的限制而产生的。'意图'这个词，一如我们对它的用法，就相当于常话中所说的'他已打算好的事'，这一点已经为大家所普遍地明确接受或者是默认，'为了要了解一个诗人的作品，我们必得先知道他的意图是什么。'所谓意图就是作者内心的构思或计划。意图同作者对自己作品的态度，他的看法，他动笔的始因等有着显著的关联。"[2]"一首诗的意义确实可以属于个人性质。也就是说一首诗所表现的是一个人的个性或一种心境，而不是一个像苹果那样的具体有形的事物。但即使一首短短的抒情诗也是有戏剧性的，也是一位说话人(无论其构思多么抽象)对于某一特定处境(无论其多么具有普遍意义)的反应。我们应当把诗中的思想、观点直接归于那有戏剧表现力的说话者，即使是归于作者，也只能是通过有关他生平方面的推论才行。作者在某一意义上，可以通过修改其作品而更好地实现他最初的意图。但这是一个十分抽象的意义。他本来就打算写得更好些，或打算写出一个更好的什么东西，而现在他做到了。"[3]

朱自清编选的《中国新文学大系 1917—1927 · 诗集》选冯至诗 11 首：《我是一条小河》《如果你》《永久》《蛇》《风夜》《吹箫人》《帷幔》《蚕马》《迟迟》《我只能》《什么能够使你欢喜》。采用的是原作：

---

[1] [美]罗伯特·潘·沃伦：《纯诗与非纯诗》，赵毅衡：《新批评文集》，蒋一风、蒋平译，中国社会科学出版社，1988 年，第 184 页。

[2] [美]威廉·K·维姆萨特、蒙罗·C·比尔兹利：《意图谬见》，赵毅衡：《新批评文集》，罗少丹译，中国社会科学出版社，1988 年，第 208 页。

[3] [美]威廉·K·维姆萨特、蒙罗·C·比尔兹利：《意图谬见》，赵毅衡：《新批评文集》，罗少丹译，中国社会科学出版社，1988 年，第 211 页。

蛇[1]

我的寂寞是一条长蛇，
冰冷地没有言语——
姑娘，你万一梦到它时，
千万啊，莫要悚惧！

它是我忠诚的侣伴，
心里害着热烈的乡思：
它在想着那茂密的草原，——
你头上的，浓郁的乌丝，

它月光一般轻轻地，
从你那儿潜潜走过；
为我把你的梦境衔了来，
像一只绯红的花朵！

中国社会科学院文学研究所现代文学研究室编的《中国现代经典诗库》选冯至诗 13 首(组)：《狂风中》《帷幔》《我是一条小河》《蚕马》《“晚报”》《风夜》《蛇》《北游》《我只能》《什么能够使你欢喜?》《十四行诗》《十四行》(一、二、四、六、一〇、一一、一六、一七)《招魂》。采用的是原作：

蛇[2]

我的寂寞是一条长蛇，
冰冷地没有言语——
姑娘，你万一梦到它时，
千万啊，莫要悚惧！

[1] 冯至：《蛇》，朱自清：《中国新文学大系 1917—1927 · 诗集》，上海文艺出版社，2003 年影印版，第 161—162 页。

[2] 冯至：《蛇》，中国社会科学院文学研究所现代文学研究室：《中国现代经典诗库》，北岳文艺出版社，2000 年，第 412 页。

它是我忠诚的侣伴,
心里害着热烈的乡思:
它在想着那茂密的草原——
你头上的,浓郁的乌丝。

它月光一般轻轻地,
从你那儿潜潜走过;
为我把你的梦境衔了来,
像一只绯红的花朵!

(选自《昨日之歌》,北新书局 1927 年 4 月版)

两个版本只在标点上有细微差异:前者“你头上的,浓郁的乌丝”用的是逗号,后者用的是句号。前者“它在想着那茂密的草原”用的是逗号加破折号,后者用的是破折号。造成差异的原因是标点引入新诗后使用不规范,当时的编辑印刷技术也不规范。这种标点上的差异并不导致意义上的巨大差异。

《冯至全集》及人教版的高中语文教材用的修改后的诗,《冯至全集》还注明:“初收《昨日之歌》,编入《冯至诗文选集》时略作改动,后曾编入《冯至诗选》《冯至选集》,此据《冯至选集》编入。”[1]

蛇[2]

冯　至

我的寂寞是一条蛇,
静静地没有言语。
你万一梦到它时,
千万啊,不要悚惧!

〔1〕 冯至:《蛇》,刘福春编:《冯至全集》,第一卷,河北教育出版社,1999 年,第 77 页。
〔2〕 冯至:《蛇》,刘福春编:《冯至全集》,第一卷,河北教育出版社,1999 年,第 77 页。

它是我忠诚的侣伴，
心里害着热烈的乡思：
它想那茂密的草原——
你头上的，浓郁的乌丝。

它月影一般轻轻地
从你那儿轻轻走过；
它把你的梦境衔了来
像一朵绯红的花朵。

1926 年

改作与旧作差异较大，字词和标点都有较大变化，导致意义的巨变。“我的寂寞是一条长蛇，”改成了“我的寂寞是一条蛇，”“冰冷地没有言语——”改成了“静静地没有言语。”“姑娘，你万一梦到它时，”改成了“你万一梦到它时，”“从你那儿潜潜走过；”改成了“从你那儿轻轻走过；”“像一只绯红的花朵！”改成了“像一朵绯红的花朵。”

改作不仅去掉了“姑娘”这一可以明确写作对象，告诉读者它是爱情诗的“情感符号”。还用句号取代了感叹号，弱化了抒情性。这样的改动可以使中学语文老师把它解读为含有爱情的思乡诗，甚至是与爱情没有关系的乡情诗或者哲理诗。破折号改为句号不仅改变了它在视觉上的“蛇”的直觉形象和身体器官的象征形象，也减少甚至结束了作者或读者的“胡思乱想”，当时的破折号具有今天的省略号的意义。“冰冷地”改成“静静地”淡化了身体感。“冰冷地”呈现的是与生理及体温相关的触觉，富有生命的质感，特别是有生命的温度；“静静地”呈现的是与身体不太有关的心理状态，身体性及本能情感大大减弱。“一只绯红的花朵”改成“一朵绯红的花朵”，在量词的使用上更准确，更合乎现代汉语的语法规则，却失去了“诗家语”的形象感和“朦胧性”，“只”比“朵”更容易让读者联想到真实的花朵以外的东西。原作比改作更有“色情”性，更“直抒胸臆”，更“激情澎湃”。原作更多是天真的“青春期激情式写作”的产物，改作更多是世故的“中年沉思写作”的结果。即《蛇》的修改及版本流传过程也是它被纯洁化甚至伦理化的过程，解读者采用不同的版本，得出的写作主旨的结论，特别是情感性及色情味的多少明显不同。辛临川和骆寒超采用的都是 1926 年的旧作，丹好采用的是改作。

已有学者注意到冯至诗作的修改现象。顾迎新发表在《复旦大学学报》2006年第4期的《冯至诗集新老版本的重大歧异》的摘要如下:"冯至在1949年以后编选自己的作品选时,对1949年之前的作品进行了修改。本文通过校对和比较,揭示了冯至诗集新、老版本之间所存在的重大差异。这些差异不仅反映了作者思想的变化,同时也反映了1949年前后中国社会思想文化的变化,并且提示我们,必须重视现代文学中的文献学研究。"[1]正文认为:"为了说明问题,现以《昨日之歌》、《北游及其他》、《十四行集》(1949.1,上海文化生活出版社)为底本,以《冯至诗文选集》、《冯至诗选》、《冯至选集》(1985.8,四川文艺出版社)、《冯至全集》(1999.12,河北教育出版社)为校本,将原作和经过修改后的诗歌进行比较,归纳其差别为四类:一、经修改后,作品的题旨发生了根本性的变化。……二、经修改后,作品原有的时代特色和个人特点受到不同程度的削弱,不但不能充分体现当时的时代风貌,有时甚至加以严重扭曲。……三、经修改后,原作与上世纪50年代以降通行的政治观念不一致的内容消失了。四、经修改后,诗歌中一些可能被极'左'观念指责为道德上不符合规范的描写被删去了。这种情况实在颇为可笑,因为冯至诗里本就没有什么色情的东西,但却不料还有需要避忌之处。"[2]虽然他认为诗作修改及版本变化使作品的主旨、体式等都发生了巨大变化,仍然不认为冯至诗里有"色情",与许多专家一样,采用了中国传统文人的"温柔敦厚"的做人方式和中国社会流行的"为尊者讳"的处事方式。

和30年来的很多解读者一样,辛临川和骆寒超等人都受了冯至关于这首诗的创作过程的言论影响,这是除版本修改外,《蛇》被"纯洁化"的重要原因。

1987年6月4日,冯至在联邦德国国际交流中心"文学艺术奖"颁发仪式上的答词中说:"1926年,我见到一幅黑白线条的画(我不记得是毕亚兹莱本人的作品呢,还是在他影响下另一个画家画的),画上是一条蛇,尾部盘在地上,身躯直立,头部上仰,口中衔着一朵花。蛇,无论在中国,或是在西方,都不是可爱的生物,在西方它诱惑夏娃吃了智果,在中国,除了白娘娘,不给人以任何美感。可是这条直挺挺、身上有黑白花纹的蛇,我看不出什么阴毒险狠,却觉得秀丽无邪。它那沉默的神情,像是青年人感到的寂寞,而那一朵花

[1] 顾迎新:《冯至诗集新老版本的重大歧异》,《复旦大学学报》2006年第4期,第39—44页。

[2] 顾迎新:《冯至诗集新老版本的重大歧异》,《复旦大学学报》2006年第4期,第39页。

呢，有如一个少女的梦境。于是我写了一首题为《蛇》的短诗，写出后没有发表，后来收在1927年出版的第一部诗集《昨日之歌》里，自己也渐渐把它忘记了。事隔三十多年，1959年何其芳在《诗歌欣赏》里首次提到这首诗。近些年来，有不少诗的选本，都把《蛇》选入，有的还作了说明或分析。这里我认为有必要对于这首诗的形成作一个交代。”[1]

何其芳在1959年6月25日作的《诗歌欣赏》一文也认为《蛇》是爱情诗，在极左思潮泛滥的时代，还敢为这首诗辩护：“在《昨日之歌》和《北游》中，不少是歌咏爱情的抒情诗和叙事诗。这里举的两首是其中比较短小而又比较出色的。作者解放后编的《诗文选集》，没有多收过去写的爱情诗，这首《南方的夜》和《什么能够使你欢喜》《暮春的花园》等动人的作品都没有选。或者是怕受到有些读者和批评家的非难吧。其实渴望爱情和在爱情中感到痛苦正是‘五四’以后一部分青年的‘苦闷’的一个重要方面。如作者在《西郊集》的《后记》中所说，那时的青年们喜欢说这样一句话：‘没有花，没有光，没有爱。’这种苦闷在当时是有典型性的。如果我们用历史主义的眼光来看，就不会非难当时的年轻的诗人们为什么写了那样一些爱情诗，而会承认那也是当时的时代精神的一个方面的表现了。《蛇》所表现的也就是对于爱情的渴望；然而却写得那样不落常套，那样有色彩。我想不应该把这首诗的长处仅仅归结为构思的巧妙（冯至的诗歌的特点并不是精致和巧妙），而是由于作者青年时期对于‘寂寞’有深切的感受，因而就得到了一个奇异的比喻：它‘冰冷地没有言语’，像一条蛇。整首诗就是从这样一个想象展开的。”[2]

我先读到冯至的发言，从这段话中读出了他对何其芳的“不满”，读出他想把这首诗说成是“哲理诗”来证明自己的“清白”的愿望。我原以为何其芳“攻击”了他，贬低了这首诗。读到何其芳的这段话后才明白：如果按照现代的社会观念和诗学观念，如“奥登”的“诗是纯洁的又是淫荡的”的观念，何其芳根本没有贬低这首诗。如同我如此费心地考察《蛇》是否是“色情诗”，也并非要贬低这首经典诗歌的价值。相反，这首诗的“色情性”更有助于它的实用价值，如它是我在“诗歌疗法”讲座中用来对听众进行治疗的“灵丹妙药”。

诗歌疗法有效的原因如马尔库塞所言感官受制于快乐原则：“从感性到

---

〔1〕 冯至：《联邦德国国际交流中心“文学艺术奖”颁发仪式上的答词》，张恬编：《冯至全集》，第五卷，河北教育出版社，1999年，第197—198页。

〔2〕 何其芳：《诗歌欣赏》，何其芳：《何其芳文集》，第五卷，人民文学出版社，1983年，第456页。

感受性(感性认知)再到艺术(美学)的概念发展背后,什么是实在的东西呢?这就是感受性,即那个中介性调节概念,它赋予感官以认知的源泉和机能的含义。但感官并不是包容一切的东西,更不是首要的认知机能。它们的认识功能与它们的欲求功能(感性),是同时俱在的。它们是感性的,因而它们受制于快乐原则。从这种认知和欲求功用的融合中,产生出感官认知中混杂的、低级的、被动的性质。这使得它不适应现实原则,除非它屈从于理性或理智的概念活动,或者被这些活动所构造。"[1]如弗罗姆所言象征语言是表达内在经验的语言:"什么是象征?一个象征通常被界定为'代表他物的某物',这个定义似乎令人失望,然而,如果我们自己关注对这些看、听、闻、抚摸的感官表达的象征,关注那些代表内在经验、感觉、思考等'他物'的象征,那么,这个定义就会更加引人入胜。这种象征是外在于我们的东西,它的象征物存在于我们的内心深处。象征语言是我们表达内在经验的语言,它似乎就是那种感官体验,是我们正在作的某物或物理世界对我们产生影响的某物,象征语言是这样一种语言,其中,外部世界是内在世界的象征,是我们灵魂和心灵的象征。"[2]

《蛇》采用的正是象征语言,淡化了"色情"意味,由"色情诗"变成了"情色诗",产生至少有五种解读:色情诗、情色诗、爱情诗、思乡诗和哲理诗。这正是它成为一首优秀作品的重要原因。"诗歌疗法"要刺激和满足人的低级情感和高级情感,兼顾人的快乐原则和道德愉快,要尽可能对应马斯洛所讲的人的多种需要。"诗歌疗法"讲座具有"公众性"和"公共性",会受到"社会礼仪"的限制,有些话题只能让受众或病人"意会",不能"言传"。"象征诗"《蛇》是非常合适的"诗疗药品"。"诗的创造是一种非意识的冲动,几乎是生理上的需要……真的艺术家本了他的本性与外缘的总合,诚实的表现他的情思,自然的成为有价值的文艺,便是他的效用。"[3]"惠特曼宣布:'我是身体的诗人,我是灵魂的诗人。'作为'身体的诗人',他大胆地让性进入诗的领域……这种进步冲击了大多数19世纪的美国人,包括爱默生。他的两首写性的诗让很多人难堪和愤怒。两首诗是1860年出版的《草叶集》第三版中的Chil-

---

〔1〕[美]赫伯特·马尔库塞:《审美之维》,李小兵译,广西师范大学出版社,2001年,第50页。

〔2〕[美]埃里希·弗罗姆:《被遗忘的语言——梦、童话和神话分析导论》,郭乙瑶、宋晓萍译,国际文化出版公司,2007年,第12页。

〔3〕周作人:《自己的园地》,岳麓书社,1987年,第17—18页。

dren of Adamt 和 Calamus。"[1]在西方，惠特曼那些既解放肉体心灵又解放诗歌文体的诗作，被作为催眠术和精神心理治疗的良药。《蛇》正是这样的奇特诗作。

台湾学者林于弘认为："在文学典律化的过程中，资源分配是最主要的核心关键，这也就是谁能取得主导文化生产与消费管道的问题。透过典律的形成与典范的塑造，极少数的权威声音不仅能掌控潮流，同时也能影响大多数人的价值判断，因此文学选的编辑与诗人所竞逐的正是此一时空延伸的支配力。"[2]由于中国文学解读长期重视"知人论世"传统，还长期流行过分重视时代背景和作家创作情况的"庸俗的社会学"解读方式，缺乏英美新批评所强调的"纯批评"(pure criticism)及"客观主义批评"(objectivism criticism)。在这样的解读生态中，冯至的"夫子自道"确实起到了"主题先行"的作用，影响了解读者的"期待视野"，甚至对诗作和读者都做了"道德绑架"和"伦理引导"。

30 年来的很多解读，特别是 20 世纪八九十年代的解读都以冯至的这段话为基础，导致一些专家不但重视诗的纯洁性，还上升到哲理的高度。如孙玉石在 1994 年认为冯至是中国现代诗国里的哲人："从二十年代到四十年代，冯至所写的诗，是这位非常值得我们尊敬的诗人纯洁而高尚的心灵的'自白'。冯至是中国现代诗国里的哲人。从哲理性的窗口进入冯至的诗歌创作，是探索这位诗人心灵世界和美学追求的最佳视角。体味和把握冯至诗作哲理性的构成与走向，我们就可以得到一份珍贵的发现，也可以享有一种难得的幸福；并且可以用冯至先生一样亲切沉静的声音，激动而又自豪地告诉我们这些历尽风雨辛酸的一辈和后来的人们：'看啊，怎样一个人！'"[3]即使肯定《蛇》是一首爱情诗，也强调诗的"思想性"，他仍然认为冯至的爱情歌唱里也有哲理因素。"冯至的爱情诗有时引进一种带有恐怖性的意象，显然与他受到的西方现代冷峻的'以丑为美'的美学影响有关。这是他的一首著名的爱情诗《蛇》……诗人把热恋中的'我'的'寂寞'比作是'一条长蛇'，冰冷无言，令人惊惧。这个大胆的意象本身，就有现代诗人的超前性。后面关于蛇

---

[1] Peter B. High. An Outline of American Literature. New York: Longman Inc. ,1986. pp. 72—73.

[2] 林于弘：《台湾新诗分类学》，鹰汉文化公司，2004 年，第 100 页。

[3] 孙玉石：《中国现代诗国里的哲人——论二十年代冯至诗作哲理性的构成》，《北京大学学报》1994 年第 4 期，第 36 页。

衔来梦境象衔一只绯红的花朵的奇想,更冲去了浓重的感情色彩,具有明显的理智性的特征。这种美学追求的智性特点有着波特莱尔的影子。"[1]

实际上波德莱尔非常重视世俗生活和写诗自身的快乐。他曾说:"这不是那种喜欢训诫的道德,那种因其学究的神气、教训的口吻能够败坏最美的诗的道德,而是一种受神灵启示的道德,它无形地潜入诗的材料中,就像不可称量的大气潜入世界的一切机关之中。道德并不作为目的进入这种艺术,它介入其中,并与之混合,如同融进生活本身之中。诗人因其丰富而饱满的天性而成为不自愿的道德家。"[2]"事实上,在这个普遍的错误中,有一种很容易澄清的混乱。某一首诗是美的和正派的,但是它并非因为正派才美。某一首诗是美的和不正派的,但它的美并非来自它的不道德,更准确地说,美的东西并不比不正派更正派。我知道,更为经常的是,真正美的诗把灵魂带向天堂,美是一种强有力的品质,不能不使灵魂变得美好,然而,这美是一种全然没有条件的东西,可以打一个很大的赌,诗人们,如果你们想事先担负一种道德目的,你们将大大地减弱你们的诗的力量。和这种强加给艺术品的道德条件同样可笑的是,有些人想让艺术品接受另一种条件,……科学观念,政治观念,等等……这就是那些错误思想的出发点。那些人说,……观念是最重要的东西(他们应该说:观念和形式是合二为一的东西)自然而然地,不可避免地,他们心中立刻想到:既然观念是最重要的东西,不那么重要的形式就可以被忽视而没有什么危险。结果是诗的毁灭。"[3]他甚至生活在"梦""女人"与"酒"三位一体的浪荡生活中,"颓废"是波德莱尔诗歌的重要特征,也是现代诗歌,特别是现代都市诗歌重要的主题。波德莱尔的诗如马尔库塞所言有"义务解放主观性与客观性之一切范围内的感觉、想象和理智"[4]。"波德莱尔的重要性体现在两个方面:他既是现代诗人之父(father of the modern poet),……也是受到高水平的批评的自我意识的限制和精致化的现代诗人的原型(prototype),保罗·瓦雷里这样写道:'法国诗歌至少上升到了民族前沿,它发现到处都有读者,建立起了现代时代(modern times)的纯粹诗歌

---

〔1〕 孙玉石:《中国现代诗国里的哲人——论二十年代冯至诗作哲理性的构成》,《北京大学学报》1994年第4期,第43页。

〔2〕 [法]波德莱尔:《对几位同代人的思考》,波德莱尔:《波德莱尔美学论文选》,郭宏安译,人民文学出版社,1987年,第101页。

〔3〕 [法]波德莱尔:《对几位同代人的思考》,波德莱尔:《波德莱尔美学论文选》,郭宏安译,人民文学出版社,1987年,第107页。

〔4〕 [美]赫·马尔库塞:《现代美学析疑》,绿原译,文化艺术出版社,1987年,第9页。

(very poetry)。'"[1]

在《蛇》的接受与解读中，出现一种普遍现象：先读文本，感觉是色情诗，再知道作者是冯至，了解到作者是大诗人或大学者，最初印象就有些动摇了，再知道冯至描述这首诗创作过程的这段夫子自道，便坚信这不是一首色情诗了。这种接受现象不仅出现在普通读者的欣赏性阅读中，更出现在专家学者的研究性阅读中。

如果"解读"我所经历的冯至《蛇》的阅读历史及接受经历，不难发现它对现实的新诗解读乃至新诗教育都有重要的启示意义，它至少可以引出几个与新诗细读式批评有关的话题：一、新诗解读及诗歌批评需要解读者敢说话和会说话，现在的诗评家，包括诗歌史家真的是人格高尚和业务过硬的专家吗？有勇气把事情的真相告诉给大家，特别是学生吗？是否有必要提出解读伦理及诗评家的道德建设问题？二、在解读作品时如何坚持本质主义与关系主义各自的原则，有效处理两者的对立关系？三、如何解决作者与读者、作者与文本之间的复杂关系，特别是孰重孰轻问题？四、如何处理读者与文本、解决自由与法则的复杂关系，重视解读的量，特别是如何防止过度诠释甚至误读，又给予解读者解读的自由，让解读者在解读过程中获得解读的快乐？五、如何充分利用解读者个体超常的语言智能及阅读敏感？以上问题可以归纳为一个：如何确立富有"中国特色"和"当下特色"的新诗细读式批评的原则和方法？

诗体是对诗的形式及文体属性的制度化，诗体建设难是百年新诗的最大问题。在大陆学者倡导"诗体重建"不太受欢迎的形势下，由八位诗人在非诗歌中心泰国曼谷创建的小诗磨坊却成绩斐然，产生了全球性的影响，成为新诗史上第三次小诗运动重要的"创作基地"和"交流中心"。小诗磨坊为"诗体重建"提供了经验：把诗体建设视为系统工程，加强与社会联动，重视生产手段、营销方式和传播策略，尤其是要重视诗体的特殊生态，把诗体生态视为和商品生产场一样的交流圈，遵守社会运作系统的基本构建模式，重视知识轴心、权力轴心和伦理轴心，通过整体传播来完成诗体传播及诗体重建的重任。

诗体建设难是百年新诗的最大问题，小诗的诗体建设断断续续，出现过20世纪20年代初期和20世纪80年代后期两次热潮。进入21世纪，一些学

---

[1] Michael Hamburger. The Truth Poetry-Tensions in Modern Poetry from Baudelaire to the 1960s. London: Carcanet New Press Ltd. ,1982. p. 1.

者提出“诗体重建”。骆寒超认为：“在不违反已定形式规范原则的前提下，今后新诗坛要鼓励大家既采用回环节奏型形式写格律体新诗，也采用推进节奏型形式写自由体新诗。而尤其要提倡写这两大形式体系综合而成的兼容体新诗。”[1]吕进认为：“在正确处理新诗的个人性和公共性的关系上的诗歌精神重建；在规范和增多诗体上的诗体重建；在现代科技条件下的诗歌传播方式重建。”[2]大陆诗人周仲器、黄淮、万龙生、王端诚等全力致力于新诗的诗体格律化建设，但是应者寥寥，大陆新诗仍然以自由诗为主。台湾新诗的诗体自由化越来越严重，诗人越来越没有诗体自觉意识。在大陆新诗理论界出现了新诗史上第三次诗体格律化与自由化之争。吴思敬坚决主张：“‘自由’二字可说是对新诗品质的最准确的概括。……这里所谈的与其说是一种诗体，不如说是在张扬新诗的自由的精神。”[3]叶橹甚至认为“诗体建设”是“伪话题”：“有关‘诗体建设’、‘诗体重构’的议论依然时起时伏。这些理论的提倡者虽然都是学养有素的学者，但是我却觉得他们是不是把精力浪费在一个‘伪话题’的理论上了。”[4]

在“诗体重建”并不太受欢迎的形势下，居然出现了全球性的新诗小诗创作热及小诗诗体重建热。如同阿基米得的那句名言“给我一个支点我就可以撬动整个地球”所说，引发新诗史上第三次小诗创作热的“支点”竟然是一个叫小诗磨坊的俱乐部式同仁小团体。它不是出现在大陆、台湾两大新诗重地，而是问世长大于泰国曼谷。“2006 年 7 月 1 日，岭南人、曾心、林焕彰(台湾)、博夫、今石、苦觉、杨玲、蓝焰等(7＋1)八人，象征着‘八仙过海，各显神通’。在小红楼艺苑中的凉亭成立‘小诗磨坊’。随后把凉亭命名‘小诗磨坊亭’。”[5]曾心有首小诗的题目就是《小诗磨坊亭》：“风儿到这里/驻了脚/醉——诗人的自由谈//鸟儿到这儿/停了歌唱/惊——磨坊里磨出的诗”。吕

〔1〕 骆寒超、陈玉兰：《中国诗学(第一部形式论)》，中国社会科学出版社，2009 年，第 730 页。

〔2〕 吕进：《新诗诗体的双极发展》，《西南大学学报》2012 年第 1 期，第 69 页。

〔3〕 吴思敬：《新诗：呼唤自由的精神——对废名“新诗应该是自由诗”的几点思考》，《文艺研究》2011 年第 3 期，第 37 页。

〔4〕 叶橹：《形式与意味》，王珂、陈卫：《51 位理论家论现代诗创作研究技法》，海峡文艺出版社，2012 年，第 86—87 页。

〔5〕 小诗磨坊：《小诗磨坊亭》，http://blog.sina.com.cn/s/blog_4ad87d7b01008pz8.html.

进点评说:“第一个这样的磨坊,难怪风醉鸟惊。”[1]2014年2月7日,小诗磨坊的负责人曾心给我的邮件说:“小诗磨坊成立将近8年,每年出版一本诗集,今年7月份将出版第8本,每本收集240首小诗,共1940首。”采用“生态决定功能,功能决定文体”的文体学研究原理,在小诗文体生成流变全景中分析小诗磨坊的运作策略及传播方式,透析新诗小诗诗体在海外的流传态势,可以为新诗在新形势及新媒体下的“诗体重建”提供经验。尤其是小诗在20世纪初和21世纪初的两次“运动式”繁荣都具有偶然性,都与“传播”休戚相关。两次传播都利用了“名人效应”,都采用当时的“新兴媒体”——大众及流行媒体,前者是大众报刊,后者是网络博客,后者的传播方式更加系统丰富。

“凡文学事实都必须有作家、书籍和读者,或者说得更普通些,总有创作者、作品和大众这三个方面。于是,产生了一种交流圈,通过一架极其复杂的,兼有艺术、工艺及商业特点的传送器,把身份明确的(甚至往往是享有盛名的)一些人跟多少有点匿名的(且范围有限的)集体联结在一起。”[2]在这种交流圈中,生产方式及传播手段十分重要。福柯总结出社会运作系统的基本构建模式:“起源于三个宽阔的领域:控制事物的关系,对他者产生作用的关系,与自己的关系。这并不意味着三者中的任何一组对其他都是完全无关的……但是我们有三个特殊的轴心:知识轴心、权力轴心和伦理轴心,有必要分析它们之间相互作用的关系。”[3]

海外新诗生产及消费存在于这样的社会运作系统中,也形成了一种交流圈。其中知识轴心远远大于权力轴心和伦理轴心,伦理轴心大于权力轴心。小诗磨坊的运作及小诗诗体的传播也遵守社会运作的基本方式,受到三轴心的巨大影响,但是三者的影响力颇有差异。

知识轴心主要指诗的知识轴心,具体包括诗人写诗要过诗的知识关、诗的语言关和诗的技巧关。所以海外诗人比大陆诗人有更强烈的诗人需要学习写诗的意识。如2006年在“鼓浪屿诗歌节”上,针对推崇“诗不可以学”“诗不可以教”和“诗不可以改”的大陆中青年诗人对我、毛翰等新诗教授的不尊

---

〔1〕 小诗磨坊:《小诗磨坊亭》,http://blog.sina.com.cn/s/blog_4ad87d7b01008pz8.html.

〔2〕 [法]罗贝尔·埃斯皮卡:《文学社会学的原则和方法》,罗贝尔·埃斯皮卡:《文学社会学》,王美华译,浙江人民出版社,1987年,第1页。

〔3〕 John McGowan. Postmodernism and Critics. New York: Cornell University Press, 1991. p. 134.

重，一位来自东南亚的老诗人非常愤怒地站起来发言为新诗教授们辩护，他说我们海外诗人不远万里回到大陆，就是想来学习如何更好地写诗，他指责大陆中青年诗人无知而狂妄。

"小诗磨坊"的诗人更有强烈的学习意识，也强调诗需要学，邀请过吕进、陈仲义等大陆诗评家，舒婷、龙彼德等大陆诗人和台湾诗人，诗评家白灵到泰国作专业讲座。小诗磨坊的新浪博客2014年7月25日报道说："留中总会文艺写作学会2014年7月20日在帝日酒店隆重举办了庆祝成立7周年暨《湄河心语》《2014小诗磨坊》新书发布会。会上邀请中国大使馆陈疆文化参赞、中国大陆著名作家陈慧瑛、中国台湾著名诗人林焕彰、著名诗人兼诗评家白灵等，来泰担任文学讲座会的主讲嘉宾。……文艺写作学会全力以赴，……出版了十一本文集（包括今年的《湄河心语》），举办了7次文学讲座会，把中国两岸三地的知名作家、诗人、评论家都请到这个平台来传授经验。……陈疆参赞演讲《传统与创新——谈中西方文艺的美学比较和中国当代文艺的发展趋势》…… 陈慧瑛教授演讲《散文创作之我见》…… 林焕彰演讲《诗，视觉图像的作用——我的写作经验》……白灵演讲《磨坊诗行短，红楼树影长——泰华'小诗磨坊'在台湾诗坛引发的波澜》……出席演讲会还有：……岭南人、……曾心、杨玲、……晶莹、苦觉、……莫凡、温晓云、蛋蛋、……聂进等等。"[1]"小诗磨坊"成员几乎都听了演讲。

这则报道透露出"小诗磨坊"如何运作及小诗为何在泰国繁荣的信息。可以明显地看出"小诗磨坊"也是一个社会运作系统，围绕知识轴心、权力轴心和伦理轴心运作。知识轴心和伦理轴心都与权力轴心有关，甚至可以转化为权力轴心。诗可以是非常自我的艺术，是可以"独善其身的穷者"的艺术，"小诗磨坊"的八位诗人也可以躲进小红楼，自得其乐地闭门磨诗。但是他们又有达者"兼济天下"的"鸿鹄之志"，采用传统与现代的多种传播手段扩大影响，甚至向"权力靠拢"，如请大陆或台湾著名诗评家、诗人为诗选作序，如吕进、张默分别为年度诗选作序。吕进还专门为曾心的数百首小诗作评，强强结合，在台湾和大陆多地出版了《曾心小诗点评》，极大地扩大了小诗及"小诗磨坊"的影响。"小诗磨坊"搞文学活动不仅邀请诗人和诗评家等专家，还邀请政界人士，如中国驻泰国大使馆的官员。

---

〔1〕 小诗磨坊：《留中总会文艺写作学会隆重举办文学讲座与新书发布会》，http://blog.sina.com.cn/s/blog_4ad87d7b0102uy43.html.

自己打造一个平台，获得了基本的话语权，用小平台（小诗磨坊）依靠大平台（留中总会文艺写作学会），再把创作平台扩展为交流平台，把小诗诗人的交流平台拓展为小诗诗人与写其他诗体的诗人的交流平台。如白灵既写小诗，更写其他诗，还写诗评。拓展为新诗文体的使用者与其他文体的使用者的交流平台。如陈慧瑛是著名的散文作家。甚至拓展为文化政治的交流平台，如请陈疆参赞演讲。这个平台可以请外面的人来交流，也可以走出去与外界交流。如小诗磨坊成员岭南人、曾心等人就先后到厦门大学、西南大学等大陆著名大学作学术交流，较好地利用了其他平台，特别是大学的学术平台。

《第十届东南亚华文文学研讨会在厦门召开》报道说："泰国留学中国大学校友总会以廖锡麟主席为团长出席5月24日至26日在厦门、泉州召开的第十届东南亚华文文学研讨会。代表团共有20人，团长廖锡麟……秘书长曾心、团员岭南人……第十届东南亚华文文学研讨会会议课题是'东南亚华文新文学：创作与批评新探讨'。主办单位：厦门东南亚华文文学研究会、厦门大学东南亚华文文学研究中心、泉州师范学院及菲华作家协会等单位联合主办。与会代表有来自新加坡、马来西亚、泰国、菲律宾、印尼、文莱、新西兰、日本、韩国和中国大陆、台湾、香港等160多位，提交大会论文100多篇。……岭南人宣讲的题目：《探讨六行内小诗之诗体建构——从〈小诗磨坊〉说起》……"[1]

2009年11月，曾心参加西南大学中国新诗研究所举办的第三届华文诗学名家国际论坛，提交了论文《论六行内的小诗》，并作为重要专家在开幕式上发表了主题讲演。他在学术发言中有意识地"推介"小诗磨坊："泰国小诗群体的出现是在2003年初，当年中国台湾诗人林焕彰主编泰国的《世界日报·湄南河》，他精心策划，在副刊上增设了一个'刊头诗365'，即一年365天，每天在刊头左上角刊登一首6行之内的小诗。此专栏像一双有魅力的眼睛，吸引了不少诗人投入写小诗的行列，形成一个写小诗看小诗的热潮。在短短三年内刊登了一千多首'刊头诗'，也发表了不少有关六行以内的小诗评论和点评。这是泰华文学史上前所未有的。2006年7月1日在林焕彰和我的共同策划下于曼谷艺苑小红楼的凉亭成立了'小诗磨坊'……三年多来，小诗磨

[1] 小诗磨坊：《第十届东南亚华文文学研讨会在厦门召开》，http://blog.sina.com.cn/s/blog_4ad87d7b0101k8zn.html.

坊每年出版一本《小诗磨坊》诗集，已出版三集，还开了三次发布会，出席会议都在一百多人以上。'小诗磨坊'还开设了博客，正式向全球华文诗坛展开六行小诗的传播工作，点击率已超过十万人次。在这种语境下，我出版了泰华第一本个人小诗集《凉亭》。今年十月中旬，由吕进老师点评的《曾心小诗点评》，在台湾和泰国以不同版本同时出版，台湾版取名为《玩诗，玩小诗——曾心小诗点评》。近两年来，在林焕彰先生的推动下，按泰国'小诗磨坊'的模式，先后在新加坡、马来西亚、菲律宾等地成立了小诗磨坊，共同探讨六行以内小诗诗体。新加坡和马来西亚也先后出版了(新加坡卷)《小诗磨坊》和(马来西亚卷)《小诗磨坊》小诗集。实践证明：'在六行以内的有限篇幅，展现个人内在蕴含的能量，存在着极大的可能性，而大多数诗人也都乐于接受挑战。'(林焕彰语)几年来，六行以内小诗诗体在东南亚各地得到认可、推广和发展，充分显示了'诗体重建'的成功实践。"[1]曾心的这段讲演还透露出一个信息：小诗磨坊振兴小诗不仅有历史渊源，也有现实支持，尤其是得到了大陆和台湾诗界的"权威人士"的有力支持。吕进是大陆"诗体重建"的领袖级人物，又是华文名家诗家论坛的主办者；林焕彰是台湾最重要的小诗诗人，长期生活在东南亚，在东南亚具有较大的影响。这种广告学上的"定位依附"方法使传播效果极好。如这次论坛的"会议综述"所言："由西南大学中国诗学研究中心、中国新诗研究所和《文艺研究》编辑部共同主办的'第三届华文诗学名家国际论坛'于 2009 年 11 月 6 日至 9 日在重庆西南大学举行。……来自海内外 10 多个国家和地区的 150 余位学者和诗人齐聚一堂……泰国曾心结合自己的创作对'六行体'小诗的论析……"。[2]

"小诗磨坊"的成员还积极参加包括大陆在内的各种文学评奖。2014 年 2 月 25 日，《首届国际潮人文学奖(2000—2012)》报道说："热烈祝贺'小诗磨坊'召集人曾心的《曾心自选集——小诗 300 首》诗集，荣获'首届国际潮人文学奖'诗歌奖，这不仅是曾心个人的荣誉，也是泰华'小诗磨坊'的荣誉。此奖的获得，说明了以六行内新诗体'创格'的尝试，获得诗学界的认可。这是很

---

〔1〕 曾心：《论六行内的小诗》，http://blog.sina.com.cn/s/blog_4ad87d7b0100g794.html.

〔2〕 向天渊、杨晓瑞：《从爆破到建构：现代诗学话语机制的转换——第三届华文诗学名家国际论坛述评》，http://xinshi.swu.edu.cn/xinshisuo/shownews.php?id=116&direct=list06.php&bid=6.

可喜的，小诗磨坊同仁加油！”[1]颁奖评语如下：“《曾心自选集》诗集以短诗形式，意象诠释千姿百态的存在镜像，以此表达对生活乃至生命的热爱。其语言精简、质朴，有情趣，可归类为老诗人借物抒情言志的咏怀诗。”[2]

“小诗磨坊”成立才八年，已经建成现代汉诗界最有影响力的小诗交流平台。在权力、知识及伦理保护下的平台可以有效地整合诗歌、文化甚至政治资源，获取最佳的交流效果及传播效果。作为诗人，小诗磨坊的诗人们当然认为自己的首要任务是写好诗。但是作为想通过学习交流把诗写得更好的诗人，尤其是想把一种文体发扬光大的诗人，特别是一个诗群，就不能闭门造车，必须造成影响，既要单兵突击，更要集团冲锋，甚至还要通过搞活动来扩大影响。《泰华作家协会和留中总会文艺写作学会承办第7届东南亚华文诗人大会在曼谷隆重召开》报道说：“由泰华作家协会和留中总会文艺写作学会承办的第7届东南亚华文诗人大会2012年12月8日至9日在曼谷帝日酒店隆重召开。这是东南亚华文诗人聚首和中国两岸四地接轨，促进汉语新诗创作和诗学发展的盛会。来自新加坡、马来西亚、印尼、菲律宾、越南、文莱、缅甸、泰国等代表，和来自中国……等特邀代表共一百多人，欢聚一堂，共同启动一个多元的、具体的诗歌诗学交流的平台。……下午由马来西亚诗人王涛主持，继续演讲有台湾著名诗人林焕彰的《我喜欢的六行小诗——摸索寻找东南亚小诗的路向》……台湾著名诗人、台北化工大学副教授白灵的《小诗风潮之路——从泰华七本小诗磨坊谈起》……泰国崇圣华侨大学中文系副教授范军的《泰华艺苑新葩——小诗磨坊诗艺散论》……泰国著名诗人岭南人的《回首2006年，6月的榕城——给‘第7届东南亚华文诗人大会’》。……并举行了专场的诗歌朗诵会……共朗诵了东南亚华文诗人和中国两岸四地的佳作共28首，其中有泰华小诗磨坊的诗连线《磨坊花语》、林焕彰的《我的岛屿》、岭南人的《柠檬茶的下午》……”[3]从大会的参加者、论文题目及朗诵诗的题目及作者，都可以看到小诗磨坊的身影，“小诗”及“小诗磨坊”成了大会的“关键词”，研究小诗及小诗磨坊成了会议的一大主题。这

[1] 小诗磨坊：《首届国际潮人文学奖(2000—2012)》，http://blog.sina.com.cn/s/blog_4ad87d7b0101ilv3.html.

[2] 小诗磨坊：《首届国际潮人文学奖(2000—2012)》，http://blog.sina.com.cn/s/blog_4ad87d7b0101ilv3.html.

[3] 小诗磨坊：《泰华作家协会和留中总会文艺写作学会承办第7届东南亚华文诗人大会在曼谷隆重召开》，http://blog.sina.com.cn/s/blog_4ad87d7b0101hjha.html.

种全面深入的系统性整体传播让小诗磨坊在东南亚诗坛产生了巨大的辐射作用。

小诗磨坊运作系统中的伦理轴心主要指源自传统的汉语诗歌写作伦理对海外诗人的巨大影响。如泰华作家协会会长梦莉在留中总会文艺写作学会2014年7月20日在帝日酒店隆重举办的庆祝成立7周年暨《湄河心语》《2014小诗磨坊》新书发布会的致辞中说:“泰华文学的源头在中国,但她又不是中国文学的支流。正如司马攻先生所说:‘水源来自中国,河流属于泰国’。今天的文学讲座会,又是一次引中国文学之水,来充实湄南河精神之水,十分有意义。”[1]一直大力支持小诗磨坊的大陆诗评家吕进在《八仙过海——2010年〈小诗磨坊〉序》中提出的“汉语新诗”概念与泰华诗人司马攻的有异曲同工之处,都意识到了“华侨文学”的特殊性。他说:“我想提出一个‘汉语新诗’的概念。汉语新诗在空间上打通的,是国家的疆界、民族的隔离、政治的分割。这是很大的‘言语社团’。这个理念从事实性存在出发,赋予汉语新诗以最辽远的疆界:不仅是中国的两岸四地,不仅是海外华人诗歌,还包括了全世界外国人用汉语写出的诗歌。汉语,而不是国家,不是民族,不是地域,不是政治制度,被认定为汉语新诗唯一的划分依据,这样,汉语新诗就从华人新诗走向了华文新诗,即汉语新诗。汉语,是汉语新诗的身份标志,无论诗人属于哪个国家和民族。……毫无疑义,汉语新诗的发生地在中国,汉语新诗的主体也在中国,在代代相传‘不学诗,无以言’古训的中国,在曾经写下‘以诗取仕’历史的中国。所以,海外诗人和外国诗人写汉语新诗,既有本土情怀,又有中国诗学的穿透和影响。”[2]

中国诗学传统强调诗人必须具有“推敲之功”,强调诗要用典即强调诗人必须学习。“小诗磨坊”正是在强调诗可以学的基础上强调诗可以改——诗必须磨,现代诗学的“磨”即传统诗学的“推敲”。如2006年12月11日妍瑾在《小磨坊》一文中所言:“诗是要用耐心、细心、真心、贴心、交心、痴心……慢慢磨出来的。”[3]2006年12月7日,苦觉在《首度在磨坊里磨诗》一文中记录了小诗磨坊第一次“磨小诗”的完整过程:“二〇〇六年九月十七日早上,曾心

---

〔1〕 小诗磨坊:《留中总会文艺写作学会隆重举办文学讲座与新书发布会》,http://blog.sina.com.cn/s/blog_4ad87d7b0102uy43.html.

〔2〕 吕进:《八仙过海——2010年〈小诗磨坊〉序》,http://blog.sina.com.cn/s/blog_4ad87d7b0100i4qn.html.

〔3〕 妍瑾:《小磨坊》,http://blog.sina.com.cn/s/blog_4ad87d7b010007mt.html.

邀约我们几个文友在小红楼品茶谈诗磨诗。小红楼者，曾心之花园也。……岭南人首先在纸上写下了题为《牛仔裤》的爱情诗，递给我们逐一欣赏，并说道‘今天，我们都来写一首爱情诗吧！’未几，今石、蓝焰、杨玲、曾心和我相续把一首首爱情诗写了出来。……说实在的，人在天涯，已经好久好久没这样热烈地讨论诗了。……小小的磨坊大大的磨/湄河水冲着/磨，悠悠地转动着/小小的诗出来了/一首，接着一首。”[1]

用现代汉语写诗的诗人主要生活在大陆、台湾、香港、澳门、东南亚、北美等地，大陆和台湾是最重要的新诗生产和消费地区。虽然大陆与台湾近年也出现了小诗创作热，但是创作的热度及产生的影响远不如东南亚地区，特别是大陆和台湾都没有出现小诗磨坊这样的诗群，更没有诗人像林焕彰、曾心这样全身心致力于小诗的创作及传播，他们为新诗的诗体重建，尤其是小诗诗体的重建作出了巨大贡献。地域空间、经济政策、政治体制、文化记忆、语言习俗、诗歌传统等原因，形成了不同的诗歌生态，导致新诗文体功能及形态的巨大差异。语言和诗体的相对稳定性和通用性决定了世界各地的华文诗人如果采用现代汉语和已有的诗体写诗，就能够有效地减少这种差异。这是现代汉诗，尤其是小诗诗体能够在世界各地生存发展的重要原因。尤其是体裁的稳定性既可以维护文学传统，也可以为文学的现代化提供文体革命的潜能。如巴赫金认为："体裁才能保证文学发展的统一性和连续性。"[2]近年海外学者造出一个英语词语 Sinophone，通常译为"华语语系"。王德威认为："Sinophone Literature 的概念，最初是由加州大学洛杉矶分校东亚系的史书美(Shu-mei Shih)教授提出的。作为出生于韩国、在台湾接受教育然后留美的第二代华人，史教授希望以此概念抗衡中国大陆的文学生产。我想，Sinophone 这一概念的潜能不止如此。在我看来，华语语系文学及人文视野提供了一个新的批评的界面。由此视之，新加坡不仅是一个人来人往的枢纽(hub)，而且自成一处有创造力的场域(productive site)，凭借其独异的位置与视角，产生新的动能。这和人来了人又走了、或许什么也没留下的‘枢纽’的性质是很不一样的。"[3]如果采用"华语语系"的观念来考察小诗磨坊，特

[1] 苦觉：《首度在磨坊里磨诗》，http://blog.sina.com.cn/s/blog_4ad87d7b010007ii.html.

[2] [俄]巴赫金：《诗学与访谈》，白春仁、顾亚玲译，河北教育出版社，1998 年，第140 页。

[3] 《"华语语系"(Sinophone)的概念提供了新的批评界面：王德威教授专访》，《联合早报》2012 年 9 月 23 日，http://www.douban.com/note/239107395/.

别是把它放在“华语语系”或“华文文学”的大系统中，不难发现它虽然微小，却如一粒钻石发出了耀眼的光辉。因为小诗磨坊是“自成一处有创造力的场域”。

小诗磨坊的成功与诗人们的中国诗学传统和本土情怀有关，尤其是与由两者组成的“跨文化境遇”导致的空间意识有关。小诗磨坊的多位诗人都有在中国大陆长期生活和学习的经历，如曾心毕业于厦门大学，在广东韶关工作生活了多年；苦觉在广西南宁生活过，他说：“以前，在故乡南宁，常常跟文友画友一起喝酒品茶论诗论画。”[1]福柯认为：“从各方面看，我确信：我们时代的焦虑与空间有着根本的关系，比之与空间的关系更甚。时间对我们而言，可能只是许多个元素散步在空间中的不同分配运作之一。”[2]“而当今的时代或许应是空间的纪元。”[3]时空的巨大转换使曾心、苦觉、林焕彰等诗人比完全生活在大陆或台湾的诗人更有想通过小诗诗体建设来拯兴新诗的责任感，同时也有让东南亚成为继大陆、台湾后的新诗重要地区的梦想，因此产生了“时代的焦虑”。由“文化记忆”构建的“文化时空”产生的焦虑成为小诗磨坊成员“磨”小诗的动力。阿斯曼认为：“供给和稳固生物学记忆(das biologische Ged · chtnis)(主要是大脑)的交感区域的两个：一个是社会的相互作用和交流，另一个是借助符号和媒介文化的相互作用。神经网总是与这两个维度相联：社会网络和文化领域。文本、图像和文物古迹等物质表现以及节日、仪式等符号手段都属于后者。正如生物学记忆是在与他人的相互作用中形成和扩展的一样，它也在与文化产品和文化行为的相互作用中发展。这种作为社会记忆(das soziale Ged · chtnis)被构建起来的东西没有确定和稳固的形态，随着时间推移表现出一种充满活力的存在，而文化记忆(das kulturelle Ged · chtnis)的媒介则拥有得到制度保证的稳定性和持久性。在回忆过程中通常同时具备三个维度：神经结构、社会作用和符号媒介都要包括在内，而不同记记层次的区别在于，它们居于中心地位的侧重点各有不

[1] 苦觉：《首度在磨坊里磨诗》，http://blog.sina.com.cn/s/blog_4ad87d7b010007ii.html.

[2] [法]米歇尔·福柯：《不同空间的正文与上下文》，陈志梧译，包亚明：《后现代性与地理学的政治》，上海教育出版社，2001年，第20页。

[3] [法]米歇尔·福柯：《不同空间的正文与上下文》，陈志梧译，包亚明：《后现代性与地理学的政治》，上海教育出版社，2001年，第18页。

同。"[1]小诗磨坊的运作和小诗诗体的传播与神经结构、社会作用和符号媒介相关。他们与其说是文化空间造成的"华侨",不如说是政治空间产生的"新移民",没有像土生土长的华侨那样有巨大的"空间错位"及长期的"时间断裂"。这种错位与断裂常常使华侨诗人赋予自己强烈的传承中华文化和汉语诗歌的使命感。著名华文诗人云鹤 1942 年 4 月生于菲律宾马尼拉,他的《野生植物》写出了这种时空错位及文化断裂:"有叶/却没有茎//有茎/却没有根//有根/却没有泥土//那是一种野生植物/名字叫/华侨"。2012 年 8 月 9 日云鹤去世后,印度尼西亚诗人于而凡的《守夜人——悼云鹤》说:"我们不过是/无悔的守夜人/在荒城一角/抵抗日光灯的荒诞/放弃了火把/我们用固执的火苗/把屈子留下的孤灯/一一点燃"。

小诗磨坊的成功与诗人们"磨"出了好诗有关,也与高度重视传播,尤其是实现了整体传播有关。它的传播优势可以总结为:名人效应、集团冲锋和平台构建与攻关技巧、广告技法和科技手段,还将官方、民间、学院的资源有机地整合。小诗磨坊除采用《泰华文学》等传统纸刊来扩大影响外,还充分利用了电子网络等现代科技传媒工具及手段,尤其是博客在网络诗歌中特殊的传播力量。他们以"小诗磨坊"为名创办了新浪博客。2006 年 9 月 18 日发表了第一篇博文:《嗨! 亲爱的朋友们,欢迎您光临我们的〈小诗磨坊〉BLOG》:"我们的《小诗磨坊》电子版创建了,欢迎你时常过来做客,大家多多交流哦。我们会把最新的作品即时传上来与你一块分享。也希望你记住我们《小诗磨坊》的 BLOG 地址,你可以把她添加到你的收藏夹,也可以把她复制下来告诉你的朋友们,在此先谢了。"[2]到 2014 年 8 月 18 日,共发布博文 2 041 篇。小诗磨坊的分类也很科学,突出重点,兼顾个体。读者不仅可以轻松地读到整个团队的活动情况,还能够读到每个诗人的具体作品。2 041 篇文章具体到每个分类,分别为:岭南人家 154 篇,曾心诗楼 195 篇,焕彰诗院 240 篇,博夫诗斋 217 篇,今石诗屋 156 篇,杨玲诗舫 234 篇,苦觉诗廬 173 篇,莫凡诗馆 157 篇,晶莹诗坛 2 篇,晓云诗坊 3 篇,蛋蛋诗厅 2 篇,磨坊诗情 156 篇,骚人满座 316 篇。这种科学分类非常有利于传播。

小诗磨坊博客还通过"友情链接"与成员及相关部门联结,使来访问小诗

---

〔1〕[德]阿莱德·阿斯曼:《记忆的三个维度是神经维度、社会维度和文化维度》,王扬译、冯亚琳译,[德]阿斯特莉特·埃尔:《文化记忆读本》,北京大学出版社,2012 年,第 43 页。

〔2〕小诗磨坊:《嗨! 亲爱的朋友们,欢迎您光临我们的〈小诗磨坊〉》,http://blog.sina.com.cn/s/blog_4ad87d7b01000641.html.

磨坊的读者可以轻松进入相关人员及机构，尤其是小诗磨坊成员的博客和东南亚各国的华文文学网站。“友情链接”的博客及网站有32家：林焕彰、有生博客、博夫博客、博夫网易、博夫百度、博夫搜狐、杨玲博客、杨玲百度、杨玲网易、冠宇博客、今石博客、刘舟野狼、晶莹博客、蛋蛋博客、晓云博客、泰曼依依、泰华文学、新加坡华文文艺协会、马来西亚华文作家协会、世界文艺出版社、寻根问祖、天堂纪念馆、博夫网、泰华文坛先贤纪念馆、杨玲文学、石勇、海外华文、海外华人圈、珍妮的博客、凡凡海洋、跨越时代和真爱诗社。从其中的“博夫博客、博夫网易、博夫百度、博夫搜狐和博夫网”与“杨玲博客、杨玲百度和杨玲网易”就可以看出小诗磨坊对网络的高度重视。大陆诗人很少像博夫、杨玲这样有多家宣传自己的网络平台。

小诗磨坊还出现了平台效应，产生了中心辐射。小诗磨坊原本只有八个诗人，只是一个小小的小诗创作平台，几年以后却蜚声海内外，成为海内外最著名的“小诗交流中心”。到2014年8月18日，小诗磨坊新诗博客已有107 569次点击，有粉丝84人。不仅吸引了泰华诗人及东南亚诗人，如小诗磨坊博客2009年9月15日发表了菲律宾诗人王勇写于2009年9月10日的6首小诗，总题为《小诗6首》[1]，如第一首《广场》：“无论白天的口号/抑或夜晚的风声/不设界限的/家园　唯有/街灯/一路相挺”，同期还发表了《菲律宾林素玲小诗二首》。

小诗磨坊成员还通过到世界各地讲学扩大影响。如林焕彰到香港、雅加达等讲学“推广”小诗。他的《诗，在我的心里——2008年春天，我在香港找诗……》一文记述了他在香港大学当“驻校作家”传播和写作六行小诗的经历：“在‘驻校’的重点工作中，我把演讲和写作这两项工作看成是最重要的事。演讲有两场，一场院内，是小型的，对象是中文学院教授及博、硕士生；我的讲题定为《六行小诗之美》；小诗用的是我自己现成的作品，但为配合演讲，我用电脑写了两篇短文：《谈小诗——从冰心的〈春水·繁星〉谈起》和《六行小诗之美》。……虽然那个时候我还未动笔写下任何与香港有关的诗作，但根据这段时间，我天天游走所观察、发现、感触、感受的经验，我是有信心可以写出不少和香港有关的作品；同时，为了实践我自己近年有意提倡六行以内的小诗写作、探索六行小诗的新美学，我决定采用六行以内的小诗形式来处

---

〔1〕 小诗磨坊：《菲律宾王勇小诗六首》，http://blog.sina.com.cn/s/blog_4ad87d7b0100f3a1.html.

理这部分作品。4 月 3 日清晨六点半起床，开电脑处理电邮，并开始写诗，而且一口气到中午就用电脑写了五、六首小诗；这不能不说是一个好的开始。此后，我陆陆续续地写，到了 4 月 18 日上午，我即将离开香港前往上海时，已经写下了将近三十首小诗。……直到 6 月 6 日，我才有空档处理在香港写的那些小诗的草稿；经数度修改补写凑成 30 首小诗，题为《般咸道小诗抄》上卷，……我把这部分作品当作是我担任港大'驻校作家'的第一份成果报告，是因为我还打算再写三十首小诗作为《般咸道小诗抄》下卷……"[1]

小诗磨坊还借助外地著名诗人的力量推广小诗。如白灵联合台湾多家诗刊掀起小诗创作运动。2014 年 6 月，白灵在台北告诉我他正在台湾诗坛策划小诗创作活动，已联合了台湾最重要的六家诗刊一致行动。2014 年 7 月 25 日，小诗磨坊博客发表的《留中总会文艺写作学会隆重举办文学讲座与新书发布会》说："白灵演讲《磨坊诗行短，红楼树影长——泰华'小诗磨坊'在台湾诗坛引发的波澜》，他介绍了泰华小诗的发展，在台湾引起的反响，他和林焕彰等台湾诗人将在今年在台推动小诗继续攀登新的高峰，联合台湾六个刊物一起行动，相继推出小诗专辑，同时举行相关座谈会，将华文小诗推广到台湾及各国各地区。这股动力也将回馈到泰华小诗磨坊，使磨坊同仁受到巨大的鼓舞，增强创作的动力。"[2]

三、经典制造

诗本身是最具经典性的艺术。诗是最高的语言艺术，在中外文学史上，诗常常是政治思想改革的前驱，甚至是革命的"号角"。如雪莱所言："一个伟大民族觉醒起来，要对思想和制度进行一番有益的改革，而诗便是最为可靠的先驱、伙伴和追随者。……诗人们是祭司，对不可领会的灵感加以解释；是镜子，反映未来向现在所投射的巨影；是言辞，表现他们自己所不理解的事物；是号角，为战斗而歌唱，却感不到所要鼓舞的是什么；是力量，在推动一切，而不为任何东西所推动。诗人们是世界上未经公认的立法者。"[3]"立法

〔1〕 林焕彰：《诗，在我的心里》，http://blog. sina. com. cn/s/blog_4e0a66690100afnp. html.

〔2〕 小诗磨坊：《留中总会文艺写作学会隆重举办文学讲座与新书发布会》，http://blog. sina. com. cn/s/blog_4ad87d7b0102uy43. html.

〔3〕 [英]雪莱：《诗辩》，伍蠡甫：《西方文论选》，下卷，上海译文出版社，1979 年，第 56—57 页。

者”写出的作品当然应该称为“经典”。诗在富有“诗教”传统的中国更具有经典性。很多中国文人都将曹丕的名言牢记于心:“盖文章者,经国之大业,不朽之盛事。”[1]诗文通常是中国文人实现“铁肩担道义”式兼济天下理想的重要工具。由于新诗与时代贴得太近,20世纪是一个“革命”“运动”和“改革”此起彼伏的动荡时代,诗人一向把自己视为更应该承担天下兴亡责任的社会精英,上天更应该降大任于自己,认为自己更应该是时代的弄潮儿和政治思想文化改革的急先锋。“诗界革命”的领袖黄遵宪、梁启超等都是政治思想改革先锋。新诗早期也出现了政治家与诗人合为一体的普遍现象,如陈独秀、邓中夏、李大钊、郭沫若、周恩来、蒋光慈、瞿秋白……其中有的还是中国新诗史上的重要诗人。这使新诗承担了很多诗歌以外的社会功能,如启蒙功能甚至宣传功能,它的抒情功能,特别是游戏功能受到严重忽视,即新诗具有的高度的严肃性在一定程度上强化了新诗的经典意识。但是由启蒙功能带来的经典意识通常只注重当时的影响,极端轻视作品的未来价值。很多诗作甚至在当时也没有产生较大影响,沦落为政治宣传的工具甚至牺牲品。高度的严肃性甚至束缚了新诗的健康发展,阻碍了新诗经典化。

新诗生长于极端重视“革命”的乱世,既有高度的严肃性、启蒙性、精英性,更有强烈的平民性、抒情性、先锋性。甚至可以说新诗是一种既有经典意识也反对被经典化的特殊文体。新诗是以彻底打倒古代汉诗的“造反者”角色问世的,这种“出生”在很大程度上决定了新诗是一种抵制被经典化的特殊文体。文学革命和新诗革命的主要目的正是要建立平民文学和通俗文学及平民诗歌与通俗诗歌。特别是新诗革命的主要目的是将汉诗从象牙塔中解救出来,建立平民文学,让诗神自由地在贫民窟中巡行。新诗革命是把革新政治与革新文学联系在一起的,甚至认为革命可以解决一切旧问题。如陈独秀发表于1917年2月1日《新青年》第2卷第6号的《文学革命论》下结论说:“今欲革新政治,势不得不革新盘踞于运用政治者精神界之文学。”[2]他的文学革命理想是:“曰推倒雕琢的阿谀的贵族文学,建设平易的抒情的国民文学。曰推倒陈腐的铺张的古典文学,建设新鲜的立诚的写实文学。曰推倒艰涩的迂晦的山林文学,建设明了的通俗的社会文学。”[3]“尽管陈独秀这三条

---

〔1〕 曹丕:《典论·论文》,郭绍虞:《中国历史文论选》,上海古籍出版社,1979年,第61页。

〔2〕 陈独秀:《文学革命论》,《新青年》第2卷第6号1917年2月1日。

〔3〕 陈独秀:《文学革命论》,《新青年》第2卷第6号1917年2月1日。

原则里面融入了胡适对白话文体的设想，但是它更偏重于文学内容方面的要素。陈氏曾在早些时候撰写的一篇文章中表示要把现实主义引入中国，因为他确信，欧洲现代主义文学已经从古典主义和浪漫主义进展到现实主义和自然主义，而且现实主义比自然主义更适合中国的情况。陈独秀的另外两条原则似乎把胡适对白话语言的那种文体上的关注转变成创造新文学这样一种带有更多政治性质的意图，这种新文学应当在内容上更'通俗'、更有'社会性'。"[1]

新诗是多元发生的文体，不仅是政治改革（政治激进主义）和思想文化大变革（文化激进主义）的产物，更是语言大变革的产物。白话成为社会通用语言决定了平民文学及平民诗歌的主导地位。白话运动决定了新诗革命的激进方式和新诗的非艺术地抒发平民情感的功能和无定型诗体与固定诗家语的文体形态，彻底打破了古代汉诗源远流长的两大传统：诗要有体和诗要有"诗家语"。因此新诗革命既是诗的体式的革命，更是诗的语言的革命。在新诗革命时期，关注普通人的情感生活，抒发普通人的情感是新诗的一大功能，要抒发普通人的普通情感，通俗易懂的诗歌形式自然成为新诗的首选，严谨的格律诗体自然会被松散的自由诗体取代。相对稳定的诗体是判定诗歌经典的一大内容，新诗革命只破不立，破了难立，经典诗体格律诗体被取消，新诗又没有建立起自己的诗体，新诗的经典性自然被削弱了。

新诗缺乏经典性与它的时代性太强有关。历史虚无主义者约翰·伯格结论说："过去的整个艺术今天都成为了政治的一部分。"[2]那样的经典是意识形态的产物，通常是伪经典。历史决定经典，经典的确立需要时间和环境。城头变幻霸王旗，你方唱罢我登场，弑父式写作流行，"pass 某某"的口号此起彼伏。这样的时代产生不了经典，即使有经典也无法"确认"。胡适的"八不主义"是新诗的源头，就极端否定经典。1918 年 4 月 15 日《新青年》第 4 卷第 4 号发表了胡适的《建设的文学革命论·国语的文学——文学的国语》把"八不主义"总括成四条："一、要有话说，方才说话……二、有什么话，说什么话……三、要说我自己的话，别说别人的话……四、是什么时代的人，说什么

---

〔1〕[美]李欧梵：《文学潮流(一)：追求现代性(1895—1927)》，费正清：《剑桥中华民国史》，第一部，章建刚等译，上海人民出版社，1991 年，第 502 页。

〔2〕David Bartholomae, Anthony Petrosky. Ways of Reading—An Anthology for Writer. New York: Bedford/St Martins; Pck, 1993. p. 205.

时代的话。"[1]他赋予文学革命及白话文学特别重大的意义:"中国将来的新文学用的白话,就是将来中国的标准国语。造中国将来白话文学的人,就是制定标准国语的人。"[2]胡适的这篇文章极大地鼓舞了致力于新文学建设的新潮文人。百年后的今天,不难发现胡适的预言比较准确,新文学确实为新国语现代汉语的建设做出了特殊贡献,特别是新诗诗人在20世纪的汉语建设上,尤其是在现代汉语的成熟上,发挥了重要作用。但是,正是新诗诗人过分强调自己的语言独创自由和文体独创自由,才使"新诗从我开始"的写作观念泛滥。

新诗在草创期就获得的"通俗化""大众化""青年化""实用化"等文体特征常常使新诗缺乏应该有的艺术性与审美性,缺少诗体及文体的精致与规范。尽管我们不能结论说经典难产生于大众文化和通俗文学中,经典难问世于年轻人之手,实用化的快餐式诗歌更难成为经典,但是我们无法否认经典既具有过去的历史传统,也能够在将来流传后世,即能够称得上新诗经典的作品不但能够在新诗的历史上占有一席之地,也能够在汉语诗歌的历史长河中占有一定的地位。判定经典除了应该具有"时间标准"及历史价值外,更应该具有"艺术标准"及审美价值。即使是那些现在被文学史称为"经典"的新诗作品,也很难过得了第二关。经典更多应该由拥有文化财富和诗歌财富的"资产阶级",至少应该是"小资产阶级知识分子"创造,而不应该出自一穷二白的"无产阶级"之手,即使他们是天才的诗人,也需要将传统与个人才能结合,才能"生产"出被汉诗长河接纳的汉诗经典。

新诗的艺术价值和审美价值的普遍缺失,与新诗太平民化和世俗化,以及新诗人太年轻和无文化休戚相关。新诗是年轻人的文体,写新诗的人大多是青年,特别是在相当长的时期内都是一些文化程度不高的青年,如朦胧诗的名诗人们普遍只有中小学文化,新诗革命时期名气最大的诗人如胡适、郭沫若、俞平伯也只是大学毕业生。百年诗坛青年诗人普遍无知而狂妄,他们的浮躁与激情在特殊时代的革命热情作用下,几乎泛滥成灾,使他们更热衷于凭着情绪的力量和观念的独创性写诗和做人。很多新诗诗人都认为读书越多、文化程度越高、诗歌知识越多,对新诗创作越有害。郑敏在20世纪末

---

[1] 胡适:《建设的文学革命论·国语的文学——文学的国语》,《新青年》1918年4月15日第4卷第4号。

[2] 胡适:《建设的文学革命论·国语的文学——文学的国语》,《新青年》1918年4月15日第4卷第4号。

期"盘点"百年新诗时说:"青年诗人无不以了解当代先锋诗论和诗歌作品为荣,但却不愿逆流而上找到西方先锋思潮与西方文学传统间的血缘及变异的关系。"[1]同样是现代的、年轻的诗人,中国新诗诗人缺乏西方现代诗人那种浓厚的历史意识,太迷信个人才能,太轻视传统,太强调文体革命与文体自由,忽视文体改良和文体秩序;同样是现代诗歌运动,无论在诗的内容变革上多么激进,在文体演变上,西方绝大多数诗人都强调文体改良大于改革。

一些新诗人也想写出流芳千古的诗歌经典,但是总的说来,百年新诗严重缺乏经典意识甚至精品意识,有优秀诗人少诗歌大师,多庸品少精品,堪称经典的诗作更少,新诗"经典化"之路坎坷。新诗"产量"相当高,从 1918 年 2 月《新青年》第 4 卷第 2 期到 1919 年 5 月第 5 卷第 6 期,《新青年》共发表新诗 66 首,译诗 24 首,诗论 3 篇,作者 15 人[2] 1988 年出版的《中国新诗大辞典》就收入了 1917 年至 1987 年 70 年间诗人、诗评家 764 人,诗集 4 244 部,诗评论集 306 部。[3] 不可否认,新诗已经形成了一定的传统,甚至可以说产生了"经典诗人""经典诗派""经典诗体"和"经典诗作",至少可以用"优秀"替换"经典"。新诗的诗体建设是最薄弱的,最无经典性的,也建立起了四种准定型诗体:现代格律诗、散文诗、小诗和长诗。写入流行的诗歌史或文学史的所谓的流派有新月派、七月派、九叶派、朦胧诗派等;优秀诗人和诗作更多,仅在新诗草创期就有胡适的《朋友》、刘半农的《晓》、沈尹默的《三弦》、周作人的《小河》、郭沫若的《天狗》、闻一多的《死水》、朱湘的《王娇》、徐志摩的《再别康桥》、戴望舒的《雨巷》、穆木天的《苍白色的钟声》、卞之琳的《断章》、冯至的《蛇》……

即使在新诗革命最激烈的新诗草创期,也出现了沈尹默的《三弦》(发表于《新青年》第 5 卷第 2 期)这样的堪称经典的传世佳作。这首诗是沈尹默入选中国第一套新文学大系唯一的一首。"这首诗从见解意境上和音节上看来,都可算是新诗中一首最完全的诗。"[4]胡适《谈新诗》论及此诗时说:"新体诗中也有用旧体诗词的音节方法来做的。最有功效的例子是沈尹默君的《三弦》。"[5]

---

〔1〕 郑敏:《胡"涂"篇》,《诗探索》1999 年第 1 期,第 103 页。

〔2〕 祝宽:《五四新诗史》,陕西师范大学出版社,1987 年,第 29 页。

〔3〕 周晓风:《新诗的历程 1919—1949》,重庆出版社,2001 年,第 1 页。

〔4〕 罗青:《从徐志摩到余光中》,尔雅出版社,1988 年,第 249 页。

〔5〕 罗青:《从徐志摩到余光中》,尔雅出版社,1988 年,第 249 页。

散文诗是新诗在草创期流行的一种诗体。徐志摩、穆木天等很多新诗诗人都是先写散文诗而走上诗坛的。刘半农的《晓》标志着中国散文诗文体的问世,《三弦》则是这种诗体成熟的标志,完全堪称新诗中的"经典"。新诗史上的一些经典作品都与某种诗体的出现与成熟休戚相关,再如冰心的《繁星》和《春水》,如果单从诗艺上看,不仅够不上"经典",可能连"精品"甚至"优秀作品"都不配称,但是因为它们不仅是新诗草创期的"小诗运动"的代表作,而且标志着"小诗"这种中国新诗史上少有的几种准定型诗体的问世与成熟,具有相当重要的"历史价值",所以通常情况下,新诗史只能称其为"经典"。由此可以把新诗史的"经典"结论为四种产生方式的结果:著名文体造就的经典,著名诗人造就的经典,著名诗派造就的经典和优秀作品自成经典。前三者,特别是第二者和第三者占大多数,却是最不可靠的。著名诗人、著名诗派和著名诗体是过去百年造就"新诗经典"的重要途径,也是伪经典产生的重要渠道。

以胡适的《朋友》为例。《朋友》是胡适写的最早的新诗之一,最早发表于《新青年》第2卷第6号。发表时,胡适在标题下作注说:"此诗天怜为韵、故用西诗写法,高底一格以别之。"[1]从此以后,"高底一格以别之"的"西诗写法"成为众多中国新诗诗人模仿的对象,分行高低一格书写的印刷书写方式成了百年新诗书写的主要流行方式,无论是现代格律诗还是自由诗,特别是前者,大都采用这样的书写方式。如果从诗的形体上考虑,如诗的分行排列、奇偶诗句间的退后一格高低错落书写、每四句分为一诗节等方面看,新诗采用的这些形体范式都是移植外国诗歌的。先到为君,《朋友》在新诗历史和新诗诗体建设史上,都因为位居"第一"而具有经典地位,更何况它出自新诗创始人胡适之手。因此所有的新诗经典选本和新诗史都无法回避它。它却是一首诗艺粗糙的诗。尽管胡适一向被视为新诗的祖宗,但是他并不是真正的诗人,更不能算是优秀的抒情诗人。他生活不浪漫,情感不丰富,想象不奇特,感性不足理性有余,身上的学者气质远远多于诗人气质,所以他的诗格外重视诗人的"说理"和"叙述",而非"抒情"。"严格地说来——正如周策纵先生所分析——胡先生不是个第一流的大诗人,因为胡氏没有做大诗人的秉赋。好的诗人应该是情感多于理智的,而胡氏却适得其反。胡先生一生的文

〔1〕 胡适:《白话诗八首·朋友》,《新青年》1917年2月1日第2卷6号。

章都清通、明白、笃实，长于‘说理’而拙于‘抒情’。”[1]

1917年3月胡适曾对自己倡导白话新诗作过的努力下过八字评语：“提倡有心，创造无力。”[2]这话虽有些自谦，却有些因眼高手低无力收场的无奈。1936年2月5日，他在《谈谈‘胡适之体’的诗》一文中才冷静反思当年的“行文欲大胆”的“尝试”：“我这14年来差不多没有发表什么新诗……我只做自己的诗(这期间胡适写了较多的“白话化”了的古体格律诗词和旧体打油诗)，现在有很多人，语言文字的工具还不会用，就要高谈创造，我从来没有这种大胆子……要说明所谓‘胡适之体’，如果真有这个东西，当然不仅仅是他采用什么形式……”[3]从《朋友》不难看出，新诗诗人胡适的“新诗的蝴蝶”为什么飞不起来，正是因为他在年轻时太重视“观念的独创性”和“情绪的力量”，忽视“语言技巧”及“新诗的作诗技巧”。这里的“情绪的力量”并不是“情感的力量”，而是青年胡适渴望改革的“智性”力量。新诗革命时期的新诗过分重视诗在文体形式上的散文化、自由化和诗在内容素材上的平民化、世俗化。因此尽管汉语诗歌具有使用意象的传统，诗出侧面，诗酿而为酒等做诗法则早已成为古代汉诗诗人的做诗常识，意象派的代表诗人庞德正是从中国古诗中借鉴了这种传统。但是新诗特别是在新诗革命时期的新诗，根本没有形成西方现代诗歌那样的“现代风格”，在诗的具象、暗示、复活、晦涩上差得极远。《朋友》就是其中的典型，不但缺乏古代汉诗的“诗味”，更缺乏世界现代诗歌的“诗质”。《朋友》之所以不动人，正是因为缺乏“诗人的情感”，特别是“人的情感”，它纯粹是单一事件、单一场景的“写实性”描写。一首诗不能给读者以艺术形式上美的享受和情感上的共鸣，当然不能算是好诗，即使多么具有历史价值，也不能列为“经典”。判断一件艺术品是否是经典，完全应该依据其“美学价值”，特别是被称为人类最高的语言艺术、人的语言智能最杰出范例的诗，更应该强调“诗艺”而非“诗意”，更不能有“非诗”的东西。

在新诗已有百年历史的今天，加强新诗的经典化建设完全具有必要性和可能性。新诗缺乏经典是新诗没有地位甚至缺乏文体“合法性”的重要原因。在解构主义思潮盛行的时代，网络诗歌的繁荣带来了新诗新一轮的世俗化和非经典化。网络使诗歌的生产方式(制造发表方式)和消费方式(阅读方式)发生了非常不利于经典甚至精品诗歌问世的巨变。古代汉诗在内容上追求

[1] 唐德刚：《胡适杂记》，华文出版社，1990年，第97页。
[2] 胡明编注：《胡适诗存》，人民文学出版社，1989年，第7页。
[3] 胡明编注：《胡适诗存》，人民文学出版社，1989年，第418—419页。

"言志抒情",要求写崇高的志向和健康的情感。在形式上追求美,如陆机在《文赋》所言:"诗缘情而绮靡。"[1]在写法上追求"诗出侧面",如刘熙载在《艺概》所说山之精神写不出以烟霞写之。在表达效果上追求"无理而妙",在语言上追求"诗酿而为酒"。可以把这种诗歌观念总结为:诗是间接地抒情言志的,在内容与形式上都追求美的精致的语言艺术。这种"制造经典"的精雕细作的诗歌创作观念已被百年前的新诗革命及百年来的自由诗运动"淡化"了很多。网络诗歌更会"淡化"。在线阅读是一种无精品意识和经典概念的快餐式阅读。网友们成长并生活在消费文化泛滥的读图时代,"网上冲浪"采用的是一目十行走马观花的读图方式。读者根本不需要像读古代汉诗需要的寻找"诗眼"的推敲之功,即使眼前是好诗也因为没有反复细读无法评判是否是经典。诗的写作方式会由书面写作时由诗人先写诗,然后等着发表或出版的"历时性写作"转变成即写即发表的"共时性写作"。这种"共时性写作"使古代汉诗诗人的"两句三年得"的精益求精的推敲之功荡然无存。人机对话、诗人与读者对话、诗人与诗人之间如同两人下棋一样的以诗直接对话成为可能。通常产生灵感的三种方式是长期积累、瞬间激发和梦发。这样的写作有利于激发诗人的灵感,写出好诗。也更可能使诗人急功近利,急于在网上发表,不愿意使用剪刀与磨石,不愿意接受传统的"诗起源于平静中的回忆"的作诗法则,写出的诗粗糙不堪。两位诗人如同网上聊天,以诗相通,有可能出现从语言到诗体的"私语化"和反经典化,一群诗人之间的交流也可能采用如同江湖帮派的黑话那样的"行话",会有自己的"游戏规则",这种多元化写作,可能颠覆已有的文体秩序甚至游戏规则,有利于多元诗歌的建设。但是诗的写作难度也可能因此降低,诗人更会缺乏精品意识和经典意识。事实上,正是近年网络带给新诗诗人前所未有的创作自由,导致了大量"垃圾诗歌"问世。因此在充分尊重诗在写什么上的"多元性""平等性""对话性""游戏性"甚至"狂欢性"的同时,适当强调诗的"艺术性"而不是"诗意性",强调诗的进化的"改良性"而不是"革命性",强调诗的"操作性"而不是"理论性",强调诗的"严肃性"而不是"通俗性",强调诗的"美"而不是"丑"……即强调新诗的经典性而非庸俗性,很有必要。

目前中国社会已经结束了动荡,进入平稳发展时期,新诗又积累了百年建设经验,新诗的经典化建设已有了一定的条件。所以很有必要倡导新诗的

---

[1] [晋]陆机:《文赋》,郭绍虞:《中国历代文论选》,上册,中华书局,1962年,第138页。

经典意识，通过诗歌教育、诗歌研究、诗体建设等手段使新诗经典化道路更平坦。但是必须尊重新诗的文体特性，重视世界诗歌的世俗化潮流。如庞德也认为艺术从不叫任何人做什么、思考什么和成为什么，它的存在如同一片树叶的存在。但是中国诗歌通常认为立意高远境界自出，在诗的说理、抒情和游戏功能中，特别重视说理功能，认为哲理诗人高于抒情诗人，抒情诗人高于语言游戏诗人。但是不能因为倡导经典就极端重视诗的哲理功能，轻视诗的抒情功能甚至游戏功能。新诗高度的严肃性在20世纪80年代中期以后才艰难地打破，才建立起新诗生态的多元格局，甚至可以称为新诗的“民主政治”。强调新诗经典化，极有可能打破这种和谐格局，因此从现代性的世俗性特性出发，新诗现代性建设不能极端地强调新诗的经典性，拔苗助长地打造新诗经典，不能让新诗走上高速经典化的道路。

四、教育培养

中国文学教育很早就形成了重视感悟的传统，如旧式的文学教育格外重视“朗读”“背诵”，有“读书百遍，其义自见”“熟读唐诗三百首，不会写来也会吟”等流行说法。这些说法表面上是在强调“熟能生巧”，强调“博观”，实质上是强调人对文学作品的直接感受力在文学接受中的奇特作用，私塾教育体制下的“旧学”更重视“无师自通”，重视“悟”。不像现代学校教育制度，重视老师的“讲解”。

在近年的文学教育中，出现了极度轻视文学感悟的不良现象。文学教育也不把“熟读唐诗三百首，不会作来也会吟”当成文学专业学生的治学名言。大学文学史和文学理论课程太多，关注文本的作品导读、欣赏和研究类课程太少。文学专业的博士、硕士和本科生都不爱读作品，学历越高的人读理论书越多，读作品越少。很多学生考文学研究生前只读了指定的几本文学史和文学理论教材。文学专业的学生即使读作品，也只读几部经典，采用的也不是感悟式快感美感阅读，而是考据式研究性思想性阅读，常常是为考试阅读，不是为了欣赏阅读。

当前文学教育的落后可以从文学教授群体的现状体现出来。文学教授是文学教育中最重要的人物，文学教授对文学阅读和文学感悟的轻视是造成文学教育落后的重要原因。圣伯夫(1804—1869，法)在《论传统》一文中认为教授不是批评家，他无须注意到所有标新立异之处(批评家应当留意于此)。批评家是个时刻清醒、时刻警觉的哨兵，教授不是时尚文学的鼓吹者和先锋文学的保护者。“他的任务是领人瞻仰圣地，负责看守，所以不可走得太远。”[1]由于过分重视历史经典，忽略当代流行作品，作为中国文学研究的主要力量，文学教授普遍失去了对当前文坛发言的“话语权”，他们只能当文学史家和文学理论家，不能当文学批评家。他们中的很多人如圣伯夫那样迷信经典：“一部经典的含义是本身具有承续性和坚实性；它构成一个整体，确立一种传统，自成章法，故能传诸后世，终古不灭。”[2]像圣伯夫那样过分重视高雅的文学趣味：“必须要有选择，趣味的首要条件……便是不可漫游不止，而应当确定不移地抱守定见。最叫人心里感到腻烦而且最足以破坏趣味的莫过于漫游不止。”[3]即使是知道文学阅读重要性的文学教授，很多人也赞同圣伯夫的观点：“我们认为批评的职责决非单单在于追随大家，步趋他们的光辉足迹，收集、品第、论列他们的遗产，用一切能够帮助我们去进行估价和照亮他们的东西去装饰他们的丰碑。这种类型的批评毫无疑问值得我们的重视：它是严肃的，学术性的，深奥费解的思想，还有所探讨的文本的字面意思，它都得加以说明，洞鉴深隐……做出不刊之论。”[4]尽管圣伯夫强调严肃的学术性阅读，也没有像今天我国的文学教育和文学研究极端轻视文学感悟，他主张文学评价应该在阅读和欣赏中自然产生：“知道如何读书，同时进行评判，不断地欣赏，可谓是批评家的全部艺术。不过这门艺术的内容还有加以比较和仔细注意比较的要点……如此阅读，不受约束。评价将会自然而然地得出；它将从读者的印象之中形成。”[5]在这一点上，今日中国的文学教授比一百多年前的圣伯夫保守。目前文学研究界正泛滥“学术性”文学阅读。这种阅读重经典著作、轻流行作品；重高雅，轻世俗；重思想，轻抒情；重意义，轻娱乐；重评判，轻感悟；重理性，轻感性……把鲜活的文学变成了僵死的文学，败坏了文学专业学生阅读文学作品的胃口，扼杀了文学从业者应该具有

---

[1] [美]雷纳·威勒克：《近代文学批评史》，第三卷，杨自伍译，上海译文出版社，1997年，第61页。

[2] [美]雷纳·威勒克：《近代文学批评史》，第三卷，杨自伍译，上海译文出版社，1997年，第61页。

[3] [美]雷纳·威勒克：《近代文学批评史》，第三卷，杨自伍译，上海译文出版社，1997年，第61页。

[4] [美]雷纳·威勒克：《近代文学批评史》，第三卷，杨自伍译，上海译文出版社，1997年，第57页。

[5] [美]雷纳·威勒克：《近代文学批评史》，第三卷，杨自伍译，上海译文出版社，1997年，第57页。

的热情，剥夺了文学从业者应该有的快乐，完全无助于保护和提高他们的文学感悟能力。

福柯认为任何社会的运作系统都“起源于三个宽阔的领域：控制事物的关系，对他者产生作用的关系，与自己的关系。这并不意味着三者中的任何一组对其他都是完全无关的……但是我们有三个特殊的轴心：知识轴心、权力轴心和伦理轴心，有必要分析它们之间相互作用的关系。”[1]集知识、权力和伦理于一体的大学文学院成了这样一个地方：可以让石头变亮，却会让钻石失去光泽。重文学史和文学理论，轻文学作品和文学创作的大学文学教育不但扼杀了很多文学天才，还将普通文学青年本身就少得可怜的一点文学感悟能力磨损得所剩无几。现在的中学语文教育也极不重视保护和培养学生的文学感悟。目前的学位教育强调学术规范，轻视个体生命的冲动，重视学术积累，迷信书本理论，轻视文学创作文学阅读，特别是文学理论的保守性与文学创作的先锋性尖锐对抗，在很大程度上扼杀了他们的文学天赋，削弱了他们的文学感悟能力。如我在外语系读本科时诗兴大发，读诗时很容易被打动，情感上能够对诗产生强烈的共鸣，艺术上能够真切地感受到诗美。后来读了中文专业的硕士、博士、博士后，当上了文学助教、讲师、教授，理论书读得越来越多，学位越来越高，学问也越做越好，诗却写得和读得越来越少，对诗的感觉却越来越迟钝。

目前很多大学的文学院少有文学创作型教授，很多教授对文学史如数家珍，谈起文学理论也可以头头是道，但是一旦遇到解读或者阐释具体作品，大都束手无策。很多大学的文学院都找不到合适的“文学作品导读”课程或“文学创作”课程，特别是新诗作品导读和新诗创作课程的老师稀缺。在小说、散文和诗歌三种文体中，诗歌，特别是现代诗歌最难教学，文学教授普遍不会解读诗，不敢“教”诗，导致诗歌教育落后。因此出现“中文系培养不出来诗人诗评家，中文系出身的诗人诗评家通常是无师自通的”的流行说法。当前活跃在诗坛上的很多诗人、诗论家都来自外语系，有的甚至还来自理工科专业。如在近年新诗理论界颇有影响的诗歌评论家绝大多数不是毕业于中文系的。

文学作品导读这门课程至少需要小说导读、诗歌导读和散文导读三位高水平的教师，很多大学文学院都感觉到这门课程很重要，却没有开课师资。

---

[1] John McGowan . Postmodernism and Critics. New York: Cornell University Press, 1991. p. 134.

即使开设了，也很难坚持下来。如福建师范大学文学院早在1996年就针对大学一年级学生知道作品太少，无法开设理论课程《文学概论》，为新生开设了一学期的“名师（著名老师）名家（名家作品）”精品课程《文学作品导读》，由孙绍振教授讲散文作品，王光明教授讲诗歌作品，颜纯均教授讲小说作品，效果很好。但是1999年，王光明教授调走后，由孙绍振教授代讲诗歌作品。2004年由我讲诗歌作品，2007年和2009年，我两次因为工作太忙退出，2013年，我因为工作调动完全退出。有的大学即使开设了“文学作品导读”课程，老师也尽可能避免直接面对作品，最害怕“细读”和“细讲”作品，大多采用大讲作品的创作背景、作家的生平等文学史方面的知识和某种文体的原理等文学理论来“蒙混过关”，作品导读课程变味为文学史或文学理论课程。

由于缺乏基本的文学作品阅读量，目前文学专业很多学生都无法准确解读具体作品。我在2005年1月和2006年1月的“诗歌作品导读”期末考试中考查福建师范大学文学院近300个本科一年级学生，分别解读郑敏的诗《金黄色的稻束》和冯至的诗《蛇》，虽然经过了一学期的“诗歌作品导读”课程的教学，由于中学语文老师几乎放弃现代诗歌教学，大学老师不得不讲诗的基础理论，分析作品太少，学生的诗歌感悟能力很难在短期有大的提高，大部分学生仍然不能较好地解读这两首名诗。我在2005年3月和2006年3月评改福建师范大学文学院研究生考试的《文学理论》考卷，报考现当代文学、文艺学和影视戏曲学专业共有数百名考生，绝大多数人都无法解读卞之琳的《断章》和顾城的《一代人》。从2007年到2012年，福建师范大学文学院文艺学和中国现当代文学的研究生入学考试都要考《文学理论》，作品分析题都是现代名诗，由我评卷，发现绝大多数考生都缺乏基本的文学感悟力，既难被诗作的情感打动，更缺乏对诗歌语言的敏感，还发现近年考生的文学感悟力及细读诗作的能力越来越差。

教会学生读文学作品和写文学作品是文学教育的两大任务，大学文学教育必须终结中学文学教育的应试教育方式，采用开放式教学方法，加大学生的文学作品写作量和阅读量，适当重视感悟式快感美感阅读，轻视考据式研究性思想性阅读，唤醒和开发学生的语言智能及审美本能，才能培养出合格的文学从业人员。

单纯而广泛的、直接而主动的文学阅读是培养文学感悟能力的主要手段。文学阅读是低层次的文学鉴赏活动，是文学批评的第一步，读者文学感悟力的强弱决定文学阅读效果的好坏，文学感悟力强的读者正是优秀的读者

(stronger reader)。文学作品通常是情感性的语言艺术,每个人都有一定的感受情感的能力和感受语言的能力,这是文学作品能够接受和传播的基础。杰·温加德(Joel Wingard)认为:"一次完整的文学阅读活动由四个方面相互作用完成,这四个方面是:文本(the text):文学的整套功能(literary repertoire);读者(the reader):文学经历(literary experience);文化关系(culture context):意识形态(ideology);生活经历(life experience):意识形态(ideology)。"[1]读者在阅读活动中占有重要的地位,读者的"直觉"或"直感"决定阅读效果的好坏。文化及文化关系(意识形态)是随着人类社会的发展逐渐形成的,完全不具备生物性特征,但是多次的文化刺激可以培养人对文化的感受力,使人对某种特定的文化符号形成生物性的"条件反射"。"文化关系"不仅体现在文体和文本中,也积淀于读者身上,如"期待视野"对读者的巨大影响,从体裁和题材上都影响着读者,帮助读者完成"文学感悟"。"许多人类知识的体现与交流都是通过符号来进行的,符号就是文化方面设计出来的含义系统,它们把握了重要的信息形式。语言、绘画、数学,这仅仅是为人类生存与生产的目的而在全世界都十分重要的三种符号系统。我认为,原胚运算能力之所以对人有用(或为人所用),其特点之一便是其对文化符号系统的编排具有敏感性。从相反的角度来看,符号系统也许正是在那些其中存在着可供文化利用的成熟的运算能力的活动中发展起来的。尽管某一智能可能会在没有其特殊符号系统的情况下,或在没有其他文化上所设计的区域的情况下起作用,但人类智能的某一基本特征则完全可能会成为其朝向符号系统之体现的'自然'引力。"[2]

杰·温加德还认为文学阅读是积极主动的阅读行为:"除了自我意识(self-conscious)外,一个强大的读者是一个有意的主动读者。当然,如同打网球或者跳舞一样,练习你的脑子要比训练身体要多才行。"[3]文学感悟正是阅读者能够进行积极主动阅读的基础,文学感悟能力强的读者才能够更好地进行文学阅读,广泛的、主动的"文学阅读"正是保护读者的文学阅读天赋、提高文学阅读能力、培养良好的文学趣味,即获得好的文学感悟能力的重要

[1] Joel Wingard. Literature: Reading and Responding to Fiction, Poetry, Drama, and the Essay. New York: Harper Collins College Publishers, 1996. p. 4.

[2] [美]H. 加登纳:《智能的结构》,兰金仁译,光明日报出版社,1990年,第75页。

[3] Joel Wingard. Literature: Reading and Responding to Fiction, Poetry, Drama, and the Essay. New York: Harper Collins College Publishers, 1996. p. 38.

手段。在阅读中，既要重视保护天生的文学敏感，也要重视后天的文学批评能力的培养，既要重视研究性的"思想意义阅读"，更要重视消遣性的"快感娱乐阅读"，前者有利于提高读者的"悟"(理性思考)的能力(洞察力)，后者更有利于提高"感"(感性认识)的能力(感受力)。

回到作品，重视直感，加强文学感悟教育，确实是当务之急，但是不能极端地强调它。特别是在学术性较强的文学研究中，更不能极端强调文学感悟。以培养文学学者为主要任务的研究生教育，更要适度重视。当前中国文学研究界没有质量的感悟式批评太多，其中很多是一些名家在学术会议上不负责任、未做充分准备的"会议发言"和几位学者，以著名学者为主，针对某个话题、某个作品随意写作的"笔谈"，缺乏系统科学的论文和著作，绝大多数学者都没有做学问应该具备的"学贯中西"的知识结构。以现代文学研究为例，正是一些学者强调感悟式的做学问方式，导致了"读后感"式的论文流行。"这些年来，大多数现代文学研究者采用的实际上是一种'读后感'式的论文写作方式，并非真正意义上的学术论文写作。这与我们一味地鼓励追求观点的新颖和观念的独创却忽略学术规范的建立有关。'读后感'式的写作让文学研究中的技术受到鄙视，却让做学问变得容易起来。因为对于读后感来说，领悟、灵感和激情似乎比实证更重要，不需要更多的史料收集，不需要更多的论据支持，只要我们一拍脑袋就会激发出某个极具个性的观点或者看似新颖的思想，论文也就应声而成了。"[1]当然不能把"读后感"方式与"文学感悟"批评相提并论，学术论文写成了"读后感"，也说明作者的文学感悟能力差。但是不可否认，文学研究者过分重视感悟式、印象式批评，会出现太多的"自我言说"式文章，"一家言"式论文会影响文学研究的深度，甚至还会败坏学风，不利于学术规范的建立，还会使学者懒惰，危及他们的特别是青年学人的学术前途。在文学教育中，特别是在专业化、职业化的大学文学教育中，过分强调文学感悟教育，会使学生过分追求文学专业学习的"快感"和"轻松"，削弱学生学习文学理论和文学史的积极性，不利于培养文学专业人才。

"近几十年我碰见过不少的不学文学、艺术、心理学和哲学，也并没有认真搞过美学的文艺理论'专家'，这些'专家'的'理论'既没有文艺创作和欣赏的基础，又没有心理学、历史和哲学的基础，那就难免要套公式，玩弄抽象概

---

〔1〕 魏建：《目睹中国现代文学研究之现状——以2003年的研究论文为例》，《社会科学报》2005年1月20日第4版。

念，你抄我的，我抄你的，以讹传讹。这不但要坑害自己，而且还会在爱好文艺和美学的青年朋友们中造成难以估计的不良影响。”[1]朱光潜的这段话对今天加强文学感悟理论的建设很有现实意义。既要通过增多文学创作和文学欣赏来保护文学专业学生和文学研究者的感悟能力，又要通过大量学习美学、哲学、心理学、历史学、政治学、社会学等理论性学科加强他们的理论修养，培养他们的理论思辨能力，二者兼顾，不可偏废，不可走极端。

在上个世纪90年代，文学理论界为文学创作界开出了提高中国作家素质的良方：“作家学者化”，促进了文学创作的健康发展。今天很有必要提出“文学学者作家化”“文学学者读者化”的口号来改变现状，提高文学研究者的文学感悟能力，完善文学研究者的知识结构。这不仅有助于评论家的专业建设，还有助于评论家的人格建设。近年越来越多的评论家缺乏文学评论行业的“从业人员”应该有的人格力量和专业素养，不敢说真话，更不会说行话，甚至可以结论说目前中国的文学批评行业正在“崩溃”，“评论家”正成为一个十分尴尬的“职业”，不仅很多作家、诗人根本蔑视评论家，普通读者也不相信近年流行的“广告式”的文学评论文章。在2006年10月发生的“著名女诗人被网友恶搞”的事件中，一些网友公开说：“诗人坏，诗评家更坏。”评论家被世俗力量左右，要么屈从于政治，要么屈从于商业，要么屈从于人际，不敢说出文学作品在质量上的“真相”，缺乏最基本的评论写作的伦理。最致命的是评论家没有说出真相的业务能力。很多近年毕业的文学研究生接受的是不重视文学感悟能力的文学教育，即使有进行文本细读的理论方法，也不可能准确解读作品，当然无法发现“真相”。

叶燮在《原诗》中说：“曰理，曰事，曰情，此三言者，足以穷尽万有之变态。凡形形色色，音声状貌，举不能越乎此。此举在物者而为言，而无一物之或能去此者也。曰才，曰胆，曰识，曰力，此四言者，所以穷尽此心之神明，凡形形色色，音声状貌，无不待于此而为之发宣昭著。此举在我者而为言，而无一不如此心以出之者也。以在我之四，衡在物之三，合而为作者之文章。大之经纬天地，细而一动一植，咏叹讴吟，俱不能离是而为言者矣。”[2]“才”强调的正是“文学感悟”，“识”强调的是“知识结构”。今天的文学教育，特别是硕士、博士教育，既要让学生明白当代学者的最大竞争是知识结构的竞争，也要让

---

〔1〕 朱光潜：《代前言：怎样学美学》，朱光潜：《谈美书简》，北京出版社，2004年，第5页。

〔2〕 [清]叶燮：《原诗》，郭绍虞：《中国历代文论选》，第一卷，上海古籍出版社，1979年，第328页。

学生知道文学不是科学，也不是哲学，文学从业者需要激情，甚至需要天赋。以文学教授为主体的文学教育者更要从“才、胆、识、力”四大方面培养文学人才。

大学，尤其是大学文学院的文学教育存在问题，严重影响了新诗的现代性建设；中学语文教育、尤其是现代诗教育问题更大，必须反思。

在中学语文教材中，“现代诗”主要指两方面的诗：一、用现代汉语翻译的外国近现代诗。有的外国诗是用古代汉诗的诗体，如格律体翻译的。如大家非常熟悉的匈牙利诗人裴多菲就写了这样的诗：“生命诚可贵，爱情价更高；若为自由故，二者皆可抛。”它就是用古代汉诗的格律体诗的押韵方式翻译的。我们不把它列入现代诗之列。二、用现代汉语写的诗，即通常所说的“现代诗”，也叫“新诗”。新诗的“新”指新语言、新形式（新诗体）和新内容（新观念、新思想）。近年新诗理论界有一种观点：用“现代汉诗”这一术语取代“新诗”。新诗既强调“新语言”，也强调“新观念”；同样，“现代汉诗”既指语言上的“现代”，即用“现代汉语”写的诗，也指内容上的“现代”，即有“现代意识”的诗。通过对这种诗歌文体称谓的辨析，不难发现中学现代诗教育应该具有“教书”与“育人”两大任务，“教书”指教给学生现代诗的基本知识和基本写法，“育人”指教会学生如何做“现代人”。中学语文教学近年出现“语言工具论”与“人文素质论”两种教育观念的对抗，完全可以通过现代诗的教学让两者和解。

中学语文老师遇到现代诗大多绕开不讲，一些重点中学，也无法进行正常的现代诗教学。最重要的原因是中学老师，包括我们整个中学语文教学系统，都没有意识到现代诗教学的重要性。小说、诗歌、散文、戏剧四大文体的基本知识，每个中学语文老师都应该掌握，因为中学不像大学老师专业分工很细，有专门的小说教授和诗歌教授。从“职业道德”角度讲，他应该懂现代诗，应该教现代诗。从现代诗在教学中，特别是对青年学生的语言智能的培养与情感生活的丰富的意义上讲，中学语文老师更不应该拒斥现代诗。

中学诗歌教育按教育方式可分为完成语文教学任务的课堂诗歌教育与指导学生文学社团及课外诗歌欣赏写作的课外诗歌教育，从内容上可以分为现代诗教育与古代诗教育，其中主要是现代诗教育。很多中学生都有写现代诗的冲动，有的还自发成立了“诗社”。学生想学，老师却不能教，长期存在课堂上“教学难”，在课外校园文化建设中“指导难”的现象。随着近年新课程改革的深入，对人文教育及素质教育的重视，大量各种风格的现代诗入选教材，更加剧了这种矛盾。诗是最高的语言艺术，是人的语言智能的典型范例，通常是歌颂真善美的抒情艺术，非常有利于人的全面成长。中国是世界上最有名的诗国，很早就形成了“诗教”传统。诗歌教育是学校语文课程教育的重要部分，更是学生的课外学习和校园文化建设的重要内容，与学生的德育、智育、美育和心理健康教育等多方面都密切相关，有利于提高学生的文学素养、语言能力、想象力和审美感受能力，还有利于学生健全的人格和健康的心理的培养。即良好的、科学的诗歌教育可以促进学生的全面发展和校园文化的和谐建设。特别是对开发人的语言智能，提高学生的写作能力，促进相关文体的欣赏写作和相关学科的，尤其是艺术类学科的学习，甚至对培养学生做情感丰富、充满爱心和有艺术品位的人，都很有帮助。教学生读诗写诗实质上成了“寓教于美”的人才教育手段。但是学生过分写诗，容易让学生自恋，在性情、人格上出现问题。由于诗歌文体，特别是现代诗文体的特殊性和写作方式的特殊性，在一定程度上会影响文体规范、语言规范的掌握，甚至会影响其他学科，特别是数理化等需要逻辑思维能力的学科的学习。所以一些中学生课外写诗入迷，需要老师正确引导。

近年基础教育中的诗歌教育研究十分落后。我国从事现代诗研究的专家主要在大学任教，不愿意抓诗歌的普及教育工作，中学教师又缺乏研究能力。基础教育与高等教育的体制性脱节，使两者无法扬长避短地合作。国外却普遍重视，针对中小学生编写了大量现代诗知识、理论介绍性读物和诗歌作品赏析性读物，如美国把诗的形式分为 poem's shape（诗的形体）和 the music of poetry（诗的音乐）两部分，把“无形”的诗歌变成了“有形”的诗歌，较好地解决了诗歌“教学难”问题。

让大学从事现代诗研究的专业人士与中学从事诗歌教育的语文教师联合会诊中学诗歌教学难和校园诗社指导难等问题，已成当务之急。要找出当前基础教育中的诗歌教育存在的具体问题，制订出行之有效的解决方法，如由专业的新诗学者撰写一批中学语文教材中入选诗作的“教案性”“导读性”文章和现代诗的其他基础知识方面的文章，在中学语文教学类报刊和诗歌报刊发表，雪里送炭，让中学教师能够进行基本的课堂教学和课外指导。还要让社会意识到诗歌教育在基础教育中的重要性，不仅要改变现在的落后局面，也要让诗歌教育成为中学语文教学，甚至整个中学的人文教育及美育的重要内容。从教学观念、教材教法、教辅读物，从课堂教学和课外学习及中学校园诗社的辅导等方面形成一条龙式的研究和服务，制订出一系列富有操作性的具体方法。

中学出现"现代诗歌教学难"的主要原因是缺乏现代诗基础知识教育,没有基本的理论和具体的方法来支撑教学。很多老师根本不知道现代诗是什么,尤其不知道现代诗的功能与古代诗有差异。

诗的历史源远流长,在尼罗河畔发现的一首诗距今已有三千多年。在诗的长河中,出现了很多诗的定义。有些定义对教学现代诗很有帮助。如美国学者路易士认为:"诗不但是一种特殊的艺术(Peculiar Art),也是所有艺术中最有威力的艺术,除戏剧以外,它是唯一的既需要耳朵又需要眼睛的艺术,是融视觉与听觉于一体的艺术。所有的艺术都需要耳或者眼,但并不是两者都需要。"[1]这个定义是给中外通行的"诗"下的定义,特别是针对讲究韵律的古代诗。

除知道"诗"和"抒情诗"的定义外,中学教师还有必要让学生知道一些"现代诗"定义。如英国诗人华兹华斯认为:"诗是强烈情感的自然流露,它通常起源于平静中的回忆。"[2]这个定义产生于浪漫主义诗歌运动时期,高度重视情感。严格地说它是介于传统诗与现代诗之间的定义。英国诗人艾略特是现代主义诗歌运动的代表诗人,他认为:"诗不是感情的一种释放,而是感情的一种逃离;诗不是个性的一种表现,而是个性的一种逃离。"[3]这个定义说出了抒情性并非现代诗的唯一特性。海外学者林以亮曾说过这样一段话:"现代英国诗人,后入美国籍的奥登(W. H. Auden)曾经说过:'诗不比人性好,也不比人性坏;诗是深刻的,同时却又是浅薄的,饱经世故而又天真无邪,呆板而又俏皮,淫荡而又纯洁,时时变幻不同。'最能代表现代诗的精神。"[4]很有必要把奥登的这个"现代诗"观念告诉学生,让学生明白诗是很平民化的语言艺术,什么题材都可以入诗。2011年,台湾诗人痖弦在郑州和福州作过多场"现代诗"讲座,讲座的题目是"人人都可以成诗人"。中学老师通过诗歌教育必须让学生明白,他们每一个人都可以成为诗人,都可以而且应该写现代诗,都可以"诗意地栖居"。

---

〔1〕 Louis Untermeyer. Doorways to Poetry. New York: Harcourt, Brace and Company, 1938. p. 4.

〔2〕 [英]华兹华兹:《抒情歌谣集1800年版序言》,伍蠡甫:《西方文论选》,下卷,上海译文出版社,1979年,第17页。

〔3〕 T. S. Eliot. Tradition and the Individual Talent. David Lodge. 20th Century Literary Criticism. London: Longman Group Limited, 1972. p. 76.

〔4〕 林以亮:《序》,林以亮编:《美国诗选》,今日出版社,1976年,第4页。

在新诗教学中，教师应该把新诗史上四个诗的定义告诉学生。宗白华认为："诗的定义可以说是：'用一种美的文字……音律的绘画的文字……表写人的情绪中的意境。'"[1]郭沫若认为："诗＝（直觉＋想象）＋（适当的文字）。"[2]"如果我们'怀着爱惜这在忙碌的生活之中浮到心头又复随即消失的刹那的感觉之心'，想将它表现出来，那么数行的小诗便是最好的工具了。"[3]周作人这个定义可以刺激学生写小诗。中学生学写诗，应该先学写小诗，再写较长的诗，不宜提倡中学生写几十行甚至几百行的长诗。先学写讲究一定韵律的准定型诗体新格律诗，再写自由诗。先写"诗出侧面"的意象诗，再写"直抒胸臆"的口语诗。新格律诗可以采用闻一多与何其芳的定义。"诗的实力不独包括音乐的美（音节），绘画的美（辞藻），并且还有建筑的美（节的匀称和句的均齐）。"[4]何其芳认为："我们说的现代格律诗在格律上就只有这样一点要求：按照现代的口语写得每行的顿数有规律，每顿所占时间大致相等，而且有规律地押韵。"[5]

诗是艺术地表现平民情感的语言艺术。现代诗是采用抒情、叙述、议论，表现情绪、情感、感觉、感受、愿望和冥想，重视语体、诗体、想象和意象的现代语言艺术。教学现代诗要重视三个方面：一、内容（写什么）：抒情（情绪、情感）、叙述（感觉、感受）和议论（愿望、冥想）。二、形式（怎么写）：语言（语体）（雅语：诗家语（陌生化语言）、书面语；俗语：口语、方言）和结构（诗体）（外在结构：句式、节式的音乐美、排列美；内在结构：语言的节奏）。三、技法（如何写好）：想象（想象语言、情感和情节的能力）和意象（集体文化、个体自我和自然契合意象）。要给学生讲现代诗的六大特点及与传统诗的差别。一、"自由"（内容与形式）是最大特点。二、情绪性：情绪大于情感，个人化写作。三、意象性：诗出侧面，象征手法，生活意象。四、世俗性：娱乐大于意义，

---

〔1〕 宗白华：《新诗略谈》，林同华编：《宗白华全集》，第一集，安徽教育出版社，1994年，第168页。

〔2〕 宗白华、郭沫若、田汉：《三叶集》，林同华编：《宗白华全集》，第一集，安徽教育出版社，1994年，第217页。

〔3〕 仲密：《论小诗》，杨匡汉、刘福春编：《中国现代诗论》，上编，花城出版社，1985年，第62页。

〔4〕 闻一多：《诗的格律》，杨匡汉、刘福春编：《中国现代诗论》，上编，花城出版社，1985年，第124—125页。原载1926年5月13日《晨报副刊·诗镌》7号。

〔5〕 何其芳：《关于现代格律诗》，何其芳：《何其芳选集》，第二卷，四川人民出版社，1979年，第153页。

追求写作快感,重视写作过程,平民化写作。五、口语性:日常语言、方言。六、多样性:言志诗、抒情诗、叙事诗、哲理诗、图像诗、自由诗、格律诗、小诗等。

为了调动学生学习现代诗的积极性,有必要普及现代诗的有关知识。近30年的现代诗有五大成就:一、参与了中国的改革,促进了思想解放,加快了民主进程。二、发展和丰富了汉语诗歌,特别是丰富了现代汉语诗歌。三、新诗优美了现代汉语,使现代汉语更富有文采和诗意。四、新诗丰富了国人的情感,特别是丰富了普通人的情感,能够"诗意地栖居"。五、新诗记录了国人的生活,展示出国人在改革开放不同时期的生存状态。现代诗有利于培养现代人的五大素养。这五大素养分别是:一、现代情感:重视自然情感和社会情感的和谐。二、现代意识:重视个人意识和群体意识的融合。三、现代思维:重视语言思维和图像思维的综合。四、现代文化:强调保守主义与激进主义的共处。五、现代政治:追求宽松自由与节制法则的和解。现代诗具有三大精神:一、人的真善美情感。二、家国情怀。三、人类价值。现代诗有三大用途:一、言志:启蒙大众,追寻哲理。二、抒情:记录情绪,丰富情感。三、治病:宣泄情感,心理治疗。这些都是应该让中学生知道的"现代诗"教学的基本理念。

中学语文教学要反对极端的"工具"教育与"素质"教育,过去太重视语言工具,现在太强调人文素质。现代诗,特别是中国现代诗的一大特点是与自由,甚至与政治关系密切,十分推崇内容与形式上的"自由",所以有"新诗就是自由诗"的流行说法。这种文体的出现有三个动力:一、人类社会追求自由的特性。二、人追求自由的天性。三、文体追求自由的属性。所以中学现代诗教学重视诗的抒情性和艺术性的同时,要注意现代诗的思想性甚至先锋性,用它来开发学生的创新思维,对学生的人生观和价值观产生影响。

中学语文老师进行现代诗教育,要牢记学校教育的两大任务是教书和育人。具体为:中学教学的五大任务:一、传授知识。二、培养能力。三、健全人格。四、健康心理。五、健美身体。中学语文教学的两大任务:一、教书。语言工具教育大于人文素质教育,常规教育大于创新教育,知识教育大于能力教育。二、育人。人类情感教育大于政治教化教育,改良渐进教育大于改革激进教育。中学现代诗歌教育的三大内容:一、诗的语言。三、诗的知识。三、诗的技巧。中学现代诗歌教育的八大任务:一、全面传授现代诗的基本知识。二、重点介绍现代诗的欣赏方法。三、适当介绍现代诗的常规写法。四、具体讲解作品的内容、形式和技法。五、适当介绍诗人情况和创作背景。六、挖掘学生的情感感受力。七、开发学生的语言智能。八、培养学生的想象力。

中学现代诗教学方法大致归纳为以下几点：整体教育的四大基本原则：一、知识大于感悟。学文学知识：诗歌知识、诗体知识、意象知识；重文学感悟：文学语言、文学情感、文学形式。二、形式大于内容：语言技法分析大于思想内容分析。三、微观大于宏观：文本细读、意象、技法。四、重视教学手段和教学过程：诗意课堂，重视朗诵，建立“诗场”。具体诗作教学的四大内容：一、诗作的相关背景介绍：诗人生平、代表作及诗观、诗作创作情况、相关诗歌知识。二、诗作的主题意义分析。三、诗作的语言形式分析。四、诗作的写作方法分析。文本分析的两大方面：一、诗作的题材和功能（写什么）：情感、情绪、叙事、哲理、氛围。二、诗作的语言和技法（怎么写）：语言：字词（意象）、句子（句式）、诗节（节式）、诗篇（篇式）（结构）。

可以把中学现代诗教学任务简化为诗的知识和诗的技法教学两点。诗的知识教学重点在诗体教学，诗的技法教学重点在意象教学。诗体教学要让学生明白诗体不仅指诗的音乐形式，即韵律，还指诗的排列形式。狭义的诗体指任何一首诗都具有的外在形态及表面形体。广义的诗体指在诗家族中按形体特征划分的具体类型，即非个人化的、具有普遍性的常规诗体。诗体是诗的形体范式，是诗的体裁属性具体的显性表现，是对诗的形式属性制度化后的结果，即规范化、模式化后的诗的语言秩序和语言体式，具有制定做诗法则的意义。

受新诗是打破了“无韵则非诗”等做诗规则的自由诗的观念影响，很多人认为新诗没有诗体。这个观念是严重错误的，它是导致新诗无法教学的重要原因。实际上新诗是有诗体知识及诗体规范的，新格律诗、小诗等诗体还形成了自己的历史。如徐志摩的《再别康桥》和闻一多的《死水》就是他们在1926年提出的“新格律诗”诗体理论的具体实践，讲这样的作品必须讲到诗体知识、诗体历史甚至诗体理论。又如讲卞之琳的《断章》，应该讲明为什么是两行分节，这种排列方式是新诗草创期照搬外国诗歌排列方式的结果。又如让学生知道图像诗是为了更好地表情达意，利用语言符号的图像象征功能和人的图像思维，打破诗的常规排列规则，具有奇特的视觉形式的诗。它又被称为图案诗，在英语诗歌中还有类似的具象诗（concrete poetry）。它的文体特点是形式就是内容，甚至形式大于内容。知道了这些诗体知识，学生就不会认为图像诗是纯粹的文字游戏，不会认为这种诗体没有价值和学习这种诗没有意义。

再以中学生喜欢写的散文诗为例，有必要告诉他们世界第一本散文诗集《巴黎的忧郁》的作者波德莱尔的梦想："写一篇充满诗意的、乐曲般的、没有节律没有韵脚的散文：几分柔和，几分坚硬，正谐和于心灵的激情，梦幻的波涛和良心的惊厥。"[1]还要告诉他们学术界有人认为散文诗属于诗，有人认为它属于散文，还有人认为它是一种独立的抒情文体。

给学生讲一些诗体知识和诗体理论还可以让学生明白自由与法则的最佳关系应该是和解而不是对抗，不仅对他们处理艺术问题有帮助，对他们处理生活问题也是有益处的。中学生处在青春叛逆期，喜欢走极端，不能极端强调没有做诗规则的自由诗。诗体的适当自律会让中学生更好地处理人生中的自由与束缚的关系。

诗的内容与技法都涉及意象，意象分析是中学现代诗教学的重中之重。最基本的是要让学生明白意象手法是"诗出侧面"，可以产生"无理而妙"的艺术效果。意象分三种类型：一、符号性意象。二、象征性意象。三、情感性意象。意象具体为八种意义：一、原始意义。二、文化意义。三、时代意义。四、作者意义。五、读者意义。六、符号意义。七、诗体意义。八、空间意义。可以根据诗作的具体情况选择分析其中的几种意义。

老师一定要跟学生讲学习现代诗的必要性，特别是给学生树立这样的新观念："现代诗是与中学生心灵最亲近的文体。"在教学过程中，老师应该调动学生的积极性，甚至煽动起学生的热情，让学生带着激情来学习。诗歌是情感的语言艺术，也是富有激情的语言艺术，现在很多学生因为学习普通话喜欢朗诵，多媒体教学设备为诗歌教学营造气氛提供了便利。很多名诗都有朗诵音像材料，如中央电视台每年都举办《新年新诗会》，中学教材中的大量诗作都被中央电视台的主持人朗诵过，在不侵犯版权的情况下在教学中可以借用。一些名诗还被谱成歌曲，如讲郑愁予的《错误》，可以播放罗大佑演唱的歌曲《错误》。采用现代教学技术，精心设计课堂，完全可以使教学现代诗的课堂成为最受学生欢迎的课堂，让现代诗成为最受学生欢迎的，最爱读和最爱写的文体。

中学生爱美，要让学生明白现代诗如古典诗词一样可以造就美人。老师

---

〔1〕 亚丁：《〈巴黎的忧郁〉译本序》，波德莱尔：《巴黎的忧郁》，亚丁译，漓江出版社，1986年，扉页。

一定要让中学生知道现代诗更多是年轻人的专利，是年轻人的文体，要告诉他们诗不仅可以培养儒雅气质，还可以影响形体，可以健美身体。现代诗的音乐美、形式美及语言美，会影响人的审美感觉，会影响环境或心情，使人的外形发生变化。艺术和生活有一种相互性，艺术有时候是可以融入生活的，它可以改变我们的生活，甚至外在美，它更可以改变人的内在美。

中学现代诗教学一定要注意中学生的心理健康问题，要让学生通过写诗来减轻青春期的心理压力和情感压力。还要适度强调现代诗的思想性及先锋性。中学生正处在叛逆期，老师不能把一些极端观点告诉学生，尤其是在学生心智不成熟的时候，要考虑学生的现状因材施教。

在教学中一定要针对学生情况补充诗作。近年在吴思敬、毛翰等新诗学者的努力下，中学语文教材中的现代诗的质量大有提高。如青年诗人江非的《妈妈》进入了人教版高中语文教材。人教版中国现代诗歌篇目如下：郭沫若的《天狗》、杜运燮的《井》、穆旦的《春》、邹荻帆的《无题》、蔡其矫的《川江号子》、闻一多的《也许——葬歌》、刘半农的《一个小农家的暮》、痖弦的《秋歌——给暖暖》、江非的《妈妈》、冯至的《蛇》、何其芳的《预言》、陈敬容的《窗》、纪弦的《你的名字》、舒婷的《神女峰》、昌耀的《河床》、郑敏的《金黄的稻束》、李广田的《地之子》、牛汉的《半棵树》、洛夫的《边界望乡》、艾青的《雪落在中国的土地上》、臧克家的《老马》、绿原的《憎恨》、食指的《这是四点零八分的北京》、梁小斌的《雪白的墙》。台湾现代诗人有痖弦、纪弦和洛夫，基本反映出台湾现代诗的成就。但入选的不管是台湾现代诗人还是大陆现代诗人，都有年龄老化的问题，中青年诗人太少。人教版教材如此，一些省区编的教材更有问题。目前中学语文现代诗选编的问题可以总结为四点：一、选诗太注重诗的内容轻视诗的形式，过分注重思想教育价值，轻视艺术价值。二、选诗太重视诗人的名气，轻视诗作的质量。三、没有科学地按现代诗的抒情、言志、治疗三大功能分配诗作，过分重视言志及启蒙功能，过分重视“诗教”，轻视“诗疗”，没有针对中学生的心理特点和年龄层次，选出适合中学生阅读的诗作。四、太重视历史价值轻视当代价值，所选诗作与当前诗坛的创作严重脱节，不能充分呈现当下现代诗的创作情况，导致中学生诗人写诗时学习的不是教材而是诗歌刊物或网络诗歌，因为学习教材选的诗写成的诗投稿时无法发表，这是当下校园诗人与老师对抗的重要原因。诗是最高的语言艺术，汉语现代诗更是一种特殊的新兴文体，更具有“质文代变”的特点，不仅需要专业化的审美方式和审美教育，还需要与时俱进的审美意识和阅读趣味。

也不能过分责怪教材编写者，中国幅员辽阔，城乡差异和地区差异巨大，全国统编教材甚至各省的教材都不可能适应每个中学，更不可能适应每个班级和每个学生。在无法左右统编教材的情况下，中学语文老师就必须意识到教材入选作品的不足，自己要增加作品。特别是讲教材上的具体作品时，有必要增加相关诗作，如讲卞之琳的《断章》，需要把《鱼化石》《无题》《尺八》等他的代表作介绍给学生，不仅可以帮助学生学习《断章》，还可以增加现代诗知识。特别是讲一些思想性太强的作品，如舒婷的《致橡树》过分强调女性独立，甚至被视为“爱的独立宣言”。这样的诗作会影响人的婚恋，所以教舒婷的《致橡树》就非常有必要把舒婷的另外一首诗《神女峰》作为补充读物。《致橡树》思想性太强，与当今时代有些脱节，还因为它的语言太散文化，结构也有些散乱，会误导学生。女性就应该自立自强，但是这种自立自强不是跟男人对抗。我们需要的是“平权的女权主义”，不要“霸权的女权主义”。所以有必要让女中学生接受《致橡树》“诗教”的同时，记住《神女峰》中的名句：“与其在悬崖上展览千年，不如在爱人肩头痛哭一晚。”

教学现代诗必须反对中学教育中的极端化。观念上的极端、思想上的极端，甚至艺术风格上的极端都可能误导中学生。但是单个的作品常常在某个方面是极端的，编教材者无法避免。中学老师完全可以在教学中淡化这种极端。如要讲教材上的一首口语诗，就要找一首意象诗去冲击一下。如果讲哲理诗，就需要抒情诗作补充。讲韩东的口语诗《有关大雁塔》，可以补充庞德的《在一个地铁车站》那样的意象诗。讲卞之琳的《断章》，就有必要找一些比较生活型的、世俗化的诗。中学现代诗教育在知识上、观念上、思想上都要相对平和一些，处理好传统与现代的关系，不能因为是现代诗就极端追求“现代”，但要偏向“现代”。因为我们教的是“现代诗”，不是“古代诗”，我们培养的是“现代人”，最重要的是我们面对的是“现代青年”。

“现代的”中学语文老师的责任是如何让现代诗真正成为与中学生心灵最亲近的文体，让他们成为新一代的“现代青年”。让他们不但懂得现代诗，更懂得如何诗意地生活。这就是中学语文老师的“神圣使命”，也是新诗现代性建设的重要任务。

第三章

建设策略研究

第一节　启蒙现代性建设

一、一大问题

新诗现代性建设要突出的一大问题是“生存问题”。新诗，尤其是今日新诗必须关注“生存”，尤其是人的生存问题。诗不仅要反映和记录现代人，准确点说是当代人的生存境遇，还要给社会和人提供实用的生存帮助。前者可以通过诗的启蒙，甚至宣传功能来完成。后者可以通过诗的抒情功能，甚至治疗功能来实现。

从事专业新诗研究三十多年，读过成千上万首作品。谢宜兴的《我一眼就认出那些葡萄》最让我“过目难忘”。全诗如下：“我一眼就认出那些葡萄/那些甜得就要胀裂的乳房/水晶一样荡漾在乡村枝头//在城市的夜幕下剥去薄薄的/羞涩，体内清凛凛的甘/转眼就流出了深红的血色//城市最低级的作坊囤积了/乡村最抢眼的骄傲有如/薄胎的瓷器在悬崖边上拥挤//青春的灯盏你要放慢脚步/是谁这样一遍遍提醒/我听见了这声音里的众多声音//但我不敢肯定在被榨干甜蜜/改名干红之后，这含泪的火/是不是也感到内心的黯淡”。

2009 年 5 月，我把这首诗推荐给《新诗两百首》的主编，写下了这样的“点评”：“诗的主体意象‘葡萄’让人有‘触目惊心’的阅读效果。全诗由明暗两条线索组成。明线：描述乡村的水果'葡萄'如何变成了城市的'干红'葡萄酒。暗线：抒写乡村的青春少女如何在灯红酒绿的都市中打拼，甚至迷失沉沦。在乡村长大，在城市当记者的谢宜兴特别'关注'那些葡萄——'我一眼就认出那些葡萄'，却有些无可奈何。这是很多有良知的文人在中国经济和文化大转型期的无奈。”

谢宜兴是福建福州的诗人，生活在中国改革开放的前沿地区东南沿海。我也在福州生活了多年，多次在灯红酒绿中见到他诗中的“那些葡萄”，想以诗记录她们的表面精彩实质无奈的都市生活。所以一读到这首诗，便颇有同感。读这首诗时，我很自然地想起了韩东 1994 年 11 月 25 日写的《深圳的路灯下……》。全诗如下：“在深圳的路灯下她有多么好听的名字/'夜莺'，有多么激动人心的买卖/身体的贸易/动物中唯有这一种拥有裸体/被剥出，像煮硬的鸡蛋，光滑/嫖妓者：我的堕落不是孤独的/我的罪恶也很轻微/她引领着一条地狱的河流/黑浪就来将我温柔地覆盖//那坐台女今晚和她的杯子在一起/杯子空了，她没有客人/杯子空了，就是空虚来临/她需要暗红色的美酒和另一种液体/让我来将它们注满，照顾她的生意/让我把我的钱花在罪恶上/不要阻挡，也不要害怕/灯光明亮，犹如一堆碎玻璃/让我将她领离大堂//我欣赏她编织的谎言/理解了她的冷淡/我尤其尊重她对金钱的要求/我敏感的心还注意到/厚重的脂粉下她的脸曾红过一次/我为凌乱的床铺而倍感惊讶/我和橡皮做爱，而她置身事外/真的，她从不对我说：我爱。”这两首诗给我带来了“读诗后遗症”——每次去卡拉 OK 等都市娱乐场所或养生场所，我都会不由自主地想起谢宜兴的“葡萄”与韩东的“夜莺”。

我 1990 年研究生毕业后从重庆到兰州工作，1996 年到福州工作，1999 年到北京学习，2004 年到福州工作，2013 年到南京工作。对各地的诗歌生态及诗人的创作风格比较了解。尤其是在中国的内陆地区大西北的甘肃兰州生活了多年，对甘肃诗人的生存状态与写作状态十分了解。2014 年 6 月，李少君约我写全面介绍甘肃诗坛的文章，我的题目就是《写作是一种生活》。我一开笔就这样写到：“'写作是一种生活'，这句话也是甘肃甘南诗人敏彦文新浪诗歌博客的博客名。我认为它恰好呈现出甘肃当代诗坛写作的一种'状态'或甘肃诗歌的一种'特质'。20 世纪 90 年代中期甘南诗人阿信有句名言：'在西部，活着是首要的，写诗是次要的。'在 90 年代初期，他还写过这样的诗句：'我们无法安慰这个世界/这个世界/也无法安慰我们''我们面对着整个冬天/马们面对干草'。”在新世纪，仍然生活在甘南大草原的阿信写出了名作

《山坡上》，也写出了他这种诗人的生存状态："车子经过/低头吃草的羊们/一起回头——//那仍在吃草的一只，就显得/异常孤独。"

虽然阿信的《山坡上》也打动了我，但是远没有甘肃定西诗人牛昌庆的《妹妹的电话》让我"难受"，读时有一种"触电"的感觉。全诗如下："早晨，乡下的妹妹打来电话/问县城念书的两个女儿/开学报名要多少钱/两千四可能就够了，我说/我去信用社贷款，周一了捎上来/等家里的苞谷粜了再还人家/她说着便挂断了我的叹息/妹夫年十五没过就去了内蒙铁矿/他不是候鸟，却候鸟一样漂泊/春天走的更早，冬天回来的更迟/五十岁了，他穿着我穿过的衣服/破旧发白，这么说还真是一只/面容苍老羽毛凌乱的候鸟//窗外北山的残雪已经消融/春天就要来了，我在心里轻叹/春天它不需要颂词/也拒绝给我诗意"。这首诗让我想起维特根斯坦的名言："想象一种语言就意味着想象一种生活形式。"[1]还想到了加缪的感叹："荒谬产生于人的需要与世界无理的沉默之间的冲突"[2]

牛昌庆的《在乡下　生命重新返回植物生长的过程》也曾让我"沉重"。全诗如下："乡村的一天　结束于/毛驴、羊群和亲人们疲沓的回家的脚步/夜色　从四野向村庄弥漫而来/仿若纯粹虚无的黑绸缓缓升起/一星微弱的光亮　在黑暗的镜中/看见自己遥深的面容/幽静　它听到了秋叶落在柴草上的叹息/亲人们以河流的形式/舒展着因劳累紧绷的身骨/梦里是来日的农事、城市中读书打工的儿女//和秋天所有的事物一样/十月之末　我再次回到乡下老家/在乡下　生命重新返回植物生长的过程/简单而又缓慢/在乡下我轻轻合上向世俗张望的窗户/守着今夜的寂静与黑暗。"

我动情地写下了这样一段读后感："这首诗巧妙地写出了在城市生活的游子回到纯朴老家的真情实感，也写出了对都市生活及现代文明的反思，甚至可以归入'生态诗歌'。最后一节写得十分精致，特别是'和秋天所有的事物一样/十月之末　我再次回到乡下老家'两句诗，诗出侧面，意象准确。诗人写我'和秋天所有的事物一样'，是因为秋天既是收获的季节，在甘肃农村，农村孩子考上大学并在城里工作应该算得上'有出息'，是乡亲们羡慕的'城里人'，老家应该'收获'我这位在外工作生活且事业有成的孩子，我也应该有

〔1〕［奥］维特根斯坦：《维特根斯坦全集 8 哲学研究》，涂纪亮主编，涂纪亮等译，河北教育出版社，2003 年，第 14 页。

〔2〕［英］莱恩・多亚尔、伊恩・高夫：《人的需要理论》，汪淳波、张宝莹译，商务印书馆，2008 年，第 10 页。

‘光耀祖宗，衣锦还乡’的‘自豪感’。秋天，特别是甘肃十月之末，也是自然界万物开始萧条的时节，树叶开始枯黄撒落，与游子思归落叶归根的意义暗合，即‘十月之末’是悲秋、乡愁的时节。所有人回到老家都可以在父母前撒娇，都可以在老屋变成小孩，所以‘在乡下　生命重新返回植物生长的过程’，‘在乡下　我轻轻合上向世俗张望的窗户/守着今夜的寂静与黑暗’。深秋回老家的行为，在诗人眼中是一次灵魂的朝拜行为，老家才是人类最后的净土，只有回到老家，灵魂才可以安静，才可以摆脱尘世的喧嚣，获得心灵的自由。‘我轻轻合上向世俗张望的窗户’一句特别巧妙，尤其是‘窗户’如神来之笔，既指老家老屋陈旧的‘窗户’，也指诗人的‘眼睛’，还可以指诗人‘心灵的窗户’或‘世俗的诱惑’。诗人没有说他为了追求世俗生活，最后还是离开老家回到了城市。在现代化狂潮中，几乎每一个回到老家的人都不得不离开，甚至很多人的乡村老家随着城市化进程的加快已消失了。所以这首诗又给人沉重感，让人不得不思索当代乡愁是什么，反思人类的漂泊在当代生活中有何意义，它们是地理上的还是文化上的，是情感上还是语言上的，是时空的还是心理的？”

无独有偶，生长于庆阳，现在兰州工作的甘肃诗人牛庆国的《睡在老家的炕上》也让我感动过。全诗如下：“在爷爷奶奶睡过的炕上/睡着父亲和母亲/在父亲母亲睡过的炕上/睡着我和村里的一个姑娘/半夜里盘腿坐在炕上/仿佛八辈子的祖宗/都坐在我的周围/他们要看我生下儿子/睡在我睡过的地方/有时　我真怕眼睛一闭/就会成为头白得像面碗一样的爷爷/因此　即使在梦里/我也睁着眼睛/我要看看谁会在我睡着的时候/一把推开土炕　走出门去”。他的《回家小记》也让我感受到生活的真实：“把落在桌面上的尘土擦一擦/也把坛坛罐罐背后的灰尘扫一扫/把那些陈年旧事中/淡淡的不快轻轻扫掉//把火炉筒子敲一敲/把积攒的烟尘抖一抖/把堵在烟囱里的疙疙瘩瘩/一一捅掉//把玻璃擦擦/把雨点擦去　把雪花擦去/把沙尘暴刮来的土擦去//再给父亲理理发吧/真想把可怜的几根黑发留下/把越来越多的白发全都剪掉/但我还是把白发黑发一起剪短/让那些黑黑白白的日子慢慢再长//除此之外　我还能再做些什么/从几百公里外的兰州回到乡下/一个犯了错的孩子/用努力做事希望得到父母的原谅/愧疚　就这样让一个人变得勤快”。

长期生活在甘肃，现在生活在重庆的娜夜的《手语》也曾打动我。全诗如下：“两个哑孩子在交谈　在正午的山坡上/多么美　太阳下他们已经开始发育的脸/空中舞蹈着的：手/缠绕在指尖的阳光　风　山间溪水的回声//突然的/跳跃/或停顿/多么美//——如果没有脸上一直流淌着的泪水”。让我震惊的是最后一个诗句，画龙点睛又出其不意，让我猛然想到了生活的艰难。

这些直面生活，关心民生的诗常常让我想起卡西尔的一段话：“政治生活并不就是公共的人类存在的唯一形式。在人类历史中，国家的现有形式乃是文明进程中一个较晚的产物。早在人发现国家这种社会组织形式之前，就已经作过其它一些尝试去组织他的情感、愿望和思想。这样一些组织化和系统化的工作包含在语言、神话、宗教以及艺术之中。如果我们想要发展人的理论，就必须采纳这种更为宽广的基础。国家无论怎样重要，并不是一切。它不可能表达或囊括人的所有其它活动。诚然，这些活动在其历史进展中是与国家的发展密切相关的，在许多方面它们是依赖于政治生活的形式的。但是，尽管它们并不具有独立的历史存在，却仍然具有它们自己的目的和价值。”[1]

研究诗的两大基本问题——诗人是什么和诗是什么 30 年后，我非常赞成台湾老诗人痖弦的“人人都可以成诗人”的观点。他曾以此为题在河南、福建等地做讲座。我给诗下的定义是：诗是艺术地表现平民情感的语言艺术。我给现代汉诗下的定义是：现代汉诗是用现代汉语和现代诗体抒写现代情感及现代生活，具有现代意识和现代精神的语言艺术。这两个定义都受到了一句名言的影响。那句名言是：真实是诗人唯一的自救之道。

我研究人类诗歌史后发现，对诗人的定义有一个世俗化的过程：从神到代神说话的人，再到优秀的人，再到普通的人。现存最早的诗歌是在尼罗河畔发掘出的，它是一位女人写的爱情诗。创作时间大约在公元前 1567 年到 1085 年。这说明诗人是普通人，诗是普通人的艺术。但是柏拉图认为诗人是代神灵说话的人。他说：“凡是高明的诗人，无论在史诗或抒情诗方面，都不是凭技艺来做成他们的优美的诗歌，而是因为他们得到灵感，有神力凭附着。科里班特巫师们在舞蹈时，心理都受一种迷狂支配；抒情诗人们在做诗时也是如此。他们一旦受到音乐和韵节力量的支配，就感到酒神的狂欢，由于这种灵感的影响，他们正如酒神的女信徒们受酒神凭附，可以从河水中汲取乳蜜，这是她们在神智清醒时所不能做的事。抒情诗人的心灵也正像这样，他们自己也说他们像酿蜜，飞到诗神的园里，从流蜜的泉源吸取精英，来

---

[1] [德]恩斯特·卡西尔：《人论》，甘阳译，上海译文出版社，1985 年，第 81—82 页。

酿成他们的诗歌。"[1]"诗人是一种轻飘的长着羽翼的神明的东西,不得到灵感,不失去平常理智而陷入迷狂,就没有能力创造,就不能做诗或代神说话。"[2]

"约翰·丹尼斯在1704年就提出诗歌起源于情感,特别是宗教情感的理论:'就像原因产生其结果一样,宗教首先产生(诗歌)……因为宗教的奇迹自然地赋予它们伟大的激情,而伟大的激情则自然赋予它们以和谐、修饰性的语言……。劳斯主教进一步发展了类似的理论。而斯梯尔在他的第51期《旁观者》上所说的'最初的诗人出现在神坛上'的观念,经常与神灵凭附的古老观念以及朗吉努斯强调激情的重要性的观念结合在一起,成为18世纪后半叶相当流行的看法。"[3]

在19世纪初,拉马丁提出"诗是正经的生活"。"拉马丁是那个时代唯美主义思潮的化身,……1839年,他为自己的观点和行为辩解道,诗歌的使命就是歌颂理智,也即用逻辑推理去歌颂精神状态和经历,既歌颂欢乐,也颂扬低沉。到1849年,他又认为诗并不是歌颂理智的,而是像教堂那样,向人们传播福音。他写道,诗既不是赞歌,也不是挽歌,而是实在的、正经的生活;正如歌属于日常工作一样,诗也属于生活。"[4]

世界文学的"现代运动"最早的是1800年英国的浪漫主义运动。"这个运动的重要性在于它是过去文学与现代文学的一大转折点。"[5]"浪漫主义者更重视的是感情、想象,而不是古典主义的理智,感觉取代了理由……谁感觉对就对,决不否定自己的直觉。济慈在他的一封信中说,'我只忠实于自己的心灵感受和想象的真实,想象力获得的美就是真。'自然,浪漫主义不相信理性和科学。"[6]正是对社会的世俗生活及人的自然情感的重视,才有了华

---

[1] [希腊]柏拉图:《伊安篇》,伍蠡甫、胡经之:《西方文艺理论名著选编》,上卷,北京大学出版社,1985年,第7页。

[2] [希腊]柏拉图:《伊安篇——论诗的灵感》,柏拉图:《文艺对话集》,人民文学出版社,1963年,第8页。

[3] [美]艾布拉姆斯:《镜与灯——浪漫主义理论批评传统》,袁洪军、操鸣译,中国社会科学出版社,1991年,第119页。

[4] [美]H. M. 卡伦:《艺术与自由》,张超金、黄龙保等译,工人出版社,1989年,第452—453页。

[5] G. S. Fraser. The Modern Writer and His World. London: Penguin Books Ltd., 1964. p. 12.

[6] Charles R. Hoffer. The Understanding of Music. Belmont, California: Wadsworth Publishing Company, 1985. pp. 276—277.

兹华斯那个著名的诗的定义和诗人的定义:“诗是强烈情感的自然流露。它起源于在平静回忆起来的情感。”[1]“诗人是以一个人的身份向人们讲话。他是一个人,比一般人具有更敏锐的感受性,具有更多的热忱和温情,……能更敏捷地表达自己的思想和感情,特别是那样的一些思想和感情,它们的发生并非由于直接的外在刺激,而是出于他的选择,或者是他的心灵的构造。”[2]甚至还有惠特曼这样的“歌颂肉体”,重视“身体写作”的诗人。“惠特曼宣布:‘我是身体的诗人,我是灵魂的诗人。’作为‘身体的诗人’,他大胆地让性进入诗的领域……他的两首写性的诗让很多人难堪和愤怒。两首诗是1860年出版的《草叶集》第三版中的Children of Adamt和Calamus。……惠特曼让他的文体适合他想传达的信息和他希望拥有的读者,他的写作不采用通常的诗的修饰(poetic ornaments),采用朴素文体,因此普通读者可以读懂。他坚信美国将在人类的未来中扮演特殊角色,尽管他经常指责美国社会,但是他肯定美国民主的成功是人类未来幸福的钥匙。”[3]惠特曼不但关注个体的美国人的生存问题,还关心群体的美国人的生存问题,关心“国家的生存问题”。

我研究新诗,也有拉马丁那样的由唯美主义到现实主义,甚至到“庸俗的现实主义”的转变。1999年,我以《诗是艺术地表现平民性情感的语言艺术》为题,强调对“平民生活”的重视。2006年,我以《诗是正经的实在的生活》为题,强调诗人应该重视“现实生活”。我的新诗文体学研究,也经历了体裁文体学、功能体裁文体学和生态功能文体学三个阶段。具体为:第一个阶段一心想弄清诗是什么,注重诗的本体研究,强调文体的语言学研究。第二个阶段初步意识到诗的文体受到诗的功能的影响,将语言学研究与社会学研究结合。第三个阶段深刻地意识到诗的生态决定诗的功能,诗的功能决定诗的文体,高度重视社会学研究。近年开始了“新诗生态田园调查”项目,计划录音采访诗人、新诗理论家、新诗教师、新诗编辑和新诗读者各一百名,试图以此找出新诗、新诗诗人和新诗诗坛的“真相”。

---

[1] [英]华兹华兹:《抒情歌谣集1800年版序言》,伍蠡甫:《西方文论选》,下卷,上海译文出版社,1979年,第17页。

[2] [英]华兹华兹:《抒情歌谣集1800年版序言》,伍蠡甫:《西方文论选》,下卷,上海译文出版社,1979年,第11—12页。

[3] Peter B. High. An Outline of American Literature. New York: Longman Inc., 1986. pp. 72—73.

研究新诗文体30年,人的生存问题如幽灵一般,不仅始终徘徊在新诗的大地上,困扰着许多诗人,也同样困扰着我这样的新诗学者。因为大学念的是外语系,深受波德莱尔、叶芝、庞德和艾略特等现代派诗人的影响,还迷恋过阿波里奈尔等超现实主义诗人,自然对当时一统大陆新诗坛的"现实主义""深恶痛绝",在我成长的70年代和80年代初,尽管当时诗坛强调现实主义与浪漫主义结合,尽管当时已经有"朦胧诗",甚至有稍后的"实验诗""新潮诗"。但是在当时我们这批外语系大学生诗人眼中,那些都是现实主义的落后东西,根本没有一点现代主义的味道。那时的我们是极端的"崇洋媚外"者。在改革开放之初,流行一句话:外国的月亮都是圆的。这句话就是用来嘲笑我们这些正在中国接受美国教师教育的外文系学生的。那时还没有"海归",我们是最早接受西化教育的"文革"后的大学生。上个世纪80年代是"精英"时代,大学生被称为"天之骄子",几乎被社会"宠坏"了,我们每个人都自以为是超人(super man),既然是"超人",就应该有超人的生活方式——那就是远离尘嚣,超凡脱俗的生活方式。

那时我们学西方学得一知半解,后来才知道超凡脱俗的生活方式并非西方现代人追求的生活方式,西方人在近现代更追求世俗生活的高质量。所以"实用主义""存在主义"成为大众哲学。形而上的哲学也向形而下的哲学转变。西方古典哲学关注的那几个基本问题:"人从哪里来""人到哪里去""人为什么存在""人怎样活着才有意义"……在现代哲学家眼中已不重要,他们更关注的是人的基本生存问题:人如何"介入"社会?人为何会生活在荒诞中?人如何有意识地提高生活质量?

阿德勒在《生命对你意味着什么》一书中把一切人类问题归为三大问题:职业类、社会类和性类,认为三者构成了生命的三项任务。他指出:"任何人的生活都受限于三个约束,而且他必须考虑到这三个约束。它们构成了他的现实,因为他面对的所有问题都源于这三个约束。由于这些问题无时无刻不缠绕他,他因此总是被迫回答处理这些问题。从他的答案里,我们就能发现他对生命意义的看法。我们都生活在地球这个小行星上,而非其他地方。这是第一约束。我们尽量利用地球上的各种资源和限制而生存。第二个约束就是:无人是人类的唯一成员,我们身边有其他人,我们与他们息息相关。我们还受限于第三个约束……这三个约束构成三大问题:第一,我们的地球家园有种种限制,怎样在此限制下找到一个赖以生存的职业呢?第二,如何在同类中谋求一个位置,用以相互合作并且分享合作的利益?第三,人有两性，人类的延续依赖这两性的关系，我们如何调整自我以适应这一事实？个体心理学发现，一切人类问题均可主要归为三类：职业类、社会类和性类。”[1]阿德勒还认为：“在此，我们可以发现所有错误的‘生命意义’的共同之点和所有正确的‘生命意义’的共同之点。所有失败者——神经病患者、精神病患者——之所以失败，就是因为他们缺少同类感和社会兴趣。他们在处理工作、友谊和性生活中的问题时，都不相信这些问题能通过相互合作得到解决。他们所赋予生命的意义是一种个人所有的意义。那就是：任何人都不能从个人成就中获益。这种人成功的目标实际上仅仅是谋求一种虚假的个人优越感，而他们的成功也只对他们自己有意义。”[2]

美国哲学家杜威甚至提出了“教育即社会”这一极端重视教育的实用性的口号，它的直接后果是美国的科学技术突飞猛进，国富民强。杜威在《艺术即经验》中甚至也强调艺术的科学性及实验性：“……外行的批评家有这么一种倾向：他们认为只有实验室里的科学家才做试验。然而艺术家的本质特征之一就是：他生来就是一个试验者。没有这一特征，他就只是一个拙劣的或高明的学究而已。一位艺术家必须是一位试验者，因为他不得不用众所周知的手段和材料来表现高度个性化的经验。这一问题不可能一劳永逸地得到解决，艺术家在每一项新的创作中都会遇到它。若非如此，艺术家便是重弹老调，失去了艺术生命，正是因为艺术家从事试验性的工作，所以他才能开拓新的经验，在常见的情景和事物中揭示新的方面和性质。”[3]

奥登也提出了诗“纯洁而淫荡”的理论，被视为具有“现代诗精神”。奥登说：“诗不比人性好，也不比人性坏；诗是深刻的，同时却又浅薄，饱经世故而又天真无邪，呆板而又俏皮，淫荡而又纯洁，时时变幻不同。”[4]林以亮读了奥登这段话后认为这最能体现“现代诗精神”。他还感叹说：“老实说，五四以来，中国的新诗走的可以说是一条没有前途的狭路，……中国旧诗在形式上限制虽然很严，可是对题材的选择却很宽：赠答、应制、唱和、咏物、送别，甚至讽刺和议论都可以入诗。如果从19世纪的浪漫派的眼光看来，这种诗当

〔1〕［奥］阿尔弗雷德·阿德勒：《生命对你意味着什么》，周朗译，国际文化出版公司，2007年，第10—12页。

〔2〕［奥］阿尔弗雷德·阿德勒：《生命对你意味着什么》，周朗译，国际文化出版公司，2007年，第12—13页。

〔3〕［美］M.李普曼：《当代美学》，邓鹏译，光明日报出版社，1986年，第439页。

〔4〕林以亮：《序》，林以亮编：《美国诗选》，今日出版社，1976年，第4页。

然是无聊、内容空洞和言之无物，应该在打倒之列。可是现代诗早已扬弃和推翻了19世纪诗的传统而走上了一条康庄大道。”[1]奥登非常重视用诗记录现实生活。他曾经声称诗是“‘记忆的言说(memorable speech)’，认为除广告的叮当声等东西以外，很多都可以称为诗。阿诺德把诗称为‘生活的批评’(criticism of life)，强调诗的有用性，反对无聊之作……华兹华斯相信诗是‘强烈情感的自由流露’(the spontaneous overflow of powerful feelings)，这是一个富有戏剧性和广泛性的定义。”[2]无论是奥登，还是比他更早的阿诺德和华兹华斯，都强调诗应该反映现实生活，重视人的情感。

奥登对中国诗人也产生了一些影响。如九叶诗人杜运燮在90年代回忆说：“我在西南联大时期即喜欢奥登等‘粉红色的30年代’诗人的诗。主要是奥登。……奥登只比我早生11年，当时还年轻，较接近我们一代，有一种我喜欢的明朗、机智、朝气和锐气。”[3]明朗来自社会，朝气来自人。

我在大学和硕士研究生期间渴望过超凡脱俗的生活，把诗视为高蹈的艺术，甚至追求为艺术而艺术的“纯诗”。不完全因为当时的大学教育，尤其是外文系的教育；还因为我生于书香世家，不管家里经济多么困难，父亲都不允许家里的人谈到“钱”字。我爷爷虽然只是乡村私塾老师，耕读持家，过年时却在书房上书写一对联：“两行晋帖当窗写，一卷唐诗倚枕眠。”爷爷面对枪口还能够镇定自若地吟诗，父亲卧病在床还如痴如醉地写诗。由此可见我的父辈是多么超然于世。

学校和家庭的这种精英教育极大地影响了我的诗观，尤其是让我年轻时代极端重视诗的审美性和艺术性。我10岁时读了鲁迅的大量作品，尤其是杂文后，就认为他只会“发牢骚”，思想缺乏建设性，作品缺少艺术性就写了一首讽刺他的诗，投到了《重庆日报》。20岁左右更是“无知而狂妄”，想联合外文系的同学重译大陆已有的外国诗歌，认为这些作品在选题上与翻译时都太重视思想轻视艺术，是主题先行的结果。1987年到1990年在西南师范大学中国新诗研究所读硕士研究生期间，更是以“唯美诗人”自居。绝对不读当时流行的“生活流诗歌”，对更早一些的“工农兵诗歌”更是不屑一顾。

---

〔1〕 林以亮：《序》，林以亮编：《美国诗选》，今日出版社，1976年，第4页。

〔2〕 David Bergman, Daniel Mark Epstein. The Heath Guide to Literature. Toronto: D. C. Heath Company, 1987. p. 419.

〔3〕 香港《诗双月刊》第39期(1998年4月出版)，杜运燮：《杜运燮60年诗选》，人民文学出版社，2000年，第374—375页。

我在大学和硕士研究生期间(1983—1987)的新诗研究更是推崇艺术至上,想一步到位研究最尖端的诗学问题——诗本体论问题。20岁时写了系列文章批判“朦胧诗”,认为朦胧诗有思想没艺术。21岁时写了“中西方诗本体论”研究系列论文,想回答“诗是什么”这个被前人认为不可能有答案的难题。22岁完成论文《中西方诗本体论比较研究》,23岁完成了论文《诗美的构建与测定》,24岁完成了硕士论文《散文诗:一种独立的抒情文体——论散文诗的文体特征和文体价值》。从这些题目就可以看出我生活在象牙塔中,学的是屠龙之术。

30年来,有很多事情把我从象牙塔中拉到贫民窟,让我关注国人的生存问题,时时动摇着我的唯美主义诗观。最重大的事情是我1990年研究生毕业后到兰州西北师范大学中国西部文学研究所专业从事西部新诗的研究工作。去大西北以前,我以为当代西部诗如同唐代的边塞诗,豪放而悲壮。但是与大西北的诗人真实接触后,才发现在西部,人活着才是首要的。我从小生活在天府之国,而且是生活在校园中,过着“公子少爷般”的生活,才发现大西北的自然条件及生活环境的恶劣程度远远超出我的想象。我经常深入乡村体验普通民众的生活,才真正体会到什么是“水贵如油”,什么是“贫困”,什么是“生活条件恶劣”。

我到西北写的第一篇文章是《苦夏与寒冬:诗的众生相》,发表于《红柳》1990年第5—6期。《红柳》是武威地区办的一个文学刊物。我在中国新诗研究所读的都是《诗刊》《人民文学》一类的国家级大刊。1990年夏天我在中国西部文学研究所偶然读到《红柳》1990年第3—4期,上面发的诗主要是甘肃诗人,尤其是武威地方诗人写的。按现在的流行语说是非常的“接地气”。我读的时候没有一点过去读外国诗歌的学术感和中国现代诗歌的艺术感。读了心情很沉重,于是用了“苦夏”“寒冬”这两个词来描述我的阅读心态和诗人的生活生态。

后来我与很多西部诗人交上了朋友,读了很多无名诗人未发表的诗作,更体会到我接受的那些来自文艺理论教材和官方诗歌刊物的诗歌教育的苍白无聊。有的真的是“假、大、空”。很多西部诗人都有甘肃诗人武承明在《敦煌飞天》的《自序》中的想法:“生在西北、长在西北的我,对于大西北情有独钟。学习在西北、工作在西北的我,对于大西北感受特深。一任筏子客运气吹囊,麦客赤臂挥镰收割,山妹子大胆地走出山旮旯,牧羊女多情地采摘星叶花……我都觉得他们纯真、善良、豪爽、洒脱,极富西北儿女的粗犷个性。特别是当你走进西北，走进这块美丽的热土，你就会觉得一切显得博大、神奇、玄秘、美妙而真实，古渡、瀚海、塞关、烽墩、古城、断垣、洞窟、壁画、飞天、千佛、牧女、雪雕、沙暴、闪电……组成一幅幅西北独具的原始而神奇的写意画，令观者陶醉，让游者神往。此时此刻，你肯定按捺不住内心燃烧的一把火，点燃诗的火炬，反照西部世界对心灵世界的震颤。"〔1〕

1992年，在大西北生活了两年后，我实在不能再"伪贵族"下去了，想把"西部诗歌"的真相告诉给大家。于是写了一篇颇有争议的文章，题目是《西部诗歌的柔情倾向》。我在文中写到："只有长期生长于这块神奇土地上的诗人才能如此真实地体验出这种宗教和现代融为一体的特殊情感。崇尚真实，发掘身边的富矿。寄情于佛神，写佛之意不在佛，而在于抒发当代人的情感性灵。武承明深知这一点。他写佛神，并非如宗教徒写宗教诗，而是借佛神言志。麦积山观佛，诗人悟出'佛的憩园/飞过历史的燕鸣/禅的仙境/掠过春秋的季风'。最大收获是'栏道走走/抖落人间烦恼/佛龛瞅瞅/抛却无穷欲念'。不管是千佛洞礼佛，还是万佛洞思佛，诗人觉得'游子的灵魂如坐春风'，醉翁之意不在酒，在乎山水也！因此，武承明的神佛并无依样画佛冷静如佛之感，却是真正的血肉丰满的人（诗人）佛（佛像）合一的'活'佛，这是武承明作为诗人的最成功之处，也是西部诗人写宗教诗的共同风格。虽然我常常怀疑宗教境界是东方抒情艺术一大境界的真实性，但是当我身临其境，在大西北生活，写诗研究诗多年后，我不得不承认自己鲜明地感受到了西部高原的宗教氛围和西部诗中的宗教情绪。这些诗人不是宗教的信徒，也不是宗教诗人，他们只是长期生活在西部具有宗教氛围的自然中被宗教潜移默化。他们中的一部分的确是倾向宗教，但更多的只是想用类似宗教的永恒真理和虚幻之美来表现生命的真正形象和生存状态，洞见人类活动的基本结构，揭示大西北人的境遇及生存方式。"〔2〕

我接连写了多篇文章鼓吹我的"平民诗观"。从我90年代初期发表的这些文章的题目中就可以看出我对世俗生活和真情实感的"重视"：《符号、图腾的双重启示——惟夫长诗〈正面与侧面〉管窥》（《西藏文学》1991年4期），《高原深处的风——关于青年诗人阿信的西部诗歌创作》（《新一代》1991年8期），《论木斧的亲情诗》（《民族作家》1991年2期），《真实·平民·多情

〔1〕 武承明：《敦煌飞天》，兰州大学出版社，1995年，第5—6页。

〔2〕 王珂：《诗歌文体学导论——诗的原理和诗的创造》，北方文艺出版社，2001年，第654—655页。

人——论洋滔的抒情艺术》(《西藏文学》1992年5期),《现代的纯粹的民族女诗人——论蒙古族女诗人葛根图娅的诗》(《民族文学》1993年8期),《在素朴与感伤之间漂泊——论叶舟的诗》(《绿风》1994年5期),《西部汉子·柔情·情诗——论林染的爱情诗》(《飞天》1994年9期)。到1997年,我还坚持自己的“平民诗观”,所以评写娜夜的题目是《体验爱情,自然率真——论满族诗人娜夜的抒情艺术》(《民族文学》1997年3期)。

下面几段我当时评价西部诗人的话更能呈现我的“平民诗观”:

“为了诗,八十年代后期,阿信从西北师范大学历史系毕业后和难兄难弟桑子去了甘南大草原。几年磨炼,‘扎根’草原的两位青年诗人吹出了阵阵令诗坛惊讶的、与八十年代初中期的西部诗风格迥异的“草原深处的风”。……春暖花开、生机盎然的草原常常让走马观花的文客骚人们诗兴大发,深秋的萧条和初冬的凄凉,只有和草原同呼吸共命运的人才能够理解。……阿信很少唱美丽动人的‘牧歌’。……伫立浩瀚的大草原,生命会产生伟大和渺小两种感受,渺小得象砂粒,伟大如一株和草格格不入的大树。”〔1〕

“像林染这样冒天下之大不韪‘公然’以《写给波波》为题,为和自己患难与共的伴侣(这里为避嫌,不用‘情人’术语)大写情诗的男诗人实属‘罕见’。何况林染是位已进入‘名诗人’行列的西部男子汉,又进入不惑之年。在中国新诗评论界以及读者都形成审美心理的一种定势:大诗人就应该写宏大高尚的题材,有恢宏的气势。当年傅天琳成名后大写自己的孩子,竟被视为一种‘倒退’。林染是劫后余生者,他长期生活在爱的饥渴中。……我们无法否认他的前期诗是偏重社会灵魂内省的抒情诗,但是这些诗仍然是情感受到压抑的情感宣泄艺术,是注重生命体验和生命现象强调个体精神的抒情诗。”〔2〕

“九十年代的葛根图娅,已经不再是当年那位唱着天真烂漫的草原牧歌的歌手,而是一位深切地关注着本民族的历史命运,深刻地洞察本民族的繁衍变化的现代知识女性。她的诗是现代民族诗人将自己的心裸露给本民族的历史,以现代人的感觉、视角、思维方式,多侧面多层次地审视自己的民族及其历史命运的结果。……可以用一句话来概括葛根图娅的诗歌:她的诗

---

〔1〕王珂:《诗歌文体学导论——诗的原理和诗的创造》,北方文艺出版社,2001年,第683—684页。

〔2〕王珂:《诗歌文体学导论——诗的原理和诗的创造》,北方文艺出版社,2001年,第683—684页。

是现代民族知识女性对本民族全方位的观照透视。"[1]

"我们应该鼓励民族作家热情讴歌自己的民族,继续自己民族的诗歌传统,但是不应该反对抒写本民族以外的生活,特别是广义的人的生活,更不应该拒绝接受其他民族,特别是汉族的诗歌文化传统,反对采用汉语诗歌的创作技法。因为民族诗人写的是汉语诗歌,是在汉语诗歌的舞台上与汉族诗人竞争,如果过分强调自己的民族性,很难在全国诗坛有地位。娜夜的成功正是利用自己的独特经历,抒写自己最熟悉的生活,不让'民族'一词束缚自己的创作。"[2]

不管未来发生什么变化,我都会坚持我年轻时在大西北形成的"平民诗观",都会主张新诗的现代性建设要突出"生存问题"。因为从西南到西北、西北到东南、东南到华北、华北到东南,在重庆、兰州、福州、北京、南京等地生活过多年的人生经历和我通过新诗生态的田园考察来研究新诗文体的学术经历,使我深知:今日新诗还没有获得可以"高空翱翔"的生态,它只能"低空滑行",尤其在"写什么"上,很有必要强调"接地气"。我越来越欣赏林语堂说的一段话:"我觉得艺术、诗歌和宗教的存在,其目的,是辅助我们恢复新鲜的视觉,富于感情的吸引力,和一种更健全的人生意识。我们正需要它们,因为当我们上了年纪的时候,我们的感觉将逐渐麻木,对于痛苦、冤屈和残酷的情感将变为冷淡,我们的人生想象也因过于注意冷酷和琐碎的现实生活而变成歪曲了。现在幸亏还有几个大诗人和艺术家,他们的那种敏锐的感觉,那种美妙的情感反应,和那种新奇的想象还没失掉,还可以行使他们的天职来维持我们道德上的良知,好比拿一面镜子来照我们已经迟钝了的想象,使枯竭的神经兴奋起来。……我情愿同一个黑种的女佣人谈话,而不愿和一位数学大家谈话;她的言语比较具体,笑也笑得较有生气;和她谈话至少对于人类天性可以增长一些知识。我是唯物主义者,所以在无论什么时候总是喜欢猪肉而不喜欢诗歌,宁愿放弃一宗哲学,而获得一片拌着好酱汁的椒黄松脆的精肉。"[3]这段话对新诗现代性建设提供的启示正是需要重视"接地气",要充分肯定现代性的世俗性。

---

[1] 王珂:《诗歌文体学导论——诗的原理和诗的创造》,北方文艺出版社,2001年,第687—688页。

[2] 王珂:《诗歌文体学导论——诗的原理和诗的创造》,北方文艺出版社,2001年,第705—706页。

[3] 林语堂:《生活的艺术》,中国戏剧出版社,1995年,第136—137页。

二、两大需要

活着就是王道！

这句话来自2011年因癌症去世的复旦青年女教师于娟的“博客”名。她在患病期间以此为题写的《生命日记》，感动过成千上万的人。

在电脑上打下这个句子后，我情绪失控，停下写作，重读她的《生命日记》，一边读一边掉泪。这是2015年我第二次流泪，第一次是大年三十看中央电视台的春节联欢晚会，听那首改编自叶芝的诗《当你老了》的歌。那是一首颇能满足我的生理需要，尤其是心理性情感需要的现代诗。

过去我从来不会相信“活着就是王道”。生于书香世家，从小接受的就是“不想当元帅的士兵不是好士兵”的“强者拼搏”精神教育，非常痛恨“好死不如赖活着”的生活状态。年轻时更是初生牛犊不怕虎，曾写过这样的诗句：“自信和希望是青年的特权”“即使做流星，也要发出炫目的光！”甚至认为如同战士应该死在战场上，教师应该死在讲台上，学者应该死在书桌前。对学生的要求极端到“要么干事，要么跳楼”。学生们都认为我追求的是“珂质人生”，同事们都认为我是一个“完美主义者”。写诗追求的是“纯诗”，过日子推崇的是“唯美”，做学问想研发的是“屠龙之术”，搞创作和做研究都想远离尘嚣，希望把作品“藏之名山，传之后人”。这样的人怎么会推崇“活着就是王道”？

严格地说，明白这个道理是“渐进”的，与我的新诗创作和新诗研究有些同步，道路却是曲折的。在而立之年和不惑之年都没有理解多少，今天在接近知天命之年，才彻底明白了人活着比什么都重要，才学会了珍爱生命，尊重生命，才知道重视人的现实生存是对生命真正的尊重。但是这种现实生存并不是消极处世，而是有理想、有情趣，甚至有梦想的积极人生。正如梭罗所言人是有能力有意识地提高生命质量的。这样的生活既要脚踏大地，也要仰望星空；既要低空滑行，也要高空翱翔。

我在创作中比在研究中更早明白这个道理，更早发现我写诗的动力是为了满足审美需要和生理需要。1986年冬天，初恋失败后，我写了上百首“安慰”自己的“爱情诗”。如1986年11月16日在重庆写的《梦后》：“大雁南飞去/捡回南方的云/朔方的风/这般凛冽/这般无情”。我与妻子分居6年，团聚后才3年，又去北京读博士和博士后，又分居5年。在读博士期间，写了30多首“自慰”自己的“情色诗”。如1999年10月10日写的《梦蝶》：“梦中之

蝶　启蒙爱情翩翩起舞/如风如雨　如泣如诉/鲜花盛开的季节　花开花落/人去楼空　情人　是否见到绿肥红瘦//空荡原野　玄谈的仙道/默默无语　人空山空水空/色　更　空/丽山秀水美人随清泉而去/潺潺小溪裸露美人鱼的诱惑/心惶恐而归　情惊慌而去/夕阳无风　无花　无果//轻摇翅翼　蝶粉缤纷　授精的花蕊/分辨不出雄性雌性　母本父本/无奈的人　从哪里来　到哪里去/不毛之地　浪荡　无欲之人//是否乘风归去　幻想琼楼玉宇/右边婵娟相伴　左傍生辉宝剑/有美人没有柔情　有剑胆没有琴心/有风无雨的岁月　通晓风情的情人/远　遁//从不幻化境界　蝶人相生　蝶舞相克/平淡日子　说无聊的话　写无病呻吟的诗/做百无聊赖的梦　梦中只有女神没有女人/超凡脱俗全是自欺欺人自我麻醉/想起多年前的愿望　作阿Q的兄弟/喟然长叹　那只美丽的蝴蝶/死在何处　生在何处”。2002年5月19日在北京师范大学，我把读博士三年期间写的诗编成《无聊集》，写的前言颇能反映我的创作“生态”：“离家三载，在京城攻‘无聊’博士，精神身体，都十分压抑。诗的产量极低，每首诗都是‘情动而言’。诗风也随之大变，由关注家事、国事、天下事，向内转为关注自己，特别是关注自己的‘身体’，自慰性快感写作取代了精神性哲理追寻，昔日‘人类灵魂的工程师’完全‘堕落’为渴望‘人’一样活着的俗人。写诗、研究诗近二十年的我，才真正领悟到现代诗人奥登对‘现代诗精神’下的定义：‘诗是高尚的，也是淫荡的。’于是得出结论：诗不管高尚庸俗，只要能让人更好地‘活着’，就足矣。”

在近30年的专业新诗研究中，我比一般人更有机会知道甚至接触到患上精神病的，甚至自杀的诗人。除海子、顾城等有巨大影响的诗人外，30年来，还有数十位诗人自杀，仅在2014年，就有卧夫、许立志、陈超自杀。陈超是我熟悉的友人，既是优秀的诗人，更是著名的新诗理论家。我赞同他1998年提出的一个诗观：“诗歌作为一种独立自足的存在，源始于诗人生命深层的冲动。……隐去诗人的面目，将生命的活力让给诗歌本身吧！”[1]惺惺相惜，熟悉同行的意外离世给了我很大的震动，让我更加关注自己作为诗人和诗论家的命运，甚至怀疑自己将来是否也会像他那样悲壮地离开这个复杂的世界，让我更加深刻地反思今日新诗应该如何给人以新精神，让人更健康地过好现实的新生活。

---

〔1〕 陈超：《诗即思》，汪剑钊：《中国当代先锋诗人随笔选》，中国社会科学出版社，1998年，第139页。

这也是百年前“诗界革命”领袖们的诗歌理想。梁启超在《小说与群治之关系》中说:“故今日欲改良群治,必自小说界革命始;欲新民,必自新小说始。”[1]郭沫若在《文学革命之回顾》中说:“梁任公本是一位文化批评家,……他的许多很奔放的文字,很奔放的诗作,虽然未摆脱旧时的格调,然已不尽是旧时的文言。在他所受的时代的限制和社会的条件之下,他是充分地发挥了他的个性,他是自由的。”[2]黄遵宪等诗人也像梁启超那样,赋予汉语诗歌新样式、新精神和新功能,他的诗要“我手写我口”与梁启超的诗要“陶写吾心”都高度重视世俗生活和现实社会。

2014 年 11 月 12 日下午,我在北京香山饭店举行的“如何现代,怎样新诗——中国诗歌现代性问题学术研讨会”上做学术报告时,不顾学术规范,十分冲动地抛开已经写好的学术论文,大发感慨:“各位老师、各位诗友:下午好!大家都知道我一向是特别自信的,是十分阳光的,甚至是特别狂妄的。今天,我却自信不起来,却非常消沉。原因是近段时间发生的一些事情让我高兴不起来。……到北京的当天晚上,南京一位诗友电话告诉我陈超教授跳楼而去,我根本不敢相信是真的,因为去年 11 月我俩还在南京大学举办的新诗研讨会上见过面,那么生动的人突然就没有了。……所以这两天我的心情非常差。……因为我是位时时宣称愿意‘衣带渐宽终不悔,为诗消得人憔悴’的人。最近几天,我总是不由自主地思考这样的问题:‘王珂向何处去?新诗向何处去?中国向何处去?’……此时,我想起了加缪的那句话:‘荒谬产生于人的需要与世界无理的沉默之间的冲突。’但是,我还有一点生存的信心,因为我还想到了卡西尔的那句话:‘政治生活并不就是公共的人类存在的唯一形式。’在此,我想说这样一句话:‘写诗是诗人向社会索取权力,既安慰又对抗生活的艺术生存方式。’……王珂向何处去?取决于王珂的个人奋斗!新诗向何处去?取决于在座各位诗评家和诗人的奋斗!中国向何处去?取决于每个中华人民共和国的公民的奋斗!谢谢大家。”

从这段非常情绪化的即席讲演中不难感觉到陈超之死对我的巨大刺激。早在 1988 年冬天,我就接触到一位自杀未遂的女大学生诗人。1988 年 12 月 29 日,我还为她写了一首诗,题目是《沉淀黑暗》。我在诗中写到:“在镜面上做梦/欣赏自画像的忧郁/冷漠被目光驱逐出境/流放到遥远的森林/享受一

[1] 梁启超:《译印政治小说序》,郭绍虞、罗根泽:《中国近代文论选》,上册,人民文学出版社,1959 年,第 155 页。

[2] 郭延礼:《中国近代文学发展史》,山东教育出版社,1991 年,第 1021 页。

种永恒//做清醒的旁观者/沉淀黑暗/……/那一个诱惑的一瞬/七色花纷纷姹开/远古冰川纷纷消融/一条内流河由宽而窄/由窄而宽/你　冷冷地坐着/体验黑暗/冷静如深潭的卵石/听任河床衍变/瀑布砸碎阳光”。那时候青春年少，我正在西南大学新诗研究所读研究生，诗意生活，踌躇满志，哪里知道生命的可贵与生活的艰难？

对我影响最大的事情是我的至亲如于娟那样因癌症离世。我在肿瘤医院陪伴了她三年，见证了生命的坚强，更体会到生命的脆弱。所以读于娟的《生命日记》，往事情景历历在目，感同身受，泪如泉涌。当时我曾写了一组诗，题目是《在妇科肿瘤病区体悟生命与爱情》。2009 年 6 月 2 日写的这组诗的后记记录下真实的境遇："2009 年春天，陪亲人住进肿瘤医院三月。见证了生命的无奈与顽强，感触甚多。一直想写诗。今天终于一气呵成，一小时多写完此组诗。十年未有这种写作冲动！感谢诗歌，让我有了一次宣泄的机会。"尽管我在诗中"哀叹"："目前治癌没有特效药/手术只好当了急先锋/癌细胞却会无中生有/刀光下的人多么无能"。但是我还心存幻想："不想细细追问万能上帝/还愿意挑点生命的灯笼/讲述永恒的天方夜谭吗//只想对伤感的女人歌唱/情丝剃不尽情风吹又生"。三年后，生命的灯笼无情地熄灭了。

在与命运抗争的艰难岁月里，我不但通过写诗来化解焦虑、抚慰创伤，还分出部分研究诗歌文体的精力来研究"诗歌疗法"。2009 年 6 月 2 日，我应邀在福建医科大学做了国内第一场"诗歌疗法"讲座。后来在东南大学、安徽农业大学、安庆师范学院、福建省地税局、福建省妇联、福建省图书馆、南京"市民学堂"等单位作了多场讲座。在讲座中，我最喜欢采用的名言是世界诗歌疗法协会主席阿瑟·勒内说的诗歌在治疗过程中是一种工具而不是一种说教。最喜欢采用的理论是弗洛伊德的本能需求，也就是心理需求理论。他认为本能是从有机体内部产生后达于心灵的刺激时的心理代表，处于精神和身体的交界处，是由于心灵与身体关联而向前者发出的一种工作要求。我还喜欢引用弗罗姆的一段话："'人'的定义不仅仅局限于解剖学和生理学，其成员还具有共同的基本心理特征，控制他们的精神和情感的普遍规律，以及完满解决人的存在问题的共同目标。事实上，我们对于人的认识仍然很不完全，还不能够从心理学的角度为'人'下一个令人满意的定义。最终正确地描绘出称之为'人性'的东西是'人学'的任务。而'人性'不过是人的诸多表现形式的一种——通常是病理学的一种——这一错误的定义经常被用来维护一个特殊类型的社会,认为这个社会是人类精神构成的必然产物。"[1]

通过研究,我发现诗歌的"三功能"与心理危机干预的"三方法"相似。诗的"言志"功能有利于改变人的观念,言志的诗可以催人上进,热爱生活,珍惜生命。诗的"缘情"功能有利于改变人的体验,缘情的诗可以宣泄人的压抑的情感,稀释孤独。诗的"宣传"功能可以改变人的行为,所以集体诵读诗是很好的"团体疗法",容易产生"共鸣",形成"场"。我还发现读诗和写诗能够满足马斯洛所言的人的七种需要:生理需要、安全需要、归属与爱的需要、尊重的需要、认识需要、审美需要以及自我实现的需要。我把我的"诗歌疗法"总结为:诗歌疗法是指通过诗歌欣赏和诗歌创作,治疗精神性疾病,特别是在突发事件中进行有效的心理危机干预。诗歌欣赏或创作是特殊的感官体验,可以改变人的观念、体验和行为。运用诗歌疗法时应重视人的道德情感和道德愉快,兼顾体验与行为,处理好精神与肉体、心理与生理治疗的关系。

随着研究的深入,我发现诗能够对人的精神心理疾病产生疗效的主要原因是诗能够满足人的低级需要——生理需要和高级需要——审美需要,最重要的原因是诗歌语言是一种象征语言。如弗罗姆所言:"象征语言是我们表达内在经验的语言,它似乎就是那种感官体验,是我们正在做的某物或物理世界对我们产生影响的某物,象征语言是这样一种语言,其中,外部世界是内在世界的象征,是我们灵魂和心灵的象征。"[2]

因为很多诗人正是为了获得这种感官体验而读诗或写诗,所以新诗现代性建设要突出的一大问题就是人的生存问题,要强调的两大需要就是人的生理需要和审美需要。前者如弗洛伊德所关注的如何让人成为健康的人,后者如马斯洛所关注的如何让人成为优秀的人。弗洛伊德发现利比多过剩是艺术家创作的动力,马斯洛发现人具有真正的审美需要。他说:"在某些人身上,确有真正的基本的审美需要。"[3]所以有"现代诗"之称的新诗必须关注现代人的生物性情感、心理性情感和审美性情感,尤其不能排斥情感宣泄式情感写作和纯形式美感写作,特别是本能写作和快感写作。通常情况下,人的生物性情感产生情色诗,心理性情感产生抒情诗,审美性情感产生图像诗。

---

〔1〕[美]埃里希·弗罗姆:《健全的社会》,王大庆、许旭虹、李延文、蒋重跃译,国际文化出版公司,2007年,第19—20页。

〔2〕[美]埃里希·弗罗姆:《被遗忘的语言——梦、童话和神话分析导论》,郭乙瑶、宋晓萍译,国际文化出版公司,2007年,第12页。

〔3〕[美]马斯洛:《动机与人格》,许金声译,华夏出版社,1987年,第59页。

两种需要既是人的各种需要的两极，也可以互相转换。如情色文字比情色图片，情色图片比情色影像，情色影像比情色实物更富有“挑逗性”或“刺激性”。原因是前者可以比后者给读者或受众更多的想象空间，更能满足人的“自由本能”和“审美本能”。如同移情（距离）可以产生“美”，移情（距离）也可以产生“性”。

阿德勒认为：“个体心理学发现，一切人类问题均可主要归为三类：职业类、社会类和性类。”[1]“性类”问题不仅是个人问题，也是社会问题。因为家庭是社会的基本细胞，家庭的稳定直接关系到社会的稳定。性生活不和谐是近年出现离婚潮的重要原因。性问题既是生理问题也是心理问题，人们追求性与爱实质上是在追求肉体的本能需要和情感的，甚至灵魂的精神需要，前者如马斯洛所言的如食物、水一样的性的需要，后者如他所言的爱与归宿的需要。过度的性压抑是近年精神性疾病，如忧郁症流行的一大原因。因此可以通过写作或欣赏爱情诗和色情诗来满足生理需要，来释放压抑，缓和焦虑，增加自信。我用“情诗”“爱情诗”“情色诗”“色情诗”“性诗”来指称这类诗作，发现后者比前者更重视“性”，从前到后依次排列，写作及阅读的“快感”会递增，“美感”会递减。“情诗”强调心理性情感，“性诗”强调生物性情感。“爱情诗”比“情诗”更偏重生物性情感，“爱”包括“情爱”与“性爱”。“色情诗”与“情色诗”更重视“性”，即使是“性诗”，也既要有“性”，还要有“爱”。我赞成马斯洛的观点，他认为爱与性有密切的联系但并不等同，性行为不仅为生理上的需要所决定，而且还受其他的需要，特别是爱的需要支配。我认为这正是爱情诗在人类历史上经久不衰的原因。所以包括色情诗在内的爱情诗一定要写得“美”，一定要给读者留下想象空间及审美空间，才能既满足人的生理需要，又满足人的审美需要。

近年有很多男诗人写出了这样的诗作。如安徽诗人龙羽生的《石头》：“想，或不想/或蠢蠢欲动/雄赳赳/纠不出什么情况//日复一日，年复一年/干啥呢//一晚复一晚，一夜复一夜/有人代我抢答/他在磨石头//一块石头/一块混沌的石头”。又如湖南诗人白红雪的《铁树就要开花》：“是时候了/铁树就要开花/月光，将弯腰拾起/你千年前遗落的吻//真想烧一片蝉鸣/照亮你藏在坚果中的性/今夜！我的疯狂/只是一场细雨：润物无声//是时候了/于

---

〔1〕［奥］阿尔弗雷德·阿德勒：《生命对你意味着什么》，周朗译，国际文化出版公司，2007年，第12页。

暮色中搂着你/走近童话：让所有的词/绽开嫉妒之花”。白红雪说出了他写情色诗的技巧：“必须坚持隐喻。只有通过隐喻才能靠近隐者并极大限度地予以表征或揭示；其逻辑结论的另一面也昭然若揭：拒绝隐喻，便是拒绝神秘，同时藐视天规。”[1]正是“意象”或“隐喻”可以保证诗，特别是“爱情诗”，尤其是“色情诗”写得“美”。重庆诗人华万里 2009 年出版了的诗集《轻轻惊叫》是近年优秀的爱情诗集，我非常欣赏诗集后记中的一段话：“轻轻惊叫是一种仪式，是一种示范……轻轻惊叫是一种美学存在。轻轻惊叫是一种中庸的美学体验……轻轻惊叫是一种语言状态。轻轻惊叫直入语言的精髓。”[2]他的《夜间的笋子》正是这种理论的创作实践：“夜间的笋子/在悄悄地拔节，悄悄地喘息/没有人知道//夜间的笋子/已经悄悄地来到我的床下/我绝对不知道//夜间的笋子/向我献出了悄悄的笋子，在深宵/确实没有人知道//我在悄悄地为夜间的笋子/写诗，并且/悄悄地成为夜间的笋子。”

2013 年 6 月 24 日，我与一群诗人在甘肃岷县采风，与包括“花儿王”在内的六位花儿歌手相处一天。“花儿王”是国家非物质文化遗产“花儿”的传承人。他们即兴而唱的花儿歌词的生活性及世俗化令人震惊，有的甚至是“淫词浪语”，唱者与听者都如痴如醉，丝毫没有觉得羞涩，特别是到高潮处，众人齐声喝彩。同行的中国艺术报记者何素予回北京后这样写道：“‘对面山上一窝鸡，不知是公鸡还是母鸡。清朝时候亲了个嘴儿，舒服到民国的时候哩。’岷县原县长、民俗专家李璘念出的一则花儿令众诗人们惊叹，几句花儿跨越了如此漫长的时光。”[3]“因为花儿的调情性质，有人说花儿有伤风化，更早一些时候是禁止在村里唱的，要唱就到山里去。”[4]我当场想到了闻一多在上个世纪 40 年代，在《西南采风录·序》中的感叹：“你说这是原始，是野蛮。对了，如今我们需要的正是它。我们文明得太久了。”[5]

尽管我现在才真正悟出“活着就是王道”，但是我一直不排斥爱情诗，我

---

〔1〕 白红雪：《坚持隐喻或沸点写作——兼致法国学者弗兰妮小姐》，《文学界》2013 年第 6 期，第 36 页。

〔2〕 华万里：《后记：我为什么轻轻惊叫》，华万里：《轻轻惊叫》，重庆出版社，2009 年，第 315 页。

〔3〕 何素予：《岷州行：像花儿一样盛开》，http://blog.sina.com.cn/s/blog_5d3e76090101b0gu.html.

〔4〕 何素予：《岷州行：像花儿一样盛开》，http://blog.sina.com.cn/s/blog_5d3e76090101b0gu.html.

〔5〕 [美]洪长泰：《到民间去》，董晓萍译，上海文艺出版社，1993 年，第 287 页。

写的上千首诗主要是爱情诗。因为既在学院又常常进入江湖的新诗研究经历使我的新诗研究既强调新诗的“艺术性”“技巧性”和“美”，又推崇“平民性”“快感”这两个词。尤其是在写什么上，我十分强调诗的平民性，认为灵与肉合为一体的爱情，才是平民最重要、最自然的情感。1994年，我为林染以《写给波波》为总题的爱情诗写过辩护文章，题目是《西部汉子·柔情·情诗——论林染的爱情诗》。1994年，我还为《青年晚报》开设了一个名为“情诗丽岛”的专栏，每周介绍一首情诗，总共介绍了中外爱情诗100多首。我甚至在1999年为“色情诗”作过辩护：“如果从满足读者的需求看，90年代的诗歌在平民化、个人化、生活化甚至隐私化方面不是多了，而是少了，特别是能够让人更好地生活的爱情诗甚至色情诗（当然，我也反对教唆人犯罪的色情诗出现）不是多了，而是几乎难以问世……近年我研究打油诗和民间歌谣，发现很多能够在民间长久地广为流传的都有一定的色情意味。这类诗在历史上不仅才子文人喜欢，举子文人也在暗中喜欢。现实生活中也是如此。”[1]但是那时我对诗的满足人心理需要的意义认识不够。那时我正在全力研究“图像诗”，甚至提出形式就是内容，形式大于内容，认为图像诗的图像有独立存在的价值，不只是为了更好地表情达意，它的写作动力是人有天生的审美需要。

近年我从事诗歌疗法，才越来越意识到阅读或写作爱情诗甚至色情诗正是治疗人心理精神疾病的良方，才发现爱情诗写作，特别是色情诗写作，通常是一种自慰式甚至“意淫”式写作，有利于宣泄“低级情感”。从治疗角度看，这对心理健康是有帮助的。我还发现在实际爱情诗的写作过程中，本能性的“性爱”往往会升华为精神性的“情爱”，低级情感会向高级情感转化，以追求抒情的“快感”为目的的本能写作往往变成追求诗意的“美感”的艺术写作。前者可以满足马斯洛总结的人的低级需要——对性爱和归宿的需要；后者能够满足人的高级需要——对美和自我实现的需要，特别是可以呈现出人的“审美本能”。把爱情诗、甚至色情诗写得很美、很有艺术性的诗人，大多具有加登纳所言的较好的“语言智能”和马斯洛所说的较强烈的“审美需要”。

一些优秀诗作可以同时满足人的生理需要和审美需要，让读者读后既有“美感”，也有“快感”。如近日一位女诗人告诉我她读到了一首我译的色情诗，是美国女诗人艾米莉·狄金森的《野性的夜》，全诗如下：“野性的夜，野性

[1] 王珂：《并非萧条的九十年代诗歌——为个人化写作辩护》，《东南学术》1999年第2期，第28—29页。

的夜/是我和你/野性的夜将是/我们的奢侈//徒劳的风/吹向心的港口/依靠指南针行进/依靠航海图行进//划向伊甸园/啊，大海/我也许是旷野，今夜/在你那里”。1988年我就译出了这首诗。1997年，我为自己翻译的《世界女性诗选》写的序言中说：“艾米莉·狄金森是现代女性诗歌的开创者之一，一生平静度日，只作过短暂的旅行，其余时间都在父亲的居所度过，许多年都在不自由甚至被完全隔离中生活。……她依靠女性特有的直觉和幻想写诗，极富有女性味，如《野性的夜》……”我还为这首诗写了“导读”：“爱是野性的，爱情的呼唤是野性的呼唤，爱情需要野性的夜，野性的夜是本能的爱情的奢侈。因为爱是疯狂的，也是理智的，必须‘依靠指南针行进’、‘依靠航海图行进’。正如莎士比亚的结论，只有血性（激情）与理性（理智）融为一体的人才是幸福的人。但是陷入爱的迷狂，沉浸在爱的甜蜜，或者正受着情的煎熬的人，谁能走好中庸之道？连被称为最有理性的美国诗人艾米莉·狄金森也激情满怀：‘我也许是旷野，今夜/在你那里。’”

我突然想到了最近诗坛发生的一个“重大事件”——被称为“脑瘫诗人”的余秀华的“一夜成名”。因为我强调学术至上，做人又很“耿直”，喜欢“指点诗坛，激扬文字”，所以获得了“新诗城管”的“称号”。近年诗坛发生的重要事件，几乎都有我的“一家之言”。如“梨花体”出现时，我写了《著名女诗人为何被恶搞》一文，不仅发表在《理论与创作》上，还出现在很多网站上。“羊羔体”出现时，我应《探索与争鸣》约稿写了万字长文。唯独这次我没有发出任何声音。原因很简单，余秀华的诗，尤其是当时在网络上，具体说是在微信上被大家疯转的那首《穿过大半个中国去睡你》，满足了国人的“生理需要”。她以“脑瘫”做“掩护”，说出了生活在“谈性色变”国度的人们想说而不敢说的“心声”。全诗如下：“其实，睡你和被你睡是差不多的，无非是/两具肉体碰撞的力，无非是这力催开的花朵/无非是这花朵虚拟出的春天让我们误以为生命被重新打开/大半个中国，什么都在发生：火山在喷，河流在枯/一些不被关心的政治犯和流民/一路在枪口的麋鹿和丹顶鹤/我是穿过枪林弹雨去睡你/我是把无数的黑夜摁进一个黎明去睡你/ 我是无数个我奔跑成一个我去睡你/当然我也会被一些蝴蝶带入歧途/把一些赞美当成春天/把一个和横店类似的村庄当成故乡/而它们/都是我去睡你必不可少的理由”。余秀华的《穿过大半个中国去睡你》与狄金森的《野性的夜》真有些异曲同工。

出现这样的诗并不奇怪。世界上发现的最早的爱情诗《伴随你》写于公元前1567年到公元前1085年，与余秀华的这首诗颇似。我译的全诗如下：

"伴随着你在梅尔都/犹如正在赫利奥波利斯云游/漫步徜徉在森林花园捧着鲜花/静观水中倒影/静静的池中/鲜花开满我的胸怀/瞥见你踮着脚跟轻轻移动/一个吻悄悄降临身后/浓郁的香气染醉我的秀发/你的拥抱的双臂/使我感到自己已属于法老//西姆的百花这样渺小/人人看见它们都像巨人/我是你爱河中的先行者/像刚喷洒过的青草园/清香四溢的鲜花//欢乐是你掘好的河道/流入北风的清新/驱逐爱之路的喧嚣/你的手快乐地在我的手上停留/你的声音带来新的生活/像一盏神酒、一杯甘露/凝视你胜似美酒佳肴//神奇的花儿在园中怒放/我采撷花朵编织温床/甜蜜使你如痴如醉/躺进花环沉入梦乡/我扫尽尘埃/从你的脚上//我醒悟我的爱情/垂钓住他的双足/在爱的幽幽深处//我们共进早餐/一起干杯//我施展原欲的魔力/奉献一切他被欲望缠住"这首诗的作者的姓名及身世无法考证,但是可以肯定她是埃及的一位女诗人。这首诗既写出了女性细腻的情感,也写出了古埃及女子对爱情的热切渴望和大胆追求。还可以肯定这首诗的一大写作目的是为了满足生理需要。

我由爱米莉·狄金森联想到余秀华的一大原因是有人把她俩相提并论。如沈睿认为:"这样强烈美丽到达极限的爱情诗,情爱诗,还没有谁写出来过。我觉得余秀华是中国的艾米丽·迪肯森,出奇的想象,语言的打击力量,与中国大部分女诗人相比,余秀华的诗歌是纯粹的诗歌,是生命的诗歌,而不是写出来的充满装饰的盛宴或家宴,而是语言的流星雨,灿烂得你目瞪口呆,感情的深度打中你,让你的心疼痛。……余秀华的诗歌是字字句句用语言的艺术、语言的力量和感情的力度把我们的心刺得疼痛的诗歌。于我,凡是不打动我的诗歌,都不是好诗歌,好诗歌的唯一标志是:我读的时候,身体疼痛,因为那美丽的灿烂的语言,因为那真挚的感情的深度,无论写的是什么。"[1]

沈睿上个世纪90年代初留学美国,现在美国一所大学当教授,又是著名的女性主义学者。她"力挺"余秀华既有诗的原因,更与她的"身份"有关。但是很多大陆诗人,尤其是女诗人并不赞同她的诗观,更不认可余秀华的写作内容,特别是诗中出现的"睡"字超出了他们的心理承受力,超出了他们认为的诗人写作,尤其是女诗人写作的"道德底线",因此有人称之为"荡妇写作"。一位女诗人写文抨击余秀华,认为她的诗颠覆了中华诗歌的"纯白";一位身

---

〔1〕 沈睿:《余秀华:穿过大半个中国去睡你》,http://cul.qq.com/a/20150116/039351.htm.

为中学语文教师的男诗人写了一首较长的诗，担心余秀华的诗会教坏学生；一位网络诗选的主办人针对余秀华被“国刊”《诗刊》“恶炒”写了致中央有关部门，如宣传部的“公开信”。他们对汉语诗歌前途的担心，甚至对青年前途的担心不无道理。但是他们不知道奥登所言的诗既“纯洁又淫荡”[1]这一“现代诗的精神”；不知道新诗既要满足人的审美需要，也要满足人的生理需要；不知道诗既有“诗教”功能，也有“诗疗”功能。

如同当年一些新诗理论家炒作“低层写作”或“打工诗人”时，我尖锐地指出低层写作有它的合理性，但是有可能降低新诗写作的难度，影响新诗的艺术质量。面对“余秀华事件”，我仍然认为根本没有必要对她的“写什么”，甚至是对她的这首诗的“写作伦理”横加指责，甚至应该肯定这才是普通人写诗的常态。如她所言：“当我为个人的生活着急的时候，我不会关心国家，关心人类。”[2]这让我想起海子的《日记》中的最后那个诗句：“姐姐，今夜我不关心人类，我只想你”。应该指出的是这首诗在诗艺上的弱点，如语言直白、拖沓，思维混乱，一些句子模仿痕迹重，尤其是太散文化，如“其实”“当然”这些虚词完全应该去掉。更应该警惕的是如同当年的高玉宝等人成了名作家，今日的余秀华成了“名诗人”，她的“泥沙俱下”的诗成了诗坛“榜样”，会给本来艺术上就很粗糙的新诗带来怎样的“灾难”。在一个多元的时代，这种担心可能也是多余的，当年风行一时的“梨花体”“羊羔体”在今天几乎被人遗忘。

即使“荡妇写作”真来了，也不可怕，没必要视为洪水猛兽。早在2004年7月6日，在首都师范大学中国诗歌研究中心召开的“世纪初中国女性诗歌研讨会”上，我就在发言中用“荡女”来指称那些写极端的“情色”的女诗人，认为她们的写作不仅是“身体写作”，更应该称为“荡女写作”，因为那些过分渲染本能情感、把生物性体验作为高峰体验甚至终极体验的女诗人曾宣称女人越淫荡越美丽。当时我就不否定“荡女写作”，只是提出了情色诗最基本的写作原则：情色诗人不要成为教唆别人犯罪的人，诗人可以写些过分情色的诗，但不能公诸世。

早在20世纪80年代后期到90年代初期，就有女诗人写出了关注现实生存的诗作。如邵薇在《女人》中宣称：“你平凡的人们/没有奇迹/花开花落是几十年的事情”。娜夜在《美好的日子里》里说：“一朵花　能开/你就尽量

[1] 林以亮：《序》，林以亮编：《美国诗选》，今日出版社，1976年，第4页。

[2] 好搜百科：《余秀华》，http://baike.haosou.com/doc/4400061－8203108.html.

地开/别溺死在自己的/香气里”。1992年,西篱认为:“或许因为我是女性,便固执地认为女性气质是诗美的一部分……女性气质,有这样的内容:对人(人类)的温情,对世界的宽容与理解,对罪过、脆弱的赦免与救助,对美的发现与维护,对灾难与痛楚的承受……她必是自信的、坦荡的、坚韧的、无私的,既洞察一切又调和一切,无论艺术、人生,她必是美与和谐之源。”[1]她在《梦·一杯水》写到:“你在等我吗,是吗?//这样永远的梦幻/日复一日地/摆脱了上帝的尊严/那人说:/‘他在等你……’漫长的岁月中/他的声音/终于穿透了一切//噢,一杯水,水!//我已/不能容忍这个冬天/水,一杯水/请再次将我留住”。她还写了《是怎样的一把刀子插进我的心》:“……/我的呻吟里/刀子/刀子轻轻地动作……这小巧玲珑的/神圣的刀子/我将好好留着……”“呻吟”“刀子”等意象非常明确地呈现出“温柔”的“做爱”场景,女人对“刀子”的喜爱甚至崇拜之情也是尽情流露的。进入21世纪,尹丽川甚至写出了《为什么不再舒服一些》:“哎　再往上一点再往下一点再往左一点再往右一点/这不是做爱　这是钉钉子/噢　再快一点再慢一点再松一点再紧一点/这不是做爱　这是扫黄或系鞋带/喔　再深一点再浅一点再轻一点再重一点/这不是做爱　这是按摩、写诗、洗头或洗脚//为什么不再舒服一些呢　嗯　再舒服一些嘛/再温柔一点再泼辣一点再知识分子一点再民间一点//为什么不再舒服一些”。

从这些诗作中不难看出,重视生理需要的写作总是想体验能够体验到的一切,表述能够表述的一切,特别是对情感与肉体的体验高度重视,常常想表述和描绘非理性条件下,或者潜意识中存在的所有心理性情感和生物性情感,并且用诗这种文体来表述和宣泄自己在“体验”(已有的真实性体验和性幻想式的想象性体验)过程中被压抑的情感,通过在写作过程中得到的快感来取代现实生活中无法获得的快感。这种写作常常是非理性的,既可以说是情感主义或快感主义的,更可以说是肉感主义的。与其说这类女诗人重视的是写出怎样的诗歌文本和读者的反应,不如说她们更关注的是写作过程中的自我抚慰、自我释放的快乐,甚至可以说女人写诗的这种行为如同女人为了缓和性压抑而进行的“自慰”行为,是可以平息情感和肉体的双重骚乱的正常行为。如果把这种写作的目的总结为一句话——“安慰生活”,它既可以“安慰情感甚至思想”,还可以“安慰身体”。这是世纪之交“身体写作”流行的真

---

〔1〕 西篱:《后记》,西篱:《温柔的沉默》,香港文学报出版社,1992年,第131页。

正原因，完全可以用“快感写作”一词来替换“身体写作”。通过这种写作获得的身心快乐（快感）与青春少女喜欢吃零食，嚼口香糖获得的感官快乐并无质的差别，诗歌写作真正成为了女人的一种日常生活方式。正是诗歌写作的多元化，特别是并非完全庸俗化的庸常化甚至粗俗化，带来了妇女诗歌写作的大普及，导致了近年女诗人和妇女诗歌的大量涌现。当然，新世纪也有一批女诗人主张“灵性写作”甚至“神性写作”。“人性写作”与“神性写作”“低级情感写作”和“高级情感”写作，在“写什么”上并无高低贵贱之分，关键是要如何写，如何写得好。

马斯洛把衣食住行和性称为人的低级需要，把自我实现称为人的高级需要，主张人只有满足了低级需要后才会去追求高级需要。我不太赞成这种观点。在现实生活中，有很多人的需要并没有层次之分，各种需要常常是混合存在的，甚至有人先追求自我实现的需要，轻视物质及性等低级需要，尤其是语言智能比常人优秀的诗人，一旦读诗或写诗，尤其是写诗，审美需要常常会大于生理需要。

当下新诗现代性建设过分强调生理需要和审美需要，尤其是前者，可能会误导诗人。因此要特别强调在重视两大需要时，尤其是重视生理需要时，新诗诗人有必要学习波德莱尔的“诗的道德”观念：“道德并不作为目的进入这种艺术，它介入其中，并与之混合，如同融进生活本身之中。诗人因其丰富而饱满的天性而成为不自愿的道德家。”〔1〕“美的东西并不比不正派更正派。……诗人们，如果你们想事先担负一种道德目的，你们将大大地减弱你们的诗的力量。”〔2〕

波德莱尔给“现代诗歌”下的定义是：“现代诗歌同时兼有绘画、音乐、雕塑、装饰艺术、嘲世哲学和分析精神的特点，不管修饰得多么得体，多么巧妙，它总是明显地带有取之于各种不同的艺术的微妙之处。”〔3〕这样的“现代诗歌”能够满足人的生理需要和审美需要，它具有马尔库塞所说的那种文学艺术的功能——有“义务让人感知那个使个人脱离其实用性的社会存在与行为

〔1〕［法］波德莱尔：《对几位同代人的思考》，波德莱尔：《波德莱尔美学论文选》，郭宏安译，人民文学出版社，1987年，第101页。

〔2〕［法］波德莱尔：《对几位同代人的思考》，波德莱尔：《波德莱尔美学论文选》，郭宏安译，人民文学出版社，1987年，第107页。

〔3〕［法］波德莱尔：《对几位同代人的思考》，波德莱尔：《波德莱尔美学论文选》，郭宏安译，人民文学出版社，1987年，第135页。

的世界”，有“义务解放主观性与客观性之一切范围内的感觉、想象和理智”[1]。它应该具有马尔库塞所说的审美形式：“作为自由象征的审美形式，既是人类实存的方式（或阶段），同样也是一种自然宇宙的存在方式或客观性质。……改造了的、‘人化’的自然，将反过来推动人对完满的追求，或者说，没有前者，后者就不可能。”[2]

马尔库塞还说：“从感性到感受性（感性认知）再到艺术（美学）的概念发展背后，什么是实在的东西呢？这就是感受性，即那个中介性调节概念，它赋予感官以认知的源泉和机能的含义。但感官并不是包容一切的东西，更不是首要的认知机能。它们的认识功能与它们的欲求功能（感性），是同时俱在的。它们是感性的，因而它们受制于快乐原则。从这种认知和欲求功用的融合中，产生出感官认知中混杂的、低级的、被动的性质。这使得它不适应现实原则，除非它屈从于理性或理智的概念活动，或者被这些活动所构造。”[3]波德莱尔的诗正是人的自我意识完全觉醒的产物，追求快感和美感，所以能够让读者感知到人的存在和社会的存在。阿多诺认为波德莱尔的现代诗能够把社会压制自然与人性的复杂真实反映出来：“当编制性的社会愈超越个人，Lyric 的艺术的情况愈游移不定。波特莱尔是第一个关注这个现象的诗人，……通过一种自身绝对客观性的建立，这种诗无视现行社会狭窄的、受限历史性的、意识形态片面的所谓客观性的传达方式……而设法保持一种活泼泼、未变形、未玷污的诗。”[4]新诗的现代性建设需要重视的正是这种“活泼泼、未变形、未玷污的诗”。这种诗能够让人体会到“感性”和“感受性”，更能让人欣赏到“艺术”和“美学”。

三、三大功能

马泰·卡林内斯库认为的现代性的五个基本概念也可以作为新诗现代性的五个基本概念。五者中的前四者，四者中的现代主义和媚俗艺术，在新诗草创期格外明显。无论是胡适等人写“人力车夫”的写实派，还是汪静之等

---

[1] [美]赫·马尔库塞：《现代美学析疑》，绿原译，文化艺术出版社，1987 年，第 9 页。

[2] [美]赫伯特·马尔库塞：《审美之维》，李小兵译，广西师范大学出版社，2001 年，第 125 页。

[3] [美]赫伯特·马尔库塞：《审美之维》，李小兵译，广西师范大学出版社，2001 年，第 50 页。

[4] 叶维廉：《散文诗——为“单面人”而设的诗的引桥》，叶维廉：《叶维廉文集》，第五卷，安徽教育出版社，2004 年，第 227 页。

人写“爱情”的湖畔派，都带有强烈的“平民”色彩，在某种意义上都可以称为“媚俗”的写作。刘半农于1920年9月4日在英国伦敦大学留学期间写的《教我如何不想她》风行，不只是因为在1926年被著名的语言学家赵元任谱成曲，更是因为这首诗本身的“平民化”“个人化”甚至“私人化”的内容及抒情治疗功能。这首诗和邓丽君唱的《美酒加咖啡》一样，治疗了很多失恋的人。我生于书香世家，在20世纪80年代，初恋失败后十分伤感，父辈的教育竟然是“大丈夫何患无妻”。60年前的刘半农居然敢唱出：“天上飘着些微云，/地上吹着些微风。/啊！/微风吹动了我的头发，/教我如何不想她？//月光恋爱着海洋，/海洋恋爱着月光。/啊！/这般蜜也似的银夜。/教我如何不想她？//水面落花慢慢流，/水底鱼儿慢慢游。/啊！/燕子你说些什么话？/教我如何不想她？//枯树在冷风里摇，/野火在暮色中烧。/啊！/西天还有些儿残霞，/教我如何不想她？”更让我羡慕的是那个时代的青年诗人的生活自由和创作自由，刘半农居然还在这首诗中发明了“她”字。这已经不是“儿女情长”了，而是“爱情至上”，甚至可以说他有“女性崇拜”思想。

我初恋失败时还读到了湖畔诗人应修人的《妹妹你是水》，收录在湖畔诗社1923年版《春的歌集》中，也让我惊讶于那个时代的“现代”与“开放”。全诗如下：“妹妹你是水——/你是清溪里的水。无愁地镇日流，/率真地长是笑，/自然地引我忘了归路了。//妹妹你是水——/你是温泉里的水。/我底心儿他尽是爱游泳，/我想捞回来，/烫得我手心痛//妹妹你是水——/你是荷塘里的水。/借荷叶做船儿，/借荷梗做篙儿，/妹妹我要到荷花深处来！”

18岁的我情窦初开时读这两首诗激动过，没想到30年后在写论文引用这两首诗时我仍然激动得停下笔来，通过电话给远方的友人朗诵。更让我惊奇的是，本科毕业于外语系，又在法学系获得法学硕士学位，现在银行工作的友人居然能够背诵出《教我如何不想她》。这首诗的“跨越世纪”的“普及”程度真让我感叹不已。

这让我想起湖北女诗人余秀华于2014年10月写的《穿过大半个中国去睡你》。这首诗如冯至的《蛇》，主要功能也是治疗，甚至可以说是“性幻想”之作。适度的性幻想或意淫有利于人的身体健康。这首诗的“启蒙”功能也是巨大的，所以有人担心这首诗会误导孩子，作者有“教唆犯”之嫌。这首诗在2015年1月被《诗刊》微信号发布后，被大量转发，获得了轰动效应。这首诗甚至也被人谱曲传唱。余秀华的这首诗会不会像刘半农的那首诗，90多年后还会被很多人喜欢？不同时代出现的这两首诗都堪称新诗诗史上少有的

"现代性"作品，都很"平民"，很"世俗"，很"私人化"。《教我如何不想她》具有现代主义色彩，《穿过大半个中国去睡你》具有后现代主义色彩，两者都可以称为先锋派，甚至也可以说是"颓废"，是"媚俗艺术"。余秀华使用"睡"字和刘半农独创"她"字，都有敢冒天下之大不韪的勇气，都产生了石破天惊的效果。

"凡文学事实都必须有作家、书籍和读者，或者说得更普通些，总有创作者、作品和大众这三个方面。于是，产生了一种交流圈，通过一架极其复杂的，兼有艺术、工艺及商业特点的传送器，把身份明确的（甚至往往是享有盛名的）一些人跟多少有点匿名的（且范围有限的）集体联结在一起。"[1]尽管出现在不同时代，出自不同文化阶层和不同性别的诗人之手，刘半农是大学教授，余秀华是农村妇女，但是这两首诗的问世及流传都与读者及大众传播休戚相关，它们的生态和功能都有相似之处。诗歌生态决定诗歌功能，五四时期的中国和今日的中国都处在"开放"时期，"与时俱进"是"现代性"的重要特征，社会"现代"的目的是为了日趋完美。新诗现代性的任务是通过诗的内容上的"大力开放"，诗的形式上的"适度限制"，诗的技法上的"深度拓展"，来使新诗更加完美，获得诗意的丰富、诗体的雅致和诗艺的精巧。即新诗的现代性建设要重视语言的现代性和精神的现代性建设，重视现代汉语的实用性和个体性，重视现代汉诗的先锋性和现代诗人的时代性。尤其要在重视现代世俗性情感和现代通俗性语言的基础上寻找情感的提纯与语言的创新。

在主张重视诗的抒情功能，甚至诗的治疗功能的同时，我丝毫没有忘记"作家是社会的脊梁"这样的名言，也没有忘记自己生于书香世家接受的中国文人必须具有家国情怀的家教，更没有忘记上个世纪 80 年代中学生学习的动力源自周恩来的名言"为中华之崛起而读书"的创业史。所以我必须强调新诗的启蒙功能，甚至不像很多诗论家那样轻视新诗的政治性及宣传功能。也许是同一时代成长起来的人，尤其是都受过 80 年代思想解放大潮的洗礼，我的诗观与师兄赵勇异曲同工，1999 年到 2002 年我同他在北京师范大学读文艺学博士。2000 年，我给当时的新诗下的定义是："诗是艺术地表现平民性情感的语言艺术。"[2]2015 年 2 月 10 日，赵勇在他的新浪博客上发表了一

---

〔1〕 [法]罗贝尔·埃斯皮卡：《文学社会学的原则和方法》，罗贝尔·埃斯皮卡：《文学社会学》，王美华译，浙江人民出版社，1987 年，第 1 页。

〔2〕 王珂：《诗是艺术地表现平民性情感的语言艺术——论现代汉诗的现实出路》，《东南学术》2000 年第 5 期，第 104 页。

文，题目是《工人诗歌：用最高级语言发出的底层之声》，我非常赞成他的结论："读到《当代工人诗歌：吟诵中国深处的故事》(2月6日《新华每日电讯》)等报道之后，我才意识到当今有那么多工人在写诗。……当诗歌界的成功人士飘浮在云端写作时，当中产阶级诗人玩弄着文字游戏无病呻吟时，这些所谓的'打工诗人'却把自己刻骨铭心的伤痛吟成了诗句。因为处在社会最底层，也因为生活本身就是汗和泪的凝聚，所以那些经历和体验一旦入诗，他们的笔下就有了毛茸茸的真实。……在当代中国，有上万名的一线工人在以写诗的方式记录着自己的生活。可以想见，这该是何等壮观的景象！但实际上，工人诗歌的声音却又是非常微弱的。它们既没被公众广泛认知，似乎也没有完全进入诗歌界主流人群的视野。同样报道这次朗诵会的《南方都市报》便使用了这样一个标题：《谁的底层？余秀华'热'与打工诗'冷'》。报道中说，一方面是迅速走红的余秀华最近在北京宣传新诗集，接受多家媒体采访；另一方面，尽管同样是来自底层，参加工人诗歌朗诵会的诗人们却远没有余秀华众星捧月般的'待遇'。当天虽也有几家媒体全程跟踪报道，但蜂拥而至的情景却并未出现。……我依然觉得工人诗歌是一次巨大的进步，甚至可称之为诗歌革命。……底层不仅已开始说话，而且是在以最高级的语言说话。这种话语是对中国诗歌界的重要提醒，也是当代诗歌的希望所在。"[1]

赵勇所讲的"工人诗歌"正是具有治疗功能、抒情功能和启蒙功能，尤其是治疗功能的诗歌。"诗人是一只夜莺，栖息在黑暗中，用美妙的声音唱歌，以安慰自己的寂寞。"[2]用诗进行自我的心理治疗，用诗来安慰自己的生活，这是普通人写诗的主要目的。"工人诗歌""退"可以自我疗伤，"进"可以唤醒大众。如同古人所言穷则独善其身，达则兼济天下。"作为一个整体的人类文化，可以被称之为人不断自我解放的历程。"[3]"工人诗歌"的大规模涌现，说明新诗的"现代性"建设必须重视一大问题、二大需要和三大功能。一大问题是人的生存问题，二大需要是人的生理需要和审美需要，在前两者的基础上，自然就产生了三大功能：治疗功能、抒情功能和启蒙功能。

三大功能在百年新诗史的不同阶段各有侧重。在战争或革命时期，启蒙

[1] 赵勇：《工人诗歌：用最高级语言发出的底层之声》，http://blog.sina.com.cn/s/blog_73178ddb0102vec7.html.

[2] [英]雪莱：《诗辩》，伍蠡甫：《西方文论选》，下卷，上海译文出版社，1979年，第53页。

[3] [德]恩斯特·卡西尔：《人论》，甘阳译，上海译文出版社，1985年，第288页。

功能，甚至是宣传功能格外重要；在和平时期或建设时期，治疗功能十分重要；抒情功能居于其间，常常处在战争与和平、革命与建设相互交融的时期。抒情也常常可以达到治疗效果，有的抒情也可以作为启蒙，如政治抒情诗既有抒情功能，也有启蒙宣传功能。

三大功能更多涉及新诗题材及内容，与语言形式及文体也有关系。文体本身具有政治革命的潜能，新诗的诗体就具有政治性，百年新诗的历史是格律诗体与自由诗体的对抗史，也是现代文体与传统文体的对抗史。“自由诗形式的出现本身就具有政治性，一方面，它反映着资产阶级自由解放的观念，另一方面，由于它‘自由’的气质，又潜藏‘不断革命’的动力。正因为此，它既是五四时期诗歌变革的参照、动力、手段和目标，又是从‘文学革命’到‘革命文学’的重要通道。”〔1〕在五四时期、抗战时期、改革开放初期，新诗都是一种政治性文体，启蒙功能远远大于其他功能。“新诗从它准备到诞生，从那时到现在，一直存在着议论和争论。这些议论和争论，随着环境的变换，也不断地变换着名称。但究其根源，大抵总是出于与中国古典诗歌以及外国诗歌二者的关系，也可以说是传统与现代二者的关系。这就是中国新诗的百年之痛。”〔2〕

五四运动后的20年代，尤其是1926年是“诗体建设年”，闻一多、徐志摩等人提出了新格律诗的建设方案，新月派诗人写出了很多抒情性极强的新格律诗。抗战后期，尽管战争还在继续，已经不再像刚开始抗战时那样过分强调“一切为了抗战”，极端重视诗的宣传功能，诗的抒情功能和治疗功能都得到重视。如叶维廉所说：“四十年代是一个动荡的社会，到街上去，街上有太多的社会事物等待诗人去写，战争、流血，和‘逻辑病者的春天’。但四十年代的诗人并没有排斥语言艺术世界所提供出来的语言的策略……”〔3〕叶维廉指的是昆明“西南联大诗人群”。昆明在战火纷纷的年代仍然有闻一多、卞之琳、冯至等组成的教师诗人群和由穆旦、王佐良、郑敏、杜运燮等人组成的学生诗人群，特别是学生诗人群深受英国诗人奥登、燕卜逊等人的直接影响。大量外国诗被译介，由西南联大文聚社出版，1942年2月16日创刊的《文聚》就发表了冯至译的《里尔克诗十二首》和《尼采诗七首》，杨周翰译的《叶慈的

〔1〕王光明：《现代汉诗的百年演变》，河北人民出版社，2003年，第351页。

〔2〕谢冕：《序一：坚守着一角沉着冷静的寂寞》，王光明：《现代汉诗的百年演变》，河北人民出版社，2003年，第5页。

〔3〕叶维廉：《中国诗学》，生活·读书·新知三联书店，1992年，第236页。

诗》,闻家驷译的《魏伦的诗》和卞之琳译的《里尔克的诗》等。可以从冯至、穆旦、郑敏当时的诗作中看到"个体抒情"甚至"私人化写作",在他们的一些诗作中甚至看不到战争的影子。

但是在抗战时期,启蒙功能仍然是新诗的主要功能。尽管穆木天反对抗战诗歌过分重视内容轻视形式与技法,他在1938年6月30日写的《诗歌创作上的表现形式的问题》一文中仍然强调诗的艺术性:"诗,是要凭藉语言的形象和声音,去表达它的内容的。诗的语言中的音响的考察,是一个诗歌工作者所要注意的。诗人能运用合乎他的感情的波动的语言的节奏,他的诗就会发生声音的有力的效果的。"〔1〕他却完全改变了自己的唯美抒情风格,写了大量宣传口号式的"抗战诗歌"。1938年12月1日,梁实秋在重庆《中央日报·平明副刊》上写了一篇编者按,反对空洞的"抗战八股",结果受到全民围攻,说他提出了"与抗战无关论"。为了达到更好的宣传效果,诗歌的民族形式受到重视。如肖三指出诗歌民族形式有两个泉源:"一是离骚,诗,词,歌,赋,唐诗,元曲……二是广大的民间所流行的民歌,山歌,歌谣,小调,弹词,大鼓,戏曲……"〔2〕陕北民歌形式"信天游"等应运而生。

中国当代诗人大多经历了这样的成长过程:叙事写景型(直述白描的)——情感型(抒情独白的)——沉思型(抒情哲理结合的)——哲理型(哲学思辨的)。整个东方艺术都不约而同地向哲理靠拢,哲学境界成为艺术的终极境界。很多中国诗人也与此对应,把诗人由低级向高级分为四个等级,哲理型诗人是最高级的诗人。中国读者当前最需要的不是粉饰太平的写实诗人,更不是以教师爷自居的哲理型诗人,而是能够给生活在前所未有的竞争环境中的国人带来心理安慰和情感抚慰的情感型诗人。林语堂曾提出他的诗歌理想:"我觉得艺术、诗歌和宗教的存在,其目的,是辅助我们恢复新鲜的视觉,富于感情的吸引力,和一种更健全的人生意识。我们正需要它们,因为当我们上了年纪的时候,我们的感觉将逐渐麻木,对于痛苦、冤屈和残酷的情感将变为冷淡,我们的人生想象,也因过于注意冷酷和琐碎的现实生活而变成歪曲了。现在幸亏还有几个大诗人和艺术家,他们的那种敏锐的感觉,那种美妙的情感反应,和那种新奇的想象还没失掉,还可以行使他们的天职

〔1〕 穆木天:《论诗歌及诗歌运动》,陈惇、刘象愚编:《穆木天文学评论选集》,北京师范大学出版社,2000年,第218页。

〔2〕 龙泉明:《国统区抗战文学研究丛书·诗歌研究史料选》,四川教育出版社,1989年,第45页。

来维持我们道德上的良知，好比拿一面镜子来照我们已经迟钝了的想象，使枯竭的神经兴奋起来。”[1]80年前，周作人主张“平民的文学”和“人的文学”：“平民文学应以真挚的文体，记真挚的思想与事实。……但既是文学作品，自然应有艺术的美，只须以真为主，美即在其中。这便是人生的艺术派的主张，与以美为主的纯艺术派所以有别。”[2]周作人的理想是：“我想文艺当以平民的精神为基调，再加经贵族的洗礼，这才能够造成真正的人的文学。”[3]今日中国诗坛，既需要纯艺术派的诗歌，更需要人生的艺术派的“人的诗歌”。

把启蒙功能放在第三位，并非它不重要。“老实说，五四以来，中国的新诗走的可以说是一条没有前途的狭路，所受的影响也脱不了西洋浪漫主义诗歌的坏习气，把原来极为广阔的领土限制在(一)抒情和(二)高度严肃性这两道界限中间。”[4]高度严肃性是新诗重要的文体特色，启蒙功能曾是新诗最重要的功能。“社会化写作”长期是“主旋律写作”，不同时期的诗人都具有强烈的“使命意识”，创作了大量黄钟大吕式的作品，如“五四诗歌”“抗战诗歌”和“改革诗歌”，都激励了大众的斗志。改革开放新时期是中国文化大转型时期，诗的功能也发生了巨变：20世纪80年代初流行政治抒情诗，80年代中期流行先锋诗，90年代流行个人化写作，21世纪流行平民化写作。在改革开放30年中流行的热门词汇是“使命意识”“生命意识”“身体意识”和“底层意识”。这些词都可以用一句话来概括：诗应该是实在的、正经的生活。也可以把当代新诗的功能归纳为四点：抒情功能、审美功能、启蒙功能和治疗功能。在不同时期有侧重不同的功能，80年代重视启蒙功能，90年代重视抒情功能，21世纪初重视审美功能，近年重视治疗功能。因为审美功能更多属于诗的形式而非内容上的，属于贵族的而非平民的范畴，所以在生存问题仍然是国人的最大问题的“社会主义初级”阶段，在人的生理需要比审美需要更重要的特殊时期，当前新诗现代性建设中的功能建设应该突出治疗功能、抒情功能和启蒙功能。

今天，诗人应该记住梅洛-庞蒂的那段话：“我们承担着介入到世界之中

---

〔1〕 林语堂：《生活的艺术》，中国戏剧出版社，1995年，第136页。

〔2〕 周作人：《平民的文学》，胡适：《中国新文学大系1917—1927·理论建设集》，上海文艺出版社，2003年影印版，第211页。

〔3〕 周作人：《贵族的与平民的》，杨扬编：《周作人批评文集》，珠海出版社，1998年，第49页。

〔4〕 林以亮：《序》，林以亮编：《美国诗选》，今日世界出版社，1976年，第4页。

的政治责任，而这种介入不是通过沉默，而是通过真正地说出我们的生活经验，所以我们必须成为艺术家，成为歌唱我们生活和我们世界的艺术家。"[1]这段话与80年代初期吕进给当时的新诗下的定义异曲同工："诗是歌唱生活的最高语言艺术，它通常是诗人感情的直写。"[2]他也用了"歌唱"一词。这说明了新诗与政治有紧密关系。中国文人的传统生存方式是"格物、致知、诚意、正心、修身、齐家、治国、平天下"，推崇的境界是"先天下之忧而忧，后天下之乐而乐"和"居庙堂之高则忧其民，处江湖之远则忧其君"。新时期很多中国文人仍然继承了"为民请命""替天行道"的精英文人传统，具有古代文人的"家国情怀"，仍然做着"大庇天下寒士俱欢颜"式"兼济天下"的英雄梦。这些文人还具有"全球化"状态下世界文人的"现代性"和"后现代性"特质，前者重视"建构"的威力，后者推崇"解构"的能量。很多文人生活在"拯救与逍遥""秀与隐""介入与超脱""入世与出世""独善其身与兼济天下""体制外与体制内"的对抗与和解中。"人的自我意识随着社会生活的发展而发展。"[3]政治生态影响诗歌生态，政治观念影响诗歌观念，所以近年政治性的诗歌论争此起彼伏，诗歌界甚至出现了"泛意识形态"和"被意识形态"。

在百年新诗史上，新诗的功能建设总在走极端，如同样是在改革开放的30年间，就出现了20世纪80年代的启蒙性社会化写作和90年代的抒情性个人化写作。80年代风行一时的政治抒情诗几乎在90年代荡然无存。新诗功能的现代性建设，既要强调新诗的政治性，也要强调新诗的抒情性，更应该强调在当下中国，新诗应该是抒情诗而不是政治诗，抒情诗可以采用日本当代文论家滨田正秀的定义："现在（包括过去和未来的现在化）的自己（个人独特的主观）的内在体验（感情、感觉、情绪、愿望、冥想）的直接的（或象征的）语言表现。"[4]启蒙功能的诗对应愿望和冥想，抒情功能的诗对应感情和感觉，治疗功能的诗对应情绪。情绪在快节奏的当代生活中，越来越重要，特别要重视当下新诗情绪取代情感这一"题材巨变"现象。

新诗的现代性建设要重视三大功能建设，并不排除其它功能，尤其是由

〔1〕［美］丹尼尔·托马斯·普里莫兹克：《梅洛-庞蒂》，关群德译，中华书局，2003年，第89页。

〔2〕吕进：《新诗的创作与鉴赏》，重庆出版社，1982年，第20页。

〔3〕Denys Thompson. The Uses of Poetry. London: Cambridge University Press, 1974. p. 3.

〔4〕［日］滨田正秀：《文艺学概论》，陈秋峰、杨国华译，中国戏剧出版社，1985年，第47页。

人基本的审美需要导致的审美功能的建设。在生活方式都可以多元的社会，新诗的功能也应该是多元的，作为一种与政治关系密切的抒情性文体，新诗应该如马尔库塞所言，有“义务解放主观性与客观性之一切范围内的感觉、想象和理智”[1]。释放的结果是不仅可以让人获得心灵的自由与思想的自由，还可以让人获得心理的安慰与生理的宣泄。前者达到的效果就是启蒙，后者达到的效果就是抒情，两者结合就可以治病。

维特根斯坦认为：“想象一种语言就意味着想象一种生活形式。”[2]强调诗的功能实质上是在强调新诗存在的意义，写诗的过程就是想象语言和使用语言的过程。伽达默尔认为：“语言本身具有某种思辨的因素……作为意义的实现，作为讲话、调解和达到理解的事件。这样一种实现之所以是思辨的，就在于体现在语词中的有限的可能性指向意义的无限性。”[3]梅洛-庞蒂认为：“从最终的分析来看，语言所拥有的把事物表达成存在，给思想开辟新道路、新维度和新景观的力量无论对成年人，还是对儿童都同样是模糊的。在每一个成功著作中，传达到读者心灵中的意义都超出了已经构成的思想和语言。这在语言的符咒中被魔术般地突现出来，就像从前从祖母的书中出现的故事一样。”[4]写诗的过程实际上是自我解放的过程。“‘自由’二字可说是对新诗品质的最准确的概括。这是因为诗人只有葆有一颗向往自由之心，听从自由信念的召唤，才能在宽阔的心理时空中任意驰骋，才能不受权威、传统、习俗或社会偏见的束缚，才能结出具有高度独创性的艺术思维之花。”[5]新诗功能的现代性建设强调治疗功能、抒情功能和启蒙功能，正是为了突出新诗的“自由”品质。

四、四大任务

2010 年 11 月 7 日晚 10 点到 12 点，我在安徽大学磬苑宾馆接受了新华

---

〔1〕［美］赫·马尔库塞：《现代美学析疑》，绿原译，文化艺术出版社，1987 年，第 9 页。

〔2〕［奥］维特根斯坦：《维特根斯坦全集 8 哲学研究》，涂纪亮主编，河北教育出版社，2003 年，第 14 页。

〔3〕［美］帕特里夏·奥坦伯德·约翰逊：《伽达默尔》，何卫平译，中华书局，2003 年，第 65 页。

〔4〕［美］丹尼尔·托马斯·普里莫兹克：《梅洛-庞蒂》，关群德译，中华书局，2003 年，第 31 页。

〔5〕吴思敬：《新诗：呼唤自由的精神——对废名“新诗应该是自由诗”的几点思考》，《文艺研究》2011 年第 3 期，第 37 页。

社记者、安徽诗人龙羽生的采访。采访全文收入我的著作《新时期30年新诗得失论》中。我无意之间谈到了汪国真的诗。我说:"现在社会对诗人的误会太多,当然现在偏执型诗人也太多,所以这就对评奖造成一种误导。有的人就认为'梨花体''羊羔体'就是诗坛主流。这种误导是相当可怕的,就像当年的汪国真。在某种程度上说,网上流传的'羊羔体'那几首诗比汪国真的还要粗糙得多。……我不赞成全盘否定汪国真的诗。当年汪国真的诗流行时,很多诗人和诗评家都否定他,我当时写了一篇文章,我觉得比较客观,题目是《亚文化圈中的情感热》,社会具有多种文化圈,我们就有可能处于文化圈,但是我们孩子这一代,大一的学生啊,高中的学生啊,他们可能就处于亚文化圈。这个亚文化圈实际上有一种情感需求,甚至非常强烈,所以流行青春期写作和青春期阅读,无论是官方的主旋律诗歌,还是民间的艺术化诗歌都忽视了这个群体。汪国真的诗、席慕蓉的诗,从某种程度上说正好填补了空白,满足了他们的情感需求。从这个角度上看,汪国真的诗是有价值的,这也是他的诗能够流传的重要原因。"[1]

2015年4月26日,汪国真病逝。我的第一反应是网上会出现对他的诗进行评价的"大讨论"。早在上个世纪90年代初,他的诗集畅销时,就出现过诗坛人士"围攻"他的"新诗事件"。但是我没有估计到讨论如此盛大,如此激烈,如此尖锐。"在汪国真去世当天的微博和朋友圈中,针对汪国真的诗歌价值和大众影响,产生了截然对立的观点,一些诗歌群出现刷屏现象,诗人们你言我语,针锋相对,甚至争得脸红脖子粗。拥护者认为无论如何看待汪国真的诗歌,他确实影响了一个时代,而在90年代初中国开放的最关键时期,汪国真让年轻人回到了个体的感受。反对者则认为汪诗是一副麻醉剂,不仅没有文学价值,甚至是一场语言的灾难,公众对鸡汤式诗歌的热捧反映出文化贫瘠的现实。与诗歌圈的热议相比,普通网友则用点击量和跟帖表达意见,凤凰网文化的汪国真去世专题,实时流量比两周前去世的诺奖作家格拉斯足足高出200倍,可见汪国真在大众层面的影响力。"[2]可以说"诗人汪国真之死"又形成了一个"新诗事件"。透析这个新诗事件,有助于理解新诗现代性建设要完成的四大任务:促进改革开放、记录现代生活、优美现代汉语和完美汉语诗歌。

[1] 王珂:《新时期30年新诗得失论》,上海三联书店,2012年,第341—342页。

[2] 凤凰网文化:《汪国真去世引发大讨论:纯真记忆还是鸡汤毒药?》,http://culture.ifeng.com/a/20150426/43637303_0.shtml.

近年新诗诗坛有多位著名诗人英年早逝，甚至有新诗界最重要的学会——中国诗歌学会的两任会长雷抒雁和韩作荣，中国最重要的刊物——《人民文学》和《诗刊》各自的负责人韩作荣和李小雨，还有著名的诗评家陈超去世，都没有像汪国真这样引起媒体，尤其是网络媒体关注。

汪国真逝世后，新浪、网易、凤凰网多家门户网站做了专题讨论。如凤凰网的“凤凰文化”在汪国真去世的当天就推出了“专题头条”：“1956—2015 告别纯真的年代——著名诗人汪国真逝世”。到第二天，就有 14 篇文章。重要文章及主要观点如下：

《汪国真去世引发大讨论：纯真记忆还是鸡汤毒药?》：“汪国真去世引发的讨论不仅映照出知识界对诗歌价值的认知差异，更显示出大众与精英在审美上的巨大分野。拥护者认为无论如何，汪诗让 90 年代的年轻人回归了个体感受。反对者则认为汪诗是语言灾难，公众热捧反映文化的贫瘠。”[1]

《悼念汪国真的精神误区：青春追忆症与群善表演》：“面对大量追悼文中对汪诗的超常赞誉，评论人马小盐认为，汪诗是社会主义传统美学的一部分，而非改革开放的新事物，其诗歌美学几近零度。对汪国真英年早逝的叹惋无可厚非，而对其鸡汤的过度依赖和赞美，则是文化赤贫、审美扭曲的后果。”[2]

《著名诗人汪国真去世 习近平曾引用其诗歌》：“在 2013 亚太经合组织(APEC)工商领导人峰会上，习近平主席引用了汪国真的诗句：‘没有比人更高的山，没有比脚更长的路’，对于习主席会背下他的诗，汪国真表示非常激动，连连感叹‘习主席能背下我的诗词，我觉得挺欣慰的’。”[3]

《张颐武：汪国真起到了莫言贾平凹无法替代的作用》：“我觉得他其实是这样，因为他后来 90 年代中期以后，他受到很多的嘲笑和挖苦，这个情况是很普遍的，大家都看得到。大家对他的过去工作都有点不屑一顾。觉得他那些诗读的人也少了，年轻人也没有说是，由于这个批评以后看他的诗的人也都少了，那其实是集中在 90 年代初，80 年代后期，他实际上这个诗人是和

---

[1] 凤凰网文化：《汪国真去世引发大讨论：纯真记忆还是鸡汤毒药?》，http://culture.ifeng.com/a/20150426/43637303_0.shtml.

[2] 凤凰网文化：《悼念汪国真的精神误区：青春追忆症与群善表演》，http://culture.ifeng.com/insight/special/wangguozhen/.

[3] 凤凰网文化：《著名诗人汪国真去世 习近平曾引用其诗歌》，http://culture.ifeng.com/a/20150426/43636247_0.shtml.

80 年代那些重要的诗人，写朦胧诗的，舒婷、北岛他们同时起步的。但是他在整个 80 年代，他是没有任何影响，他是到 90 年代初，因为一本诗集叫《年轻的潮》，然后意外变成了大众诗歌和公众的一个节点，这个节点可能也是最后一次，是在公众之间有这么大的影响力。不久没有这情况了，除了余秀华这种个别的新闻事件，这个新闻事件也不能说是诗歌深入到公众里面去。深入到公众最后一次，大概就是汪国真。实际上汪国真的诗，他的特点就是，为什么说低估呢，就是一个方面他其实在 80 年代初，80 年代我们纯文学和通俗文学或者大众文化之间原来没有划分，没分开的时候，那么他创作。实际上他开启了一个大众文化的时代，比如说他那些歌词，虽然在诗歌里受到批评，但实际上大家写歌词都很像他这种。他是 80 年代文化很重要的时点，受到了 80 年代初现代主义的影响。那么现代主义变成一个支配我们的，比如诗歌。主流的就是朦胧诗，北岛大家都熟悉的。但是汪国真这样的诗，他在当时就没有引起关注，就是在文学界普遍受到轻视的，当时也是只有年轻人喜欢他的诗。那个时候除了年轻人喜爱他之外，他在文学界他得到的评价是非常非常低的。然后这个情况实际上就是，一方面按我觉得在一个急剧变化时期，他其实跟电视剧《渴望》一样开启了大众文化的一个时代。然后但是他开启以后，他就被替代掉了。一个是这个贡献。另一个当然就是他当时年轻人怎么样走进市场经济，就是那时候都是计划经济体，其实 80 年代的时候呼唤所谓主体性，人的解放都是大叙事，没有从个体小的经验出发，去给人一个真实的感受。那么汪其实是给大家一个非常真切，从个体出发、浅吟低唱的一种小感受，小感悟。这个其实对于从计划经济体转型，急剧变化的时代，他是有很大作用的。”[1]

《潘洗尘：汪国真是现行教育体制下的作文家而不是诗人》：“我是今天早上起来突然发现好多，你看基本上分两拨人，一拨人就是说自己怎么受他的影响。因为 90 年代已经是一个开放的时代，那些特别好的东西我们已经能够看到了，如果还受这个影响，那我就觉得确实是挺可悲的。他存在当然有他的意义和价值，但不应该有些写作者说会受到影响。他可以影响一些青年的学生、孩子，这个正常。但如果一个诗人承认说，我受过他影响的什么的，我觉得现在这个诗歌界也真是问题太严重了。……所以如果说一定是对

[1] 凤凰网文化：《张颐武：汪国真起到了莫言贾平凹无法替代的作用》，http://culture.ifeng.com/a/20150426/43637174_0.shtml.

汪国真是有个评价的话，他应该是我们的现行教育体制下的一个作文家而不是诗人。”[1]

《唐晓渡：汪国真的诗相对幼稚 但迎合市场需求》：“首先就是人去世这个事还是感到震惊和深深的哀悼。他的诗当然我以前有过评价，如果是按照我个人的看法，这个地方不涉及个人趣味，也可以说包含了个人趣味。就是说我所理解的诗歌，或者说是在当代中国诗歌已经提供的这些文本的前提下，我觉得在诗歌意义上他的高度不是那么高。但是我认为，在中国特别是90年代以后，这样一个特定的历史时刻，他的诗歌之所以引起了关注，主要是来自于当时中学生的关注，尤其是在当代诗歌发展处在一种低潮的这样一个时期。而且当时实际上人们可能在这方面还比较迷茫。就90年代创作诗歌，一般的读者他不是特别明白，因为很多人不能被大家所知道。这个能读到的，以前那些受到批判，所以他产生了一些迷茫。在这种情况下，汪国真是被很多中学生，包括大学低年级，高中生、初中生所喜爱。但是我说不管怎么样，这一点本身不是什么他的过错，不应该受到任何指责。我觉得就是按照读者的，假如借用一个经济学概念，这个就是市场需求。汪国真有他的读者，一点不奇怪，而且我觉得谁也不能把这作为一个贬损的理由，比如说好的诗人是不能把市场，把发行量作为支持他的一个尺度，比如说我诗集发的多我就好，但是反过来也不能说他发的多他就是坏诗人，这同样不成立。所以汪国真不管怎么说，他在那么一个诗歌时刻，也确实平复了、满足了很多年轻的灵魂和年轻情感的需要，我觉得这是无可厚非的。而且他在多元化的诗歌格局当中，也有他的理由、有他的意义。但是后来他自己陷入了某种幻觉，而且这种有些是我们文化生态所导致的，强化了一些他的幻觉。有一次我开完会碰到他就问他，他说他在给古诗词谱曲，还有练书法。做这个事情，挺好。我觉得在历史极具变化的关头，一个诗人有很多偶然性，汪国真不是那种必然的诗人。比如说有些诗人给你是压迫感，他那个作品的高度在那儿，依旧被埋没，将来还是要被人所认知。汪国真可能是其他的情况，但是我想前提是说，一个人的精神成长也是分阶段的，相对于一个人生阶段，一种思想情感的状态，他有他的意义。我听说好多人都抄他的诗拿来当情书什么的，也没什

---

[1] 凤凰网文化：《潘洗尘：汪国真是现行教育体制下的作文家而不是诗人》，http://culture.ifeng.com/a/20150426/43636786_0.shtml.

么不好。但要说放在整个当代诗歌人文层面的高度，还是要做另外的评价。”[1]

《陈杰人：汪国真去世 带走一个纯真时代》：“汪国真的诗歌，多集中于爱情和理想两个主题。对于生长于上世纪 80 年代的人而言，当时的社会刚刚改革开放，很多人从过去封闭式的单一政治思维模式中刚刚苏醒过来，欣欣然张开了眼，却又感觉无所适从，甚至，连谈场自由的恋爱都要瞻前顾后，生怕被扣上‘资产阶级思想’的大帽子。汪国真恰恰在那个时代出现了，他发表在《辽宁青年》等杂志上的大量诗歌，成了当时的年青人解读人生、理解爱情、憧憬梦想的最好启蒙作品，很快，一股汪国真热在校园、在街头、在农村、在打工仔中开始兴起。最狂热的时候，那时的《辽宁青年》杂志只要一上市，很多年轻人就会毫不犹豫地解开羞涩之囊，把省下来的饭钱换回一本杂志，然后急不可耐地打开，翻到汪国真的专栏，品味他最新的心灵鸡汤。汪国真不仅给年轻人们带来了全新的人生体验和价值观，也客观上有力助推了当时诗歌热的兴起。……到了九十年代后期，整个中国社会开始陷入唯利是图、不择手段、腐败横行的阶段，汪国真诗歌中所弘扬的道德情操、理想情怀和质朴人格，便慢慢被逼退，以至于后来，甚至出现了文坛对汪国真的嘲讽现象。”[2]

《于丹悼汪国真：我们遇见他 在恰好的年龄上》：“著名诗人汪国真于 4 月 26 日凌晨逝世，各界名人纷纷表示对汪国真的逝世的缅怀之意。下午三时许，知名文化女学者于丹也发微博称：‘我们遇见他，在恰好的年龄上，恰好信任诗，恰好信爱情。所以，汪国真是我们青春里的烙印，像一段轻摇滚的旋律，像一次成绩的挂科，像一点擦肩而过的遗憾，还有那些不着边际的莫名感伤。今天重读他的诗，恰好，骨子里的诗与信任还在。’”[3]

《诗人汪国真逝世 赵薇章诒和等名人纷纷悼念》：“北京时间 4 月 26 日上午 10 时许，微博认证为‘诗人，宣传大使’的博主潘婷发微博称‘诗人汪国真今凌晨两点十分去世。’此消息得到其助理的确认。随后，各界名人纷纷在微

[1] 凤凰网文化：《唐晓渡：汪国真的诗相对幼稚 但迎合市场需求》，http://culture.ifeng.com/a/20150426/43637015_0.shtml.

[2] 凤凰网文化：《陈杰人：汪国真去世 带走一个纯真时代》，http://culture.ifeng.com/a/20150426/43636407_0.shtml.

[3] 凤凰网文化：《于丹悼汪国真：我们遇见他 在恰好的年龄上》，http://culture.ifeng.com/a/20150426/43637087_0.shtml.

博上发文对汪国真的逝世表示哀悼和追思。《热爱生命》是汪国真最广为流传的一首诗歌，著名演员赵薇称，小学时曾将这首诗手抄到笔记本。延参法师用该诗中最为人称道的两句‘既然选择了远方/便只顾风雨兼程’追悼汪国真的离去，‘一个一辈子用生命写诗的人，不是离开了这世界，而是又一次选择风雨兼程，对生命的忠诚和坚定，都写进了诗篇，悠远而从容。走好。’除此之外，著名戏曲研究家章诒和、演员六小龄童、媒体人罗昌平等均对汪国真的逝世表示追思。”〔1〕

从以上文章的题目及观点就可以窥见媒体对他的极端重视及他的逝世对诗坛及社会产生了巨大影响，还可以看出大众读者与专业诗人对他的评价截然相反。特别是诗人对汪国真的新诗成就的评价极低。欧阳江河甚至说："仅就诗歌而言，汪国真的写作，对中国当代诗歌惟一的作用就是阻碍。我认为最不是诗歌的东西，而他在写，这完全是对诗歌的一种毒害。如果因为汪国真的诗歌曾经拥有很多读者，就以此来定义我们对诗歌的品位的话，这简直就是对整个诗歌智识层面的一种羞辱。我和汪国真对诗歌的判断是彻底不同的，他认为是诗歌的那些东西中体现的所谓时代精神、那些表演性成分和精神励志等，我认为是拼凑出来的‘假诗’。而我们的教材居然要把它收入，塑造那种四不像的东西，这是对学生的一种毒害，从小学时起就会有树立起一种‘恶趣味’的危险。现在大家一提诗人，就回到过去，可是‘过去’又不够远，没有回到李白甚至屈原的时代，而是回到了汪国真甚至是徐志摩的时代，以此来塑造我们的诗歌趣味、价值观乃至生命质量，所以我们的诗歌不能和汉语的当下性同步。我羞于被称为和汪国真是同一个时代、使用同一种语言的诗人。"〔2〕

很多诗人没有参与门户网站的专题讨论，却在博客上发表了自己的看法。2015 年 4 月 26 日 23 时，诗人王久辛在他的新浪博客上发出文章《就诗人汪国真逝世答媒体》："惊闻诗人汪国真先生今凌晨两点十分去世。才 59 岁。诗歌的价值，永远没有一个标准。汪的温暖与轻浅，对于高中生与大一二的学生，是有意义的。成功，永远是相对的，没有绝对真理。汪先生好走。……汪国真作品代表了中国诗歌的底线。汪国真诗歌有三个精神向度。

---

〔1〕 凤凰网文化：《诗人汪国真逝世 赵薇章诒和等名人纷纷悼念》，http://culture.ifeng.com/a/20150426/43636565_0.shtml.

〔2〕 吴亚顺、柏琳：《欧阳江河：汪国真的诗，全都是"假诗"》，http://culture.ifeng.com/a/20150427/43641835_0.shtml.

第一：青春。他对当代的高中生，以及大一、大二的学生是有意义的。他诗中对亲情、友情、爱情的书写，充满了阳光、友爱和温暖的情感。第二个向度是：励志。比如他诗歌里有'要嫁就嫁给成功'、'要输就输给追求'，类似这样的警言名句，在汪国真的诗歌里俯拾皆是。对青春少年们来说，有一种很给力的鼓舞。第三个向度：温暖。比如对友情的美好，是给了很多笔墨书写的。这在高中生面临高考、大学生面临新的陌生环境时，那种友情的抒写，特别重要。而这种抒写当下很少。汪国真的文学，是在朦胧诗之后，是对朦胧诗的反驳。他畅达，通晓，明白，一点儿也不晦涩，阳光明媚，春暖花开，符合当下青少年的接受心理。为什么上百万、上千万册的印刷？评论界批评人家浅薄，但是青少年不看文学评论，就认同汪国真。这是需要文学评论领域反思的。究竟怎么认识汪国真？应该把汪国真的去世，当做对现代文学的一个提醒。提醒我们，文学除了批判、干预和对人类命运的关注以外，底线在哪里？为什么被千百万人喜爱的诗人，为什么评论家和理论家关注不够？汪国真诗中的青春、励志和温暖的三大向度，和不久前热播的路遥先生作品中的直面现实、直面苦难、直面人生精神，是高度暗合的。在汪国真成名同期，还有三个现象值得关注。第一，是琼瑶热。第二，是席慕蓉热。第三，是梁凤仪热。这三股热流，在中国改革开放之初，是和路遥热、汪国真热精神一致的。比如梁凤仪小说《夜色阑珊》，能读到现代西方文明的新型社会形态，对今天的中国如何产生重要作用。汪国真就是在这样一个背景下产生的。我们应该把他放在这样一个文化背景下，客观公正的给汪先生一个定义，而非人云亦云。有人说中国社会里，诗歌逐步被边缘化，但实际上中国诗歌一直在现场。就在昨天，石家庄有一个公墓，邀请著名诗歌评论家陈超先生安葬在那里，给了一块地。同时也是民间诗人卧夫一周年的忌日，很多诗人都去纪念他。还有我写南京大屠杀的一首诗歌，截至今天，还有人在留言和评论，诗歌一直没有从社会里缺席。1990年，我和汪先生在作曲家方兵家里见了面，是方先生介绍我们认识的。他的一个歌曲，由汪国真先生作词。之后我在中国几届诗歌节里，都跟汪国真先生有所相遇，我们很友好地寒暄握手，但遗憾没有私交。我认同他对中国新诗的贡献，我希望大家认同他的价值。诗歌固然要有批判的。但批判完了之后，我们还是要肯定一些东西。我认为中国诗歌的底线，就在汪国真这里：青春、励志、温暖。最基本的底线，我们还是要守住。”[1]王久辛的评价是比较高的，与欧阳江河颇有差异。

新浪网的“悦博第54期”的名称是《谈论汪国真时我们谈什么》，“编者按”也承认了汪国真的诗既受赞扬也被批评的现实：“2015年4月26日，汪国真去世。这个消息，让太多人震惊了。20世纪90年代给人留下最深印象的文化现象之一，就是汪国真诗歌的盛行。他的诗平易通俗，主题积极向上，诗句朗朗上口，很容易获得大众的喜好。当然批评的声音也非常多，认为他是鸡汤文学的鼻祖。本期，我们谈谈这位影响力深远的诗人。”[2]

普通读者以重读和重新传播汪国真的代表作的方式来悼念他。如晓风如岚在微博中抄录了《热爱生命》：“我不去想，/是否能够成功，/既然选择了远方，/便只顾风雨兼程。/我不去想，/能否赢得爱情，/既然钟情于玫瑰，/就勇敢地吐露真诚。/我不去想，/身后会不会袭来寒风冷雨，/既然目标是地平线，/留给世界的只能是背影。/我不去想，/未来是平坦还是泥泞，/只要热爱生命，/一切，都在意料之中。”[3]

正如于丹悼汪国真所言“我们遇见他在恰好的年龄上”，自称“文艺青年”的晓风如岚在微博中抄录《热爱生命》，不只是因为汪国真刚去世，还是因为她正处在热恋中，《热爱生命》中的四句关于爱情的诗句正是她当下爱情生活的真实写照：“我不去想，/能否赢得爱情，/既然钟情于玫瑰，/就勇敢地吐露真诚。”最重要的原因是，她知道她的男朋友每天都要读她的微博，这首诗实际是借他人酒杯浇自己块垒，是向她男朋友表露心迹的。以一斑窥全豹，由此可见汪国真的诗为何会受到普通读者，甚至是今天的“文艺青年”的喜欢了。

汪国真更影响了90年代初的“文艺青年”。如刘春在微博中坦言：“在首都机场听说汪国真于今日凌晨病逝，享年59岁。这是一个我中学时热读过的诗人。其实，几乎所有70后诗人都读过他，虽然有的人成长起来后不敢承认这一过程。”[4]

---

[1] 王久辛：《就诗人汪国真逝世答媒体》，http://blog.sina.com.cn/s/blog_4c1e6b600102vmd0.html.

[2] 新浪悦博：《谈论汪国真时我们谈什么》，http://blog.sina.com.cn/lm/z/wangguozhen/.

[3] 汪国真：《热爱生命》，http://weibo.com/u/5499278374? from=myfollow_all.

[4] 凤凰网文化：《著名诗人汪国真去世 习近平曾引用其诗歌》，http://culture.ifeng.com/a/20150426/43636247_0.shtml.

如果从诗、人和社会的现代性角度来探讨汪国真诗歌，不难发现尽管他是大陆诗人中诗集销量最多的诗人，他的诗的价值并不与诗集的销量成正比。"'modern(现代)'这个术语源于一个拉丁词，意思是'在这个时代'。这一英语词汇迅速地演变出两种用法，意味着'当代、当今'，另一用法则添加了这样的涵意——在现代时期，世界已不同于古典的和中世纪的世界。在这一词汇的现今用法中保留了这两层含义，只是当今世界与之相对立的历史时期已经不只是古典的和中世纪的两个阶段了。在社会科学中，而且某种程度上在它的通常用法中，已演绎出关于现代的和传统的生活方式之间的一种更为精致的对立。很多的时代可能也会觉得他们是与众不同的，但我们倾向于认为我们的独特性远非一般的差异可比；我们正在发展着历史中的崭新事物。"[1]

台湾诗界普遍希望把新诗称为现代诗，目的是为了强调新诗的现代精神。我更愿意把今日新诗称为"现代汉诗"，一是为了强调它是用现代汉语写的诗，二是为了突出它是具有现代精神的诗。现代汉诗应该是用现代汉语和现代诗体，抒写现代生活和现代情感，具有现代意识和现代精神的语言艺术。新诗现代性建设应该重视人的生存问题、生理需要和审美需要、诗的启蒙功能、抒情功能和治疗功能。新诗现代性建设要完成的四大任务应该是促进改革开放、记录现代生活、优美现代汉语和完美汉语诗歌。如果用这些新诗的"现代性"标准来衡量汪国真的诗，不难发现他的诗也具有一定的现代性价值。一是关注人的生存。二是重视人的生理需要和审美需要之间的情感需要。三是他的诗的结构模式是小哲理加小感情或小感触，产生了一定的启蒙功能和抒情功能，甚至具有一定的治疗功能，所以被称为"心灵鸡汤"。四是他的诗在一定程度上记录了上个世纪90年代初中国处在文化大转型时期年轻人的情感生活和现实生活，如同他90年代出版的第一部诗集的名称《年轻的潮》所言，确实记录下了那个时代"年轻的潮"。汪国真离世半个月前出版的他的最后一部诗选集的名称是《青春在路上》，他的诗确实记录了"在路上的青春"，他的诗的主要读者也是那些在路上的年轻人。无可讳言，他成名后的一些写作，尤其是为青年报刊及出版社写的一些诗是带有商业化运作性质的"应景之作"或"命题作文"，他的一些诗的写作是大众文化产品的"制作"。

[1] [美]库尔珀：《纯粹现代性批判——黑格尔、海德格尔及其以后》，臧佩洪译，商务印书馆，2004年，第22—23页。

“汪国真自己承认：‘我写诗一直注意对象，新诗是写给年轻人看的，没有必要写得很含蓄；而旧体诗中用典较多，词句比较含蓄，虽然也能表达豪放的情怀，但读旧体诗的人一般要比读我新诗的人年龄高，所体悟的也要比年轻人深。我不会刻意地追求某种表达的形式，这也是我的性格。’”[1]但是他的很多诗作，尤其是成名前的诗作是他个人真实的情感生活和世俗生活的如实记录，如同他的一部诗集的名称《年轻的思绪》所言，他用诗笔把自己的“年轻的思绪”记录了下来。90年代初中国诗坛正流行一句名言：“真实是诗人唯一的自救之道。”正是因为写得真实，一些诗写出了年轻人的“心声”，他的诗才能够被青年学生广为传抄，才能够成为那个时代最著名的“明信片诗”。当时非常流行寄同学好友新年明信片(贺卡)，明信片上会写上几句祝福的话。名言警句太“硬”了，直接教育人不太好，有点哲理语言又较优美的句子成为首选。汪国真的“既然选择了远方，/便只顾风雨兼程。”自然深受青年学生的青睐。

新浪网“壹周读”的一篇文章的题目是《汪国真：畅销鸡汤还是一代人的经典?》。文中的一段话说出了汪国真的启蒙抒情及治疗功能：“汪国真的诗中不仅仅有青年人的生活和那种明白畅晓的表达方式，更主要的是一种超然、豁达、平易、恬淡的人生态度。这种站在人生的更高层次的俯视现实中的一切，所采取的‘汪国真式的人生态度’，不能不说是汪国真诗歌备受青年读者欢迎的原因所在，还有其中很重要的一个因素，是他的诗契合了广大年轻人的心理需求，而且诗歌里面所表现出的人文内涵已经超越了时代，达到了社会普遍性。青春时期是人一生中最重要的黄金转折点，在这一时期，年轻的心有太多情怀太多负荷需要释然，太多思考需要沟通与解答。汪国真的诗歌以‘知心大哥’的方式出现，对他们的所感所想以自己的思想性和哲理性进行了心灵抚慰和自省关怀，从情境美学到情境哲学，实现了情感烦恼到智慧超然的跨越，从而使其诗歌中所蕴含的美学思想超越了时间性。也正是因此，汪国真的许多诗句，成为了年轻人争相摘录的青春励志格言，如‘没有比脚更长的路，没有比人更高的山’‘只要热爱生命，一切，都在意料中’等。他的诗影响了整整一代人，甚至波及10多年以后的今天。‘现在还读汪国真诗的人，主要还是90年代那批，为了怀旧。’第一个出版汪国真诗集的孟光打了

---

〔1〕 新浪读书：《汪国真：畅销鸡汤还是一代人的经典?》，http://book.sina.com.cn/news/c/2015-04-27/0942737946.shtml.

个比方：'当时很多人都在手抄汪国真的诗，他就像一锅已经烧到八九十度的水，我添了一把柴，烧旺了而已。'在孟光看来，'汪国真热'是时代的产物，经过80年代末，年轻人普遍比较迷茫。而汪国真的诗，没有那些大道理，没有空洞说教，符合当时年轻人的阅读口味。"[1]

像《热爱生命》这样的关注人，尤其是青年人的现实生存的诗对青年人的成长产生了很大的影响。这些特殊的"青春励志诗"不是发表在诗歌刊物上，而是发表在《辽宁青年》《女友》这样的青年刊物上。河北省佛教协会副会长延参法师生于1969年，年轻时正是汪国真的"粉丝"。2015年4月27日，他在微博中以《热爱生命——悼念汪国真先生》为题写出了汪国真对他那一代人的巨大影响："31年前，一位年仅28岁的年轻人，捧着自己写满诗歌的本子，从一家编辑部跑到另一家编辑部，只是，那时几乎没有人注意到这个执着的文艺青年。于是，他写下了'我不去想是否能够成功，既然选择了远方，便只顾风雨兼程。'的诗句形容自己当时的心情，谁能想到，这些挫败中的自我鼓励，竟然在后来影响了无数的年轻人，他的诗歌，成了许多人青春岁月里一缕散不去的馨香。他，就是刚刚又启程的一代诗人，汪国真。挫折，迷茫，困难，一重重的人生烦恼，包裹着热爱生活的汪国真，但是，在那个没有人相信自己的时候，他选择了自己相信自己，他暗暗告诫自己'倘若才华得不到承认，与其诅咒，不如坚忍，在坚忍中积蓄力量'。原来，这所有激励人心的诗句，是来自一个彷徨苦闷的内心的突围。正如他自己所说：'获得是一种满足，给予是一种快乐'，他默默地承受着生活给他的各种艰辛，所有的寒风冷雨，却换给了我们一首首的经典诗歌，一次次地给我们传递了一种充满阳光的人生信念，他自己在给予中找到了自己人生的意义所在。生活慷慨地给了他许多的风雨，他却吝啬地不肯回报一点点的埋怨，只是大方地一路微笑，用欢乐去回报平坦，用思索去回报崎岖，用飞翔去回报幸福，用坚韧去回报不幸，用潇洒去点缀自己的生命之旅。所以他说，'什么也改变不了我对生活的热爱，我微笑着走向火热的生活'。是的，'何必要细细的盘算，付出和得到的必须一般多'，生活从来是人生最善意的知己，若能领悟生活的用心，终将明白，生活的给予早已多到无法计数。人生苦短，道路漫长，他珍惜着每一寸的光阴，珍爱着每一处的风光，他不停地走着，不停地走着的他，渐渐地走成了

〔1〕 新浪读书：《汪国真：畅销鸡汤还是一代人的经典?》，http://book.sina.com.cn/news/c/2015-04-27/0942737946.shtml.

一道温暖而清新的风景，他从远方走来，走近了许多人的生命，从星星走成了夕阳，一挥手，留下一抹天空的晚霞。终于，走到了路的终点，就如他曾经所说'只要热爱生命，一切，都在意料之中'，于是，他平静地离去，坦然地迎接着这生命中的意料之中。'既然目标是地平线，留给世界的只能是背影'，在陪伴我们几十个春秋之后，他给我们留下了一个从容的背影。'没有比脚更长的路，没有比人更高的山'，他从未去超越谁，他只是跨越了自己，他用自己一生的光阴，写就了一首热爱生命的诗，他用对生命的忠诚和坚定，走出一个真实的自己，更走出了一个文化的奇迹。归去，未必是结局。也许，一个不屈的灵魂，只是走向了另一个远方，平坦也罢，泥泞也罢，只要热爱生命，一切，都在意料之中。"[1]

如果用新诗现代性建设的四大任务——促进改革开放、记录现代生活、优美现代汉语和完美汉语诗歌来衡量汪国真的诗，他做得最好的是"记录现代生活"，其次是"促进改革开放"。很多诗人和诗评家完全否认第二点，认为他写的是"小处敏感大处茫然"的诗歌，脱离了当时火热的社会生活，尤其是政治生活。先锋性、革命性及启蒙功能、宣传功能是20世纪新诗的重要特点，上个世纪80年代流行的朦胧诗很多是"政治抒情诗"，汪国真从来没有写过"政治抒情诗"，他的诗是平民化的个人写作，是小夜曲，不是黄钟大吕。但是正是《热爱生命》这样的小夜曲让在社会大转型时期"不知所措"的年轻人少了些迷惘，多了些思考，少了些抱怨，多了些奋斗，少了些冷漠，多了些热情，少了些自私，多了些关爱。汪国真的诗在当时能够流行的本质原因是这些诗既满足了亚文化圈中的情感热，是抒情诗，又能够满足亚文化圈中的思想热，是哲理诗。这些既抒情又励志的诗能够在社会转型期让一代年轻人健康地成长，尤其是让他们平安地度过青春反叛期，在某种意义上，有利于中国的改革开放。当然，他的一些诗过分强调"遵纪守法"，如强调现代性中的"和谐"甚至"规则"，不顾90年初后现代主义思潮已经在中国潜滋暗长的时势，不利于年轻人的"创新"与"创业"，确实产生了如"精神鸦片"的负面效果。"因为出身，汪国真15岁初中毕业，高中都没资格读，进了北京第三光学仪器厂做学徒，大夜班晚上10点到6点，对一个15岁正嗜睡的孩子来说，生不如死，一干就是七年，当时他所能想象的人生目标，就是评上八级铣工。恢复高

---

〔1〕延参法师：《热爱生命——悼念汪国真先生》，http://blog.sina.com.cn/shuiyuechanseng.

考后汪国真考进暨南大学，每天饭后，走在明湖边上，诗情画意和花好月圆，一切美好得不真实，天之骄子，情怀荡漾，唯恐是场梦，醒来还在三班倒机器轰鸣的车间里。汪国真对时代和际遇充满感情，相由心生，他的作品是阳光、温暖、顺应、讨巧和满足的，用今天的话说，是鸡汤文学的鼻祖，好懂励志，朗朗上口。汪国真一夜爆红和后来受到非议，都是同个原因，诗歌比较简单上口易于传播相对单薄。”[1]

“汪国真式的人生态度”与“美国精神”所强调的“没有冒险就没有得到”“你行我也行”的人生态度颇有差异。我 1983 年进入西南师范大学外语系，深受美国教师的影响。1990 年从西南师范大学中国新诗研究所硕士毕业后，到西北师范大学中国西部文学研究所专业从事新诗研究工作，也是西北师范大学大学生诗社的顾问。当时我公开反对大学生，更反对中文系的大学生，特别是大学生诗人读汪国真的诗。原因不只是他的诗写得太浅，缺乏必要的艺术性，更是因为觉得他的诗会影响大学生的进取精神和担当意识。即他的诗从思想上和艺术上都可能伤害被称为“社会的骄子”的大学生。我最早知道汪国真是在 1990 年秋天，历史系的校园诗人牛昌庆给我带来了《年轻的潮》，问我他认为这些诗写得不好怎么还会流行。当晚我细读了诗集，第二天便写了《亚文化圈中的情感热》，解答汪国真、席慕蓉的诗当时为何流行的原因。在文中，我肯定他的诗“情感性”及“抒情功能”甚至青春期的“治疗功能”，否定他的诗“哲理性”及“启蒙功能”。“亚文化圈”指的是“中学生”而非“大学生”，认为他的诗的“情感”尤其是“哲理”，对大学生来说实在是太表面和太肤浅。尽管我当时认为中学生应该接受的是“规范教育”，大学生应该接受的是“创新教育”。中学生如果不守规范就有可能考不上大学，大学生如果太守规范就不可能成为优秀人才。但是我对整个青年时期的定位是“自信”。我给每一届大学新生上课前，都要求学生记下“王珂语录”：“一、我不狂谁狂。二、做王珂的弟子，不能砸了王珂的牌子。三、吾爱吾师，吾更爱真理。”还告诉学生我讨厌不自信的人，其次才是懒怠的人和马虎的人。我还写过这样的诗：“自信和希望/青年的特权！”“即使做流星/也要发出炫目的光”。所以我不但反对西北师范大学的校园诗人读汪国真的诗，当时确实形成了一股“正气”，谁读汪国真的诗会被其他校园诗人嘲笑为“幼稚”。还于 1991 年 11

[1] 黄啸：《诗人是那个时代的爱慕》，http://blog. sina. com. cn/s/blog_4be8c9b30102vm8b. html? tj=1.

月14日夜，在为西北师范大学的学生诗刊《我们》15期写的评论文章《大处茫然，小处敏感——为校园诗人一辩》中强调诗人的“主体性”和青年人的“狂妄性”。我在文中激情四溢地写到：“校园是一个小地方大世界，这里有不可思议的幻想，有的是企图超越一切的激情，有的是被压抑和奔放的情感，有的是对缪斯顶礼膜拜的才子佳人……在校园，情感和幻想四处弥散，和各种玄奇的色彩对抗，诗作为幻想和情感白热化的产物自然在对抗中生存。在校园，诗神尽情飘临，尽情造就梦谷，在浪荡中迷惘在迷惘中浪荡的校园诗人，纷纷自告奋勇，充当梦谷主人。”[1]“自信和希望是青年的特权……把缪斯挽留在校园吧！不要让她四处流浪!! 在这个世界上，上帝死了，校园诗人还活着!!!”[2]

不难发现，这两段文字中倡导的年轻人的“生存方式”与汪国真的诗倡导的大相径庭。它与我今天强调的新诗现代性建设需要完成四大任务中的首要任务——促进改革开放，有异曲同工之处。身为大学教师，我一向坚持既传统又现代，但要适度偏向现代的教学原则。在新诗研究中，我支持后现代主义的“解构”在文化上起作用，反对在“诗歌”，尤其是“诗体”上起作用，所以我提出新诗要建立“准定型诗体”。教育的现代性与新诗的现代性也有些异曲同工，都不是一种极端的，尤其是富有后现代特质的现代性，都会兼顾传统与现代、个体与群体，甚至重视传统和规则，不极端强调自由与主体。“如果要以一种更为清晰的方式来谈论现代性，那么，现在所收集的那些通常说法是不够的，我们可以回忆一下社会学对我们处境的一些典型描述。我们熟知那些用于描述现代间距的负面效应的语汇：异化、祛魅、破碎及病态等。在这个发端于马克斯·韦伯的传统中，可以找到那些有助于我们更为严谨地阐明所有这一切与现代自由和个性的关联方式的概念。这将使我们关于黑格尔和海德格尔的研讨更具针对性。例如，可以考虑一下彼得·贝格尔对现代时代的描绘‘除其体制功能和角色功能外，作为最高实在的纯粹自我概念正是现代性的灵魂’。”[3]“在韦伯的眼中，现代性就是对古往今来的自我和社会的一种明白确认，现代同一性并非仅仅是历史性构造系列中的又一个例；

---

〔1〕 王珂：《大处茫然，小处敏感——为校园诗人一辩》，西北师范大学“我们”诗社：《我们》第15期，第58页。

〔2〕 王珂：《大处茫然，小处敏感——为校园诗人一辩》，西北师范大学“我们”诗社：《我们》第15期，第59页。

〔3〕 [美]库尔珀：《纯粹现代性批判——黑格尔、海德格尔及其以后》，臧佩洪译，商务印书馆，2004年，第32—33页。

它是对那些构造之既有根基的一种去蔽。不管是福还是祸，我们终于赢得了自我——意识——这是一个常见的现代主题。”[1]汪国真的诗对培养大学生的“自主意识”和“自由精神”没有多大用处，对提高大学生的“语言智能”和“诗歌技术”更无帮助，这是“大学助教”王珂当时“抵制”“汪诗”的主要原因。我1990年7月从西南师范大学中国新诗研究所硕士毕业，当时也在疯狂地写与“汪诗”迥异的“现代诗”，但是与当时“倒汪”的诗界人士不同，我并无“诗人相轻”的原因。

作为诗人或新诗大学老师，我“抵制”“汪诗”。但是作为新诗研究者，我却敢于出来为汪国真和席慕蓉的诗辩护，认为中学生确实有必要读“汪诗”，重视社会传统甚至做人规范的“名言警句”甚至“心灵鸡汤”确实有助于处在叛逆期的少男少女的“健康”成长。我也反对中学教育的极端化，认为观念上的、思想上的和艺术上的极端观点都可能“误人子弟”。中学生的独创性、自我意识及个性在心理叛逆期都非常强，如果我们过分地强调主体性及自主意识，会让他们变得大而空，甚至变得非常狂妄。

事实上，汪国真是“中学生”而不是“大学生”推出的“著名诗人”。“汪国真还给我讲了他第一本诗集《年轻的潮》出版过程。当时学苑出版社的编辑孟光打电话找他，约出版诗集，开出的条件是，最高的稿酬（十行诗八十元），最快的速度，最好的装帧。这对当时2块5块地收稿费，还大量被退稿的汪国真来说，是天上掉馅饼的好事，惊喜之余，他问，你怎么知道我的啊？孟光说自己的妻子是老师，有天上课看到学生在下面递来递去什么东西，于是没收物证并把‘涉案同学’留堂。发现学生传递的是‘汪国真诗歌手抄本’，问你们几个都喜欢这个汪国真的诗啊？学生说，不只是我们几个，所有同学都喜欢。妻子于是把这个出版信息通报给孟光，孟光做了进一步的市场调查，迅速立项。《年轻的潮》以23天创纪录的速度出版，当年成为十大畅销书。”[2]正是这个“真实的故事”成了最好的“商业推手”。很多人没读过汪国真的诗，却知道这个“传说”。

叶永烈所说的汪国真的“成名经历”中也有这个“传说”，他回顾了那段“历史”：“我与汪国真相识，是1992年8月在北国边陲的一次笔会上。……

---

〔1〕［美］库尔珀：《纯粹现代性批判——黑格尔、海德格尔及其以后》，臧佩洪译，商务印书馆，2004年，第33页。

〔2〕黄啸：《诗人是那个时代的爱慕》，http://blog.sina.com.cn/s/blog_4be8c9b30102vm8b.html?tj=1.

那时候，汪国真正处于大红大紫之中，在中国文坛刮起了‘汪旋风’。那年初，汪国真来上海，在上海文坛掀起轩然大波：他在上海南京东路新华书店签名售书，那天下着蒙蒙春雨，读者排成长蛇队，从楼上一直排到楼下，盛况空前。他在短短3小时内，签售了4 000册‘汪诗’，用掉7支签名笔！须知，任何上海作家签名售书，从未出现如此壮观场面。至于上海诗人，在我的印象之中，似乎未曾有过签名售书。……我在文学圈里，听到不少关于汪国真的议论，说他的诗不是诗，浅薄得很，是‘迎合’少男少女……甚至有人掀起一番‘倒汪运动’。……在这次北国之行中，一个夜晚，他跟我长谈，这才使我渐渐了解了他，明白了‘汪旋风’最初是怎么刮起……在我看来，他不是一团稻草，不是一桶汽油，不是在顷刻之间腾起烈焰。他如同煤球炉，经过慢慢的引燃，炉火渐旺，终于‘红’了起来。他是一位青年，他为青年写诗，写青年之诗。他曾经自称他的诗歌创作得益于四个人：李商隐、李清照、普希金、狄金森(美国)。他追求普的抒情、狄的凝练、李商隐的警策、李清照的清丽。他的诗，最初是在许多青年杂志上发表的。青年杂志的发行量大，拥有众多的青年读者，他的‘青春诗’渐渐在青年心中扎了根。这样，年复一年，他在青年中产生了广泛的影响，形成了自己庞大的读者群。然而，此时文学界对他几乎一无所知，虽说他也在文学刊物上发表一些诗。他的诗，在青年中不胫而走。青年杂志《女友》看准了‘行情’，特邀他开辟了‘汪国真专栏’。他还担任《辽宁青年》《中国青年》的专栏作者。出于对‘汪诗’的喜爱，有的青年读者收集‘汪诗’，抄录成册，出现了‘汪诗’手抄本。他得到了‘上帝’——青年读者的认可和拥戴。一位女教师把‘汪诗’手抄本交给在北京学苑出版社当编辑主任的丈夫看，她的丈夫主动找到汪国真，愿为他出版第一本诗集。1990年4月20日，汪国真的第一部诗集《年轻的潮》交稿，5月20日便由学苑出版社出版。据汪国真向我透露，此前，他曾把自己的诗集交给南方一家出版社，在那里未遇‘伯乐’，压了很久未能出书。1990年5月19日，《北京晚报》为汪国真诗集的出版发了一条几行字小消息，翌日王府井新华书店立即涌来大批青年读者购买‘汪诗’。《年轻的潮》竟重印5次，总印数达15万册——这在中国当代诗坛上是不可想象的数字。1990年7月4日，汪国真的诗集《年轻的潮》被《新闻出版报》列为十大畅销书之一，文艺类图书仅此一本。”[1]

---

〔1〕 叶永烈：《多才多艺汪国真》，http://blog.sina.com.cn/s/blog_470bc6dd0102viof.html? tj=1.

所有的历史都是“当代史”，尽管今天叶永烈的叙述有他的偏爱，但是这段“历史”在表面上是真实的。只是他对当时诗坛掀起“倒汪运动”的政治原因、经济原因（市场原因）及诗歌原因，尤其是政治原因不清楚。在90年代初，文化大于文学，“文化刊物”远远比“文学刊物”流行，纯文学刊物《河北文学》都改成了文化刊物《当代人》。《女友》和《辽宁青年》分别是妇女刊物和青年刊物中“市场占有率”最高的。只要想一想一个特别简单的问题：“为何汪国真以后不再写诗或者为何90年代中后期，包括今天的年轻人很少有人读汪国真的诗？”就明白汪国真在很大程度上是“时势造就的英雄”，诗坛的“倒汪运动”并不只能用“文人相轻”来解释。

今天，我已接近知天命的年纪，尽管仍然强调“洋为中用”，主张学习西方的科学技术，甚至强调中国一定要接受西方的先进思想。但已经不主张“全盘西化”，才越来越意识到“汪国真式的人生态度”中的“超然、豁达、平易、恬淡”的重要性，有点类似中国古人所推崇的“温柔敦厚”的生存方式。尤其是近年在大学生中推广“诗歌疗法”之后，才更认识到汪国真的诗的“心灵鸡汤”般的“诗疗价值”。我在每一次“诗歌疗法”讲座后都要让听众全体起立“朗诵”食指的《相信未来》，在这首诗的最后一句“相信未来，珍惜生命”的朗诵声中结束讲座。集体朗诵汪国真的《热爱生命》也可以取得相似的“诗疗”效果。但是必须指出，汪国真的诗过分重视人的高级情感，尤其是伦理道理情感，用来做“诗疗”的效果是有限的。他的诗更多是中国传统的“诗教”，不是西方现代的“诗疗”。“诗疗”要有效果，既要推崇人的高级情感，也要承认人的低级情感。马泰·卡林内斯库认为现代性有五个基本概念：现代主义、先锋派、颓废、媚俗艺术和后现代主义。新诗现代性建设必须意识到后现代性是现代性的一部分，既要建设现代主义诗歌，也要建设后现代主义诗歌。汪国真的诗在“现代性”上是缺乏的，尤其缺乏“颓废”对人的健康和“解构”对社会的健康的正面意义的批判性正确认知。

在新诗现代性建设的四大任务中，汪国真的诗在“优美现代汉语”上取得了一定的成绩，但是在“完美汉语诗歌”上效果很差，甚至产生了较大的负面作用。他的哲理小诗与冰心、宗白华的比较，也是小巫见大巫。冰心的小诗的情感比他的纯正，宗白华的小诗的哲理比他的深刻。冰心和宗白华都是站在人格高尚又诗艺纯熟的大诗人的肩膀上写作。1921年9月1日，冰心在《繁星自序》中说：“1919年的冬夜，和弟弟冰仲围炉读泰戈尔（R. Tagore）《迷途之鸟》（Stray Birds），冰仲和我说：‘你不是常说有时思想太零碎了，不容易写成篇段么？其实也可以这样的收集起来。'从那时起，我有时就记下在一个小本子里。1920年的夏日，二弟冰叔从书堆里，又翻出这小本子来。他重新看了，又写了'繁星'两个字，在第一页上。1921年的秋日，小弟弟冰季说，'姊姊！你这些小故事，也可以印在纸上么？'我就写下末一段，将它发表了。是两年前零碎的思想，经过三个孩子的鉴定。《繁星》的序言，就是这个。"[1]宗白华深受歌德影响："歌德对人生的启示有几层意义，几个方面。就人类全体讲，他的人格与生活可谓极尽了人类的可能性。他同时是诗人，科学家，政治家，思想家，他也是近代泛神论信仰的一个伟大的代表。他表现了西方文明自强不息的精神，又同时具有东方乐天知命宁静致远的智慧。"[2]"歌德的诗真如长虹在天，表现了人生沉痛而美丽的永久生命，……而歌德自己一生的猛勇精进，周历人生的全景，实现人生最高的形式，也自知他'生活的遗迹不致消磨于无形'。"[3]

因为缺乏思想的深度、情感的纯度和诗艺的难度，具体为缺少现代诗人的语言智能和现代诗歌形式技巧，缺少现代人的现代意识（主体意识）和现代社会的现代精神（创新精神）。所以"诗人汪国真"在出名时和去世时都被"主流"诗坛强烈"抵制"。如朱大可所言："鸡汤诗人的谢世引发的超常赞美，说明文化贫瘠时代的中国人，对鸡汤的记忆、嗜好与依赖，已经到了令人心痛的程度。"[4]马小盐说得更为苛刻："谈论汪国真的诗歌美学，其实毫无意义。汪诗的最高成就，也就是流行歌词的高度。但这样一位诗人，为何在中国大众那里引起如此之高的关注度？上个世纪九十年代初，是汪国真诗歌的崛起期与辉煌期。文化批评家朱大可曾言：'海子的死去为汪国真的诞生开辟了血的道路。'一代人短暂的文艺复兴之梦，随着海子之死夭折在铁轨上（隐喻着未来的道路），诗坛流行歌手就此涂脂抹粉的靓丽登场。肤浅直白的汪国真诗歌，是时代急切呼唤的遮羞布。时代需要这样的诗人与诗歌，遮蔽它无法令人直面的丑陋创伤。汪国真诗歌，不但是无法直面现实、直面历史、直面

---

〔1〕 冰心：《繁星自序》，卓如编：《冰心全集》，第一卷，海峡文艺出版社，1994年，第233页。

〔2〕 宗白华：《歌德人生之启示》，林同华编：《宗白华全集》，第二卷，安徽教育出版社，1994年，第1—2页。

〔3〕 宗白华：《歌德人生之启示》，林同华编：《宗白华全集》，第二卷，安徽教育出版社，1994年，第24—25页。

〔4〕 马小盐：《悼念汪国真的精神误区：青春追忆症与群善表演》，http://culture.ifeng.com/insight/special/wangguozhen/.

创伤的社会迫切需要的心灵鸡汤，还是一碗抛洒给大众的喝了即忘的孟婆汤，它给予人们一切都很美好、很向上、很励志的新闻联播一样的虚假的幸福幻象。”[1]

我读了几十篇因为汪国真去世涌现的文章，特别是“倒汪”和“挺汪”的文章，发现与其说是在讨论汪国真，不如说是在讨论“新诗向何处去”，与其说是在讨论“新诗向何处去”，不如说是在讨论“中国向何处去”……归根到底，是在讨论“中国如何现代化”和“中国人如何成为现代人”等问题，实质上是一个“现代性”问题大讨论。正是因为对新诗现代性四大任务的关注，尤其是对“促进改革开放”和“完美汉语诗歌”的极端重视，才出现极端的“倒汪派”和“挺汪派”。

这场讨论对新诗现代性建设，尤其是新诗现代性应该完成的四大任务的建设非常有意义。文学生态与文学思潮和社会环境与社会思潮密切相关。文学论争颇能反映文学生态，特别是一些由文学运动和文学事件引发的热点话题讨论不仅能够呈现文学理论与创作界的内幕，还像时代的“晴雨表”，呈现论争时期的政治改革及文化转型的实况。新诗是与中国政治文化变革基本同步的先锋性文体，论争不断。仅从共和国成立到改革开放，就出现过多次论争，如新诗的民族形式、新诗与传统、新民歌、新诗发展道路、叙事诗、新诗的民族化与群众化、新诗与样板戏关系、小靳庄诗歌……改革开放 30 年是中国政治大改革、文化大转型和思想大解放的特殊时期，诗歌潮流随社会思潮涌现，如 20 世纪 70 年代后期和 80 年代前期的朦胧诗运动、80 年代中后期的第三代诗运动及先锋诗和女性诗歌写作、90 年代和 21 世纪初的个人化写作和身体写作、21 世纪初的底层写作及打工诗歌、世纪之交的网络诗及近年流行的博客诗、汶川大地震后的震灾诗……诗歌事件也层出不穷，如 2006 年秋天发生的著名女诗人因“口水诗”被网友“恶搞”的“梨花体”事件、2010 年冬天鲁迅文学奖评选结果导致的“羊羔体”事件、2015 年的“脑瘫诗人余秀华一夜走红事件”……新诗批评界及理论界就出现了 20 多次诗学大讨论，如朦胧诗、第三代诗歌、散文诗、小诗、现代格律诗、现代史诗、“新边塞诗”及西部诗歌、诗歌轻化现象、个人化写作、神性写作与平民写作、知识分子写作与民间立场写作、新诗格律诗与自由诗、字思维、新诗的文体合法性、新诗是否形

---

[1] 马小盐：《悼念汪国真的精神误区：青春追忆症与群善表演》，http://culture.ifeng.com/insight/special/wangguozhen/.

成传统、新诗的文体建设及诗体重建、新诗的评判标准、新诗的写作伦理、新诗的创作技法、新诗的研究技法、中年写作、女诗人写作、网络诗、博客诗、自由诗、口语诗、震灾诗……针对某位诗人的讨论也有，如2015年年初针对余秀华突然走红的讨论，但是这些讨论远没有这次针对汪国真的讨论激烈。严格地说，这次不是“讨论”而是“论争”。连日来对这场“论争”的仔细考察与深刻反思，让我越来越坚信自己提出来的新诗现代性建设的四大任务的“正确性”。与其说这是新诗现代性建设的四大任务，不如说这也是今日新诗诗人的四大任务。近日对汪国真的“盖棺定论”，值得活着的诗人思考如何做一个中国现代诗人，具体为如何以诗人身份参与新一轮的中国改革开放？如何用诗笔记录下真实的当代生活？如何通过自己的诗来优美现代汉语？如何通过自己的诗来完美汉语诗歌？

写现代诗的最大目的就是培养现代人，首先应该通过写诗，使诗人自己成为现代人。2015年3月20日杨克接受刘雅麒的采访。“什么是你理想中的人格？可以举例说明吗？”杨克回答说：“举例的话，胡适那样的，蔡元培那样的，平和、包容、宽容一些。不那么戾气，却有独立精神。温良恭俭让，却有原则。”[1]这正是今日需要的现代人中现代诗人的现代人格！

我想用杨克2006年10月写的《我在一颗石榴里看见了我的祖国》呈现我的新诗现代性建设要完成四大任务的诗观。“我在一颗石榴里看见我的祖国/硕大而饱满的天地之果/它怀抱着亲密无间的子民/裸露的肌肤护着水晶的心/亿万儿女手牵着手/在枝头上酸酸甜甜微笑/多汁的秋天啊是临盆的孕妇/我想记住十月的每一扇窗户//我抚摸石榴内部微黄色的果膜/就是在抚摸我新鲜的祖国/我看见相邻的一个个省份/向阳的东部靠着背阴的西部/我看见头戴花冠的高原女儿/每一个的脸蛋儿都红扑扑/穿石榴裙的姐妹啊亭亭玉立/石榴花的嘴唇凝红欲滴//我还看见石榴的一道裂口/那些风餐露宿的兄弟/我至亲至爱的好兄弟啊/他们土黄色的坚硬背脊/忍受着龟裂土地的艰辛/每一根青筋都代表他们的苦/我发现他们的手掌非常耐看/我发现手掌的沟壑是无声的叫喊//痛楚喊醒了大片的叶子/它们沿着春风的诱惑疯长/主干以及许多枝干接受了感召/枝干又分蘖纵横交错的枝条/枝条上神采飞扬的花团锦簇/那雨水泼不灭它们的火焰/一

〔1〕 杨克：《我不想当“超人”，做“神笔马良”吧》，http://blog.sina.com.cn/s/blog_48930cd80102vqm1.html.

朵一朵呀既重又轻/花蕾的风铃摇醒了黎明//太阳这头金毛雄狮还没有老/它已跳上树枝开始了舞蹈/我伫立在辉煌的梦想里/凝视每一棵朝向天空的石榴树/如同一个公民谦卑地弯腰/掏出一颗拳拳的心/丰韵的身子挂着满树的微笑”。

这首诗充分利用了石榴作为意象的原始意义、文化意义、时代意义和符号意义，处理好了意象的作者意义与读者意义既对抗又和解的矛盾关系。细节上的比喻形象具体，意象把握准确生动，巧妙地利用了石榴的物理性质与情感表达的意象对应关系。这首诗还有深刻的思想性，石榴是从西亚传来的，盛唐时期是养在皇宫里面的一种植物，可以说石榴是一种盛世的文化象征。这首诗既歌颂了“盛世”，又不回避现实问题，呈现出诗人的家国情怀与民生意识。

把促进改革开放置于新诗现代性建设的四大任务之首，是为了突出中国特色和时代特色。既为了强调中国文学的“文以载道”、中国诗歌“诗教”和中国文人的“达则兼济天下”的传统品质，更是为了突出中国新诗的先锋性及政治性的文体特征和中国新诗诗人的浪漫性及革命性的现代品格。虽然“完美汉语诗歌”被放在四大任务之尾，但是并非“本末倒置”地让“现代中国人”大于“现代中国诗人”，“写好诗”和“当好诗人”仍然是四大任务中的重中之重，即要以诗人的身份，通过写出好诗来促进改革开放和优美现代汉语，来完美汉语诗歌。“第一，我们的地球家园有种种限制，怎样在此限制下找到一个赖以生存的职业呢？第二，如何在同类中谋求一个位置，用以相互合作并且分享合作的利益？第三，人有两性，人类的延续依赖这两性的关系，我们如何调整自我以适应这一事实？个体心理学发现，一切人类问题均可主要归为三类：职业类、社会类和性类。”[1]当下的中国诗人也必须关注这三类问题，既仰望星空又直视大地。这三类问题集中起来即是“生存问题”，如杨炳麟的诗集名《尘世》所示，是“尘世问题”。在某种意义上，90年代初流行的汪国真的“心灵鸡汤”式的“哲理抒情诗”有“促进改革开放”的作用，但是逊色于80年代初流行的北岛的“心灵钙片”式“政治抒情诗”。“八四年秋天，《星星》诗刊在成都举办‘星星诗歌节’。我领教了四川人的疯狂。诗歌节还没开始，两千张票一抢而光。开幕那天，有工人纠察队维持秩序。没票的照样破窗而入，

---

〔1〕［奥］阿尔弗雷德·阿德勒：《生命对你意味着什么》，周朗译，国际文化出版公司，2007年，第11—12页。

秩序大乱。听众冲上舞台,要求签名,钢笔戳在诗人身上,生疼。我和顾城夫妇躲进更衣室,关灯,缩在桌子下。脚步咚咚,人潮冲来涌去。有人推门问,'顾城北岛他们呢?'我们一指,'从后门溜了。'写政治讽刺诗的叶文福,受到民族英雄式的欢迎。他用革命读法吼叫时,有人高呼:'叶文福万岁!'我琢磨,他若一声召唤,听众绝对会跟他上街,冲锋陷阵。"[1]朦胧诗比汪国真诗更火爆,后者在特定时代,针对特定人群,仍然有特殊意义。

今天已经不是诗歌的轰动时代,不可能再产生叶文福、汪国真这样的"诗歌英雄"。对绝大多数诗人,尤其是普通诗人,新诗现代性建设中的第二大任务——记录现代生活才是首要和直接的任务。如果说上个世纪80年代初是政治抒情诗流行的时代、90年代初是哲理抒情诗流行的时代,那么今天应该是生活抒情诗流行的时代。对记录现代生活的重视实质上是对新诗的写实传统和个人写作传统的重视。

"抒情诗人的任务在于始终不离个人,叙说自己和私人感受,同时又使这些感受成为对社会有意义的东西……一个抒情诗人,如果他显然没有把任何私人的激情贯注到他的抒情诗里面,他的笔下就可能枯涩呆滞。"[2]只有这样的抒情诗人才能完成记录现代生活的任务。杨克的写作态度值得很多诗人借鉴。他说:"90年代以降,我的诗歌写作大略可分为一大一小两个板块,其主要部分我将它们命名为'告知当下存在本相'的诗歌,从人的生存和时代语境的夹角楔入,进而展开较为开阔的此岸叙事,让一味戏剧化地悬在所谓'高度'中的乌托邦似的精神高蹈回到人间的真实风景中,从另一种意义上重新开始对彼岸价值的追寻。另一类是艺术上的有意'怀旧'之作,力图在热衷于标新立异的今天,以保守主义的态度守护几千年来诗之所以成其为诗的那些因素。……作为一个持民主自由多元观念的现代人,我不反对大众,也向往优裕生活。"[3]杨克在广州写了《杨克的当下状态》等记录都市生活的诗。他的《在东莞遇见一小块稻田》堪称通过"记录现代生活"来"促进改革开放"的优秀诗作,写出了现代人在现代社会的真实感受。全诗如下:"厂房的脚趾缝/矮脚稻/拼命抱住最后一些土//它的根锚/疲惫地张着//愤怒的手想从泥水里/抠出鸟声和虫叫//从一片亮汪汪的阳光里/我看见禾叶/耸起的背脊//

---

〔1〕 北岛:《朗诵记》,http://www.douban.com/group/topic/2759089/.

〔2〕 [俄]卢那察尔斯基:《论文学》,蒋路译,人民文学出版社,1978年,第154—155页。

〔3〕 杨克:《对城市符码的解读与命名——关于〈电话〉及其他》,汪剑钊:《中国当代先锋诗人随笔选》,中国社会科学出版社,1998年,第121页。

一株株稻穗在拔节/谷粒灌浆在夏风中微微笑着/跟我交谈//顿时我从喧嚣浮躁的汪洋大海里/拧干自己/像一件白衬衣//昨天我怎么也没想到/在东莞/我竟然遇见一小块稻田/青黄的稻穗/一直晃在/欣喜和悲痛的瞬间”。

把汪国真与杨克相提并论，是想让读者通过比较知道两人在完成新诗现代性的四大任务中孰优孰劣。杨克并非完美，但是确实比汪国真优秀。2015年4月28日，杨克在博客上说：“首先，我对汪国真先生的逝世表示哀悼。前几天‘澎湃新闻’问了关于汪国真的话题，我没有回答。当时在北大诗歌研究院开院活动中，不方便，更主要是我从来没有谈过汪国真诗歌的话题。我在一些大的场合跟他有过见面，但没有个人的交集和来往，印象中他儒雅温和。我自己是比汪国真更早的一批诗人，我们诗人当中应该说没有崇拜汪国真的。从我个人的写作立场而言，汪国真的诗歌无论是艺术品质还是精神内涵来说是有欠缺的，写作指向比较单一。他表达某种励志和人生小哲理，90年代初年轻人喜欢读成为一种文化现象，我觉得这也是合理的。有一种声音说‘一直读汪国真的人要感到羞耻和愧疚’，我觉得这也是不成立的。文学有很多种类，有人读马尔克斯的《百年孤独》，有人读琼瑶的《还珠格格》，我并不认为读后者有什么问题，每个人都可以有自己的追求和阅读趣味。我讲这个没有任何贬低汪国真先生的意思。就像日本的文学奖分为两类，一种是严肃文学奖，一种是通俗文学奖，就像没有多少作家觉得琼瑶写得好，这个道理是一样的。我觉得汪国真的诗歌有它的合理性和读者群。他的诗歌中那些温暖励志的语句对一部分年轻人有激励作用。但是认为诗歌就应该是汪国真写的这样，收几十首进教材，则是我们教育的失败。如今更年轻的一代诗人我觉得对前面朦胧诗人包括我们一代诗人的写作有所修正。他们的语言更汉语化，修辞方法上更注重汉语的一些传统，没有那种翻译体的感觉。我觉得诗歌在进步，80年代诗语言上西式的表达太多了。但汉语化并不等于粗浅化，诗歌并不是写的越粗浅越好。说我对汪国真的诗歌有批评，不是说他不能这样写，而是他总该有几首内涵比较丰富一点的诗，更有独特发现的诗，更有艺术追求的诗，更有批判精神的诗。而这样的诗汪国真一首都没有。如今小孩子们阅读的视野更自由，他们的阅读面更广。我觉得小孩子的诗歌还是需要写一些童真的优美的诗歌。老师可以告诉孩子有汪国真这样的诗歌，但应该告诉他们世界上还有很多伟大的诗篇，包括古代、当代的、中国、外国的。小孩子可以多读读外国诗人阿多尼斯，泰戈尔的诗歌，他们抒情优美，适合童蒙阅读，却很有艺术品质。诗歌是诗意的表达，诗歌有很多的可能性，可以是社会批判的，比如‘朱门酒肉臭，路有冻死骨’，《三吏》《三别》这样，也可以是意象纷繁像《春江花月夜》这样，也可《登幽州台歌》那样有旷达哲理的。小学生诗歌节主张‘真实自由有趣的表达’。汪国真的诗歌的表达不够真实，他尽是往努力必定成功的向度表达。而诗歌和生活都是丰富的。”[1]杨克对汪国真的评价是真诚而直率的，也是比较客观的。

韩作荣的《候车室》全诗如下：“人与人互不相识/声音与气味互不相识/色彩互不相识//嘈杂、拥挤，擦身而过/或各自孤独地聚在一起/厅堂由于高阔而空茫//这些候车的人/谁是归去，又有谁是出走？//只有椅子稳重地站立着/有腿而不远行/而这里所有的人/都是过客”。尽管诗人与诗人“互不相识”，诗人与诗评家“互不相识”，“所有的人”“都是过客”。我们却因为一个“共同的目标”，“走到了一起”。那个目标就是为了中国新诗的繁荣和中国人民的幸福，每个新诗“从业人员”都要为建设“现代新诗”和“现代中国”而奋斗。

五、五大建设

“‘应该绝对地现代’。”[2]

这是1870年，法国诗人兰波发出的声音。

中国新诗也“应该绝对地现代”，强调现代性是新诗的本质特性。在强调新诗应该“绝对地现代”的同时，又必须处理好客观存在的七大矛盾：现代性和后现代性、世俗性和先锋性、断代性和相关性、叙事性和抒情性、主体性和主体间性、文体性和诗体性、启蒙性和审美性。新诗现代性建设要致力的六大建设也强调矛盾的对立与统一，具体为：一、现代情感重视自然情感和社会情感的和谐。二、现代意识重视个人意识和群体意识的融合。三、现代思维重视语言思维和图像思维的综合。四、现代文化强调保守主义和激进主义的共处。五、现代政治追求宽松自由和节制法则的和解。六、现代文体需要本质主义和关系主义的同构。其中前五种是新诗启蒙性建设的主要内容。

百年中国的历史是中国如何现代化，中国人如何成为现代人的历史。百年新诗的历史就是新诗现代性建设的历史。在中国的现代化进程中，新诗作为一种特殊的抒情文体，始终发挥着小说、散文、戏剧等其他文体不能取代的启蒙作用。所以百年新诗的最大成就，不是诗歌上的成就，也不是语言上的

---

〔1〕 杨克：《推了多家传媒，还是接受了报纸为“小学生诗歌节”关于汪国真诗歌的采访》，http://blog.sina.com.cn/s/blog_48930cd80102vra3.html.

〔2〕 [美]R. S. 弗内斯：《表现主义》，艾晓明译，昆仑出版社，1989年，第90页。

成就，而是政治上的成就，它以既参与政治又逃离政治的方式，前者如直接干预政治生活的政治抒情诗，后者如追求唯美写作和纯形式快感的审美图像诗，参与了中国社会的现代性建设，甚至可以说是推进了中国的民主进程，造就了一批又一批现代人。今天，中国已经进入了前所未有的和平建设时期，新诗更应该承担起培养现代人的历史重任，尤其是造就健康的和健全的现代人的重任。让每一个中国人，尤其是年轻一代少一些商业时代的病态人格，多一些文化时代的乐观向上的健康精神。今日中国人应该是有现代情感、现代意识和现代思维的现代人，今日中国社会应该是有现代文化和现代政治的现代社会，今日中国诗歌应该是有现代语体和现代诗体的现代诗歌。

西方现代主义艺术运动主要发生在1910年至1925年。特别是在1910年前后，现代派艺术风起云涌，各种“宣言”纷至沓来，未来主义宣言(1909)、未来主义画家宣言(1910)、未来主义戏剧宣言(1915)、达达宣言(1916)等相继问世。因此英国的维·沃尔夫把现代主义从1910年算起，劳伦斯以1915年为界。人类社会和人类诗歌都有现代性建设历程，都有一个“现代运动”(modern movement)。法国诗歌最早具有现代意识。“法国的‘现代诗’无疑开始于波德莱尔。诗人们如英国的艾略特和庞德在他和拉弗格、兰波那里找到了他们正在寻求的现代性。20世纪的法国诗歌中并没有什么彻底的创新可与艾略特和庞德在1914—1920年的英国所作的一切进行比较，这一切在数十年前的法国就已经完成了。早在1870年，兰波就宣称：‘应该绝对地现代’。”[1]“应该说，没有一个人……像帕斯卡尔那样如此精确地描述了无限与有限、上帝的可能性和人的不确定性。……帕斯卡尔只是在两个世纪之后，当无聊这一概念在波德莱尔和克尔凯郭尔时代成为中心范畴的时候，才找到了堪与其比肩的人物。人们用无聊来分析空虚与弃神、忧郁与孤独的统一。”[2]“现代主义在法国和德国出现早些，1910年左右才从法、德传入英、美。”[3]“英语诗歌的水平还很低。在英国，乔治派诗人正得势。青年时代的詹姆斯·乔伊斯还在写着满纸书卷气的保守诗歌，就连这一点也无人知晓。叶芝则还没有摆脱唯美主义的枷锁。美国的状况甚至更令人沮丧。路易斯·

---

〔1〕[美]R. S. 弗内斯：《表现主义》，艾晓明译，昆仑出版社，1989年，第90页。

〔2〕[德]瓦尔特·延斯：《“确定性！确定性！”》，汉斯·昆，瓦尔特·延斯：《诗与宗教》，李永平译，生活·读书·新知三联书店，2005年，第30页。

〔3〕袁可嘉：《现代派论·英美诗论》，中国社会科学出版社，1985年，第96页。

昂特迈耶(Louis Untermeyer)把这个时期称为'过渡时期：1890—1912'。"[1]

中国诗歌的现代运动比美国更晚，新诗现代性建设更艰难，它与中国人的现代化和中国国家的现代化进程同步，中国人和中国国家的现代化道路都是崎岖不平的，甚至出现复辟倒退的情况，在各个时代，保守势力都很强大。秋瑾和闻一多分别是中国近代和现代具有现代性色彩的诗人，秋瑾是女性，又比闻一多早出生和早留学，但是她比闻一多更激进，更现代。

秋瑾的一些诗证明她是具有现代意识的新女性。如"休言女子非英物，夜夜龙泉壁上鸣。"(《鹧鸪天》)"拼将十万头颅血，须把乾坤力挽回。"(《黄海舟中日人索句并见日俄战争地图》)她投身革命的行为更显示出她是一个现代女性。她自号竞雄，1904年东渡日本留学，第二年参加了光复会和同盟会，并和留日的女学生重组共爱会，回国后创办《中国女报》，宣传妇女解放思想，主张女性独立，鼓吹革命，最后因为从事暴力革命而被捕牺牲。她的所作所为都是为了让中国走向世界，为了建设一个现代中国。她写的《如此江山》出现了当时男诗人都少用的"祖国"一词，显示出她具有现代人的爱国情怀。全诗如下："萧斋谢女吟愁赋，潇潇滴澹剩雨。知己难逢，年光似瞬，双鬓飘零如许。愁情怕诉，算日暮穷途，此身独苦。世界凄凉，可怜生个凄凉女。曰归也，归何处？猛回头，祖国鼾眠如故。外侮侵陵，内容腐败，没个英雄作主。天乎太瞽！看如此江山，忍归胡虏？豆剖瓜分，都为吾故土。"男女平等和妇女解放是现代文明的标志，秋瑾作了《勉女权歌》，发表于《中国女报》第2期。全诗如下："吾辈爱自由，勉励自由一杯酒。男女平权天赋就，岂甘居牛后？愿奋然自拔，一洗从前羞耻垢。若安作同俦，恢复江山劳素手。旧习最堪羞，女子竟同牛马偶。曙光新放文明候，独立占头筹。愿奴隶根除，智识学问历练就。责任上肩头，国民女杰期无负。"尽管秋瑾处于中国新旧诗歌的过渡期，但是她的现代意识在当时已经相当超前。

从闻一多接受现代教育的经历和诗歌改革的经历可以看出那一代诗人是如何艰难地完成现代性变换的，明白为何在新诗史上会出现"新格律诗"这样的既传统又现代，但偏向传统的诗体。闻一多13岁进入主要由美国人任教的北京清华学校读书九年。1922年7月去美国留学，1925年回国。先后在芝加哥美术学院、珂泉珂罗拉大学学习美术，同时研究文学。闻一多求学时期，尤其是留学美国时期，正是美国快速成为"现代国家"的建设期，他也梦

---

〔1〕[美]J.兰德：《庞德》，潘炳信译，中国社会科学出版社，1992年，第23页。

想中国的现代化进程更快一些，他的“国家主义”观念就是在这一时期获得的，他追求“国家主义”的目的是想把中国建设成“现代化强国”。闻一多没有受到美国的以意象派诗歌为代表的现代主义诗歌的影响，原因是中国传统思想束缚了他的现代意识的觉醒。这与他的出生与成长的环境有关。他生于书香门第，五岁入私塾，谙熟中国古代诗歌，古代格律诗对他影响极大。会写格律诗是清末民初文人的基本能力，如邹容在《革命军》中讽刺说：“中国士人，又有一种岸然道貌，根器特异，别树一帜，以号于众者，曰汉学、曰词章、曰名士。……名士者流，用其一团和气，二等才情，三斤酒量，四季衣服，五声通律，六品官阶，七言诗句，八面张罗，九流通透，十分应酬之大本领，钻营奔竞，无所不至。”[1]他家族中具有读经史尚国学传统，他一向以此自豪。他还以自己是提出“人生自古谁无死，留取丹心照汗青”的爱国名人文天祥的后代而自豪。湖北地处中国内陆，又有外流河长江流过，所以湖北在近代中国成了传统与现代碰撞十分激烈的特殊地区。时任湖南湖北两省总督的张之洞颇能代表当时湖北人的传统与现代结合的特色：“张之洞总督虽然是中国所有总督、巡抚中排外情绪最强烈的一个，然而在大清帝国中却找不到一人像他那样雇佣了那样多的外国人。他虽然声称‘四海之内皆兄弟也’，然而在他统治下的湖南、湖北两省爆发了强烈的排外运动，传教士被迫停留在汉口的外国租界里。”[2]

在美国，闻一多生活在传统与现代的境遇中，反而强化了他的民族主义（国家主义）和地方主义意识。他对中国文明有“敝帚自珍”式的感情。他1922年8月7日到达芝加哥，8月14日就在给清华同学吴景超、翟毅夫、顾毓秀、梁实秋的信中说：“美国人底审美程度是比我们高多了。讲到这里令我起疑问了，何以机械与艺术两个绝不相容的东西能够同时发达到这种地步呢？我们东方人这几千年来机械没有弄好，艺术也没有弄好，我们的精力到底花到那里去了呢？啊！这里便是东西文明的分别了。西方的生活是以他的制造算的；东方的生活是以生活自身算的。西方人以 accomplishment 为人生之成功，东方人以和平安舒之生活为人生之成功。所以西方文明是物质的，东方的是精神的。”[3]在美国学习不到一个月，他就给梁实秋和吴景超写

〔1〕 邹容：《革命军》，华夏出版社，2002年，第18页。

〔2〕 [英]莫里循：《中国风情》，张皓译，国际文化出版公司，1998年，第4页。

〔3〕 闻一多：《致吴景超、翟毅夫、顾毓琇、梁实秋》，闻一雕、闻铭、王克私编：《闻一多全集书信·日记·附录12》，湖北人民出版社，1993年，第52页。

信说:“这几天的生活很满意。与我同居的钱罗二君不知怎地受了我的影响,也整日痛诋西方文明(我看稍有思想的人一到此地没有不骂的)。我们有时竟拿起韩愈的《原道》来哼开了。今天晚饭后我们一人带了一本《十八家诗钞》,到 Washington Park 里的草地上睡起来看了一点钟底光景。我不知‘毛子’们看见我们作何感想。”[1]1923 年 11 月的家信中称:“功课成绩总在人上,洋竖子不足畏也。……我在美多居一年即恶西洋文明更深百倍。”[2]他 1923 年 3 月 25 日给闻家驷的信中说:“我近来的作风有些变更。……《忆菊》一诗可以作例。前半形容各种菊花是秀丽,后半赞叹是沈雄。现在春又来了,我的诗料又来了,我将乘此多作些爱国思乡的诗。这种作品若出于至性至情,价值甚高,恐怕比那些无病呻吟的情诗又高些。”[3]1922 年重阳前一日的《忆菊》的最后一个诗节中也用了“祖国”一词:“秋风啊! 习习的秋风啊! /我要赞美我祖国底花! /我要赞美我如花的祖国!”

这与秋瑾在《如此江山》中用“祖国”一词颇异,秋瑾更多是受外来文明的影响,闻一多更多是受本土文明的影响,如受“达者兼济天下”等儒家正统家教影响。早在 1919 年 5 月 17 日他给父母的信中说:“两大人虽不见男犹见男也。男在此为国作事,非谓有男国即不亡,乃国家育养学生,岁糜巨万,一旦有事,学生尚不出力,更待谁人? 忠孝二途,本非相悖,尽忠即所以尽孝也,且男在校中,颇称明大义,今遇此事,犹不能牺牲,岂足以谈爱国? 男昧于世故人情,不善与俗人交接,独知读书,每至古人忠义之事,辄为神往,尝自诩吕端大事不糊涂,不在此乎? ……当知 20 世纪少年当有 20 世纪人之思想,即爱国思想也。”[4]当然这段话中强调的 20 世纪少年当有 20 世纪人之思想——爱国思想,也是现代主义运动中西方非常重视的一种“现代思想”,如法国人高唱《马赛曲》参加革命追求自由。

严格地说,闻一多是“身在曹营心在汉”,留学美国并没有让他彻底转变为现代人和现代诗人。所以他不愿意像胡适留学美国后用 Futurism, Imag-

---

〔1〕 闻一多:《致梁实秋、吴景超》,闻一雕、闻铭、王克私编:《闻一多全集书信 · 日记 · 附录 12》,湖北人民出版社,1993 年,第 68 页。

〔2〕 闻一多:《致家人》,闻一雕、闻铭、王克私编:《闻一多全集书信 · 日记 · 附录 12》,湖北人民出版社,1993 年,第 194 页。

〔3〕 闻一多:《致闻家驷》,闻一雕、闻铭、王克私编:《闻一多全集书信 · 日记 · 附录 12》,湖北人民出版社,1993 年,第 162 页。

〔4〕 闻一多:《致父母亲》,闻一雕、闻铭、王克私编:《闻一多全集书信 · 日记 · 附录 12》,湖北人民出版社,1993 年,第 18 页。

ism, Free Verse等新潮流来“哄国人”(梅觐庄1916年7月24日给胡适信),他1926年与徐志摩倡导的“新格律诗”与桑德堡使用的诗体和孟罗主编的《诗刊》倡导的诗体——自由诗体大相径庭,更接近现代派之前的浪漫派诗人所用的诗体——格律诗体。“韵律遵守着一定的法则,这些法则是诗人和读者都乐于服从的,因为它们是千真万确的,一点也不干涉热情,只是像历来所一致证实的那样提高和改进这种与热情共同存在的愉快。”[1]“语言、色彩、形状以及宗教和文明的行为习惯,是诗的全部工具和素材;倘若采用果即为因的同义语这一说法,那么语言、颜色等等都可称为诗。然而,较为狭义的诗则表现为语言、特别是具有韵律的语言的种种安排。……诗人的语言总是牵涉着声音中某种一致与和谐的重现,假若没有这重现,诗也就不成其为诗了;并且即使不去考虑那个特殊的规律,而单从传达诗的影响来说,这种重现之重要,正不亚于语词本身。此所以译诗是徒劳无功的。”[2]

闻一多接受的不是同时代和同城的美国诗人洛威尔、桑德堡的诗体观,而是前一时代和另一个国度的华兹华斯和雪莱的诗体观。如同覃子豪的总结:“中国新诗自五四运动以来,否定了旧诗词,而新诗尚不能独自生长,不得不依赖外来的影响,在西洋诗中去学习方法。英德浪漫派的昂扬,法国象征派的含蓄,英国的格律诗和美国的自由诗的技巧,均曾经过中国诗人的实验。”[3]胡适实验的是美国的自由诗,闻一多实验的是英国的格律诗。外国诗歌并不只造就了胡适那样的激进的改革者,也造就了闻一多那样的稳健的改良者甚至珍视历史传统、具有浓厚的历史意识的保守者。闻一多对格律的重视主要源于他深受中国古代诗观的影响,因此他更容易接受西方传统诗观,如他引用了白理的名言:“白理(Bliss Perry)说得好:‘差不多没有诗人承认他们真正受缚于篇律。他们喜欢戴着脚镣跳舞,并且要带着别个诗人底镣跳。’可知格律是艺术必须的条件。”[4]他推崇的西方诗体也是格律体十四行诗体:“律诗实是最合艺术原理的抒情诗文。英文诗体以‘商勒’为最高,以其

[1] [英]华兹华斯:《抒情歌谣集1800年版序言》,伍蠡甫:《西方文论选》,下卷,上海译文出版社,1979年,第17页。

[2] [英]雪莱:《诗辩》,伍蠡甫:《西方文论选》,下卷,上海译文出版社,1979年,第52页。

[3] 覃子豪:《新诗向处去》,杨匡汉、刘福春编:《中国现代诗论》,下编,花城出版社,1985年,第199—200页。

[4] 闻一多:《律诗底研究》,袁謇正编:《闻一多全集文学史编·周易编·管子编·璞堂杂业编·语言文字编10》,湖北人民出版社,1993年,第158页。

格律独严也。然同我们的律体比起来,却要让他出一头地。”[1]这段话颇能显示他反对胡适等人的“西化”式汉语诗歌改革:“夫文学诚当因时代以变体;且处此20世纪,文学尤当含有世界底气味;故今之参借西法以改革诗体者,吾不得不许为卓见。但改来改去,你总是改革,不是摈弃中诗而代以西诗。所以当改者则改之,其当存之中国艺术之特质则不可没。今之新诗体格气味日西,如《女神》之艺术吾诚当见之五体投地;然谓为输入西方艺术以为创倡中国新诗之资料则不可,认为正式的新体中国诗,则未敢附合。……新文学兴后,旧文学亦可并存,正坐此故。以此推之,则律诗亦未尝不可偶尔为之。无论如何,律诗之艺术的价值,历万代而不泯也。创作家纵畏难却步,不敢尝试;律诗之当永为鉴赏家之至宝,则万无疑义。”[2]

闻一多也渐渐意识到新诗的自由品质,1932年12月,闻一多在《论〈悔与回〉》中降低了对新诗的格律要求,承认了长篇的“无韵式”的诗的价值。1943年12月他在《当代评论》第4卷第1期的《文学的历史动向》中甚至否定了当年大力倡导的新格律诗:“但在这新时代的文学动向中,最值得揣摩的,是新诗的前途。你说,旧诗的生命诚然早已结束,但新诗——这几乎是完全重新再做起的新诗,也没有生命吧?对了,除非它真能放弃传统意识,完全洗心革面,重新做起。但那差不多等于说,要把诗做得不像诗了。也对。说得更确切点,不像诗,而像小说戏剧,至少让它多像点小说戏剧,少像点诗。太多‘诗’的诗,和所谓‘纯诗’者,将来恐怕只能以一种类似解嘲与抱歉的姿态,为极少数人存在着。……新诗所用的语言更是向小说戏剧跨近了一大步,这是新诗所以为‘新’的第一个也是最主要的理由。其它在态度上,在技巧上的种种进一步的试验,也正在进行着。……诗这东西的长处就在它有无限度的弹性,变得出无穷的花样,装得进无限的内容。只有固执与狭隘才是诗的致命伤,纵没有时代的威胁,它也难立足。”[3]他甚至提出了“放弃传统意识”,主张新诗要“新”。

“自由是一种精神,而精神是不能被驯服且拒绝为他物所驱使的;它曾经

---

〔1〕 闻一多:《律诗底研究》,袁謇正编:《闻一多全集文学史编·周易编·管子编·璞堂杂业编·语言文字编10》,湖北人民出版社,1993年,第158—159页。

〔2〕 闻一多:《律诗底研究》,袁謇正编:《闻一多全集文学史编·周易编·管子编·璞堂杂业编·语言文字编10》,湖北人民出版社,1993年,第166页。

〔3〕 闻一多:《文学的历史动向》,袁謇正编:《闻一多全集文学史编·周易编·管子编·璞堂杂业编·语言文字编10》,湖北人民出版社,1993年,第21页。

使艺术始终朝着生命之亘古荒原的边界进发，并作为探索生命的激情和行动的拓荒者而生存下来。由于它功名显赫，因此，我们把一位艺术家而不是其他人的工作称之为创造。”[1]“在科学的客观内容中这些个人特色都被遗忘和抹去了，因为科学思想的主要目的之一就是要排除一切个人的和具有人的特点的成分。用培根的话来说就是，科学力图‘按照宇宙的尺度’而不是‘按照人的尺度’来看待世界。作为一个整体的人类文化，可以被称之为人不断自我解放的历程。”[2]现代人渴望自由，如现代诗人裴多菲所言“生命诚可贵，爱情价更高。若为自由故，二者皆可抛。”现代诗追求自由，如当代诗论家吴思敬所言：“‘自由’二字可说是对新诗品质的最准确的概括。这是因为诗人只有葆有一颗向往自由之心，听从自由信念的召唤，才能在宽阔的心理时空中任意驰骋，才能不受权威、传统、习俗或社会偏见的束缚，才能结出具有高度独创性的艺术思维之花。”[3]吴思敬2012年5月12日写的《自由的精灵与沉重的翅膀——中国新诗90年感言》，高度肯定了新诗的“自由”品质，还在第一段记录了现代诗人极端追求自由的事情：“2005年在广西玉林举行的一次诗歌研讨会上，一位记者向老诗人蔡其矫提出了一个问题：‘如果用最简洁的语言描述一下新诗最可贵的品质，您的回答是什么？’蔡老脱口而出了两个字：‘自由！’蔡其矫出生于1918年，他在晚年高声呼唤的‘自由’两个字，在我看来，应当说是对新诗品质的最准确的概括。”[4]

在中国，写现代诗难，做现代人更难。从闻一多的经历可以看出新诗现代性建设并非易事，也可以看出一个中国人，尤其是中国文人在现代性变换过程中有些举步维艰。法国总统密特朗曾经说不愿意使用大学教授来搞改革，因为大学教授通常是保守主义者，最多是改良主义者，原因是他们生活在传统和习俗的阴影中。闻一多的经历还可以证明新诗现代性建设要致力于现代文化建设，这种文化要强调保守主义与激进主义的共处。尤其是在肯定自由精神在现代生活中的积极作用时，也要考虑到它的消极因素。如它会过分强调自然情感和个人意识，忽视社会情感和群体意识。

---

〔1〕［美］H. M. 卡伦：《艺术与自由》，张超金、黄龙宝等译，工人出版社，1989年，第6页。

〔2〕［德］恩斯特·卡西尔：《人论》，甘阳译，上海译文出版社，1985年，第288页。

〔3〕吴思敬：《新诗：呼唤自由的精神——对废名“新诗应该是自由诗”的几点思考》，《文艺研究》2011年第3期，第37页。

〔4〕吴思敬：《自由的精灵与沉重的翅膀——中国新诗90年感言》，吴思敬：《吴思敬论新诗》，中国社会科学出版社，2013年，第37页。

“诗人在未成为诗人以前，他同时是一个自然人，社会人，他生存于特定的时空中，有他自己独有的情思，有外在环境刺激他而引发的感触，近观一位诗人，或许觉察不出时代的脉搏，但是，综合检视同一个时代的诗作，则此一时代的光与影明晰可辨，这就是元曲之所以异于宋词，晚唐之所以别于盛唐的道理。”〔1〕“每个具有创造力的人都是合二为一的，甚至是异质同构的复合体。他既是有个体生活的人，又是非个人的、创造的程序(creative process)。因为作为一个人，他可能是健康的或病态的，所以必须关注他心理的构成，从而发现他人格的决定因素。但是只有通过探究呈现艺术家的创造力的创造性成果才能够了解他。艺术具有一种抓住人并将人作为它的工具的天生驱动力。艺术家并不是一个生来就把追求自由意志(free will)作为最终目标的人，而是一个让艺术通过他来实现自身目的的人。作为一个人，他可能有自己的情绪、意志与目标，但是作为一位艺术家，他是一个具有更高意义的人——一个集体人(collective man)。他承担和呈现着人类的无意识的心理生活。为了履行好这艰巨的责任，有时他不得不牺牲个人的幸福欢乐甚至普通人生活中值得生活的任何事物。”〔2〕

现代诗人应该是人格健全、心理健康的人，是热爱生活、珍惜生命的人，是富有爱心和同情心的人。即现代诗人的现代情感要重视自然情感和社会情感的和谐。诗人既有自然人的情感，更有社会人的情感。如90年代的个人化写作重视自然人的情感，2008年的震灾诗写作抒发的更多是社会人的情感，优秀诗作是将两者有机结合的产物。如在新华社供职的福州诗人谢宜兴以新闻记者的敏锐和诗人的敏感，在2008年6月19日凌晨写了《不该是你们——写给汶川大地震废墟下不再醒来的孩子们》：“不该是你们背负坍塌的天空/不该是你们遭受死神的突袭/不！不该是你们！孩子/你们只是初萌的叶芽/不可能为了撑起春天的冠盖/泥土下把手伸向别人的土地/不可能为了挨过秋风的追逼/脚跟前堆起一片片谎言/还没开花，不可能发出芳香的毒/还没长枝，不可能结出错误的果/所有的罪过都是我们的/可是谁把你们当成替罪的羔羊/如果因此无由地向你们道歉/只能说明我们虚伪而矫情/如果因此侥幸而向你们致谢/也只会更显我们的残忍和丑恶/苟活的人啊，是否感到有什么/正在锯着我们的良心和灵魂/可有谁能告诉我，在汶川/在2008

〔1〕苏绍连：《编辑弁言》，苏绍连：《茫茫集》，大升出版社，1978年，第1—2页。

〔2〕G. G. Jung. Psychology and Literature. 20th Century Literary Criticism. London: Longman Group Limited, 1972. pp. 185—186.

年5月12日14时28分/苍天是否打了盹上帝是否出了错/如果他们也有良知，是否感到/从此自己也多了一分罪孽”。

新诗现代性建设的一大任务是培养现代人的现代意识，要重视个人意识和群体意识的融合。现代自由意识是现代意识的重要内容，这种自由不是极端的自由。“自由意味着始终存在着一个人按其自己的决定和计划行事的可能性；此一状态与一人必须屈从于另一人的意志（他凭藉专断决定可以强制他人以某种具体方式作为或不作为）的状态适成对照。”[1]自由导致了新诗的先锋性，如果说自由是新诗最可贵的品质，那么世俗性是新诗现代性的一大特点。古代汉诗是贵族的文学，现代汉诗是平民的诗。百年新诗的历史可以说是汉语诗歌世俗化的历程。白话诗运动领袖们的诗歌理想就是把汉语诗歌从象牙塔中解放出来，让它在贫民窟里如鱼得水。正是世俗性导致了新诗的主体性和本体性，黄遵宪的“我手写我口”和胡适的“作诗如作文”的目的并不是为了否认诗与文的文体界限，而是想借此降低写诗的难度，让普通人获得写诗的权力。2012年，痖弦在郑州、福州多地举办诗歌讲座，题目就是《人人都可以成诗人》，也说明新诗是一种世俗化的文体和世俗性是新诗现代性一大品质。

“由于我一再强调自己是对‘生命’与‘艺术’在做双向投资的诗人，所以便不能不在重视诗‘主体性’的同时，也特别重视诗的‘本体性’，在诗的‘主体性’是需要诗的‘本体性’来呈现的。至于诗的‘本体性’思想它不外是依靠比、象征、超现实、白描、投射乃至其他现代艺术使用的立体、组合、梦太奇、具象、抽象、超写实、极限、达达、空间观念以及现代艺术使用的解构与多元拼凑等这许多技巧与手段，来自由的运作推展与营建，不必受限于任何一个带有‘框限性’的艺术主义与流派，即使超现实主义类有较优越的艺术表现，但诗人在创作中，还是要机动与多面性有效地提升与活用各种艺术流派主义的特殊机能，来自由参与诗的创作活动。……不断呈现的新的现代，都只是自由纳入创作心灵熔化炉的有机元素，有待诗人自由的运用与创造出诗的全新的艺术生命。”[2]大陆现代诗人应该借鉴台湾现代诗人罗门的经验，既重视诗人的主体性，又重视诗的本体性。重视自由，不断呈现新的现代，这样才能写

---

〔1〕［英］弗里德里希·冯·哈耶克：《自由秩序原理》，上册，邓正来译，生活·读书·新知三联书店，1997年，第4页。

〔2〕罗门：《诗与我》，罗门：《在诗中飞行——罗门诗选半世纪》，文史哲出版社，1999年，第10—11页。

出优秀的现代诗。用诗的本体性来呈现诗人的主体性，实际上限制了诗人的主体性，可以防止自由泛滥。

新诗现代性建设的现代文体建设需要本质主义与关系主义的同构。新诗现代性建设也要将本质主义和关系主义结合，弄清建设的本质对象和相关对象是什么，要改变新诗文体是静态的新诗本体观，重视现代本体研究强调的"形式本体""混合本体"和"表现本体"，尤其要重视由"形式本体"产生的新诗的诗体形式性和"混合本体"产生的新诗的文体混合性。要在关系主义与本质主义的对抗与和解中确立新诗本体，特别是要强调和解。本质主义者需要同意以下观点："文学的种类不是一个无足轻重的名称，它是一种能够在一件作品中参与显示其特点的美学惯例。"[1]"体裁才可能保证文学发展的统一性和连续性。"[2]"然词为诗余，曲为词余，诗词曲三者各为分流，仍属同源。"[3]关系主义者要求同意以下观点："人的自我意识随着社会生活的发展而发展。"[4]"然而艺术家的本质特征之一就是：他生来就是一个试验者。"[5]"人具有一种特权，可以在一种虚假的体裁中或者在侵犯艺术的自然肌体时不断地发展巨大的才能。"[6]

虽然诗体的稳定性，尤其是格律诗的高度定型使古代汉诗的文体具有世界其他语种的诗歌少有的稳定性。古代汉诗文体仍然是在动态中流变的，仍然存在诗体的对抗与和解。"然诗有恒裁，思无定位，随性适分，鲜能通圆。若妙识所难，其易也将至；忽之为易，其难也方来。"[7]"时运交移，质文代变，古今情理，如可言乎！"[8]刘勰总结出的"质文代变"是古代汉诗最重要的流变规律及存在方式。刘勰还在《文心雕龙》的《明诗》篇中描述了早期汉语诗歌的通变情况："汉初四言，韦孟首倡，匡谏之义，继轨周人。孝武爱文，柏梁列韵。严马之徒，属辞无方。至成帝品录，三百馀篇，朝章国采，亦云周备；而

---

〔1〕 René Wellek, Austin Warren. Theory of Literature. New York: Harcourt, Brace and Company, Inc. , 1956. p. 214.

〔2〕 [俄]巴赫金：《诗学与访谈》，白春仁、顾亚玲译，河北教育出版社，1998年，第140页。

〔3〕 张相：《诗词曲语辞汇释》，上册，中华书局，1975年，第1页。

〔4〕 Denys Thompson. The Uses of Poetry. London: Cambridge University Press, 1974. p. 3.

〔5〕 [美]M. 李普曼：《当代美学》，邓鹏译，光明日报出版社，1986年，第439页。

〔6〕 [法]波德莱尔：《哲学的艺术》，波德莱尔：《波德莱尔美学论文选》，郭宏安译，人民文学出版社，1987年，第390页。

〔7〕 刘勰：《文心雕龙·明诗》，周振甫：《文心雕龙今译》，中华书局，1986年，第62页。

〔8〕 刘勰：《文心雕龙·时序》，周振甫：《文心雕龙今译》，中华书局，1986年，第396页。

辞人遗翰，莫见五言，所以李陵班婕妤见疑于后代也。按《周南·行露》，始肇半章；孺子《沧浪》，亦有全曲；《暇豫》优歌，远见春秋；《邪径》童谣，近在成世；阅时取证，则五言久矣。”[1]康熙年间汪森为《词综》作的序描述了中期汉语诗歌的流变情况：“自有诗而有长短句即寓焉，……自古诗变为近体，而五七言绝句传于伶官乐部，长短句无所依，则不得不更为词。当开元盛日，王之涣、高适、王昌龄诗句流播旗亭，而李白《菩萨蛮》等词亦被之歌曲。古诗之于乐府，近体之于词，分镳并骋，非有先后；谓诗降为词，以词为诗之余，殆非通论矣。西蜀南唐而后，作者日盛。宣和君臣转相矜尚，曲调愈多。流派因之亦别，短长互见。”[2]两段描述说明虽然以格律诗为代表的定型诗体是古代汉诗的垄断性诗体，但是古代汉诗文体的流变特征并不是静态的。

“质文代变”甚至“与时俱进”更是新诗文体的一大特点。2015 年 11 月 30 日，台湾新诗学者林于弘接受王觅采访时说：“当后现代社会降临的时候，自然就会产生后现代诗歌，在台湾大概是一九八零年代末，包含罗青他们的诗所呈现的后现代状况的来临。我觉得什么样的社会就会产生什么样的风潮。比如说网络时代来临，网络诗自然就会兴起。我认为是时代的风潮影响比较多。”[3]大陆也出现了声势浩大的网络诗歌。

正是因为每个时代的人都需要诗，所以虽然新诗只有百年历史，却有很多人把时间、精力和金钱投入到新诗中，写出了很多作品。1988 年出版的《中国新诗大辞典》收录了 1917 年至 1987 年 70 年间诗集 4244 部，诗评论集 306 部。2006 年出版的《中国新诗书刊总目》收录了 1920 年 1 月至 2006 年 1 月大陆、台湾、香港、澳门及海外出版的汉语新诗集、评论集 17 800 余种。刘福春的《新诗著作叙录(2007)》收录了 2007 年出版的新诗集 277 种、诗论集 34 种。吴谨程主编的《2009 中国诗歌民刊年选》收录了 2009 年出版的民间诗歌刊物 65 家。林于弘告诉王觅：“台湾新诗界不太有功利，因为写诗，诗刊是没有稿费的，报纸的稿费也不多，所以我们创作都是无功利的。最近《创世纪》诗刊庆祝创刊六十年。你知道这一群爱诗的傻子六十年来可能花了几千万，搞不好还不止这么多的钱，投入在这个无底洞里，乐此不疲，他们真的是

[1] 刘勰：《文心雕龙·明诗》，周振甫：《文心雕龙今译》，中华书局，1986 年，第 58 页。

[2] 朱彝尊、汪森：《词综》，孟斐标校，上海古籍出版社，1999 年，第 1 页。

[3] 王觅、王珂：《新诗创作研究需要新观念新方法——林于弘教授访谈录》，《晋阳学刊》2015 年第 5 期，第 5—6 页。

很值得尊敬。"[1]百年来,很多人都像台湾《创世纪》诗刊的诗人,如张默、辛郁、碧果,真正做到了"为诗消得人憔悴,衣带渐宽终不悔。"

百年新诗,在不同时代和不同地区,都存在民间写作、官方写作和学院写作,民间写作的力量是最大的,特别是在台湾、香港和澳门,没有专业诗人,更没有"官方诗人",新诗的民间写作特性决定了新诗创作的自由性和新诗文体的多元性。"诗体大解放"口号下产生的新诗和"作诗如作文"主张下产生的新诗,保证了这种自由性和多元性。因此回答"何为新诗",探讨新诗本体问题,必须在"守常应变"的方针下,高度重视新诗本体的"混合"本体特征。尤其是最近30年的大陆诗坛变化巨大,整个社会处在政治文化大转型时期,新诗在功能、文体、体裁、题材、技法、写作方式和传播方式等方面都有很大变化,真有长江后浪推前浪,世上新人换旧人的态势。

新诗现代性建设的一大目的是建设起富有中国特色的现代政治,这种现代政治应该有宽松而有节制的上层建筑,这种上层建筑才能让公民享受到做人的自由,也可以让他们乐于遵守社会的法则。这是由新诗的先锋性甚至革命性的文体性质决定的。在20世纪中国,革命、战争、改革此起彼伏,动荡的生态强化了新诗的政治功能,形成了以自由诗为霸权诗体的动态诗体。20世纪社会具有过多的政治革命潜能,20世纪诗人具有过多的革命激情,20世纪新诗也具有过多的文体革命潜能。20世纪初"文学革命"的先锋——"白话诗运动"打造出的新诗是一种意识形态性较浓的政治性抒情文体。"最初,这场革命仅是一场反对古旧书面语言形式即'文言'的运动,……但是正如这场运动的拥护者和反对者从一开始就知道的那样,这场文学革命本身具有着深远的社会含义和政治含义。……这种书面语言,与其他任何制度一样,维护了传统中国中统治者和被统治者之间的等级界限。甚至在旧的政治制度于1911年崩溃之后,古文言的遗存不仅确保了传统文化的存留,而且保证了传统社会态度的永久延续性。所以这场文学革命的目标就远远超出了对一种文学风格的破坏。这场革命的反对者所保护的是一完整的社会价值体系。而反对文言之僵死古风与旧文学之陈词滥调的文学革命的拥护者,所抛弃的也是一个完整的文化与社会遗产。"[2]在世纪之交,尽管流行个人化写作,大陆新诗文体的政治性并没有减弱,只是以更隐蔽的方式存在。可以简要地把

---

〔1〕 王觅采访林于弘录音,未刊稿。

〔2〕 [美]格里德:《胡适与中国的文艺复兴——中国革命中的自由主义(1917—1937)》,鲁奇译,江苏人民出版社,1996年,第84—85页。

30年来与政治关系密切的新诗写作分为十大类型,并用简洁的政治话语描述。一、浪漫主义写作:浪漫即革命。二、现代及后现代写作:先锋即革命。三、低俗写作:身体即政治。四、精致写作:审美即政治。五、口语诗写作:语言即政治。六、个人化写作:艺术自由即政治自由。七、底层写作:生存诉求即政治诉求。八、网络诗歌写作:媒体开放即政治开放。九、诗歌群落运动:艺术多元化即政治多元化。十、诗歌研究论争:学术即政治。

"我们可以重新回顾这四个现代性准则:1. 断代无法避免。2. 现代性不是一个概念,无论是哲学的还是别的,它是一种叙事类型。3. 不能根据立体性分类对现代性叙事进行安排;意识和主体性无法得到展现;我们能够叙述的仅仅是现代性的多种情景。4. 任何一种现代性理论,只有当它能和后现代与现代之间发生断裂的假定达成妥协时才有意义。然而,依然存在着一种关于现代的用法,它与现在的相关性(不管多么复杂而且具有悖论意义)似乎无法被否定。这是它的审美范畴或审美适应,它必然假定一种对于工作的经验存在于现在,不管它的历史起源如何。因此,我们现在必须将注意力转向艺术现代主义的讨论。"[1]詹姆逊所言的"与现在的相关性"即要求在关系主义而不是本质主义视野里考察新诗,完成新诗的现代性构建。

新诗现代性建设要做好六大建设:现代情感、现代意识、现代思维、现代文化、现代政治和现代文体,尤其是新诗的启蒙现代性建设要建设好前五种。其中有的应该激进一点,如人的现代意识和社会的现代文化的建设,但是必须坚持这样的建设总方针:应该绝对地现代,但是不能极端地现代。

第二节 审美现代性建设

一、六大特质

新诗现代性建设既要考虑新诗的启蒙现代性建设,回答"新诗何为";也要考虑新诗的审美性建设,回答"何为新诗"。只有回答了这两个问题,才能回答"如何新诗,怎样现代"这一新诗现代性建设必须解决的根本问题。

要回答好这个根本问题和这两个基本问题谈何容易。我花了30年时间

---

〔1〕[美]詹姆逊:《詹姆逊现代性的四个基本原则》,王亚丽译,王逢振:《詹姆逊文集.第4卷,现代性、后现代性和全球化》,中国人民大学出版社,2004年,第74—75页。

研究新诗文体也收获甚微。我22岁完成的论文《中西方诗本体论比较研究》提出了这样的观点:"纵观和比较中外诗学发展史,发现有一个相同的发展趋势:中外文艺理论家对诗的本体的观照点都有一个由外部世界向内部世界转化的过程,从重视客观社会环境的外视点到重视创作主体和诗歌本身的内视点的转变过程。即由关注社会向关注人的情感和艺术的形体回归过程。"[1]"中西方诗歌相互间的真正影响还是在近现代以及当代。比较明显的例子有中国古典诗歌的意象方式影响了西方的意象派诗歌;西方的古典诗歌在音乐排列形式上影响了中国的新格律诗;西方的现代派诗歌的创作方法分别在20世纪30年代和80年代被中国新诗广泛借鉴,特别是中国新时期诗歌只用了15年时间几乎走完了西方现代派诗歌150年的历程;在法国起源的散文由法国直接地和经英俄间接地传入中国,直接参与了中国'五四'时期的新诗运动,并由叙事为重心的抒情文体被以诗为中心的中国文学传统'同化',从立意、架构到语言几乎都具有诗化特征,成为偏重抒情特征的文体在中国迅速发展,加速了世界散文诗的中心由西方向东方转移的过程。对中西方诗本体论的嬗变过程,进行平行研究,会发现有许多异曲同工之处。在人类的共性和诗歌艺术的自主性作用下,中西方都不约而同地向以情感与形式为中心的诗本体论靠拢。"[2]

我23岁写了系列论文《诗美的构建与测定》,24岁写了硕士论文《散文诗:一种独立的抒情文体——论散文诗的文体特征和文体价值》。从21岁到24岁,整整三年,我入迷地回答"诗是什么"。这个问题一直是一个挥之不去的梦,我苦苦寻觅30年。到今天已经发表了相关论文300多篇,出版了相关著作六部:《诗歌文体学导论——诗的原理和诗的创造》(61万字,北方文艺出版社2001年)、《百年新诗诗体建设研究》(21万字,上海三联书店2004年)、《新诗诗体生成史论》(58万字,九州出版社2007年)、《诗体学散论——中外诗体生成流变研究》(40万字,上海三联书店2008年)、《新时期30年新诗得失论》(42万字,上海三联书店2012年)、《两岸四地新诗文体比较研究》(44万字,知识产权出版社2015年)。从这些著作的名称不难看出我所有的诗学研究都围绕"文体"或"诗体",研究目的只有一个,就是为了回答"新诗是什么",试图采用功能文体学和生态文体学理论探讨"新诗何为",用审美文体

[1] 王珂:《中西方诗本体论探微》,《社会科学战线》1996年第2期,第204页。
[2] 王珂:《中西方诗本体论探微》,《社会科学战线》1996年第2期,第207页。

学和形式文体学理论探讨“何为新诗”。我现在的学术理想就是建构新诗文体学及新诗诗体学。新诗诗体学是新诗文体学的主要内容,新诗诗体学可以细分为新诗文类学、新诗语言学、新诗意象学、新诗生态学、新诗功能学、新诗文化学、新诗政治学、新诗传播学和新诗诗美学。这一切都是为了回答“新诗为何”与“何为新诗”这两个基本问题,与我 30 年前的新诗本体研究异曲同工。

新诗百年,一直有人从事新诗本体研究,甚至不断有人给新诗下定义。宗白华在 1920 年 1 月认为:“诗的定义可以说是:‘用一种美的文字……音律的绘画的文字……表写人的情绪中的意境。’”[1]郭沫若在 1920 年 1 月认为:“诗=(直觉+想象)+(适当的文字)。”[2]何其芳在 1954 年 4 月认为:“我们说的现代格律诗在格律上就只有这样一点要求:按照现代的口语写得每行的顿数有规律,每顿所占时间大致相等,而且有规律地押韵。”[3]吕进在 1982 年 8 月认为:“诗是歌唱生活的最高语言艺术,它通常是诗人感情的直写。”[4]

我也给新诗下过定义。2000 年 10 月的定义是:“诗是艺术地表现平民性情感的语言艺术。”[5]2010 年 8 月的定义是:“新诗包括内容(写什么)、形式(怎么写)和技法(如何写好)。内容包括抒情(情绪、情感)、叙述(感觉、感受)和议论(愿望、冥想)。形式包括语言(语体)(雅语:诗家语(陌生化语言)、书面语;俗语:口语、方言)和结构(诗体)(外在结构:句式、节式的音乐美、排列美;内在结构:语言的节奏)。技法包括想象(想象语言、情感和情节的能力)和意象(集体文化、个体自我和自然契合意象)。……可以用一句话来概括这个新诗观:新诗是采用抒情、叙述、议论,表现情绪、情感、感觉、感受、愿望和冥想,重视语体、诗体、想象和意象的汉语艺术。”[6]2008 年 6 月我给新诗确

---

[1] 宗白华:《新诗略谈》,林同华编:《宗白华全集》,第一集,安徽教育出版社,1994 年,第 168 页。

[2] 宗白华、郭沫若、田汉:《三叶集》,林同华编:《宗白华全集》,第一集,安徽教育出版社,1994 年,第 217 页。

[3] 何其芳:《关于现代格律诗》,何其芳:《何其芳选集》,第二卷,四川人民出版社,1979 年,第 153 页。

[4] 吕进:《新诗的创作与鉴赏》,重庆出版社,1982 年,第 20 页。

[5] 王珂:《诗是艺术地表现平民性情感的语言艺术——论现代汉诗的现实出路》,《东南学术》2000 年第 5 期,第 104 页。

[6] 王珂:《今日新诗应该守常应变》,《西南大学学报》2010 年第 4 期,第 27 页。

立的标准也含有新诗定义的成分："目前新诗标准建设已成当务之急，一定要重视诗体、想象与意象。新诗标准应该分为'写什么'的标准与'怎么写'的标准两大部分，但是后者远比前者重要。好的新诗应该是艺术地表现平民性情感的语言艺术。新诗应该在内容(写什么)上放开，实现真正的多元，形式(怎么写)上做适度限制，必须重视诗家语和诗体等诗的基本文体特征，重视诗的艺术性。没有好诗人就没有好诗，与其对新诗提出标准不如对新诗诗人提出标准，应该适度提高新诗行业的'准入'难度，新诗诗人应该过语言关、诗的知识关和诗的技巧关，诗人要重视学养、技巧、难度和高度。诗人写作需要重视'想象'和'意象'。"〔1〕

今天，为诗，尤其是为了弄清新诗的定义消得人憔悴的我不得不感叹30年前读到的两段话是对的，甚至有些后悔当年不应该年轻气盛不听前人的话。一段是黑格尔的话："凡是写过论诗著作的人几乎全都避免替诗下定义或说明诗之所以为诗。事实上如果一个人事先没有研究过什么才是一般艺术的内容和表象方式，一开始就谈诗之所以为诗，就想确定诗的真正本质，那确是很困难的。这种困难会显得更大，如果从一些个别作品的特殊属性出发，就想根据这方面的认识去确定可以适用于各种诗的一般原则，这样做就会把许多性质极不相同的作品都算作诗了。如果人们接受了这种办法，然后再追问有什么理由要承认这些作品是诗，马上就会碰到上文所说的困难了。"〔2〕另一段是惠特曼的话："我认为，没有哪一个定义能把诗歌这一名称容纳进去，任何规则和惯例也不会是绝对可行的。只会有许多的例外出现不顾定义，推翻定义。"〔3〕

正是因为给诗下定义难，给生长于乱世的新诗下定义更难；新诗的文体研究尤其难，新诗的诗体研究难上加难。这种难度如同现在研究新诗的现代性建设，现代性这个概念众说纷纭，它本身又来自西方，很难适合中国国情。如果什么是现代性这样的基本问题，尤其是什么是新诗的现代性这一问题都不清楚，当然很难提出新诗现代性的建设策略。有人认为新诗都不存在，新诗的诗体当然不存在，即使承认新诗存在，新诗是打破"无韵则非诗"做诗信条，推崇"诗体大解放"才产生的，诗体也就不存在了，研究诗体当然没有必

---

〔1〕 王珂：《"一体"、"两象"、"三关"和"四要"——新诗"标准"的现实构建策略》，《海南师范大学学报》2008年第3期，第42页。

〔2〕 [德]黑格尔：《美学》，第三卷，下册，朱光潜译，商务印书馆，1981年，第17—18页。

〔3〕 [美]惠特曼：《惠特曼散文选》，张禹九译，山西人民出版社，1984年，第28页。

要。所以新诗文体研究，尤其是研究新诗的诗体重建问题的“学术性”受到过很多人的质疑。2009 年 8 月 17 日，大陆诗评家叶橹认为：“有关‘诗体建设’、‘诗体重构’的议论依然时起时伏。这些理论的提倡者虽然都是学养有素的学者，但是我却觉得他们是不是把精力浪费在一个‘伪话题’的理论上了。为什么说这是一个‘伪话题’呢？因为任何一个理论话题的提出，首先是要看它具不具备实践意义。……我之所以反对以‘诗体建设’或‘诗体重建’来规范现代诗的形式，绝对不是意味着我反对或降低对现代诗的艺术性标准的要求。……真正意义上的现代诗写作，在强调自由精神的同时，更着意于它的创造精神。……从根本上说，诗体不是决定诗的真正价值的决定性因素，只有诗性的意味才是我们判断一首诗的真正价值的标准。”[1]

台湾很多诗人和诗论家也不看好新诗文体研究。2014 年 12 月 8 日，西南大学中国新诗研究所研究生王觅在台北市台北科技大学采访诗人白灵。王觅问：“您如何理解新诗的文体及诗体建设，目前主要有三种观点：新诗应该是格律诗；新诗应该是自由诗；新诗应该建立相对定型的诗体。您赞成哪种观点？”白灵回答：“其实我们从头到尾都写的是比较接近自由诗，用比较现代的语言去写自由诗。可是我也不反对可以建立相对定型的诗体。而不是一定要自由诗。有人去做，我们也站在乐观其成的方向。可是我并不会刻意去写像闻一多主张的那种‘节的匀称’跟‘句的均齐’的现代格律诗。但在写作当中，我偶尔会出现对句的，或者从头到尾都很整齐的，像方块一样的诗。就是不断在做，应为当时写的那个题材做各种实验。其实每一个试验都是有它的偶发性，也有它的必然性。就是像‘十四行诗’最适合某个内容，常常会因为内容和形式之间的搭配，最后把它定在那里。我不会说所有的诗都应该有那样的格式，一段固定有几行，好像你的情感没办法套进去。在上面会有捉襟见肘的情况出现。其实我觉得哪一天能够出现一个很厉害的，可以把这个形式建立起来，我们也乐观其成。”[2]王觅问：“您的意思就是这个形式应该是动态的形式，是根据情感进行调整的一种。”白灵回答：“对，基本上是这样。”[3]

30 年来，我从来没有怀疑过新诗研究，回答“新诗是什么”的新诗文体研

〔1〕 叶橹：《形式与意味》，王珂、陈卫：《51 位理论家论现代诗创作研究技法》，海峡文艺出版社，2012 年，第 86—87 页。

〔2〕 王觅采访白灵录音，未刊稿。

〔3〕 王觅采访白灵录音，未刊稿。

究，特别是新诗诗体研究的“学术性”。就像希腊神话中的西西弗斯不停地推动巨石上山，虽然最终巨石没有留在山上，却可以获得一些经验与教训，至少30多年的新诗文体研究让我今天有能力总结出今日新诗的六大文体特质：一、在写什么上多变的情绪多于稳定的情感。二、在写作手法上叙述受到重视，但是诗的叙述是从主观世界，尤其是从感觉和感受出发，写的是所感所思；散文的叙述是从客观世界，尤其是从生相和物相出发，写的是所见所闻。三、在写作语言上平民化口语多于贵族性书面语，意象语言受到轻视，口语甚至方言受到重视。四、在诗的音乐性上诗的内在节奏大于诗的外在节奏，诗的音乐性减弱。五、在诗的结构形式上诗的视觉结构大于听觉结构，诗的排列形式重于诗的音乐形式。六、在写诗的思维方式上图像思维受到重视，语言思维受到轻视。

从对近年大陆诗坛出现的十大诗潮的总结及评价中，可以看出新诗文体进化的快速性和复杂性，证明新诗客观存在六大文体特质：一、震灾诗写作。震灾诗丰富多彩，反映出人与社会、人与自然的复杂关系。创下了传播速度最快，影响范围最广，写同一题材的诗人最多，不同流派、不同地域的诗人最团结等多项纪录。震灾诗具有唤醒爱国激情和增强民族凝聚力等多种价值，强化了新诗的实用性、抒情性和严肃性。新诗诗人的介入意识及使命意识和新诗的写作伦理受到高度重视，持续了十多年的新诗文体的世俗化及个人化写作狂潮被有效扼制。但是直抒胸臆地歌唱生活的写作方式及口语诗受到极端重视，会对新诗的发展产生负面影响。二、打工诗写作。对当前的打工诗及底层写作热保持警惕，不要棒杀，更不要捧杀，必须重视艺术性，反对道德标准大于艺术评判。三、个人化写作及身体写作。应该承认诗具有多元功能，允许诗的“写什么”的多元化与人的生活方式的多元化。个人化写作的意义不仅在于继承了新诗百年来一直存在的追求自由的传统，还有助于摆脱独断性的意识形态及一元化的群体意识或社会秩序感对个体意识和个体自由欲的压迫，有助于肯定个体生命的价值和新诗作为独特的抒情文类的价值，个人化写作呈现出写作方式的多元及写作上的民主。但要反对极端的个人化写作及身体写作，特别是身体写作不能沦落为色情写作。四、网络诗写作。网络带来了新诗的新繁荣，诗的视觉形式、诗的游戏功能、诗的视觉思维都受到前所未有的重视。网络诗还出现了在“写什么”上的极端自由化，色情诗占有一定比重。有必要“净化”网络诗，提倡“精品”上网。五、女诗人写作。出现了以舒婷、翟永明、尹丽川、郑小琼等为代表的四次女诗人写作热潮，极大地丰富了新诗。女人天性中的情绪化使她们容易选择极端的处事方式，女诗人写作更喜欢依靠情绪的力量而不是语言的力量。六、中年诗人写作及军旅诗人写作。中年诗人成为新世纪的中坚力量，但是大多随着岁月的流逝渐渐失去了青春激情和抒情冲动，大多愿意当哲理诗人。成名的军旅诗人大多是中年诗人，保留了激情。七、先锋诗写作。经历了由诗意的先锋到不彻底的诗艺的先锋，再转向诗意的先锋三大历程。八、口语诗写作。从80年代李亚伟的《中文系》、于坚的《尚义街6号》，到近年的“废话诗”“梨花体”和“羊羔体”，口语诗常常引来非议，甚至引发诗歌事件。需要处理好口语与诗家语的复杂关系。九、新格律诗写作。黄淮、周仲器、万龙生等诗人一直致力于格律诗的创作和研究，引发多次讨论。需要处理好诗体规范与诗体自由的辩证关系。十、地域诗歌写作。新诗创作有明显的地域特色，80年代出现了“西部诗歌”概念，近年出现了“南方诗歌”概念。出现了北京诗人群、四川诗人群、甘肃诗人群、福建诗人群、广东诗人群、江浙诗人群、东北诗人群等诗歌群落。满族、回族、藏族、壮族等民族地区也成批地涌现出优秀诗人。

分别考察今日新诗文体六大特质，不难发现新诗现代性建设最应该考虑的是第一大特质——新诗在写什么上多变的情绪多于稳定的情感的巨变。必须意识到今非昔比，新诗已经“旧貌换新颜”，又“万变不离其宗”，所以新诗的现代性建设只能采取“守常应变”的原则。将“诗是抒写感情的语言艺术”改为“诗是抒发情绪的语言艺术”，仍然离不了一个“情”字。古代汉诗在诗的功能巨变方面是从“诗言志”到“诗缘情”。“诗者，志之所之也，在心为志，发言为诗。”[1]“诗缘情而绮靡。”[2]现代汉诗的功能巨变是从“诗写感情（情感）”到“诗写感觉（情绪）”。今日新诗更多的是情绪的艺术而不是情感的艺术。即在写什么上，新诗出现了情绪取代情感这一“题材巨变”。

人的感情比情绪持久稳定，通常还与伦理道德相关，如古代汉诗要求入诗的情感是“思无邪”“止乎礼义”的情感，才能达到“诗教”目的。虽然古代汉诗的“诗缘情”降低了入诗情感的伦理性，却不是现代诗歌所强调的普通人的日常情感甚至情欲。感觉具有个体性，感情具有群体性，如苏珊·朗格所说的入诗的情感应该是“广义的情感”。尽管苏珊·朗格高度重视诗的形式本

[1] 《毛诗序》，郭绍虞：《中国历代文论选》，上册，上海古籍出版社，1979年，第30页。
[2] [晋]陆机：《文赋》，郭绍虞：《中国历代文论选》，上册，中华书局，1962年，第138页。

体，她甚至提出了纯化诗歌的具体方法："'纯化'诗歌有两条路径：一是象雪莱、爱伦·坡、瓦莱里和穆尔所主张的那样，删除被斥为非诗的因素，尽量使诗歌纯化；一是运用公开宣称的原则如情感的报道、纯粹的声音、隐喻等等，去结撰整个诗歌，使其纯真，从而使其成为一块娇小无瑕的瑰宝。这就是意象主义者、印象主义者以及象征主义者的手法。……严格说来，人类一切话语都是浓缩程度不等的诗歌。从诗歌的普通意义或通俗意义上看，它是这样一种语言：其中经验本质的表述远胜于本身用途的陈述。'"〔1〕她强调形式与情感不可分离，语言符号就是情感符号。"艺术即人类情感符号的创造。"〔2〕但是她对哪些情感可以入诗作了严格的界定，如小孩子的哭泣等自然情感不能入诗，要求诗人遵守一定的写作伦理。"艺术品是将情感(指广义的情感，亦即人所能感受到的一切)呈现出来供人欣赏的，是由情感转化成的可见的或可听的形式。它是运用符号的方式或是一种诉诸推理能力的东西，而不是一种症兆性的东西。艺术形式与我们的感觉、理智和情感生活所具有的动态形式是同构的形式，正如亨利·詹姆斯所说的，艺术品就是'情感生活'在空间、时间或诗中的投影，因此，艺术品也就是情感的形式或是能够将内在情感系统地呈现出来以供我们识认的形式。"〔3〕"一个艺术家表现的是情感，但并不是像一个大发牢骚的政治家或是像一个正在大哭或大笑的儿童所表现出来的情感。艺术家将那些在常人看来混乱不整的和隐藏的现实变成了可见的形式，这就是将主观领域客观化的过程。但是，艺术家表现的绝不是他自己的真实情感，而是他认识到的人类情感。"〔4〕

但是她也意识到诗既写情感也写情绪。"决定诗人全部实践，并最终产生如抒情诗，传奇小说，短篇小说和长篇小说等文学形式的，不是诗人感觉到了什么或要告诉我们什么，而是他要着手创造什么。一个批评家如果不理解各种艺术的一般目标，不理解每一种艺术作品，那么，他就极易混淆在真正推理性意义上与艺术意义上迥然相异的某些用法。这种批评家认为：假如一

---

〔1〕［美］苏珊·朗格：《情感与形式》，刘大基、傅志强、周发祥译，中国社会科学出版社，1986年，第289—290页。

〔2〕［美］苏珊·朗格：《情感与形式》，刘大基、傅志强、周发祥译，中国社会科学出版社，1986年，第12页。

〔3〕［美］苏珊·朗格：《艺术问题》，滕守尧、朱疆源译，中国社会科学出版社，1980年，第24页。

〔4〕［美］苏珊·朗格：《艺术问题》，滕守尧、朱疆源译，中国社会科学出版社，1980年，第25页。

个诗人在说'你'时没有说明这是一个人向另一个人述说,那么,他就是向读者在说话,而抒情诗最值得注意的特点——现在时态的运用——就意味着诗人正在抒发着自己瞬间的情感与思绪。"[1]"抒情诗所以如此大量的依靠语言的发音与感情特征,原因在于它非常缺乏创作材料。一首抒情诗的主题(所谓'内容')往往只是一缕思绪,一个幻想,一种心情或一次强烈的内心感受,它不能为一部虚幻的历史提供十分牢靠的结构。……抒情诗创造出的虚幻历史,是一种充满生命力思想的事件,是一次情感的风暴,一次情绪的紧张感受。……与读者直接交谈的情况可能出现在传奇、民谣和小说中,然而在抒情诗中,这类诗句就似乎没有一点直接对话的味道了。"[2]

"诗是强烈情感的自然流露。它起源于在平静中回忆起来的情感。"[3]"诗歌不是感情的放纵,而是感情的脱离;诗歌不是个性的表现,而是个性的脱离。"[4]现代人写现代诗越来越不重视"平静中回忆起来的情感",直抒胸臆的写作方式越来越受到重视,推崇的是感情的放纵和个性的表现。今日新诗越来越是"情绪的直接的语言表现"。早在80年前,周作人就结论说:"如果我们'怀着爱惜这在忙碌的生活之中浮到心头又复随即消失的刹那的感觉之心',想将它表现出来,那么数行的小诗便是最好的工具了。"[5]今天,诗人更愿意记录忙碌生活中的感觉,很多写作都是"及时及物写作",网络诗歌的出现还使"在线写作"成为可能。"快"成为新诗写作的一大特色——以最快(有感而发)的速度,最快(短小精干)的语言表达最快(转瞬即逝)的情绪。这也是近年小诗流行的重要原因。

以2008年汶川5·12大地震涌现的地震诗歌为例,地震诗歌写作都是有感而发的及时及物写作,触景生情,触物伤情。王家新在全国哀悼日见到国旗下降时写了《旗帜》:"你缓缓降下来时,/比你上升时,更多了一些悲伤,/

---

〔1〕[美]苏珊·朗格:《情感与形式》,刘大基、傅志强、周发祥译,中国社会科学出版社,1986年,第301页。

〔2〕[美]苏珊·朗格:《情感与形式》,刘大基、傅志强、周发祥译,中国社会科学出版社,1986年,第300页。

〔3〕[英]华兹华兹:《抒情歌谣集1800年版序言》,伍蠡甫:《西方文论选》,下卷,上海译文出版社,1979年,第17页。

〔4〕[英]托·斯·艾略特:《传统与个人才能》,托·斯·艾略特:《艾略特文学论文集》,李赋宁译,百花洲文艺出版社,1994年,第11页。

〔5〕仲密:《论小诗》,杨匡汉、刘福春编:《中国现代诗论》,上编,花城出版社,1985年,第62页。

也更多了一些灵性。/你降下来,像一个蜷曲着的魂灵。/你还要降得更低一些,/以够着那些你要跪吻的/遗骸和灰烬”。王小妮的《2点28分的鸣响》写下了那个全民感伤时刻的所见所闻与所思所感:“忽然,四面八方的喇叭尖叫/有人肃立,更多的人悠闲如常。/托着红色安全帽的!/我的天啊/我已经见不得红了。/大地的出口朝天/这四角都在震颤的喇叭/我再也不想发出声响了。/死去了的,都横列在阴沉的天空/活着的全在后面推我这个哑子/天幕快一点应声而卸吧。”

尽管很多诗人都知道阿多诺的名言“奥斯维辛集中营之后,写诗是可耻的”。谢宜兴在《今夜,又多了一个可耻的人》中也感叹过:“当汶川如破碎的古瓷诗歌能修复什么/当死神在暗自窃笑诗歌能阻止什么/当震区成为孤岛诗歌能打通什么/当‘叔叔,救我’从废墟中传来诗歌能救助什么/……这一刻,当我写下这些分行的文字/我知道,今夜又多了一个可耻的人……”。朵渔在《今夜,写诗是轻浮的……——写于持续震撼中的5·12大地震》也说:“今夜,天下写诗的人是轻浮的/轻浮如刽子手,/轻浮如刀笔吏。”地震“震”出了一个奇异的诗国,地壳运动“运动”出了一个奇异的“新诗运动”。如古河的《地震之后,都是杜甫》所言:“……一场地震,/好像全民族都喝饱了泸州老窖,/一个个都是李白和杜甫”。地震诗歌的创作传播速度都是空前的。如我在震后20多天就收到了黄礼孩主编的《诗歌与人——5·12汶川地震诗歌专号》,刊发了哑石的《我认识的人都哭了》、朵渔的《今夜,写诗是轻浮的……——写于持续震撼中的5·12大地震》、刘川的《捐款的某种复杂启示》、李轻松的《我还没有爱你》等诗。还收到了谢宜兴等人编的《丑石诗报——5·12汶川地震诗歌专号》。灾后不到一个月湖南人民出版社就出版了由一个人创作的震灾诗集——谭仲池的《敬礼　以生命的名义》。谭仲池的诗集前言《悲歌一曲动地来——致读者》中的一段话说明地震诗歌更多是“冲动性情绪写作”而非“沉思性情感写作”:“每天都读报、剪报、写诗。写心中的悲痛,心中的震撼,心中的感动,心中的振奋,心中的祈祷,心中的思考,心中的祝福!就这样写着,写了一大本。”[1]

我也有与谭仲池相同的写作经历。我的地震诗歌写作也是“自发性情绪写作”而非“自觉性情感写作”。那段时期,我整天呆在电视前,关注生死救援

〔1〕 谭仲池:《悲歌一曲动地来》,谭仲池:《敬礼　以生命的名义》,湖南人民出版社,2008年,第1页。

的进程，常常被一些人和事感动得泪流满面，不由自主地提起了诗笔。5月18日18时，多年不写诗的我写了两首诗。一首是《献给为护在书桌上保护学生而牺牲的谭千秋老师》。全诗如下："春蚕到死丝方尽/蚕宝宝们还活着/你成了一具僵尸/一座热情的丰碑//老鹰自天而降夺命而来/母鸡本能地掩护着小鸡/用弱小的身体高贵的头/绝望的呐喊是生命的歌//攻城不怕坚啊攻书莫畏难/师生联手考场上所向无敌/书桌学生掩体讲台指挥所/从来不需要扑到前沿阵地//攻书的高手习惯阵地战/惨烈的遭遇战突然爆发/不再迷信国训以静制动//以动制动以乱对乱离开帅位/母鸡张开翅膀英雄挡住子弹//在天昏地暗惊天动地的瞬间/书桌与讲台的空间距离消失/老师与学生的时间距离消失/拉开的是生与死永恒的距离//你的肉体灰飞烟灭/那张被砸碎的书桌/永远镌刻四个大字/师道尊严"。另一首是《献给死难的学生》，全诗如下："于无声处　没有惊雷响彻/一个个年轻灵魂鱼贯而出/优美的姿态让活着的心灵/酸楚　疼痛　煎熬　无助//号称母亲的大地杂草丛生/没有为孩子提供空间返回/琅琅书声回荡成永久哀鸣/所谓摇篮的校园长出墓碑//在人的地狱没有天摇地动/鲜嫩的躯体可以尽情生长/在神的天堂不怕飞沙走石/青春的魂魄可以放声歌唱//寒月将你的冤屈撒遍大地/艳阳定会带给你温暖温情/你的躯体让地狱更静更美/你的魂魄让天堂不再安宁"。当天我写的《后记》真实地记录了这两首诗的写作过程，说明是情绪化写作而不是情感性写作。"人祸可避，天灾不可逃。不惑之年，竟没有想到情感如此脆弱，看着电视，泪水总是不由自主地流出来，不，不是情感脆弱，而是时时被一件件普通人在大灾难面前的事迹感动。一直有想写诗的冲动，但怕拙劣的文字和诗行玷污了这些动人的人和感人的事。今天，终于选择了一个最吉利的时间——2008年5月18日18时，写下了这组献诗之一。我生于教师世家，祖训就是'学生利益至上'，父亲曾经因为在山洪中抢出三位小学生减少了数十年寿命，我也被学生们称为'爱小鸡的母鸡'。所以每当看到师生遇难的新闻，我更会泪流满面。愿遇难的师生们一路走好！"

在地震救援期间，几乎每一个新闻人物和新闻事件都受到了诗人的重视，让诗人情不自禁地写诗。多位诗人不约而同地写了为灾民孩子喂奶的民警蒋晓娟。何吉发写了《美丽的妈妈——写给地震孤儿警察妈妈蒋晓娟》："……曾几何时/那么多的明星/为了引人注目/故意在舞台上走光/故意暴露自己的隐私/和她们相比/你是多么的崇高和伟大/被你哺乳的孩子是多么幸运和幸福。"陈衍强写了《一把好乳》："以前/我以为女民警的乳房/是两颗地雷/偷窥都会爆炸/自从蒋晓娟/怀抱那个失去母爱的婴儿/很麻辣烫的掏出/哺乳期的酥胸/塞进/饿了3天的小嘴巴/我才知道/女民警掀开警服/同样是很有人情味/并且能够救命的/一把好乳。”伊沙《幸存者之诗》记录了救援中三个动人场景给他的感触:“从废墟中获救的美女/对苦苦守候的恋人/所说的第一句话/‘今晚的月亮好圆啊!’/正是一句传统的抒情诗/(如果你在这时嘲笑她为小资/你肯定不是一个真正的诗人/ 而是一个空心萝卜的愤青)//从废墟中获救的少年/对救出他的军人/所说的第一句话/‘叔叔,我要喝可乐,冰的!’/正是一句人性的口语诗/(如果你在这时批判可乐是全球化的腐蚀剂/你肯定不是一个真正的诗人/而是一个臭气熏天的知识分子)//从废墟中获救的小孩/躺在担架上未发一言/忽然向救他抬他的士兵/敬了一个稚拙的军礼/正是一句无言的行为诗/(如果你在这时将其诬蔑为军国主义教育的结果/你肯定不是一个真正的诗人/而是一个在西方的政客那里讨饭吃的渣滓)//幸存者出口成诗/因为幸存本身就是一首诗/那种美好的妙不可言的感觉啊/在此失而复得的人间/除了诗歌还有什么能够与之匹配”。

当代诗人重视写感觉,现代诗人也重视写感觉,如方敬的《阴天》:“忧郁的宽帽檐/使我所有的日子都是阴天!//是快下久旱的雨/是快飘纷纷的雪/我想学一只倦鸟/驮着低沉的天色/飞到温暖的阳光里!//我要走过一块空地/去访我的朋友!/我要到浓荫下/去访我亲切的记忆!/我是夏天的梦者!//忧郁的宽帽檐/使我所有的日子都是阴天!”刘勰在《文心雕龙·明诗》中称晋代诗人追求“俪采百句之偶,争价一句之奇”。正是诗人们“争价一句之奇”,才有“名句”流传于世。“忧郁的宽帽檐/使我所有的日子都是阴天!”是百年新诗史上著名的“名句”。它用有生命的情绪性词语“忧郁”来修饰无生命的“宽帽檐”,将视觉与感觉融为一体,如同“通感”手法。无生命的宽帽檐在外形上遮住了我的阳光,有生命的忧郁的宽帽檐使我的日子忧郁。因此“使我所有的日子变成了阴天”。早在上个世纪40年代,就有一批诗人重视写“情绪”及“感觉”,认为“气氛的掌握”是“诗质的营造”的重要内容,试图采用语言策略来捕捉“情绪的节奏”。“四十年代是一个动荡的社会,到街上去,街上有太多的社会事物等待诗人去写,战争、流血,和‘逻辑病者的春天’。但四十年代的诗人并没有排斥语言艺术世界所提供出来的语言策略,除了文字、格律(由闻一多提出到现代格律诗的讨论另有一番衍化,在此不能细论)、形式、节奏的凝练之外,便是诗质的营造,这包括气氛的掌握(如王辛笛的诗中光色明暗的运用),用冥思或梦汇通经验的飞跃(如卞之琳经营内在事物呼应的一些诗)，或把事物加以特别的凝注、即刻的凝注而达成‘现在发生性’(即使一切事物在读者眼前刻刻发生，如卞之琳利用‘声音’‘独白’，利用包孕不同时刻的经验在说话的一瞬间，如《西长安街》等诗)或戏剧场景的营造以代替说明性，或戏剧场景的变换来推移经验的转折与飞跃(如艾青、穆旦的诗)，如用音、色的重复和变调来捕捉‘情绪的节奏’(戴望舒的《雨巷》、王独清的《我从 Cafe 中出来》)……以上都可以用‘玄思的感觉化’来概括。”[1]

新诗现代性建设需要考虑的第二个文体特质是叙述在新诗中越来越重要，甚至有取代抒情的趋势。新诗百年，前 70 年是抒情时代，叙述只是一种可有可无的创作手法甚至修辞手段，甚至被视为抒情的敌人。后 30 年，尤其是今天，是叙事与抒情共生的时代，甚至叙事有“喧宾夺主”之势，“拒绝抒情”成为近年诗坛的流行口号。

具有高度的严肃性和抒情性的政治抒情诗在共和国成立初期、大陆改革开放初期都受到诗人的高度重视和读者的广泛关注，是新诗非常重要的一种抒情诗类型，涌现了胡风、田间、郭小川、贺敬之、李瑛、雷抒雁、叶文福、绿原、牛汉、孙静轩、邵燕祥、张志民、徐迟、公刘等政治抒情诗诗人，涌出现贺敬之的《雷锋之歌》、郭小川的《向困难进军》、雷抒雁的《小草在歌唱》、叶文福的《将军不能这样做》等在社会生活中产生了巨大影响的诗作。但是它从 80 年代后期就渐渐退出大陆诗坛，今天几乎销声匿迹。

政治抒情诗越来越不受重视的第一大原因是近 30 年来社会思潮和诗歌思潮都发生了巨变。改革开放初期中国思想大解放，随着改革的深入，中国越来越走向稳定，由动荡的社会进入了和谐的社会，不再出现全民关注的重大的政治事件。80 年代初期朦胧诗时代流行的精英社会化写作进入了中后期第三代诗歌的大众个人化写作，再进入了 90 年代的平民性个人化写作和新世纪的日常生活性私人化写作。第二大原因是叙述进入新诗，叙述手法的大量运用使诗人更有可能记录日常生活的当下状态，抒情，尤其是假大空的、玩深沉的政治抒情自然受到抵制。如打工诗歌就是典型的记录普通劳动者的日常生活的诗歌。80 年代初期新诗的最大任务就是促进改革开放，80 年代后期到今天新诗的最大任务是记录生活。尤其是近 20 多年来，大陆流行个人化写作甚至私语化写作，很多诗人都推崇“真实是诗人唯一的自救之道”，呈现生存境遇和揭示生存本相成为写作的重要目的。“90 年代以降，我

[1] 叶维廉:《中国诗学》，生活·读书·新知三联书店，1992 年，第 236 页。

的诗歌写作大略可分为一大一小两个板块，其主要部分我将它们命名为'告知当下存在本相'的诗歌，从人的生存和时代语境的夹角楔入，进而展开较为开阔的此岸叙事，让一味戏剧化地悬在所谓'高度'中的乌托邦似的精神高蹈回到人间的真实风景中，从另一种意义上重新开始对彼岸价值的追寻……作为一个持民主自由多元观念的现代人，我不反对大众，也向往优裕生活。"〔1〕个人化写作更多的是诗人关注自我的小我写作，与关注社会事件的大我写作截然相反，改革开放多年后，社会也日趋稳定，缺少改革初期时时发生的重大社会政治事件。即缺乏政治抒情诗存在的生态，它的宣传启蒙功能，尤其是宣传功能也就不再被社会和诗界重视。

今日新诗已经不像过去是纯抒情类文学，而是叙事的抒情类文学。虽然地震诗歌是情绪的抒发而非情感的抒写，但是采用的常常是叙事而非抒情，因为它本身就是因事件而生的，是报道事件的叙事性新闻写作与抒发情绪的抒情性诗歌写作的有机结合。近年中国诗坛的叙述诗既有别于传统的叙事诗，更有别于滨田正秀所言的抒情诗，不是"内在体验的象征的语言表现"，而是"外在观察的直接的语言表现"。正是叙述成就了 80 年代李亚伟、于坚等人的"生活流口语诗"和 90 年代韩东、杨克等人的"平民化生活本相诗"。口语诗代表作李亚伟的《中文系》和于坚的《尚义街六号》就是典型的叙事的抒情类文学。《中文系》当时没有能够公开发表，也与当时诗坛强调诗是抒情的语言艺术有关。这首诗真实地记录了李亚伟当时在南充师范学院中文系学习的情况，从各门课程的教学到同寝室几位兄弟的生活，几乎是面面俱到地叙述，只有结尾一段有些抒情性："现在中文系在梦中流过/缓缓地像亚伟撒在干土上的小便/它的波涛随毕业时的被盖卷一叠叠地远去啦"。诗中绝大部分句子都是叙述性的，如："中文系也学外国文学/着重学鲍迪埃学高尔基，在晚上/厕所里奔出一神色慌张的讲师/他大声喊：同学们/快撤，里面有现代派"。

这首诗虽然没有公开发表，却在大学生中，尤其是在校园诗人中流传甚广。我 1985 年在西南大学外语系读本科，是从中文系的诗歌爱好者处知道李亚伟和这首诗的。我从 2004 年到 2012 年，每年为福建师范大学文学院的大学一年级学生上"诗歌作品导读"课程，都要将《中文系》与于坚的《女同学》

〔1〕 杨克：《对城市符码的解读与命名——关于〈电话〉及其他》，汪剑钊：《中国当代先锋诗人随笔选》，中国社会科学出版社，1998 年，第 120—121 页。

作为“口语诗”代表作介绍给学生。学生感兴趣的不是诗中的“抒情”而是“叙事”。因为两首诗写的都是他们熟悉的日常生活,《女同学》写的是一个男生的中学生生活,《中文系》写的是一个男生的大学生生活,都属于“成长文学”。所以能够引起学生的极大兴趣。我要求每届学生采用这种叙事方式以《文学院》或《中文系》《女同学》或《男同学》为题写诗记录自己的大学生活,很多学生都因此享受到了写诗的快乐。这种快乐与其说是抒情的快乐,不如说是叙述的快乐。

我还给福建师范大学的文科大学生和东南大学的理工科大学生讲解过胡续冬的《海魂衫》,也正是因为它记录了一个男孩子成长的真实经历,受到了不同学科大学生的普遍喜爱。全诗如下:“1991 年,她穿着我梦见过的大海/从我身边走过。她细溜溜的胳膊/汹涌地挥舞着美,搅得一路上都是/她十七岁的海水。我斗胆目睹了/她走进高三六班的全过程,/顶住巨浪冲刷,例行水文观察。/我在冲天而去的浪尖上看到了/两只小小的神,它们抖动着/小小的触须,一只对我说‘不’,/一只对我说‘是’。它们说完之后/齐刷刷地白了我一眼,从天上/又落回她布满礁石的肋间。她带着/全部的礁石和海水隐没在高三六班/而我却一直呆立在教室外/一棵发育不良的乌桕树下,尽失/街霸威严、全无狡童体面,/把一只抽完了的‘大重九’/又抽了三乘三遍。在上课铃响之前/我至少抽出了三倍于海水的/苦和咸,抽出了她没说的话和我/潋滟的废话,抽出了那朵/在海中沉睡的我的神秘之花。”

我告诉同学们我读这首诗的真实的阅读感受是:“读胡绪冬的《海魂衫》,一个流行词语马上闪现:‘成长文学’。这首诗堪称‘小处敏感’的成长诗歌。严格意义上说,近年流行的‘成长文学’更多的是由小说界‘制造’的,特别是那群‘小鬼当家’的中学生小说家是使这个词语‘发扬光大’的主要功臣。但是不能否认‘成长诗歌’的存在。很多人都有厚厚的‘诗歌日记’,用诗记录自己的人生历程,特别是青春岁月。如我从初三到大四就写了《追求集》《困惑集》《浪荡集》《幻灭之春》《希望之春》等十多本诗集,完整地记录了一个小男孩在追求中困惑,困惑后浪荡,浪荡后幻灭,幻灭后新生的‘成长’过程。对异性的爱慕(还不能完全称为“爱情”)是‘春春期诗歌写作’最重要的抒写内容,完整记录了爱的萌发、爱的朦胧、爱的欣喜、爱的迷狂、爱的绝望等爱的历程。我一向主张诗要艺术地表现平民的情感,对平凡人的诗歌情有独钟。《海魂衫》所写的与我的生活经历相似。几乎每个少年诗人,特别是利比多(libido)过剩的高三男生,都在‘日记诗’中悄悄写下见到漂亮女生的‘心动’与‘身动’,我当年也写了很多这样的诗作。……卞之琳曾说他的‘校园青春期写作’是大处茫然,小处敏感。《海魂衫》也是这样的‘校园青春期写作’的产物。视角很小,题材很平常,写的只是男孩子见到女孩子心动时的真切感受。诗人借助想象的力量和语言的力量,把一件小事、一个小场景、一段小情绪比较完美地展现出来,给人一种真实得令人惊叹的诗艺效果。……尽管青春岁月的那段初漾的情感——那朵在海中沉睡的我的神秘之花,如同那件在男人灵魂中永远飘扬的海魂衫,多年以后回味起来一定还有烟的苦和咸,如同那首著名情歌《恰似你的温柔》所唱:‘某年某月的某一天,恰似一张破碎的帆,难以开口道再见,都让一切走远,这不是一件容易的事,我们都没有哭泣,到如今,年复一年,我不能停止怀念,怀念你,怀念从前。’四十岁的我读这首诗,却读不出‘苦和咸’,读出的全是‘情愫’和‘温情’,它像一只巨人的手,把我牵回到情窦初开的岁月。那是既纯真更天真、既荒诞更可爱的青春岁月。《海魂衫》真实地展示出那种生存状态及青春境遇。真实是诗人唯一的自救之道,真实何尝又不是一首诗能够让读者产生共鸣的自救之道?中国的儿童文学(成长文学)具有高度的严肃性。中国诗歌,特别是新诗更具有高度的严肃性。‘诗要写得美’成为金科玉律。对诗的抒情美,严格地说是‘止乎礼义’式的伦理过分重视,导致故作‘纯洁’状成为当代诗人的‘处世之道’。哪里有压迫哪里就有反抗,一些诗人,特别是先锋诗人因此产生巨大的逆反心理和造反精神,以丑为美,‘痞子’诗人招摇于世。《海魂衫》尽管讲的是‘街霸’‘狡童’的成长故事和心情故事,或者说是诗人的夫子自道,却在‘自然’抒情和‘冷静’叙事中把握好了审美与审丑的度,不仅能够产生较大的‘真实的力量’,还能够让读者感受到这位‘街霸’‘狡童’有马克·吐温笔下的汤姆·索亚的可亲与可爱。”很多大一学生回忆自己的成长历程后,都认为《海魂衫》写出了高三男孩情窦初开时的真实:性意识觉醒了但还保留浓郁的精神恋爱。他们认为这首诗写得很真实,却也写得很美,让人感到诗人对美的追求远远大于对性的追求。

“写实”及“叙事”在新诗草创期就受到极端的重视,1918 年《新青年》第 4 卷第 1 号就推出了胡适和沈尹默各自的《人力车夫》,是典型的“叙事”之作。在 20 年代初就出现抒情诗与叙事诗的分离,长诗成了叙事诗的主要诗体。1928 年汪静之在《诗歌与情感》中说:“小诗的情感最易持久一致,而最难参错变化,长诗反是,最易参差变化而最难持久一致。小诗是单刀直入地冲锋,长诗是千兵万马地大摆阵势,小诗如瀑布之一泻到底,长诗如黄河九曲之缓缓平流。所以小诗读了使人畅快，长诗常人读了气闷。”[1]朱自清在 1922 年 4 月 15 日说：“在几年来的诗坛上，长诗底创作实在太少了；可见一般作家底情感底不丰富与不发达！这样下去，加以现在那种短诗底盛行，情感将有萎缩、干涸底危险！所以我很希望有丰富的生活和强大的力量的人能够多写些长诗，以调剂遍枯的现势！”[2]朱自清 1922 年写了抒情长诗《毁灭》，发表于次年 2 月的《小说月报》第 14 卷第 3 期上。闻一多写了《园内》，这首诗共 314 行，由八个部分组成。叶绍钧在 1924 年写了 300 来行的长诗《浏河战场》。王统照写了共 19 节 300 来行的长篇叙事诗《独行者的歌》。朱湘的写作理想是：“用叙事诗的体裁来称述华族民性的各相。”[3]他写了七大段近千行的《王娇》。饶孟侃写出了 28 节 112 行的叙事诗《莲娘》。白采的《羸疾者的爱》和沈玄庐的《十五娘》是新诗初期长诗的代表作。“白采的《羸疾者的爱》一首长诗，是这一路诗的押阵大将。他不靠复沓来维持它的结构，却用了一个故事的形式。是取巧的地方，也是聪明的地方。”[4]《十五娘》全诗 11 节 82 行，最初发表在 1920 年 12 月 21《民国日报·觉悟》上。“《十五娘》是新文学中第一首叙事诗；但嫌词曲调太多。”[5]诗人写长诗不仅丰富了新诗的叙事传统，还削弱了自己的抒情能力。

80 年代中后期出现了在抒情诗中使用叙述取代抒情的现象。首先在李亚伟、于坚等大学生诗人中受到重视。在 90 年代初中期得到了走出社会的大学生诗人的青睐，1997 年出现了“诗人小说家”丛书，韩东、朱文等诗人推出了自己写的小说。诗人“串行”或“跨界”写小说现象是叙述受到诗人重视的证据。这与大学生的生活状态有直接关系。虽然处在激情澎湃的青春岁月，应该说是生活在人生的抒情时期，但是校园生活通常只是教室、食堂和图书馆三点一线的单调生活，并没有那么多的情感需要抒发，很多校园诗人写诗只是把诗当成记录生活的日记。如我 1987 年 10 月 13 日在西南师范大学上研究生时写的《十月十二日男人的一天》，完整记录了我那一天从早到晚的

---

〔1〕汪静之：《诗歌与情感》，《文学周报》第 6 卷，上海开明书店，1928 年，第 44 页。

〔2〕朱自清：《短诗与长诗》，朱自清：《朱自清诗文选集》，人民文学出版社，1955 年，第 174 页。

〔3〕钱光培、向远：《现代诗人及流派琐谈》，人民文学出版社，1982 年，第 145 页。

〔4〕朱自清：《导言》，朱自清：《中国新文学大系 1917—1927 · 诗集》，文艺出版社，2003 年影印版，第 4 页。

〔5〕朱自清：《导言》，朱自清：《中国新文学大系 1917—1927 · 诗集》，上海文艺出版社，2003 年影印版，第 25 页。

日常生活。全诗如下:“清晨起来依稀记得/昨晚又干了一件傻事/M的青春第一课韵味犹存/发誓要浪漫一天/非常浪漫非常浪漫/十月十二日是男人的日子/青春的日子爱的第一个祭日/男子汉的伟大日子//黎明时分跑步去樟树林练武/撞破了静谧做双臂大回环/想起是否应该在单杆上永远垂吊/太阳不是已吊死在树丫上么//但是我没见马克思也没进疯人院/跑完一千米左右开弓踢了一百下树桩/很后悔为何不跑一千二踢一百二十下/今天不正是十月十二日吗//一路地躺拳后便眷恋大地/永恒相爱坚贞情人/最后练气功用头猛撞大树/一步十格跃上一千级台阶//躺在床上做放松全身酸痛/懒洋洋昏昏沉沉凝思梦M//真讨厌练瑜伽M又光临/去吧我的情人我要练功我不想你/赶不走她练不了功我只有默默哭泣//男人的哭泣用心不用眼泪/不如M在江边泪水轻抛都被流水冲走/幻梦中忘掉了上课忘掉了导师责备/只管回味过去记住今天恰是十月十二日//终于哭泣停止只昏睡了早晨/自我安慰离百年还远睡狮可不必早醒/想起本科时我还是卧龙好自豪/现在睡狮已醒卧龙早已消逝/可惜我的留下两个女人的气息的辛苦的/软软的胡乱堆满书的充满柔情的/温床　淌着泪　空空如也/空空如也为男主人低吟//黑色诱惑黑色幽默不再重复/提上破书包女人缝的吹着口哨/高跟鞋吻着水门汀啪啪啪啪/单调而热烈象征男人的自豪//耳边想起阵阵奇异足音/踩在心上不痛不痒一切无所谓/想起M、H、X还有梅、琴、虹/好骄傲只爱过M/其他少女都是自作多情//真庆幸已不风流浪荡/写自己的诗走自己的路当自己的诗人/只要不恋爱什么事都愿都要干/过去的风流才子嫁了已成光棍//好不得意吹着《恰似你的温柔》/放映江畔悲壮的一幕/觉得甜蜜无比轻松自然//迪斯科舞步滑进图书馆/漂亮的管理员赶跑诗兴不准我进去/她说我是小男孩是冒充研究生/掏出派司抛给她挑逗嘲讽的笑/若是当年我一定戏弄你娇滴滴的小姐//捧着书才发现管理员小姐是圣人/我是诗人是冒牌研究生/我心服口服整了整打滚青年的羊毛衫/有点遗憾没有拖鞋没有掉裆裤/深情地偷看她一眼差点失掉自己//开始困惑M是否真是那位小姐/明天撞树桩时会不会头破血流/一千级台阶太少太少/远不能通向爱的迷宫//借来英文的《妇女心理学》《爱情心理学》/翻翻觉得无聊M才是真正的专家/青春第一课上得多么生动/女人对我已无秘密/我早已属于M永远属于M/写完一千零一首诗还是要痴痴的等//离开图书馆不再留恋管理员小姐/M比她强百倍强千倍//自然辩证法课实在无聊/讲粒子讲黑子讲什么夸克亚夸克/只希望宇宙的黑洞吞吃我的恋情/六十多位研究生没有风景可观/研究生全是世界上最没味的女人//好容易盼到下课男士向饭堂冲锋/宁愿绕道走那边风景独好/都夸理科女大学生纯真很美太天真/不采玫瑰花只闻闻香味足矣/结果挤饭时被菜汤洒了一身/真后悔真后悔不该像老研究生迷恋女人//研究所里寂静怕人/大堆书大堆卡片胡乱堆砌/写论文听音乐比午睡有趣/独处可以尽情胡思乱想//《给爱绮丝》引诱我又思念 M/歌德有《少年维特之烦恼》/养育了维特和绿蒂/我该不该再为 M 唱圣歌//提起笔才犹豫万分/一千零一本情诗集/造就了一个诗人/却没有合成相聚的魅力//好吧发誓不再写情诗情书/为你去流浪流浪远方/把诗集随思念抛出窗外/听《英雄交响曲》竟/听到 M 的声音/好甜　好甜//'趁着今夜星光明媚/让我记住你的泪'/我下决心静心写论文/写出我的悲伤你的泪痕//三个小时后导师进来/发现我伏案疾书/午餐米饭一点未动/上面爬着几个消除寂寞的苍蝇//老教授慈祥地拂去弟子的倦意/他知道弟子三宵未眠/心疼地拍打着我拍打死一只苍蝇/我恼怒地瞪他一眼为苍蝇哀悼/不怕老人胡须发抖骂我放肆//放肆又怎样？我想发泄//游泳池是归宿尼采宣布/于是决心冬泳一生/一千个日子练成绝技/弄得上次失恋跳江未成//在游泳池碰着男泳友点头笑笑/华尔兹节奏抛出一个飞吻/遇见女泳友只闭着眼睛/游泳池只是男人的归宿/怎么现在成了女人的蜗居//万幸蛙泳没游一千米游了一千二/途中碰着几个大胆少女/没说对不起呛水之间好扫兴/该埋怨那位赶我下水的/好管闲事的女神//吃面条吃馒头八两嫌少/一个人狼吞虎咽太孤单/寂寞中找水洗碗找了老半天/路遇的却是被朋友戏弄的/自命为情场老手的摩登女郎//她教过我跳舞没教会恋爱/竟用冷眼迎接她的媚眼/去吧夫人离我远一点/没有胭脂味没有披肩发/诗人的生活仍然充实浪漫//诗社社长自讨没趣当红娘/还以为我仍是当年少年郎/副社长女诗人只是疯子只是花瓶/何须做摆设用美女抬高身价/索性闭上双眼学荷马//真讨厌、真烦！//抄论文至深夜两点想着初吻/翻窗入室又情意绵绵/找出纸笔蜡烛却没火柴/写不了情诗情语只好作罢//无法入睡祥林嫂又念叨阿毛/白日做梦百日解梦/记起了去年公园动人的一刻/决心告别自傲告别自尊/请求 M 的谅解//太渴从没打开水灌了一气冷水/冰凉了心冰冷了爱和激情/好吧我不再等待不再等待/盼望再过十月十二日/男子汉的普通一天。"

1999 年，我在《并非萧条的九十年代诗歌——为个人化写作一辩》中这样描述那个时代的新诗写作："90 年代诗歌创作的最大功绩可以用王家新的一句诗来概括：'终于能按照自己的内心写作了'。即'个人化写作'的真正出现，诗人终于可以在坚持差异中写作。……90 年代个人化写作源于'为生存而写作'的口号。……在90年代,诗的多种职能真正并存,特别是诗的自娱功能远远盛于诗的教化功能,诗的抒情性和严肃性都被淡化,抒社会之情变为抒个人之情,即使要抒社会之情,也大多采用'尽精微致广大'的方式,以情感宣泄和以语言游戏为主要内容的个人化写作或私人化写作成为主流。"[1] 90年代也是"纪实文学"泛滥的时代,很多诗人像我一样,一边写纪实文学,一边写诗,"叙事"不由自主地涌进"抒情"中,诗的叙述渐渐大于诗的抒情。对诗人,特别是对女诗人而言,叙述就是事件的"展示";不像抒情,是情感的"宣泄"。在抒情、描写和叙述三大写作手法中,只有叙述最具有时间感与空间感,不仅可以将动作扩展,将时间拉长,将空间拓宽,放慢事件,呈现细节,还可以让感情产生流动感,让思想产生有形感。所以它受到诗人的喜爱。

尽管近年新诗的叙事受到诗人的高度重视,但是坚持诗的抒情本质的诗论家们普遍不看好叙事,只有少数人在研究它。孙基林研究出了多种叙述方式。"作为寓体的叙述或寓体式叙述是一种'叙说在此而意义在彼'的叙述方式,它叙述事物的宗旨,目的并不仅仅在于此时此地的事或物自身,而在于指向他处的另一种事物或更为广泛的意义。所谓'寓体',自然是一种具有寓意性的思想形态与其修辞体式,大凡具有叙述特质又含有寓意本身的思想艺术方式,均可称作寓体式叙述。与其相对是一种回到和着意于事物本身的叙说与陈述,它只关注事物本身,不具有明显的寓托或别的所指性,此可称作本体式叙述。"[2]沈奇研究出叙述的技巧:"可以通过一些语言策略将叙事的负面降到最低点:第一,情感的策略化,区别于情感的激情化;第二,口语的寓言化,这区别于大量的写诗叙事;第三,叙事的戏剧化。诗歌应该是带有造型意识的语言艺术。"[3]

2014年12月6日,台湾诗论家杨宗翰回答王觅的"诗的叙事是否会影响抒情"问题时说:"这个不应该有矛盾,比如大家会说理性对立于感性,叙事对立于抒情,这都是过于简单的推断或者二分法。采用二分法是很危险的。就像我不会说理性与感性是截然二分的,我也不会说叙事跟抒情是截然二分

---

〔1〕 王珂:《并非萧条的九十年代诗歌——为个人化写作一辩》,《东南学术》1999年第2期,第26页。

〔2〕 孙基林:《作为寓体的叙述:从象征到寓言》,中国当代文学研究会、南开大学文学院:《"中生代的世纪诗坛的新格局"——两岸四地第五届当代诗学论坛论文集》,第127页。

〔3〕 王翌、鄢新艳:《21世纪中国现代诗第四届研讨会综述》,《海南师范大学学报》2008年第1期,第116页。

的。作者应该是主体，他要有能力胜任这个主体，选择他要运作的方向。从哪边走，这个是他可以自己做出选择的。”[1]

诗应该是抒情文体，叙述、描写只是为了更好地完成抒情的辅助性表达方式，可以形成新诗的“散文美”，还可以改变新诗的滥情与矫情，克服林以亮所言的新诗有高度的抒情性和严肃性的缺点。但是因为叙述的常常是现实中已有的事情，甚至原生态的东西，不需要作者的艺术加工，再加上这些叙事诗，采用的是不加提炼的原生态语言，写作难度大大降低，显示不出诗人是最具有语言智能的人。“在诗人身上，我们极清晰地看到了语言的核心操作能力在起着作用。诗人有对文字的敏感性，一位个体正是凭着这种敏感性才能看出‘有意识地’、‘故意地’或‘有目的地’打泼墨水这三种表达之间的微小差异。诗人有对文字排列的敏感性——有遵循语法规则，而在精心选择的场合下则又有打破这种语法规则的能力。从某种较高感觉层次上(对声音、节奏、回折及文字节拍的敏感性)说，诗人又具有那种能使诗歌即便在翻译成外文之后也仍然优美动听的能力。他还有对语言的不同功能(其便于朗诵的特征、其说服力、激发力、传达信息或使人愉快的力量)的敏感性。”[2]近年很多诗人已经缺乏这种诗人应该有的对文字的敏感性，口语诗甚至沦落为口水诗。这与诗人过分重视叙述，轻视抒情有关。因为诗人在写诗时很容易把诗需要的精炼叙述与散文需要的松散叙述混淆。

偏爱叙事是今日新诗第二大文体特质，导致了新诗的第三大文体特质——平民化口语多于贵族性书面语，口语诗流行，意象诗受到极端的轻视，有诗人甚至提出了“拒绝意象”的极端口号，甚至方言也受到重视。一方水土养一方人，乡音难改鬓毛衰。不管如何努力推广普通话，方言始终会存在，它承载着一个民族或者一个村落的文化，方言的存在也有合理性。新诗很早就形成了方言入诗的传统。“诗界革命”的领袖、新诗的创始人之一黄遵宪就在《人境庐诗草自序》中说：“士生古人之后，古人之诗号专门名家者，无虑百数十家，欲弃古人之糟粕，而不为古人所束缚……其取材也，自群经三史，逮于周、秦诸子之书，许、郑诸家之注，凡事名物名切于今者，皆采取而假借之。其述事也，举今日之官书会典方言俗谚，以及古人未有之物，未辟之境，耳目所历，皆笔而书之。其炼格也，自曹、鲍、陶、谢、杜、韩、苏讫于晚近小家，不名一

〔1〕 杨宗翰、王觅：《与台湾新诗与评论的历史对决》，《创作与评论》2015年第1期，第126页。

〔2〕 [美]H. 加登纳：《智能的结构》，兰金仁译，光明日报出版社，1990年，第87页。

格，不专一体，要不失乎为我之诗。诚如是，未必遽跻古人，其亦足以自立矣。”[1]

汉语著名的方言有四川话、粤语、闽南语、福州话、客家话等。以台湾为例，主用使用国语和台语，后者主要由闽南话组成。所以出现了“台语诗”。2014年12月8日，王觅在台北市台北科技大学采访台湾诗论家白灵。王觅问：“近年‘方言’入诗成为潮流，台湾甚至出现了‘台语诗’，您如何看待这种现象？”白灵回答：“台语，也可以叫闽南语，没太大差别。非常注重当下感。你听一个人朗诵汉文诗，有些词就会听不懂，看字就会听懂。台语直接听就懂了。这就是方言诗的魅力。方言诗有它的价值，有它的局限性。如果把它翻译成汉文或中文，没办法翻译出去。这就是诗的可爱和可怕的地方，常常被语言限制住。这个语言翻译到另外一个语言，思维就开始流失。诗才会流失。中文小说翻译到英文小说，大概流失不多。诗一翻译就会流失很多。方言诗翻译成中文诗也流失了。这就是诗的一种特殊，就会很难翻译。方言有它的价值。我觉得应该鼓励各个地方有方言诗。可以让很多方言诗收录到中文里面，变成很好的词汇，很好展现的意象。这是中文诗展现不出来的。”[2]

2014年11月30日，台湾诗论家林于弘在台北市台北教育大学接受王觅采访时说：“所谓的方言入诗，只要有方言的区域都可能会产生这样的现象。我认为这是一个自然的现象，作为一种通行的语言和所谓的次通行的语言，它尝试用母语来创作我个人不觉得意外。但是这里最大的问题就是表达工具的问题，方言毕竟是只有部分人能够熟悉的语言，它的普及性一定会不足，这是无法逃避的宿命。因为在台湾，台湾的人口大概有七成多是闽南人。而且在台湾绝大部分的人都能够讲闽南语，所以这一类的创作一定会存在，比如说像早期的林宗源，后来的向阳，乃至更年轻的李长青等诗人都写过。我觉得方言诗可以呈现一种对母语眷恋的感情，但我总认为它只能达到一定程度，它也许在台湾更有一定的风行程度，但我觉得它如果要普遍地影响到多数人是不可能的。就像你在福州，也许有人用福州话写诗，但能够读的毕竟也只有懂福州话的少数人。它不像通行语，普通话或国语那样，能引起那么大、那么多的共鸣。说白了讲它就是有个相对小众的受众。台语的语汇有很

---

[1] 黄遵宪：《人境庐诗草自序》，钱仲联：《人境庐诗草笺注》，上册，上海古籍出版社，1981年，第3页。

[2] 王觅采访白灵录音，未刊稿。

多跟汉语是有相当大区别的，所以以我的观点来看很多台语能做到的事，国语或普通话未必能做到。包括它特殊的字词、乃至文法，跟中文是有所不同的。所以我认为光是语言声音美这块，国语、普通话是无法取代所有方言的。比如说，闽南语有六个声调，它有入声字，它有很多音是国语发不出来的。甚至有的是闽南语押韵，但是国语是不押韵的。甚至有时候它对应的字也不是一对一的。甚至有些字国语是写不来的。所以它确实有很大的麻烦。”[1]

2015年1月2日，台湾诗论家林明理在台北火车站接受王觅的采访时说：“《笠诗刊》近七年来发表了很多‘台语诗’。如莫渝用罗马字或方言写诗，只要是会说台语的诗人，大多看得懂其内容，但大陆来台的学者大多看不懂台语诗。‘台语诗’大部分都发表于台湾南部的诗刊物，有自己的诗圈的。其中，也有几位是写得还不错的。只是用罗马音或台语发音，有时会让人难懂其原意。《笠诗刊》已经在南部发行了50年了，它也是有一片天的。它对南部本土的诗人来讲也是有相当的影响力的。在台湾公认有两大诗刊，在北部是《创世纪》，在南部是《笠诗刊》。政治因素的形态里面各有各的天地。所以也不能漠视他们的影响力。”[2]

三位台湾诗人对方言诗，尤其是台语诗的看法是比较客观的。如同方言是乡土文化或地域文化的代表，方言诗也有存在的必要。方言诗应该与方言歌曲一样，应该得到民主社会一定的肯定，但是方言诗不能带有过多的意识形态性，更不能有地域歧视，被狭隘的地方主义思潮左右，过度的语言方言化也会影响方言诗的传播。以我熟悉的家乡话四川话为例，四川话不是严格意义上的方言，曾被称为“西南官话”，现在也属于普通话语系。但是用四川话写的诗确实只有知道四川话的人才能够全懂。以陈衍强的《记得勒晚在丹江口》为例。全诗如下：“你娃穿一条窑裤儿/请一帮人切摊子上吃宵夜/离离连箩篼都没坐热就梭喽/你因为要数芊芊结帐/送美女诗人回宾馆的好事/让一个贵州崽儿捡了耙活/你心头自然就不安逸了噻/只好提起酒瓶跟我们扭倒费/直到搞归一几件啤酒/才把自己搁平/开初我还以为你喝酒猫杀/原来是耿直/第二天我听跟你住一间的哥子摆/你返回住处先是批垮批垮的/后头越来越千翻/在铺头不停的爪梦脚/半夜三更还在惊叫唤/他问你啷个的/你说

[1] 王觅、王珂：《新诗创作研究需要新观念新方法——林于弘教授访谈录》，《晋阳学刊》2015年第5期，第5页。

[2] 林明理、王觅：《新诗是连接学院与江湖、大陆与台湾的彩虹桥》，《创作与评论》2015年第2期，第127页。

克西头连二杆痛得遭不住/我不是绍你的皮”。尽管这首诗标明用四川方言，有些也是普通话的词汇，如“美女诗人”。但是如果不懂得四川方言，很难读懂这首诗，尤其是很难知道“窑裤儿”“捡了耙活”“批垮批垮的”是什么意思。陈衍强是云南彝良人，熟悉四川话，平时都用普通话写口语诗，是近年口语诗中的重要诗人。

因为方言太受地域限制，所以近年方言诗创作者较多，读者却很少。但是受方言诗创作风潮影响的口语诗近年越来越受到诗人，尤其是地方诗人或“外省”诗人的欢迎。虽然口语诗在80年代就受到了年轻诗人的喜爱，但是并未进入主流诗坛，发表很难。如伊沙回忆说：“听说王寅的那首《想起一部捷克电影想不起片名》是兰州的一帮大学生抄给张老师的，起初张老师并不喜欢，但看到大家喜爱就把它编发了，发表后王寅还获了奖，那首诗日后还成为‘第三代诗歌’最具代表性的篇目之一。……于坚的口语诗，最初连他同住的‘尚义街6号’的朋友都认为没什么前途，后来他便遇上了张老师，不但连获发表还得了奖，后来于坚这路诗一度成为诗坛主流。80年代的大学生基本上都是在对‘朦胧诗’的模仿状态中写诗的，张老师和他的《大学生诗苑》为他们展示了另一可能性，为‘第三代’——‘后朦胧诗’的崛起打下了坚实的基础。”〔1〕

今天口语诗已经流传开来，伊沙选编出版了《中国口语诗选》，他在《〈中国口语诗选〉编选语录》中揭示出近年口语诗的创作盛况：“《中国口语诗选》今晚开编，每天看2—3人来稿，9月15日编完交稿(8月15日是百人名单的截稿日)。《中国口语诗选》头三条编定：韩东、王小龙、唐欣——前两位是本色依旧的开山鼻祖，后一位是从前口语到后口语的穿越者——这是定音鼓！《口语诗选》选出三位鹰派人物：侯马、马非、欧阳昱，无惊喜，并且国奥队明显不如国家队，由此可见，诗写得再好再多都不够。继续编《口语诗选》，选入两位‘老口语’：阿吾和阿坚。继续编《中国口语诗选》，考虑到前8位带给我的惊喜不如我想象的多，今天特调出我心目中的两位‘惊喜弟’：蒋涛与刘川——果不其然，惊喜不断，大开心颜！前10条编定，后面基本按照来稿先后选稿，最后10条的压轴组由低龄诗人加我担纲。《中国口语诗选》第一个到稿者应该明示一下：鬼石。已选，3首。《口语诗选》选稿：看了三位土生土长的《新诗典》诗人，都不错！如果‘土生土长的《新诗典》诗人’就意味着现

〔1〕伊沙：《一个都不放过》，青海人民出版社，1999年，第319页。

状好，我乐见于此。《新诗典》这列火车跟不上，口语诗恐怕也难跟上。江湖海5首(满额)入选《口语诗选》，祝贺！写得多写得对的好处就在这里。《新诗典》每日第一声报晓的雄鸡，第广龙也不错，4首入选《口语诗选》，老第从官方诗人自甘堕落为口语诗人，当浮一大白！祝贺赵立宏以5首(满额)入选《中国口语诗选》，你是纯种的口语诗人，趣味很对。陈衍强4首入选《口语诗选》，两次把我笑翻，他的诗中有可贵的'粗俗'，就像用偷拍手法拍摄的地下电影(一不留神就能得国际奖)。《口语诗选》让真正的口语诗人放开了，《新诗典》的'典'字多少捆住他们的手脚。即便是在一首口语诗中，我也是多么不喜欢哪怕一丝文人趣味，更何况开宗明义的'知识分子写作'(我视之为最滑稽最自以为是的命名)。这条经验，懂者带走：面对分行的文字，你要忘掉'诗'；对待不分行的文字，你要想起'文学'，这样到你中年的时候，或许会踏实一点。"[1]

伊沙提到的唐欣不仅是优秀的口语诗人，也是口语诗的主要研究者。他在90年代初期写出了口语诗代表作《春天》："春天，忧伤以及空空荡荡/我伸出双手，丢掉了什么/又抓住了什么/在寒冷的小屋/像圣徒一样读书/什么也不能把我拯救//长期的寂寞使人发疯/下一个我将把谁干掉/想象中，我曾埋葬了多少帝王//其实我多么愿意是个快活的小流氓/歪戴帽子，吹着口哨/踩一辆破车去漫游四方//也许我该怒吼/也许我冷笑//也许我该躺下来，好好睡一觉"。[2] 本世纪初，他在兰州大学文学院读博士时写的博士论文就是专门研究口语诗的，在博士论文基础上出版了新诗界第一部研究口语诗的专著《说话的诗歌》，2012年由中国社会科学出版社出版。他形象又准确地把口语诗称为"说话的诗歌"。

当事者迷，旁观者清，台湾诗论家杨宗翰批评大陆口语诗的一段话颇有道理："我2007年2月21日曾于《联合报》副刊发表过一篇短文，直接批评赵丽华。我的题目叫《口语诗？口水诗?》就是两个反问号。全文如下：'中国诗坛去年最火红的话题人物，大概非女诗人赵丽华莫属。原因不在于她交出了什么旷世无匹之作，而是这位被网友戏称为'梨花教母'和'诗坛芙蓉姐姐'的国家一级作家，居然把诗写成这个模样：'我坚决不能容忍/那些/一个人/在公共场所/的卫生间/大便后/不冲刷/便池/的人'、'毫无疑问/我做的馅饼/

[1] 陈衍强：《〈中国口语诗选〉是这样炼成的》，http://blog.sina.com.cn/s/blog_4c81e5d00102v0zp.html.

[2] 小海、杨克：《他们十年诗选》，漓江出版社，1998年，第233页。

是全天下/最好吃的’。另有一首以《我终于在一棵树下发现》为题，原来是诗人发现了：‘一只蚂蚁/两只蚂蚁/三只蚂蚁/一群蚂蚁/可能还有更多的蚂蚁’。赵丽华的作品让网络上众多博客(blog)议论纷纷，不满者嘲讽这些根本不算是诗，其中的口语更近乎废话；有些人则持相反态度，认为她是在‘为中国诗歌受难’，诗人应该享有充分的创作自由。我举双手双脚支持创作自由，也赞同写作者可适度以日常口语入诗。但所谓‘口语’不代表不许提炼，毕竟生活语言很难完全等同于文学语言。诗人以口语入诗，其目的在提升语言的鲜活度，更可让读者倍感亲切；若在诗中毫无节制地滥用口语，或仅凭二三佳言警句就妄称是诗，那只是误把口水当成口语罢了。这种诗人既低估了读者，也低估了诗。’说实话，我认为赵丽华的那些口语诗如同垃圾，真是侮辱了读诗人对诗的判断，侮辱读者对诗的认知。口语诗的泛滥，我认为是近年诗坛的一大问题。你可以用各种理由辩护说这不是问题，这只是后现代。但我认为，这只不过是诗人的语言能力的缺乏，别用后现代当借口。这很简单，一些胡吹乱捧的诗评家把它拱上来了，让‘赵丽华们’的作品火了起来。我在2006年看到这些作品时大为不满，认为简直在侮辱我对中国大陆新诗的想象！我也在关注台湾年轻一辈的诗人，比如说作为‘七年级生’……的作品，也有所谓口语诗的创作，不过他们的口语诗比赵丽华好得太多了。他们是借口语这个工具，来书写心中的愤怒——以前写诗太过于规矩，他们想用口语打破规矩，用民间语言去冲击这个所谓庙堂之上，甚至是过分学术的语言。他们也不会把自己的诗作视为经典，这很有意思。赵丽华的问题出自诗坛有人胡吹乱捧，捧得她的诗像是多了不起的发现。说实话，那有什么独创性可言呢？真是倒尽胃口。2014年1月4日我在《联合报》副刊发表《最新世代的现代诗光谱》就以台湾30岁以下的诗人沈嘉悦为例，指出：‘或许有人会把沈嘉悦跟争议不断的中国大陆‘口语诗’代表赵丽华相提并论，我却认为这未免太抬高堪称‘口水诗’祖师奶奶的赵丽华了。赵丽华只是用口语记录生活点滴，把生活的碎屑统统扫入诗畚斗中；沈嘉悦则是以口语书写来对抗过往那种雕琢文字为尚的诗坛风气。在无赖猥琐的叙述腔调中，他其实是把创作当成一场苦斗，尝试用诗替边缘人物的无声哀号，留下一些有形刻印。更进一步说，我认为，诗人拒绝意象就等于拒绝对诗的追求，是判诗的死刑，意象缺乏或者是意象不存在，在诗里面是很难被想象的，我可以接受一些前卫的书写理论，但我坚持，在本质上，诗的意象是诗不可或缺的因素。”[1]重视意象确实是解决口语诗沦落成口水诗的良方。

新诗现代性建设要考虑的第四大文体特质是诗的音乐性减弱，应该高度重视诗的内在节奏，适度轻视诗的外在节奏，不能走新诗草创期打破“无韵则非诗”做诗信条的极端和新诗建设期强调“节的匀称和句的均齐”的极端。“诗不是一种特殊的艺术，却是所有艺术中最有威力的艺术，除戏剧以外，它是唯一的既需要耳又需要眼的，融视觉与听觉于一体的艺术。”[2]“诗的实力不独包括音乐的美(音节)，绘画的美(辞藻)，并且还有建筑的美(节的匀称和句的均齐)。”[3]“各种现实的事物，都必须被想象力转化为一种完全经验的东西，这就是作诗的原则。进行诗转化的一般手段是语言。述说某件事情的方法，使得这件事具有一种或是漫不经心地，或是郑重其事地；或微不足道或至关重要；或好或坏；或熟悉或陌生的外在形式。每一种论述总是某种思想的详尽阐发，每一个给定的事实、假设或者幻想，则主要从它被表现和被接受的方法中获取其情感价值。语言的这种能力确实十分惊人。仅仅是它们的发音就往往能影响人们关于词汇原意的情感。有韵句子的长短同思维结构长短之间的关系，往往能使思想变得简单或复杂，使其中内含的观念更加深刻或浅显直接。赋予语言以节奏的强调性发音，发音中元音的长短，汉语或其他难得了解的语种的发音音高，都可以使某种叙述方式比起别的方式来显得更为欢愉，或显得倍加哀伤。这种语言的韵律节奏是一种神秘品格，它或许能证明至今还完全没有进行探索的思维与情感的生物学统一性问题。对于语言中声音与节奏，半谐音与感觉联想运用最充分的是抒情诗。这就是我之所以要首先谈这种文学创作形式的原因，绝非像某些人以为的那样，是因为它多少要比其他形式高级，是最古老、最纯粹、最完善的诗歌体裁。我并不认为它比叙事诗或散文具有更高的艺术价值。然而，它是最直接地依赖着口语根源——发音，语汇的号召力量、音步、头韵、韵脚以及其他节奏方法、联想形象、重复、古风、语法新现象——的文学形式。这是最典型的语言创作，故

[1] 杨宗翰、王觅：《与台湾新诗与评论的历史对决》，《创作与评论》2015年第1期，第126页。

[2] Louis Untermeyer. Doorways to Poetry. New York: Harcourt, Brace and Company, 1938. p. 4.

[3] 闻一多：《诗的格律》，杨匡汉、刘福春编：《中国现代诗论》，上编，花城出版社，1985年，第124—125页。原载1926年5月13日《晨报副刊·诗镌》7号。

而是作诗最现成的例子。"[1]诗的音乐美和排列美是中外诗歌公认的诗的形式特征，新诗也不例外。但是要意识到今天已经不是朗诵诗时代，很多诗是用来默读的，新诗的音乐性就不重要了。随着文化普及，诗的专业性、知识性越来越重要，强调诗的音乐性的民间诗歌作为新诗诗体建设的资源也就没有过去那么重要，因此不能极端强调新诗的音乐性。

格律是诗的音乐性的主要内容，新诗反对极端重视诗的音乐性即反对高度重视格律。英语诗歌对格律的要求是："在诗中，一个音节总是与同一序列(sequence)中任何其他音节平衡，词语的重音总是与词的重音和谐，非重音与非重音平衡，长韵与长韵，短韵与短韵相适应，词的界线平衡于词的界线，没有界线的与没有界线的相平衡，句法停顿与句法停顿相和谐，没有停顿的与没有停顿的相平衡。音节总是在一定的格律中变化，短音与重音也不例外。"[2]这种格律在英语现代诗中也很难实现，世界各国语言的现代诗都有音乐性减弱的倾向。

中外都有"诗乐同源"甚至"诗"与"歌"不分家的现象，但是不能因此断定音乐性，特别是以押韵、节奏(汉语诗歌的平仄或英语诗歌的抑扬)为代表的诗的表面音乐性是诗必不可少的文体特征，既不能把格律诗为代表的定型诗体视为诗的主要诗体，也不能极端反对新诗的音乐性，把"新格律诗"，又称"现代格律诗"或"格律体新诗"，这种百年新诗诗体建设史上建立起的准定型诗体驱逐出境。但是应该承认已有的现代格律诗有时代局限性，不一定能够适应今天的多元生活。邹绛将 1919—1984 年的现代格律诗体分为 5 大类型：一、每行顿数整齐，字数整齐或不整齐者。二、每行顿数基本整齐，字数整齐或不整齐者。三、一节之内每行顿数并不整齐，每节完全对称和基本对称。四、以一、三两种形式变化者，以上四种类型诗的押韵都有一定规律。五、每行顿数整齐或每节互相对称，但不押韵或没有一定的押韵格式者，有的每行顿数并不整齐而节与节互相对称。[3] 五种类型各有优劣，第一、二种因为太限制顿数，会在一定程度上束缚诗人思想，影响抒写。古代汉语单音词较多，字的平仄也较固定，易于顿的划分；现代汉语的顿是双音词较多的口

---

[1] [美]苏珊·朗格：《情感与形式》，刘大基、傅志强、周发祥译，中国社会科学出版社，1986 年，第 299—300 页。

[2] Roman Jakoson. Linguistics and Poetics. K. M. Newton. Twentieth-Century Literary Theory: A Reader. London: Macmillan Education Ltd. ,1988. pp. 123—124.

[3] 邹绛：《中国现代格律诗选 1919—1984》，重庆出版社，1985 年，第 28 页。

语，很难讲究字的平仄，顿的划分较难。因此不能以顿的整齐作为现代格律诗的主要形式特质。大众化的现代格律诗体最好以第五种为主，第四种为重要补充诗体，在诗的顿、韵、节上只能进行适度的规范，也不能完全否定具有严格的诗体规范的定型诗体。今天新诗的音乐性建设必须重视历史和现实，应该清楚地意识到新诗是有别于古代汉诗，也有别于以英语诗歌为代表的外国古近代诗歌，甚至有别于外国现代诗歌的特殊文体。今天新诗所处的时代及新诗的生态与20世纪，特别是与闻一多、徐志摩等新月派诗人倡导"新格律诗"的时代大相径庭。所以在新诗现代性建设的诗的音乐形式建设中，要坚持这样的基本方针：肯定新诗是轻视音乐性的特殊文体，不能极端重视诗的音乐性，朗诵诗不能成为这个时代的主流诗歌，以准定型诗体甚至定型诗体为主要诗体的民间诗歌不能作为今日新诗诗体建设的主要资源。

现在只是诗的个体朗诵的时代，不是集体诵读时代。台湾新诗学者杨宗翰也反对诗的集体朗诵："我非常厌恶那种'官样朗诵'。在舞台上，一群人装模作样地朗诵，是最最令人厌恶的。我当然也有帮别人朗诵过，包括最近有一次到台北的国宾长春戏院，替洛夫先生的文学纪录片《无岸之河》首映会，朗诵洛夫的诗作《无岸之河》。那是我个人心甘情愿、投入情感，基于对这首诗的喜好才愿意这样做。你要我跟一群人在台上朗诵，灾变啊、情伤啊、苦闷啊，那种装模作样的集体朗诵，我实在做不来，也不是我愿意支持的方向。集体朗诵一直是我很排斥的，尤其是那种大规模的、刻意的诗朗诵。台湾有些大学校园在推这种朗诵方式，我从来都不参加，也从来都不曾喜欢。诗是很私密的事，用集体朗诵来表现，请问每个人的感情都一样吗？每个人的感情若都不一样，怎么会集体做这样奇怪的事情呢？我认为用个人去表现、甚至表演，我都可以接受；如果说这样去做集体朗诵，我就没有办法接受。因为这可能是对诗与诗人的莫大侮辱。"[1]个体朗诵对诗的音乐性的要求远远没有集体朗诵那么高。

外国诗歌确实与音乐相关。"约翰·布朗（1715—1766，英国）在《诗歌与音乐的兴起、融合、兴盛、进展、分离以及破坏》（1763）中认为：'在各个民族中都形成过一种最初的'歌、舞、诗三位一体的汇合'，韵文先于散文，因为'对旋律和舞蹈的自然感情，势必把伴奏歌曲推向一种谐和的节奏。'……诗歌最早

〔1〕 杨宗翰、王觅：《与台湾新诗、评论的历史对决》，《创作与评论》2015年第1期，第124页。

是各种体裁的混合物，是一种'令人狂喜的圣歌、历史、寓言、神话的大杂烩。'"[1]"有一种曾经很盛行的发生性描述在重复之中寻得了抒情诗的萌芽状态。……最早的歌曲是劳动号子，它用来减轻劳动和保存能量。……显然，开化民族中经常发生过——而且仍在发生着——这种情况，即在艺术节奏中有意无意地重复一种劳动节奏。"[2]"生命活动中最独特的原则是节奏性，所有的生命都是有节奏的。……音乐的最大作用就是把我们的情感概念组织成一个感情潮动的非偶然的认识，也就是使我们透彻地了解什么是真正的'情感生命'，了解作为主观整体的经验。而这一点，则是根据把物理存在组织成一种生物学图式——节奏这样一种相同的原则做到的。"[3]"尽管我们没有意识到，但我们始终被节奏包围着，无法回避。……正是声音的反复发生制造了节奏。所有的写作都包含不同程度的节奏，甚至散文也有节奏的因素。但是诗人格外突出和构建节奏，他通过调配轻重音节、平衡语词、使用韵律和重复等方式来创造出韵律范式。"[4]"与散文相对照的每一篇诗歌作品都有其节拍，这样的观点确实有无可辩驳的理由。否则无韵诗如何与散文相区别呢？而且，所有的诗歌不都是从一群原始人具有严格节拍的合唱歌曲那儿来的吗？"[5]这些论述都说明诗确实是与音乐关系密切的语言艺术，但是诗与音乐的密切关系更多的是在诗的起源阶段，不是在诗的发展阶段，特别不是在如同今天的中国新诗所处的建设阶段。

在中国也出现了诗乐同源现象。"帝曰：夔！命女典乐，教胄子。直而温，宽而栗，刚而无虐，简而无傲。诗言志，歌永言，声依律，律和声。八音克谐，无相夺伦。神人以和。夔曰：于！予击石拊石，百兽率舞。"[6]"昔葛天氏之乐，三人操牛尾，投足以歌八阕：一曰载民，二曰玄鸟，三曰遂草木，四曰奋

---

[1] [美]雷纳·威勒克：《近代文学批评史》，第一卷，杨岂深、杨自伍译，上海译文出版社，1997年，第160页。

[2] [德]玛克斯·德索：《美学与艺术理论》，兰金仁译，中国社会科学出版社，1987年，第246页。

[3] [美]苏珊·朗格：《情感与形式》，刘大基、傅志强、周发祥译，中国社会科学出版社，1986年，第146页。

[4] Louis Untermeyer. Doorways to Poetry. New York: Harcourt, Brace and Company, 1938. pp. 69—70.

[5] [德]玛克斯·德索：《美学与艺术理论》，兰金仁译，中国社会科学出版社，1987年，第76页。

[6] 《尚书·尧典》，郭绍虞：《中国历代文论选》，第一卷，上海古籍出版社，1979年，第1页。

五谷，五曰敬天常，六曰达帝功，七曰依地德，八曰总禽兽之极。”[1]“昔葛天(氏)乐辞(云)，《玄鸟》在曲；黄帝《云门》，理不空弦。”[2]在汉语诗歌中，还出现过明显的诗与歌分离现象，分别发生在汉代、明代。今日台湾也出现了诗与歌的分离，所以台湾称现代诗而不是现代诗歌。台湾诗人不重视音乐性的一大原因就是台湾出现了诗与歌的分离，歌词讲究音乐性，讲究韵律，诗却不讲究，所以台湾的格律诗不繁荣。如林于弘所言：“台湾接受的是以现代派为主的外国诗歌的影响，现代派为主的作家大部分是反格律反押韵的，有这个倾向。所以在台湾来讲，写格律诗的人当然有，押韵的人当然有，这些是相对的少数和弱势。这第一个跟台湾新诗发展的历史有关，独特的发展史有它相关的发展关系。尤其到1960年代，现代主义的勃发之后，台湾的新诗一直是相对对于格律的用韵的这块少，等到比较近的时代之后，这些所谓的顿数接近的，比较偏格律的用韵的，会划归到歌词那一部分去。所以导致新诗在这方面创作的质跟量，都相对是不理想。”[3]

新诗是在“诗体大解放”“作诗如作文”等极端口号中问世的特殊文体，诗的音乐性，特别是传统的诗的音乐性的主要的外在标志“韵”，尤其是“脚韵”，受到了新诗诗人的极端轻视，不仅不把它视为这种特殊文体的形式特征，甚至还把它视为新诗的“大敌”。新诗诗人从西方诗歌中学到了分行排列，有的诗还使用标点符号。这些“断句”方式增加了新诗的停顿，改变了句子的结构，实际上都加强了诗的音乐性。穆木天还创造了用空格来代替标点符号，呈现语言的停顿功能的作诗法，并得到广泛响应，很多新诗诗人写诗都不用标点。“分行”“标点”“空白”使诗的“断句”不再像古代汉诗必须根据诗体确定出诗句的字数甚至顿数，在给古词断句时最好的办法就是弄清词牌名，知道了词牌名实际上是弄清了诗体。诗的分行排列不仅有助于“断句”，而且还可以借助诗的建行和排列呈现诗的意蕴，既有利于诗内容的表达和情感的抒发，也可以形成建筑美等诗的视觉美感，把汉诗由单一的听觉艺术扩展为视觉艺术，诗的音乐性营建也不再只由押韵等手段来完成。

新诗重视排列具有旧诗利用押韵来制造诗的音乐性的功能。新诗借鉴了西洋诗歌的诗形，采用分行排列，新诗诗人不得不重视新诗的“建行”“建

---

[1] 褚斌杰：《中国古代文体概论》，北京大学出版社，1990年，第3页。

[2] 刘勰：《文心雕龙·明诗》，周振甫：《文心雕龙今译》，中华书局，1986年，第56页。

[3] 王觅、王珂：《新诗创作研究需要新观念新方法——林于弘教授访谈录》，《晋阳学刊》2015年第5期，第8页。

节”等文字的书写排列方式。在新诗草创期，新诗的诗形，如分节、分行等排列方式，几乎是以英语诗歌为代表的西洋诗形的直接“移植”。如诗的两行一节或四行一节的分节方式、四行一节诗的每行首字左对齐和偶数行或奇数行对称地缩进一字的书写方式，都来自西方。胡适的《朋友》作于1915年，1917年在《新青年》发表时，胡适加注说：“此诗天怜为韵、故用西诗写法，高底一格以别之。”[1]直排的“高底一格”后来变成了横排的“退后一格”，成为新诗书写的流行方式。新诗不但分行排列，而且还讲究同一诗行使用空白排列，甚至将同一诗行竖排，这些排列方式可以产生不同的“节奏”，增加诗的音乐性，如田间的楼梯体诗的排列。这种排列可以给诗朗诵增加外在的音乐性，更能给诗阅读产生内在的音乐性。1936年，在诗的音乐性及朗诵诗受到重视时，叶公超却反对过分追求诗的音乐性：“文字是一种有形有声有义的东西，三者之中主要的是意义，因此我们不妨说形与声都不过是传达意义的媒介。诗便是这种富有意义的文字所组织的。……音节不显著的诗竟可以不使我们不注意它的音节，就是音节美的诗也只能使我们在意义上接受音节的和谐。从意义上着眼，诗的音节可分为三种：一、与意义的节奏互相谐和者(我们很容易忘却思想或情感本身是有节奏的东西)；二、与意义没有多少关系，但本身的音乐性可以产生悦耳的影响者；三、阻碍意义之直接传达者。第一种，不必说，是我们理想的音节，这种音节的成分，假使过多一点就可以变成第三种，所以常有泛滥的危险。音节的多少应以意义的要求为定；超过了需要的成分便是泛滥。”[2]

“新诗经历百年，绝大多数时间都处在文体自发阶段，或从文体自发到自觉的过渡阶段，或幼稚的文体自觉阶段，并未真正进入成熟的文体自觉阶段，建立起成熟的诗体，让许多诗人、读者、研究者都不知道‘新诗为何物’。”[3]在新诗史上，诗体的自由化与诗体的格律化对抗太多、和解太少，诗体建设常常走极端，如20世纪30年代和50年代过分重视新格律诗，五四时期和90年代过分重视自由诗。近年新诗文体及新诗诗体的重建得到了重视，但是很多人一提到诗体重建，便想到了诗体“格律化”，就想建立现代汉语的定型诗体新格律诗，诗的音乐性便成为诗体重建中的“重中之重”。尽管闻一多主张

---

〔1〕 胡适：《白话诗八首·朋友》，载《新青年》第2卷6号，1917年2月1日。

〔2〕 梁公超：《音节与意义》，陈子善编：《叶公超批评文集》，珠海出版社，1998年，第67页。原载1936年4月17日、5月15日天津《大公报·文艺》。

〔3〕 王珂：《百年新诗诗体建设研究》，上海三联书店，2004年，第1页。

的现代格律诗远远比古代格律诗自由，他仍然强调两者间有三大差别：一是古代格律诗是一元的，只有一个格式，新诗的格式是层出不穷的。二是律诗的格式与内容不发生关系，新诗的格式是根据内容的精神创造的。三是律诗的格式是别人制定好的，新诗的格式可以自己随意构造。

徐志摩在 1926 年 4 月 1 日的《诗刊弁言》中踌躇满志地发出号召："要把创格的新诗当一件认真事情做……我们信我们这民族这时期的精神解放或精神革命没有一部像样的诗式的表现是不完全的，我们信我们自身灵里以及周遭空气里多的是要求投胎的思想的灵魂，我们的责任是替它们构造适当的躯壳，这就是诗文与各种美术的新格式与新音节的发见；我们信完美的形体是完美的精神唯一的表现。"[1]他却在 1926 年 6 月 10 日的《诗刊放假》中宣布了这次"创格"运动的失败："说也惭愧，已经发现了我们所标榜的'格律'的可怕的流弊！谁都会运用白话，谁都会切豆腐似的切齐字句，谁都能似是而非的安排音节——但是诗，它连影儿都没有和你见面！"[2]戴望舒发表于 1932 年《现代》第 2 卷第 1 期的《诗论零札》认为："诗不能借重音乐，它应该去了音乐的成分。……诗的韵律不在字词的抑扬顿挫上，而在诗的情绪的抑扬顿挫上，即在诗情的程度上。……韵和整齐的字句会妨碍诗情，或使诗情成为畸形的。"[3]施蛰存在 1981 年《新文学史料》第 1 期上发表《现代杂忆》，认为《现代》上发表的都是自由诗，在某种意义上是对"新格律诗"的"反拨"。今天如果过分重视诗的音乐性及新格律诗，肯定会重蹈新月派的覆辙。因此，今天新诗的主导诗体应该是"准定型诗体"而不是"定型诗体"，新诗的诗体建设不一定非要走"格律化之路"。不能通过建设重视格律的定型诗体来极端重视诗的音乐性，不能不顾现代汉语和当代人的生存特点，如现代汉语自由散漫，音乐性比古代汉语弱；当代人追求民主政治及多元生存方式，甚至生活在解构主义时代。

文体革命与政治革命休戚相关。以自由诗为代表的新诗长期承担了过多的反对诗体独裁甚至政治独裁的政治责任，过分追求民主政治和先锋精

---

〔1〕 郑振铎：《中国新文学大系 1917—1927 · 文学论争集》，上海文艺出版社，1981 年影印版，第 333 页。

〔2〕 郑振铎：《中国新文学大系 1917—1927 · 文学论争集》，上海文艺出版社，1981 年影印版，第 336 页。

〔3〕 戴望舒：《望舒诗论》，杨匡汉、刘福春编：《中国现代诗论》，上编，花城出版社，1985 年，第 161 页。

神，常常使新诗诗人缺乏必要的文体自觉性和诗体自律。在生活的多元与政治的多元生态中生存的当代诗人更容易迷恋诗体的多元。这是近 30 年来自由诗受到极端重视的主要原因。近年诗坛流行的个人化写作使诗的功能由过去的启蒙功能转向了现在的宣泄功能甚至自娱功能，诗人"我手写我口""我手写我心"的个人化写作方式与群体性的写作规范发生冲突，写诗要讲究格律重视音乐性属于集体性的写作规范，更会受到今日诗人的抵制。和民间诗歌一样，朗诵诗通常是群体性的诗体，大多采用重视诗的表面音乐性的格律诗体，朗诵诗体通常是定型诗体或准定型诗体，如果过分强调建设朗诵诗，实质上是极端地走上新诗的诗体建设的"格律化"道路，会引发诗体自由化与格律化的强烈对抗，受到生活在现代社会，甚至后现代社会中的新诗诗人的抵制。他们生活在民主政治中，又长期受到自由诗的影响，会如同当年胡适等人掀起白话自由诗运动那样，反对"无韵则非诗"，反对格律诗体成为独裁诗体，甚至反对新格律诗成为诗体的多元化建设中的一员。

新诗现代性建设需要考虑的第五个文体特质是新诗是视觉的艺术，诗的视觉结构大于听觉结构，诗的排列形式重于诗的音乐形式。诗的音乐美和建筑美是新诗最重要的两大形式美，百年来，新诗一直非常重视诗的视觉形式及排列方式。新诗表面音乐形式缺失造成的形式美减少需要通过对视觉形式的加强来弥补。汉字的形象性、欣赏价值和汉语的模糊性、多义性以及汉诗的图像诗传统都有利于新诗的形体建设，但是不能过分强调新诗是视觉的艺术。

从 19 世纪末到现在，世界性的诗体自由化运动（the revolution of free verse）此起彼伏，在中国出现了"白话诗运动"，以格律为代表的汉语诗歌的音乐传统受到了极端的轻视，新诗诗人试图通过诗的词语、句子、诗节的排列组合，创造出更多的形体美。汉字的形象性、欣赏价值和汉语的模糊性、多义性，以及汉诗的形异诗传统都有利于新诗的诗形建设。

新诗主要采用分行排列来构建诗形，无论是横排还是竖排，都可以产生视觉美。如台湾现代诗大多采用竖排方式，但是人为的"横排"，特别是"一字横排"成为通过语言符号的排列组合形成的图像诗，达到"形体暗示"和"状态暗示"的重要手段。这种方法在 70 年代的台湾诗坛流行，如洛夫 1970 年写的《有鸟飞过》的最后一段：

晚报扔在脸上
睡眼中
有
鸟
飞过

这首诗是对实际生活场景的图像化描述，如洛夫说："这首诗确是我当时生活的写实，写作的时间是盛夏的七月。下班回家，宽衣后泡了一杯茶，躺在院子里的一张藤椅上乘凉，渐渐睡意朦胧，打起瞌睡来。这时院子墙外扔过来一份晚报，落在我的脸上，骤然惊醒。睁开眼，正看到一只归鸟，从头上掠过，投入苍茫的暮色中。"[1]1997 年，洛夫在《叠景》中又再度使用了这种技巧，如诗的前七行：

一只寒鸦
从皑皑白雪的屋顶
似有若无地
飞
了
过
来

这样排列具有强烈的图像感和暗示性。"诗的内容是白雪黑鸦、外形则是白纸黑字，在这种内外一致的情况下，诗的本身便充满饱满的视觉暗示力量，此时，一字横排的'飞/了/过/来'，在巨大的白色背景的衬托下，果然是相当的'若有似无'的，而随着飞了过来的文字移动，读者的视觉也不自觉的随着移动，如摄影机之捕捉镜头一般，这种技巧看似平淡无奇，但在诗人巧妙的

[1] 丁旭辉：《台湾类图像诗的图像技巧：一字横排的视觉暗示》，《台湾诗学季刊》第 36 期，唐山出版社，2001 年，第 97—98 页。

运用下，平淡中却可见精采。”[1]洛夫在1979年出版的《无岸之河》诗集中的《无岸之河》一诗，将最后两行“他的脸刚好填满前面那个人/鞋印”中的最后一行改为一字横排，也达到了极好的暗示效果：

他的脸刚好填满那个人的
鞋
印

诗的形体的改变，带来了意义及韵味的变化。“越南战场上，死亡似乎是家常便饭，一个士兵很轻易地死了，倒下时，脸部刚好填满前面那个人踩过的脚印；原作只是忠实地传达‘意义’而已，改作将‘鞋印’拆开为‘鞋/印’，使得‘鞋印’的圆象透过形体暗示技巧而显影在读者脑中，同时赋予视觉上的刺激，而洛夫对战争的无声控诉，也就更为具体了。小小的改变，丰富了诗语言的表达深度，所以萧萧说重新排列后的诗行收到了‘图画之美’，当然，这是一种感动人的惊愕怖栗之美。”[2]

在90年代中期，萧萧写了《我心中那头牛啊！（甲篇）·双泯第十》，不仅将诗通过横排与竖排相结合形成与诗意相关的图案，而且还将诗题、引用的古诗、古诗的作者署名和自己写的诗采用不同的字体排出。产生了一种奇特效果。他在《云边书——阳明山国家公园所见所思》中两次采用了波浪形排列，如：

---

〔1〕丁旭辉：《台湾类图像诗的图像技巧：一字横排的视觉暗示》，《台湾诗学季刊》第36期，唐山出版社，2001年，第98页。

〔2〕丁旭辉：《台湾类图像诗的图像技巧：一字横排的视觉暗示》，《台湾诗学季刊》第36期，唐山出版社，2001年，第98页。

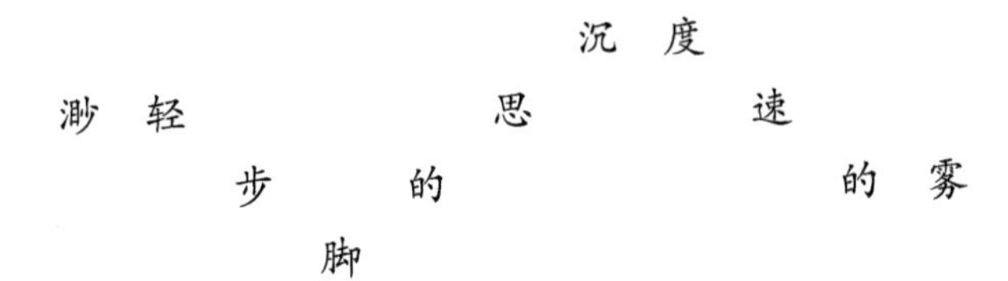

90年代台湾还兴起了“人体诗”，如《台湾诗学季刊》1997年第6期推出了“人体诗专辑”，发表了张健等人的理论文章5篇和苏绍连等24人的诗作（其中一些是大陆诗人），《台湾诗学季刊》1997年6月（第19期）还出版了“人体诗专辑”。张健在《人体诗十四说》中的第九条中结论：“写人体诗可考虑采用‘图画诗’（一称图像诗或曰具象诗）的技法。”[1]人体诗大多是重视文字的排列形式的短小精致之作。如伊玲的《手》：

呼 抓 最 抓 总
吸 不 终 上 是
宣 住 往 抓
止 停 告 连
空 不
气 断
也

托马斯把诗描绘为：“耗费体力和脑力去建立一个形式上天衣无缝的词的框架……用它来保留创造性的大脑和身体和灵感仅仅是一种突如其来的体内能量，向构造和技巧能力的转化。”[2]诗的形体（the shape of poetry）是否具有艺术性，是判断一首诗是否具有艺术价值的重要依据。汉字是世界上少有的象形文字及表意文字，最能够通过文字自身来建设诗的视觉美。“莱辛认为文字是任意形成的符号，而画用的是自然的符号。即是说，画里的一间房子和我们看见的房子完全可以相符相认的；但House（英文）Maison（法文）都与我们经验中看到的房子不相符，是任意决定代替视觉经验中的‘房

[1] 张健：《人体诗十四说》，《台湾诗学季刊》第19期，唐山出版社，1997年，第9页。

[2] [英]伊丽莎白·朱：《当代英美诗歌鉴赏指南》，李力、余石屹译，四川人民出版社，1987年，第33页。

子’的符号。梵诺罗莎(Fenollosa)第一次接触到中文,惊为神语;……他并且惊异中文字的具象性,譬如‘東’字是‘太阳在树后’,‘旦’是‘日自地平线上升起’等。庞德由梵氏那里取得‘作为诗的传达媒体的中国字’一文,大大的发挥成为他的‘具象诗学’,并在‘诗章’中加上中国文字,力求‘自然’‘具体’。”[1]“中国早在公元九世纪就发明了印刷术,这本身就可带来书籍的增加。……汉语中的一些字比别的字看起来更具美感,就像欧洲语言中有些音放在一起显得更和谐一样,汉字中有些字组合在一起看起来更美观,汉字的相互映衬使得汉语诗歌的韵律感被加强了。汉字的观赏价值使书法成为一门高雅的艺术。”[2]“中国汉语用作书面语的文字是表意的单音节符号,和记音的拼音字母不同。……单个汉字可以或拼凑或分裂辗转孳乳变出很多样子,而且可以借用或转用,一字而多形多义,或者多字多音而一义,或者简化多字多音为一字。……以单个音节的字为单位可以颠来倒去变换意思。”[3]汉语的模糊性和灵活性与汉字的象形性,使诗人可以更好地建设诗的视觉形式。分行排列使新诗具有更强烈的视觉感。正如闻一多在《诗的格律》中说:“但是在我们中国的文学里,尤其不当忽略视觉一层,因为我们的文字是象形的,我们中国人鉴赏文艺的时候,至少有一半的印象是要靠眼睛来传达的。原来文学本是占时间又占空间的一种艺术。既然占了空间,却又不能在视觉上引起一层具体的印象——这是欧洲文字的一个缺憾。我们的文字有了引起这种印象的可能,如果我们不去利用它,真是可惜了。所以新诗采用了西洋诗分行写的办法,的确是很有关系的一件事。姑无论开端的人是有意还是无心的,我们都应该感谢他。因为这样一来,我们才觉悟了诗的实力不独包括音乐的美(音节),绘画的美(辞藻),并且还有建筑的美(节的匀称和句的均齐)。这一来,诗的实力又添上了一支生力军,诗的声势更扩大了。所以如果有人要问新诗的特点是什么,我们应该回答他:增加了一种建筑美的可能性是新诗的特点之一。”[4]

网络诗歌的涌现加速了新诗的形体建设,新诗更成为“视觉的艺术”。通

---

〔1〕 叶维廉:《中国诗学》,生活·读书·新知三联书店,1992年,第174页。

〔2〕 [美]古德诺:《解析中国》,蔡向阳、李茂增译,国际文化出版公司,1998年,第36—37页。

〔3〕 金克木:《八股新论》,启功、张中行、金克木:《说八股》,中华书局,2000年,第97页。

〔4〕 闻一多:《诗的格律》,杨匡汉、刘福春编:《中国现代诗论》,上册,花城出版社,1985年,第124—125页。原载1926年5月13日《晨报副刊·诗镌》7号。

过形式、色彩、字体和运动给读者带来更强烈的视觉感受的电子诗歌是人类诗歌追求图像性与音乐性的高级阶段。如一向重视诗的形体美的苏绍连以米罗·卡索为名,创作了大量形文并茂的网络诗,成为目前现代汉语诗歌界最有影响的网络诗诗人之一。台湾诗歌研究者商瑜容在台湾最有影响的诗学研究刊物《台湾诗学学刊》中评价说:“苏绍连无疑是台湾当代最重要的诗人之一,不论散文诗或童诗的创作,他都有相当丰硕的成果。自1998年他开始尝试编写网路诗,并以笔名米罗·卡索在《歧路花园》和《美丽新文字》网站上,发表许多精采作品。从一名优秀的文本作家,转战超文本的编制,其网路诗作的艺术表现,非常令人期待。……台湾的网路文学起于90年代,超文本的创作方式强调互动设计,读者以连结推动阅读进行,扮演主动的接受者。由于此种阅读型态有异于传统文学,其读者反应的研究也就格外重要。”[1] 2015年1月24日,苏绍连在台中市家中接受王觅的采访时说:“我有段时间去做图像诗,有段时间去做散文诗,有段时间去做跨界的诗。我有过一段时间特意进行图像诗创作,大致有两种方法,一是从‘物形’思考,到以诗句代入物形,二是从‘题材’需要,将诗句以物形呈现。……‘超文本诗’的基本特点是:能变化,能探索,能互动,能操作,能游戏。因为它需要用电脑、用滑鼠、用键盘,跟读者互动,作品本身会变化,让你得到意想不到的效果,它有不确定性,会有多向性,会让你得到声光效果的享受。”[2]

苏绍连是新诗史上少有的致力于新诗诗形建设的诗人,可以与上个世纪的“未来主义诗人”鸥外鸥媲美。1942年在桂林,鸥外鸥写了一组副题为《桂林的裸体画》的诗,其中多首采用了未来派的排列方式,重视诗的视觉感,将诗中的字体大小不等地印刷,非常能够突出主题。《被开垦的处女地》是其中的代表作,不仅打破了新诗的常规排列,还运用了不同的印刷字体,如在诗中使用不同型号的“山”字来突出“重重叠叠包围住了四十万人的桂林”的山的立体形象。其他的诗作还有《军港星加坡的墙》、《第三帝国国防的牛油》、《传染病乘了急列车》、《食纸币而肥的人》、《精神混血儿》、《乘人之危的拍卖》等。

通过诗的文字的大小形象来突出主题内容并非鸥外鸥的独创,受苏俄诗人勃洛克的影响,创造社诗人王独清的长诗《Ⅱ beC》(《十二月一日》)就采用

〔1〕 商瑜商:《米罗·卡索网路诗作的美感效应》,《台湾诗学学刊》第1号,唐山出版社,2003年,第85页。

〔2〕 苏绍连、王觅:《文体多样和技术多元的新诗实验者》,《创作与评论》2015年第3期,第106—109页。

过这种"具象"方式。在强调内容大于形式,主张"皮之不存毛将焉附"的时代,这种诗的形体实验及抒情方式是不受欢迎的。连鲁迅也在1929年5月22日在燕京大学国文学会的讲演中表示否定:"至于创造社所提倡的,更彻底的革命文学——无产阶级文学,自然更不过是一个题目。这边也禁,那边也禁的王独清的从上海租界里遥望广州暴动的诗,'Pong Pong Pong',铅字逐渐大了起来,只在说明他曾为电影的字幕和上海的酱园招牌所感动,有模仿勃洛克的《十二个》之志而无其力和才。"[1]这次讲演的题目是《现今的新文学的概观》。但是鸥外鸥1942年发表的《被开垦的处女地》和1943年出版的《鸥外鸥诗集》堪称百年新诗中最早的图像诗和图像诗诗集。

"中文表意文字是综合性的。一眼就能看到呈现眼前的事物的画面。西方表意文字是分析性的,是借助一系列推论而得出的一种概念。"[2]"把表现性的动感简约为一种纯粹的'暗示'的做法,对于商标和徽饰来说,是极为适合的。因为徽饰的主要功能与艺术品的功能是大有区别的,一幅画或一尊雕塑,意在唤起人们对一种力的式样的感受,而对作品之题材的展示,也仅仅是达到上述目的的一种手段。但'设计'就不同了,它的主要目的是使人把题材区别开来或识认开来,其动态的表现也必须服从于这一主要目的。这正如中国文字中的'山'的三条竖划,它们不仅暗示出山峰,而且通过自身的'起伏'(三条竖线不一样长),使这种描绘更加生动真实。当然,即使是一件最理智、最中性的设计图样,也有可能通过联想,产生强烈的感情效果。但是,一件视觉事物自身蕴含的动力——如一件巴洛克绘画——是一回事,由它唤起或释放的感情——如镰刀和斧头图案——又是另一回事了。"[3]"'对立'会使某一特殊的性质分离出来,使之得到突出、加强和纯化。在日本诗人芭蕉(Basho)写的两小段有名的俳句中曾描述过'寂静'是怎样因为它的对立面'吵闹'的出现而得到加强的:荒芜的池塘,/偶尔传出青蛙的/'扑通'跳水声。从这几行诗中可以看出,要想揭示这一池塘的特征,只有通过对它那永恒寂静的暂时破坏,才得以真正实现。另一首诗是这样写的:万籁俱静时,/

---

〔1〕 鲁迅:《现今的新文学的概观》,鲁迅:《鲁迅文集·三闲集》,第四卷,黑龙江人民出版社,1995年,第114页。

〔2〕 [法]保尔·克洛代尔:《西方的表意文字》,蔡宏宁译,乐黛云、李比雄:《跨文化研究13》,上海文化出版社,2003年,第73页。

〔3〕 [美]鲁道夫·阿恩海姆:《视觉思维》,滕守尧译,四川人民出版社,1998年,第196页。

寂寂山谷人烟无，/蝉声阵阵起。对某种复杂的视觉式样的知觉，会因为另一种式样的出现而改变。任何两种东西的遭遇（或对立）都会使双方改变或变形。它还可以反过来证明，当把一幅画中的某一部分同其他部分分离开来时，这一部分会变得面目全非，而当我们把它重新置入原来的背景时，它又会恢复原貌。”[1]汉字“山”是具象性和视觉感极丰富的文字符号，在诗中的排列上采用将“山”的文字符号“聚合”和“对立”的方式，“聚合”方式如意象派诗人常用的“意象叠加”方式，桂林山城的形象就在诗中鲜活起来，有栩栩如生的视觉效果。让同一物象“聚合”或“对立”是图像诗人构建强烈的视觉效果的重要手段。两者都可以强化图像感。“聚合是大脑把分散的因素通过感觉组织起形象/背景关系的一种方式。从这些例子里，我们可以认识到脑子的根本目的就是千方百计地得到含意的形象。但无论如何还是有些因素无法组织起一个有直截了当的含意的形象。那些以同一或几乎同一的单元组成的整幅图案尤其如此。……这类视觉结构，由同一或几乎同一的单元绘制出连续的图案，叫做‘周期性结构’。这个单元周期性地出现，也就是说有一定的规律和间隙。当两个周期性图案迭加在一起时，就会产生更加惊奇的结果。在图案的交叉点上头脑又会组织起附加的图案。……不同频率的声音迭加也会产生新的频率。两种声调在一起演奏，由于波峰、波谷的交叠就产生了第三个音调。在所有这些情况下，大脑从这两个图形的交叉点上又引出了新的形象。”[2]

尽管新诗以打破“无韵则非诗”的法则开始，在百年历史中也一直强调诗的内容节奏大于表面节奏，但是百年新诗还是一直在格律化与自由化间徘徊，诗体建设重点在诗的音乐美和建筑美上。百年来，一直都有人重视诗的音乐形式，强调诗的节奏韵律。即使主张“诗体大解放”的胡适，也在1919年的《谈新诗》中认为诗应该有音乐性：“现在攻击新诗的人，多说新诗没有音节。不幸有一些做新诗的人也以为新诗可以不注意音节。这都是错的。……诗的音节全靠两个重要分子：一是语气的自然节奏，二是每句内部所用字的自然和谐。至于句末的韵脚，句中的平仄，都是不重要的事。语气

[1] [美]鲁道夫·阿恩海姆：《视觉思维》，滕守尧译，四川人民出版社，1998年，第115—117页。

[2] [美]卡洛琳·M·布鲁墨：《视觉原理》，张功钤译，北京大学出版社，1987年，第38—39页。

自然,用字和谐,就是句末无韵也不要紧。"[1]新诗诗人及理论家对新诗的音乐形式的重视,从百年来论述这个问题的主要诗论的目录汇编中便可见一斑:郭沫若《论节奏》(1926年)、闻一多《诗的格律》(1926年)、穆林天《谭诗——寄沫若的一封信》(1926年)、梁实秋《新诗的格调及其他》(1931年)、艾青《诗的散文美》(1939年)、李广田《论新诗的内容和形式》(1943年)、高兰《诗的朗诵与朗诵的诗》(1945)、卞之琳的《哼唱型节奏(吟唱)和说话型节奏(诵调)》(1953年)、何其芳《关于现代格律诗》(1954年)、朱光潜《谈新诗格律》(1959年)、王力《中国格律诗的传统和现代格律诗的问题》(1959年)、臧克家《精炼、大体整齐、押韵》(1961)、李英豪《论现代诗之张力》(1964年)、洛夫《中国现代诗的特质》(1972年)、叶维廉《语言的策略与历史的关联》(1980年)、公木《在民歌和古典诗歌基础上发展新诗》(1980年)……但是,总是有人认为格律代表保守,导致百年间诗的散文化流行,自由诗体占主导地位。即使很多人重视诗的音乐性,也如胡适重视的是内在的音乐节奏。因此新诗对诗的音乐性仍然十分忽视。新诗表面音乐形式的缺失导致对汉诗形式的轻视,对诗的形式的轻视会导致新诗艺术品位降低,新诗韵律不严格甚至完全没有表面的韵律结构所造成的诗的音乐性的减少,必然导致它对诗的内容与形式的承载功能减弱。因此需要通过重视诗的形体建设来弥补诗的艺术性,确立诗是抒情艺术,也是视觉艺术,树立诗的图式是情感图式,甚至比语言符号更抒情表意的新观念。当然,也有必要反对把新诗极端视为"视觉的艺术",过分强调诗的视觉形式。既把诗当听觉的艺术,更把它当视觉的艺术,才能更好地完成新诗现代性建设中的诗的外形式建设。

新诗重视诗的视觉形式,强调诗的建筑美或排列美,甚至出现了图像诗的创作热潮,与新诗的第六大特质有关,即今日新诗在写诗的思维方式上,图像思维受到重视,语言思维受到轻视。古代汉诗是重视视觉思维的,可以具体为意象写作,很多诗词呈现的都是由物象或生相叠加在一起的场景,如马致远的《天净沙·秋思》:"枯藤老树昏鸦,小桥流水人家。古道西风瘦马。夕阳西下,断肠人在天涯。"又如王维《山居秋暝》:"空山新雨后,天气晚来秋。明月松间照,清泉石上流。竹喧归浣女,莲动下渔舟。随意春芳歇,王孙自可留。"

---

〔1〕 胡适:《论新诗》,杨匡汉、刘福春编:《中国现代诗论》,上编,花城出版社,1985年,第8—9页。

这种意象叠加方式还被英语意象派诗人庞德借用。“1919 年左右，美国名诗人艾芝拉·庞德(Ezra Pound)承着 Fenollosa 论中国文字作为诗的媒介一文，说：‘用象形构成的中文永远是诗的，情不自禁是诗的，相反的，一大行的英文字都不易成为诗。’”[1]尽管意象派诗人受到过中国古典意象诗歌的影响，如庞德、洛威尔都读过中国古诗。但是他们接受的更多的是中国意象概念中的状物写景的“形象”，受中国古代山水诗的影响远远大于哲理诗，特别是隐逸诗、玄学诗的影响。他们更愿意直接写感性形象，准确点说是可以直接感知的“心理意象”，而不是“圣人立象以尽意”中的重“言志”和重“哲思”的“观念意象”，更不是康德所言的极端重视理性观念的、本质特征是哲理性的“审美意象”，如《在地铁站上》营造的不是诗人所思所感有“意境”或“境界”的“意象”，而是所见所闻的有画面感的“图像”。庞德在 1913 年《诗刊》发表了《意象主义者的几“不”》，他结论说：“一个意象是在一刹那时间里呈现理智和情感的复合物的东西。……正是这样一个‘复合物’的呈现同时给予一种突然解放的感觉：那种从时间局限和空间局限中摆脱出来的自由感觉，那种当我们在阅读伟大的艺术作品时经历到的突然成长的感觉。”[2]庞德对意象的高度重视是空前的，他甚至说：“一个人与其在一生中写浩瀚的著作，还不如在一生中呈现一个意象。”[3]半个世纪后，诗论家彼德·琼斯评价说：“这是意象主义的核心，也许当时庞德是该团体中唯一完全认识它的含义的人。”[4]庞德的《在地铁站上》正是这样的传世之作：“人群中出现的这些脸庞，/潮湿黝黑树枝上的花瓣。”

王维、马致远和庞德都采用了图像思维。正是人类图像思维的进一步开发促进了世界现代诗的发展，现代诗的鼻祖“波德莱尔几乎比任何别的文学家具有一种更易接受视觉印象的感受性”[5]。他主张“现代诗歌同时兼有绘画、音乐、雕塑、装饰艺术、嘲世哲学和分析精神的特点，不管修饰得多么具

[1] 叶维廉：《语法与表现——中国古典诗与英美现代诗美学的汇通》，叶维廉：《叶维廉文集》，第一卷，安徽教育出版社，2004 年，第 76 页。

[2] [英]彼德·琼斯：《意象派诗选》，裘小龙译，漓江出版社，1986 年，第 152 页。

[3] [英]彼德·琼斯：《意象派诗选》，裘小龙译，漓江出版社，1986 年，第 152 页。

[4] [英]彼德·琼斯：《意象派诗选导论》，彼德·琼斯：《意象派诗选》，裘小龙译，漓江出版社，1986 年，第 16 页。

[5] [美]约翰·雷华德：《印象派画史》，平野译，人民美术出版社，1983 年，第 50 页。

体,多么巧妙,它总是明显地带有取之于各种不同的艺术的微妙之处。"[1]但是新诗高度的抒情性使图像思维在很长一段时期内不被承认。甚至还在《当代诗歌》上发生过一场"写诗是否需要语言思维"的笔战。1987年第5期发表了叶延滨的文章《一只没有壳的气球——读〈当代诗歌〉1987年1月号的"新潮诗"随想,兼议"非非主义"的主张》,认为:"在非非主义旗号下发的所有的诗,包括我举例的《埃及的麦子》在内,没有一首是按'非非主义'的理论写成的。原因很简单,把一切文化和传统语言因素都清除掉了,那么诗人连一个字也无法写,因为连诗人的署名都是一个按'非非主义'应该清除的'抽象概念'。非非主义只会取消诗的存在。"[2]1988年第3期发表了周伦佑的《语言的奴隶与诗的自觉——谈非非主义的语言意识兼答一位批评者》,文中谈论的"语言与思维的关系"的理论资源来自于阿恩海姆。

这是大陆较早介绍写诗需要图像思维的理论文章。但是当时很多人都认为是奇谈怪论。今天阿恩海姆的这个观点得到了诗人广泛的认可:"艺术乃是一种视觉形式,而视觉形式又是创造性思维的主要媒介,要想使艺术从它的非创造性的孤立状态中解放出来,就必须正视这一点。"[3]2015年6月29日,我在甘肃合作市采访了藏族诗人扎西才让,他说他受到了甘南草原独具特色的地形地貌和藏族语言重视人与物平等相处的语法规则的巨大影响,写诗常常采用图像思维。

二、七大类型

"在西部,活着是首要的!"

这是20多年前从兰州到甘南师范专科学校任教的西部诗人阿信在上个世纪90年代初的"名言"。

这句名言今天还有诗人提及。如西部诗人过河卒于2015年7月5日在甘肃陇南武都白龙江畔写了《听王珂教授诗歌讲座》。全诗如下:"写了三十多年诗,/也发表过一些作品,/甚至有些作品常被文朋诗友津津乐道,/听了

---

〔1〕 [法]波德莱尔:《波德莱尔美学论文选》,郭宏安译,人民文学出版社,1987年,第135页。

〔2〕 叶延滨:《一只没有壳的气球——读〈当代诗歌〉1987年1月号的"新潮诗"随想,兼议"非非主义"的主张》,《诗刊》社:《中国新时期争鸣诗精选》,时代文艺出版社,1996年,第327页。

〔3〕 [美]鲁道夫·阿恩海姆:《视觉思维》,滕守尧译,光明日报出版社,1986年,第426页。

王珂教授的诗歌讲座,/突然觉得自己很无知,/突然觉得自己不知道什么是诗,/突然觉得自己不会写诗了。//王教授和我同岁,/王教授专门研究现代新诗,/王教授发表了数百篇诗论文章,/王教授著作等身,/王教授现任东南大学人文学院中文系教授兼博导,/王教授以国际视野关注汉诗,/王教授是应朋友之邀来陇南的,/王教授是陇南来的第一位国内诗学大家,/王教授说这是他第一次在大学以外的市级城市讲座,/王教授在甘肃工作过,/王教授是重庆人,/王教授说甘肃是他第二故乡,/王教授说他关注陇南诗歌创作好多年了,/王教授的讲座很精彩,/王教授提纲挈领深入浅出,/王教授回答了陇南诗友的好多提问,/王教授的讲座历时两小时结束了,/王教授讲座后我更不懂诗了。//屈原跳江被人们纪念,/会读《诗经》堪称高雅,/知道李白杜甫白居易也很正常。/可在当下中国,/特别是在行政事业单位工作,/很多喜欢诗歌创作的人,/很多发表了诗歌作品的人,/很多视诗歌创作为崇高神圣的人,/大多忌讳别人称其为诗人,/大多忌讳别人视为神经病,/最令文学爱好者狼狈不堪的是,/领导准备重用的关键时刻,/有人很严肃地提醒,/该同志是诗人。//诗人怎么了?/诗歌怎么了?/改革开放后现代新诗怎么了?/中国的诗界,/病了吗?//王教授讲的很多,/文朋诗友的现场提问也很多,/没来得及提问,/陷入深深思考的人更多。//总之,在王教授的讲座前,/陇南的诗歌在半死不活,自生自灭地成长着,/王教授的讲座后,/陇南的诗歌还将半死不活,自生自灭地成长。/包括中国的诗歌。//诗的人性与神性固然重要,/诗的高贵与普世亦然重要。/而我觉得,/诗言志也罢,诗到语言为止也罢,/诗,不过是一种,/不同于小说散文的文学体裁。//而在当下,/在还是国家重点扶贫攻坚大市的陇南,/近邻甘南藏族自治州诗人阿信的那句话,/仍不无道理,/在物质文明与精神文明相对孽障的西部,/生存依然是最重要的事情。"[1]

"真实是诗人唯一的自救之道!"

这是我从1990年到1996年在甘肃兰州西北师范大学专门从事西部诗歌研究时最喜欢使用的"名句"。如我发表于1993年2月6日《陇南报》的《陇上犁诗片论》就大力倡导这种"平民化生活性真实写作":"陇上犁忠实于充满了爱和创造力的家乡土地,发掘出一种伟大而朴素的情感,唱出具有浓

---

[1] 过河卒:《听王珂教授诗歌讲座》,http://blog. sina. com. cn/s/blog_406c7ad10102vmdk. html.

郁的乡土气息的泥土的歌——山之子的衷曲。陇上犁八七年开始练笔，八八年发表作品，迄今为止，虽然只发表了四十余篇(首)诗及评论，却逐渐引起诗坛的瞩目。他的诗路历程大致分为生命体验型西部诗创作和情感体验型家园诗创作两个阶段。……在西部诗的大潮影响下，他还创作了《寻找石头》《天空与河流》《戈壁写意》《鹰飞得很高》等表面很'西部'的西部诗。试图通过体验生命创作一种自恋和自慰的、梦幻和迷狂的、潇洒和神圣的贵族化诗歌。由于诗人的人生阅历和笔力有限，对西部的事情并不全都熟悉。他尽管可以把语言'玩'得很空灵很像'诗'。这个阶段从抒情内容到语言形式都步人后尘。因此很难发展，陷入'超人自恋'的怪圈。诗人最熟悉的家园中的老人山和仇池山拯救了苦闷中的陇上犁。一旦他把'在天上'的诗降临人间，他的抒情活力就产生了。近年他颇有'占山为王'之味，发挥地域文化的优势，创作了老人山系列组诗和仇池系列组诗。如他所说：'我在诗中所要做的，就是以一个脱离桑麻生产的文化人的眼光，将父老乡亲的种种美德乃至愚昧的行径定格为具象的诗歌作品'。忠实于老人山，即忠实于生养他的土地，唱出土地颂歌。在一定意义上，老人山是他的精神天堂，是情感心灵空间被物质生产日渐'蚕食'的现代人梦寐以求的净土。抒写仇池，实际上是观今见古式的历史反思。仇池曾在历史上辉煌过，如今竟默默无闻。诗人的登临，一种被忽略与蔑视的伤感油然而生：'我们这些诗人的登临/仅是擦刷锈斑'。直面现实和洞察历史，是陇上犁成功地飞出偏居一隅的陇南山地的两翼。真实，是诗人的自救之道。脚下的土地固然是挖掘不尽的诗歌富矿，却需要先进的工具和科学的手段。对于一个年青诗人，他的前途并不在于他观念的独创性，也不在于他情绪的力量之中，而存在于他的语言技巧中。年轻的陇上犁已经使抒情内容'平民化'，使抒情方式'贵族化'已成他的当务之急。"[1]

我在此不惜篇幅大量引用原诗和原文的原因不只是因为它们可以真实地呈现出西部诗歌过去甚至现在的生态，借此折射出今日中国诗坛的一些真相，由此说明今天加强新诗现代性建设的迫切性，更是因为最近的一段经历深深地触动了我，让我重新认识了"现实主义"。

2015 年 6 月 26 日到 7 月 16 日，为了更好地完成我近年致力的新诗现代

〔1〕 王珂：《陇上犁诗片论》，《陇南报》1993 年 2 月 6 日，http://blog.sina.com.cn/s/blog_c87352be0102vjj5.html.

性建设研究课题，我借用社会学的田园调查方式，专程到甘肃省的合作市、陇南市、成县、西和县、天水市、兰州市、嘉峪关市和新疆维吾尔自治区的哈密市、吐鲁番市，实地考察新诗的生态。我参加了十多次诗人座谈会，见到了阿信、桑子、波眠、陇上犁、雪潇、欣梓、王元中、丁念保、周舟、刘晋、孟杨、支路、李开红、孙立本等上百位诗人，录音采访了包容冰、王小忠、完玛央金、扎西才让、毛树林、王若冰、胡杨、高平、彭金山、高凯等十余位诗人，还在甘肃民族学院、陇南市文联、成县文联、天水师范学院做了四场新诗讲座。针对工作生活在省城以下的基层诗人的创作现状，我在陇南市文联和成县文联的讲座题目都是《新诗创作新观念》，试图把我在大学校园里研究出的最新成果，特别是新诗现代性建设研究成果，告诉给基层诗人，让他们摆脱"现实主义"的"束缚"，接受"现代主义"的"洗礼"。即我讲座的"新诗创作新观念"的核心思想就是"新诗必须现代"，现实主义诗人必须向现代主义诗人学习。

在讲座的第一部分《诗的定义新观念》中，我特地介绍了四个"现代诗歌"定义来试图改变一些当地诗人的诗歌观念。用艾略特的定义来调整"浪漫主义"诗观，纠正新诗的高度的抒情性。"诗不是感情的一种释放，而是感情的一种逃离；诗不是个性的一种表现，而是个性的一种逃离。"[1]这个观点与朗格的相同，反对直抒胸臆的抒情方式及个人化激情写作。"艺术品的情感表现——使艺术品成为表现性形式的机制——根本就不是症兆性的。一个专门创作悲剧的艺术家，他自己并不一定要陷入绝望或激烈的骚动之中。事实上，不管是什么人，只要他处于上述情绪状态中，就不可能进行创作；只有当他的脑子冷静地思考着引起这样一些情感的原因时，才算是处于创作状态中。"[2]用波德莱尔和奥登的定义来调整"现实主义"诗观，纠正新诗高度的严肃性。波德莱尔的定义具有开放性和多元性，界定了现代诗的功能。"只要人们愿意深入到自己的内心中去，询问自己的灵魂，再现那些激起热情的回忆，他们就会知道，诗除了自身外并无其他目的，它不可能有其他目的，除了纯粹为写诗的快乐而写的诗之外，没有任何诗是伟大、高贵、真正无愧于诗

[1] T. S. Eliot. Tradition and the Individual Talent. David Lodge. 20th Century Literary Criticism. London: Longman Group Limited, 1972. p. 76.

[2] [美]苏珊·朗格：《艺术问题》，腾守尧、朱疆源译，中国社会科学出版社，1980年，第23页。

这个名称的。"[1]奥登的定义如林以亮所言最能代表现代诗的精神。"中国旧诗词在形式上限制虽然很严,可是对题材的选择却很宽:赠答、应制、唱和、咏物、送别,甚至讽刺和议论都可以入诗。如果从十九世纪的浪漫派的眼光看来,这种诗当然是无聊,内容空洞和言之无物,应该在打倒之列。可是现代诗早已扬弃和推翻了十九世纪诗的传统而走上了一条康庄大道。现代英国诗人,后入美国籍的奥登(W. H. Auden)曾经说过:'诗不比人性好,也不比人性坏;诗是深刻的,同时却又是浅薄的,饱经世故而又天真无邪,呆板而又俏皮,淫荡而又纯洁,时时变幻不同。'最能代表现代诗的精神。"[2]用弗依的定义来强调新诗不应该是不讲诗体规范的极端的自由诗。"自由诗不是简单地反对韵律,而是追求散体与韵体的和谐而生的独立韵律。"[3]

在讲座的第二部分《新诗创作新观念》中,我讲解了近年新诗创作的八大新观念:形式大于内容,情感大于情绪,叙述多于抒情,口语多于书面语,口语诗多于意象诗,小诗多于长诗,审美多于启蒙,诗疗大于诗教。

我还讲了以下一些新观念:今日新诗应该是艺术地表现平民性情感的语言艺术,是采用抒情、叙述、议论,表现情绪、情感、感觉、感受、愿望和冥想,重视语体、诗体、想象和意象的现代汉语艺术。今日新诗诗人的两大任务是培养现代中国人和建设现代中国。现代汉诗是用现代汉语和现代诗体抒写现代精神和现代意识的语言艺术。新诗的"新"指新语言和新形式与新精神和新思想。新诗要为建设中国人的现代情感、现代意识、现代思维、现代文化、现代政治、现代生活和现代文体作出贡献。当新诗诗人的基本要求是"一基二要":一基:推敲之功是基本功。二要:诗需要学、诗需要改。新诗创作的原则及好诗的标准是"一体二象三关四要":一体:诗体;二象:意象与想象;三关:诗的语言关、诗的知识关、诗的技巧关;四要:学养、技巧、难度、高度。"一体"指新诗必须重视"诗体",诗人应该有诗体意识,新诗要建设常规的准定型诗体。"二象"指诗的写作,特别是口语诗的写作和叙述诗的写作要重视"想象"与"意象"。"三关"指要适度提高新诗行业的"准入"难度,如古代诗人需要有"推敲"基本功和格律常识,新诗诗人应该过"语言关、诗的知识关

---

〔1〕[法]波德莱尔:《波德莱尔美学论文选》,郭宏安译,人民文学出版社,1987年,第205页。

〔2〕林以亮:《序》,林以亮编:《美国诗选》,今日出版社,1976年,第4页。

〔3〕Northrop Frye: Anatomy of Criticism, New Jersey: Princeton University Press, 1971. p. 272.

和诗的技巧关”。“四要”指新诗诗人要重视“学养、技巧、难度和高度”,“四要”也可以称为新诗创作的“四种境界”。针对当地诗人,尤其是一些乡土诗人格外迷信现实生活,错误地认为写诗更需要观察力而不是想象力,我特别强调写诗必须有较强的想象力,把诗人的想象力细分为想象情感的能力,想象细节的能力,想象语言的能力(靠语言思维写作)和想象图像(场景)的能力(靠视觉思维写作)。

在甘肃的四场讲座中,我都严肃地谈到当前地域诗歌创作存在的三大问题:内容大于形式,主题先行,题材单一。我多次提到了1995年10月我在西北师范大学任教时参加甘肃省文联主办的文艺理论家座谈会的那场争论。一位老理论家提出甘肃作家诗人有得天独厚的地域文化,他说河西走廊的每一块石头都有一个故事,甘肃作家应该为生活在这片神奇的土地上而自豪,应该有文化优越感,因此必须写这片土地。我反驳说如果没有写故事的技巧,石头永远只是石头。这次在与多位甘肃诗人的单独交流中,我也爱提及这件事情。因为整整20年过去了,我发现很多甘肃诗人,尤其是文化官员,仍然有强烈的本土意识和狭隘的地方本位思想。

甘肃诗坛30多年来在全国都处于领先地位,优秀诗人和写诗的人的数量都多于其他省,堪称“诗歌大省”,我在每个县都遇到了多位诗人,有的水平还很高。但是他们中的很多人明显受到地域意识的限制。今日大陆诗坛,很多诗人,尤其是县、地市级诗人成了“不知有晋”的“井底之蛙”,不仅与他们写诗前没有系统接受过从现实主义到现代主义的诗歌教育有关,也与他们所处的底层生活环境缺乏学习现代诗歌的良好生态有关,甚至还与近年官方通过评奖、举办培训班等方式,以“接地气”之名过分强调“体验生活”,极端推崇现实主义写作,让诗人失去了“仰望星空”的“诗人意识”和“技巧至上”的“匠人意识”有关,还与官方刊物选发诗作时极端重视写实性地域写作有关。导致诗人们,尤其是年轻诗人将地域写作视为发表诗作、参与评奖及扬名诗坛的“终南捷径”。

20多年来全国诗界都出现过极端重视地域写作的恶劣现象,有的诗人甚至是以写某某村、某某山、某某沟、某某湖成名。今日生活在海南的优秀诗人江非也曾写过生养他的山东村庄。这是今日很多成名诗人共有的写作经历。如冯雷所言:“江非早期的诗大致以其家乡‘平墩湖’为中心和重心,‘平墩湖’经由江非成为了一个具有地标意义的文化符号。江非通过‘平墩湖’发出自己的声音。凸显自己的存在,并以之为据点而与世界、与社会、与历史对话，写出了现代处境之下关于乡村社会、乡土文明的怀恋、不甘、忧戚、背弃等种种复杂情状。"[1]"以家乡为原型，通过想象或实地构筑一个乌托邦式的村庄，这是当前诗歌、小说创作中常见的一种策略。或许是出于概括文学现象的需要，'平墩湖'之于江非也曾是许多评论者集中讨论的话题之一。……江非则谈到：很多朋友是误解了我和'平墩湖'的关系。导致这种长期的误读主要有两个方面的原因，一是除了对身边的朋友之外，我并未明确、主动地阐述过我的这个念头，另一个方面就是朋友们并未认真、系统地读过那些'平墩湖'。如果仔细读过了，就会发现无论是在主观上还是在诗歌实践中，我都一点儿没想沦陷到某个具象的村庄里去。虽然说到它时，不管是对它的自然概念、地理概念还是文化概念，我都饱含深情，但是这些深情还是来源于那个更大的人类社会在内心全盘关注的'情怀'。"[2]一些成名诗人也喜欢写地域题材，有的也写出了优秀诗作。如天水诗人周舟写过大型系列组诗《渭南旧事》，《寻找地址的火车》是其中的一首，全诗如下："一张脸　一片月光/一个空空的站台/那些年/它们就像渭南镇的柿子树上/反复凋谢的叶子/——一封写了又写的书信/火车一次次盲目地/与我擦肩而过/但它的速度我不认识/它的声音我也不认识/它一次次地来/仿佛向我打听一个/已经模糊的地址"。但是很少有诗人，尤其是乡土诗人，有江非、周舟这样的清醒意识和高明技巧。

2015 年 7 月 15 日，我在高平家采访时还专门提到此事。高平 50 年代就闻名诗坛，今年已 83 岁，他曾在上个世纪 90 年代担任甘肃省作协主席十年，我参加的那次理论家会议正是由他主持的。他直率地告诉我说："诗人写生养自己的土地无可厚非，但是不能过分迷信地域写作，那句名言'越是民族的越是世界的'害了很多诗人，导致他们过分迷信'越是地方的就越是全国的'。甘肃诗坛的一大问题是诗人如何开放自己，走出地域诗歌的限制。"[3]

同一天，我还采访了甘肃省文学院院长高凯。他也曾经以写地域诗歌成名，为他的家乡陇东写了大量"乡土诗"，如《陇东十三行诗》《身在陇东》等，组诗《在田野上》获 1983 年《飞天》文学奖。但是他后来的创作如江非一样发生

---

〔1〕冯雷：《作为"小诗人"的江非》，《海拔》第 20 期，海南省作家协会诗歌创作委员会主编，第 146 页。

〔2〕冯雷：《作为"小诗人"的江非》，《海拔》第 20 期，海南省作家协会诗歌创作委员会主编，第 148 页。

〔3〕王珂采访高平录音，未刊稿。

了巨大的转变。他发表于《诗刊》2000年10月号的《村小：生字课》受到诗界好评。全诗如下："蛋蛋 鸡蛋的蛋/调皮蛋的蛋乖蛋蛋的蛋/红脸蛋蛋的蛋/张狗蛋的蛋/马铁蛋的蛋/花花 花骨朵的花/桃花的花杏花的花/花蝴蝶的花花衫衫的花/王梅花的花/曹爱花的花/黑黑 黑白的黑/黑板的黑黑毛笔的黑/黑手手的黑/黑窑洞的黑/黑眼睛的黑/外外 外面的外/窗外的外山外的外外国的外/谁还在门外喊报到的外/外外——/外就是那个外/飞飞 飞上天的飞/飞机的飞宇宙飞船的飞/想飞的飞抬膀膀飞的飞/笨鸟先飞的飞/飞呀飞的飞……"高凯写这首诗已经不再像年轻时那样简单描绘自己生活过的素朴乡村，而是采用了现代诗的技巧。如五个生字"蛋""花""黑""外""飞"的运用让人想起庞德的"意象叠加"手法。这首诗中情感的节制、音乐性的运用和知识的联想，令人想到艾略特的"智性写作"和"学问写作"。他接受我的采访时说："这首诗得利于我当村小教师的经历，但是我是精心构思的，写作中我还想起了那张著名的'希望工程'宣传画《大眼睛》。"[1]在《飞天》2007年1月号发表的《百姓中国》是高凯的第一首长诗，全诗撷772个姓氏，共348行，这首诗更是颠覆了高凯"乡土诗人""陇东诗人"的形象。

我强调"新诗要现代"的"新诗创作新观念"讲座虽然给当地诗人们带来了一些震动，但是效果确实如过河卒的诗《听王珂教授诗歌讲座》所言，因为"观念新潮"而难被"现实接受"："写了三十多年诗，/也发表过一些作品，/甚至有些作品常被文朋诗友津津乐道，/听了王珂教授的诗歌讲座，/突然觉得自己很无知，/突然觉得自己不知道什么是诗，/突然觉得自己不会写诗了。"

西北行这段新诗生态调查经历也使我深刻地意识到"现实主义"，甚至"浪漫主义"在今日中国，尤其是在经济文化相对落后的地区不但没有过时，而且应该是新诗现代性建设的重要类型，应该得到高度重视。同时也意识到新诗现代性建设不能过分重视现实主义和浪漫主义，尤其是现实主义，必须更加重视现代主义和后现代主义，尤其是在现代诗歌信息相对闭塞，诗歌教育相对落后的基层地区，一些诗人，甚至一些成名诗人的当务之急就是要完成由现实主义诗人到现代主义诗人的角色大转化，尤其要完成在写作方法及写作技法上的技巧大转型。21年前为陇上犁写诗评时，我借用奥登的年青诗人的前途存在于他的语言技巧之中的观点，提醒他完成了抒情内容的"平民化"后，还要实现抒情方式的"贵族化"。实质上就是要求他多学习现代诗

[1] 王珂采访高凯录音，未刊稿。

歌的创作技法，完成从现实主义诗人向现代主义诗人的“大转型”。

台湾诗界在上个世纪五六十年代较好地完成了这样的“转型”，才带来了台湾现代诗的繁荣。叶维廉那时在台北上大学，亲历了这次“现代文学”运动。他在《台北与我》一文中回忆说：“在那段波起潮击的日子里，我和文兴等人的切磋是相当繁密的，虽然我那时也忙于在香港推出《新思潮》《好望角》，也忙于和痖弦、洛夫、商禽等人试探现代诗新的表达形式。我们关心的毕竟是同一的问题，都是要求建立语言的艺术来补救当时‘只知故事不知其他’的小说创作。我不妨附带说，当时偏重艺术性，是针对当时历史上的需要而发的，而非完全的追求艺术至上主义，当时确是如此。即使后来必须批评现代主义（基于另一种历史上的需要）的好友陈映真，在当时的成就也是语言艺术先于社会意识的。这并不是说社会意识不重要，事实上，我还没有看到一个完全脱离社会意识而可以立足的作家。”[1]“我和《现代文学》合作无间，与先勇同班同学打成一片，恐怕也是历史的机缘。我自香港来台北，带着三四十年代诗人们给我的‘现代’意识和手法，带着我在学习中的后期象征主义的手法和其他的前卫运动，带着二者对艺术性刻心镂骨的凝练，带着中国古典诗在我艺术意识中的呼喊，进入了一段创作上只求内容而不求写作技巧的贫乏时代。在这空谷中，夏济安师在《文学杂志》里很技巧地推出了福楼拜的《风格绝对论》和詹姆斯的小说艺术。《现代文学》的同仁大部分都曾受益于济安师，当时继起兴办的《现代文学》正好响应着我内心的渴求：向‘艺术营养不良症’进军。我和《现代文学》一呼万应地合作无间，这当然是重要原因之一。”[2]

正是这次“现代文学运动”及“现代诗运动”，造就了洛夫、痖弦、碧果这样的用诗来反映现代人生活的现代诗人。如叶维廉所言：“我们所拥有的‘自然’面貌已经逐渐变化到可以纳入焦虑、动荡、残暴、非理性和混乱。就像洛夫所说的：‘揽镜自照，我们所见到的不是现代人的影像，而是现代人残酷的命运，写诗即是对付这残酷命运的一种报复手段。这就是为什么我的诗的语言常常触怒众神，使人惊觉生存即站立在血的奔流中此一赤裸裸的事实。’于是，我们看到洛夫和痖弦各以自己的方式抓紧当代经验中锋锐的张力（angu-

---

〔1〕 叶维廉：《台北与我》，叶维廉：《叶维廉文集》，第九卷，安徽教育出版社，2002年，第69页。

〔2〕 叶维廉：《台北与我》，叶维廉：《叶维廉文集》，第九卷，安徽教育出版社，2002年，第70—71页。

lar tension)和遽跃的节奏(disjunctive rhythm)。”[1]2014年11月22日，我参加了由东南大学世界华文诗歌研究所主办的“背离与回归——洛夫诗歌创作70年研讨会”，专门与洛夫探讨了西方现代诗对他的影响问题。后来中国作家网报道说：“洛夫在研讨会上说，我的诗歌风格从早期的实验主义、超现实主义到后来向传统文化和古典诗歌回归，并不是评论界臆测的‘浪子回头’，而是追求现代与传统的有机融合，建立新诗的现代美学体系。”[2]2015年1月5日，与洛夫一同致力于台湾超现实主义运动的诗人碧果在台北家中接受王觅采访时说：“汉语新诗就是现代作者写出现代意识和现代精神的语言艺术，我是这样进行创作的。”[3]

大陆新诗的现代性建设有必要借鉴台湾的经验，也不能照搬台湾经验，更不能机械地移植“西方经验”。“现代”及“现代性”是新诗现代性建设的“关键词”。它们在西方思想界及文艺界也众说纷纭，甚至“现代”指哪一时期都有争议。姚斯界定为古罗马帝国向基督教世界过渡的时期，汤因比的“现代时代”指的是1475年到1875年。马泰·卡林内斯库认为现代指的是一个至少在一方面主要受未来掌握的时代。

如同托姆逊所言：“人的自我意识随着社会生活的发展而发展。”[4]哈贝马斯认为人的现代观随着由科学促成的信念的不同而变化。库尔珀准确地描述了这种变化。“现代性的新颖之处就在于，表现为抽身与自我规定的这一自由过程现在以一种更为彻底的方式被体制化。在早期社会中，在一个人作为一个的同一性与他或她确定的社会角色之间不存在任何分离现象。一个人在他或她自己的思想中描画这样一种分离，这种可能性确实存在，但是，这种制度却不存在：在其中，人们可以以那种分离为基础进行生活。分离并不是在结构中被确认的，借此结构人们在社会中证实彼此的自我性。没有为‘人本身’建立起交互性确认的形式，也没有真正清空偶然的社会内容。要给人本身下定义，总是要参照某一部落、某一人民、某一民族、某一角色、某些信念和某些方式。若是有人想脱离所有社会给定的内容，按他或她对人形的抽

[1] 叶维廉：《中国现代诗的语言问题》，叶维廉：《叶维廉文集》，第三卷，安徽教育出版社，2002年，第221—222页。

[2] 中国作家网：《洛夫创作70年：背离与回归》，http://www.chinawriter.com.cn/bk/2014-12-10/79179.html.

[3] 王觅采访碧果录音，未刊稿。

[4] Denys Thompson. The Uses of Poetry. London: Cambridge University Press, 1974. p. 3.

象定义来生活，结果必然是过一种苍白的内在精神生活或隐居于社会之外。在整个西方历史中，贯穿着一个人类同一性概念逐渐从偶然内容中纯化出来的过程。在法国大革命期间，人们试图建成一种具有将个人定位为纯粹选择者的确认结构的社会和政治学。但是，这种尝试仅仅否定性地定义了自我，即不受偶然内容的制约，其结果便是毁灭社会。”[1]库尔珀还较完整地论述了艺术中的现实主义、现代主义及后现代主义的依存关系，甚至下结论说传统就是现代主义本身。“对形式过程与内容之间的分离以及普遍准则与特殊个人之间的新关系加以关注、推进、赞扬和责难的另一个场所位于艺术领域中。艺术和批评理论的很多流派已致力于纯粹形式化的目标，而且现代艺术对于反思自己的创作已呈现出一种不断进行革命和发明新形势的现代主义趋势。打破前人的准则并创造新的艺术模式已变得十分重要。即使是现实主义者以及其他一些对现代主义者的冲动持反对意见的人，对这种艺术家的那种典型的现代自我性常常也是起了一种强化作用；这种艺术家在选择其风格和定义其自身时，反对传统的固定性——在此，传统就是现代主义本身。艺术中的现代主义运动是一个意义模糊的现象；它拒绝被安置于任何准则或形式体系之中，而且它还经常进行自我参照，因此，它表明有一种空虚的主观性在其中起作用。然而，对于那种在许多其他生活领域中作为典型现代意愿所表现出的对同一性和系统性的追求，对那种纯粹形式的追求，它却加以拒绝。这样，它还是现代的吗？抑或是它是否在走向一种新型的后现代艺术？近来，后现代这个术语极为时髦，又没有什么明确的含义，但它却揭示了一个重要的问题域。J. F. 利奥塔根据启蒙运动的趋势描述了我们现代世界的特征，即通过对生活条件的控制来捕获这个世界、使其系统化，并且解放人类的可能性(利奥塔，1984)。这一描述仅仅触及了空虚的现代主观性面对这个世界的诸多可能方式中的一种；另外还有浪漫的、反讽的一已绝望的现代生活方式。但是利奥塔却触及了现代性的一个中心主题。”[2]

新诗现代性建设有必要借鉴库尔珀的现代性理论，还应该接受艾略特和韦伯的观点。艾略特在强调现代诗歌语言应该适应多元化的现代文化时，充分承认诗人的独创性和民族的独特性。“我们的文化体系包含极大的多样性

---

〔1〕［美］库尔珀：《纯粹现代性批判——黑格尔、海德格尔及其以后》，臧佩洪译，商务印书馆，2004年，第61—62页。

〔2〕［美］库尔珀：《纯粹现代性批判——黑格尔、海德格尔及其以后》，臧佩洪译，商务印书馆，2004年，第46页。

和复杂性，这种多样性和复杂性在诗人精细的情感上起了作用，必然产生多样的和复杂的结果。诗人必须变得愈来愈无所不包，愈来愈隐晦，愈来愈间接，以便迫使语言就范，必要时甚至打乱语言的正常秩序来表达意义。”[1]他还强调每个国家或民族都有独特的批评意识。“每一个国家，每一个民族，不仅有自己的创造，还有自己独特的批评意识。它的批评习惯的缺点和局限比它的创造天才明显得多。”[2]中华民族不仅有自己的批评意识，还有自己的审美标准，如推崇均衡、和谐和对称形成的美。在现代性建设中对民族性的重视正是对自我意识的重视。韦伯认为现代性要处理好传统与现代的传承关系。“在韦伯的眼中，现代性就是对古往今来的自我和社会的一种明白确认，现代同一性并非仅仅是历史性构造系列中的又一个例；它是对那些构造之既有根基的一种去蔽。不管是福还是祸，我们终于赢得了自我——意识——这是一个常见的现代主题。”[3]

美国的现代性建设经验也值得借鉴。“现代美国（modern America）的基础构建于文化物质流行的镀金时代（Golden Age），高度集中的经济、政治和道德权威在 1896 年开始运动，形成了新的文化冲击力，并集结成强大力量，直到为 20 世纪的美国的整个社会创造出新的政治准则。”[4]“从 1890 年到第一次世界大战期间，女权运动是活跃而有生气的。历史学家往往把这一时期看成是有组织的妇女全力以赴进行妇女参政运动的时代。实际上，这是一个各种各样富有创新精神的妇女活动家不断出现的阶段，妇女的各种组织都在激增。女权主义者和改革家们早已意识到现代美国妇女所面临的一系列问题。”[5]“19 世纪是政治上的民族主义兴起的时代。”[6]正是在 19 世纪，美国的现代化进程突飞猛进，造就了有现代意识和现代精神的“现代美国人”。

惠特曼在 1881 年结论说：“我们美国人被认为是最实用主义和最会赚钱

---

〔1〕［英］托·斯·艾略特：《玄学派诗人(1921)》，托·斯·艾略特：《艾略特文学论文集》，李赋宁译，百花洲文艺出版社，1994 年，第 24—25 页。

〔2〕 T. S. Eliot. Tradition and The Individual Talent, David Lodge. 20th Century Literary Criticism. London: Longman Group Limited, 1972. p. 71.

〔3〕［美］库尔珀：《纯粹现代性批判——黑格尔、海德格尔及其以后》，臧佩洪译，商务印书馆，2004 年，第 33 页。

〔4〕 Lawernce Goodwyn. The Populist Moment. London: Oxford University Press, 1978. p. 265.

〔5〕［美］洛伊斯·班纳：《现代美国妇女》，侯文蕙译，东方出版社，1987 年，第 78 页。

〔6〕 Charles R. Hoffer. The Understanding of Music. Belmont, California: Wadsworth Publishing Company, 1985. p. 360.

的人。在承认这一点的同时,我自己的看法是:我们也是最富感情、最有主观精神和热爱诗歌的人民。"[1]惠特曼堪称美国最重要的现代诗人,他的充满现代精神的诗歌为培养现代美国人和建设现代美国作出了巨大贡献。如他所言:"只要是有男人和女人的地方,自由必然为英雄人物所信奉……但诗人从来是比别的任何人都更加支持和欢迎自由的,他们是自由的呼声和讲解人。他们是若干时代以来最能与这个伟大概念相称的人。"[2]这种现代意识也反映在诗歌改革中,1844年,艾默生在《诗人》一文中说:"因为形成一首诗的,不是韵律,而是由韵律所组成的主题,是一个如此热烈奔放和生气蓬勃的思想,象草木或动物的精灵一样,有它本身的构造,用一种新的东西来装饰自然。从时间的程序看,思想与形式是平等的,但是从起源的程序看,思想则先于形式。"[3]

美国的现代主义受到德国的巨大影响。英国的维·沃尔夫把现代主义从1910年算起,劳伦斯以1915年为界。"在德国舞台上,甚至早在第一次世界大战爆发之前,就已经以其对反叛、暴力和神秘主义的处理清楚地显示出可被称为适合于表现主义的新视野。另一种甚至更适合于表现主义激流般的情感、不安宁和非现实的艺术形式是抒情诗,这里一个重要的名字是瓦尔登(Herwarth Walden)(即格奥尔格·莱文),他也是至关重要的刊物《风暴》的编辑。这个周刊1910年创建于柏林,在倡导新观点方面起了重要作用。同年它发表了柯柯式加的绘画,次年它又印出了马里内蒂的《未来主义宣言》。1912年3月,瓦尔登开放了这一刊物自己的画廊,他的兴趣逐渐转向视觉艺术,而阿波利奈尔用法文贡献了他的'环带'诗,诗人斯特兰姆(August Stramm,1874—1915)探明了一项重要的文学发现。柏林的《风暴》团体也激起了同样的勇气:1910年库尔特·希勒创立了'新激情酒吧',与之有联系的诗人有布拉斯(Blass,1890—1929)、利钦斯坦(Alfred Lichtenstein,1889—1914)、霍迪斯(Jakob van Hoddis,1887—1942)。另一个杂志《行动》(由弗兰茨·普费姆费尔特1911年在柏林创办)发表了霍迪斯的诗《末世》,不久又发

---

〔1〕[美]惠特曼:《美国今天的诗歌——莎士比亚——未来》,惠特曼:《草叶集》,下册,楚图南、李野光译,人民文学出版社,1994年,第1144页。

〔2〕[美]惠特曼:《〈草叶集〉初版序言》,惠特曼:《草叶集》,下册,楚图南、李野光译,人民文学出版社,1994年,第1088页。

〔3〕[美]艾默生:《诗人》,伍蠡甫:《西方文论选》,下卷,上海译文出版社,1979年,第491页。

表了利钦斯坦的《黄昏》，这被称之为德国文学中表现主义的开端。这两首诗是……诗歌现代性的好范例。汉堡这样描述它们说：'这些诗的新颖之处在于，它们不是别的，而只是取自现代生活的种种意象的任意联结；它们表现了一幅画，但不是那种现实主义的……它们是一种抽象派的拼贴画……'"[1]到了1914年，在德国，"戏剧和抒情诗都已从19世纪的模式中脱离出来，趋向于更强悍、更不稳定和更强烈的主观表现的方式。"[2]

以下言论较详细地描述了美国现代主义诗歌运动。"现代主义在法国和德国出现早些，1910年左右才从法、德传入英、美。"[3]"诗是感到压力和起来反叛的最后文化媒介之一。1912年一些不满的年轻诗人聚集在芝加哥和纽约的格林威治村开始了反叛之举。在他们的眼中，过去的都是死的，诗的生命力在于自发(spontaneity)、自我表现(self-expression)和改革(innovation)。"[4]"可敬的美国妇女也有过贡献。……梅布尔·道奇·鲁汉在寄居意大利十年之后于1912年在纽约住了下来，决意把启蒙运动带到美国。艾米·洛厄尔在波士顿也很活跃，同时在芝加哥，哈里特·孟罗和玛格丽特·安德森急于为文化奋斗，来自旧金山的舞蹈家伊莎贝拉·邓肯醉心于别人认为丢脸的启蒙运动。发扬风行中的新情绪的刊物纷纷出版。1912年哈里特·孟罗创办《诗刊：诗的杂志》(Poetry: A Magazine of Verse)……1912年比哪一年都能标志美国诗中一个富饶时期的开端。……'新诗'(New Poetry)的来临，比较散文中类似的运动迟了好多，因之它的孕育时期相当长久：新诗并不是早熟的天才光芒万丈的表现。"[5]

美国现代主义受到德国和法国现代主义的影响，却没有采用"横的移植"方式，甚至继承了欧洲传统。"文学往往反映时代的主要趋势。它来源于影响作者感受力的道德、社会以及思想变迁。美国文学尤其是这样，因为作为一个国家，从其发展的崛起时期起，美国人便有意识地将比较古老的欧洲文明形式移植到美国的拓荒文明中来，所以，一般美国人通常不仅意识到自己在历史中的地位，而且还把自己的日常生活和本国政府及社会机构的形成直

[1] [美]R. S. 弗内斯：《表现主义》，艾晓明译，昆仑出版社，1989年，第42—43页。

[2] [美]R. S. 弗内斯：《表现主义》，艾晓明译，昆仑出版社，1989年，第53—54页。

[3] 袁可嘉：《现代派论·英美诗论》，中国社会科学出版社，1985年，第96页。

[4] Roderick Nash. The Call of The Wild (1900—1916). New York: George Braziller, Inc., 1970. p. 141.

[5] [英]马库斯·埃利夫：《美国的文学》，方杰译，香港：今日世界出版社，1975年，第233—234页。

接联系在一起。因此，与更为定型的社会中的文艺作品相比，美国的文学便自然更为强烈地反映了这种联系。”[1]美国的现代国家建设和现代文学建设因此具有既推崇现代又兼顾传统的“美国特色”。“美国在1898年以及后来的帝国主义行为，颇像一个沉湎于狂欢的国家，以青年的鲁莽方式庆贺自己刚刚发现的力量和即将到来的成熟期。”[2]“美国的自然主义在19世纪90年代战战兢兢地开始发展，在20世纪的前五十年中成长为美国最流行的文学态度。”[3]

马泰·卡林内斯库的著作《现代性的五副面孔》考察了“现代”的概念和“新”的概念，认为它们在20世纪前期被等同起来。所以他总结出现代性有五个基本概念：现代主义、先锋派、颓废、媚俗艺术和后现代主义。这种将“现代”与“新”等同的现象在20世纪中国的政治、经济、文化等众多领域十分普遍。以文学界为例，“新文学”与“现代文学”、“新诗”与“现代诗”几乎是等同的。但是今日中国的新诗现代性建设却不能照搬马泰·卡林内斯库的观点，认为今日新诗的现代性只有他所说的“五副面孔”。他也不完全肯定现代性就只有这“五副面孔”，他在这本书的序言中认为现代的不明确性游移于现代主义与现代性之间和后现代主义与后现代性之间，甚至认为“现代化”可能是现代性的“第六副面孔”。他甚至提出现代性可以有许多面孔，也可以只有一副面孔或者没有一副面孔。

虽然人类社会都有全球性的现代化进程，人类诗歌也有全球性的现代派运动，如波德莱尔被公认为世界现代诗歌的鼻祖。但是不同国家和不同地区却有不同的现代主义。如赵振江所言：“拉丁美洲的现代主义诗歌与国内评论界一般所说的西方现代派诗歌根本不是一回事。现代主义一词最早出现在拉丁美洲，这就是以鲁文·达里奥为代表的现代主义。大约三十年后，欧美文学界无视这一事实，将另一种完全不同的文学现象仍然称作现代主义，这便导致了名称上的混乱。墨西哥诗人帕斯对此颇有微词，称其为‘文学沙文主义’，但事实即如此，我们只有接受。国内学术界一般所称的西方现代主

[1] [美]罗德·霍顿、赫伯特·爱德华兹：《美国文学思想背景》，房炜、孟昭庆译，人民文学出版社，1991年，第1—2页。

[2] [美]罗德·霍顿、赫伯特·爱德华兹：《美国文学思想背景》，房炜、孟昭庆译，人民文学出版社，1991年，第313页。

[3] [美]罗德·霍顿、赫伯特·爱德华兹：《美国文学思想背景》，房炜、孟昭庆译，人民文学出版社，1991年，第282页。

义诗歌，在拉丁美洲叫先锋主义或先锋诗歌。”[1]

所以今天的新诗现代性建设也应该适度强调“中国特色”，尤其是大陆的“初级阶段”特色和“幅员辽阔”特色。应该把新诗的现代性区分为“七副面孔”或七大类型，分别是现实主义、浪漫主义、现代主义、后现代主义、先锋派、颓废和媚俗艺术。“任何价值系统都形成一种意识形态，很明显，一种意识形态只能存在于通过转移而被重新构建的境况之中。”[2]七大类型各自独立又相互依存，甚至可以互相转化，尤其是现代主义诗歌在很大程度上存在于现实主义诗歌和浪漫主义诗歌的“现代性转移”而被“中国化重构”的境况之中。因此今日新诗现代性建设的重大任务是要务实地完成现实主义诗歌向现代主义诗歌的改造，这种改造既要有“接地气”的现实，更要有“望天空”的理想，最重要的是要强调“低空滑行”。

马泰·卡林内斯库认为“现代”对过去的权威一直怀有深刻的矛盾心理，他借用庞德的名言“使之新！”，认为“现代”主要指的是“新”。庞德确实强调过“新”，尤其是在诗的题材上的新，在诗的体裁上却相对保守。美国自由诗革命中重要的代表诗人卡尔·桑德堡(Carl Sandberg)在1915年高度评价庞德在英语诗歌改革运动中的成就：“假如我非得说一个还活在世上的人的名字，这个人使用英语语言，以他自己创造诗歌艺术的范例，为激起诗歌中新的冲动做出了最大的贡献，那么，我很可能会推举艾兹拉·庞德。”[3]但是庞德并不认为意象派运动是独创性运动。“意象主义存在已经很久了，它是一种类型的诗歌。庞德说，‘在这种诗歌中，绘画或雕刻似乎‘正在变为言语’。‘意象主义……主要以文体运动、批评运动闻名，而不是以创造运动闻名。’”[4]“庞德本人不接受意象派创始人的称号。他说这种运动调动了英语诗歌中的潜在能力，促成这场运动的基本思想必须归于T. E. 休姆(Hulme)。”[5]

1913年庞德在《诗刊》发表了意象派诗歌的纲领性文章《意象主义者的几“不”》，强调对传统的学习和对诗本身的重视。“然而首先必须是一个诗

---

[1] 赵振江、熊辉：《采撷西语文学的笙歌与谣曲》，《重庆评论》2015年第1期，第26页。

[2] Judith Williams. Decoding Advertisements. London: Robert MAClehose and Company Limited, 1978. p. 43.

[3] [美]J. 兰德：《庞德》，潘炳信译，中国社会科学出版社，1992年，第68页。

[4] [美]J. 兰德：《庞德》，潘炳信译，中国社会科学出版社，1992年，第54页。

[5] [美]J. 兰德：《庞德》，潘炳信译，中国社会科学出版社，1992年，第51页。

人。"[1]"尽可能多地受伟大的艺术家们的影响。"[2]他甚至还论述了具体的写诗技巧。"不要用多余的词,不要用不能揭示什么东西的形容词。……不要沾抽象的边。不要在平庸的诗中重讲在优秀的散文中已讲过的事。不要以为你试着把你的作品切成了行,避开了优秀散文艺术的极难的难处,就能骗得过任何一个聪明人。……不要以为诗的艺术比音乐的艺术要简单一些。或者当你在诗的艺术上所作出的努力还不如一个一般的钢琴教师在音乐的艺术上作出的努力时,就不要以为你能讨专家的欢心。"[3]庞德的诗的韵律观是现代性的,却具有改良性,他并不主张打破"无韵则非诗"的英语诗歌韵律传统。"一首诗并不一定是非要依赖音乐不可的,但如果它确实依赖音乐了,那就必须是能使专家听了满意的音乐。让初学者熟悉半韵和头韵,直接的韵和延缓的韵,简单的韵和多音的韵,就像一个音乐家理应熟知和谐、对位以及他这一门艺术中所有的细节。给这些事或其中一件事时间,无论如何也不会太多,纵然艺术家很少用得上它们也罢。……你的节奏结构不应该损毁你的文字的形状,或它们自然的声音和意义。……和谐一词在诗中是误用了,它指的是不同音调的声音同时出现。然而,在最好的诗中有一种余音袅袅,久久留在听者的耳里,或多或少象风琴管一样起着作用。如果一种节奏要给人欢乐,就必须在其中有一点稍稍令人惊讶的成分。这不一定要是古怪的或奇特的,但要用就须用得好。"[4]

中国的新诗现代性建设有必要学习庞德的美国新诗现代性建设策略。正是因为应该把新形式下或者"新常态"下的现实主义诗歌和浪漫主义诗歌纳入今日新诗现代性的"七大类型"之中,才有必要把新诗现代性建设分为启蒙现代性建设和审美现代性建设两大类,虽然两者有交叉,但是前者更关注新诗题材的现代性建设,后者更指涉新诗体裁的现代性建设。既重视文体狂欢又重视文体自律是新诗文体建设的基本方针。新诗文体现代性建设的总方针应该是高度重视题材的"现代"和适度坚持体裁的"保守",前者重视以"现代精神"及"现代意识"为代表的启蒙现代性建设,后者重视以"诗家语"及"准定型诗体"为代表的审美现代性建设。

---

[1] [英]彼德·琼斯:《意象派诗选》,裘小龙译,漓江出版社,1986年,第156页。
[2] [英]彼德·琼斯:《意象派诗选》,裘小龙译,漓江出版社,1986年,第153页。
[3] [英]彼德·琼斯:《意象派诗选》,裘小龙译,漓江出版社,1986年,第153页。
[4] [英]彼德·琼斯:《意象派诗选》,裘小龙译,漓江出版社,1986年,第154—155页。

三、八大诗体

2015 年 2 月 2 日，渡也在台中市接受王觅采访说："很多人都在思考这些问题，都想有一个一统天下的东西。古诗就有比较稳定的诗体，但是新诗建设定型诗体很难。过去就有学者探讨过这个问题，如周策纵，他写过《五四运动史》，还是《红楼梦》研究专家，他以前也提倡过一种'太空体'，也是短诗，也有格式，后来也没有实现过。游唤也提倡过几行诗，要求诗要有限制，最后也没有推广起来。你想推广你的格律诗，别人也有他的格律诗看法，我觉得应该八行，他说应该六行。这样就形成了另外的一种自由，别人提倡四行诗，我为什么不可以写八行诗。所以别人不会按照你的要求去做。这种推广也可以造就某种自由。英美的诗，再怎么自由，都会考虑某些格式，翻译过来的不押韵，如果看原诗，还是考虑押韵的。我的诗很少押韵，洛夫的诗也很少押韵，杨牧的诗也很少押韵，郑愁予的诗，押韵的也有，也不是每首诗都押韵。我常常关注这些问题，因为是形式上的问题，余光中的很多诗朗朗上口，押韵对他来讲非常重要，也有很多是不押韵的。押韵既是中国传统，也是西方传统，西方诗大部分都是押韵的，我们却好像没有普及，在民国初期新诗草创的时候，就没有普及，让大家有这样的想法——写诗就应该押韵。所以一百年后要回头，很难。如果当初写作就没有押韵的习惯，没有考虑韵脚等问题，现在回头叫大家做这个，又没有政府来推广，没有一个强大的机构来推广，很难。当初自由诗就是从西方来的，如果当时一直强调押韵的风格，现在建立规范就很容易。但是当初没有建立一个既定的格式，现在就很难。……我比较满意的研究就是这两块，一个是新诗形式设计探讨，一个就是新诗的节奏。做这个研究很寂寞，难度很大，你爸爸做新诗诗体研究肯定也会头疼，它会涉及很多学科，如建筑的、音乐的、美术的、心理学的，一大堆，这些东西你都要看。……在台湾做这个应该是我最早。"[1]

听到这段录音时，我很感动，与渡也有"惺惺相惜"的"知音"感。我为诗，准确点说是为新诗诗体研究消得人憔悴 30 年，甘苦自知，至今痴心不改，决心持之以恒地把这口"井"挖下去，直到生命的最后时刻。因为我坚信：新诗是采用现代汉语和现代诗体，抒写现代生活和现代情感，具有现代意识和现代精神的语言艺术。新诗的现代化必须与中国人的现代化基本同步，新诗的

[1] 王觅采访渡也录音，未刊稿。

现代性建设必须为中国的现代性建设作贡献，具体为要在中国建设起现代情感、现代意识、现代思维、现代文化、现代政治、现代生活和现代文体。诗体现代性建设是新诗现代性建设的重要内容，更是新诗审美现代性建设的主要任务。新诗启蒙现代性建设的一大任务是通过诗的内容给人以"情感的共鸣"和"思想的启迪"，来培养现代人的"现代意识"；新诗审美现代性建设的一大任务是通过诗的形式，来给人以"情感的愉悦"和"美的享受"，来培养现代人的"审美情感"。两个任务殊途同归，都是为了造就"现代中国人"。

在新诗的形式研究及诗体研究的学术险途上，我和渡也都不是孤独的潜行者。在台湾，除渡也出版过著作《新诗形式设计的美学》外，还有多位学者的著作涉及诗体研究，如丁旭辉的论文《早期新诗的跨行研究》专门研究新诗的"跨行"，他的专著《台湾现代诗图像技巧研究》是海内外新诗研究界第一部研究图像诗的著作，研究非常深入。林于弘的专著《台湾新诗分类学》从题材、体裁、风格甚至传播方式来分类新诗，探讨了台湾流行的八大诗体：政治诗、都市诗、生态诗、母语诗、女性诗、小诗、后现代诗和网路诗。他的论文《台湾新诗"固定行数"的格律倾向——以〈台湾诗选〉为例》，采用统计学的方式研究台湾新诗的"分节"，认为台湾新诗也出现了格律倾向，有相对规范的分节方式，主要有四行分节、三行分节、五行分节等有"固定行数"的分节方式。近年两岸新诗学者还联合攻关，如《河南社会科学》2012 年第 8 期推出了"海峡两岸新诗诗体研究专题"，刊发了我和林于弘、丁旭辉写的三篇诗体研究论文，分别是我的《新诗诗体学的历史、现实和未来——兼论新诗诗体学的构建策略》、林于弘的《台湾新诗的'固定行数'的格律倾向——以〈台湾诗选〉为例》、丁旭辉的《象形指事、图像技巧的理论接轨与图像诗体学的建立》。林于弘认为："统计 2003—2010 年《台湾诗选》'固定行数'诗作及其所占比率后，我们可以发现，八个年度的总平均为 17%，其中更有五个年度的比率都在 19%以上，平均每 5.88 首诗作，就有 1 首是采取完全固定行数的写法，比例不可谓之不高。可见《台湾诗选》中有关选录诗作'固定行数'的倾向，的确是不争的事实，而这也可以某种程度地反证部分诗人'固定行数'的创作想法。"[1]丁旭辉认为："狭义的图像诗指的是整首诗或诗的主体是以图像技巧来表现的诗作，广义的图像诗称为'类图像诗'，指的是在一般的分行诗中，局

〔1〕 林于弘：《台湾新诗"固定行数"的格律倾向——以〈台湾诗选〉为例》，《河南社会科学》2008 年第 8 期，第 8 页。

部诗行使用了图像技巧以制造图像效果。而'类图像诗'又分为'形体暗示'(静态图像)、'状态暗示'(动态图像或事象)、'一字横排的视觉暗示'(多字并排、一字成行)、'文字图像的形体暗示'(从文字形体发想,创发诗境与诗意)与'标点符号的形体暗示'(以标点之形体暗示图像)等五种次类别,每一种次类别也都有他们自己的定义。"[1]《晋阳学刊》从2015年第5期开始,推出了"两岸新诗学者对话录",其中多个话题涉及新诗文体及诗体建设。

海外也有多位新诗学者的著作关注诗体,如叶维廉的《中国诗学》、杜国清的《论诗·诗评·诗论诗》与奚密的《现代汉诗:1917年以来的理论与实践》和《从边缘出发:现代汉诗的另类传统》。叶维廉研究过具象诗及图像诗。他在研究肯明斯的具象诗代表作《l(a》时说:"孔明斯把 a leaf falls 加了括号放在拆开的 loneliness 一字之间。a leaf falls 又另外拆成'叶落状'或'单音滴落状'来反衬'寂寞',而拆开的 loneliness 中还特别有 one(一个,独个)字梗在那里。这首诗属于具象诗之一种,使人在述情(叶落寂寞)之外,利用文字的空间排列,使人更具体地看到、听到、感到所述之情。所以具象诗往往也是图诗(picture poems)或音诗(audio-poème)。像这样的诗,不但作者曾煞费心机去'构筑'(说'写'不能表达其超媒体的行为),读者也要煞费心机才可以认识这个形象。语言的性能作了显著的疏离与扭曲才可以达到超媒体的表现。"[2]主张用"现代汉诗"取代"新诗"的奚密更重视文类研究。"作为诗的专业研究者,尤其是外文系出身的学者,奚密研究现代诗的方法与中文系出身的学者不完全相同。她认为解读现代诗不能用古典诗的标准,而必须涵盖四个方面:第一是诗文本,第二是文类史,第三是文学史,第四是文化史。这四个层面就像四个同心圆,处于中心的是诗文本,没有文本这个基础,任何理论和批评就如同沙上城堡,是经不起检验的。从文本出发,然后涉及文类研究。每一种文类都有它自身发展的历史与内在变化的逻辑,不可忽略。尤其是对于中国这样悠久的诗歌传统来说,诗人往往有浓厚的文类意识。"[3]

随着文体学、艺术形态学和新诗创作的繁荣,诗体研究在近20年受到大

[1] 丁旭辉:《象形指事、图像技巧的理论接轨与图像诗体学的建立》,《河南社会科学》2008年第8期,第12页。

[2] 叶维廉:《"出位之思":媒体及超媒体的美学》,叶维廉:《中国诗学》,生活·新知·读书三联书店,1992年,第170—171页。

[3] 古远清:《台湾当代新诗史》,文津出版社有限公司,2008年,第415—416页。

陆新诗学者的重视，吕进、骆寒超、许霆、周仲器等大陆学者出版了 20 多部著作。许霆独著和与人合著的八部专著分别是：《新格律诗研究》(与鲁德俊合作)、《十四行体在中国》(与鲁德俊合作)、《新诗理论发展史(1917—1927)》《中国新诗的现代品格》《中国现代诗学史论》《中国现代主义诗学论稿》《旋转飞升的陀螺：百年中国现代诗体流变史论》《趋向现代的步履——百年中国现代诗体流变综论》。我从宏观到微观，再从微观到宏观研究了新诗文体及诗体，试图创立系统的新诗诗体学，出版了六部专著。《诗歌文体学导论——诗的原理和诗的创造》(2001 年)宏观探讨了中外诗歌文体及代表性诗体的生成原理；《百年新诗诗体建设研究》(2004 年)微观探讨了新诗诗体定型难的原因；《新诗诗体生成史论》(2007 年)重点探讨了新诗诗体生成与流变的历史及原因；《诗体学散论》(2008 年)较全面地探讨了诗体的概念和影响诗体进化的各种因素；《新时期 30 年新诗得失论》(2012 年)对新时期新诗的诗体、技法、功能及生态进行了综合研究；《两岸四地新诗文体比较研究》(2015 年)对大陆、台湾、香港、澳门的新诗文体进行了详细的比较研究。

吕进是当代新诗文体学的奠基人，他 1982 年出版的《新诗的创作与鉴赏》就涉及文体及诗体研究。1990 年他出版了《新诗文体学》，2007 年主编了《中国现代诗体论》。他的其他著作《给新诗爱好者》《一得诗话》《新诗文体学》《中国现代诗学》都涉及文体研究。吕进还是近年“诗体重建”的主要倡导者，2007 年提出新诗诗体重建的三大任务是提升自由诗、倡导格律体新诗和增多诗体。他给诗体下的定义是：“诗体是诗的音与形的排列组合，是诗的听觉之美和视觉之美的排列组合。诗歌文体学就是研究这个排列组合的形式规律的科学。从诗体特征讲，音乐性是诗与散文的主要分界。从诗歌发生学看，诗与音乐从来就有血缘关系。”[1]他 2012 年提出了更富有操作性的诗体重建策略：“在正确处理新诗的个人性和公共性的关系上的诗歌精神重建；在规范和增多诗体上的诗体重建；在现代科技条件下的诗歌传播方式重建。”[2]

骆寒超也是主张“诗体重建”的重要学者。他在 1997 年认为：“新诗体式的现代化问题也必须考虑……我们认为新诗不管怎么说总是要走律化之路的，但外在的声韵必须和内在的情韵作适度的应和，不能搞模式。具体点说，

---

〔1〕 吕进：《诗歌的外形式与诗体》，吕进：《中国现代诗体论》，重庆出版社，2007 年，第 9 页。

〔2〕 吕进：《新诗诗体的双极发展》，《西南大学学报》2012 年第 1 期，第 69 页。

应把律化之路建立在这样的一个原则上：在约束中显自由，在自由中显约束。只有作这样的双向交流，才能使运用现代汉语写作的新诗求得形式的规范化定型。”[1]2009年，他提出了具体的诗体重建策略：“在不违反已定形式规范原则的前提下，今后新诗坛要鼓励大家既采用回环节奏型形式写格律体新诗，也采用推进节奏型形式写自由体新诗。而尤其要提倡写这两大形式体系综合而成的兼容体新诗。”[2]

殊途同归，主张新诗不应该走格律化道路，而应该走自由化道路的学者也为新诗的诗体建设作出了贡献。吴思敬一直主张新诗应该是自由诗，2013年出版的《吴思敬论新诗》由他自己编著，精选了他一生中的优秀诗论30篇，多篇涉及诗体建设，如《诗体略论》《论新诗的分行排列》《短时存贮容量限制与诗的建行》。他的代表作《新诗：呼唤自由的精神——对废名“新诗应该是自由诗”的几点思考》被放在首位，这篇论文的四个小标题充分显示出他的自由化诗体观：“‘新诗应该是自由诗’是从内在精神角度对新诗品质的概括”[3]，“‘新诗是自由诗’标明了自由诗在新诗中的主体位置”[4]，“自由诗在新诗中具有本原生命意义与开放性的审美特征”[5]，“公用性与稳定性的缺失使现代格律诗难以与自由诗相抗衡”[6]。

新诗应该是自由诗的观点得到了很多新诗学者的赞同。2009年，陈仲义总结大陆诗体研究的现状后提出了与吴思敬相似的观点：“新诗的尖端前卫部分——即现代诗，由于自由天性牵引，其主导形式将持续沿着‘诗无定行，行无定句，句无定字’的路子走下去，它必然加剧‘无型便是型’的自由体式趋势。因此，现代诗的外形式一般遵守‘分行排列’的结构原则就行了，无须事先预设框架。全面格律化形式不适于规范现代诗。但是，若干格律形式

[1] 骆寒超：《新诗的规范与我们的探求》，现代汉诗百年演变课题组：《现代汉诗：反思与求索》，作家出版社，1998年，第259—260页。

[2] 骆寒超、陈玉兰：《中国诗学（第一部形式论）》，中国社会科学出版社，2009年，第730页。

[3] 吴思敬：《新诗：呼唤自由的精神——对废名“新诗应该是自由诗”的几点思考》，吴思敬：《吴思敬论新诗》，中国社会科学出版社，2013年，第3页。

[4] 吴思敬：《新诗：呼唤自由的精神——对废名“新诗应该是自由诗”的几点思考》，吴思敬：《吴思敬论新诗》，中国社会科学出版社，2013年，第6页。

[5] 吴思敬：《新诗：呼唤自由的精神——对废名“新诗应该是自由诗”的几点思考》，吴思敬：《吴思敬论新诗》，中国社会科学出版社，2013年，第8页。

[6] 吴思敬：《新诗：呼唤自由的精神——对废名“新诗应该是自由诗”的几点思考》，吴思敬：《吴思敬论新诗》，中国社会科学出版社，2013年，第10页。

可以在新诗的基础部位——白话诗(传统新诗)以及少量广义现代诗那里找到可能性。我主要指的是,建立十余种宽泛意义上'诗体'的可行性。它可望在某一种、某几种体式上,获得局部成功,却无望取得规范新诗形式——全面成型化的胜利。因为它再有多么丰富的形式手段,也难以涵盖早已分化了的新诗,尤其是无法规范新诗的尖端部位——现代诗。以吕进先生为代表的格律派坚持:'自由诗只能充当一种变体,成熟的格律诗才是诗坛的主要诗体。'王珂在两部专著基础上,做了一些'调整',他认为,新诗应该建立以准定型诗体为主导的常规诗体。笔者的诗学观念与吕进、王珂二位不同。我的主张是:自由诗仍是新诗诗坛的常规诗体,自由诗将继续作为'正体'而不是'变体',成为诗坛主流。新诗形式建构的朝向:是极少数诗体被律化,少量诗体泛格律化,大部分还将继续维持其自由体式,形成自由诗主导下的'泛诗体'联盟。借此,我再重申 20 年前的老调:新诗成熟的标志,不是以建立一套完整的格律形式为准绳,而主要是以现代诗审美规范的全面确立为其尺度。"[1]他还较准确地描述了大陆近年的格律诗建设情况:"从 90 年代出现第一个格律新诗发表阵地《现代格律诗坛》(黄淮总编),到《世界汉诗》(周拥军总编)、《格律体新诗》(晓曲主编),再到新世纪格律体网络平台——东方诗风论坛、世界汉诗论坛、诗歌与音乐论坛、中国格律体新诗网,以及《新世纪格律体新诗选》《2006 年格律体新诗选》等运作、编选,这一切,都说明百年新诗诗体建设的'老大难',一直都没有被轻易放弃,时刻都处于耐心的攻坚之中。不过,从总体上说,百年诗体建设的理论与实践,举步维艰,收效不太大,应该承认。"[2]2013 年,陈仲义再次强调要建设"'泛诗体'联盟":"自由诗仍是新诗诗坛的常规诗体,自由诗将继续作为'正体'而不是'变体',成为诗坛主流。新诗形式建构的朝向:是极少数诗体被律化,少量诗体泛格律化,大部分还将继续维持其自由体式,形成自由诗主导下的'泛诗体'联盟。"[3]几年又过去了,他的观点没有丝毫改变。

相对吕进、骆寒超等人主张的格律诗派,吴思敬、叶橹主张的自由诗派,陈仲义的"泛诗体"偏向自由诗派,与我主张的"准定型诗体"有异曲同工之

---

〔1〕 陈仲义:《中国前沿诗歌聚焦》,中国社会科学出版社,2009 年,第 414 页。

〔2〕 陈仲义:《自由诗主导下的"泛诗体"联盟》,陈仲义:《蛙泳教练在前妻面前的似醉非醉》,作家出版社,2013 年,第 265 页。

〔3〕 陈仲义:《自由诗主导下的"泛诗体"联盟》,陈仲义:《蛙泳教练在前妻面前的似醉非醉》,作家出版社,2013 年,第 276 页。

处，但是我的"准定型诗体"偏向于格律诗派，与格律诗派的本质差异是我重视的是诗的视觉形式规范，忽视诗的音乐形式规范，甚至认为今日已经不是一个朗诵诗的时代，新诗不必重视诗的音乐性，不必受到押韵，更不必受到平仄等格律规范的束缚。

诗的文体主要由诗体呈现，没有文体就没有文学，没有诗体就没有诗。不能把诗体只归入诗的形式（怎么写）范畴，它也属于诗的内容（写什么）范畴，更属于诗的技巧（如何写好）范畴。"在一个社会中，某些复现的话语属性被制度化，个人作品按照规范即该制度被产生和感知。所谓体裁，无论是文学的还是非文学的，不过是话语属性的制度化而已。"[1]"我们大致上给文体这样一个界说：文体是指一定的话语秩序所形成的文本体式，它折射出作家、批评家独特的精神结构、体验方式、思维方式和其他社会历史、文化精神。上述文体的定义实际可分为两层来理解，从表层看，文体是作品的语言秩序、语言体式，从里层看，文体负载着社会的文化精神和作家、批评家的个体的人格内涵。"[2]"所谓诗体，指的是诗歌的具体存在方式，但它又不等于一般所说的诗歌体裁，而是还包含了更为丰富的内涵。具体说来，这种诗体由以下三方面因素协调构成：一是诗人的主观审美倾向，它在很大程度上决定了诗人的主观作风及其对于表现材料的选择；二是诗人所选取的题材、主题的审美品质，如讴歌爱情与怀念乡土的题材或主题就具有不同的审美品质；三是诗人所运用的言语结构，它既是一首诗作所要表现的思想情感内涵的载体，它本身所形成的文体风格又是作品总体美学风格的重要构成因素……这种诗体既可以说是诗歌作品的言语结构模式，但又不仅仅是所谓的'形式'，而是还具有某种本体的意义。"[3]"文体生成错综复杂，新诗是多元发生的文体……一种文体在某种程度上是一代文人、一段历史、一个社会的象征。"[4]古今中外，文体的概念都不仅指体裁，还指题材；不仅指文类，还指风格。但是新诗诗体现代性建设中的诗体，更多是指体裁及文类，"'诗体'特指诗的'体裁'、'体式'的规范，即从'怎么写'上来考察诗的形式特征，指的是'诗人

〔1〕［法］托多罗夫：《巴赫金、对话理论及其他》，蒋子华、张萍译，百花文艺出版社，2001年，第27页。

〔2〕童庆炳：《文体与文体创造》，云南人民出版社，1994年，第1页。

〔3〕周晓风：《新诗的历程——现代新诗文体流变（1919—1949）》，重庆出版社，2001年，第5—7页。

〔4〕王珂：《新诗诗体生成史论》，九州出版社，2007年，封底。

所运用的言语结构'，即通常所说的诗的'形式'(form)……诗体更多的是指约定俗成的诗的常规形体，如定型诗体和准定型诗体。即诗体是诗的形体范式，是诗的体裁属性的具体的显性表现，是对诗的形式属性制度化后的结果，即规范化、模式化的诗的语言秩序和语言体式，具有制定作诗法则的意义。"[1]"诗体，即是对诗的形式属性及文体属性的制度化的具体呈现。"[2]所以应该从如何写好(技巧)、怎么写(形式)和写什么(内容)三个方面来完成新诗诗体现代性建设，一定要坚持技巧大于形式，形式大于内容的原则。

新诗诗体现代性建设要广泛吸收中外已有经验。在诗体建设上做出贡献的外国理论家有柏拉图、亚里士多德、贺拉斯、席勒、黑格尔、别林斯基、丹纳、什克洛夫斯基、杜夫海纳、苏珊·朗格、瑞恰兹、燕卜生、卡勒等；外国诗人有萨福、莎士比亚、斯宾塞、弥尔顿、彭斯、司各特、雪莱、华兹华斯、丁尼生、爱伦·坡、波德莱尔、兰波、马拉美、惠特曼、聂鲁达、松尾芭蕉、瓦莱里、庞德、艾略特、叶芝、阿波里奈尔、肯明斯、叶赛宁、马雅可夫斯基、阿赫玛托娃、金丝堡等；外国诗歌流派有象征派、超现实主义、意象派、自白派、具象诗派、阿克梅派、未来派、颓废派等。为中国古代诗歌诗体建设做出贡献的理论家有刘勰、钟嵘、胡应麟、许学夷等；诗人有屈原、沈约、李白、杜甫、白居易、李清照、柳永、元好问、黄遵宪、秋瑾等；为中国新诗诗体建设做出过贡献的理论家及诗人有胡适、刘大白、刘半农、冰心、郭沫若、宗白华、徐志摩、闻一多、朱湘、陆志韦、朱自清、穆木天、何其芳、林庚、废名、艾青、穆旦、鸥外鸥、沙鸥、屠岸、唐湜、叶维廉等。他们的创作实践和理论探索为今天新诗诗体现代性建设打下了坚实基础。

由此可见今天要进行新诗诗体现代性建设，既有必要性也有可行性，并非是建立空中楼阁。今天新诗尤其要借鉴外国理论，如有必要接受苏珊·朗格的"物理形式"可以产生"审美情感"的观点。她认为："'审美情感'是一种无所不在的'令人兴奋'的情感，是欣赏优秀艺术时被直接激发出来的，是人们认为艺术应当给予的'快感'。'快感'是一个含混的字眼，由于它的应用，导致了无穷的混乱，因此对它最好彻底加以回避。但是，从古至今，如此众多的艺术家、优秀评论家，歌德、科勒律治、济慈，以致桑塔耶纳、希尔伯特·里德(Herbert Read)都曾应用过这个字眼，因此就值得注意其有关艺术方面的

---

[1] 王珂：《新诗诗体生成史论》，九州出版社，2007年，第424—426页。
[2] 王珂：《诗体学散论》，上海三联书店，2008年，第12页。

确切含义;因为这些人物是不会根据一般人信以为真的那种误解从事工作的。然而,对我来说,我认为最好对'快感'和'审美情感'这两个字眼全都加以回避。实际上,对于我们所讨论的情感不需要再说什么了,除非把它当作优秀艺术的索引。只有当别的东西也能激发艺术所激发的直觉活动,这些东西才能激发情感。当我们以'画家的眼光'看待自然,以诗人的思维对待实际的感受,在鸟雀欢舞的动作中发现了舞蹈的主题时——就是说,任何美丽的事物激励了我们的时候,我们就能直接地感觉到情感的形式。用这种方法感知的对象具有一座庙宇或一块防止无所展现的相同的幻觉神韵,从物理意义上说,它与鸟雀、山岳是同样真实的。这就是艺术家们之所以能从自然中吸取一个又一个取之不尽的体裁的原因。但是,自然客体只有在发现了客体形式的艺术想象中才能成为有表现力的东西。一件艺术品,在本质上就具有表现力,创造艺术品就是为了摄取和表现感知现实——生命和情感、活动、遭遇和个性的形式——我们根据形式才能认识这些现实,否则,我们对它们的体验也只能是盲目的。"[1]

情感只有通过实在的形式,才能获得真实的体验;只有通过以诗形为代表的诗体,才能让人感受到新诗的客观存在。美国诗人乔治·欧佩(George Oppen)1961年说:"我们非常关注诗体(poetic form),不仅是因为形式(form)可以作为结构(texture),而且还是一种能够让诗可能被抓住的形状(shape)。"[2]新诗诗体现代性建设不仅要有内容为形式服务的旧观念,还要有形式反作用于内容,形式就是内容,甚至形式大于内容的新观念。其实人类很早就意识到了形式,尤其是视觉形式在诗中的重要性,它不仅有表现内容、记录语言的实用性目的,还有可以让形体美独立存在的审美性目的。"诗最早是以纯粹的口头传播模式存在的,但是当诗人们将听到的诗用文字记录下来时,他们就对语言的视觉成分感兴趣。诗人们通常分行书写。诗行的结尾是表示诗的韵律、意义和形式的视觉体现,它通常不是规规矩矩的。因此,重视视觉方位的诗和重视听觉方位的诗在文本上是有差异的。所有诗作一旦被印刷,都在一定程度上具有视觉感。但是一些诗人更会使用诗的视觉资源。采用诗的视觉成分的最简单的方法是把诗行或词语排列得像一个物体。

---

〔1〕[美]苏珊·朗格:《情感与形式》,刘大基、傅志强、周发祥译,中国社会科学出版社,1986年,第459—460页。

〔2〕Mike Weaver. William Carlos Williams. London: Cambridge University Press, 1971. p. 55.

这样的形体诗(shaped verses)有很长的历史,也许在英语中最有名的是乔治·赫伯特的《复活节的翅膀》(Easter Wings)。”[1]

1951年2月19日冯雪峰在《我对于新诗的意见》一文中说:“我觉得将来新诗形式的建立,可以假定有如下的三类:一类是‘自由诗’,即‘散文诗’,无论分行或不分行,但语言必须比现在的更精炼,也更经济。第二类是从民歌蜕化出来的,就是说,虽然比原来的民歌已经有变化,但是保持有规律可寻的格律的。从这种蜕化来创造格律,当然是新的创造,并且是很要紧和有成效的创造。李季的《王贵与李香香》,就已经给这种创造带来了好的消息。这作品应该是这一类创造的一个起点。第三类是根据人民口语,创造完全新的各种格律。但这三类,都只有精通了人民语言,并且下极大苦工,才能够一步一步地实现。”[2]

虽然冯雪峰的新诗诗体建设策略受当时时局的影响,尤其是政治的影响,并不具有现代性特征,甚至具有反现代性的倒退性质。这种策略导致了大陆上个世纪50年代中后期声势浩大的民歌运动,使三四十年代王独清、戴望舒、穆旦等诗人致力的新诗现代运动出现巨大的断裂,给新诗的现代性建设带来了巨大的灾难,但是他对语言的精炼及“诗家语”的重视,对民歌体的格律的重视,尤其是在强调“人民口语”的重要性的同时,又重视“格律”的主张,对今日的新诗诗体现代性建设仍有重要意义。“根据人民口语,创造完全新的各种格律。”实质上是通过格律来“雅化”语言和“提升”自由诗,以达到提高新诗艺术品位的目的。这个观点与“五四”时期周作人的《平民文学》《人的文学》等文章提出的平民的文学需要贵族的洗礼有异曲同工之处。“所以平民文学应该著重与贵族文学相反的地方,是内容充实,就是普遍与真挚两件事。第一,平民文学应以普通的文体,写普遍的思想与事实。……平民文学应以真挚的文体,记真挚的思想与事实。”[3]“平民文学决不是通俗文学。白话的平民文学比古文原是更为通俗,但并非单以通俗为唯一之目的。因为平民文学不是专做给平民看的,乃是研究平民生活——人的生活——的文学。

[1] David Bergman, Daniel Mark Epstein. The Heath Guide to Literature. Toronto: D. C. Heath and Company, 1987. pp. 649—650.

[2] 冯雪峰:《我对于新诗的意见》,杨匡汉、刘福春编:《中国现代诗论》,下编,花城出版社,1986年,第8页。

[3] 仲密:《平民文学》,北京大学、北京师范大学、北京师范学院中文系中国现代文学教研室编:《文学运动史料选》,第一册,上海教育出版社,1979年,第114—115页。

他的目的，并非要想将人类的思想趣味，竭力按下，同平民一样，乃是想将平民的生活提高，得到适当的一个地位。凡是先知或引路的人的话，本非全数的人尽能懂得，所以平民的文学，现在也不必个个‘田夫野老’都可领会……第二，平民文学决不是慈善主义的文学。在现在平民时代，所有的人都只应守着自立与互助两种道德，没有什么叫慈善。”[1]“我想文艺当以平民的精神为基调，再加经贵族的洗礼，这才能够造成真正的人的文学。”[2]我在 2000 年给新诗下的定义也极大地受到周作人这一平民文学观的影响。“诗是艺术地表现平民性情感的语言艺术。”[3]这个定义强调诗的内容的平民化和形式的贵族化。

今天的新诗诗体现代性建设仍然要强调诗的内容的平民化和形式的贵族化，要致力于四大类诗体的建设。一、改建百年新诗已有一定建设基础的旧诗体，如新格律诗体、自由诗体、十四行诗体、小诗体、长诗体、图像诗体、朗诵诗体等。二、古为今用、洋为中用，借鉴中外诗体建设新诗体，如借鉴古代汉诗的优秀诗体分别建设赋体新诗、古体新诗、近体新诗、词体新诗、曲体新诗，可以称为古诗体新诗；借鉴中国民歌的优秀诗体如信天游、花儿等建设民歌体新诗；借鉴外国优秀诗体，如具象诗、俳句、萨福体、十四行诗等建设中国式外国诗体新诗，可以称为西体新诗或外国体新诗。三、利用科技创建多媒体新诗，如博客诗、微博诗、微信诗、QQ 诗、手机诗、网络诗。四、利用其他艺术进行跨界写作，创建艺术体新诗，如以歌词为代表的音乐诗，以图案诗为代表的美术诗等。

“随着那些限定平仄、韵脚、行数、字数的传统规则一一被扬弃，现代诗人得以发挥诗歌作为媒介的巨大潜力。虽然自由体是现代诗最通行的形式，但是诗人也广泛地运用各种其他形式，从新的格律体到散文诗，以至具象诗(concrete poetry)。格律诗有的借自国外，比如十四行，有的由传统中国诗改造而来，比如‘现代绝句’。尽管西方十四行诗的形式约束并不比中国古典诗宽松多少，但是在中国诗人手里它被改造得相当自由。散文诗和具象诗无疑

---

〔1〕 仲密：《平民文学》，北京大学、北京师范大学、北京师范学院中文系中国现代文学教研室编：《文学运动史料选》，第一册，上海教育出版社，1979 年，第 116 页。

〔2〕 周作人：《贵族的与平民的》，杨扬编：《周作人批评文集》，珠海出版社，1998 年，第 49 页。

〔3〕 王珂：《诗是艺术地表现平民性情感的语言艺术——论现代汉诗的现实出路》，《东南学术》2000 年第 5 期，第 104 页。

是现代常用的形式，前者在现代汉诗中已经形成了一个不可忽视的小传统。这个传统包括鲁迅(1881—1936)、商禽(1930—2010)、苏绍连(1949—)、刘克襄(1957—)等多家。至于具象诗，现代汉诗最早的个例可能是香港诗人鸥外鸥(1919—1995)的《第二回世界讣闻》。"[1]新诗诗体建设应该重点建设八大诗体：自由诗、格律诗、小诗、长诗、散文诗、图像诗、网络诗和跨界诗，前四种是新诗的"传统"诗体，已有一定的建设基础，需要"重建"或"改建"；后三种，尤其是后两种是新诗的现代诗体，需要"创建"或"新建"。

自由诗现代性建设要重视诗体、意象、语言等诗的元素及叙述、描写等诗的技法上的现代性建设。如吕进所言"诗体重建"的一大美学任务就是提升自由诗，新诗诗体现代性建设首先要建设自由诗，它包括现在流行的口语诗，尤其包含口语诗中的方言诗。2015 年 7 月 3 日，我应甘肃省陇南市文学艺术联合会邀请给当地诗人做《新诗创作新观念》讲座时，特地介绍了一个自由诗的定义："自由诗('free' verse)不是简单地反对韵律，而是追求散体与韵体的和谐而生的独立韵律。"[2]目的是想纠正自由诗是一种没有诗体的诗的旧观念，建立自由诗就是自由体诗的新观念。这应该是今日自由诗的现代性建设最需要坚持的观念。写自由诗的诗人必须有诗体概念，一定要有文体自觉性和文体自律意识。除记住以上定义外，还应该记住以下两个定义："在通常意义上，形式指一件事物作为整体的设计图样或结构布局。任何诗人都无法逃避已经形成类型的某些形式。"[3]"自由诗是没有韵律和缺乏一个有规律的诗律的统一的诗，自由诗不是形体上的自由。"[4]

"狭义的诗体指任何一首诗都具有的外在形态及表面形体。广义的诗体指在诗家族中按形体特征划分的具体类型，即非个人化的、具有普遍性的常规诗体(常体)，如英语、法语、意大利语诗歌中的十四行诗体(sonnet)，古代汉诗中的格律诗，现代汉诗中的新格律诗。诗体更多是指约定俗成的诗的常

---

〔1〕 [美]奚密：《"〈可兰经〉里没有骆驼"：论现代汉诗的"现代性"》，南京大学中国新文学研究中心新诗研究所：《新诗国际研讨会论文汇编》，第 10 页。

〔2〕 Northrop Frye. Anatomy of Criticism. New Jersey: Princeton University Press, 1971. p. 272.

〔3〕 X. J. Kennedy. Literature: An Introduction to Fiction, Poetry, and Drama. Toronto: Little, Brown and Company, 1983. p. 557.

〔4〕 David Bergman, Daniel Mark Epstein. The Heath Guide to Literature. Toronto: D. C. Heath and Company, 1987. p. 24.

规形体，如定型诗体和准定型诗体。”[1]自由诗现代性建设要适当重视诗的音乐性、高度重视诗的排列，格律诗的诗体建设主要是音乐形式的建设，自由诗的形式建设主要是视觉形式的建设，即格律诗要更重视诗的音乐美，自由诗要更重视诗的排列美。格律诗要重视韵律，尤其是外在韵律；自由诗要重视旋律，尤其是内在旋律。

自由诗现代性建设还要重视诗的基本要素——诗的意象，和写诗的基本技术——诗的叙述。意象传统不仅是古代诗歌的传统，也是现代诗歌的重要技巧。古代汉诗讲究“含蓄”，所以“诗出侧面”“无理而妙”是古代汉诗的常规技巧。爱伦·坡和波德莱尔是世界现代诗歌的创始人，他们确立了现代诗歌在写什么与怎么写上的基本“标准”——既追求诗的题材的世俗化，也追求体裁的精致性，更重视技法的暗示性。现代生活节奏很快，诗人采用直接表达手法，少用甚至不用意象，都有一定的合理性。很多当代诗人，特别是青年诗人却是因为懒怠，才反对用“诗出侧面”式的意象方式写诗。

正是因为庞德、艾略特等英美现代诗人强调现代诗歌的写作难度，尤其是重视意象，英语现代诗歌才形成了“复合”(complexity)、“暗示”(allusiveness)、“反讽”(irony)和“晦涩”(obscurity)等特点，所以现代英语诗歌才在整个英语诗歌历史中占有重要地位。“美国散文家和诗人艾默生曾经写道，‘我们是种种象征，并居住在象征中’(We are symbols, and inhabit symbols)。”[2]“诗人凭借一个暗藏着的、理智的认识力，……领悟到思想对象征的独立性、思想的稳定性、象征的偶然性和暂时性。……诗人通过这一较好的领悟，进一步靠拢了事物，看到了流动和变化；懂得了思想是多样形式的；懂得了每个创造物所具的形式中，存在着一个迫使它上升为较高形式的力量。”[3]庞德甚至说：“一个人与其在一生中写浩瀚的著作，还不如在一生中呈现一个意象。”[4]彼德·琼斯评价说：“这是意象主义的核心，也许当时庞德是该团体中唯一完全认识它的含义的人。”[5]严重缺乏意象是今日新诗太

---

〔1〕 王珂：《新诗诗体生成史论》，九州出版社，2007 年，第 425 页。

〔2〕 David Bergman, Daniel Mark Epstein: The Heath Guide to Literature. Toronto: D. C. Heath and Company, 1987. p. 173.

〔3〕 [美]艾默生：《诗人》，伍蠡甫：《西方文论选》，下卷，上海译文出版社，1979 年，第 492—493 页。

〔4〕 [英]彼德·琼斯：《意象派诗选》，裘小龙译，漓江出版社，1986 年，第 152 页。

〔5〕 [英]彼德·琼斯：《意象派诗选导论》，彼德·琼斯：《意象派诗选》，裘小龙译，漓江出版社，1986 年，第 16 页。

直白,艺术性不高的重要原因。

叙述进入自由诗是一件好事,特别是可以改变由于直抒胸臆的写作方式导致的滥情与矫情,但是诗的叙述和描写只是为了更好地完成抒情的辅助性手法。近年很多诗人叙述的常常是现实中已有的事情,甚至原生态的东西,缺乏必要的艺术加工,再加上这些叙述诗,通常被称为"生活流诗",采用的是不加提炼的原生态语言口语,导致诗的写作难度大大降低。诗的本质是抒情的,叙述不能违背这个诗的基本原则。新诗的自由诗的叙事与散文或小说的叙事最大差异是,诗的叙事在语言上更简洁和更有弹性,在手法上更重视情感性、戏剧化和意象性。

一些诗论家已经研究出很好的叙事策略。沈奇研究出口语诗的叙事方法:"可以通过一些语言策略将叙事的负面降到最低点:第一,情感的策略化,区别于情感的激情化;第二,口语的寓言化,这区别于大量的写诗叙事;第三,叙事的戏剧化。诗歌应该是带有造型意识的语言艺术。"[1]2014年12月20日,陈大为在台北接受王觅的采访时,也对诗的叙事发表了很多高见:"我的诗,写的是叙事诗,叙事本身就是在讲故事。我走的叙事跟大陆这种叙事不一样。大陆叙事是没有事情在里面,它就讲的是一个很日常的东西。我的叙事呢,是有一个事情,不管是大事小事,它有在里面。我是以一个说书人的姿态,来写这个事。等于是回到人类诗歌最初的时期,荷马那个年代,用他那种说书的,讲史诗的口吻。我需要的是小说化的人物跟情节。等于我把这个故事构想好了,整个气氛构想好了,我作为一个假想的说书人,我在诗里面讲这个事情。这个事情背后可能有一个庞大的主题,或者是一种追问,甚至不一定有固定的题材,但是它是一种小说的转化。所以我看到当代小说里面的一些对人物的经营,对对白的一种设计,所呈现出的一种说书的风格的时候,会影响我。诗歌可以省略掉太多的情节,只要抓住一种姿态,就是说书的姿态,或者说抓住一些实际的气氛,只要讲些气氛就好了。事件的头尾、整个来龙去脉、因果,反而不是那么重要。"[2]

格律诗现代性建设的两大任务是:一、完善新诗史上一直在建设的准定型诗体——现代格律诗体,又称新格律诗和格律体新诗。二、借用古代汉诗已有的定型诗体——古代格律诗体,创建古诗体新诗,具体为赋体新诗、格律

---

〔1〕 王翌、鄢新艳:《21世纪中国现代诗第四届研讨会综述》,《海南师范大学学报》2008年第1期,第116页。

〔2〕 王觅采访陈大为录音,未刊稿。

诗体新诗和词体新诗等。新诗史上的四个定义有助于格律诗的现代性建设。宗白华在1920年1月认为:“诗的定义可以说是:‘用一种美的文字……音律的绘画的文字……表写人的情绪中的意境。’”[1]郭沫若在1920年1月认为:“诗=(直觉+想象)+(适当的文字)。”[2]闻一多在1926年5月认为:“但是在我们中国的文学里,尤其不当忽略视觉一层,……诗的实力不独包括音乐的美(音节),绘画的美(辞藻),并且还有建筑的美(节的匀称和句的均齐)。……增加了一种建筑美的可能性是新诗的特点之一。”[3]何其芳在1954年4月认为:“我们说的现代格律诗在格律上就只有这样一点要求:按照现代的口语写得每行的顿数有规律,每顿所占时间大致相等,而且有规律地押韵。”[4]

百年新诗诗体建设难的一大原因就是自由诗派与格律诗派长期多对抗少和解,甚至出现势不两立的局面,百年新诗史上有在上个世纪20年代、50年代和21世纪最初十年发生的三大“诗体之争”,讨论的焦点问题是新诗应该是自由诗还是格律诗。以第三次“诗体之争”为例,吕进、骆寒超提出“诗体重建”口号后,叶橹认为“诗体重建”是一个“伪话题”:“有关‘诗体建设’、‘诗体重构’的议论依然时起时伏。这些理论的提倡者虽然都是学养有素的学者,但是我却觉得他们是不是把精力浪费在一个‘伪话题’的理论上了。”[5]这个观点引起周仲器等人的激烈“声讨”。

在创作界,自由诗派与格律诗派的对抗没有理论界那么极端。“现代格律诗虽然讲究有规律的节奏,有规律的押韵,但并不是高不可攀的东西,写现代格律诗要比写旧体诗词容易得多了。有些写惯了自由体的诗人不是在无意间也写出了符合现代格律诗要求的作品么?”[6]在新诗史上,闻一多、徐志摩、朱湘、何其芳是格律诗派的领袖,胡适、郭沫若、废名、艾青是自由诗派的

---

〔1〕 宗白华:《新诗略谈》,林同华编:《宗白华全集》,第一集,安徽教育出版社,1994年,第168页。

〔2〕 宗白华、郭沫若、田汉:《三叶集》,林同华编:《宗白华全集》,第一集,安徽教育出版社,1994年,第217页。

〔3〕 闻一多:《诗的格律》,杨匡汉、刘福春编:《中国现代诗论》,上编,花城出版社,1985年,第124—125页。原载1926年5月13日《晨报副刊·诗镌》第7号。

〔4〕 何其芳:《关于现代格律诗》,何其芳:《何其芳选集》,第二卷,四川人民出版社,1979年,第153页。

〔5〕 叶橹:《形式与意味》,王珂、陈卫:《51位理论家论现代诗创作研究技法》,海峡文艺出版社,2012年,第86—87页。

〔6〕 邹绛:《中国现代格律诗选1919—1984》,重庆出版社,1985年,第30页。

领袖。艾青的影响力最大,他曾大力主张诗的"散文美"。1978 年香港出版的司马长风的《中国新文学史》说:"艾青全力倡导诗的散文化,他使散文化的诗,或诗的散文化达到前所未有的高峰。"[1]谢冕在《文艺报》1980 年第 6 期发表了《重获春天的诗歌——评 1979 年的诗创作》,总结 1979 年的新诗创作说:"这一年的诗,不仅是在思想内容上大步迈进,也在艺术形式上产生新气象。诗的形式,更为活泼、多样、宽广。艾青带回了诗的散文美。"[2]穆木天曾结论说胡适是新诗的"最大罪人"。他在 1926 年 1 月 4 日给郭沫若的信中说:"中国人现在作诗,非常粗糙,这也是我痛恨的一点。……中国的新诗的运动,我以为胡适是最大的罪人。胡适说:作诗须得如作文,那是他的大错。所以他的影响给中国造成一种 Prose in Verse 一派的东西。他给散文的思想穿上了韵文的衣裳。结果产出了如红的花/黄的花/多么好看呀一类不伦不类的东西。"[3]1977 年 8 月 5 日周纵策给唐德刚的信中也说胡适阻碍了新诗的发展:"他立志要写'明白清楚的诗',这走入了诗的魔道,可能和那些写极端不能懂的诗之作者同样妨碍了好诗的发展。"[4]因为艾青的诗要有散文美的主张在上个世纪三四十年代和八九十年代对新诗坛产生了巨大的影响,尤其是在 80 年代,他的《诗论》几乎成为诗人写作的教科书,他的极端散文化的自由诗《大堰河,我的保姆》进入教科书被视为经典,产生了广泛的影响。所以今天也可以像穆木天批评胡适那样,把艾青视为新诗的格律诗现代性建设的"最大的罪人"。

但是艾青的诗,尤其是中晚年的诗并不是极端的自由诗。他在 1954 年 7 月 25 日写的《珠贝》就有闻一多倡导的新格律诗的"句的均齐":"在碧绿的海水里/吸取太阳精华/你是虹彩的化身/璀璨如一片朝霞//凝思花露的形状/喜爱水晶的素质/观念在心里孕育/结成了粒粒珍珠"。所以吕进在 1982 年下结论说:"即便主张'散文美'的自由诗人,比如艾青,虽然并没有、也不准备向格律化转化,但他们的诗歌美学有了明显变化。新版的艾青的名著《诗论》中,艾青有一处引人注目的修改。原文:'目前中国新诗的主流,是以自由的

---

〔1〕 司马长风:《中国新文学史》,下卷,昭明出版有限公司,1978 年,第 199 页。

〔2〕 谢冕:《重获春天的诗歌——评 1979 年的诗创作》,张炯:《中国新文学大系 1976—1982 · 史料集》,中国文联出版公司,1990 年,第 48 页。

〔3〕 穆木天:《谭诗——寄沫若的一封信》,《创造月刊》第 1 卷第 1 期,1926 年 3 月,第 86 页。

〔4〕 周策纵:《论胡适的诗——论诗小札之一》,唐德刚:《胡适杂忆》,北京华文出版社,1990 年,第 273 页。

崇高的朴素的散文，扬弃了脚韵与格律的封建羁绊，作为形式。'新版在'扬弃……羁绊'之后添加了如下一句：'加上明显的节奏和大致相近的脚韵。'"[1]艾青后期的自由诗改变了前期那种激进地追求散文美的风格，语言精练，句式简洁，排比整齐，诗体较定型，形成了单纯、朴素、明快、集中的美学风格。

格律诗现代性建设有必要借鉴余光中的观点。他说："今日，多少诗人都自称是在写自由诗，最是误己误人。积极的自由，得先克服、超越许多限制；消极的自由只是混乱而已。'从心所欲，不逾矩'才是积极的自由。所谓'矩'，正是分寸与法度。至于消极的自由，根本就没有'矩'；不识'矩'，也就无所谓是否'逾矩'。即以目前人人自称的自由诗而言，也不是完全自由的，因为至少还得分行，以示有别于散文。然则分行就是一种"矩"了。可是多少作者恐怕从不锻炼自己，所以也就随便分行，随便回行，果真是'随心所欲'，却不断在'逾矩'。我写诗，是从二十年代的格律诗入手，自我锻炼的'矩'，乃是古典的近体与英诗的 quatrain 等体。这些当然都是限制，正如水之于泳，气之于飞，也都是限制，但自由也从其中得来。水，是阻力也是浮力，为溺为泳，只看你如何运用而已。回顾我四十年写诗的发展，是先接受格律的锻炼，然后跳出格律，跳出古人的格律而成就自己的格律。所谓'从心所欲，不逾矩'，正是自由而不混乱之意，也正是我在诗艺上努力的方向。来高雄两年半，只写了四十四首诗，其中写垦丁景物的十九首小品，我只算它一整首。今年年底，我大概会收集这一时期的作品，出一本最新的诗集。目前我希望能多写下列这几种诗：第一是长篇的叙事诗；第二是分段而整齐的格律诗，尤其是深入浅出可以谱歌的那种；第三是组诗，例如以金木水火土的五行来分写一个大主题。"[2]"从心所欲，不逾矩。"正是今日格律诗现代性建设应该采用的基本原则。

"小诗随新诗一同诞生，在早期白话诗歌中，就有胡适、周作人、俞平伯等写的小诗。不过，那时小诗的声音还很微弱。但到了 1921 年，诗人们几乎不约而同地写起小诗来了。……其中成绩最好、影响最大的是冰心和宗白华。是他们把小诗创作推向高潮，奠定了中国新诗这种独特形式的艺术基

---

〔1〕 吕进：《新诗的创作与鉴赏》，重庆出版社，1982 年，第 121 页。

〔2〕 余光中：《四窟小记》，余光中：《余光中散文》，浙江文艺出版社，1997 年，第 314—315 页。

础。"〔1〕"1921年到1924年前后，在日本小诗和印度泰戈尔小诗影响下，中国新诗坛掀起了一阵小诗热。这种小诗，少至一两行，多至四五行，也称为'短诗'、'繁星体'、'春水体'。除冰心出版过小诗集《繁星》、《春水》，宗白华出版过《流云》外，刘大白、王统照、朱自清、徐玉诺等也都创作过不少小诗，《时事新报·学灯》、《文学旬刊》、《晨报副刊》、《小说月报》、《诗》等报刊都为小诗的繁盛创造了条件。"〔2〕

小诗百年来此起彼伏，以一种准定型诗体方式，为新诗诗体现代性建设做出了巨大贡献。除诗体建设本身的贡献外，小诗吸收日本小诗和印度小诗等外国诗体来建设中国特色小诗体的"开放性""洋为中用"的建设方式，也为新诗诗体建设及新诗现代性建设，甚至为中国现代性建设做出了贡献。1921年8月1日《新青年》第9卷第4号发表了周作人译的《杂译日本诗三十首》，主要分为散文诗和小诗两大类。诗体形式与稍后中国兴起的小诗热中的小诗完全相同。如千家元麿的《小诗》中的第二首："黄莺啼着/静静的远远的听到。/我想这静，/甜的静呵！/静即是美。"野口米次郎的《小曲》更是"标准"的"小诗"，以第一首为例："生命是什么：一个声音，/一个思想，黑暗上的光明，——/看呵！空中的鸟一只。"

周作人也由小诗的翻译者成为了小诗的创作者。1921年9月1日《新青年》第9卷第5号的"诗"栏目发表的周作人的《病中的诗》和《山居杂诗》，都是由多首十行左右的小诗组成，《山居杂诗》里的诗六行左右，共七首。1922年周作人认为小诗是现代人抒写现代情绪的"最好的工具"："如果我们'怀着爱惜这在忙碌的生活之中浮到心头又复随即消失的刹那的感觉之心'，想将它表现出来，那么数行的小诗便是最好的工具了。"〔3〕周作人的这个定义仍然可以作为今日小诗现代性建设的基本定义，其中的精华是意识到小诗是现代人的现代诗体。这是小诗近年在东南亚、台湾等地重新兴起的重要原因。"从2003年元旦起，'刊头诗'在泰国、印度尼西亚《世界日报》副刊版同时出现，迄今已有三年七个多月；每日一首，是从未间断过。作为'小诗'的一种新形式(限六行内)的尝试，已通过时间的考验，证明泰华、印华诗人对诗创新形式的要求，以及在六行以内的有限篇幅中，要展现个人内在蕴含的能量，存在

〔1〕 龙泉明：《中国新诗流变论》，人民文学出版社，1999年，第110页。

〔2〕 潘颂德：《中国现代新诗理论批评史》，学林出版社，2002年，第105—106页。

〔3〕 仲密：《论小诗》，杨匡汉、刘福春编：《中国现代诗论》，上编，花城出版社，1985年，第62页。原载1922年6月29日《觉悟》。

着极大的可能性，而大多数诗人也乐于挑战，纷纷尝试，主动投入到‘刊头诗’的写作行列。……在泰华、印华‘刊头诗’写作群中，曾心不仅是率先响应者之一，而且也是一位‘健将’。三年多来，他已创作了近二百首，且已积极凝集泰华‘刊头诗’写作群，成立一个具有激励性、研讨性的‘小诗磨坊’（似沙龙式的俱乐部），在固定场所，做不定期的聚会，研讨六行以内‘小诗’写作的种种艺术性的议题，为‘小诗’写作者探讨理论基础，以期再扩大影响，更上一层楼。”〔1〕“小诗磨坊”近年在海内外产生了巨大的影响，推动了全球性的“小诗热”。

小诗一开始就呈现出强烈的现代品质，写作小诗是现代人的一种日常化生存方式。以宗白华为例，朱自清在《〈中国新文学大系 1917—1927〉·诗集导言》中称：“民十二宗白华氏的《流云小诗》，也是如此。这是所谓哲理诗，小诗的又一派。……《流云》出后，小诗渐渐完事，新诗跟着也中衰。”〔2〕宗白华在《我和诗》中回忆了他的小诗创作的具体过程：“1921 年的冬天，在一位景慕东方文明的教授夫妇的家里，过了一个罗曼蒂克的夜晚；舞阑人散，踏着雪里的蓝光走回的时候，因着某一种柔情的萦绕，我开始了写诗的冲动，从那时以后，横亘约摸一年的时光，我常常被一种创造的情调占有着。……似乎这微渺的心和那遥远的自然，和那茫茫的广大的人类，打通了一道地下的深沉的神秘的暗道，在绝对的静寂里获得自然人生最亲密的接触。我的《流云小诗》，多半是在这样的心情中写出的。往往在半夜的黑影里爬起来，扶着床栏寻找火柴，在烛光摇晃中写下那些现在人不感兴趣而我自己却借以慰藉寂寞的诗句。《夜》与《晨》两诗曾记下这黑夜不眠而诗兴勃勃的情景。”〔3〕1922 年 6 月 5 日《时事新报·学灯》首发了宗白华的 8 首小诗，第一首是：“理性的光/情绪的海，/白云流空，便似思想片片，/是自然伟大么？/是人生伟大么？”“1923 年 1 月 18 日《时事新报·学灯》刊发了宗白华 1922 年 11 月 10 日写的小诗《流云》：宇宙的核心是寂寞，/是黑暗，/是悲哀。/但是/他射出了/太阳的热，/月亮的光，/人间的情爱。//我爱朦胧/我尤爱朦胧的落日。/落日的

〔1〕 林焕彰：《六行、天地宽广——序曾心小诗集〈凉亭〉》，留中大学出版社，2006 年，第 8—9 页。

〔2〕 朱自清：《导言》，朱自清：《中国新文学大系 1917—1927·诗集》，上海文艺出版社，2003 年影印版，第 4 页。

〔3〕 宗白华：《我和诗》，林同华编：《宗白华全集》，第二集，安徽教育出版社，1994 年，第 154—155 页。

朦胧中，/我与宇宙为一。”1923年12月，宗白华将发表的部分诗作及其他一些未曾发表的作品共48首，交由上海亚东图书馆结集出版，小诗集《流云》问世，与冰心的《繁星》《春水》成为小诗史上的经典。

近年海内外很多诗人都写了大量小诗，如傅天虹、曾心、林焕彰、张默、白灵、黄淮、李云鹏等，甚至出现了“汉俳”这样的新诗体。傅天虹出版了《傅天虹小诗八百首》，收入有一行诗、两行诗、三行诗、四行诗、五行诗、六行诗、八行诗和九行诗。他说：“自己特别喜欢小诗，二十多年前创办当代诗坛杂志，我就辟有‘小诗大观的栏目’。”〔1〕《1914—2005中国新格律诗选萃》的“微型格律诗”栏目还收入了他《神像》：“它之所以显得高大/因为我们低下了头”〔2〕。“说起泰华‘小诗’，台湾著名诗人林焕彰功不可没。几十年来他一直痴迷于六行小诗的创作，积累了丰富的艺术经验。2003年元旦起，林焕彰利用他任职于泰国、印度尼西亚《世界日报》副刊的便利，积极开辟了‘刊头诗365’专栏，大力倡导小诗创作，从而延续了1933年林蝶衣《破梦集》出版后断裂了半个多世纪的泰华小诗传统并使其重放光彩。”〔3〕虽然近年出现了小诗热，但是优秀作品并不多，尤其是诗体的现代性建设成绩不大，诗的艺术质量和诗体的创新力度甚至还没有超越80年前的宗白华。甚至小诗的行数应该是多少，至今争论不休。“对于小诗的外在形式，说法不一，周作人认为应是一至四行，罗青主张16行之内，张默主张10行之内，洛夫主张12行之内，林焕彰主张6行之内，也有主张3行之内的，如四川重庆诗人提倡的微型诗。泰华小诗由于林焕彰的倡导其基本形式控制在6行之内。”〔4〕小诗现代性建设必须重视外在形式的建设，尤其要规定具体行数，最严格的行数是一至四行，最多不能超过十行，以五六行最佳。

白灵是近年小诗运动的重要推动者，他到泰国曼谷的“小诗磨坊”讲过学，还在台湾联合多家刊物讨论小诗，《台湾诗学学刊》2014年6期出了“小诗专辑”，发表了白灵、萧萧和李翠瑛论小诗的论文。他的小诗创作及小诗观对

---

〔1〕 傅天虹：《编后小记》，傅天虹：《傅天虹小诗八百首》，中国文史出版社，2009年，第283页。

〔2〕 傅天虹：《神像》，深圳中国现代格律诗学会编：《1914—2005中国新格律诗选萃》，吉林大学出版社，2005年，第477页。

〔3〕 计红芳：《六行之内的奇迹——湄南河畔的“小诗磨坊”》，林焕彰：《小诗磨坊泰华卷2》，世界文艺出版社，2008年，第7—8页。

〔4〕 计红芳：《六行之内的奇迹——湄南河畔的“小诗磨坊”》，林焕彰：《小诗磨坊泰华卷2》，世界文艺出版社，2008年，第8页。

大陆小诗现代性建设有些启示。他在《台湾诗学季刊》1995 年 3 月号以总题为“五行诗”发表了多首小诗，如《掌纹》：“阳光、风雪、哭和笑/兴高采烈地坐进小船，一艘艘/航入运着命的浪涛里/不论划多远，总有几座山远远地/伸出云端，隐约似如来佛的手指头。”白灵大力倡导的是“五行诗”，这首诗确实是五行，但是，如果严格按照标点分行，就是十行，不太严格分行，就是八行。“现代性”的一大特点就是既建立规则又鼓励变通，追求自由与法则的和解。这种“五行诗”的诗体自由而不散漫，颇能体现“现代精神”。2014 年 12 月 8 日，他在台北市台北科技大学接受王觅有关小诗的采访时回答说：“我写诗一开始是写四行的小诗，慢慢地写，受到那个时代的影响。在七八零年代的时候，流行过一阵子的叙事诗，或者长诗，就去写四五百行的诗。写了好一阵子比较长的诗。慢慢地又把诗缩减，到最近这些年来又开始写起小诗来。我发现，在整个时空的流变里，长的诗很容易就不见了，因为没有人有耐心读。你写四五百行的诗，从来没有人会提起，可是你写一个几行的诗，常常会有人提起来。比如现在初中或者高中的课本里的诗，都是不长的诗，甚至很短的诗。这些诗在这个时代，在网络时代的传播里，稍微长一点的诗就很难在网络的同一个空间里出现，都要变成好几页，一般人都没有耐心去阅读。我们写诗时，就发现了你写几十行的诗，别人读起来都没有读您写很小的几行的诗的感觉那么强烈。这是个很大的问题。我这些年就在小诗方面下了些功夫。提倡小诗，是希望让诗的传统，还有它的成果能够代代相传，让新诗形体更轻盈，在群众中更普及。近年我集合了多家诗刊一起办‘小诗专辑’，又办现代小诗书法展，到中南部去展览，还蛮成功的。今天在诗的形式上面恐怕要做一些检讨，尤其是很多人写不了小诗，很多成名的诗人从来不写小诗，也写不了小诗，这种现象不正常。我是 1987 年才意识到写五行诗，可是刚开始不晓得它是五行诗，写下就是五行，后来慢慢觉得五行诗蛮有意思，就形成一种写作习惯，就这样断断续续写，到现在还在写五行诗。我这样解释五行诗：我们不是有五个指头吗？五与十的关系是五行可以变成十行，十行也可以变成五行，就看你怎么排列。我希望能够把很浓的情感，经过慢慢地删减，最后浓缩到能够在五行的掌控下。五行又跟金木水火土，跟五脏有关系，五色、五音，全部都是五，不知道为什么啊！只是知道在这么短的语言中能把一首诗写得还算完整，让人家有所感，让人觉得像这样的东西能够把很多的东西放进来，让人无可挑剔。我觉得这也是对自我的挑战，也是一种本领。但是写成十行就很简单，写成十行它已经够长了，对我来讲，能够把它缩到五行，就变得很有意思。如来佛不就是用五根指头把孙悟空挡在前面吗？我们心灵就像孙悟空，应该用更简短的诗的形式把自己挡住。”[1]由白灵的经验可以看出，小诗行数的多少并不是随心所欲地界定的，需要有来龙去脉，尤其是需要有文化传承。“想象一种语言就意味着想象一种生活形式。”[2]如果说自由诗的诗体自由是人的自由精神的诗体呈现，小诗诗体中准定型诗体的在限制中有自由的诗体形式，可以呈现出现代人推崇的循序感和自由欲有机结合的生活方式与现代社会，尤其是现代政治追求的宽松而有节制的上层建筑的生存方式。这正是小诗现代性建设在文体学意义之外的政治学、伦理学意义。

与小诗相比，长诗现代性建设更偏向于诗体的限制。今日长诗诗人应该记住闻一多的话：“我觉得布局 design 是文艺之要素，而在长诗中尤为必要。因为若是拿许多不相关属的短诗堆积起来，便算长诗，那长诗真没有存在底价值。有了布局，长篇便成一个多部分之总体，a composite whole，也可视为一个单位。宇宙一切的美——情绪的美，艺术的美，都在其各部分间和睦之关系，而不单在其每一部分底充实。诗中之布局正为此和睦之关系而设也。”[3]除重视长诗的结构外，还应该像 80 年前的朱湘那样重视长诗的技法，提高创作的难度。想“用叙事诗的体裁来称述华族民性的各相”[4]的朱湘用现代手法写传统题材，交织使用四行、五行、十行三种章法，写出了用韵讲究，结构精致的七大段近千行的《王娇》。近年大陆中年诗人写的长诗，尤其是革命题材或主旋律题材的长诗，大多是“颂歌”，缺乏“诗人的主体性”；叙事成分太多，缺乏“诗的抒情性”。所以长诗现代性建设要加强诗人的主体性建设和诗的抒情性建设。

散文诗现代性建设与长诗现代性建设相反，偏向于诗体的自由甚至解放。如世界第一部散文诗作品集《巴黎的忧郁》的作者、世界现代诗歌的鼻祖波德莱尔所言：“‘在我们一生许多企望的瞬间中，谁不曾梦想过一种诗式散文的奇迹呢？无韵无律的音乐性，既柔软粗犷，易于适应种种表达：灵魂的抒放，心神的悸动，意识的针刺。’自从波特莱尔在其集子 Petites poèms en

---

[1] 王觅采访白灵录音，未刊稿。

[2] [奥]维特根斯坦：《维特根斯坦全集 8 哲学研究》，涂纪亮主编，涂纪亮等译，河北教育出版社，2003 年，第 14 页。

[3] 刘烜：《闻一多评传》，北京大学出版社，1993 年，第 80 页。

[4] 钱光培、向远：《现代诗人及流派琐谈》，人民文学出版社，1982 年，第 145 页。

Prose 序中发出上述的申诉之后，散文诗 Poème en Prose 这一个文类，作为一种刻意追求的表现形式，便不胫而走，被全世界的诗人应用着发挥着。"[1]"自民初白话新文学勃兴，包括沈尹默、刘半农、焦菊隐、鲁迅……等人开创散文诗以来，历经台湾当代诗人纪弦、商禽、管管、渡也、杨泽、杜十三等人的续予开拓，散文诗(poème en prose) 做为一个独立且自具特性的文类(genre)，已获得诗坛相当的共识，虽然对于它的命名或有争议，但是今天看来，它做为一个诗的类型已是不争的事实。在台湾中生代诗人中，刻意经营散文诗这一文类的苏绍连则是相当具代表性的一位，在他迄今出版的十部诗集中，光是散文诗集就有三本：《惊心散文诗》(1990)、《隐形或者变形》(1997)、《散文诗自白书》(2007)，收录了总数二五一首散文诗作，单就创作数量而言，现代诗坛恐无出其右者；或亦缘于此故，苏绍连在台湾现代诗坛始终被定位为代表性的'散文诗诗人'——虽然他的成就不限于散文诗作。"[2]"散文诗，其名甚谬，驳之者众，然众说纷纭，至今尚未有一切实可用的新名称。因其形式有别于'分行诗'，故我建议不妨称之为'分段诗'。"[3]散文诗现代性建设要坚持散文诗是诗的一种独特诗体的原则，如白灵所言："散文诗基本上是以散文的形式写出来的诗，它基本还是诗。我自己写过一些散文诗，我觉得散文诗是蛮可以发展的。因为它比诗分行的形式更自由，而且更不容易隐藏。如果它是诗，读起来就不会像散文。我觉得这方面是很可以期待的。大陆的散文诗基本上写出来跟台湾的散文诗写出来好像不太一样。可能是因为认知上的不同。台湾很多诗人的散文诗写得很好。比如像商禽、苏绍连。散文诗是一种很奇特的诗的一个形式。"[4]还要确定出散文诗的基本要素：丰富的想象、优美的语言、新颖的意象、跳跃的情节、生动的情景、细致的抒情、简洁的叙事、准确的描写、灵活的句式和精致的结构等。大陆散文诗现代性建设要改变今日流行的散文诗比诗好写的观念，要接受台湾的观念——散文诗不但是诗，而且是诗中的精品甚至极品，只有优秀诗人才敢写散文诗。2015 年 1 月 24 日，苏绍连在台中市接受王觅的采访时说："台湾和大陆的散文诗不太一

[1] 叶维廉：《散文诗——为"单面人"而设的诗的引桥》，叶维廉：《叶维廉文集》，第五卷，安徽教育出版社，2004 年，第 222 页。

[2] 孟樊：《苏绍连的散文诗》，北京大学新诗研究所、首都师范大学中国诗歌研究中心：《中国新诗：新世纪十年的回顾与反思——两岸四地第三届当代诗学论坛论文集》，第 133 页。

[3] 罗青：《从徐志摩到余光中——白话诗研究》，第一册，尔雅出版社，1988 年，第 248 页。

[4] 王觅采访白灵录音，未刊稿。

样，大陆的散文诗是与诗分开的。但是台湾的散文诗就是诗，没有分开。散文诗最重要的文体特征就是'不分行'，它只是分段但没有分行。虽然写下来就像散文一样，但是它注重诗的本质，如音韵、意象，尤其重视想象空间。所以散文诗本质上是诗。"[1]只有这样，大陆散文诗才能在诗国中取得合法地位，才能完成现代性建设。

虽然图像诗源远流长，但是它更是一种在现代诗歌运动中产生的现代诗体，是人的创新精神及喜新厌旧的本性、文体的革命潜能及质文代变的天性和社会的进化意识及与时俱进的本性结合的产物，也是人的语言思维与图像思维在现代社会完美结合的结果。以西方图像诗的代表诗体具象诗为例，它既指在古代的一种特殊诗体图案诗，更指西方现代诗歌运动中出现的一种现代诗体。"具象诗(concrete poetry)是近来对古代的一种称为图案诗(pattern poetry)的诗体的称谓，那是一种在页面上呈现诗的视觉外形的实验。最早由公元三世纪的一些希腊诗人创作，这些诗的诗形与诗描述的事物相似。在文艺复兴时期和 17 世纪，一些诗人通过长短不一的诗行来形象地再现诗中描写的物体的外形，通过印刷形式来造成图案的诗作，著名的例子是乔治·赫伯特的《复活节的翅膀》和《圣坛》。"[2]"现代诗人已经利用诗的视觉特性进行了更加激进的实验。形体诗用诗行排列组合成一个图案。……具象诗诗人，通常只采用很少的几个单词，通过字母的安排赋予诗的意义。"[3]"具象诗(concrete poetry)('具象'(concrete)一词来源于拉丁语，意为'一起成长'(to grow together))是一种通过印刷安排或者打字选择来表达与诗的语言意义相互依存的或者超出诗的语言意义的诗。"[4]法国诗人阿波里奈尔、美国诗人肯明斯、俄国诗人马雅可夫斯基是致力于图像诗现代性建设的重要诗人。

以曾经凭借"楼梯体"影响了中国新诗的马雅可夫斯基为例。"马雅可夫斯基的诗的特征被强调的地方，就在于马雅可夫斯基把一首诗打散成好几

---

〔1〕 苏绍连、王觅：《文体多样和技术多元的新诗实验者》，《创作与评论》2015 年第 3 期，第 107 页。

〔2〕 M. H. Abrams. A Glossary of Literary Terms. 外语教学与研究出版社，2004 年，第 44 页。

〔3〕 David Bergman，Daniel Mark Epstein. The Heath Guide to Literature. Toronto：D. C. Heath and Company，1987. p. 652.

〔4〕 Jack Myers，Michael Simms. The Longman Dictionary of Poetic Terms，New York：Longman Inc. ，1989. p. 62.

行，突出其中要紧的词，使它不和其余的诗行混淆在一起。俄罗斯文学中的大部分诗篇作品，都是用另外一种写诗方法——音节和音调的写诗方法来写作的，这种写诗方法是以重音和非重音音节的正确交替为基础的。”[1]“他处理他底字与字典，有如一个依照自己的规律去工作而不顾技艺高与否的大胆的匠手，……他有自己的造句法，自己的意象，自己的韵律与韵。玛雅科夫司基底艺术的图形几乎是重要的。”[2]正是俄语诗歌的现代性运动培养出了马雅可夫斯基。“由于新流派相继出现和他们对革新诗歌的努力，20 世纪初期俄国诗歌到 1917 年革命前已经面目一新。‘现代主义’（象征派、阿克梅派、未来派）取代了 19 世纪的批判现实主义，成了当时俄国诗歌的主流。诗歌艺术，包括诗行结构、诗形象、韵律等方面，都有许多进展；艺术联想扩大和更新了，体裁的界限扩展了，各种体裁之间的相互关系起了变化；……这些成就主要应归属于现代主义各派，所以现代派艺术在当时被称为‘新艺术’，现代主义的种种革新实验被认为是对诗歌艺术的革命性改造。”[3]1911 年的俄国未来主义运动中的诗人们甚至决定与传统诗歌决裂。“只有我们才是我们时代的面目。时代的号角由我们在语言艺术中吹响，过去太狭小了。科学院和普希金比方块字更费解。把普希金、陀思妥耶夫斯基、托尔斯泰及其他等等从现代的轮船上抛出去。”[4]

新诗图像诗受到古代汉诗的形异诗影响，更受到西方现代图像诗的影响。“中文表意文字是综合性的。一眼就能看到呈现眼前的事物的画面。西方表意文字是分析性的，是借助一系列推论而得出的一种概念。”[5]“1919 年左右，美国名诗人艾芝拉·庞德（Ezra Pound）承着 Fenollosa 论中国文字作为诗的媒介一文，说：‘用象形构成的中文永远是诗的，情不自禁是诗的，相反的，一大行的英文字都不易成为诗。’”[6]用汉语写图像诗有得天独厚的条

---

〔1〕［俄］契尔柯芙卡雅：《苏联文学理论简说》，王仲明译，上海文艺出版社，1954 年，第 59 页。

〔2〕［苏联］特罗茨基：《未来主义》，李霁野、韦漱原译，《莽原》第二卷第十期，北京未名社编，1927 年 6 月 25 日，《莽原》第二卷合订本，上海图书馆 1983 年影印，第 460 页。

〔3〕许贤绪：《20 世纪俄罗斯诗歌史》，外语教育出版社，1997 年，第 3 页。

〔4〕许贤绪：《20 世纪俄罗斯诗歌史》，上海上海外语教育出版社，1997 年，第 77 页。

〔5〕［法］保尔·克洛代尔：《西方的表意文字》，蔡宏宁译，乐黛云、李比雄：《跨文化研究 13》，上海文化出版社，2003 年，第 73 页。

〔6〕叶维廉：《语法与表现——中国古典诗与英美现代诗美学的汇通》，叶维廉：《叶维廉文集》，第一卷，安徽教育出版社，2004 年，第 76 页。

件,但是古代汉诗的图像诗并没有西方发达。“古者庖牺氏之王天下也,仰则观象于天,俯则观法于地,视鸟兽之文与地之宜,近取诸身,远取诸物,于是始作易八卦,以垂宪象。及神农氏结绳为治,而统其事,庶业其繁,饰伪萌生。黄帝之史仓颉,见鸟兽蹄迒之迹,知分理之可相别异也,初造书契,……。仓颉之初作书,盖依类象形,故谓之文;其后形声相益,即谓之字。文者物象之本,……。一曰指事;指事者,视而可识,察而见意,上、下是也。二曰象形;象形者,画成其物,随体诘诎,日月是也。”[1]“汉字先天就具备象形基因与方块特质,以汉字作为创作工具的汉诗,理论上应该最容易发展出图像诗来,但因为古代汉诗从东汉末《古诗十九首》以后就朝向五言、七言的整齐形式发展,再加上古代书籍的印刷形式每一行从头到尾字字衔接、填满换行的习惯,于是便错过了随物赋形、图形写貌的图像诗的发展契机,中间虽然有过回文诗、织锦诗、神智体等形式,但毕竟是游戏成分居多,无法唤醒潜藏在汉字中的图像灵魂。新文学发生后,新月派闻一多主张的‘音乐美、绘画美、建筑美’的诗歌三美说曾经使图像诗的发展出现一丝契机,可惜他所主张的建筑美仍然是‘节的匀称’和‘句的均齐’,将诗排列成工整方正,外形像正方形或长方形的‘豆腐干’,所以契机再度消失,反而受到立体主义影响的徐志摩在《泰山》等诗中有过具体的图像表现,但无以为继,仍是昙花一现。一直到詹冰透过日文,接受了西方立体派、未来派的影响,开始实验图像诗,并进而开启台湾现代诗的图像诗风潮后,台湾现代诗开始发展出普遍而深刻的图像技巧。图像诗及其所赖以创作的图像技巧的全面渗透与深度内化,在过去几十年中,已经成为台湾现代诗的一大特色,这个特色对现代汉诗,乃至于对整个三千多年的汉诗而言都极具创新价值,因为除了字‘音’所表现的节奏美感与字‘义’所表现的深刻诗境外,图像技巧诉诸视觉暗示所展现的‘形’体(文字本身的形体,或文字排列所造成的形体)的深度义蕴与美学效应,是其他现代汉诗与古典汉诗从来都不曾有过的。也就是说,图像诗以其所运用的图像技巧,唤醒了潜藏在由象形文字发展而成的汉字中的图像灵魂,使得现代汉诗在以汉字作为创作工具时,史无前例的真正发挥了汉字形音义的完整功能。”[2]

图像诗现代性建设要充分利用汉字的象形特质。“事实上,在七〇年代,对于诗坛所流行的图像诗,有些评论家就已经作出深沉的观察。袁鹤翔先生

---

〔1〕 [汉]许慎:《说文解字》,中华书局,1963年,第314页。

〔2〕 丁旭辉:《象形指事、图像技巧的理论接轨与图像诗体学的建立》,《河南社会科学》2008年第8期,第10—11页。

在《中外文学》里说道:'西文语言缺乏图形性,故西诗必须从字距结构安排与意象字的结合来造成形、声、意的综合效果……相反地中国文字本来就具有图像性,形、声、意俱在文字之中,故不须依赖形式上'故意'的安排来达到预期的效果。……刻意在形式上追求西化的诗句,反而常有东施效颦的恶果。'"[1]"张汉良说:'这种视文字本身为对象(object),而非后设(meta—)的语言系统,正是具体诗最充分的理论系统,这也惟有象形的中国文字才能做到的。'"[2]

图像诗现代性建设不能过分推崇图像思维在诗的创作中的作用和图像在诗中的价值。近年大陆已有诗人专门从事图像诗创作,如尹才干和黄文科。2015 年 7 月,大陆还出现首届图像诗大奖赛。"首届'中国图像诗歌'大赛组委会、广安市文艺评论家协会、武胜县文艺评论家协会联合举办了首届'中国图像诗歌'大赛诗歌征集评选活动。该活动自今年 3 月 13 日启动以来,至 5 月 30 日 24 时止,共收到来自国内外的应征作品 1 616 件,经评审委员会认真的初评、复评和终评,最终评选出了 44 件获奖作品。"[3]

大陆图像诗要借鉴台湾图像诗的经验与教训。"台湾现代诗的形式游戏得以高度发展的原因,除了受到西方康明思(E. E. Commings)、庞德(Ezra Pound)、阿保里奈尔(Guillo-Sume Apollinaire)等诗人的影响外,中国文字本身的图像性也提供了沃土……台湾现代诗是从很早就发展图像诗的,如詹冰《水牛》、《三角形》,林亨泰《风景》、《车祸》、《房屋》,白萩《流浪者》、洛夫《长恨歌》等。"[4]"台湾现代诗人中,最早创作图像诗的应属詹冰。1943 年,他为了实验如何能使文学作品可以像绘画、音乐般无国界限制而能使'世界通用',首次写了《Affair》、《自画像》二首图像诗……《绿血球》是詹冰的第一本诗集……在《绿血球》中,还有二首图像诗:《插秧》和《雨》……1955 年,他写了《蝶与花》,但并未发表,直到 1978 年才附在《图像诗与我》中发表……1966 年,詹冰在《笠》诗刊发表了两首著名的图像诗作:15 期发表《水牛图》(1966

[1] 简政珍:《结构与空隙》,简政珍:《当代诗与后现代的双重视野》,作家出版社,2006 年,第 200 页。

[2] 简政珍:《结构与空隙》,简政珍:《当代诗与后现代的双重视野》,作家出版社,2006 年,第 201—202 页。

[3] 广安日报:《首届中国图像诗歌大赛获奖名单揭晓》,2015 年 7 月 10 日《广安日报》第 6 版。http://blog.sina.com.cn/s/blog_4b1702fa0102vnfe.html.

[4] 曾琮琇:《戏耍与颠覆——论 80 年代以降台湾现代诗的形式游戏》,郑慧如:《台湾诗学学刊》第 9 号,唐山出版社,2007 年,第 60—61 页。

年10月15日,2—3),16期发表《三角形》(1966年12月5日,5)。1967年,在《笠》诗刊20期,他又发表了《二十支的试管》(1967年8月15日,2—3)。其中《水牛图》与《二十支试管》收入1986年出版的詹冰第二本诗集《实验室》……1975年,詹冰又写了《山路上的蚂蚁》,虽然是童诗,但仍不失为图像诗的佳作。在理论上,他认为图像诗是'诗与图画的相互结合与融合,而可提高诗效果的一种诗的形式。'对于汉字在图像诗创作上的优点,他说:'我国文字是一种象形文字。最适合做图像诗的工具。这一点对写图像诗的我国诗人,比起外国人是有利而幸运的。我想中国图像诗的前途是无可限量的。'不过他同时也说:'要写图像诗必要有适于图像诗的诗材,才可写出成功的图像诗。不然的话,是徒劳无功的。所以图像诗'先天失调'及'后继无人,而不了了之'的原因也在这里。我想今后若遇到有适于图像诗的诗材,仍可以写出成功的作品。由此可见詹冰虽然在理论上著墨不多,但他对汉字图像特质的认识是非常深刻的,对图像诗的发展则是悲观中有乐观的期待。悲观是基于现实的,因为詹冰说这话是1978年,70年代末到80年代初正是图像诗的低潮期;乐观则是来自对汉字的高度理解与信心,而这乐观果然在不久后实现了。80年代中期以后,台湾现代图像诗便生机蓬勃地发展开来了,洛夫、罗门、非马、杜国清、萧萧,罗青、苏绍连、杜十三、陈黎、罗智成、陈建宇、林耀德、罗任玲、颜爱玲等前行代、中生代与新生代的图像诗作者,以大量而优秀的图像诗作品,将詹冰、林亨泰、白萩撒下的种子,灌溉出一座花园锦簇的图像诗花园。"[1]"质疑图像诗的声浪却未曾间断,'文字游戏'成了理所当然的众矢之的。罗青认为图像诗无法处理叙事题材及抽象思维过多或过于繁复的神思,'在字体的大小上做实验'、'用符号代替文字'、'把一个字重复多次,以显其众'的方式是'多此一举'或'不足为训'的;余光中批评图像诗人'不追求灵视的意境,却太追求目视的物象,甚至纸上的字形,舍本逐末,可说已到了绝境。我们不要忘记,诗不但可看,更应可听,但是许多诗人的耳朵显然已经退化。'"[2]

直到今天,台湾新诗理论界对图像诗的评价也不高。2014年12月6日,王觅在台北纪州庵文学森林采访台湾诗人、诗史家杨宗翰。王觅问:"如何看

---

[1] 丁旭辉:《詹冰图像诗研究》,萧萧:《台湾诗学季刊》第33期,唐山出版社,2000年,第109—110页。

[2] 曾琮琇:《戏耍与颠覆——论80年代以降台湾现代诗的形式游戏》,郑慧如:《台湾诗学学刊》第9号,唐山出版社,2007年,第62页。

待诗歌中的图像性，是新诗的一种良性的发展，或是一种怪胎？您写过图像诗吗？您对台湾的图像诗热有何评价？”[1]杨宗翰回答：“我对图像诗的评价并不高，写得好的很少。图像诗写作不是想象中那么容易，不是拿几个文字当色块、或是色彩随意在这个稿纸（或计算机屏幕上）涂鸦这么简单。图像诗有它非常严谨的要求，我认为在台湾没有太多成功的例子，其实我对图像诗的发展比较悲观，个人看好的反而是散文诗。”[2]2014 年 11 月 30 日，王觅在台北市台北教育大学采访了台湾诗人和诗论家林于弘。王觅问：“在新诗创作中，除语言思维外，您用过图像思维吗？您认为图像思维会在新诗创作中越来越重要吗？”[3]林于弘回答说：“有可能，但不一定，看你的要点是放在图像上还是意义上。如果放在意义上，那在意义这块，语言思维保留的就比较多。但如果你把它导引向图像，就是图像思维更多。但文字本身如果是抽象的艺术，其实它照说应该是往抽象的那边走，就不应该回到具象这边。”[4]王觅又问：“你们一代人更多是看着书长大的，现在新的一代人更多是看着电视长大的，即在各种图像信息中长大的，两代人在思维方式上有差异，后者有更好的图像思维，前者有更好的语言思维。您是否认为新一代诗人因为图像思维在新诗创作中会更关注图像甚至色彩？即更向诗的绘画美方向发展？”[5]林于弘回答说：“这个是有可能的，但也有它的难度。因为文字它基本上是2D的，写在纸本上，它不可能立体化，你如果要全然的立体化，就会走向所谓的网络文学那一块，结合声光、视听、音乐、颜色的变化。我们现在仍执着在纸本上，基本上跟三千年前的创作是没有太大差异的，未来会不会有新的形式的可能，我觉得有这样的可能。但传统的形式会不会被改变，也有可能，但短期内应该还不至于改变。”[6]

---

〔1〕 杨宗翰、王觅：《与台湾新诗与评论的历史对决》，《创作与评论》2015 年第 1 期，第 125 页。

〔2〕 杨宗翰、王觅：《与台湾新诗与评论的历史对决》，《创作与评论》2015 年第 1 期，第 125 页。

〔3〕 王觅、王珂：《新诗创作研究需要新观念新方法——林于弘教授访谈录》，《晋阳学刊》2015 年第 5 期，第 9 页。

〔4〕 王觅、王珂：《新诗创作研究需要新观念新方法——林于弘教授访谈录》，《晋阳学刊》2015 年第 5 期，第 9 页。

〔5〕 王觅、王珂：《新诗创作研究需要新观念新方法——林于弘教授访谈录》，《晋阳学刊》2015 年第 5 期，第 9 页。

〔6〕 王觅、王珂：《新诗创作研究需要新观念新方法——林于弘教授访谈录》，《晋阳学刊》2015 年第 5 期，第 9 页。

林于弘提到的网络文学，尤其是网络诗近年在大陆发展极快，成为新诗诗体建设必须关注的一类诗体。1997年8月，在我任会务组组长的“武夷山国际现代汉诗研讨会”上，我第一次听到“网路诗”这个名称。居于美国的华文诗人、诗论家杜国清提交的论文题目是《网路诗学：21世纪展望》。他认为：“国际网络世界形成了一个资讯共有、人人平等的大同世界（commom-wealth）。就诗的创作而言，网络世界具有最大的言论出版自由和想象变幻的乐趣。”[1]由大陆学者王光明写的《20世纪中国诗歌的反思——“现代汉诗国际学术研讨会”述要》还很低调地评价说：“杜国清（美国加州大学）提出了‘网路诗学’的设想，他在《网路诗学：21世纪汉诗展望》的论文中，从创作、构思、想象、意象、象征等方面探讨了网络诗学一些特殊性格和诗的效用。他认为这是新的创作和出版同时完成的超时空写作方式，不仅能更好地进入刘勰所言的‘收视反听，耽思旁讯，精骛八极，心游万仞’的想象世界，而且能‘充分发挥音乐性、绘画性、意义性高度展现的三D效果，达到形音义一体的诗的至高理想’。……最后他还提出：汉字文化的思考方式，并不因科技的发展而落伍，反而与电脑越来越倚重图像的表现方式更加接近。因为，‘汉诗由汉字的排列组合而成，与电脑网络上的虚拟世界以映象不断变幻的表现在结构原理上并无二致’。这种充满激情的观点显然简化了后工业社会许多复杂的问题，但电脑时代对人的生活和想象方式的改变，以及对诗歌写作的正负面影响，的确值得深思。”[2]

2001年，网络诗受到理论界重视。2001年夏天，北京师范大学文艺学研究中心成立时，我在其网站上以《现代汉诗研究新动向——网络诗学受到重视》介绍了网络诗学。《诗探索》2001年1—2辑发表了桑克的《互联网时代的中文诗歌》。2003年12月16日，首都师范大学中国诗歌研究中心举办中国首届“新媒体与当代诗歌创作”研讨会。《河南社会科学》2004年第1期发表了参会的四人的一组关于网络诗的笔谈。《新华文摘》2004年第5期转摘了吴思敬的《新媒体与当代诗歌创作》和我的《网络诗将导致现代汉诗的全方位改变——内地网络诗的散点透视》。2005年11月，安徽马鞍山召开了第一届中国诗歌节，网络诗歌首次成为大型诗会上的热门话题。早在1997年，我就认为网络诗将对新诗的诗体建设，特别是诗形建设产生巨大影响。在2003

[1] 王光明：《现代汉诗的百年演变》，河北人民出版社，2003年，第685页。
[2] 王光明：《现代汉诗的百年演变》，河北人民出版社，2003年，第684—685页。

年，我甚至预言网络诗将导致现代汉诗全方位改变，其中的一大改变就是诗体形式的改变。今天看来，这种预言过分乐观。尽管出现了博客诗、微博诗、微信诗等网络诗热潮，但是更多的是传播方式而不是书写方式的改变，一大原因是极少有人把网络诗当成新诗的一种诗体来进行现代性建设，尤其是没有诗人如百年前未来主义诗人重视人与机器那样，探讨科技与诗歌、机器与诗人在现代社会的复杂关系。这两者才是今日网络诗现代性建设需要解决的基本问题，还要针对不同的传播方式来构建诗体，如微信与微博、电脑与手机传播信息的方式不同，微信诗与微博诗、电脑诗和手机诗的现代性建设就应该有差异。

随着“跨界写作”的流行，新诗界出现了一种新诗体跨界诗。主要指诗与音乐、美术等其他艺术门类的融合。如台湾近年流行“诗配画”。近年在“诗配画”上成绩颇丰的台湾女诗人林明理说：“古人讲‘言不尽义’‘辞不达意’。有时候一首诗里诗人想象的东西如果用字词表达，每个人欣赏的角度不一样，读者就无法理解。配上画可以让读者更好地理解诗。……我的画如同刊登在诗上的旁白，看过的人大部分会说画中也有诗的意境，不是随便分开的。追求诗画合一是我创作中的最高理想。”[1]曾致力于跨界诗创作的白灵称杜十三是台湾现代诗“打破边界”的急先锋。他这样评价杜十三：“杜十三跟我一起在1985年搞诗的声光。他发展得更激进，他去搞造型艺术、景观艺术，还有一些绘画创作，还有人体艺术。这跟他的个性、身世和职业有关系。我们因为只是在诗跟声光之间、影音之间、网络之间跳来跳去。他是从这个领域不断地跳到各个不同的领域，他跨界的跨度非常大。他搞过戏剧，搞过大型的景观艺术，办过很多的各式各样的活动。这样的跨界他为什么走向急先锋，他急着从左脑大跨步地跨向右脑，是打破框框的举动。我觉得这样的趋势之所以叫急先锋，就是因为大家都不认同甚至排斥他，写诗的说他不是写诗的，搞艺术的说他不是搞艺术的，搞造型的说他不是搞造型的。每个人看他又搞这个又搞那个，就没有一个人接纳他，他很孤独。这是一个很有趣的现象。就是因为以前没有‘跨领域’这个名词，‘跨领域’这个名词是最近十年大家才认知到，以前都叫‘多媒体’，以为‘多媒体’就只是相互影响，可是不是，他是跨领域，他是跨到各个不同的领域，当‘跨领域’这个名词出来，人们

〔1〕 林明理、王觅：《新诗是连接学院与江湖、大陆与台湾的彩虹桥》，《创作与评论》2015年第2期，第121—122页。

才承认了他。名词很可怕，一旦那个名词出现以后，那个人做了的事情才会被承认，那个名词没出来以前，大家就认为他是个怪物。语言很可怕，语言可以把一件事情说清楚，可是又会限制住。正是因为'跨领域'这个词出来，回头大家才认识这个人，认为他是急先锋。可是之前很多人都认为他不行，给他一个形容是'样样通样样松'。因为你跨到这个领域来，你就应该好好搞。可是他没有，他又跨到了另外一个领域。跨到另外一个领域，别人也认为他应该好好搞，可是他又没有。他也会创作音乐，他也写歌词，也搞戏剧，搞得大多了。这就是他的全能。"〔1〕跨界诗现代性建设要如白灵所言，跨界诗诗人不能"样样通样样松"，要适当坚持"隔行如隔山"的旧观念，又不能因为这个观念阻碍诗人的"创体"行为。

生于1985年的廖亮羽是台湾今日最活跃的青年诗社风球诗社的社长，她在2011年总结说："早期新世代诗人因在资讯环境快速发展的时代，一心打破边界，模糊掉界线，拥有超越各种主义或无国界理论的创作意识，是那时的新世代诗人非常焦虑而积极实践的创作主轴，因而衍生了影像诗、动漫诗、身体诗、同志诗、情色诗、数位诗、图像诗……等等要跨越界线的创作。……而在这个连读者都能轻易跨界变身为创作者，来将原创作品依个人看法，在网路上径行修改为自己理想中作品发布给网友见证的时代，以及成长于边界，而与边界融为一体或本身都是随时在开创边界或取消边界的新世代，都已让七年级诗人不再面临到有那么庞大的边界有待跨越，转而关注其他议题。"〔2〕鸿鸿是廖亮羽所指的早期新世代诗人中致力于跨界写作的代表诗人。他1964年生于台南，毕业于台湾艺术学院戏剧系，身兼数职，是诗人、编剧、导演、演员。写过诗、小说和影视剧本，出版过诗集《与我无关的东西》《在旅行中回忆上一次旅行》《黑暗中的音乐》。他还任《现代诗》《现在诗》主编，在2008年创办了《卫生纸＋》诗刊。《卫生纸＋》诗刊至今还非常活跃。鸿鸿富有跨界意识的写作丰富了现代诗歌的功能，但是过度的跨界写作使他喜欢采用直接的抒情方式，缺乏必要的诗体意识。

跨界写作近年在大陆并不流行，诗坛出现了多位诗人画家，还出现了多次"诗人画展"。这些并不能说明诗与画的跨界已经成功了。有一些诗人本身就是画家，如吕德安。但是诗人与画家的双重身份确实影响了诗人的新诗

〔1〕 王觅采访白灵录音，未刊稿。

〔2〕 廖亮羽：《快乐的读一本年轻诗人诗选集》，谢三进、廖亮羽：《台湾七年级新诗金典》，秀威资讯科技股份有限公司，2011年，第27—29页。

创作，使他们的诗出现了跨界诗的一些特征，如从诗的语言中可以看到绘画语言的影子，语言呈现的画面感强烈。与美术相关的跨界诗可以具体为“诗配画”“诗画诗”“画诗”，与音乐相关的跨界诗可以具体为“诗配音”“音乐诗”“音诗”。跨界诗现代性建设要落实到每一种具体的诗的建设上，要强调“以诗为本”和“跨界有界”的原则。

百年新诗一直存在诗体之争，艾青、郭沫若、废名等倡导自由诗，闻一多、何其芳等倡导格律诗。今天的新诗诗体现代性建设不仅要处理好文体外部的古代与现代、外国与中国的复杂关系，更要处理好文体内部的文体自由与自律、诗体自由化和格律化的复杂关系。现代人既是自然人也是社会人，现代政治需要宽松而有节制的上层建筑，现代文体也要既宽松又有节制。2013年9月8日，我参加在山东大学威海分校举办的21世纪现代诗第七届研讨会，看见主张“自由体”的吴思敬与主张“共律体”的中国现代格律诗研究会会长黄淮坐在一起，相互欣赏。在9月9日的闭幕词中，吴思敬还高度肯定了黄淮等诗人在新格律诗创作中的成绩。因为吴思敬主张的不是极端的诗体自由，他推崇的是诗的自由精神：“‘自由’二字可说是对新诗品质的最准确的概括。这是因为诗人只有葆有一颗向往自由之心，听从自由信念的召唤，才能在宽阔的心理时空中任意驰骋，才能不受权威、传统、习俗或社会偏见的束缚，才能结出具有高度独创性的艺术思维之花。而对废名‘新诗应该是自由诗’的理解，恐怕也不宜把‘自由诗’狭隘地理解为一个专用名词，而是看成新诗应该是‘自由的诗’为妥……这里所谈的与其说是一种诗体，不如说是在张扬新诗的自由的精神。”[1]吴思敬十分赞赏蔡其矫的直率：“2005年在广西玉林举行的一次诗歌研讨会上，一位记者向老诗人蔡其矫提出了一个问题：‘如果用最简洁的语言描述一下新诗最可贵的品质，您的回答是什么?’蔡老脱口而出了两个字：‘自由!’蔡其矫出生于1918年，他在晚年高声呼唤的‘自由’两个字，在我看来，应当说是对新诗品质的最准确的概括。”[2]

谢冕2012年4月20日接受记者采访说：“现在很多诗歌没有章法，其实诗歌是最讲规则的文体。”[3]蔡其矫和谢冕的说法都有一定的合理性，都有

[1] 吴思敬：《新诗：呼唤自由的精神——对废名“新诗应该是自由诗”的几点思考》，《文艺研究》2011年第3期，第37页。

[2] 吴思敬：《自由的精灵与沉重的翅膀——中国新诗90年感言》，吴思敬：《吴思敬论新诗》，中国社会科学出版社，2013年，第37页。

[3] 王庆环：《请维护诗歌的尊严》，《文摘报》2012年5月1日第8版。

助于新诗现代性建设。刘勰在古代就得出诗有常体且只应该有常体而不是定体的结论："夫设文之体有常，变文之数无方，何以明其然耶？凡诗赋书记，名理相因，此有常之体也；文辞气力，通变则久，此无方之数也。名理有常，体必资于故实；通变无方，数必酌于新声；故能骋无穷之路，饮不竭之源。然绠短者衔渴，足疲者辍途，非文理之数尽，乃通变之术疏耳。故论文之方，譬诸草木，根干丽土而同性，臭味晞阳而异品矣。"[1]今日新诗一定要有这样的"现代意识"：诗体是新诗文体之本，百年新诗的最大问题就是文体建设问题，即诗体建设问题，最大遗憾就是没有建设起相对稳定的诗体。因此今日的新诗现代性建设要重视新诗文体现代性建设，新诗文体现代性建设要重视新诗诗体现代性建设。2015年8月14日《晶报》发表了《流沙河：新诗不耐读是因为没秩序》，文章披露说2015年4月，一场在北京举行的诗歌朗诵比赛邀请流沙河做评委，被他推辞掉。流沙河说："我对新诗有不同的意见。在那种场合，我不讲出来是违心，讲出来大家不高兴。"[2]这篇文章引用了流沙河多句原话："现在好多新诗不耐读，因为没有秩序。"[3]"一切美好的诗歌都有秩序。"[4]"语言要条理通顺，简单、准确、明了。不能自由散漫。意象的秩序更加艰难。优秀的诗人可以把常见的意象组合在一起，给人新鲜感和震撼。"[5]"我不相信，中国的诗歌能把传统抛开，另外形成一种诗。最大的可能是把传统的东西继承过来，然后把现代的一些观念、一些文学、各种认识结合起来才有前途。"[6]新诗诗体现代性建设需要的正是把传统的东西继承过来，把现代的一些观念、一些文学、各种认识结合起来形成合力。

---

〔1〕［梁］刘勰：《文心雕龙·通变》，周振甫：《文心雕龙今译》，中华书局，1998年，第271页。

〔2〕李坤晟、童方：《流沙河：新诗不耐读是因为没秩序》，http://book.sina.com.cn/news/a/2015-08-14/0929760460.shtml.

〔3〕李坤晟、童方：《流沙河：新诗不耐读是因为没秩序》，http://book.sina.com.cn/news/a/2015-08-14/0929760460.shtml.

〔4〕李坤晟、童方：《流沙河：新诗不耐读是因为没秩序》，http://book.sina.com.cn/news/a/2015-08-14/0929760460.shtml.

〔5〕李坤晟、童方：《流沙河：新诗不耐读是因为没秩序》，http://book.sina.com.cn/news/a/2015-08-14/0929760460.shtml.

〔6〕李坤晟、童方：《流沙河：新诗不耐读是因为没秩序》，http://book.sina.com.cn/news/a/2015-08-14/0929760460.shtml.

四、九大题材

不容置疑，新诗是一种"现代性"文体，所以又称为"现代诗"或"现代汉诗"。新诗问世时，胡适所言的"白话诗运动"是"新瓶装旧酒"的非纯正的文体运动，实质上是"中国的文艺复兴运动"。1933 年 7 月胡适在芝加哥大学讲演的原标题是《当代中国的文化走向》，1933 年 10 月 5 日改为《中国的文艺复兴》，后用英文发表。他说："其时由一群北大教授领导的新运动，与欧洲的文艺复兴有惊人的相似之处。该运动有三个突出特征，使人想起欧洲的文艺复兴。首先，它是一场自觉的、提倡用民众使用的活的语言创作的新文学取代用旧语言创作的古文学的运动。其次，它是一场自觉地反对传统文化中诸多观念、制度的运动，是一场自觉地把个人从传统力量的束缚中解放出来的运动。它是一场理性对传统，自由对权威，张扬生命和人的价值对压制生命和人的价值的运动。最后，很奇怪，这场运动是由既了解他们自己的文化遗产，又力图用新的批判与探索的现代历史方法论去研究他们的文化遗产的人领导的。在这个意义上，它又是一场人文主义的运动。在所有这些方面，这场肇始于 1917 年，有时亦被称为'新文化运动'、'新思想运动'、'新潮'的新运动，都引起了中国青年一代的共鸣，被看成是预示着并表明一个古老民族和一个古老文明的新生的运动。"[1]"其领袖知道他们需要什么，也知道为获得所需，他们必须破坏什么。他们需要新语言、新文学、新的生活观和社会观以及新的学术。他们需要新语言，不只是把它当作大众教育的有效工具，更把它看作是发展新中国之文学的有效媒介。他们需要新文学，它应使用一个生机勃勃的民族使用的活的语言，应能表现一个成长中的民族的真实的感情、思想、灵感和渴望。他们需要向人民灌输一种新的生活观，它应能把人民从传统的枷锁中解放出来，能使人民在一个新世界及其新的文明中感到自在。他们需要新学术，它们应不仅能使我们理智地理解过去的文化遗产，而且也能使我们为积极参与现代科学研究做好准备。依我的理解，这些就是中国文艺复兴的使命。"[2]

当时"新文化运动"的领袖们都强调通过新小说、新诗等新文艺来建设中

---

〔1〕 胡适：《中国的文艺复兴》，耿云志编：《胡适论争集》，中卷，中国社会科学出版社，1998 年，第 1629 页。

〔2〕 胡适：《中国的文艺复兴》，耿云志编：《胡适论争集》，中卷，中国社会科学出版社，1998 年，第 1630 页。

国的新文明。如李大钊以守常之名在1916年8月15日的《晨钟》创刊号说："由来新文明之诞生，必有新文艺为之先声。"[1]李大钊、胡适那一时代的知识分子具有强烈的介入政治生活，打造现代中国的使命意识。"五四知识分子群体和作家个性的共同特点在于，他们都具有一种强烈的性格力量，这种力量赋予五四文人一种格外积极的心态，……正如夏志清所说的，'中国青年在五四运动时期所表现的那种乐观和热情，与受法国大革命激励而出现的那一代浪漫派诗人，在本质上是相同的。'"[2]

虽然今天重新评价新文化运动，也许不能像胡适那样将它与西方的文艺复兴运动相提并论，甚至可以从它的运动方式及后果上质疑它的合理性。但是毫无疑问，李大钊所言的"新文明"就是"现代文明"。新诗一直参与了这种文明的建设。所以百年新诗的最大成绩就是促进了中国的思想解放，特别是促进了中国的现代化进程，新诗现代性建设是中国现代性建设的一部分，还充当了政治激进主义和文化激进主义的"急先锋"。百年后的今天，关注新诗如何现代——新诗向何处去。答案非常明确：新诗向现代去！新诗应该为建设"新文明"——新时代的"现代文明"作出新贡献。所以新诗的启蒙现代性要求新诗在"写什么"上是一种先锋性、世俗化文体，决定了新诗要抒写中国人的现代生活和现代社会，表达中国人的现代情感和现代情绪，培养中国人的现代意识和现代精神。正如宗白华为了祝贺郭沫若五十生辰，在1941年11月10日《时事新报》发表的《欢欣的回忆和祝贺》所言："白话诗运动不只是代表一个文学技术上的改变，实是象征着一个新世界观，新生命情调，新生活意识寻找它的新的表现方式。……白话诗是新文学运动中最大胆，最冒险，最缺乏凭籍，最艰难的工作。"[3]70年后的今天，新诗现代性建设的核心任务就是更要为中国的现代化建设服务，具体为让中国人成为现代人和让中国成为现代强国。所以新诗现代性建设除了以重视诗的体裁及诗体形式建设为主要内容的审美现代性建设外，还要重视以诗的题材及诗体风格为重要内容的启蒙现代性建设，具体为要建设八大诗体和关注九大诗题。

---

〔1〕 守常：《"晨钟"之使命(青春中华之创造)》，北京大学、北京师范大学、北京师范学院中文系中国现代文学教研室编：《中国现代文学史参考资料文学运动史料选》，第一册，上海教育出版社，1979年，第10页。原载1916年8月15日《晨钟》创刊号。

〔2〕 [美]李欧梵：《文学潮流(一)：追求现代性(1895—1927)》，[美]费正清：《剑桥中华民国史》，第一部，章建刚等译，上海人民出版社，1992年，第510—511页。

〔3〕 宗白华：《艺境》，北京大学出版社，1987年，第142—143页。

形式与内容、诗体与诗题、审美现代性建设和启蒙现代性建设相得益彰，互相促进。艺术，“要是表示了一种风格上或技巧上的根本变革，它可能就是革命的。这种变革可能是一个真正先锋派的成就，它预示了或反映了整个社会的实际变革。”[1]“没有现代的形式，现代汉诗无法发掘新的诗歌媒介。……形式的革命体现了现代汉诗‘日日新’的实验精神。胡适1920年出版的现代汉诗史上的首部诗集，极具深意地命名为《尝试集》。五四时期的诗歌比其他文类更在文坛上扮演着先锋的角色。战后的台湾，随着纪弦(1913—)1954—1956年创立的《现代诗季刊》和‘现代派’，是诗发出台湾文学现代主义运动的先声。1972—1974年的‘现代诗论战’无疑是1977—1979‘乡土文学运动’的前哨战，后者深刻改变了此后几十年的台湾文学面貌。最后，七十年代末八十年代初的地下诗歌和朦胧诗引领了中国新时期的文艺复兴，也是八十年代中期寻根文学的先行者。”[2]

朦胧诗运动加快了大陆新诗现代性建设步伐。“表面看来，新诗的‘现代性’直到八十年代才成为一个被明确意识到的问题，但其渊源却必须追溯到它的起点。……从词源学的意义上探讨‘新诗’一词，可以发现它并不孤立，而是一个五四前后特定历史语境下形成的、彼此有着血亲关系的庞大词族的一分子：因此绝非如人们习惯认为的那样，仅仅是一个文体概念，而是积淀着丰富的历史-文化内涵。这个‘词族’包括‘新民’、‘新思想’、‘新道德’、‘新宗教’、‘新政治’、‘新小说’、‘新文艺’、‘新文化’，如此等等。”[3]朦胧诗运动弘扬了五四运动的“现代性”中最重要的“创新”意识。“一些老诗人试图作出从内容到形式的新的突破，一批新诗人在崛起，他们不拘一格，大胆吸收西方现代诗歌的某些表现方式，写出了一些‘古怪’的诗篇。越来越多的‘背离’诗歌传统的迹象的出现，迫使我们作出切乎实际的判断和抉择。”[4]

尽管有必要强调诗的体裁变革的现代性意义，如朦胧诗以自由诗的形式打破了近30年新格律诗的束缚，如舒婷的《致橡树》是很散文化的自由诗，但是在新诗的现代性意义上，尤其在启蒙现代性的意义上，诗的题材比体裁更

---

〔1〕[美]赫·马尔库塞：《现代美学析疑》，绿原译，文化艺术出版社，1987年，第2页。

〔2〕[美]奚密：《“〈可兰经〉里没有骆驼”：论现代汉诗的“现代性”》，南京大学中国新文学研究中心新诗研究所：《新诗国际研讨会论文汇编》，第10页。

〔3〕唐晓渡：《五四新诗的现代性问题》，首都师范大学中国诗歌研究中心、北京大学中国新诗研究所：《如何新诗怎样现代——中国诗歌现代性问题学术研讨会论文集(上)》，第7页。

〔4〕谢冕：《在新的崛起面前》，杨匡汉、刘福春编：《中国现代诗论》，下编，花城出版社，1985年，第252页。

有力量，更能直接促进社会的变革。如朦胧诗更是以题材取胜，《致橡树》强调女性独立的主题深得人心，甚至被视为“当代女性的独立宣言”。舒婷1979年4月创作的《祖国呵，我亲爱的祖国》在北京由一位著名朗诵家朗诵后，马上风行全国，成为几十年来很多诗歌朗诵会上必有的诗作。她写于1980年2月的《一代人的呼声》充分显示出朦胧诗人的政治抱负：“为了百年后的天真的孩子/不用面对我们留下的历史猜谜；为了祖国的这份空白，/为了民族的这段崎岖，/为了天空的纯洁/和道路的正直/我要求真理!”北岛的诗更是以思想取胜，他的诗句“我不相信”是80年代思想解放的重要“口号”。

所以徐敬亚在那篇著名的“崛起”诗论中说：“中国的诗人们不仅开始对诗进行政治观念上的思考，也开始对诗的自身规律进行思考。”[1]“自由化，是新诗走向现代化的必然脚步。……至于格律，将来是一定如茧子一样要形成的，但那是以后的事，目前的创新在于突破！在于尽可能丰富地展现！……在几十年的新诗史上一直存在着自由化与格律化的斗争与竞争。完全开放式的新诗形式从郭沫若起就表现出了自由抒发的优势。但建国后由于强调了学习民歌，由民歌的传统声调节奏带来的四行一节的形式越来越泛滥！（这其中包括二行一节、三行一节的变体。）这已经成为诗的严重束缚，它造就了千百首四平八稳的诗作品。新的倾向对此作了相当猛烈的冲击。现代人的情感流动起来了。一大批不拘格式、不讲严格排列的新型诗，诗行忽长忽短，每节有多有少，自由排列。这种自由式当然更适合各种复杂情绪。”[2]因此新诗现代性建设既要建设以诗体为代表的体裁，更要建设以诗题为代表的题材。

在百年新诗史上，尤其是在当代诗坛，新诗按诗的主题及功能可以分为城市诗、乡土诗、校园诗、军旅诗、生态诗、山水诗、旅游诗、怀乡诗、广告诗、打工诗、政治诗、爱情诗、情色诗、打油诗等。台湾新诗学者林于弘的专著《台湾新诗分类学》探讨了台湾的政治诗、都市诗、生态诗、母语诗、女性诗、小诗、后现代诗和网路诗。因为新诗现代性建设的总原则是新诗应该绝对地现代，却不能极端地现代，应该借用政治上的“民主集中制”原则，要有民主精神和多元视野。所以今日新诗现代性建设要关注国人的生存问题，重视国人的生理

---

〔1〕 徐敬亚：《崛起的诗群——评1980年中国诗的现代倾向》，徐敬亚：《崛起的诗群》，同济大学出版社，1989年，第50页。

〔2〕 徐敬亚：《崛起的诗群——评1980年中国诗的现代倾向》，徐敬亚：《崛起的诗群》，同济大学出版社，1989年，第88—89页。

需要和审美需要，强调诗的启蒙功能、抒情功能和治疗功能。当下的新诗现代性建设在新诗的题材上，应该重点关注九大类型的诗：校园诗、城市诗、乡土诗、生态诗、旅游诗、爱情诗、打油诗、哲理诗、政治诗。九种诗在“写什么”上也有交叉，只能相对区分出各自的风格。

首先要建设校园诗。可以断言当代所有诗人都是从校园里走出来的，校园，尤其是大中学校园是培养诗人的摇篮。即使是近年出现的打工诗人，虽然很多人都没有上过大学，但是上过中学或中专学校，如郑小琼毕业于南充卫校。随着教育特别是高等教育的大普及，绝大部分高中生都可以上大学，大学更将成为诗人成长的主要场所。在新诗史上，校园也是诗的现代性建设的重要场所，如外文系、中文系和哲学系的学生都可以直接接触到外国现代主义诗歌。上个世纪一二十年代北平的校园、三四十年代昆明的校园，都堪称现代诗人的摇篮。北京大学李大钊、陈独秀、胡适等教师编辑的《新青年》和傅斯年、罗家伦、杨振声等学生编辑的《新潮》是倡导白话诗运动的主要刊物。昆明出现了西南联合大学诗人群，主要有教师冯至、卞之琳等，学生穆旦、郑敏、袁可嘉、杜运燮、王佐良等。西南联大诗人群的出现与燕卜逊等人的直接任教有关，穆旦、郑敏等极大地受到英语现代主义诗歌的影响。王佐良甚至将这一群体命名为“昆明现代派”。杜运燮在 90 年代曾回忆说：“我在西南联大时期即喜欢奥登等‘粉红色的 30 年代’诗人的诗。主要是奥登。……奥登只比我早生 11 年，当时还年轻，较接近我们一代，有一种我喜欢的明朗、机智、朝气和锐气。”[1]当时很多中国年轻诗人喜欢奥登的原因是他丰富了波德莱尔开创的现代诗歌精神。奥登说：“诗不比人性好，也不比人性坏；诗是深刻的，同时却又浅薄，饱经世故而又天真无邪，呆板而又俏皮，淫荡而又纯洁，时时变幻不同。”[2]

80 年代中期第三代诗歌能够迅速取代朦胧诗成为主流诗歌，与他们在校园接受到了现代主义诗歌的系统教育休戚相关。虽然校园诗人生活在如卞之琳所言的环境中：“当时由于方向不明，小处敏感，大处茫然，面对历史事件、时代风云，我总不知要表达或如何表达自己的悲喜反应。”[3]校园诗人却有条件从事诗的语言实验和文体实验的“实验诗”创作，他们的创作可以称得上是真正的“先锋诗”创作。80 年代中期是校园诗歌最繁荣和校园诗人进行

〔1〕 杜运燮：《杜运燮 60 年诗选》，人民文学出版社，2000 年，第 374—375 页。

〔2〕 林以亮：《序》，林以亮编：《美国诗选》，今日出版社，1976 年，第 4 页。

〔3〕 卞之琳：《自序》，卞之琳：《雕虫纪历》，人民文学出版社，1979 年，第 3 页。

诗歌实验最疯狂的时期。“80年代初，77、78级的大学生都有过一段既贫困又奢侈的思想生活。……这代人对思想的强烈渴求，恐怕超过了建国后的任何一代人。”[1]几乎所有的校园都有诗社和诗刊，北京大学、吉林大学、复旦大学、南京大学、武汉大学、西北师范学院、西南师范学院、华东师范学院等都培养出大批诗人。西南师范学院、重庆师范学院、重庆大学、第三军医大学、四川外语学院等高校大学生联办了《大学生诗报》。近年北京大学、北京师范大学等大学纷纷出版本校的“大学诗选”，臧棣、西渡编的《1978—1998北大诗选》1998年由中国文学出版社出版，收录了1978—1998年北大十几个系科的诗人78家，诗作近400首。仇水、寒丁编选，1998年11月北京师范大学五四文学社内部印发的《铁狮子坟诗选——北师大20年来学生诗歌选》收录了49人的诗。“进入90年代，北大同当代诗歌的关系变得越来越惹人瞩目。北大向当代诗坛输送的优秀诗人之多，尚无其他任何一所大学可以与之媲美。其中像骆一禾、海子、戈麦、西川、阿吾、清平、西渡、麦芒、徐永、恒平、雷格、橡子等都是享有声誉的诗人，晚进的更年轻的诗人像周伟驰、周瓒、胡绪冬、冷霜、冯永峰等也都出手惊人……以至于有人戏称，北大乃是当代诗界最主要的一条诗歌传送带，它鸣响着，从未停止过运转。”[2]“仅就诗歌而言，从穆木天诗家，郑敏诗家，任洪渊诗家以及曾在北师大就读过一年的牛汉诗家到后来的莫非诗家、伊沙诗家、侯马诗家、桑克诗家………北师大的诗歌传统贯穿了北师大的整个历史过程。尤其是近二十年来(从恢复高考至今)，北师大的诗歌氛围一直是全国高校中最好的。”[3]西南师范大学(现西南大学)在八九十年代就走出了田家鹏、郑单衣、胡万俊、邱正伦、邵薇、义海、向阳、何房子、北塔等优秀诗人。复旦大学第一任诗社社长许德民至今还在进行新诗实验，2014年出版了新诗史上第一部抽象诗诗集《抽象诗》。复旦大学毕业的巴客的多本诗集都具有强烈的先锋色彩，如《世界吊在哪棵树》。

在八九十年代，《飞天》的“大学生诗苑”栏目集结了大量校园诗人，发表了很多具有现代性的先锋性诗。“在80年代各大学诗爱者的心目中，《飞天》

---

〔1〕 程光炜：《我们这代人的忧虑》，汪剑钊：《中国当代先锋诗人随笔选》，中国社会科学出版社，1998年，第330页。

〔2〕 臧棣：《跋一：三点说明》，臧棣、西渡：《1978—1998北大诗选》，中国文学出版社，1998年，第457页。

〔3〕 仇水、寒丁：《选编手记》，仇水、寒丁编选：《铁狮子坟诗选——北师大20年来学生诗歌选》，1998年，第1—2页。北京师范大学五四文学社内部印行。

是最具权威性而又有亲切感的刊物，因为它的《大学生诗苑》，因为张老师。全国各地高校中的诗歌创作的佼佼者纷纷在此亮相并相认相识，形成一支庞大而富有生机的诗坛后备军。继'朦胧诗'之后成为诗坛中坚力量的那批诗人，几乎都是当年在《大学生诗苑》上崭露头角的。……《大学生诗苑》对现代诗在民间的发展也起过重要的推动作用，为一个诗歌时代的结束做出过重大贡献的'大学生诗派'就是在《大学生诗苑》的基础上创立的。"[1]"听说王寅的那首《想起一部捷克电影想不起片名》是兰州的一帮大学生抄给张老师的，起初张老师并不喜欢，但看到大家喜爱就把它编发了，发表后王寅还获了奖，那首诗日后还成为'第三代诗歌'最具代表性的篇目之一。……于坚的口语诗，最初连他同住的'尚义街6号'的朋友都认为没什么前途，后来他便遇上了张老师，不但连获发表还得了奖，后来于坚这路诗一度成为诗坛主流。80年代的大学生基本上都是在对'朦胧诗'的模仿状态中写诗的，张老师和他的《大学生诗苑》为他们展示了另一可能性，为'第三代'——'后朦胧诗'的崛起打下了坚实的基础。"[2]

校园诗从90年代初期就开始萧条，直到现在也没有恢复元气。大学考试制度日渐森严，在福建一所大学的中文系甚至出现学生因为太热衷于创作，英语四级未考过被淘汰出校，甚至自杀的悲剧。硕士、博士的升学考试及学术研究让很多有创作天赋的学生停止创作，西北师范大学校园诗人唐欣在上研究生期间写的《春天》真实地写出了90年代校园诗人被迫读研究生的生存境遇："春天，忧伤以及空空荡荡/我伸出双手，丢掉了什么/又抓住些什么/在寒冷的小屋/像圣徒一样读书/什么也不能把我拯救//长期的寂寞使人发疯/下一个我将把谁干掉/想象中，我曾埋葬了多少赫赫帝王//其实我多愿意是个快活的小流氓/歪戴帽子，吹着口哨/踩一辆破车去漫游四方//也许我该怒吼/也许我该冷笑//也许我该躺下来，好好睡一觉"。唐欣的《春天》在今天更获得了研究生们的共鸣，今天的大学教育，尤其是硕士、博士教育更重学术轻创作，严重影响了校园诗的建设。尽管中学语文教材中有专章教新诗，但是师资严重匮乏，中学普遍出现了"新诗教学难"的现象。新诗几乎还没有进入小学课堂。大中小学新诗教育的严重滞后，不仅影响了新诗的现代性建设，还影响了对青少年的现代情感和现代精神的有效培养。现在必须确立新

[1] 伊沙：《大家的张老师》，伊沙：《一个都不放过》，青海人民出版社，1999年，第319页。
[2] 伊沙：《一个都不放过》，青海人民出版社，1999年，第319页。

诗教育有利于学生的全面发展，尤其要确立它对开发孩子的语言智能和空间智能，提高孩子的审美能力和想象能力大有好处的语文教育观，只有通过新诗教育来丰富孩子的情感，启迪孩子的思想，才能把他们培养成为能够建设现代中国的现代公民。

其次要建设城市诗。人类的现代化建设首先是从城市开始的，乡村的城市化进程是一个国家的现代化进程的重要内容。但是百年来，中国的城市化进程落后于日本、韩国等东方国家。中国长期是乡土中国，农业文明一直比商业文明和工业文明重要。但是新诗在草创期就关注城市，标志着新诗一开始就是一种城市化的现代性文体。胡适的《人力车夫》和沈尹默的《人力车夫》是新诗出现的标志性作品，发表于1918年1月15日《新青年》第4卷第1号。两首诗都真实地写出了北平人力车夫"运营"的场景。以沈尹默的《人力车夫》为例："日光淡淡，白云悠悠，风吹薄冰，河水不流。出门去，雇人力车。街上行人，往来很多；车马纷纷，不知干些什么。人力车上人，个个穿棉衣，个个袖手坐，还觉风吹来，身上冷不过。车夫单衣已破，他却汗珠儿颗颗往下堕。"上个世纪三四十年代，很多生活在城市的诗人写城市生活。徐迟1934年写了《沉重的巴士》，1935年写了《都会之满月》。全诗如下："写着罗马字的/Ⅰ Ⅱ Ⅲ Ⅳ Ⅴ Ⅵ Ⅶ Ⅷ Ⅸ Ⅹ Ⅺ Ⅻ/代表的十二个星；/绕着一圈齿轮。//夜夜的满月，立体的平面的机体。/贴在摩天楼的塔上的满月。/另一座摩天楼低俯下的都会的满月。//短针一样的人，/长针一样的影子，/偶或望一望都会的满月的表面。//知道了都会的满月的浮载的哲理，/知道了时刻之分，/明月与灯与钟兼有了。"

城市诗在新诗史上有两次高峰期，上个世纪30年代施蛰存办的《现代》杂志既是现代派的大本营，也是城市诗的集结地。80年代中后期梁志宏在太原主编的《城市文学》举办了多届"城市诗大展"，但是参展城市诗的城市味不浓郁，甚至脱不了乡土味。在80年代大陆并没有出现有影响的城市诗人，直到90年代初期，随着中国改革开放步伐的加快，一些诗人被抛入城市生活，才开始写货真价实的城市诗。如韩东1994年11月25日写了《在深圳的路灯下……》："在深圳的路灯下她有多么好听的名字/'夜莺'，有多么激动人心的买卖/身体的贸易/动物中唯有这一种拥有裸体/被剥出，像煮硬的鸡蛋，光滑……"杨克说出了那一代诗人写城市诗的原因："90年代以降，我的诗歌写作大略可分为一大一小两个板块，其主要部分我将它们命名为'告知当下存在本相'的诗歌，……90年代伊始，一次很偶然的机缘，我由生活了13年的南宁调往广州，那时南宁还是一个温馨恬静的城市，它被抛进经济大潮的波峰浪谷之中是1992年后的事情，而广州用我诗的语言来说无疑是当时中国的商品新都。恰逢其时，我人生轨迹的改变与中国社会十分重要的转型时期胶着在一起，尽管我是个生活适应能力相当强的人，但置身于物质洪水的大市场中，我还是非常敏锐地感觉到了那种由根子里发生的蜕变。……作为一个持民主自由多元观念的现代人，我不反对大众，也向往优裕生活。”[1]杨克到广州后成了现代都市人，不由自主地写了很多城市诗。“当时作家特别是作家中的诗人，对于商业文明的席卷而来往往采取咒骂或者喟叹的态度。杨克与众不同，他也不是站在其他人的对立面唱赞歌，而是认为，在广州的城市进程中，一种文化的裂变势不可挡。”[2]“在广州诗歌界里，杨克是在国内得到认同的一个代表诗人。从1991年调到广州工作后，他诗歌触及的题材发生了一种前所未有的变化——写出了一系列反映广场商场等现代文明元素的城市诗歌。这种城市化的诗歌创作，不仅是他个人写作上有着突破意义，而且对一直关注石头、粮食等农业经济的中国诗歌也具有一种开拓性。他也因此被列为了中国最早的有代表性的写作‘城市话题’诗歌的诗人。”[3]

进入新世纪，诗坛写作出现多元化，越来越多的诗人重视城市书写。生活在北京的侯马写了大量反映都市人生活的诗。伊沙这样评介侯马：“他从容不迫地写下了生存的窘境与尴尬，那份累。”[4]《冬夜即景》记录了诗人在北京的日常生活：“走出超市/置身冬夜那广阔的怀抱/我喜欢这清冷的感觉//建筑工地上/多么眩目的探照灯/映着北四环的气排和瑕疵/映着庄稼地的荒芜和退隐//我左手拎着塑料袋：明珠超市/右手牵着夏尔/那温乎乎又软绵绵的小手//在静谧的芍药居小区/我应和着夏尔的步伐/突然看到马路上一小堆积雪//发着青青的光芒/无辜地摊平了自己/夏尔踩上去时有一声微弱的响/沙——//怎么会有幸存者呢？/就这儿一小块残雪/夏尔仰起他的小脸/‘爸爸，是糖。’/空中一声清脆的炮声/夜色显得愈发广阔/春天的庆典就要开始了/大地渗出了甜丝丝的味道”。

---

〔1〕 杨克：《对城市符码的解读与命名——关于〈电话〉及其他》，汪剑钊，《中国当代先锋诗人随笔选》，中国社会科学出版社，1998年，第120—121页。

〔2〕《南方都市报》：《杨克广州以商品为他洗礼，他以诗歌为广州洗礼》，http://nf.nfdaily.cn/epaper/nfds/content/20110709/ArticelA208002FM.htm.

〔3〕 潘小娴：《潘小娴访杨克：一个诗人与一座城市》，http://bbs.tianya.cn/post-books-97723-1.shtml.

〔4〕 伊沙：《一个都不放过》，青海人民出版社，1999年，第350页。

生活在福州的谢宜兴于 2000 年 3 月 8 日在福州协和医院住院时写出《我一眼就认出了那些葡萄》，写出了城市特有的灯红酒绿中讨生活的乡村女孩子的生存窘境。依尔福 1986 年从浙江大学毕业后就到了深圳，除写哲理诗外，如《关于同代性的哲学语境——致陈嘉明教授》《巴比伦式的爱情》《圆桌会议或德里达式的生存命题》，严格地说，这种城市"读书人"写的记录自己的"思想"的哲理诗也应该归入城市诗，是抒写城市人的精神生活的诗。他还写了直接记录城市人的日常生活的诗，也直接抒写城市，如《去广州之一》《去广州之二》《去广州之三》《去广州之四》《去广州之五》《去广州之六》《去广州之七》。他 2014 年由长江出版社出版的诗集《词的追问——Mickey 趣味生活简史》可以按诗集中很多诗的共同主题更名为《城市人的现代性思考——一个现代都市人的趣味生活简史》。他用诗记录下一个城市人的现实生活和精神生活。如他在《为什么要给 Mickey 树碑立传》所言："……//城市　画着头盖骨和两根交叉的符号/领头人/独坐在花瓣上/他抱着桀骜不驯的 Mickey/一边微笑/一边抚摸的 Mickey 的睡裤/另一个姑娘　终日卧床不起/像一根死草/像一个软体动物//而 Mickey 在更活跃的楼顶/尝试往下跳/结果由于她的傲慢自大　最终咽下丧失名誉的苦果"。

2008 年 10 月 27 日，伊尔福写了《谁来做诗人?》，反思现代城市人在现代化进程中如何做诗人："实际上，我是一个随意性很强的人，很难集中精力于一件事上，并做到有始有终，况且纷繁忙碌的现代生活，一方面使我心灵深处仅剩的一丝谢灵运式的狂放不羁和战天斗地的叛逆精神丧失殆尽，更要命的是我不得不为五斗米折腰，混迹于市井的掘金浪潮而乐不思蜀，忘却今夕何夕，更何谈刷新政治，关心民生的宏图壮志；另一方面，诗，在我看来，理应是一个马背民族驰骋疆场的血与火的精神升华，而不是农耕民族风花雪月下的即景之作。"〔1〕

杨克、依尔福、侯马、谢宜兴等大陆较有影响的城市诗人都不只写城市诗。在台湾却有罗门、林耀德等长期致力于城市诗创作的优秀诗人。"在台湾大规模的城市化进程之中，诗人的心理运动也被同步加速乃至都市化了。以诗歌抒写都市结构，阐发诗人与都市结下的繁复奇诡的读写关系，正成为台湾当代文学的一道奇观异景……作为'现代派'主将，纪弦在 1950 年代中后期创作了《存在主义》、《阿富罗底之死》等一批剖析现代工业都市的作

---

〔1〕 伊尔福：《谁来做诗人?》，http://chinasy.5d6d.com/viewthread.php? tid=19017.

品。……综观1950—1970年代的都市题材诗作，诗人普遍关注中下层民众的生活艰辛与内心情境。……这一时期都市诗歌的创作，首推蓝星诗社的诗人罗门。……自1957年创作《都市的人》，1961年写出了《都市之死》到1985年写的《麦当劳午餐时间》直至九十年代，罗门进行了大量的城市诗歌及评论创作，他以对城市的智性烛照和悟性穿透，开辟出当代台湾都市诗歌的基本主题和典型意象，成为八十年代后起诗人的航标。”[1]

大陆的城市诗建设应该吸取台湾城市诗的经验和教训。2015年1月5日，台湾老诗人麦穗接受大陆新诗研究生王觅的采访，谈到台湾城市诗的弱点：“有一段时间，台湾的诗几乎都是写咖啡馆的。诗人坐在咖啡馆里面写，写出来的诗，比较狭窄。大陆诗人看台湾诗人写的诗，会感觉比他们写得更美，但是比较空虚，没有大陆诗歌那种气派。整体而言，大陆诗人写诗要比台湾诗人大气。”[2]随着近年中国城市化进入快车道，城市诗更应该受到重视，甚至可以说中国的现代化进程在某种程度上与城市化进程可以相提并论。但是近年都市诗的创作却没有与时俱进，尤其在引领都市社区的现代生活，倡导城市市民的现代精神，完善城市诗的现代诗艺方面，与上个世纪80年代比较，还有退化。可以把绝大多数“打工诗”称为城市诗，但是近年打工诗人的创作远不如前几年热闹。很多打工诗歌对城市文明怨气太重，批判性也不深刻，缺乏对城市文明的客观评价，尤其是对城市文明的进步性缺乏必要的肯定，很多打工诗人本身就是身心不健康的城市人，更多是以城市的过客而不是城市的主人的身份来抒写城市。

波德莱尔的诗集《恶之花》和散文诗集《巴黎的忧郁》仍然值得今日中国城市诗人细读。正是巴黎的都市生活造就了他精致的诗歌风格。“波德莱尔的重要性体现在两个方面：他既是现代诗人之父(father of the modern poet)，……也是受到高水平的批评的自我意识的限制和精致化的现代诗人的原型(prototype)……”[3]中国城市诗人不但要在城市生活中获得快乐，这种快乐不仅是享受城市丰富的物质和完善的服务带来的世俗生活的快乐，还要

[1] 卢桢：《从罗门到林耀德——台湾都市诗的话语演变》，中国当代文学研究会、南开大学文学院：《“中生代与新世纪诗坛的新格局”——两岸四地第五届当代诗学论坛论文集》，第84—85页。

[2] 麦穗、王觅：《写诗是我一生的生活方式》，《创作与评论》2015年第5期，第128页。

[3] Michael Hamburger. The Truth Poetry-Tensions in Modern Poetry from Baudelaire to the 1960s. London: Carcanet New Press Ltd. ,1982. 1.

品味到城市沙龙式艺术生活的快乐，更要体会到在城市群居生活中孤独地思想的精神生活的快乐。还要在城市诗的写作中获得波德莱尔所说的“写诗的快乐”。“诗除了自身外并无其他目的，它不可能有其它目的，除了纯粹为写诗的快乐而写的诗外，没有任何诗是伟大、高贵、真正无愧于诗这个名称的。”[1]不管现代人，特别是生态主义者多么讨厌城市，城市仍然是人类生活的理想之地，因为城市集中了人类最重要的成就——都市文明。都市不但可以给人带来舒适方便的物质文明，还给人带来丰富多彩的精神文明，可以让人“诗意地栖居”，让人有更多追求“精致”生活和“精致”艺术的都市意识，还可以给人带来平等、自由、博爱、包容、合作等城市精神，让人更重视精神生活，产生责任感及批判意识。因此可以说正是现代都市造就了现代诗歌，都市诗的现代性应该与都市的现代化进程相对同步。

目前大陆城市诗的最大问题是城市诗人要把城市文明视为现代文明的重要代表，要热爱而不是抵触城市文明，要克服小农意识。城市诗人要写出城市生活的百味人生，对城市文明既要有强烈的批判意识，更要享受城市文明带来的幸福快乐。福州诗人哈雷的诗集《零点过后》是近年少有的一本城市诗集，他的自序是《一种诗人：做世界的情人》。“上世纪八十年代，初出道的哈雷开始写诗，他让人们记住的那些饱含液汁、痛快淋漓的爱情诗句，塑造了一个快乐、多情、浪漫而潇洒的白马王子形象，展示出一个为当时人们的内心隐秘深处向往却不大敢直言的心灵世界。十多年过去了，重出江湖的哈雷，依然快乐，依然潇洒，依然把爱作为自己歌唱的全部主题。常常出现在他诗中的承接诗人全部思考和感情的‘你’，或许会有一点真实的影子，却在虚拟的书写中朦胧和放大了，成为哈雷全部人生体验、思想和情感的载体或寄托，不只是情人之爱，还有更广阔的乡土之爱、季节之爱、生命之爱……哈雷把自己定位在这里：‘一种诗人——做世界的情人！’”[2]今日城市诗人应该是“城市的情人”而不是“城市的仇人”，需要的写作境界正是“零点时分”的“诗性的倾诉”而不是“理想的批判”，更不是“血泪的控诉”。

复旦大学第一任诗社社长许德民2009年9月4日在我的博客留言说：“作为一个诗人，最感动我的是人对生命的热爱和对爱的爱。诗的意义和价值是使得这种热爱和爱的爱能够天长地久地保持着敏感和温度。有的时候

---

[1] [法]波德莱尔：《再论埃德加·爱伦·坡》，波德莱尔：《波德莱尔美学论文选》，郭宏安译，人民文学出版社，1987年，第135页。

[2] 刘登翰：《诗性的倾诉》，哈雷：《零点过后》，海峡文艺出版社，2009年，第1页。

爱是用痛来表达的，有的时候是无语的，更多的时候爱的表达方式是热情的、理想的、明媚的，因为爱到痛处方知爱是一种人生境界，而更高的境界应该是爱到无处不见爱。反思我们的诗歌，给人痛的时候多，而给人快乐、审美、享受的时候就少。诗歌是否非要通过痛才能够表达自己的爱呢？痛苦出诗人，仇恨出诗人，我们还需要快乐诗人、审美诗人、精致诗人、形式诗人！”[1]今日新诗现代性建设必须加强城市诗建设，现代城市需要“愤怒诗人”外，更需要“快乐诗人”，还需要“审美诗人”“精致诗人”和“形式诗人”。在这一点上，台湾比大陆做得好得多，以 2011 年 1 月台北市现在诗社出版的《无情诗》（现在诗 10）为例，由大陆到台湾任职的杨晓滨主编，收入了台湾诗界夏宇、鸿鸿、管管、苏绍连、陈黎、陈义芝、陈克华、唐捐、鲸向海、林德俊、紫娟、颜艾琳等 33 位诗人的诗作，大陆诗界于坚、柏桦、萧开愚、陈东东、臧棣、余怒、桑克、周瑟瑟、蒋浩、胡绪冬、童蔚、衣米一等 28 人的诗作，台湾诗人明显比大陆诗人更关注城市题材。如夏宇的《电影取代了注视》：“只要找到业余的演员/和便宜的摄影器材/采自然光自然收音/不必要求演技/甚至相反/只要注视/移动/有几句对白/时间足够/就是一部公路电影/而且很可能还不坏/其中一个演员带来他的嗜睡症/所以我们还有一台婴儿监听器”。大陆城市诗需要借鉴台湾鸿鸿等人倡导的“现在诗”。鸿鸿是将行动与书写结合的“行动主义诗人”。他强调诗人的主体性和独立性，他近年的现代诗写作是直视生活的“广场写作”。对诗的现代与现在，与生活和解与对抗，呈现出鸿鸿现代诗写作伦理的丰富性和特殊性，他的“现代诗”倾向与生活和解，“现在诗”倾向与生活对抗。鸿鸿改变现代诗的功能的行为对大陆城市现代性建设具有一定的现实意义。在某种意义上，“现在诗”既是“现实主义诗”与“现代主义诗”的“嫁接”，更是颇有现代意义的“现代诗”，有利于抒写都市人的现代情绪而不是情感，所以可以把有的“现在诗”称为“无情诗”。

城市诗现代性建设必须突出城市的现代特色和城市人的现代人特色。两者的特色都有“多元”甚至“民主”，所以常用“斑斓”甚至“光怪陆离”来形容城市，用“丰富”甚至“多姿多彩”来描述城市人。如同现代性既强调自由又重视法则，人类现代性建设的最大目的是建设具有宽松而有节制的上层建筑的现代社会，培养既有自由欲也有秩序感的现代公民。现代城市人的生活一方

---

[1] 许德民：《在王珂博客留言》，http://blog.sina.com.cn/s/blog_406c7ad10100ejjz.html.

面是私密的，对个人隐私的尊重甚至到了邻居开门不相识的恶劣程度；另一方面又是开放的，一切事情几乎都无隐私可言，几乎到了“要想人不知，除非己莫为”的可怕程度。“今天的观众能够看到世界上任何地方正在发生的新闻，新闻广播的电子小元件可以把从战争到灾荒再到丰收等每件事情带进每个人的卧室。”[1]现代传播技术也可以让“每个人的卧室”在公众面前一览无余。“形象不仅对大的合作和小的生意都极为重要，而且对某个城市、地区、宗教、种族和整个国家也十分重要，不仅可以影响着每个人的生存，还可以改变整个文明的结构。”[2]现代商业社会和现代政治社会对个人形象的重视并不意味着对人的个性化生存方式的充分承认，更不标志着个体的人在现代社会的生存的自由多于过去。因为现代人的形象好坏的判定标准是由群体化的美育传统和大众流行时尚的合流而成的，两者都已经形成了巨大的价值系统，对人的个体形象美的判定已经形成了共识，即个人风度形象的好坏是由大众社会来评价的。现代人的生活是非个人化、私人化的生活，个人狂欢很难进行。所以加缪认为：“荒谬产生于人的需要与世界无理的沉默之间的冲突。”[3]卡西尔甚至结论说：“政治生活并不就是公共人类存在的唯一形式。”[4]“人的突出特征，人与众不同的标志，既不是他的形而上学本性，也不是他的物理本性，而是人的劳作。正是这种劳作，正是这种人类活动的体系，规定和划定了‘人性’的圆周。……因此，一种‘人的哲学’一定是这样一种哲学：它能使我们洞见这些人类活动各自的基本结构，同时又能使我们把这些活动理解为一个有机整体。”[5]因此可以结论说写诗是诗人向社会索取权力，既安慰又对抗生活的艺术生存方式。这是城市诗人推崇“颓废”比乡村诗人更推崇个人化写作及私人化写作的重要原因，也是“诗歌疗法”通过写诗这种“书写表达”治疗城市人的心理疾病颇有效果的重要原因。

但是在肯定个人化写作对城市诗现代性建设很有必要的同时，也要强调社会化写作，如同中国古代允许文人的“独善其身”和“兼济天下”两种对立的生存方式存在，城市诗也应该有“个人性”和“公共性”两种风格。生活在广

[1] Bruce D. Itule, Douglas A. Anderson. News Writing and Reporting for Today's Media. New York: Random House, 1987. p. 7.

[2] Robert L. Shook. Winning Images. New York: Macmillan Publishing Co., Inc., 1977. p. 6.

[3] [英]莱恩·多亚尔、伊恩·高夫：《人的需要理论》，商务印书馆，2008年，扉页。

[4] [德]恩斯特·卡西尔：《人论》，甘阳译，上海译文出版社，1985年，第81页。

[5] [德]恩斯特·卡西尔：《人论》，甘阳译，上海译文出版社，1985年，第87页。

州，既做创作又做研究的熊国华的城市诗写作经验值得借鉴。他说："写作是一种非常个人化的精神创作。个人的感觉，独立的人格，自由的思想，非常重要。诗人只有从人性的感觉出发，用灵敏的艺术触觉去感受生活，关注现代人的生存状态和心理欲求，探索人与人、人与自然、人与宇宙之间的关系，才能写出真正的独特的艺术作品。离开了个人经验，如何推己及人、触类旁通？但如果仅仅局囿于个人经验，封闭自我，又如何与社会沟通，获得普遍的人性感受？只有从个人经验进入人类的普遍经验，只有突破个体意识与集体潜意识之间的藩篱，实现两者之间的融会贯通，才能攀登艺术的高峰。"[1]他也写了很多城市诗，发表于《羊城晚报》2012 年 2 月 28 日的《小蛮腰》影响较大。全诗如下："灵感与名片，镜子的两面/从白居易的一句唐诗/扭成现代的小蛮腰//亭亭玉立 600 米/在一个蓝色星球/头上是虚空，脚下仍是虚空//白昼素面朝天，夜晚霓裳羽衣/千变女郎，神秘的美/一千个观众一千个小蛮腰//曼妙绝伦的舞姿/舞动南粤山水，满天星光/舞动有形频道，无形天音//伴你上班，伴你入梦/在广州抬头可见/明星一般的大众情人//如从广州大桥经过/伸手便可盈盈一握/唯恐大桥，有不可承受之轻//至于异想天开/枕着小蛮腰睡觉/那是超人的事情"。

"这首诗歌曾相继发表在《羊城晚报》、台湾《创世纪》诗刊等，并受到读者的欢迎与诗歌界的关注。位于广州市中心的广州塔，是中国第一高塔，世界第三高塔。2010 年 9 月 28 日，广州市城市建设投资集团举行新闻发布会，正式公布广州新电视塔的名字为广州塔，整体高 600 米，而'小蛮腰'的最细处在 66 层。诗人熊国华这首诗歌，巧妙地融入了中国元素、古典意象，并以强烈的'当代性'呈现出独具魅力的'小蛮腰'形象。"[2]这里的"当代性"就是"现代性"，也含有一种"城市性"或"市民性"。2011 年 5 月，我到遵义师范学院参加"大众文化与人文知识分子言说策略"学术研讨会，听到来自广州中山大学的张海鸥教授说"广州塔"是官方命名的，在这之前，由民间命名的"小蛮腰"早就叫开了。2015 年 9 月，我在广州发现很多市民只知道它叫"小蛮腰"。现代城市诗需要广州市民坚持称"小蛮腰"的那种"市民精神"，这种市民精神中含有强烈的"娱乐精神"，它是由并不压抑人的"快乐原则"决定的。从这件事情上可以看出"颓废"为何受到城市诗人的重视，它不仅是城市诗的鼻

---

〔1〕 熊国华：《旋转的世界》，中国戏剧出版社，2013 年，第 3 页。

〔2〕 千龙网：《诗人海啸：熊国华的〈小蛮腰〉是一座诗歌地标》，http://news.dahe.cn/2012/11-12/101738728.html.

祖——巴黎的波德莱尔曾有的风格，也是“现代性的五副面孔”之一，也是今天新诗的城市诗现代性建设应该重视的重要“面孔”。

尽管近年中国的城市化进程提速很快，但是中国仍然是传统的农业国家，而不是现代的工业国家。尤其是在心理上，很多生活在城里的诗人仍然有浓郁的乡土情节，喜欢写乡土诗，加上农村还有大量的乡土诗人，所以乡土诗比城市诗繁荣。“思乡病是一种忧郁的情感。一个人之所以体验到思乡病，是因为他住在远离他所说的‘家’的地方。如果一个人仅仅是住在那个他所熟悉的地方，而不是在这个陌生的、相异的世界，他将会充满快乐和幸福。如果一个人感到待在家里不舒服，这也是一种忧郁的情感。他之所以不舒服，是因为在遥远的、不熟悉的、未经探索的地方有着快乐和幸福的希望。在这两种情形中，人们都感到一种缺乏，一种内在的空虚；失去了某种东西——失去了最重要的东西，生活变得空虚。”〔1〕

乡土诗在80年代曾出现热潮，梅绍静、姚学礼、饶庆年、陈所巨、刘文玉等都写出了一些优秀诗歌，甚至还成立了“中国乡土诗人协会”。1986年8月由臧克家创立会刊《中国乡土诗人》，臧克家、李瑛、苗得雨、刘章、张永健等先后担任主编，编委包括王燕生、木斧、阿红、吴开晋等数十名知名诗人。除臧克家当年以“乡土诗诗集”《泥土的歌》蜚声诗坛外，以上诗人中几乎没有一人堪称“乡土诗人”，但是这个刊物直到现在还在出版，发表了大量乡土诗。

世纪之交，个人化写作流行，乡土诗创作进入低潮期。近年受《诗刊》等官方刊物及鲁迅文学奖等官方奖项倡导“接地气”写作的影响，加上生态危机的出现，乡土诗又受到一定的重视，在现在的诗刊中也占有重要位置。《河南诗人》2013年第2期和2015年第1期分别刊发的乡土诗有李振君的《穿黄马褂的油菜花》、乔书彦的《乡恋》、徐泽的《草原上的灯》等多首和杨泽远的《温暖的故乡》、李新峰的《撑高的天空》、牛合群的《二姨》等多首。河南是农业大省，诗人写乡土诗不足为奇，河南编的《河南诗人》也刊发河南以外的诗人的诗作，如徐泽来自江苏，2010年3月还由大众文艺出版社出版了诗集《徐泽诗选》，由雷抒雁的序的题目《梦在田园》就可以知道他写了大量的乡土诗。“徐泽是江苏海安人，是从乡村走向城市的诗人。新的生活，如都市、机器、霓虹、舞厅、酒杯，都以奇异的目光，向他发出诱惑，他也为新生活唱出许多豪迈的、热忱的歌；并曾以多少有些新奇或怪异的形式，试探着为新的场景歌唱：‘夏

---

〔1〕［匈］阿格尼丝·赫勒：《现代性理论》，李瑞华译，商务印书馆，2005年，第268页。

天吊死在椅子上’、‘椅子在跳舞’；但这些声音多少有些陌生，也有些胆怯和干涩。因为在他的灵魂里，回响着一种执着的声音，却是来自故乡，来自远离的田园。这是他永生不能忘记的歌，是刻进灵魂里的歌。”[1]雷抒雁说出了很多从乡村到城市的诗人在中国和中国新诗共有的现代化进程中的尴尬与无奈。他们常常是反现代性的，正是因为来自乡村的他们无法适应现代都市生活才迷恋写乡土诗。

在福建各地的诗人群中，莆田诗人群最关心本土事物。原因是大多数诗人都远离家乡在外地经商打工，时空变幻，文化记忆和生态意识增加，他们喜欢写家乡的自然物相，如林落木写了《木兰溪的水》，张坚写了《枇杷》。尤其是喜欢写岛，张旗写了《去湄洲岛》，小谢的《诗歌的岛屿》写的是南日岛。杨雪帆说出了这种写作倾向的原因："我对南日岛的审视和思考就用了 30 年。现在，我才慢慢理解了那块土地，知道了它的悲痛和喜悦。城市生活是我不爱写的一种题材。这些人中，巫小茶的城市生活写得比较好，她是个纯粹的城里人。其他人写乡下比写城市来得好。一个人的写作总是打上了他的出生地、他的童年的深深烙印，可以说，一个人的地理原乡往往就是他的精神原乡。"[2]

唐欣长期生活在城市，写过很多反映都市生活的城市诗，如《北京组诗》《兰州》《1991 年 6 月 20 号》等。他 2001 年 8 月写的《兰州》全诗如下："这是一座工人的城/师傅是所有人的尊称/这是一座山里的城　乌云压顶/它挡住了我的视线/却升高了我的血压　我不能激动//银河证券交易厅斜对面/是玉佛寺　再过一个路口/就是静宁路小学　经过市政厅/寒风里　持枪的哨兵挂着鼻涕/听说他枪里没有子弹　很有可能/但我知道这一点也是多余//在东方红广场　一个算命老头向我道贺/哎呀　你肯定要飞黄腾达/而在过街地道　一位化缘的妇女/则提醒我注意捣乱的小人/我赏了前者一块　奖了后者八毛/然后回家　紧闭房门/在钢精锅里炖着白菜/在茶叶水里煮着鸡蛋//黄河的上游有座中山桥/想不通的时候可以往下跳/黄河被称为母亲河/那你不过是回到了母亲的怀抱"。但是长期生活于城市的他也有"田园梦想"，他 2002 年 2 月写的《田园诗》全诗如下："麻雀落在土坯屋顶/树根裸露　光屁股的小孩/在泥浆里打滚　核桃一样/的老人靠在墙根　我要赞美这

---

〔1〕 雷抒雁：《梦在田园》，徐泽：《徐泽诗选》，大众文艺出版社，2010 年，第 1 页。

〔2〕 杨雪帆：《独木成林与集体命名：杨雪帆、黎晗对话"莆田诗群"——关于莆田诗歌群体的一次对话》，http://blog.tianya.cn/blogger/post_read.asp?BlogID=314211&PostID=22156569.

些/岂不有违自己的良心/现在到农村也就吸吸氧气之类/牛我不搭理　驴我不搭理/农民　我跟他亦无话/只有狗认出我是生人/一阵狂吠　我赶紧骑车逃命”。

2015年7月，为了弄清乡土诗的生态状况，我专门到甘肃甘南地区、陇南地区和天水地区进行“田园调查”，发现生活在县城以下的诗人几乎都是乡土诗人，真是一方水土养一方人。如我在西和县见到了陇上犁、波眠、河苇鸿等诗人。同样是写乡土诗，风格却有差异。当教师的河苇鸿更喜欢通过发现乡村的原始美来反射出乡村的落后。《村口》写出了乡村的麻木：“一排高大的白杨树下/拴着几头牛/有几个人在闲谈或张望/这是我和蜗牛的故乡/时间仿佛是透明的/多年以来风景依旧/比如春天/母牛发情白杨树发芽/一只只麻雀低低地飞过/多年来没有发生过大事/静静的炊烟蓝的发紫/一条小河还是那样的流向/低低的青草/低低的乡村的喜怒哀乐/生老病死”。《村小记忆：铃声》写出了乡村教师的高尚，也呈现出乡村教育的无奈。“听说/那位一直按时打铃子的陈老师去世了/按时起床和放学/按时上下课/许多年来一直是这样/他敲出的铃声/让一群孩子又一群孩子长大/远走高飞/静静的小河边/铃声比月光要旧/陈老师比其他所有老师都要老/他准时的敲打着/一截废钢管做的铃子/最后一下敲出的声音还飘在半空里/久久不能消逝”。

在文化馆工作的波眠的乡土诗更有思想性。“1967年出生于甘肃西和县的胡家坝，一个以农业为主的村庄，从20岁开始长期做地方群众文化工作，从乡做到县，同时坚持文学创作，主要著作有诗集《黄雪地带》《黑树上的花色》《波眠乡村诗选》，……其作品‘有为农民言说的真诚’，并因诗歌获得‘乡村之子’赞誉。”[1]2010年10月30日，波眠接受孙文涛的采访时说：“我是个乡下人，走的地方不多，眼界不开，我不知道另外的世界是否好一些？但我在诗歌中表达的忧郁和焦灼是真实的，也许这是一个认识和视野的问题，在一次我的诗集发行会上，陇南诗人毛树林也表达了类似的问题，但是我不是一个思辨的诗人，我只相信我的眼睛，我所在的县城二十年前有一条穿城而过的能听得见涛声的漾水河，现在县城内盖了差不多到处都能看得见的白楼。这个GDP再高，那个官员再有‘政绩’，我想也是没有办法的。发展没错，但现实中有序发展的官员较少，都不惜一切代价搞‘政绩’，‘政绩’是什

---

〔1〕 孙文涛：《现代乡村诗、道德与土地——波眠访谈》，http://blog.sina.com.cn/s/blog_5e384c8b0100ok8f.html.

么，就是官位地位。”[1]正是出于对以城市化为代表的乡村现代化的焦虑，波眠写了《写给一位乡长》：“在交给你的一片庄稼中/要看清恶草背后的势力/正确使用你手中的锄/待谷禾以土的温暖/待秧苗以水的潮润/关注百姓门外的泥沙/关注牛羊干渴的嘴唇/让池塘的蝌蚪安闲退掉尾巴/让多嘴的麻雀享有吵闹的自由//像一块秤砣/敢把一车草说轻”。

很多从乡村进入城市的诗人在工业化、城市化为代表的现代化大潮中都出现困惑与无助。他们是“两栖人”，常常是身在城市心在农村。乡村文明在他们身上打下了深深的烙印，城市文明又带给了他们无情的冲击。由于无法明确自己是城市人还是农村人，他们的创作总是游移在城市诗与乡土诗之间，身份的合法性危机导致了诗歌的合法性危机，身份的混乱更导致了创作的混乱，乡村文明使他们保守，城市文明使他们激进，他们始终是在非常态的生态中写诗，很难以现代人的身份写出名副其实的现代诗。尤其当他们目睹到乡村文明被商业文明和工业文明无情破坏时，他们总是为失去的家园悲哀，不由自主地悲歌一曲。谢宜兴发表于《东南快报》2015 年 9 月 24 日第 34 版的《让诗歌记住乡愁》说出了很多城市诗人迷恋乡土诗的原因：“‘日暮乡关何处是，烟波江上使人愁。’每次读到这两句诗，那种乡关何处的犹豫与彷徨，那份烟波茫茫无枝可栖的愁绪，便从诗中悄然移植心上，勾起浓浓的乡愁。那时才知道，乡愁并非去国、离乡者所独有。……我问自己：何地称本土？何处是家乡？出生于闽东乡间，我在乡村度过了童年与大部分少年时光。中学时离乡求学，自此后与出生地渐行渐远。乡村岁月里感受到的贫穷、饥饿、苦难、无助，那份最初的乡愁，后来都化作诗歌，成了流淌于我诗歌中的‘苦水河’。那‘河水’叫我明白：每一首诗歌都有自己的来路，每个人的诗歌都有自己的故乡。当然，诗歌中的‘故乡’未必就是诗人的出生、成长地，就像我的家乡可没有一条对应我诗歌中的‘苦水河’。我说过，对于一个诗人而言，其出生、成长的环境以及这环境在诗人内心生成的‘作用力’，在作品中的折射与蔓延，是一个诗人作品中永远抹不掉的‘文化胎记’。若干年后，当我再次返乡时，我已见不到家乡海岸边成排的古榕树和黑色波浪般的老瓦屋，富裕起来的村庄到处是垃圾，新建的水泥房屋杂乱无章，淳朴的民风也日渐崩坍，有关家乡古风、诗意的记忆底片遭遇现实无情的颠覆，我的痛心可想而知。

---

〔1〕 孙文涛：《现代乡村诗、道德与土地——波眠访谈》，http://blog.sina.com.cn/s/blog_5e384c8b0100ok8f.html.

曾经的乡愁这时以另一种苦涩涌上心头。我恍悟，诗人的故乡永远是一半在记忆里，一半在想象中。唯二者融合才是诗人的心灵家园或者说精神故乡。如今，出生地是回不去了，而心灵家园或精神故乡又该安放何处？身在城市，哪怕只要求'望得见山、看得见水、记得住乡愁'也已是奢侈。只有诗歌，永远是一个诗人的安身立命之所。也只有诗歌，可以教我们拒绝遗忘，带我们返回童年，让我们记住乡愁！"[1]失去的才是美好的，何况乡村本身就是美好的，更何况这种失去是被迫的，并不是正常的现代化建设，而是类似原始资本主义积累时期才有的"掠夺式开发"的结果，当然会让诗人们以乡村守护神和村民代言人的身份，痛心疾首地抨击时政，甚至会用诗笔放大乡村在城市化、工业化和商业化进程中的种种问题。

自由精神是现代精神的重要内容，批判精神是自由精神的具体体现。乡土诗现代性建设需要的正是这种批判精神，乡土诗人也应该成为乡土社会的"精神脊梁"，应该有写作的伦理和诗人的良心，但是不能因为乡村的封闭文化使自己成为阻碍乡村的现代化进程的"卫道士"，也不能为思想而思想，为批判而批判地"玩深沉"。"语言本身具有某种思辨的因素……作为意义的实现，作为讲话、调解和达到理解的事件。这样一种实现之所以是思辨的，就在于体现在语词中的有限的可能性指向意义的无限性。"[2]生活在山东济南的诗人马启代近年大力倡导"为良心写作"，他的乡土诗写作也不是"思"大于"诗"。以《父亲，我生命里最硬的词汇》为例："所有的汉字里，唯有'父亲'一词最硬//父亲，我要把您请回来/坐在我诗的题头，作为最硬的词汇/为儿子的诗句，呈现铁质//父亲，马明文/一个不识字的农民，故去多年/这质朴的光辉//让一个时代的文学蒙羞"。这首诗没有直接写乡村的文化教育的落后，更没有写父亲代表的质朴的乡村文明比儿子代表的现代的城市文明优越，却让人读后有一种"疼痛感"。一个叫"马明文"的农民居然"不识字"，他的光辉却让一个时代的文学蒙羞。这是时代的悲剧！也是文学的悲剧！更是教育的悲剧！

目前大陆乡村诗最缺乏的不是启蒙现代性建设，而是审美现代性建设，写乡土诗必须以诗人的身份说话，而不是以乡村的代言人，更不是以思想家

---

[1] 谢宜兴：《让诗歌记住乡愁》，《东南快报》2015年9月24日第34版。http://blog.sina.com.cn/s/blog_484c787d0102v82o.html.

[2] [美]帕特里夏·奥坦伯德·约翰逊：《伽达默尔》，何卫平译，中华书局，2003年，第65页。

的身份写诗。面对乡村现代化进程中出现的种种问题，诗人不能袖手旁观，也不能风言冷语，更不能横加指责，一定要冷静客观，力求解决问题而不只是发现问题。主张“在审丑的时代把诗写得很美”的白麟是《宝鸡日报》的记者，他很关注土地上的人的命运，他写了《我的北方》《民谣》《麦熟季节》《吉祥村庄》等乡土诗。写这类诗歌，他有意识地“压抑”对诗的语言形式美的多年追求，让诗的题材决定诗的形式，以他的组诗《边缘地带》中的《寂寞村庄》为例：“村里的姑娘小伙儿一进城/全都泥牛入海/打工哪有那么简单呢/被骗的血汗钱处女膜/让小老乡们破罐子破摔/决心与城市背水一战//留守村庄的/就剩了些老弱病残/他们靠房租过上小康/那些流亡的艺术家同居的大学生/造假的黑窝点拾破烂的河南担/还有小偷逃犯暗娼什么的/像见了腥的蝇群那阵势/似乎要将整个村庄围歼//陌生人多起来/村子也就生分了/大白天的有人竟在路边撒尿/有人敢在村口操刀撒野/最讨厌的是那些/不知从哪里来的丐帮/成天追着在这只停两分钟的火车//跟这些年撂荒的耕地一样/村庄成了个日渐荒芜的渡口/偶尔把几个暴发户/风风光光送进城去//村庄的寂寞/或许只有路边的地磅知道/整车整车的肉菜油煤/从这里运进城市/吐出来的就是这些/堆满废料的垃圾场/大风一吹/村子就全身挂彩”。虽然这首诗写出了近年城市化过程中常见的“城边村”的真实情况，但是更多的是“新闻速写”，而不是“新闻调查”，缺乏乡土诗写作必要的思想深度和写作难度，有的思想又太个人化。这样的多叙述少抒情，多观察力少洞察力的乡土诗近年流行诗坛。1987 年，陈惠芳、彭国梁等生于乡村、长于城市的湖南诗人还提出了“新乡土”概念，力图处理好城市与乡村的矛盾，主张用现代艺术精神和艺术手法来写乡土诗。但是这次声势较大的乡土诗现代性建设运动并没有产生多大影响。直到今天，乡土诗人大多还停留在“现实主义”阶段，很多诗人甚至抵制“现代主义”。因此乡土诗现代性建设还任重而道远。

很多乡土诗就是生态诗，朴素的乡土就是自然的生态。波眠的一些乡土诗就可以称为生态诗，所以他也是近年生态诗的代表诗人之一。但是生态诗又超越了乡土诗，一些关注城市生态的诗也是生态诗。把生态诗与乡土诗、城市诗等并列为新诗现代性建设要重点建设的九大题材，是为了强调生态诗在新诗现代性建设中的重要性，也是由中国近年在现代化进程中出现了生态危机的残酷现实决定的，很多诗人都是因为亲身感受到空气污染严重、自然灾害频繁等对自己的生存及人类的生存产生了威胁，才产生了生态关怀和生态审美，写起了生态诗。如李松涛的长诗《拒绝末日》1996 年出版，2003 年获得环境文学奖。新诗现代性建设最需要关注的问题就是现代人的生存问题，生态诗不但直接关注这个问题，而且可以反思现代性的弊端，完成对现代性的批判。但是正如某个地区过度的经济发展会付出环境恶化的代价一样，一些过分强调生态保护的生态诗是反现代性的，会阻碍现代化进程，所以生态诗人必须有科学精神和经济意识，尤其要明白工业文明中投入与产出的关系，力求可持续地和谐发展。

在台湾诗坛，生态诗在80年代就受到关注，在世纪之交快速发展。近年大陆厦门、宁波等地发生多起市民联合抗议当地政府上PX化工项目的事件，但是很少因此出现生态诗。鸿鸿在参加一次生态抗议运动中却写了宣传歌词《不要到我家盖工厂》，借孩子之口控诉了现代化工厂对生态的残酷破坏："妈妈　我们窗外有月亮/月亮的脸就像妈妈一样/妈妈　我们院子有花香/花的香就像妈妈一样//妈妈我梦见院子里盖了工厂/浓浓的烟再也看不到月亮/飘来的味道又酸又苦又呛/梦里的工厂就像一匹狼//妈妈　狼在院子里逛/妈妈　它跳进窗户跳上我的床/妈妈　快把恶狼赶走吧/妈妈　快把恶梦赶走吧//我要妈妈的脸/我要妈妈的香/恶梦滚开吧！恶狼滚开啊！/不要到我家盖工厂。"

2012年1月，"第二届台湾诗学创作奖"专门设置了"生态组诗奖"，向华文诗界征集生态诗。宗旨是："推广诗创作，带动创作风气，鼓励诗创作者，关怀地球生态。"[1]主办单位是台湾诗学季刊杂志社　吹鼓吹诗论坛，得奖作品刊登于《台湾诗学　吹鼓吹诗论坛15号》及《台湾生态诗选》中。"从2012年2月1日至5月31日截稿，由诗奖工作小组涂沛宗和苏绍连两人检视来稿，合于比赛规定的作品总共318件。"共7人获奖，大陆诗人四人：辽宁鞍山的田力、湖北武汉的夜鱼、河南固始的李庆华、福建福州的锦天翡鸿；台湾诗人两人：桃园的刘金雄、屏东的李巧薇；澳门诗人一人：川井深一。2012年12月15日，田力在台北领奖，他的《受奖词》如下："尊敬的台湾诗学，尊敬的各位诗人：我是田力。得到第二届台湾诗学生态奖的名单，让我既惊喜又意外。诚然，诗歌是心灵的声音，是反映写作者对所见到的或者所感悟到的世界的看法。从心灵的角度上讲，写诗歌不是在比赛，但诗歌却是比较。当今世界，我看到的是：一些人拼命地保护我们赖以生存的地球环境，而另一些

---

〔1〕 苏绍连：《第二届台湾诗学创作奖——生态组诗奖　比赛办法》，http://blog.sina.com.cn/s/blog_680bd9650100zos4.html.

人也在不停地、无休止地、丧心病狂地损坏和损毁我们的生存家园。一朵花不会说话，但我们可以代替它说出它内心的愤怒；一片云不会说话，但我们可以用一条毛巾，擦拭它黑色的眼泪。面对日益被破损的我们人类的生存环境，我们不应该袖手旁观、麻木不仁，而应该尖叫，尖叫着：我们给将来的子孙留下的是一片什么样的土地、什么样的天空？感谢台湾诗学，感谢吹鼓吹论坛，感动于编辑们的公正、公平、严谨的评选态度，此次我的参选作品，现在回过头读一读，便发现了它一些细节上处理的不足，以及我自己驾驭语言的某些力不从心。能够将如此重要的奖项颁发给我，着实我感到受宠若惊，也足以看出台湾诗学学会的胸怀。再一次感谢吹鼓吹论坛，感谢台湾诗学，感谢那些关注以及疼爱诗歌的人。"[1]

田力的获奖诗作由以下四首诗组成。《唤醒一朵花》："用一阵风已经不行，用阳光和一碗水也/已经不行/甚至用一个完整的春天/也不行。用/一页一页卷了边角的，写了歪歪扭扭/祝福语的作业本，用一个/有汩汩流水声的乡村小学校。一朵花昏迷了/那么久/那么久它都不醒，不睁开眼睛/把它画在纸上，它都不睁开/它凄美的眼睛"。《一棵树梦见了》："一棵树梦见了/自己的童年/一棵/还站在荒原上的摇着手的矮树/孤零零流着泪，哦/其实它/已经没有多少泪水可流了/一棵树梦见了自己/快乐的童年，梦见了自己身边的/快乐的姐妹、兄弟/现在，它们都消逝了。漫漫的长夜/混浊的风吹一下它的头发/它就抽搐一次/再吹一下，它就/再抽搐一次"。《这花儿》："这花儿多白，放在月亮旁边/月亮也白。//这花儿多静，放在风的旁边/风儿也停。//这花儿多忧郁，放在你的身边/你们像姐妹"。《原先》："原先我插上栅栏，退后十米/我手指落处：看，我那园子//原先我插上栅栏，退后三十米/我手指落处：看，我那青菜//原先我插上栅栏，后来连那片房子/也拆了/我手指落处：看，看这里和那里/我曾经的青年和中年"。

大陆诗人能够在台湾诗人发起的生态诗大奖中占重要位置说明大陆生态诗近年也有较大的发展。很多诗人都写过生态诗，如浙江湖州诗人李浔的诗观是："把诗写得冷静，回到内心，把诗写得凝练，回到诗的本质，把诗写得实在，让诗回到良心。轻松写诗，随心所欲写诗，把诗写得轻松，把诗写得干净，把诗写得清爽，回到诗经时代。"[2]"诗经时代"是生态完全没有受到破坏

[1] 田力：《获得第二届台湾诗学奖后，我的受奖词》，http://blog.sina.com.cn/s/blog_3e46ef1501015fzb.html.

[2] 李浔：《五年：李浔自选诗二十首》，http://blog.sina.com.cn/u/1280116182.

的时代。生活在小城市的他近年写了多首生态诗。2010 年 1 月 16 日写了《家乡的女人》:"喜欢水的女人 总是无辜/走在沼泽喜欢的地方/远处没有要等的男人/没有山 只有低头吃草的光景//有水的地方可以捏一些泥巴/重塑心目中的人 可以/让宁静的村庄不再宁静/让后院的枫杨树哗哗作响//灶沿上擦得干干净净/火在灶膛 更在心里/把等待烧得沸热又有好看的热气/喜欢水的女人 总是干净/连寂寞也这样干干净净"。2011 年 2 月 11 日写了《早晨的鸟是一滴会飞的露珠》:"早晨　你的身体有了淡青的场境/清爽的呵欠　湿润的眺望/窗外的小鸟在公共场所调情/这是我梦中无法拓展的细节/杯里有伸着懒腰的春茶/它们惊讶　猜疑　春是可以冲泡出来的/早晨的鸟　在远处追随旭阳/尽管你已醒了　是可以想象了/但梦境中的对话还在/'是否离开这个是非之地? /不,是非是磨亮耐心的石头'/这样的早晨是无法安静了/吵吵闹闹的早晨　一切都变了/鸟也是一滴会飞的露珠"。2012 年 11 月 3 日写了《素》:"这些日子　他和自己的影子较劲/比谁坐得正　比谁更不会说大红大绿的话/他很瘦　梦是瘦的　回家的路是瘦的/那株已经不会开花的老树也是瘦的/树下没人乘凉　只有/那只飞不远的鸟还在腼腆地唱着//回家　沿着这条回乡路/他把路走得越来越细/生怕会踩着了路边的野菜/是的　离乡越近　青菜越绿/现在终于见到了乡下的月光了/他开始清白　他更相信/明天会有一个小白菜一样清爽的早晨"。

李浔以审美心态写生态诗,与传统的田园牧歌式抒情相似,他的生态诗写作是自发的,他也从来没有把自己定位为生态诗人。他这种创作状态代表了很多大陆诗人。这是大陆生态诗比台湾发展较慢的原因之一。在大陆,近年只有华海堪称"生态诗人"。他的新浪博客名就是"华海生态",说明他对生态诗的迷恋。他在新浪博客的首页上的"华海简介"如下:"华海: 江苏扬州人,现居岭南,生态诗歌倡导者。已出版《生态诗境》《当代生态诗歌》《华海生态诗抄》《敞开绿色之门》《一个人走》《燃烧的眼睛》《静福山》等著作。"[1]他还在首页上放上了"华海生态诗观":"作为一种工业时代孕生的但又批判和反思它的积习的文化现象,生态诗歌并不是简单的生态加诗歌。我以为它可从正题和反题两个侧面展开,正题是借助语言的梦想回到自然并重构自然和人的和谐关系;反题是现代性的批判和生态危机的警醒。无论正题或反题都有一个共同的指向: 在现代生态文明观影响下的汉诗写作。一个新的时代

〔1〕 华海:《华海简介》,http://blog.sina.com.cn/u/1265274857.

来临了，生态问题成了不能不正视的现实，生态诗歌便应运而生。它以崭新的生态文明观念为思想基石，以其鲜明的批判性、体验性、梦想性表达一种和谐的愿望。在传统白话诗人笔下，自然往往只是表达人们内在意志的载体，表现人对自然的征服和改造。而古代山水田园诗，倒应当成为当代生态诗歌一脉相承的诗歌传统资源。生态诗歌把自然和人放在同一位置上作为表现主体，这与持人类中心主义的诗人具有完全不同的诗歌价值取向。”[1]

华海的生态诗写作始于上世纪80年代后期，写出了《喊山》《白鹭》《湖心岛》等诗作。近年他大力鼓吹生态诗，不但创作了大量诗作，还写了很多理论文章，出版了《当代生态诗歌》《华海生态诗抄》《生态诗境》《敞开绿色之门》等生态诗集和理论著作。大众文艺出版社2006年出版的《华海生态诗抄》是国内首部生态诗集。华海还组织了多次推动生态诗创作与研究的诗歌活动，如在2008年5月17日在广东清远举办了“生态与诗歌暨华海生态诗歌国际学术研讨会”。他所在的“清远诗歌群”的其他诗人唐德亮、成春、黄海凤、李伟新等诗人也写了很多生态诗，形成了大陆诗坛唯一的“生态诗创作群”。

新浪博客中有一个名为“生态诗歌”的博客，是生态诗人的集结地。首页上的“公告”如同大陆生态诗人们的“宣言”：“在生态危机的时代，诗人何为？面对日益衰败的地球家园，面对危机四伏的大自然，大难已经临头，诗人能够无动于衷吗？诗人是不是人类的良知？诗人是不是大自然的良知？生态危机带来了生态诗歌的诞生，带来了生态诗人的诞生，我们已有许多生态思想的先驱者，让我们加入他们，摇旗呐喊！/让我们用生态的视角打量世界/让我们用生态的意识和伦理去抒写/让我们用诗歌发出生态的警报/让我们用诗歌重新构建与大自然的关系/让我们抛弃人类中心主义/让我们反思人类的文明哪里出了错/……文学是时代思潮的前哨，诗歌是文学的先锋，先锋诗人必将走在当代文学的最最前锋！欢迎任何有生态良知的诗人加入/你的声音的加入将会使我们的声音更大更有力！”[2]

从“生态诗歌”博客的首页上的“队员名单”和2015年7月28日发布的博文《最新告知》所言的《中国当代生态诗选》“生态诗作品选作者名单”中不难发现，很多名诗人，尤其是生活在大都市的诗人都没有出现在这两个名单上。这说明生态诗在大陆还没有引起真正的重视，名诗人的缺席严重影响了

[1] 华海：《华海生态诗观》，http://blog.sina.com.cn/u/1265274857.

[2] 生态诗歌：《公告》，http://blog.sina.com.cn/shengtaipoem.

生态诗的艺术质量，最受环境污染的大城市诗人的缺席更会影响对现代性的批判力度。因此生态诗现代性建设既要重视乡村生态诗建设，更要重视城市生态诗建设，处理好传统与现代、环境保护与经济发展、科学与艺术、诗人个体与大众群体、歌颂与暴露、牧歌写作与挽歌写作等复杂关系。

古今中外，都有人写旅游诗。如刘勰所言："人禀七情，应物斯感，感物吟志，莫非自然。"[1]"遵四时以叹逝，瞻万物而思纷。悲落叶于劲秋，喜柔条于芳春。心懔懔以怀霜，志渺渺而临云。"[2]寒暑交易，季节变换，诗人游山玩水，因景生情，寄情于景，旅游诗自然而成。旅游诗中也有生态诗，很多诗人在旅游中生态意识会觉醒，自然生态与诗歌生态及诗人生态休戚相关，所以旅游诗常常与生态诗有异曲同工之处。"人的自我意识随着社会生活的发展而发展。"[3]旅游是旅游者面对的自然生态和文化生态上的变换，来自自然和来自社会的"他者"的出现，有助于确立旅游者正确的自我意识，增加他的社会意识，让他更能够融入自然和社会。在他者视域中的自我意识是人的现代意识的重要内容，所以旅游有助于改善人与自然、人与社会的对抗关系，使人成为更健康更优秀的现代人。只有将人的自然性与社会性有机融合的人才有能力解决人类这三大问题，只有健康的个体才能组成健康的群体。旅游诗记录了人对时间、空间及生态的不同反映，旅游诗写作有助于完成新诗把中国人培养成现代人的重任。尤其是当前倡导旅游诗，有利于改变上个世纪90年代出现的个人化写作风气，将诗人从书斋中解放出来，让个人化写作适当向社会化写作转变，使诗的功能由单一的个体抒情转向将人与自然合为一体的抒情。开放自己走进大自然，诗人的身心会更健康，诗歌作品的境界也会提高。

台湾诗人的旅游诗写作，尤其是"现代旅游诗"写作，可以为大陆旅游诗现代性建设提供经验。张默在晚年写了很多旅游诗，代表作是《黄山四咏》，受到很多人的喜爱。张默在《黄山四咏》中的《初眺梦笔生花》一诗中有这样的梦想："为何，一根擎天石柱的顶端/却独独矗立着，一尊神采飞扬的奇松/莫非，那是李白如椽的巨笔/在睡梦中，被人偷偷倒置/莫非，他还在苦苦寻索，甚至挥毫/而隔岸一峰五岔的笔架/正以最美最流畅的姿势//把诗人酒后

---

〔1〕［梁］刘勰：《文心雕龙·明诗》，周振甫：《文心雕龙今译》，中华书局，1998年，第56页。

〔2〕［晋］陆机：《文赋》，郭绍虞：《中国历代文论选》，上册，中华书局，1962年，第136页。

〔3〕Denys Thompson. The Uses of Poetry. London: Cambridge University Press, 1974. p. 3.

轻飘飘的身子，稳稳接住。”这首诗表达了对诗仙太白的怀念之情和对黄山奇景的赞美之意。绿蒂在《绿蒂诗选》的自序《诗是我的代言人——代序》中说：“诗是我生命的记事簿，也是我生活中最忠实的陪伴，……这十几部诗集都是我行旅与心境的写照。‘美’一直是我永恒不变的追求，在我行脚的风景中，也在我诗的境界里。……在喧哗的世界里，我砌造属于自己的诗的城堡。这个城堡是移动的，也是坚固的，有古典的风雅，也有现代的惊艳。欢迎诗的读者，持着心灵的门票参访，并可在城墙上留言。”[1]旅游诗确实是绿蒂“行旅与心境的写照”，是他与大陆的自然景观和人文景观“对话”的产物。这些诗如落蒂所言：“游于方外，与世无争，出尘飘逸的哲思。”[2]孟樊《旅游写真——孟樊旅游诗集》，写了大陆 15 个省区，共 18 首诗。本书的封底介绍说：“旅游诗是孟樊在《S. L. 和宝蓝色笔记》出版之后刻意经营的一个‘文类’，这本旅游诗集可以说是一种‘理念先行’的创作，成书之前，作者已经有了明晰的主题概念，决定把作者将近二十年走过的旅游足迹化为诗之文字，配合他拍摄的照片，以图文并茂的形式，藉由纸本诗集呈现出来，这在台湾诗坛还是一项创新的尝试。旅游诗作古已有之，但现代旅游新诗如何表现，以及该有怎么不同的展现，孟樊的这本诗集尝试提供一种答案。旅游诗，顾名思义，系因旅游而来，而旅游有所旅、有所游之处，亦即要有景点入诗——即便是借景抒情，否则不足以言‘旅游’，因而景物入诗便成为作者创作时一个重要的界阈；基此，为了阅读的便利，在每首诗后，作者特地附上一篇‘旅游写真’，以记述当时的旅游心情或创作背景，方便让读者按图索骥，乃至于跟诗人一同于纸上神游一番，如斯作法也算是台湾诗集出版的一项创举。这本旅游诗集的出版，当能更丰富当今以散文创作为主的旅游文学。”[3]张春荣在序言中说：“整本诗集的体例，先诗（旅游诗）后文，形成两种文类相互辉映的挑战。孟樊以极简的‘旅行写真’，极富情思的旅游诗作；挑战‘言徵实而难巧’的限制，挑战‘意翻空而易奇’的极限。藉由时空坐标的定点，藉由背景的蜻蜓点

〔1〕 绿蒂：《诗是我的代言人——代序》，绿蒂：《绿蒂诗选》，台湾商务印书馆，2006 年，第 1—2 页。

〔2〕 落蒂：《小议绿蒂诗作的思想美》，绿蒂：《秋光云影》，普音文化事业股份有限公司，2008 年，第 155 页。

〔3〕 唐山出版社：《旅游写真》，孟樊：《旅游写真——孟樊旅游诗集》，唐山出版社，2007 年，封底。

水，留给读者'现代诗'的凌空飞跃，体验文类'双剑合璧'的美感。"[1]张春荣还引用了孟樊主编的《旅行文学读本》中的一段话："但受限于文体本身的性质，旅游诗较难以在叙事上发挥所长，'言志'反而常成为它主要的诉求，当然，写景功夫的高低仍然是作为一首好诗的评判准据。"[2]孟樊在自序中说："对我而言，诗就是旅游的记忆与回味，……我则以诗作留下生命中走过的部分轨迹。"[3]"现代诗人是不乏记游的诗作，余光中、洛夫、郑愁予、詹冰、林亨泰、张默、李魁贤、杨牧……名字可以列举不完。……若干诗人的诗集中甚至收有所谓的'旅游(或纪游)诗辑'，但是迄今则只得见张默的旅游诗集《独钓空濛》一册。这本诗集开笔之初，即有此一念头：让我来写一本旅游诗集吧！也因此这并非是事后唐突凑成的作品，你可以说它是'理念先行'之作。然则，旅游之诗该如何表现呢？这个问题似乎不是问题，因为绝大多数诗人想也甭想自然而然就下笔了，但是在我写作数首之后，并且想将它当作我旅行地图的记录，有一些想法便浮现出来，……为了令景物能进入诗中，也为了让读者跟着进入诗中的天地，让我兴起为每首诗做一番小小的'纸上导游'的构想。"[4]

大陆没有诗人像孟樊那样为写旅游诗而写旅游诗，大陆诗人的旅游诗写作"直觉"大于"想象"，"小感触"重于"大思想"，诗的成分远远大于旅游的成分，即所思所感远远多于所见所闻，更没有考虑读者，常常是寄情于景、托思于物。如宝鸡诗人怀白的《古楼兰思绪》："揉揉眼睛/想从烽燧台上透视些什么/追溯着城里那条古老的水道/我游弋在贸易中转站的漩涡……一觉醒来沉睡了两千多年的/女尸/翻翻身轻巧地启开了/楼兰王国里深邃的探索"。南京诗人夏才和的《桃花潭》："李白曾在这里/随手将诗句/打了一个水漂/结果流传了千年/使原先名不见经传的桃园/名气响亮了四海/骚客慕名而来/也仿袭千古一掷/不料将平仄/沉没千尺深的潭底"。长期生活在海口，现居北京的李少君的《敬亭山记》："我们所有的努力都抵不上/一阵春风，它催发花香/催促鸟啼，它使万物开怀/让爱情发光//我们所有的努力都抵不上/一

---

〔1〕 张春荣：《序：当才气遇到书卷气》，孟樊：《旅游写真——孟樊旅游诗集》，唐山出版社，2007年，第3—4页。

〔2〕 张春荣：《序：当才气遇到书卷气》，孟樊：《旅游写真——孟樊旅游诗集》，唐山出版社，2007年，第6页。

〔3〕 孟樊：《自序》，孟樊：《旅游写真——孟樊旅游诗集》，唐山出版社，2007年，第10页。

〔4〕 孟樊：《自序》，孟樊：《旅游写真——孟樊旅游诗集》，唐山出版社，2007年，第10—11页。

只飞鸟，晴空一飞冲天/黄昏必返树巢/我们这些回不去的浪子，魂归何处//我们所有的努力都抵不上/敬亭山上的一个亭子/它是中心，万千风景汇聚到一点/人们云一样从四面八方赶来朝拜//我们所有的努力都抵不上/李白斗酒写成的诗篇/它使我们在此相聚畅饮长啸/忘却了古今之异，消泯于山水之间”。从诗艺的角度看，这三首大陆旅游诗都是好诗，特别是有写作的高度和思想的深度。但是缺乏台湾旅游诗的“旅游性”——市场性和娱乐性。对诗人而言，旅游诗写作如同旅游一样，应该是轻松快乐的，没必要因为写诗“玩深沉”毁了旅游的乐趣。对读者而言，无法从旅游诗中获得旅游信息，非诗人或者诗歌爱好者的普通读者并不关心诗人的感触，更不愿意接受诗人的思想教育，他们自然不会喜欢思想性太强的旅游诗。

旅游诗的现代性建设应该把两者的优势结合起来。大陆写旅游的诗人，更多的是自然人，写作行为更多的是“个人行为”。台湾写旅游诗的诗人更多的是集体人，写作行为常常不约而同地成为“集体行为”，相似的“生活阅历”和相同的“风景名胜”很容易使他们的创作“类型化”。强调现代旅游诗的“旅游性”的同时，也应该确定旅游诗是抒情诗，在“感情、感觉、情绪、愿望、冥想”五大“内在体验”中，“感觉”与“情绪”仍然占主要地位。现代旅游诗既要重视旅游诗的自然性，重点写“所见”；也要重视旅游诗的文化性，重点写“所思”。更需要将人的生物学记忆与社会记忆和文化记忆结合，把所思所感融入所见所闻中，获得一般旅游者无法获得的诗情、诗意和诗思。如《旅游写真——孟樊旅游诗集》的序诗《从台北出发》所唱：“塞纳河左岸坐在观音山对面/西班牙台阶躺在故宫脚下/中山北路三段是大英博物馆/中正纪念堂有天安门广场//我的乡愁是/台北一块块意象的/拼图/一一从我诗的旅游地图上/出发”。旅游诗写作应该从“诗的旅游地图上出发”。这里的“旅游”是自然的、情感的、精神的和思想的“旅游”的有机融合，但是应该坚持“旅游”本位，重视自然景观与人文景观。

新诗现代性建设要关注人的生存问题，关心人的生理需要和审美需要，实现诗的启蒙功能、抒情功能和治疗功能。性与爱的需要是人的生理需要，两性关系是人必须处理的基本关系，家庭是社会的基本细胞。“由于身体的存在和个人的自主是任何文化中、任何个人行为的前提条件，所以它们构成了最基本的人类需要——这些需要必须在一定程度上得到满足，行为者才能有效地参与他们的生活方式，以实现任何有价值的目标。”[1]爱情诗有助于解决人的生存问题，满足人的生理需要，完成诗的抒情功能和治疗功能，还有助于现代人、现代家庭和现代社会的现代性建设。

但是爱情诗在新诗现代性建设中的重要性一直不受重视。中国古代诗人受“兄弟如手足，妻子如衣服”等观念的影响，爱写友情诗，不愿意也不敢写爱情诗。新诗以一种政治性先锋文体的面目在20世纪初横空出世，在新诗草创期，汉语诗歌的世俗性与中国家庭的民主性和中国爱情的开放性是当时中国现代性建设的三大内容，是向旧世纪宣战的三大武器，所以政论性刊物《新青年》刊发了大量讨论新诗、爱情和家庭的文章，目的是建设新艺术和新伦理，倡导诗歌新观念和婚恋新道德。因此1922年在杭州由汪静之、应修人、冯雪峰、潘漠华组成的“湖畔派”诗人写爱情诗的行为受到欢迎，掀起了新诗史上第一次爱情诗高潮，涌现了很多动人诗篇，如刘大白1923年5月2日写的《邮吻》：“我不是不能用指头儿撕，/我不是不能用剪刀儿剖，/只是缓缓地/轻轻地/很仔细地挑开了紫色的信唇；/我知道这信唇里面，/藏著她秘密的一吻。//从她底很郑重的折叠里，/我把那粉红色的信笺，/很郑重地展开了。/我把她很郑重地写的/一字字一行行，/一行行一字字地/很郑重地读了。//我不是爱那一角模糊的邮印，/我不是爱那幅精致的花纹，/只是缓缓地/轻轻地/很仔细地揭起那绿色的邮花；/我知道这邮花背后，/藏著她秘密的一吻。”

徐志摩更是以“情种”的身份成为新诗史上重要的爱情诗人，写出了《我等候你》《我不知道风是在哪一个方向吹》《残春》《我有一个恋爱》《云游》等经典之作。徐志摩的《我来扬子江边买一把莲蓬》的“真情流露”令今天的爱情诗人感叹。全诗如下：“我来扬子江边买一把莲蓬；/手剥一层层莲衣，/看江鸥在眼前飞，/忍含着一眼悲泪——/我想着你，我想着你，啊小龙！//我尝一尝莲瓤，回味曾经的温存：——/那阶前不卷的重帘，/掩护着同心的欢恋：/我又听着你的盟言，‘永远是你的，我的身体，我的灵魂。’//我尝一尝莲心，我的心比莲心苦；/我长夜里怔忡，/挣不开的恶梦，/谁知我的苦痛？/你害了我，爱，这日子叫我如何过？/但我不能责你负，我不忍猜你变，/我心肠只是一片柔：/你是我的！我依旧/将你紧紧的抱搂——/除非是天翻——/但谁

[1] [英]莱恩·多亚尔、伊恩·高夫：《人的需要理论》，商务印书馆，2008年，第60—70页。

能想象那一天?"

在20世纪上半叶,很多新诗诗人像徐志摩那样写着浪漫的诗,享受着浪漫的爱情,甚至参加了浪漫的革命。有的诗人把写诗的自由与恋爱的自由等同,还把革命与爱情等同,有的甚至是革命加爱情。郭沫若说蒋光赤在"浪漫"受到攻击时,公开宣称:"我自己便是浪漫派,凡是革命家也都是浪漫派,不浪漫谁个来革命呢? ……有理想,有热情,不满足现状而企图创造出些更好的什么的,这种情况便是浪漫主义。具有这种精神的便是浪漫派。"[1] 1927年11月,成仿吾在《从文学革命到革命文学》中说:"有人说创造社的特色为浪漫主义与感伤主义,这只是部分的观察。据我的考察,创造社的特色是代表着小资产阶级的革命的'印贴利更追亚'。浪漫主义与感伤主义都是小资产阶级特有的根性,但是在对于资产阶级的意义上,这种根性仍不失为革命的。"[2]茅盾在1930年版的《西洋文学通论》一书中的《浪漫主义》专章中结论说:"浪漫主义则尊重自由,要打破那些束缚个人自由的典则。……浪漫主义则注重内容,打破那形式的桎梏。……浪漫主义则为情热的理想的。"[3]

20世纪的新诗诗人,特别是在二三十年代国内阶级斗争异常激烈时期,常常采用"革命式"与"爱情式"两种生活方式。一是醉心于革命,他们在开始阶段重视个人抒情,然后启蒙大众,最后投身革命,如蒋光赤、殷夫、胡也频、郭沫若、成仿吾、柯仲平、黄药眠等,甚至连女诗人,如石评梅、丁玲的诗中也充满革命豪气。这类诗人受到了拜伦、雪莱等积极的浪漫主义诗人的影响,崇尚社会革命和个性解放,他们的最后结局都如蒋光赤的诗所言:"多情的诗人""染着"了"革命的赤色"。很多青年也是因为"革命的赤色"成长为"多情的诗人"。"许多青年人通过文学艺术变得激进起来,……五四运动以后,中国的创造性文学艺术,开始了其激进化的过程。例如,这一倾向就清楚地表现在鲁迅的作品中,以及像创造社这样的文学组织的转变之中。1930年3月,左翼文学运动的不同支派集合在一起,成立了左翼作家联盟,其领导下的

[1] 郭沫若:《学生时代》,人民文学出版社,1979年,第244页。

[2] 余飘、李洪程:《成仿吾传》,当代中国出版社,1997年,第96页。

[3] 茅盾:《西洋文学通论》,书目文献出版社,1985年,第73页。上海世界书局,1930年原版。原署名方璧。

刊物，向主张‘为艺术而艺术’的文艺批评家以及民族主义的作家发起了挑战。”[1]二是沉醉于爱情，如刘梦苇、邵洵美、徐志摩等，他们更多地受到华兹华斯为代表的消极浪漫主义的影响。消极浪漫主义诗人认为尽管革命可以推动社会前进，但是女性和大地更是人类赖以生存和发展的重要因素，因此诗人应该歌颂女性的美和自然的美。徐志摩等人便大写歌颂爱情和自由的“浪漫诗”。

李长之在1942年4月28日写的《迎中国的文艺复兴》说：“我们这一个时代的文艺，亦然。不是讽刺，就是写实。讽刺是五四时代破坏精神的余波，写实就是理智主义的另一表现。新文艺中以新诗的成就为最差，太理智了，哪里会有诗！浪漫主义是这一个时代所不能容的，所以那唯一标榜浪漫主义的创造社，不久也就从文学革命到革命文学，他们自己也不承认了。浪漫并不是坏的意思，正如爱不是坏意思一样，但在中国却都遭到了误解。有人在结婚典礼上请新郎报告恋爱经过，他说：‘我们只恋爱过一次！’如此沉溺于卑俗的物质之欲，如何能了解爱！国人对浪漫主义的误解和这差不多，以为披发行吟为浪漫，以酗酒妇人为浪漫，以不贞为浪漫，似乎国人很缺少浪漫精神了。”[2]“尽管鲁迅对20世纪初期中国妇女解放的可行性持有很大的保留态度，但是正处于中年的鲁迅却同情甚至挂念着那些青年女作家。可是对一些男作家，鲁迅却用冷嘲和蔑视对待他们。‘才子加流氓’这个词就是他的一句精辟之语，特别用来称呼那些创造社人士。但是他还很乐意把这句话推而广之，用来嘲骂文坛上的一群暴发户、得志者，这些人刚刚在一家新杂志上发表了一篇小说或是一首诗，就大肆炫耀，吵吵嚷嚷着要求马上就得到承认。他们的名声与其说是来自他们的作品，还不如说是来自他们那种浪漫行为。作家个性与生活经历的这种高扬——过分专注于自我——对‘五四’时期文学创作的性质和质量产生了一种关键性的影响。”[3]尽管李长之与鲁迅的结论有些偏激，他们所描述的确实是当时一些青年诗人的“风流倜傥”甚至“爱情至上”的形象。

---

〔1〕 [美]陈志让：《共产主义运动(1927—1937)》，费正清：《剑桥中华民国史》，第二部，章建刚等译，上海人民出版社，1991年，第240—241页。

〔2〕 李长之：《五四运动之文化的意义及其评价》，郜元宝编：《李长之批评文集》，珠海出版社，1998年，第333—334页。

〔3〕 [美]李欧梵：《文学潮流(一)：追求现代性(1895—1927)》，费正清：《剑桥中华民国史》，第一部，章建刚等译，上海人民出版社，1992年，第515页。

爱情诗现代性建设有必要借鉴并反思这段历史，有必要通过现代爱情诗来建设中国人的现代爱情，来达到通过新诗现代性建设来培养现代中国人的目的。现代爱情诗应该包括抒写人的生物性情感的情色诗和人的心理性情感的情爱诗。2001 年 12 月在北京香山饭店，我在首师大中国诗歌研究中心举办的"中国新诗理论国际学术研讨会"上的发言中，把爱情诗分为"柏拉图式爱情式的爱情诗"和"弗洛伊德式爱情式的爱情诗"，并宣称正在北京师范大学读博士的我正在写的是后一种爱情诗——色情诗。我的发言引起震动，参加会议的首都师范大学博士生们告诉我说我的大会发言让他们觉得有"快感"。2015 年 7 月在天水师范学院做《新诗创作新观念》讲座，讲到诗歌疗法时我强调爱情和婚姻对人，尤其是对女人的重要性，认为情色诗能够满足人的生理需要和审美需要，几位年轻的女教师告诉我说我的讲座让她们觉得很有"温暖"。我的两次经历说明中国在进步，中国人的情爱观越来越现代。

世纪之交仍然是"讲情不色变""谈性会色变"的时代，尤其是 90 年代情色诗的创作生态甚至比 80 年代恶劣，80 年代中后期还出现过伊蕾《独身女人的卧室》。伊沙出版诗集的遭遇颇能证明这一点："1993 年的冬天……我厚厚的一叠诗稿正躺在北师大出版社总编辑办公室的桌面上，被粗细不一的红笔划得七零八落，头上顶戴的'罪名'达几十条之多，可怜吾诗，它'三审不过'却并非目前大伙普遍遭遇的'经济因素'。编辑们认为这些诗是具有'流氓嫌疑'的。校长也作了如下批字，而且动用了不止一个惊叹号：'我们的大学不培养这种诗人!!!'"[1]一些刊物，尤其是官方刊物也严格控制色情诗的发表，如娜夜 1995 年 2 月 9 日写的《我用口红吻你》在《诗刊》1996 年 7 期发表时改成了《吻》。其实这首诗一点都不色情，写得很隐晦。全诗如下："在时间与时间的交接处/擦亮一根火柴/点燃一支烟/三月回头一笑：瞧她多么/奢侈//我看见了自己昙花一现时的/容颜/比去年同期初恋更美/生命就停在花瓣上/情有多长/一支烟的工夫？//我用口红吻你/你云遮雾罩的语言从来击不中我的要害/被痛苦削瘦的腰肢/却让你格外/赏心悦目//不不我得谢绝这支烟了/我不能向这世界过多地/坦白了/我得留点秘密"。

自由是新诗的本质特征，百年来新诗始终在呼唤自由精神，因此新诗史上并非没有情色诗，而是被诗歌编辑和教科书封杀了。我 2001 年 6 月选编《20 世纪诗歌大系 1917—1927》，仔细读了大量原始刊物，惊奇地发现这一时

〔1〕 伊沙：《一个都不放过》，青海人民出版社，1999 年，第 361 页。

期的刊物上出现了很多爱情诗，甚至还有色情诗，有的在诗艺上还相当优秀。《学灯》的新诗编辑宗白华还在1922年大力倡导恋爱诗："我觉得中国社会上'憎力'太多，'爱力'太少了。没有爱力的社会没有魂灵，没有血肉而只是机械的。现在中国男女间的爱差不多也都是机械的物质的了。所以我们若要从民族底魂灵与人格上振作中国，不得不提倡纯洁的，真挚的，超物质的爱。"[1]但是这些诗人和诗作都是我这位专业从事新诗研究30年的学者十分陌生的，原因是现在通行的文学史、新诗史以及诗歌选本都没有提及它们。即使提及也被当成"反面教材"被批判。如徐志摩的《别拧我，疼》，全诗如下："'别拧我，疼，'……你说，微锁着眉心。/那'疼'，一个精圆的半吐，/在舌尖上溜——转。//一双眼也在说话，/睛光里漾起/心泉的秘密。//梦/洒开了/轻纱的网。//'你在哪里？'/'让我们死，'你说。"邵洵美的《蛇》更是被批判的典型诗作。全诗如下："在宫殿的阶下，在庙宇的瓦上，/你垂下你最柔嫩的一段——/好像是女人半松的裤带/在等待着男性的颤抖的勇敢。//我不懂你血红的叉分的舌尖/要刺痛我那一边的嘴唇？/他们都准备着了，准备着/这同一个时辰里双倍的欢欣！//我忘不了你那捉不住的油滑/磨光了多少重叠的竹节：/我知道了舒服里有伤痛，/我更知道了冰冷里还有火炽。//啊，但愿你再把你剩下的一段/来箍紧我箍不紧的身体，/当钟声偷进云房的纱帐，/温暖爬满了冷宫稀薄的绣被！"其实这两首诗写得既含蓄又柔美。

现在通行的现代文学史、诗歌史的编者大多使用第二手材料，甚至以人为的"书史"写"历史"，相互抄袭。有的学者已经知道了这些诗人和诗作，因为受时代及世风、审美趣味和伦理标准，特别是意识形态的限制，不得不违背"以事实为依据，忠实历史本来面目"的治史原则继续"封杀"这些诗人及诗作。连我这种在1999年公开撰文为爱情诗甚至色情诗辩护的激进派，认为色情诗如果能够宣泄被压抑的情感，只要不公开发表，不教唆人犯罪，就有存在的价值，在选编《20世纪诗歌大系1917—1927》这样的权威性诗选时也不得不"保守"一些。尽管让很多诗人诗作重见天日，仍不敢完全打破新诗界"谈性色变"的道德禁区。由此可见，经过以上诗人的道德感、诗人的生存环境、诗人诗作的发表传播途径、诗刊、诗选和诗史的重重封锁，"情色诗"的生态多么恶劣。

大陆新诗理论界召开的最早的"身体写作"座谈会的情况也可以反映出

---

[1] 宗白华：《艺境》，北京大学出版社，1987年，第3页。

情色诗的生态不理想。这次座谈会于2004年5月25日在首都师范大学中国诗歌研究中心召开，参加者有新诗学者周亚琴、张大伟、霍俊明等，还有艺术学者徐虹、现代文学学者刘慧英、当代文学学者荒林等。主持人吴思敬的开场白如下："'身体写作'可以链接的现象有很多，在20世纪90年代它既可以涉及小说，也可以涉及诗歌。作为来自西方的一种批评话语，'身体写作'无疑是与西方女性主义理论有着密切的关系的；但作为一种文学现象，却是早就存在的。今天我们主要探讨的是当代诗歌创作中的'身体写作'问题。我认为'身体写作'这个术语虽是由西方引进的，但它既然来到我们的文化语境下，就势必要为我们的文化所渗透，那么，我们中国学界应该为中国的'身体写作'赋予什么样的一种内涵。我个人以为'身体写作'更多的应该是一种基于本能、原欲的写作，跟它相对的，我们也可以称之为'灵的写作'，如大家所熟知的海子的写作。那么，'身体写作'和'灵的写作'这二者究竟处于一种什么关系，真正的诗歌写作是不是应当是灵肉统一的写作，这些问题都值得进行深入的讨论。另外，我们又应当如何看待当前诗歌创作中的'身体写作'，'身体写作'是不是文学的世俗化、文学的倒退或者是精神匮乏的象征，都是非常值得讨论的。再有，就是'身体写作'与消费时代和文化转型的关系，为什么在早些时候，如朦胧诗时代，80年代中期各诗歌流派蜂拥而起的时代，'身体写作'很少被人提起，为什么近年来升温如此之快？我希望大家能对这些问题热烈发言。"〔1〕

2004年的中国远没有现在开放，尽管是敏感话题，但是学者来自不同领域，半数以上又是女性学者，所以讨论非常热烈，有人赞同，有人反对。反对者占多数，我也主张"身体写作"要有限度。我的发言如下："有一点我想强调的是，诗歌中的'身体写作'与小说的是不一样的。小说可以通过商业行为如封皮包装等使自己的创作成为'卖点'，但诗歌不能。写诗在某种程度上说是不挣钱的。小说文体与诗歌文体是不一样的，这些都决定了诗歌与小说中的'身体写作'是不同的。'身体写作'在很多情况下是一种观念，这里含有的问题是非常多的。我个人认为诗歌中的'身体写作'应当是近期出现的、对欲望过分专注的一种写作。'身体写作'的最终浮出历史的地表是有它的必然性的，它的出现对我们的诗歌写作来说是非常有意义的，它不是什么新的崛起。

〔1〕吴思敬等：《对话：当代诗歌创作中的"身体写作"》，http://www.china001.com/show_hdr.php?xname=PPDDMV0&dname=J346H41&xpos=10.

但我们在看待他们的时候应当客观公正,不要先入为主。这种写作可能由于种种原因会越来越多,但我不希望它大规模的发展,因为在某种情况下,它是不符合中国的国情的。……我想补充一点,就是我所理解的'身体写作'。我们往往一提到'下半身'就联想到了性,但我认为他们其实更多是在强调一种行动。我觉得'下半身'出现是必然的,而不是偶然的。包括在'下半身'之前的一些论争中就已经出现了类似'要说人话'、'反贵族'的口号,'身体写作'是不宜用一些预定之言进行论断的。我个人是为'个人化写作'辩护的,'身体写作'作为一种'个人化写作'理应得到大家认可,我个人是不主张用权力压制某一种写作的,因为写作可以有不同的层面。对于'身体写作'特别是以'下半身'为例,我们究竟有几个人真正地去仔细读过他们的作品,而没有认真阅读人家的作品就批评人家的作品无疑是非常苍白无力甚至是武断的。为什么这些受过高等教育的人会选择'下半身'?恐怕只是使用单纯的道德批判是无法解决问题的。在20世纪诗歌的发展过程中,女性诗歌中很早就有了'身体写作'的倾向,从石评梅、郑敏到今天的女性诗歌写作中,它大致经历了从最早的圣女、贞女、母亲、女人的阶段,而到今天我们用什么样的命名都似乎显得不够确切。我认为'身体写作'以及'下半身'写作的出现原因大致有九点:第一是政治问题,这里有明显地追求话语权利的问题;第二是商业目的,因为身体在这个时代是可以作为另类进行炒作的;第三是诗歌界的沿革;第四是个性解放问题;第五是社会的发展;第六是女权主义运动;第七是文化大转型问题;第八是传统文化的问题;第九是诗教功利化问题。最后,我还想讲一句,今天的诗歌写作到底应该是重视留下作品,还是强调写作的过程?对于'身体写作'而言,我们到底是应该注意他们写什么,还是怎样写的问题?"[1]

今天的中国比十年前开放得多,情色诗的生态也好了很多。大量情色诗在网络上涌现,一些网络诗人还掀起了情色诗大讨论。稚夫主编的《中国性爱诗选》也于2014年由澳大利亚原乡出版社出版,收录了昌耀、黄翔、杨炼、伊蕾、韩东、杨黎、伊沙、沈浩波、朵渔、尹丽川、巫昂、柏桦、阿坚、古河、梁雪波、董辑、郭力家等大陆诗人的诗作,还有台湾诗人陈克华、颜艾琳等诗人的诗作,一共64个诗人,131首(组)诗作。性学家方刚不仅写了三篇序文:《性

---

〔1〕 吴思敬等:《对话:当代诗歌创作中的"身体写作"》,http://www.china001.com/show_hdr.php?xname=PPDDMV0&dname=J346H41&xpos=10.

爱之歌，颠覆之美——为稚夫主编的〈中国性爱诗选〉作序》《以性人权取代性道德》《性学的不性》，还创作了三首诗：《精子的遗书》《阴道里拉出来的纸》《吃掉你》。诗选附录了董辑的《“力比多”万岁——稚夫编〈中国性爱诗选〉阅读笔记》和孙守红的《中国性爱诗歌的前世今生》。孙守红说：“我们认为性爱是美丽的，性爱诗歌的抒写，更应该是纯情的，就算是政治性的反叛诗，也不应该脱离‘爱’的真谛。在讲究性爱诗歌写神圣时，我们只有将性爱的美丽加以修饰而使之闪光，使其言性而不懂恶俗、落恶款，方为性爱诗歌佳作。”[1]这与韩石山2013年12月11日写的序《终会上升到思想的层面——〈中国性爱诗歌〉序》一样，强调情色诗的“思想性”及“启蒙功能”。他说：“古往今来，凡是不能上升到思想层面的性事，都可以放任，可以睁一只眼闭一只眼，凡是可能上升到思想层面上的性事，则必须严加批判与查禁。……有一样东西，是可以上升到思想的层面的。那就是文学作品。而文学作品中，最能致此效应的，莫过于诗歌。诗歌中，最最能致此效应的，又莫过于性爱诗。”[2]

情色诗现代性建设应该强调治疗功能大于抒情功能，抒情功能大于启蒙功能，要允许抒发那种低级情感，强调诗人写作的自由和发表作品的限制。一些忧郁症患者或躁狂症病人是由于性压抑造成的，就是因为他们没有一种发泄的途径。写情色诗就是一种发泄方式，它可以缓解人身体上的压抑。2010年11月7日，我在安徽大学磬苑宾馆与安徽诗人龙羽生对话。他说：“诗人在年轻的时候，带着很强的欲念，肉体上的，精神上的，当问题无法解决时，那时候创作的诗，他自己都感觉到很煽情。但是，过一段时间再来看，诗太抒情太优美，那根本上就是精神上的一种释放。当时自己写的时候，觉得太煽情了，又不好意思回去看，过一段时间，心里平静以后，再回过头来，看那首诗的话，发现色情的味道一点都没有了。我恋爱的时候有过那种很强烈的感觉，觉得自己非得要写很煽情的那种诗才能把自己心里的情感释放。……我有一组诗写夏日，写的主题实际上就是跟性欲有关。不论是年轻的也好，成过家的也好，还是老年的，人的性欲无法得到释放，这个问题是很难解决的。……一方面写诗是为了释放，另一方面就是将带有精神病的症状缓减。如果不缓减，就有可能更大程度地爆发。有精神病的人如果不善于表达，这

[1] 孙守红：《中国性爱诗歌的前世今生》，稚夫：《中国性爱诗选》，原乡出版社，2014年，第432页。

[2] 韩石山：《终会上升到思想的层面——〈中国性爱诗歌〉序》，稚夫：《中国性爱诗选》，原乡出版社，2014年，第4页。

种情绪得不到发泄，就可能发病。但真正写作的人通过抒写就能把心里的压抑舒缓开。”〔1〕龙羽生说出了很多现代人写情色诗的原因。

新诗现代性建设强调重视诗的治疗功能就是希望能够造就心理健康、人格健全的现代中国人。打油诗如情色诗，也可以缓解人的生存压力，它的应用范围更广。情色诗的作者通常是年轻人，打油诗更受中老年人喜欢，尤其是中国文人自古有用打油诗自我解嘲给自己增加生存乐趣甚至生存勇气的传统。胡适在《白话文学史》中结论说：“陶潜与杜甫都是有诙谐风趣的人，诉穷说苦，都不肯抛弃这一点风趣。因为他们有这一点说笑话做打油诗的风趣，故虽在穷饿之中不至于发狂，也不至于堕落。”〔2〕朱光潜也说：“‘对于命运开玩笑’是一种遁逃，也是一种征服，偏于遁逃者以滑稽玩世，偏于征服者以豁达超世。滑稽与豁达虽没有绝对的分别，却有程度的等差。它们都以‘一笑置之’的态度应付人生的缺陷，豁达者在悲剧中参透人生世相，他的诙谐出入于至性深情，所以表面滑稽而骨子里沉痛；滑稽者则在喜剧中见出人事的乖讹，同时仿佛觉得这种发现是他的聪明，他的优胜，于是嘲笑以取乐，这种诙谐不免流于轻薄。豁达者虽超世而不忘怀于淑世，他对于人世，悲悯多于愤嫉。滑稽者则只知玩世，他对于人世，理智的了解多于情感的激动。豁达者的诙谐可以称为‘悲剧的诙谐’，出发点是情感而听者受感动也是情感。滑稽者的诙谐可以称为‘喜剧的诙谐’，出发点是理智，而听者受感动也以理智。中国诗人陶潜和杜甫是于悲剧中见诙谐者，刘伶和金圣叹是从喜剧中见诙谐者，嵇康、李白则介乎二者。”〔3〕2011年我系统研究了中国古今打油诗后结论说：“这种愤世嫉俗的冷嘲式打油诗给人带来的笑是一种孤寂的、苦涩的快乐，在这些文人的‘百无一用是书生’式和‘天生我才却无用’的自嘲自怜的牢骚中深藏着文人的幻灭感，与其说是自嘲，不如说是悲叹。真实地揭示了中国文人无助无奈的生存状态。如果说文人诗歌是他们‘言志’的自我内省的艺术，打油诗则是他们‘缘情’的自我宣泄的艺术，尤其是发泄苦闷的情感的抒情艺术。”〔4〕

以诗自我解嘲，寻求心理平衡，摆脱时局窘境，是中国文人特有的生存方

---

〔1〕 王珂：《新时期30年新诗得失论》，上海三联书店，2012年，第340—341页。
〔2〕 朱光潜：《朱光潜美学文集》，第二卷，上海文艺出版社，1982年，第33页。
〔3〕 朱光潜：《朱光潜美学文集》，第二卷，上海艺术出版社，1982年，第31页。
〔4〕 王珂：《诗歌文体学导论——诗的原理和诗的创造》，北方文艺出版社，2001年，第409页。

式，从古到今打油诗都是文人自我解脱的一种自娱性“快乐”诗体。如唐寅的《自咏诗》是：“拥鼻行吟水上楼，不堪重数少年游；四更中酒半床醉，三月伤春满镜愁。”鲁迅1932年10月12日在标明书赠刘亚子的《自嘲》诗是：“达夫赏饭闲人打油偷得半联凑成一律以请亚子先生指正鲁迅”。全诗如下：“运交华盖欲何求，未敢翻身已碰头。旧帽遮颜避闹市，破船载酒泛中流。横眉冷对千夫指，俯首甘为孺子牛。躲进小楼成一统，管他冬夏与春秋。”启功66岁时作的《自撰墓志铭》全诗如下：“中学生，副教授。博不精，专不透。名虽扬，实不够。高不成，低不就。瘫趋左，派曾右。面微圆，皮欠厚。妻已亡，并无后。丧犹新，病照旧。六十六，非不寿。八宝山，渐相凑。计平生，谥曰陋。身与名，一齐臭。”赵朴初92岁时作了一首《宽心谣》：“日出东海落西山/愁也一天喜也一天/遇事不钻牛角尖/人也舒坦　心也舒坦/每月领取养老钱/多也喜欢　少也喜欢/少荤多素日三餐/粗也香甜　细也香甜/新旧衣服不挑拣/好也御寒　赖也御寒/常与知己聊聊天/古也谈谈　今也谈谈/内孙外孙同样看/儿也心欢　女也心欢/全家老少互慰勉/贫也相安　富也相安/早晚操劳勤锻炼/忙也乐观　闲也乐观/心宽体健养天年/不是神仙　胜似神仙”。很多老诗人都如启功以诗自嘲自勉，张志民1986年写了《一品小民赛神仙——为六十生辰“打油”》：“人生花甲寻常见，/儿孙满堂世不鲜，/平生素无登龙志，/一品小民赛神仙。”张志民的这首打油诗写出了现代人的自信，从中能够读出他做人的超然与处事的淡然，还能够读出现代人的平等意识和民主观念。他1992年写的《活着的姿态》一诗既强调做高尚的人、纯粹的人和有道德的人，主张要有自己的做人原则，又承认生活方式的多元化和多样性：“人——/这两条腿走路的高级动物/与草木昆虫、飞禽走兽/既有相异/又有相关/各自有各自的活法/各自有各自活着的姿态/活着的乐趣/活着的艰难”。

新诗现代性建设要突出的首要问题是“生存问题”，必须关注“生存”——人的“生存”和社会（国家、民族、家庭等）的“生存”。百年中国的历史是中国如何现代化，中国人如何成为现代人的历史。新诗应该承担起培养现代人的历史重任，尤其是造就健康的和健全的现代人的重任。打油诗可以增加人的幽默感，让人少些这个时代的病态人格，多些乐观向上的优良品质。

新诗不仅要反映和记录现代人的生存境遇，还要尽量给社会和人提供实用的生存帮助。前者可以通过诗的启蒙，甚至宣传功能来完成。后者可以通过诗的抒情功能，甚至治疗功能来实现。新诗现代性建设的一大任务是培养有现代思想的中国人，哲理诗是完成这一使命的重要诗体。情色诗需要上升到思想的层面，哲理诗更应该推崇思想的高度。一个不会思考的民族是没有前途的民族，一个不会思考的人不可能是有独立人格和自由精神的现代人。“在某些人身上，确有真正的基本的审美需要。”[1]人是情感的动物，更是思想的动物，人的审美需要也会带来人的审智的需要。也可以把诗人在写作中迷恋哲理追寻归于人的神经过敏的需要，即诗人的思想上的洞察力与情感上的敏感力异曲同工，都与人的低级需要和高级需要有关，思想在某种意义上是人的高级情感。采用这种写作来宣泄被压抑的低级情感，特别是力比多过剩产生的压抑，让身体和心灵得到解放。但是这是完全不够的，真正有效的治疗是用高级的情感对付低级的情感。北京医科大学精神病学教授许又新的著作《心理治疗基础》认为：“低层次的心理对高层次的心理起不了调节作用，这就是为什么物质生活的享乐填补不了精神上的空虚。同一层次的心理活动之间的代偿，其调节作用是有限的，例如，用虚荣心代偿个人耻感，往往使人争强好胜而又输不起，到头来有可能陷于心理冲突之中而难以自拔。只有高层次心理活动对低层次心理活动的调节才是最有效的和健康的。”[2]人对哲理的追求就是对高级情感的渴望，可以让人更理性，让世俗生活更高尚，更有品味，让人能够真正“诗意地栖居”。

今天虽然没有必要像郑敏那样过分强调“诗歌与哲学是近邻”，极端追求诗的哲理性。但是在哲理性受到极端轻视，诗的“主题轻化”现象已经持续了二十多年，“口语诗”及“生活流写作”已经泛滥了十多年的诗坛，通过追求诗的哲理性来提升写作的高度有较大的现实意义。“美学上的现代主义的出现，在某种程度上开始了复苏哲学与诗歌之间的古老争吵。如早已提到的，从这方面看，启蒙运动完全就是将哲学本身激进化，是对普遍性、描述和评价的个人尺度之必要性的要求。所以，例如，如果要对这些诉诸政治生活的原则进行证明，那么对它们的证明同样不只是我们做事情的方式；那些原则‘对任何合理的力量’来说都必须有约束力。诗歌或艺术的存在本身，尤其是在现代性中，暗含了一种主张：人类生活很多最有意义的方面不可化约的个性和偶然性，不可能凭借普遍主义的、抽象的哲学和科学的语言来说明。”[3]新

---

〔1〕［美］马斯洛：《动机与人格》，许金声译，华夏出版社，1987年，第59页。

〔2〕许又新：《心理治疗基础》，http://www.doc88.com/p-284364944976.html.

〔3〕［美］罗伯特·皮平：《作为哲学问题的现代主义——论对欧洲高雅文化的不满》，阎嘉译，商务印书馆，2007年，第78页。

诗现代性建设要重视的三大功能是启蒙功能、抒情功能和宣泄功能,哲理诗不但具有启蒙功能,也如爱情诗甚至情色诗一样,具有一定的宣泄功能甚至治疗功能。

梅洛-庞蒂说:"我们承担着介入到世界之中的政治责任,而这种介入不是通过沉默,而是通过真正地说出我们的生活经验,所以我们必须成为艺术家,成为歌唱我们生活和我们世界的艺术家。"[1]政治诗比哲理诗更能够完成新诗的启蒙功能甚至宣传功能,主要分为政治抒情诗和政治讽刺诗,前者通常针对重大政治事件,重在抨击;后者通常写政治生活中的一些小事件,重在讽刺。20世纪80年代是政治抒情诗和政治讽刺诗"流行"甚至"泛滥"的时代。刘征、石河、陈显荣、张维芳、余薇野等人专门写讽刺诗。"1979—1980的全国中青年优秀诗歌奖,共有36篇作品获奖。"[2]获奖的作品几乎都是政治抒情诗。"全国优秀新诗(诗集)评奖"评出的诗集大多与政治抒情诗有关,如张学梦的《现代化和我们自己》获得第二届奖,叶文福的《雄性的太阳》获得第三届奖。

1982年吕进给当时的新诗下的定义是:"诗是歌唱生活的最高语言艺术,它通常是诗人感情的直写。"他和梅洛-庞蒂一样,用了"歌唱"一词。这个诗的定义带有那个时代的烙印,当时中国改革开放的政治生态极大地影响了诗歌生态,老中青三代诗人都写政治诗,为改革开放鼓与呼。

"反腐败"是80年代最响亮最得民心的口号,也是政治诗最重要的题材。老诗人张志民1981年写了《书记楼——某地走访奇遇》,借他去走访的书记之口说出了当时的"官员腐败":"'群众有反映,/说我图享受/老子革命/几十年/还没伸过手。//'木料山上出/砖瓦县里有/我不盖楼/谁盖楼/'提高'有先后……'"这首诗与中年诗人叶文福发表于1979年的《将军你不能这样做》题材相似。后者写一位劳苦功高的将军为了盖自己的别墅,下令拆掉幼儿园的事情。诗的序言是:"据说,一位遭'四人帮'残酷迫害的高级将领,/重新走上领导岗位后,/竟下令拆掉幼儿园,/为自己盖楼房;/全部现代化设备,/耗用了几十万元外汇。"

以朦胧诗诗人为代表的青年诗人更喜欢写政治诗。"朦胧诗人在文化无

〔1〕[美]丹尼尔·托马斯·普里莫兹克:《梅洛-庞蒂》,关群德译,中华书局,2003年,第89页。

〔2〕吕进:《论中国新时期诗歌与"新来者"(代序)》,吕进:《中国新时期诗歌"新来者"诗选》,西南师范大学出版社,2014年,第16页。

政府主义的歧路上，……像古代被放逐的诗人们，不但对时间与存在的压力极其敏感（如他们走向自我和走向古代那种近乎发热发狂的‘行程’所呈现的），而且对他们所处的空间位置亦极其敏感。”[1]很多朦胧诗都无法被确认为是滨田正秀所言的抒情诗：“现在（包括过去和未来的现在化）的自己（个人独特的主观）的内在体验（感情、感觉、情绪、愿望、冥想）的直接的（或象征的）语言表现。”[2]即使把朦胧诗视为“抒情诗”，它们更多是社会的外在体验的政治抒情诗，不完全是自己的内在体验的生活抒情诗。

我1983年上大学，1987年读研究生，一直没有离开过校园，诗歌生态是“小处敏感，大处茫然”，几乎只写爱情诗。我在80年代产生过较大影响的诗却是政治抒情诗《城市天桥》。那是我一生中写的第一首政治抒情诗，发表于《城市文学》1989年第5期。当时刊物主编梁志宏约了我一组爱情诗，准备刊于第5期。但是最后要求出“歌颂共和国成立40周年”专号，爱情诗发表不出来了，他就写信约我改投其他诗。这首诗的写作时间是1989年8月，我住在重庆市江北县华蓥山大峡谷中，家事、国事、天下事让我心情复杂，一气呵成了那首诗。1990年杨山看到了这首诗后很欣赏，叫我修改后发表在他主编的诗刊《银河系》上。这首诗的写作改变了我的诗风，连续写了《龙舟竞渡》等多组政治抒情诗。我写政治抒情诗不仅受到中国传统的“天下兴亡匹夫有责”教育的影响，也受到西方现代的文人要“介入”社会生活，尤其是政治生活教育的影响，受到了80年代初期的政治抒情诗热的影响。

80年代流行集体化写作，政治诗尤其是政治抒情诗是代表。90年代流行个人化写作，新世纪初流行私人化写作，近年又流行底层写作，只有极少数人在写政治抒情诗，政治讽刺诗几乎销声匿迹。汶川地震引发了“震灾诗写作热”，针对校舍是豆腐渣工程导致学生受难等腐败现象，多年未见的“愤怒出诗人”现象涌现，不少诗人写起了针砭时弊的政治抒情诗。如谢宜兴在2008年6月19日凌晨写了《不该是你们——写给汶川大地震废墟下不再醒来的孩子们》：“不该是你们背负坍塌的天空/不该是你们遭受死神的突袭/不！不该是你们！孩子/你们只是初萌的叶芽/不可能为了撑起春天的冠盖/泥土下把手伸向别人的土地/不可能为了挨过秋风的追逼/脚跟前堆起一片片谎言/还没开花，不可能发出芳香的毒/还没长枝，不可能结出错误的果/所

---

〔1〕叶维廉：《中国诗学》，生活·读书·新知三联书店，1992年，第282页。

〔2〕［日］滨田正秀：《文艺学概论》，陈秋峰、杨国华译，中国戏剧出版社，1985年，第47页。

有的罪过都是我们的/可是谁把你们当成替罪的羔羊/如果因此无由地向你们道歉/只能说明我们虚伪而矫情/如果因此侥幸而向你们致谢/也只会更显我们的残忍和丑恶/苟活的人啊，是否感到有什么/正在锯着我们的良心和灵魂/可有谁能告诉我，在汶川/在2008年5月12日14时28分/苍天是否打了盹上帝是否出了错/如果他们也有良知，是否感到/从此自己也多了一分罪孽”。但是“震灾诗”运动过后，政治抒情诗和政治讽刺诗又退出了大陆诗坛，个人化写作再次流行。

虽然中国的新诗运动是世界现代主义诗歌运动的一部分，但是纵观百年新诗，现实主义写作与现代主义写作并存，两者有时并不矛盾，尤其是在诗的启蒙甚至宣传功能上，有异曲同工之处。一些现实主义的政治抒情诗也具有现代主义的生活抒情诗的基本理念——用现代语言抒写现代情感来表达现代精神，从中也可以读出现代性，尤其是启蒙现代性，但是过多的启蒙现代性，也导致了审美现代性的缺乏。这个问题80年代没有解决，今天也没有从根本上解决。我2015年7月15日在兰州采访50年代就写政治抒情诗的高平，今年83岁的他不仅否定他当年写的政治抒情诗，而且更否定近年诗坛出现的政治抒情诗。他甚至认为一位近年活跃在诗坛上的诗人写的歌颂领袖的政治抒情诗只有“政治”没有“诗”。

新诗政治诗现代性建设的重点是建设政治抒情诗，它是用现代汉语写的具有现代意识的抒情诗，必须重视诗歌精神，关注政治生活，它应该是呈现当代诗人的使命意识和当代诗歌的济世功能的语言艺术。政治抒情诗现代性建设应该注意以下十点：一、以政治家的身份思考，以诗人的名义写作。二、处理好歌颂与暴露的关系，不当极端的“歌德派”或“缺德派”。三、多采用尽精微，致远大的方式，小处敏感，大处茫然，重视个人体验。四、反对极端推崇“立意高远，境界自出”，反对“玩深沉”。五、重视想象，与日常生活保持适当距离，艺术真实大于生活真实。六、重视技法，通过意象来提高语言的诗性和诗作的艺术性。七、坚持抒情是诗的第一要素，同时借鉴叙事、议论、戏剧化等手段。八、重视诗体建设，诗体要适合朗诵，采用适当讲究音乐性的准定型诗体。九、重视学养，提高写作的难度。十、重视传播，采用科学手段来完成大众传播。

改革开放30年，虽然潮起潮落，政治抒情诗仍然取得了三大成绩：一、促进了中国的改革开放，加快了中国的民主进程。二、丰富了国人的政治情感，让普通人学会了思考。三、记录了当代中国人的政治生活，展示出当代中国人的政治情感和政治智慧。今天政治抒情诗现代性建设首要任务仍然是唤醒公民的政治情感和政治敏感，为建设中国特色的宽松而有节制的上层建筑服务。政治抒情诗的主要功能是启蒙功能，法国启蒙主义大师蒙田的写作原则是在社会礼仪允许的范围内把事情的真相告诉给大家。今日中国的政治抒情诗也有必要在社会礼仪允许的范围内把事情的真相告诉给大家。但是必须是"艺术告诉"而不是"政治灌输"，一定要强调政治抒情诗的艺术性和创作政治抒情诗的技巧性，把政治抒情诗界定为"艺术地表现公民政治情感的语言艺术"。

五、十大关系

因为新诗现代性建设的核心任务是通过新诗的现代性建设来促进中国人的现代性建设和中国国家及中国社会的现代性建设。虽然建设策略是通过诗体建设带动文体建设，通过文体建设促进功能建设和新诗生态建设，通过改善诗歌生态来改善文学生态，通过改善文学生态来改善文化生态和影响政治生态，最终通过诗歌改良运动来完成培养现代公民和建设现代国家的历史使命。但是文体及诗体不仅具有诗学意义和美学意义，还具有伦理学和政治学意义。任何文体规范或文体自由都不会只局限在文体自身，尤其是新诗这种"问世"的合法性和适宜性被质疑了百年的文体，更受到人、社会甚至政治等非诗因素的影响，所以在以白话诗运动为代表的新诗革命爆发百年后的今天，加强以新诗诗体及文体现代性建设为核心内容的新诗现代性建设，具有现实的文学意义和深远的政治意义。

21 世纪初的这场汉诗改良活动与 20 世纪初的汉诗革命运动在目的上"英雄所见略同"，在方法上也有些异曲同工。在五四时期社会变革的大系统中，汉语诗歌变革只是其中较低级的子系统，系统之间的关系如下：新诗革命—文学革命—文化革命—政治革命—社会革命。新诗革命爆发百年以后的今天，中国正处在全面建设的时代，不是百年前"破"的时代，而是百年后"立"的时代，因此今日新诗不需要"二次革命运动"，需要的是"二次改良活动"。这种改良在诗体建设方面应该温和甚至保守，不能建设极端的格律诗和自由诗，只能建设准定型诗体。在功能建设方面却应该相对激进，要更重视"救国"的启蒙功能和"救人"的治疗功能，肯定人的本能需要，甚至承认情色诗的价值。

文体革命源自人的喜新厌旧的天性、社会的进化潜能和文体自身的革命动能，社会的政治文化直接影响到文体的变革。在西方，艺术的现代性与社会的现代化及文化的现化性休戚相关。“用最简单的话来说，艺术上的现代主义，是浪漫主义运动的又一位后裔，最终反映了资产阶级文化对于自身的日益增长的不满，反映了一种感受，即对现代性官方的自我理解——启蒙的、自由的、进步的、人本主义的——已经成了一种误解，是一种过分沾沾自喜和毫无根据的自满，是一个天然适合于嘲讽的主题。不过，与浪漫主义（它本身实质上仍然是一种救赎性的、基督教的现象）相比较，现代主义的感受并不依赖于日常生活的呆滞、单调或杂乱，与诗歌活动中所表现的真实自然界或精神化的内心世界之间的一种反差。艺术的想象再也不被认为是一种传达的工具或媒介；在现代主义那里，它是独特的并要成为独特的，它是艰深的、晦涩的、奇异的、精英主义的、非商业化的、自我界定的等等，艺术活动本身展示了一种在资产阶级生活中受到排斥的完整性与自主性。那种生活，即现代的生活，已经变得如此常规化，对它自身来说也难以理解，以至于现在要呼唤一种全新的创造性活动。这种新的形式由于使人不能容忍或含混晦涩，因而是对商业化和大众文化的抵抗，成了现在唯一可能的真正艺术，是一种有强烈自我意识的、历史的，甚至是哲学的艺术，不过，其目标是纯审美的，深刻地受到已成为一种观念的现代性的促动，并受到对终极的现代‘真诚’的要求的促动，那种真诚是对人类理想的偶然性和变化不定的确认。在波德莱尔的文章里，尤其是在《1846年的沙龙》（以及他在其中对《现代生活的英雄主义》的著名讨论）和后来的《现代生活的画家》里，这种自我意识和现代性内部的张力变得更加明显。如我们所见，启蒙运动早期的现代概念，是根据正在出现的现代感与古代和经院哲学之间的对比与冲突形成的。波德莱尔当时坚持‘现代’（被简单地理解为短暂、临时、偶然，甚至是昙花一现）与一切对于稳定、经典、永恒（就哲学家而言，是普遍性）的诉求之间有极为普遍的反差。”[1]

牵一发而动全身，尽管诗体建设及文体建设是新诗现代性建设的重中之重，但是新诗现代性建设是一个系统工程，不是单纯的文体建设，必须在“生态决定功能、功能决定文体”的总方针下，除了要重视诗体等诗的内部建设外，还需要重视生态等诗的外部建设。尤其要考虑一些非诗因素，如时代、政治、经济、文化、科技、宗教、性别、年龄、地域、民族等，处理好与它们的关系。

---

〔1〕［美］罗伯特·皮平：《作为哲学问题的现代主义——论对欧洲高雅文化的不满》，阎嘉译，商务印书馆，2007年，第61页。

“在现代性中有一个共同的指涉物，也就是，共有的生活经验以及对这些经验的共同元素的描述与反思——我们通常称为‘社会现实’。但由于每一种生活经验也都是独特的，所谓现代性的‘社会现实’这一指涉物如果从不同的角度加以表述，也就将显现出迥然不同的面目。”[1]“现代性的动力首先是在一个拥有传统和固定信念的世界里开始动摇传统和信念的。”[2]

按照诗的写作类型及文体功能做大致的区分，可以把新诗现代性建设要处理的十大关系具体为：新诗现代性建设与时代（先锋诗歌和保守诗歌）、新诗现代性建设与政治（官方诗歌和民间诗歌）、新诗现代性建设与经济（商业诗歌和艺术诗歌）、新诗现代性建设与文化（文人诗歌和大众诗歌）、新诗现代性建设与科技（纸质诗歌和网络诗歌）、新诗现代性建设与宗教（神性诗歌和人性诗歌）、新诗现代性建设与性别（女性诗歌和男性诗歌）、新诗现代性建设与年龄（青少年诗歌和中老年诗歌）、新诗现代性建设与地域（国语诗歌和方言诗歌）、新诗现代性建设与民族（汉语诗歌和民族语诗歌）。

处理新诗现代性建设与时代的关系需要重视激进与保守的对抗，具体为要重点建设“与时俱进”的先锋诗歌和“不知有晋”的保守诗歌，前者更多指“后现代诗歌”，后者更多指“现代诗歌”。“现代的精神气质始终像妄自尊大一样是自我泄气的，而且总是两者同时兼有。”[3]“后现代”强调“解构”，现代既强调“解构”也重视“建构”。“激进”的后现代主义是新诗现代性的一副面孔，“规范”的现代主义，甚至“温和”的现实主义也是它必不可少的面孔，甚至现实主义诗歌的保守带来的对现代性的“反动”也可能是新诗现代性建设的动力。如新诗百年中的20世纪20年代、50年代和21世纪10年代的三次诗体之争，格律诗与自由诗的对抗在一定程度上也促进了各自的发展，竞争带来了双赢。

以新诗史上最大的一次诗体之争为例。徐志摩在1926年4月1日的《诗刊弁言》中说：“要把创格的新诗当一件认真事情做……我们信完美的形体是完美的精神唯一的表现。”[4]他却在1926年6月10日的《诗刊放假》中

---

〔1〕［匈］阿格尼丝·赫勒：《现代性理论》，李瑞华译，商务印书馆，2005年，第1页。

〔2〕［匈］阿格尼丝·赫勒：《现代性理论》，李瑞华译，商务印书馆，2005年，第65页。

〔3〕［美］罗伯特·皮平：《作为哲学问题的现代主义——论对欧洲高雅文化的不满》，阎嘉译，商务印书馆，2007年，第265页。

〔4〕徐志摩：《诗刊弁言》，郑振铎：《中国新文学大系1917—1927·文学论争集》，上海文艺出版社，1981年影印版，第333页。

说："说也惭愧，已经发现了我们所标榜的'格律'的可怕的流弊！谁都会运用白话，谁都会切豆腐似的切齐字句，谁都能似是而非的安排音节——但是诗，它连影儿都没有和你见面！"[1]由于新月派诗人倡导的新格律诗过分追求"格律化"，引发了与之对抗的新一轮的诗体"自由化"运动，这场运动在 20 年代末和 30 年代初进入高潮。如戴望舒发表于 1932 年《现代》第 2 卷第 1 期的《诗论零札》认为："诗不能借重音乐，它应该去了音乐的成分。……诗的韵律不在字词的抑扬顿挫上，而在诗的情绪的抑扬顿挫上，即在诗情的程度上。……韵和整齐的字句会妨碍诗情，或使诗情成为畸形的。"[2]施蛰存在 1981 年《新文学史料》第 1 期上发表《现代杂忆》，认为《现代》上发表的都是自由诗，正是对"新格律诗"的"反动"。但是这种"反动"并没有太影响新格律诗的发展，诗坛出现了自由诗与格律诗并存的现象。

用古代汉语和定型诗体写作的古诗具有"质文代变"的时代性。"时运交移，质文代变，古今情理，如可言乎！……故知歌谣文理，与世推移，风动于上，而波震于下者。"[3]不管是被称为"新诗"还是被称为"现代诗"，用现代汉语和相对自由的诗体写作的这种抒情文体的时代性更鲜明，常常出现先锋与保守的对抗，也导致同一位诗人的创作、同一个诗论家的诗体观、同一种诗体都在随着时间的改变而改变。如胡适、郭沫若、艾青的新诗创作都有从自由化到格律化的转变现象。

"规范反映了某种价值系统，因为它们可以引导一个决策者做出恰当的选择；按照规范提供的标准行为，可以帮助决策者找到有利的选择方式，或是找到应当比其它选择方式更为有利的选择方式。……一般说来，因为外部规范是某种决策过程的结果，因此，它们还是应该服从形势的变化发展的要求的。行动者将始终要相对于原始系统和通信系统来估量现存的信息，从而修改或抛弃现存的规范，或者必要的话建立新的规范。"[4]即使是新诗建设起来的最规范的诗体现代格律诗，也在不停地修改规范。如 1954 年何其芳的格律诗规范就远没有 1926 年闻一多的严格。他在 1954 年 4 月 11 日写了

---

〔1〕 徐志摩：《诗刊放假》，郑振铎：《中国新文学大系 1917—1927 · 文学论争集》，上海文艺出版社，1981 年影印版，第 336 页。

〔2〕 戴望舒：《望舒诗论》，杨匡汉、刘福春编：《中国现代诗论》，上编，花城出版社，1985 年，第 161 页。

〔3〕 [梁]刘勰：《文心雕龙 · 知音》，周振甫：《文心雕龙今译》，中华书局，1998 年，第 250 页。

〔4〕 [荷]A. F. G. 汉肯：《控制论与社会》，黎鸣译，商务印书馆，1984 年，第 147—148 页。

《关于现代格律诗》一文，再次提出要好好建设它："为什么我说我们很有必要建立中国现代的格律诗呢？这是因为我认为我们还没有很成功地建立起这种格律诗的缘故。这是因为我认为没有很成功的普遍承认的现代格律诗，是不利于新诗的发展的缘故。"[1]何其芳还说出了他主张建立现代格律诗的理由："如果我们现在办一所培养写诗的人的学校，到底开头应该叫他们练习写什么样的诗呢？又用些什么方法来训练他们的语言文字，使他们能够从写作中辨别诗的语言和散文的语言的区别，以至自己能够写出精练的、优美的诗的语言呢？我不能不承认，先练习写格律诗比先练习写自由诗好。先受过一个时期写格律诗的训练，再写自由诗，总不至于把一些冗长无味的散文的语言分行排列起来就自以为诗吧。但是，我接着又想，先练习写格律诗，我们现在又有些什么很成功的格律诗可以供他们学习呢？这就不能不使我深切地感到，我们实在需要有一些有才能的作者来努力建立现代格律诗，来写出许多为今天以至将来的人们传诵和学习的新的格律诗了。并非一切生活内容都必须用自由诗来表现，也并非一切读者都满足于自由诗，因此，一个国家，如果没有适合它的现代语言的规律的格律诗，我觉得这是一种不健全的现象，偏枯的现象。这种情况继续下去，不但我们总会感到这是一种缺陷，而且对于诗歌的发展也是不利的。这就是我主张建立现代格律诗的理由。"[2]

从这段话中不难看出何其芳主张建立现代格律诗，却不排斥自由诗。"现代的观念本身就多半是西欧、基督教传统的产物，或许是其最有代表性的或典型的产物，即使这个词语本身在文字上源于罗马，在日期上早于16世纪与17世纪所制定的一种明确的、革命性的规划。人们广泛承认：这个词语的出现，是在5世纪晚期或6世纪初期的某个时候（源于副词 modo，即'最近的'或'此刻的'），最初注意到现代与古代之间重要的，甚至有疑问的差别，可能是在罗马历史学家卡西奥多鲁斯在那个'新的'时代对'旧的'罗马之德行和实践活动的思考中，这种思考受到了东方和日耳曼人的极大影响。在那种语境里，正如后来将要出现的起源问题，并不是古代人与现代人之间的一种对立，而是把古人的智慧与实践活动'转变'为一种新的语境的方式问题。不过，这仅仅是后来将成为基督教欧洲的现代概念非常漫长的历史的开端。基

[1] 何其芳：《关于现代格律诗》，何其芳：《何其芳选集》，第二卷，四川人民出版社，1979年，第137页。

[2] 何其芳：《关于现代格律诗》，何其芳：《何其芳选集》，第二卷，四川人民出版社，1979年，第140—141页。

本上，这段史实是现代性逐渐形成的史实之一，远远不是一个年代学的范畴，而是一种标明与'那时'相反的'现在'的简单方法。这种情形出现于'现在'开始被理解为一种古代方式之连续性或转变，甚至是根本转变之外的某种东西，被理解为标志着一个真正新奇的时代，这个时代对于最高尚的或根本的事物的设想，与过去的各种设想不一致。"[1]在新诗现代性建设中有时需要让传统与现代多对抗，有时也需要两者的和解。不管是对抗还是和解，都是为了更好地"古为今用"。

从新诗的诗形建设史中可以看出新诗与时代的密切关系。刘大白最早意识到新诗应该重视诗形。宗白华比闻一多提出"建筑美"整整早 6 年，他发表于 1920 年 2 月《少年中国》第 1 卷第 8 期的《新诗略谈》提出了新诗标准："近来中国文艺界中发生了一个大问题，就是新体诗怎样做法的问题，……对于诗，要使它的'形'能得有图画的形式的美，使诗的'质'(情绪思想)能成音乐式的情调。"[2]1926 年闻一多的《诗的格律》细化了这一标准："但是在我们中国的文学里，尤其不当忽略视觉一层，因为我们的文字是象形的，我们中国人鉴赏文艺的时候，至少有一半的印象是要靠眼睛来传达的。……增加了一种建筑美的可能性是新诗的特点之一。"[3]尽管闻一多主张的现代格律诗远远比古代格律诗自由，他强调两者间有三大差别：一是古代格律诗是一元的，只有一个格式，新诗的格式是层出不穷的；二是律诗的格式与内容不发生关系，新诗的格式是根据内容的精神创造的；三是律诗的格式是别人制定好的，新诗的格式可以自己随意构造。但是在实际操作中，他太受格律较严谨的英语近代诗歌和古代汉诗的格律诗体的影响，极端强调"格律化"，过分重视诗的音乐美和建筑美，要求诗要有"节的匀称"与"句的均齐"，最后成了被人嘲笑的"豆腐块诗"。闻一多自己也"与时俱进"，他后来也很少写"豆腐块诗"了。

正是因为重视新诗的"时代性"，今天才要强调新诗现代性建设的重要性。中国的 20 世纪是一个革命、战争、运动、论争此起彼伏的乱世，主旋律是

---

〔1〕 [美]罗伯特·皮平：《作为哲学问题的现代主义——论对欧洲高雅文化的不满》，阎嘉译，商务印书馆，2007 年，第 41 页。

〔2〕 宗白华：《新诗略谈》，林同华编：《宗白华全集》，第一卷，安徽教育出版社，1994 年，第 168—169 页。

〔3〕 闻一多：《诗的格律》，杨匡汉、刘福春编：《中国现代诗论》，上编，花城出版社，1985 年，第 124—125 页。

"破坏"而不是"建设"。21世纪是中国千载难逢的建设时代,政治上的"和谐社会"建设为新诗建设提供了极好的土壤,为新诗现代性建设创造了"天时、地利、人和"的诗歌生态。但是美中不足的是,如同中国的改革既需要经济改革,也需要政治改革,由于新诗现代性建设不仅涉及以诗体为代表的新诗形式建设,还涉及以诗题为代表的新诗内容建设,因此难度颇大。"近年中国进入了建设'和谐社会'的相对平稳时代——千载难逢的重'立'轻'破'的'不折腾'的建设时代。百年积淀也为新诗建设提供了一定的基础。但是今日诗坛并没有全面进入'和平建设'的快车道,仍然有一些诗人和诗论家把'写作的自由'和'人生的自由'等同,一些年轻诗人醉心于后现代文化的'解构'甚至'叛逆'。媚俗的大众文化、极端的个人主义、生活简单主义、艺术相对主义和日常享乐主义的流行也削弱了主张'高标准、严要求'地建设新诗的力量,新诗的语言形式和技巧技法受到极端轻视。"[1]近年新诗的文体建设及现代性建设进展缓慢。"四十年代是一个动荡的社会,到街上去,街上有太多的社会事物等待诗人去写,战争、流血,和'逻辑病者的春天'。但四十年代的诗人并没有排斥语言艺术世界所提供出来的语言的策略……"[2]今天的诗人应该像四十年代的诗人,不仅要当"诗意的先锋",还要当"诗艺的先锋",不仅要当时代的弄潮儿写先锋诗,还要当时代的隐居者写保守诗。

先锋性带来政治性,甚至可以说先锋即政治。与时代的关系过分密切导致新诗常常受到政治的左右,有时甚至依附政治,成为"时代的传声筒"和"政治的工具"。林以亮曾说:"老实说,五四以来,中国的新诗走的可以说是一条没有前途的狭路,所受的影响也脱不了西洋浪漫主义诗歌的坏习气,把原来极为广阔的领土限制在(一)抒情和(二)高度严肃性这两道界限中间。"[3]高度严肃性是新诗重要的文体特色,启蒙功能曾是新诗最重要的功能。在五四时期、抗战时期、改革开放初期,新诗都是一种政治性文体,启蒙功能远远大于其他功能。"新诗从它准备到诞生,从那时到现在,一直存在着议论和争论。这些议论和争论,随着环境的变换,也不断地变换着名称。但究其根源,大抵总是出于与中国古典诗歌以及外国诗歌二者的关系,也可以说是传统与

[1] 王珂:《新时期30年新诗得失论》,上海三联书店,2012年,第14页。
[2] 叶维廉:《中国诗学》,生活·读书·新知三联书店,1992年,第236页。
[3] 林以亮:《序》,林以亮编:《美国诗选》,今日世界出版社,1976年,第4页。

现代二者的关系。这就是中国新诗的百年之痛。”[1]这两组关系表面与政治无关,实际紧密相连。百年来一直存在这样的诗歌伦理:在激进时代,学习外国就是开放,推崇现代就是革命;在保守时代,继承古典就是爱国,重视传统才是正常。新诗生长于乱世,是政治性极强的文体。新诗文体的特殊性加深了新诗与政治的关系。如大陆改革开放30年,诗歌界出现了意识形态泛化现象,政治性诗歌论争此起彼伏。

新诗现代性建设要适度利用政治赋予新诗特有的批判精神,来加强对现代性的反思甚至批判。五四诗歌运动和朦胧诗诗歌运动这两段历史的经验和教训最值得借鉴。特别是“五四”运动,更具有浓郁的反对“传统”追求“现代”的色彩,甚至导致极端的批判精神,因此受到后人的质疑。“新文化新文学运动从最开始的时候便强调批评的精神,……五四运动原是一种文化觉醒运动,……要救国,必须传播新的思想,所以必须要推动口语,作为传播的媒介,使新文化的意识与意义得以普及大众。要他们觉醒到国家的危机,必须对旧文化的弊病作全面的攻击,在当时,新思想者不假思索地揭传统文化的疮疤,呈露着一种战斗意识的批评精神,当时的凶猛程度,我们现在看来,是相当情绪化的,对于传统文化中一些对新文化新社会仍具有启发意义的美学内容及形式甚至生活、伦理的观念,对于它们的正面作用完全一笔抹杀者,大有人在。在当时的激流中,要停下来不分新旧只辨好坏完全客观而深思熟虑地去处理文学者实在不多,而且亦非当时的主流。”[2]“五四给我们的贡献最大者莫过于怀疑精神,反对人云亦云的批评态度,对传统的批评方法有极大的修正作用,怀疑精神所引发的必然是寻根的认为,在五四时期,由于对西洋思想方式及内容过度一厢情愿的认识,而不能对传统文化作寻根的认识到其正面价值的再肯定。”[3]“我所受五四运动的影响,约有数端:一个是爱国心的发扬。一切应以国家利益为前提,国家高于一切。人应敬爱自己的国家,不可崇洋媚外,一个是自由精神的培养。既不肯盲从古人,亦不肯盲从今人。要善用自己的头脑。”[4]“我以为新诗如有出路,应该是于模拟外国诗之外还要向旧诗学习,至少应该学习那‘审音协律敷辞惔藻’的功夫。理由很简单,

---

〔1〕 谢冕:《序一:坚守着一角沉着冷静的寂寞》,王光明:《现代汉诗的百年演变》,河北人民出版社,2003年,第5页。

〔2〕 叶维廉:《中国诗学》,生活·读书·新知三联书店,1992年,第11页。

〔3〕 叶维廉:《中国诗学》,生活·读书·新知三联书店,1992年,第12页。

〔4〕 陈漱渝:《五四文坛鳞爪》,中国文史出版社,1998年,第52页。

新诗旧诗使用的都是中国文字，而中国文字，如周先生所说，是先天的一字一音以整齐的对称为特质。这想法也许有人以为是'反动'或'反革命'，不过我们不能不承认，文学的传统无法抛弃，'文学革命'云云，我们如今应该有较冷静的估价了。"[1]1991年，台湾三民书局出版了苏雪林的回忆录《浮生九四》。"她进一步谈到，五四对她最大的影响便是'理性主义'。陈独秀创办的《新青年》揭橥两大宗旨，一曰科学（science），一曰民主（democracy）。科学的精神是'求真'，'求是'，就是把传统的一切都提出来问问，都重新加以估定。我们的思想便起了革命。不过，抛弃旧的时，不能连婴儿和浴盆的水都泼了出去，应加以评审选择，这才是真正的'理性主义'。"[2]五四时期新诗诗人大多被政治激进主义思潮裹胁，缺乏的正是这种理性主义。这种理性主义也是现代性的重要内容，不仅有助于吸收传统，还有助于重建规则。

虽然朦胧诗运动如五四诗歌运动一样，为新诗现代性建设作出了巨大贡献，它与政治的关系也值得反思，尤其需要反思它为什么成了七八十年代中国思想解放运动的报春鸟，甚至"朦胧诗"为何成了"政治诗"的代名词。诗人们本来想写的是"纯文学"的诗，他们的诗却成了"时代的号角"，他们成了"革命的先驱"。正是时代与政治使他们成了雪莱的理想"诗人"："诗的功能有二重作用：一重功用是给知识、力量、快乐创造新的资料；另一重功用是给心灵产生一种愿望，要去再度产生这些资料，并依照所谓美和善的某种节奏和秩序，来安排这些资料。……一个伟大的民族觉醒起来，要对思想和制度进行一番有益的改革，而诗便是最为可靠的先驱、伙伴和追随者。……诗人们是世界上未经公认的立法者。"[3]

在《今天》创刊30周年之际，北岛回答《经济观察报》记者的《今天》是一个纯文学杂志但很多人还是会把它跟政治联系到一起的问题时说："所谓'纯文学'只在当时的语境中有意义，那是政治压倒一切的时代，在那样的语境中，提出'纯文学'就是一种对政治的反抗。……当时《诗刊》的副主编邵燕祥是我的朋友，他把《今天》创刊号上的《回答》和舒婷的《致橡树》，分别发在《诗刊》1979年的第三期和第四期上。《诗刊》当时发行量很大，超过上百万

---

〔1〕 梁实秋：《"五四"与文艺》，徐静波编：《梁实秋批评文集》，珠海出版社，1998年，第253页。

〔2〕 陈漱渝：《五四文坛鳞爪》，中国文史出版社，1998年，第52页。

〔3〕 [英]雪莱：《诗辩》，伍蠡甫：《西方文论选》，下卷，上海译文出版社，1979年，第56—57页。

份,……《今天》的出现释放了巨大的能量,那是精神的能量,语言的能量。这和精神与语言长期处在高压状态下有关。那是一个非常特殊的历史转折期,诗歌承担了过于沉重的负担。诗人甚至一度扮演了类似如今歌星的角色,那也是反常的现象。直到 1985 年,特别是 1989 年以后,商业化的浪潮席卷中国,诗歌重新边缘化。这一高潮的尾声是 1986 年在成都举办的《星星》诗歌节,叶文福、舒婷、杨炼、顾城和我都去了。叶文福最受欢迎,他写的是政治讽刺诗,有意义,……他在舞台上朗诵时,听众中居然有人高喊'叶文福万岁'。他真的可以发动一场革命,……那是政治压倒一切的时代,在那样的语境中,提出'纯文学'就是一种对政治的反抗。"[1]

在那个时代,很少有人相信北岛的诗是"纯文学",如同今天很多人都把舒婷的《致橡树》视为爱情诗,当时这首诗的政治宣传力量并不亚于北岛的《回答》。家庭是社会民主的最小单位,对家庭民主的追求必定带来社会民主。所以这首诗被称为"女性人格独立的宣言"。2006 年 3 月,最早为朦胧诗诗人写评论并大力支持朦胧诗诗人的吴思敬还写了一篇文章,题目是《女性人格独立的宣言——读舒婷的〈致橡树〉》。他说:"《致橡树》是舒婷的名篇,写于 1977 年 3 月。1979 年 4 月在《诗刊》发表后,便以其鲜明的女性意识、崇高的人格精神和对爱情的热烈呼唤,引起了广大读者的强烈共鸣,被多种诗歌选本选入,并成为朗诵会的保留篇目。"[2]

北岛、舒婷、顾城等人不仅扮演了新诗先锋的角色,更承担了思想先锋的历史使命。舒婷写于 1980 年 2 月的《一代人的呼声》总结出了朦胧诗诗人不由自主地充当时代和人民甚至真理的代言人的创作理想:"我决不申诉/我个人的遭遇。""为了百年后的天真的孩子/不用面对我们留下的历史猜谜;为了祖国的这份空白,/为了民族的这段崎岖,/为了天空的纯洁/和道路的正直/我要求真理!"正如舒婷的丈夫陈仲义所言:"以《今天》为发端的朦胧诗潮,酿成了新诗史上令人瞩目的一次诗运,……它完全是土生土长的,属于文革痛定思痛的产物,而绝不是全盘西化的'舶来品'。正是这一群早熟的觉醒者,对文化专制残余的抗争,对外来文化的大胆吸纳,才能于满目疮痍的废墟上,

---

〔1〕 北岛:《靠"强硬的文学精神"突破重围》,读书 · 凤凰网站. http://book.ifeng.com/psl/zjdt/200901/0119_3552_976072.shtml.

〔2〕 吴思敬:《女性人格独立的宣言——读舒婷的〈致橡树〉》,吴思敬:《中国当代诗人论》,社会科学出版社,2015 年,第 373 页。

迅速冒出令人震颤的‘井喷’。”[1]这样的创作目的很难让人相信诗人会把诗作为个人情感，特别是个体的隐私性情感宣泄的艺术，很难让人相信他们是雪莱在《诗辩》中定义的“诗人”：“诗人是一只夜莺，栖息在黑暗中，用美妙的声音唱歌，以安慰自己的寂寞。”[2]即使是写于1977年3月27日的爱情诗《致橡树》，也很容易理解为不是写给自己情感上的爱人的“情诗”，而是如同她1979年4月创作的《祖国呵，我亲爱的祖国》一样的赤子的爱国诗篇。即使把朦胧诗视为“抒情诗”，它们更多的是社会的外在体验的政治抒情诗，不是自己的内在体验的生活抒情诗，采用的是直接的而不是象征的语言表现方式。

70年代末期和80年代初期新诗在政治生活中为改革开放“鸣锣开道”，为民主自由“鼓与呼”，诗人们扮演的不只是为人民抒发感情的“歌星的角色”，也是为人民代言的“政治明星的角色”。任何政治事件都引来了诗人的政治热情，让诗人们诗性大发，尤其是那些专写政治抒情诗的非朦胧诗诗人更喜欢政治抒情。如很多诗人写诗悼念被专制扼杀的张志新烈士。“1978年8月号的《诗刊》同时推出了两首在全国读者那里引起心灵地震的诗篇，一首是叶文福的《将军，不能这样做》，另一首就是雷抒雁的《小草在歌唱》……其实，张志新遇害的悲剧披露后，几乎引起了全国所有民众，也包括诗人的强烈愤慨。归来者艾青写了《听，有一个声音》，归来者公刘写了《唉，大森林》，朦胧诗人舒婷写了《遗产》。雷抒雁的《小草在歌唱》影响最大，一经问世，就在全国卷起了汹涌澎湃的诗潮，真是‘潮似连山喷雪来’，到处在传阅，到处在朗诵，到处在转载，一时洛阳纸贵。”[3]当时很多人都可以背诵韩翰的《重量》：“她把带血的头颅，/放在生命的天平上，/让所有苟活者，/都失去了——/重量。”

处理新诗现代性建设与政治的关系需要减少官方诗歌和民间诗歌的对抗。这种对抗也是造成当代诗歌与政治的关系不正常的重要原因，一些诗人拥抱政治，一些诗人对抗政治，一些诗人逃避政治。“文革”时期出现“官方诗歌”与“地下诗歌”的对立，改革开放初期出现民间诗刊刊发的“民间诗歌”与官方诗刊发表的“官方诗歌”的对立。近年中国现代化进程加快，新诗与政治

---

〔1〕 陈仲义：《中国朦胧诗人论》，江苏文艺出版社，1996年，第1页。

〔2〕 [英]雪莱：《诗辩》，伍蠡甫：《西方文论选》，下卷，上海译文出版社，1979年，第53页。

〔3〕 吕进：《论中国新时期诗歌与“新来者”（代序）》，吕进：《中国新时期诗歌“新来者”诗选》，西南师范大学出版社，2014年，第7页。

的关系日渐正常，尤其是民间获得了空前的办刊自由，已经没有了官方诗歌和民间诗歌的极端对抗，真正出现了北岛所言的当年《今天》追求的“纯文学”。但是过度的“唯美写作”及“个人化写作”也导致了题材的轻化和思想的淡化，新诗的启蒙功能没有得到应有的发挥。

现代社会离不开工业文明和商业文明，新诗现代性建设必须处理与经济的关系，处理好商业诗歌和艺术诗歌的关系，尤其要向广告人学习，借鉴艺术性广告的制作方式，创作艺术性广告诗。中国古诗一直有为商业服务的传统，如清末民初重庆江津诗人钟云舫，号称“联圣”，就为商家写了很多“对联”。这样的对联就是广告诗。有些古诗词现在成了非常有经济效益的广告诗，如“烟花三月下扬州”“桃花潭水深千尺，不及汪伦赠我情”，极大地促进了当地的旅游经济。

台湾新诗诗人重视广告诗的经验值得大陆借鉴。王觅于 2015 年 2 月 2 日在台湾台中市采访了“诗用学”的倡导者渡也。渡也说：“我在 70 年代开始地方书写，写了二十几年，有两百多首，写金门、台南、嘉义、台中、彰化，还有澎湖，大多是写这几个县市。我常常出去感受一下地方，看看风景，会有这样的感触，所以就写诗。台湾诗人的地方书写，我写得最早，也写得最多，我不但是系列写，甚至一整本写一个地方，最近要出版的《侏罗记》就是一整本写一个地方，他们都不如我，他们都是东写西写，最后收集起来。至于地方书写中是否有广告诗，其实在某些县市是有的，是有一些旅游行销，像我的《澎湖的梦都张开了翅膀》就出现在澎湖的公开厕所里，制作成文宣，布置在厕所里面。在澎湖的机场大厅也有，有一张文宣广告，是澎湖的旅游观光大使坐在椅子上，手上捧着我的诗集《澎湖的梦都张开了翅膀》，这个诗集都是写澎湖的。这个其实就是广告，就是澎湖旅游观光局在做广告。其实诗用学就是强调如何把诗用在日常生活中，本身就是有做什么的意图，有功能性，所以写诗的人要照顾到这种性质，广告诗当然应该重视商业性。比如说你要写一首汽车的诗，那当然你要写汽车的优点。还是要有商业的性质在里面，不能随便写一首游山玩水的诗，来做汽车广告，那是不行的。我替人家写广告诗已经有二十几年，像嘉义的糕点，我替它写过，台中有凉茶，我也写过。我还写过药的广告诗，诗的题材就是药，你不能把一首与药完全不相干的诗放在里面，他们也不能接受。所以如果要写成广告诗，要考虑到这一点，看广告诗的人，尤其是那些评论家，要考虑诗人为什么写，广告诗如果写的和别人的产品不相关那是没用的，要写的既相关还要有诗的味道，要大家看得懂，才厉害。像诗成流行歌词，一定要看得懂，唱了不知道什么意思，就没有意义。为人家写流行歌曲的那些诗人，都会关心听众。反过来就是，评论家评论诗人的流行歌曲写得好不好，还是要站在流行歌曲那个立场，不能站在纯粹要写诗的那个立场，要换一个美学标准来看。”[1]

近年大陆出现“经济搭台，文化唱戏”，一些地方为了推介旅游景区，主办诗歌节，邀请诗人游玩后写带有旅游性质的广告诗，也促进了广告诗的发展，但是还没有出现专门的广告诗写作者和广告诗创作团队。诗人写作这类诗时也没有把自己的角色定位为“广告人”，没有按照广告制作的科学原则和商业原则写作。现在由各地文化局编的当地诗选很多，但是很少是由旅游局编的。1992 年，我在甘肃嘉峪关看到了《嘉峪关诗选》，收录了古今写嘉峪关的诗作。2015 年我在北京门头沟区，也看到了当地的诗选。这些诗选都是当地诗人编的。

只有少数景区意识到广告诗的重要性。2006 年厦门旅游局的有识之士认为，作为厦门重要景区的鼓浪屿有得天独厚的文化条件和深厚的艺术底蕴，应该充分利用这一优势，促进厦门旅游业的发展，举办“鼓浪屿诗歌节”。我应邀参加了第一届和第二届。在第一届诗歌节上，主办方倡议参加诗会的三十多位诗人写诗。2007 年 5 月，由厦门旅游部门主编的《鼓浪屿诗影集》出版。每张精美的风景图片配上了诗人写的诗，这些诗写的几乎都是与当地有关的景物，大到大海，小到三角梅。全国各地的景区都出版了宣传画册，但是既有画又有诗的，只此一家，它对宣传鼓浪屿及厦门旅游起到了较大作用。诗歌节刚结束，《厦门日报》和北京的《诗歌月刊》就刊登了这些诗，也获得了一定的广告宣传效果。我也写了一首《多想在鼓浪屿浪来浪去》，全诗如下：“多想在鼓浪屿浪来浪去/在鼓浪石上品味海浪/在日光岩顶拥抱朝阳/在琴声鸟语中欣赏/梦的衣裳诗的芬芳//终于在鼓浪屿浪来浪去/踱进历史的深巷读出岁月的沧桑/浪去的是忧伤浪来的是希望/在休闲的天堂游子不再思念故乡/生活不再是一张密不透风的网”。一位游过鼓浪屿的游客还在网上转载这首诗，说这首诗表达了他游鼓浪屿的真实心情。因为这首诗写出鼓浪屿的主要景点及其功能，如在“鼓浪石”上品味海浪，在“日光岩”顶拥抱朝阳，在琴声鸟语（“鸟语林”）中欣赏梦的衣裳诗的芬芳，这首诗被编者放在了《鼓浪屿诗影集》的卷首。实际上我写这首诗时也根本没有把它当广告诗写，甚

---

〔1〕 王觅采访渡也录音，未刊稿。

至在骨子里也坚持"文商不通"甚至"君子固贫""君子爱财取之有道"等传统文人的生存观和金钱观。我的这些观念是当今很多诗人认可的观念。这说明广告诗在大陆仍然需要认真建设,甚至还需要为它"正名"。

大陆诗人不仅不屑写广告诗,也蔑视写歌词的人,总是认为写诗的人比写歌词的人在艺术品位和做人境界上更高。这说明新诗现代性建设需要处理与文化的关系,尤其是要处理好精英文化与大众文化的关系,既要建设文人诗歌,还要建设大众诗歌。

马尔库塞的两段话有助于处理这种关系。他说:"不错,资产阶级时期的高级文化,曾经是(而且现在仍是)充满着上层贵族味的文化,它们只适用于具有特权的少数人,只对少数人才有意义。但是,仅就这一点看,这种只适应少数人的艺术仍然具有自古以来所有文化的成分。在这个文化世界中,劳动群众所处的卑微的地位(或没有地位),的确使这种艺术具有阶级特征。可是它却不是专属于一个资产阶级的。假如事实如此,那么,我们就有理由假定,文化革命的目标远远超越资产阶级文化的范围,它针对的是审美形式本身,即针对艺术本身、针对作为文学的文学。正是由文化革命推动的论战,确证了这个假定。"[1]"在这个新的社会环境中,人类所拥有的非攻击性的、爱欲的和感受的潜能,与自由的意识和谐共处,致力于自然与人类的和平共处。在为达到此目的而对社会的重新建构中,整个现实都会被赋予表现着新目标的形式,这种新形式的基本的美学性质,会使现实变成一件艺术作品。不过,由于这个形式出现于社会的生产过程,所以艺术就应相应地改变它在社会里的传统地位和功用。艺术应当不仅在文化上,并且在物质上都成为生产力。作为这种生产力,艺术会是塑造事物的'现象'和性质、塑造现实、塑造生活方式的整合因素。这将意味着艺术的扬弃:既是美学与现实分割状态的结束,也是商业与美、压迫与快乐之间的商业联合的终止。艺术将会重新把握住它自身的某些更原初的'技术'内蕴:即作为调制(烹饪!)、培植、促进事物生长的'艺术',也就是说,给予事物以既不破坏它们的内容,又不破坏它们的感觉的'形式'。这样,就把形式上升为一种必然性的存在,上升为超越了趣味和通感等所有主观多样性的普遍性东西。"[2]现代新诗不仅在文化上,而且在

[1] [美]赫伯特·马尔库塞:《审美之维》,李小兵译,广西师范大学出版社,2001年,第150页。

[2] [美]赫伯特·马尔库塞:《审美之维》,李小兵译,广西师范大学出版社,2001年,第105页。

物质上也应该成为生产力。

我的一段经历说明新诗现代性建设处理与文化的关系，尤其是化解精英文化与大众文化的对抗是困难的。但是不管多难，都必须迎难而上，才能让精英和大众都成为真正的“现代人”。只有他们成了名副其实的“现代公民”，才能建立起真正的“现代国家”。

2001年春天，我在北京师范大学跟童庆炳先生攻读博士学位，童先生组织博士生讨论大众文化，他认为：“既然大众文化来势凶猛目前已影响到了每个人的生活，那么如何规范和引导大众文化，就成了人文知识分子必须面对的一个严峻课题。我个人对大众文化的看法是矛盾的，一方面，我觉得大众文化是时代的产物，是深受大众欢迎的，它的娱乐休闲的价值，是不容怀疑的；可另一方面，我觉得现在的大众文化，就其深层的价值取向而言，又是令人担忧的。”[1]

我赞成赫勒的观点：“我区分出三种不同的文化概念：被理解成‘高级文化’(high culture)的文化，被理解成‘文化话语’(cultural discourse)的文化，以及最后，人类学的文化概念。我将以一种准历史的方式对待这三种文化概念。事实上，‘高级文化’的概念的出现要早于文化作为话语的概念，而人类学的文化概念是相当晚近才出现的。”[2]“没有低级文化就没有高级文化。最初，低级文化不是同‘原始’相联系的，而是同不高雅、异己和粗陋相联系的。”[3]“大众艺术的功能是娱乐。有不同类型和层次的娱乐，因为娱乐既可以是优雅的、有趣的和深奥的，也可以是粗鲁的、原始的和肤浅的。高雅艺术的高级爱好者有时也是大众文化的高级消费者。但他们在一部侦探小说和一项体育运动中所寻找的东西，完全不同于他们在莎士比亚作品中所寻找的东西。”[4]当时我很反对童庆炳先生的精英文化及精英文人应该“引导”甚至“规范”大众文化的观点，认为他是站在精英文人的立场上居高临下地对待大众文化及大众世俗生活的，无法对大众文化做出客观的价值评判。我写出了多篇文章为大众文化辩护，如《大众文化亟需“身份确认”》(《文艺理论研究》2001年第3期)、《论当前大众文化的尴尬生态——为大众文化辩护》(《文艺评论》2002年第3期)、《为大众文化辩护》(《东南学术》2002年第4期人大复

---

[1] 童庆炳：《人文精神：为大众文化引航》，《文艺理论研究》2001年第3期，第52页。
[2] [匈]阿格尼丝·赫勒：《现代性理论》，李瑞华译，商务印书馆，2005年，第164页。
[3] [匈]阿格尼丝·赫勒：《现代性理论》，李瑞华译，商务印书馆，2005年，第167页。
[4] [匈]阿格尼丝·赫勒：《现代性理论》，李瑞华译，商务印书馆，2005年，第167页。

印资料《文化研究》2002年第11期)、《流行却无“身份”：当前大众文化的尴尬生态》(《海南师范学院学报》2002年第6期)。我主要提出了以下观点：“今日中国的大众文化，不只是‘舶来品’，也不只是历史传统，如通俗文化传统的回光返照，还是改革开放特定时代的产物，特别是受到极端压抑的国人的自主意识和文化的自主意识觉醒的产物。这三者都会带来生长的‘极端’，造成其生态环境的复杂。以致目前大众文化的利弊相生，……尽管改革开放已二十多年，国人务实多了，但对现实生存的重视仍然不够，特别是文人，重精神轻物质、重未来轻当下、重结果轻过程的自命清高的‘旧习’仍然严重存在。在此呼吁文人，特别是精英文人不要再当大众文化的挑刺者和旁观者，为了源远流长且博大精深的华夏文化不至于完全沦落为只关注当下、只重过程不管结局的及时行乐的‘mass culture’(‘群氓文化’)，变消极防守为主动出击，抢占市场当大众文化制作者，在‘盈利’的同时，不要忘记‘提升’大众的文化品位，甚至加点‘启蒙’。不仅有助于提高受众的欣赏水平、开发个体的人的智能和提高群体的文化品位，有助于改善中华民族的人口素质，更能够解决大众文化产品制作粗糙、炒作火爆、商大于文、见利忘文甚至见利忘义等现实问题。”[1]“大众文化没有文化含量不行，太多了也不行，那样不仅会使受众活得太累，还会误导大众如同当年‘宁要社会主义的草，不要资本主义的苗’、‘以阶级斗争为纲，其余都是目’，生活在‘精神至上’的虚妄之中，影响物质的创造和现实生活的质量。……从事精英文化者无论怎么自恋和务虚都不可厚非；想搞大众文化的文人千万不要处处以有‘天降大任于斯人也’的精英意识的人文知识分子自居，充当群氓的教师爷甚至精神导师。否则，只认市场不认人的‘大众文化’会拒你于千里之外。大众文化的受众也会发出那句让精英难堪的流行语：‘在这个没有英雄的时代，我只想做一个凡人。’如果受众真的由群众降格为群氓，再直率甚至刻薄一点，说的那句话更会伤害文人特敏感的自尊心：‘你以为你是谁？’”[2]“尽管大众文化在中国已经有了二十多年大规模的发展历史，……但是大众文化一直没有一个良好的生态，始终处在官方文化与精英文化的攻击中，虽然世纪之交官方主流文化对大众文化越来越宽容，越来越远离社会生活中心，处于大众生活边缘的精英文化却承担起80年代末90年代初制衡大众文化发展的重要力量——官方文化的重要

[1] 王珂：《大众文化亟需“身份确认”》，《文艺理论研究》2001年第3期，第59页。
[2] 王珂：《为大众文化辩护》，《东南学术》2002年第4期，第163页。

角色，精英文人们越来越失去了当年对大众文化的宽容甚至支持，使当前的大众文化尽管很热，却‘身份’不合法。”[1]“尽管面对大众文化和精英文化之争，我决不想取中庸之道，会毫不犹豫地成为大众文化的支持者和鼓吹者；在实际生活中，也常常像近年想‘串行’的精英文人，当既想赢利也想提升大众文化品味的大众文化产品的制作者，十多年来为大众文化报刊写了数百万字的文章，……却绝不害怕被人称为‘俗人’，而且特别偏爱‘平民’称谓。同时也对‘平民’的劣性，特别是流氓无产者的无‘赖’和江湖文人的无‘礼’深恶痛绝。因此，不得不始终对世俗得粗俗的‘大众文化’(mass culture)保持相当的警惕。但这里的警惕绝不像目前有些精英文人那样不是与大众文化为善而是与之为敌地大叫：‘大众文化来了，狼也来了。’即使真的是狼来了，精英文人也大可不必如此惊慌。”[2]

当时绝对没有想到仅仅过了五年，我慢慢地向童庆炳先生“靠拢”，甚至以“精英文人”自居，自以为“在其位要谋其政”，应该扮演起“引导”甚至“规范”大众文化，特别是“大众诗歌”的“教师爷”，甚至还获得了“新诗城管”和“学术警察”的“恶名”。作为诗评家，我认为：“新诗要想在源远流长的诗的王国中占有一席之地，要想在汉语诗歌历史中留下痕迹，特别是要想摆脱目前的公信度降低的尴尬处境，必须重视八个字：学养、技术、难度、高度。”[3]我强调诗的纯粹性、做诗的基本功及基本规范，特别是适度的诗体规范，强调新诗应该走“守常应变”的改良主义的道路，甚至时时强调自己的“学院派理论家”的身份。

不到十年，我由主张“平视”却偏向“仰视”大众文化的“鼓吹者”转向仍然主张“平视”却偏向“俯视”大众文化的“引导者”。原因是近年精英文人已经集体撤离，如在20世纪八九十年代，很多流行歌曲的作者是有影响的诗人，大众文化报刊的主要作者是大学教师，精英文人的缺席使近年大众文化已经越来越粗糙。在这样的特殊时代，我当然不会再说大众文化“好得很”，当然会越来越向童庆炳先生“靠拢”了。但是我仍然认为精英文人面对大众文化，应该采用“介入”而不是“教育”甚至“控制”的方式，我特别体会到“在场”“对

---

〔1〕 王珂：《流行却无“身份”：当前大众文化的尴尬生态》，《海南师范学院学报》2002年第6期，第11页。

〔2〕 王珂：《论当前大众文化的尴尬生态——为大众文化辩护》，《文艺评论》2002年第3期，第22—23页。

〔3〕 王珂：《诗体学散论》，上海三联书店，2008年，第176页。

话”“换位思考”“彼此尊重”甚至“与时俱进”的重要性。胡适曾认为宽容比自由更重要，对大众文化的适度宽容是非常有必要的。

近年诗歌界出现的“垃圾派”写作可以归入“大众文化”中，可以称为“大众诗歌”，贵州诗论家张嘉谚把其中一些诗称为“低诗歌”，认为出现了“中国低诗潮”。他用“低性写作”“粗陋玩世主义”和“平民写作”等来评价“低诗歌”。2008年人民日报出版社出版了他的专著《中国低诗歌》。我对“下半身写作”还能够接受，还为之辩护过。但是对“垃圾派”写作却有些反感，只能认同极少数诗作。因为我是“学院派”诗歌和“技巧派”诗歌的长期倡导者。1997年，我肯定了图像诗的纯形式价值和技巧意识。2000年我强调新诗的“艺术性”：“诗是艺术地表现平民性情感的语言艺术。”[1]2009年我提出谁掌握了技巧谁就是新诗的主人。2010年我进一步强调诗的技法：“新诗包括内容(写什么)、形式(怎么写)和技法(如何写好)……新诗是采用抒情、叙述、议论，表现情绪、情感、感觉、感受、愿望和冥想，重视语体、诗体、想象和意象的汉语艺术。”[2]2013年我认为：“新诗理论界需要借鉴和修正黑格尔和宗白华的重视内容、形式和技法的策略，承认艺术的纯形式价值，适当轻视内容诗学和简单诗学，重视技巧诗学和形式诗学，建立技巧大于形式，更大于内容的现代诗学新观念。”[3]

这些观点都是从精英文化的角度出发的，没有充分考虑中国各地文化的差异性和各种文化的层次感，针对新诗在诗艺上的“粗糙”与新诗诗人在学养上的“浅薄”，新诗现代性建设应该强调“新诗创作与‘不学无术’”无关，但是更应该追求民主政治与多元文化，既推崇学者型唯美写作，也重视大众型唯情写作。

新诗现代性建设要处理好与科技的关系，要弄清纸质诗歌和网络诗歌的差异，高度重视网络诗。“科学不仅仅成为一种力，而且成为一种压迫性的力。一种力如果不能遇到足够大的抵抗力，如果它在一个陌生的领域里不能被抵消，它就是一种压迫性的力。”[4]电子网络传播是人类诗歌由口头传播到纸质书面传播后的第二次大飞跃，带来新诗的文体特征及美学特征的改

[1] 王珂：《诗是艺术地表现平民性情感的语言艺术——论现代汉诗的现实出路》，《东南学术》2000年第5期，第104页。

[2] 王珂：《今日新诗应该守常应变》，《西南大学学报》2010年第4期，第27页。

[3] 王珂：《论新诗诗美的构建》，《东南大学学报》2013年第4期，第88页。

[4] [匈]阿格尼丝·赫勒：《现代性理论》，李瑞华译，商务印书馆，2005年，第115页。

变。如诗的视觉形式将越来越重要,诗更将成为“视觉的艺术”。“在某些人身上,确有真正的基本的审美需要。……审美需要与意动、认知需要的重叠之大使我们不可能将它们截然分离。秩序的需要,对称性的需要,闭合性的需要,行动完美的需要,规律性的需要,以及结构的需要,可以统统归因于认知的需要,意动的需要或者审美的需要,甚至可以归于神经过敏的需要。”[1]网络诗写作可以真正满足人的这种基本的审美需要及结构的需要。

网络诗写作会改变诗人的思维方式及智能结构,需要将人的语言思维与意象思维,人的语言智能与空间智能、音乐智能等多种智能融合,还会改变诗人的知识结构,将传统的艺术类型合为一体,还需要将艺术与技术结合。诗人的智能潜能有可能在网络诗的写作中得到挖掘,网络诗写作有可能成为一种“智力游戏”或者“智力体操”,这有助于开发人的智力。网络诗还可能将诗人由艺术家变成匠人,把诗由“艺术”降格为“技术”,如近年甚至出现了做诗软件,导致了人的主体性的丧失。“技术同事物被揭示和真理被思考的方式有关系。技术作为‘诗’(poiesis)不是产生而是挑战(herausfordern),它把自然变成能量来源,变成长期储备。人本身变成了一种长期储备。技术的本质肯定不是技术性的。它并不存在于机器、事物中。它存在于现代人的思考方式中。”[2]这正是软件诗问世后没有得到诗坛认可的重要原因,它可以改变诗的创作方式,却不能改变现代人的思考方式。

“虽然哈桑把文学上的后现代主义看作是现代主义感受的一种继续发展,但他坚持认为,它们的差异引出了一些非常普遍的哲学问题,其中许多问题我们都已遇到过。然而,在现代主义中,典型的现代体验是‘一切坚固的东西都烟消云散了’,或者是‘中心不再有效’,它已激发起了创造一种‘主体性的中心’,即一种自主的和自我界定的艺术家,对后现代主义而言,则完全没有任何中心,主体本身被‘非中心化了’,再也没有根源或来源,它本身就是一种结果,是社会和心理的多重力量的产物,全都要求一种与现代主义小说家偏爱的内心独白全然没有联系的话语。”[3]网络诗写作可以给诗人带来“现代体验”,因为它发表自由,诗人自己可以任意在网上公开,不受官方或权威,甚至印刷技术、时间空间的束缚。但是去中心化及主体性的丧失,却会给诗

---

[1] [美]马斯洛:《动机与人格》,许金声译,华夏出版社,1987年,第59页。

[2] [匈]阿格尼丝·赫勒:《现代性理论》,李瑞华译,商务印书馆,2005年,第115页。

[3] [美]罗伯特·皮平:《作为哲学问题的现代主义——论对欧洲高雅文化的不满》,阎嘉译,商务印书馆,2007年,第252页。

人带来更多的“后现代体验”。所以网络有助于情色写作和唯美写作，游戏性、快感性、自娱性、自恋性、对话性、狂欢性等写作方式都更容易进行。“就读者角色的定位而言，接受美学和网路文学都视之为‘能动的参与创造者’，可说是不谋而合。”〔1〕学者麦奎尔结论说网络科技有三项特质：“1. 去中心化(decentralization)：供应与选择不在操控于资讯提供者手中。2. 高性能(high capacity)：电缆与人造卫星传播克服了费用、距离和性能的限制。3. 互动性(interactivity)：接受者能够选择、回应、更换，以及能够与其他接收者连结。”〔2〕诗人创作诗受到读者、机器及技术的制约，有助于诗人过分自恋的主体性的消解，诗人的“超人角色”和“神性写作”都容易降格为“凡人角色”和“人性写作”。这有助于新诗现代性建设中的世俗化。

新诗现代性建设要将纸质诗与网络诗分开建设，要特别重视网络诗的科学性，用科学的眼光来打量网络诗的生产方式和传播方式，既要认识到科学给诗带来的好处，更要发现它的害处。如网络诗对纸质诗的文体功能、文体形态、语言方式、诗体传统进行了“全方位”的，甚至是“颠覆性”的改变，这种改变反而使新诗的诗体建设的生态变得更恶劣。在消费文化泛滥的读图时代，读图方式不是字斟句酌的读字方式。即使是好诗也因为没有反复细读无法品出诗味，读者不可能透过诗的表面看到诗的本质。他们也没有耐心去精雕细琢般地解读诗歌作品。今天在小说、散文和诗歌三种文体中，大众传媒对诗歌的冲击最大。近年的网络诗歌的无序发展证明网络对新诗的诗体建设是一把双刃剑，现代科技非常有利于诗的构形与造图，有利于图像诗的创作，对新诗的诗形建设具有前所未有的好处。但是正是因为造形太方便，网络诗人们更不愿意将诗体定型，更不会遵守已有的诗体规范。网络自动排版的方便，大大削弱了诗人创作图像诗需要的想象力和创造力，写纸质诗时需要绞尽脑汁才能排出的图案，电脑可以轻而易举地完成。机器取代人完成有难度的写作，会让精明的现代人变成了呆板的机器人。这会影响新诗现代性建设培养现代人的任务的完成。

虽然有些诗人明显受到了宗教的影响，如冰心受到基督教的影响，当代也有诗人信教，如包容冰就是虔诚的佛教徒，近年还出现了“新禅诗”。一些

〔1〕 商瑜容：《米罗·卡索：网路诗作的美感效应》，《台湾诗学学刊》第1号，唐山出版社，2003年，第88页。

〔2〕 商瑜容：《米罗·卡索：网路诗作的美感效应》，《台湾诗学学刊》第1号，唐山出版社，2003年，第87页。

民族诗人的新诗写作也呈现出明显的宗教性，如蒙古族的葛根图娅、萨仁图娅，藏族的完玛央金、扎西才让。但是新诗的宗教性并不明显，百年来，没有一位诗人公开宣称为宗教写作，也没有一个诗人专门致力于宗教诗创作，被诗坛公认为“宗教诗人”。新诗现代性建设要处理与宗教的关系，不只是因为新诗可以写宗教，更是因为很多诗人的写作都有宗教情绪，或多或少地受到了宗教的影响。如近年出现的“神性写作”，甚至解非等女诗人主张的“灵性写作”也有宗教意味，从容等女诗人近年还写了大量抒发宗教情感的诗。新诗现代性建设必须回答“宗教情感是否是现代情感”和“宗教诗歌，尤其是有宗教色彩的诗是否有存在价值”等问题。更要弄清神性诗歌和人性的关系，不能把宗教视为封建迷信否定宗教诗的价值，更不能因为写宗教诗就把自己放在一个道德高地，就可以任意贬低其他写作，尤其是人性诗歌的写作。世俗性是现代性的一大特点，有的宗教其实是很世俗的，也很重视现实生存，所以才能在社会生活中广为传播。

新诗现代性建设首先要建设具有宗教意味的诗，要肯定新诗宗教倾向的合理性，它有利于人的生存，还可以提高诗的思想深度，也要意识到这种追求“立意高远”，就会“境界自出”的“灵魂式写作”的缺点，它会让诗人越来越自恋，越来越轻视语言技法，越来越脱离诗的抒情本质。

在当代诗人中，长期生活在青海的昌耀的诗有浓厚的宗教意识。他是一位敢于与命运抗争有浩然之气的生活强者和有艺术创造力的诗人，他是完美主义者，追求有品位、有质量的生活和精致的写作。2002 年 2 月昌耀这样评价自己的创作：“我的创作基本上分两大块：一个是在艺术上的有益探索，这方面比较偏重一些；另一个是抒写我的内心世界，谋求与更多的读者沟通。”[1]他的《内陆高迥》是新诗史上少有的具有宗教色彩的诗作。这首诗有宗教徒静思默想后产生的丰富奇特的想象和繁复高深的意象，有宗教诗常有的复调式的旋律，更有大德高僧才有的睿智的洞察力和悲天悯人的情怀。《内陆高迥》如昌耀所言采用了“有规律的反复”“虚化结合”等手法，精心于“心理流程设计”与“视觉流程设计”，产生了“新的视觉语言的审美效应”和“富有理性的形式意味”。第三节的第一个不分行的句子由 11 个单句组成，共 163 个字，采用了散文的“肖像描写”手法、影视作品的“人物特写”手法和

---

〔1〕 昌耀：《答记者张晓颖问》，昌耀：《昌耀诗文总集》，青海人民出版社，2000 年，第 777 页。

诗歌创作的“意象叠加”手法，使一个真实可感的受难者和殉道者式的旅行者的人物形象和人物性格跃然纸上。这一个长句从视觉形式上也暗示出旅行者道路的漫长，旅行者的道路其实是人生的道路，出奇的冗长却不散漫的长句也暗示出旅行者不管征程多么遥远，却总是执着地前行。超长的句子和超短的句子不仅是为了造成特殊的视觉效果和听觉效果，还暗示出人生道路的长短不齐及人生命运的祸福相生。诗中最长的诗行是163个字，最短的诗行是两个字“河源”。“河源”作为一个独立的诗行不仅突出了“河源”的重要性，自然的源头——“河源”也可以象征生命的源头，也突出了生命的“源头”的重要性。如果把“河源”理解为生命之源和人生之源，“内陆漂起”就可以象征一种挺拔的人生方式或浩然正气。这种人生方式和浩然正气常常只有来自博大精深的宗教。

昌耀不信宗教，也没有声明过要写宗教诗，但是这位“诗之信徒”却有“佛之信徒”的气质，他的诗更让人感到有宗教的肃穆感和神圣感。《内陆高迥》创作于1988年12月12日。写诗是昌耀的一种生存方式，是他能够使自己像“一个人”一样地活下去的生存手段，既是“苦闷的象征”，也是“希望的象征”，不仅让他的苦闷得到宣泄，而且使他的灵魂得到升华。写诗是他让自己“生活艺术化”和“现实理想化”与“精神自由化”和“人格高尚化”的重要方式。1986年12月3日，他在《诗的礼赞(三则)》中说：“诗是崇高的追求，因之艰难的人生历程也得而显其壮美、典雅、神圣、宏阔的夺目光彩。就此意义说，诗，可为殉道者的宗教。诗是不易获取的，惟因不易获取，更需要有殉道者般的虔诚。而之所以不易获取，惟在于‘歌吟的灵魂’总是难于达到更高的审美层次。而愈是使我们感到亲切并觉日臻完美的诗却又是使我们直悟生存现状的诗。”[1]《内陆高迥》正是这样的“殉道者的宗教”和“使我们直悟生存现状的诗”，颇具阳刚之美，也是命运多舛的诗人深沉的人生喟叹，呈现出他的既有无奈更有希望的生存境遇和既脆弱又坚韧的生存方式。

有宗教倾向的诗人往往生活在宗教氛围浓郁的地区。大西北长期的封闭状态，自然环境的粗犷恶劣，生存环境的艰难险恶，高原缺氧容易产生幻觉，多民族的混居繁衍等因素使中国大西北地区即使在现代社会也保留着较多的宗教氛围和宗教情感。“转山是藏族人表示虔诚的一种方式。他们相信

---

〔1〕 昌耀：《诗的礼赞(三则)》，昌耀：《昌耀诗文总集》，青海人民出版社，2000年，第392—393页。

徒步围着神山绕行可以洗清一生罪孽。心怀信仰、敬畏自然，虔诚的藏民离开世俗的现实生活，走入荒野自由穿行，历经磨难后回到出发地。途中经历的艰险丝毫不能吓退生生世世围绕卡瓦格博转经的藏民，因为在他们看来，苦难和折磨正是他们延续着朝圣之路前行的理由……转山路的艰辛，对于人体有着极大的挑战，可也正因为体力的消耗，转经者能够得到前所未有的孤独与安静，使得转经者能更'真实'地面对自己的精神世界，去思考是与非、善与恶，去领悟生命对人的意义和自己对信仰的理解。"[1]身临其境，宗教情绪及宗教情感自然产生。

许多生活在大西北的诗人都有这样的感慨：面对狂荡不羁的高原气候、剽悍壮丽的高原地貌、粗犷奔放的高原生命，尤其是身临博大精深的草原、戈壁，会不由自主地想起宗教，面对宗教圣地，更容易产生宗教情感。如长期生活在甘南藏区的阿信写了《如来八塔和十二美少女》："如来八塔：/湟中塔尔寺的标志性建筑。/八枚宗教的响尾蛇导弹，/静静指向蓝天。//我是远道而来的俗客，专门看它/在大地上简单排列的美。/而不必知道，在一个僧人眼中/它们会有多么不同。//静静的白塔。/静静的正午。如果加上/缭绕的柏烟，远处的青海湖，/我知道我已经不虚此行。//但十二美少女的出现——/秋水红唇，白裙绝尘/——像十二个飞天/环绕如来八塔。//——这十二个/拍片之余在此歇足的/青海艺校舞蹈大班的少女，她们/不知道//正是她们的无心，/与如来八塔庄穆的美一起/造就了一个俗人/内心最初的宗教。""诗人的真实感受将自然的静的风景与人的动的风景沟通起来，三者之间相互交融，相得益彰。三者都不普通，观风景者在草原上生活了十多年，是有高度敏感力和洞察力的诗人，熟悉草原上的宗教，也会欣赏少女的美；静的风景是著名宗教圣地塔尔寺的标志性建筑八座佛塔，是神圣的代表；动的风景尽管只是青海艺校舞蹈大班的少女，是平凡的人，却是圣洁的代表。"[2]

昌耀和阿信较好地处理了新诗现代性建设与宗教的关系，处理好了神性写作与人性写作、神性诗歌与人性诗歌的矛盾。昌耀十分推崇精致的诗歌，高度重视包括经营意象在内的诗艺，他在 1992 年 2 月写的《请将诗艺看作一种素质》中说："请将诗艺看作一种素质，一种生活质量，一种人文功底，而不

---

〔1〕 杨帆：《有关信仰，藏民修行的一些片段》，http://news.ifeng.com/a/20150907/44598217_0.shtml.

〔2〕 王珂：《两岸四地新诗文体比较研究》，知识产权出版社，2015 年，第 313 页。

要当作一种谋生的职业或求闻达的工具。”[1]写这类与宗教信仰有关的诗歌，诗人仍然要坚持“真实是诗人唯一的自救之道”，仍然要强调诗人要“用诗家语说人话”。需要将宗教的世俗性与现代性的世俗性结合，重视平民情感及世俗生活。近年流行这样的口号：“在一个没有英雄的年代，只想当一个凡人。”这样的凡人最好有点宗教情感。如果要通过新诗现代性建设来造就现代中国人，就有必要如阿信诗所言“造就一个俗人内心最初的宗教”。

新诗现代性建设要处理与性别的关系，具体为减少女性诗歌和男性诗歌的对抗，不过分强调性别，有时也要凸显出写作者的性别，强调写作者应该有性别意识。百年来女诗人的写作，尤其她们的女性主义写作极大地促进了新诗现代性建设。“女性主义(feminism)是一种建立在两种前提上的政治意识(political perception)：一是在男女之间的一种结构性不平等基础上存在的性别差异(gender difference)，女性承受了系统性的社会不公正。二是不是由生物需要而是由性别差异产生的文化结构带来的性的不公平(inequality between the sexes)。这种意识证明女性主义具有双重议程：弄清建构性别不公正的社会和心理机制，然后改变它们。”[2]女性诗歌经历了从社会到人，从男权文化到女性政治，从身外(所见所闻)到身内(所思所想甚至到身体本能感受)，从大我到小我，从堂·吉诃德式的阳刚到简·爱式的阴柔的转变历程。尽管这种转变并非彻底，两者之间始终存在着对抗与和解，甚至对抗在每个时代都凸显出来，但是不难发现在百年妇女诗歌的发展历程中，回到女人自身、皈依女性本体的流变轨迹是十分明显的。二十世纪前半叶的女诗人也少有性别意识。陈敬容的《划分》说：“我常常停步于/偶然行过的一片风/我往往迷失于/偶然飘来的一声钟。”[3]唐湜在陈敬容去世后撰文《怀敬容》称：“她是中国新诗坛上最抒情的优秀诗人，也是早慧的，写的诗十分丰富，也首首神气十足，有着一种男性的风格。”到八十年代前期女性意识也没有真正觉醒。如徐敬亚在1986年11月所言：“今天看来，朦胧诗人们，其实是十分可爱的善男信女。……他们饱满而充满质感的自我和鲜明的社会批判意识，使他们鄙视和忽略了性的体验。他们的爱情诗压缩了人的生物本质因素，没

[1] 昌耀：《请将诗艺看作一种素质》，昌耀：《昌耀诗文总集》，青海人民出版社，2000年，第765页。

[2] Pam Morris. Literature and Feminism: An Introduction. Oxford: Blackwell Publishers, 1993. p. 1.

[3] 唐湜：《一叶谈诗》，广西教育出版社，2000年，第337页。

有生动真切和强烈的性感受。多是对人类普遍情感的暖调歌颂，基本上没有超过人伦道德的范围。在当时‘爱’与外部世界毫不相容的情况下，他们无暇体味爱的内部微妙，或者说，还有点放不下社会批判者的勇士风度，无法性恋起来。”〔1〕舒婷70年代末期发表于《今天》的《中秋夜》中有这样的诗句：“要使血不这样奔流/凭二十四岁的骄傲显然不够……”“生命应当完全献出去/留多少给自己/就有多少忧愁。”这与石评梅的《宝剑赠与英雄》的人生理想并无两样：“我的雪裙要血濡！/我的锋花要含苞！/我誓愿把希望的种儿，/洒向人间，开一朵灿烂的红色。”在80年代中期，女性意识才大量觉醒，如傅天琳在《红红的八月》写的是怀孕的感受：“一阵深邃钟声/融入脉动/唤醒我最初的母爱最初的/母爱带着羞涩与惊慌醒来。”伊蕾在《火焰》中宣布：“噢，我是红豆树，被苦痛的相思摇撼/我是红岩/已被宣泄的渴望烧熔！”翟永明在《预感》中声称：“我一向有着不同寻常的平静/犹如盲者，因此我在白天看见黑夜。”

新诗现代性建设处理与性别的关系需要意识到女性诗歌写作已经进入了一个多元抒情和多极写作的时代，原因是在中国现代化进程中，女诗人的生活方式和人生观念都发生了巨大的变化。从无性别写作到有性别写作，从心理性情感写作到生物性情感写作，从身外写作到身体内写作，女诗人关注的对象及抒情视野有的从自然社会转到内心身体，有的甚至走出了宗教。如吴思敬以《现代女性心灵的自我拯救——读从容的诗》来评价从容提出的“现代女性心灵禅诗”：“从容所提出的‘现代女性心灵禅诗’是有宗教意味的，这当然与人的宗教信仰有密切关系。但是从容提出这一命题的本意而言，是针对当下女性诗歌写作的弊端，而不是为了传播宗教。……从容的‘现代女性心灵禅诗’，其核心就是希望在诗歌写作中融入禅宗思维，提升诗歌的精神高度，从而在物欲横流的时代，使女性书写从琐屑的生活流与狭隘封闭的心态中解脱出来，如法国诗人让·罗贝尔所言，让诗歌‘中止绝望，维系生命’”。〔2〕深圳堪称中国的现代大都市，诗人从容在这里生活了近三十年，深刻地体会到什么是“现代”，与这座中国改革开放的最前沿城市的“现代性历程”一起成长，她却没有完全被城市化、工业化、技术化的狂潮征服，却较好地

〔1〕徐敬亚：《禁地的沉沦与超越——现代诗中的性意识》，徐敬亚：《崛起的诗群》，同济大学出版社，1989年，第320页。

〔2〕吴思敬：《现代女性心灵的自我拯救——读从容的诗》，吴思敬：《中国当代诗人论》，社会科学出版社，2015年，第402—403页。

处理了新诗现代性建设与性别，甚至与宗教的复杂关系。

新诗现代性建设还要考虑诗人的年龄。按年龄分，新诗写作有“青年写作”“中年写作”“老年写作”，他们的作品可以分为青少年诗歌和中老年诗歌。诗人的年龄段不同，新诗的生态、功能甚至文体都不同，如青年人比老年人更喜欢采用自由诗体写作，甚至更追求思想的自由。所以现代性建设的重点也不同，如通过诗体规范的严格与宽松来纠正青年诗人和老年诗人在新诗现代性建设上的弱点，具体为用现代格律诗来抑制青年诗人的写作激情，用自由诗来刺激老年诗人的写作惰性。

我在不同年龄段的写作经历可以呈现出新诗现代性建设与年龄的关系。我25岁前写过爱情诗和政治抒情诗，那时的新诗写作通常是高度依赖“观念的独创性”与“激情的力量”写作的“青春期写作”，想象力远远大于观察力与洞察力，才情与激情远远多于语言能力与学识修养。20岁在外语系求学时，读到艾略特主张的25岁以后的诗人便会有“历史意识”这段话时，很不以为然：“假若传统或传递的唯一形式只是跟随我们前一代人的步伐，盲目地或胆怯地遵循他们的成功诀窍，这样的‘传统’肯定是应该加以制止的……对于任何一个超过25岁仍想继续写诗的人来说，我们可以说这种历史意识几乎是绝不可少的……有了这种历史意识，一个作家便成为传统的了。这种历史意识同时也使一个作家最强烈地意识到他自己的历史地位和他自己的当代价值。”〔1〕大学时代我最喜欢雪莱的两段话：“我不敢与我们当代最伟大的诗人们比高下。可是我也不愿追随任何前人的足迹。凡是他人独创性的语言风格或诗歌手法，我一概避免摹仿，因为我认为，我自己的作品纵使一文不值，毕竟是我自己的作品。我决不赞成仅仅在文字上别出心裁……在语言的取舍方面，根据直觉办事总是不会错的。”〔2〕“一首诗则是生命的真正的形象，用永恒的真理表现了出来；诗人是一只夜莺，栖息在黑暗中，用美妙的声音唱歌，以安慰自己的寂寞”。〔3〕但是刚到25岁，艾略特的这段话便对我的诗歌创作及诗歌观念产生了极大影响，由极端的诗歌革命者变成了温和的诗歌改革者。30岁时读到了巴赫金这段话：“文学体裁就其本质来说，反映着较为稳定的、‘经久不衰’的文学发展倾向。一种体裁中，总是保留着已在消亡的

〔1〕［英］托·斯·艾略特：《艾略特文学论文集》，李赋宁译，百花洲文艺出版社，1994年，第2—3页。

〔2〕［英］雪莱：《诗辩》，伍蠡甫：《西方文论选》，下卷，上海译文出版社，1979年，第48页。

〔3〕［英］雪莱：《诗辩》，伍蠡甫：《西方文论选》，下卷，，上海译文出版社，1979年，第53页。

陈旧的因素。自然,这种陈旧的东西所以能保存下来,就是靠不断地更新它,或者叫现代化。一种体裁总是既如此又非如此,总是同时既老又新。一种体裁在每个文学发展阶段上,在这一体裁的每部具体作品中,都得到重生和更新。体裁的生命就在这里。因此,体裁中保留的陈旧成分,并非是僵死的而是永远鲜活的;换言之,陈旧成分善于更新。体裁过着现今的生活,但总是在记着自己的过去,自己的开端。在文学发展过程中,体裁是创造性记忆的代表。正因为如此,体裁才可能保证文学发展的统一性和连续性。"〔1〕我完全变成了一个中庸稍偏激进的诗歌改良者。我25岁以后的诗歌写作渐渐转入依赖"哲学的沉思""情感的内敛""诗歌知识""语言技巧"写作的"中年写作"。进入40岁,我的写作心态及方式,特别是诗的功能观念更是发生了巨大的变化,更具有"中年写作"的特点,甚至还没有进入50岁,就开始写旧体诗了。

和我一样,大陆很多中年诗人的写作与他们青年时期的写作颇异,更与他们同时代的青年诗人的写作不同。很多中年诗人都随着岁月的流逝渐渐失去了青春激情和抒情冲动,甚至想停下诗笔。如潞潞所言:"有一句诗人们听来胆战心惊的话:奥斯维辛之后,不应该有诗。像我这样经过文革的人,把这句话翻译过来说是:文革之后,不应该有诗。当然,这是一个有关人类本质的大问题,我最多只有想想的份儿。不同的是,我虽然没有停止写作,却有这样一个问题悬在头上,像一柄随时可能掉下来的剑。"〔2〕"长期以来,黄亚洲并不是以诗歌建立其声誉的……还有一个不能不提的原因来自诗歌本身,即1990年代以来回归本体过程中的泛化与俗化,造成了社会误解与公众排斥。面对……诗歌泛化态势,出于道德上的自洁本能而'君子远庖厨',也许不能不成为严肃诗人的选择策略。黄亚洲也不例外,他曾经与诗坛保持了一段距离,甚至动过告别的念头。面对青年人的才华横溢,自愧'过于老派,偏执于在绝对轻灵的诗句中负载绝对沉重的东西',他曾经气馁;面对老一辈诗人,又有些'不太像正宗诗人',他又曾经信心不足。由此,作为诗人的黄亚洲逸出于主流评价之外,也许是再正常不过的了。"〔3〕黄亚洲的"尴尬"处境正是许多中年诗人的诗歌生态,很多人也有同样的心态。我接触到很多与黄亚洲同时代的中年诗人,几乎有相同的处境与心态。

洪子诚在2005年10月上海举行的"诗意城市:上海先锋诗歌研讨会"上

---

〔1〕[俄]巴赫金:《诗学与访谈》,白春仁、顾亚玲译,河北教育出版社,1998年,第140页。
〔2〕潞潞:《作为写作者》,《晋》2007年第1期,第93页。
〔3〕沈健:《浙江先锋诗人14家》,新疆人民出版社,2006年,第47—48页。

说:“在诗歌圈外的人看起来上海的诗歌不是太景气,印象里头上海和诗歌好像离得都比较远,好像上海也不重视诗歌……另外上海诗人个性都比较强,都有点自负,不能够成为真正的‘拉帮结派’,而且也拒绝对他们的作品作就像我现在所作的对他们进行整体性的概括,但是在当代中国以运动为主要特征的诗歌环境里头,他们的名声也因此受到损害,影响力也受到一些削弱。”[1]上海诗人不搞“运动”的一大原因是上海以中年诗人为主,本土的青年诗人不多。上海的校园诗歌创作九十年代以后也不繁荣,大学的新诗研究也很落后,如北京有三个诗歌研究机构,分别在北京大学,首都师范大学和北京师范大学,南京的南京大学、东南大学和南京理工大学也有新诗研究机构,上海的大学却没有一个新诗研究机构。一个大学的新诗研究机构可以带动这个大学的学生进行新诗创作,如西南大学的新诗研究所30年来培养了多位诗人和诗论家,也影响了整个大学的校园诗歌,具有相当好的新诗生态。

百年来,新诗与旧诗并存,新诗更多的是年轻人的文体,旧诗是老年人的文体。在新诗历史上,一直存在“老去渐于诗律细”,甚至年轻时写新诗,年老时写旧诗的普遍现象。如新诗革命的几位领袖后来都写起了旧诗,如沈尹默、胡适。鲁迅早年为白话诗运动“敲边鼓”写了几首新诗,后来却认为新诗是不成功的。“胡适之是第一个‘尝试’新诗的人,起手是民国五年七月,新诗第一次出现在《新青年》四卷一号上,作者三人,胡氏之外,有沈尹默刘半农二氏;诗九首,第一首便是他的《鸽子》。这诗是七年正月。他的《尝试集》,我们第一部诗集,出版是九年三月。”[2]“有些初期做白话诗的人,后来索性回头做旧诗去了。就是白话诗的元勋胡适之先生,他还是对于做旧诗填词有兴趣的,我想他还是喜欢那个。”[3]新诗初期鲁迅就以“唐俟”为笔名在《新青年》上发表过六首新诗,他却在1925年1月1日结论说:“说文学革命之后而文学已有转机,我至今还未明白这话是否真实,但戏曲尚未萌芽,诗歌却已奄奄一息了,即有几个人偶然呻吟,也如冬花在严风中颤抖。”[4]自由诗的开创者之一郭沫若也认为他进入中年以后,当诗潮涌来时,苦于找不到合适的形式

---

〔1〕 谢冕、洪子诚、徐敬亚、杨剑龙:《先锋诗歌:一代不如一代》,《社会科学报》2005年1月13日,第6版。

〔2〕 朱自清:《诗集导言》,朱自清:《中国新文学大系1917—1927·诗集》,上海文艺出版社,2003年影印版,第1页。

〔3〕 废名:《新诗应该是自由诗》,废名:《论新诗及其他》,辽宁教育出版社,1998年,第19页。

〔4〕 鲁迅:《诗歌之敌》,鲁迅:《集外集拾遗》,人民文学出版社,1976年,第102页。

表现意境，只好被迫选择旧诗的定型诗体格律诗。1999年钱理群在探讨新诗诗人为何“回归”写旧诗这一问题时说：“和充分成熟与定形的传统（旧）诗词不同，新诗至今仍然是一个‘尚未成型’、尚在实验中的文体。因此，坚持新诗的创作，必须不断地注入新的创造活力与想象力；创造力稍有不足，就很有可能回到有着成熟的创作模式、对本有旧学基础的早期新诗诗人更是驾轻就熟了的旧诗词的创作那里去。”[1]

也有一些老诗人并不保守，为新诗现代性建设作了巨大贡献。“屠岸先生论诗，比较注重传统的继承，读他的诗不多的人于是有误解，认为他缺乏现代性。事实上，现代性一直伴随着他的创作，尤其是他晚年的一部分诗，越写越新，越写越奇，越写越让读者摸不着头脑。他仿佛是引进了超现实主义的自动写作法，故意设置了许多不和谐音，有些意象和词汇在诗行中显得突兀，甚至出现了后现代的拼贴法，逻辑与法则被放逐，能指与所指脱离，语速不仅没有老迈，反而变得急促。”[2]“屠岸晚年的实验和探索，跟他对英语现代主义诗歌的翻译实践有着密切的关系。但这种关系比较隐蔽，因为他不像年轻人学习、模仿乃至挪用外国诗歌元素那样，让读者很容易在文本中找到这种源流关系。外来元素已经彻底被消化并融入他组织的语言架构和修辞肌理，不太容易分辨，需要有心的学者专门花时间去寻索。”[3]

新诗现代性建设要处理与地域的关系，具体为处理好国语诗歌和方言诗歌的矛盾。一方水土养一方人，一种地域养一种文化。很早就有人意识到地域文化影响着文学艺术。诗是先锋性文体，对自由的追求往往多于对法则的遵守。地域文化对它的影响属于文体外部的影响，这种影响常常因为诗歌文体特有的文体自主性和诗人固有的主体性被削弱。诗是主情的艺术，人的个体情感和人类情感都与人类文化休戚相关，说明文化对诗人的创作会产生一定的影响。但是现代诗歌功能的多元性也会削弱地域文化的影响。在上个世纪后期，地域文化特别是诗人成长和生活的自然地理对新诗创作产生了较大的影响，当时的“西部诗歌”创作呈现出地域文化对当代诗歌创作影响的多样化和复杂性。中国的改革开放加快了诗人的流动，地域文化的影响特别是地理因素对新诗的影响有减弱之势，人文地理（文化）的影响渐渐大于自然地理（地域）的影响。今天是计划没有变化快的动感时代，处理新诗现代性建设

---

〔1〕 钱理群：《论现代新诗与现代旧体诗的关系》，《诗探索》1999年第2期，第101页。
〔2〕 北塔：《弁言》，屠岸：《英语现代主义诗选》，河南文艺出版社，2012年，第2页。
〔3〕 北塔：《弁言》，屠岸：《英语现代主义诗选》，河南文艺出版社，2012年，第2—3页。

与地域的关系时，要坚持诗歌本位，要以变应变。如上个世纪八十年代有“西部文学”和“西部诗歌”概念，但是现在已经很少提及“西部文学”和“西部诗歌”。近年受国外的“文学地理学”影响，一些新诗学者提出了“南方诗歌”，研究南方诗歌的精神。这种精神应该包括传统精神，如江南水乡的田园精神，更应该有现代精神，如南方的改革创新精神。

新诗现代性建设处理与民族的关系时要考虑汉语诗歌和民族语诗歌的关系，尤其是研究民族诗人用汉语写作，重视这种“汉化”写作在民族地区现代化进程中的作用甚至后果。由于生态环境的差异，虽然民族诗人的汉语诗歌创作都被“汉化”，但因汉化的程度各异，出现了纯粹的、富有民族品质的、含有民族气质的和完全被汉化的四类民族诗歌，并形成各具特色的四大抒情范式。一、时时牢记自己是少数民族诗人，忠实于生养自己的土地，反思改革开放给自己民族带来的巨变，直接关注民族的命运，使命意识强烈，诗的抒情视点以外视点为主，常常是“无我”的社会抒情，诗中的意象总是带有明显的民族色彩。这类诗人大多生长在民族环境中，长大后接受了汉语教育，代表诗人有蒙古族的葛根图娅。二、将民族文化与汉族文化契合，没有忘记自己是少数民族诗人，以讴歌自己的民族为己任，但并不认为自己是民族的代言人，不极端地强调自己的民族性，代表诗人有藏族的完玛央金、扎西才让、王小忠。这类诗人成长于半汉化的环境中，长大后受到汉化教育，但仍回民族地区生活工作。2015 年 7 月，我在甘南藏族自治州采访了这三位藏族诗人，发现他们能够将藏汉两种语言和文化有机结合，尤其善于发挥本民族的语言优势和文化优势。如藏族一直尊重甚至敬畏自然，对自然的热爱远远超过汉族的“天人合一”，所以汉族诗人经过多年才产生生态意识，他们是自然产生的。这种对自然的尊重和生态的热爱在语言中就显示出来，汉语是“我喝水”，“我”与“水”是不平等的；藏语是“我水喝”，“我”与“水”是平等的。三、通常一生都生活在汉化的环境，只在诗中含有民族的一些气质，特别是在抒情方式上具有民族特色，如豪放、洒脱、坦率，较少关注自己的民族，代表诗人有满族的匡文留、蒙古族的萨仁图娅等。四、完全生活在汉化的环境中，写作与汉族女诗人没有差异，关注的是人的命运而非民族的命运。代表诗人有满族的娜夜、土家族的冉冉等。

新诗现代性建设处理与民族的关系时，要学习汉族诗人提出的“坚持在差异”中写作，在新诗已经多元发展的今天，民族诗歌再也不能一元发展，民族诗人不能老是限制在高度的严肃性和抒情性之中，不能总要求诗人当本民族的代言人,故作高深地写作;也不能总要求他们当民族的歌颂者,故作天真地唱着牧歌。"从各方面看,我确信:我们时代的焦虑与空间有着根本的关系,比之与时间的关系更甚。时间对我们而言,可能只是许多个元素散步在空间中的不同分配运作之一。"[1]但是随着诗人的流动性越来越强,近年新诗的地域性及新诗诗人的空间感越来越弱,民族诗人写作的民族性也越来越少。社会在发展,已经出现"全球化"的大趋势,中国各民族之间的文化交融也越来越紧密,人的生活方式也越来越呈现多元状态,民族诗歌也应该多元发展,也应该在"差异"中写作。只要是能够提高人的现实生活质量、完美人的精神生活的诗歌,无论是否能够贴得上"民族诗歌"的标签,都是民族诗人应该写和可以写的诗歌。要正视少数民族诗歌,特别是用汉语写作的少数民族诗歌的生存现实和越来越多的少数民族诗人生活在越来越汉化的环境中的客观情况,提出新的有利于少数民族诗歌发展的生存策略:改变一向强调的少数民族诗歌高度的"民族性",少数民族诗人只能写民族风情和采用民族的抒情方式等旧习,让少数民族诗人写的汉语诗歌无论是在诗的内容还是在诗的艺术上,都能与汉族诗人媲美,真正使他们成为现代汉诗中的一个重要的组成部分。同时,也要倡导少数民族诗歌的多元格局。

中国是多民族国家,神州大地生活着 56 个民族。各个民族都有自己的传统文化和现代生活方式。有的民族还有自己的诗歌传统,甚至有著名的史诗,如藏族的《格萨尔王》、蒙古族的《江格尔》、柯尔克孜族的《玛纳斯》等。虽然今天很多民族仍然保留着自己的文化,甚至还用自己民族的语言写诗,如藏族、维吾尔族、蒙古族等民族都有诗人用民族语言写诗,但是很多少数民族诗人生活在汉化的文化环境中,用汉语写诗,甚至有些民族的诗人有得天独厚的写诗条件。近年出生于 1683 年的第六世达赖喇嘛仓央嘉措的汉语情诗流行,说明藏族有很好的诗歌传统,导致当代汉族诗人洪烛写仓央嘉措的诗集也畅销,如洪烛的《仓央嘉措心史》《仓央嘉措情史》的发行量远远超过当下著名诗人的诗集。近年还涌现出扎西才让、索南昂杰、旺秀才丹、才旺瑙乳、白玛娜珍、梅卓、刚杰·索木东等藏族诗人,显示出他们用汉语写作诗歌的才能。新诗现代性建设必须处理好与民族的关系,如果新世纪这个浩大工程没有民族诗人参与,就不可能完成培养现代中国人和建设现代中国的重任。

---

[1] 福柯:《不同空间的正文与上下文》,包亚明:《后现代性与地理学的政治》,上海教育出版社,2001 年,第 20 页。

后记　新诗向何处去

各位老师、各位诗友：

下午好!

大家都知道王珂一向是特别自信的，是十分阳光的，甚至是非常狂妄的。今天，我却自信不起来，却非常消沉。原因是近段时间发生的一些事情让我高兴不起来。本来这个会议我是不想参加的，最开始答应了参加，后来写论文时觉得无话可说。会议通知规定 15 日必须交论文，我一直没写。直到 21 日，会务组电话通知我交论文，我才用了半天时间，写了《现代汉语诗歌诗体的现代性》这篇论文，收入大会论文集上卷第 326 页到 333 页。

来开会时本来心情就不好，到北京的当天晚上，南京一位诗友电话告诉我陈超教授跳楼而去，我根本不敢相信是真的，因为去年 11 月我俩还在南京大学举办的新诗研讨会上见过面，他还送我一本他的新著《诗与真新论》。那么生动的人突然就没有了。我马上向罗小凤打电话核实此事，结果是真的。所以这两天我的心情非常差。

2009 年 8 月，我在武夷山举办了"新诗创作研究技法研讨会"，在座的很多师友都参加了。我的儿子当时还在上外语系大一，在自由发言时间突然冲上大会主席台以"90 后"身份，发表了轻视新诗的言论。有人把他的极端发言归纳为："远离毒品，远离诗歌，远离王珂。"因为王珂是位时时宣称愿意"衣带渐宽终不悔，为诗消得人憔悴"的人。最近几天，我总是不由自主地思考这样的问题："王珂向何处去？新诗向何处去？中国向何处去？"

此时，我想起了加缪的那句话："荒谬产生于人的需要与世界无理的沉默之间的冲突。”但是,我还有一点生存的信心,因为我还想到了卡西尔的那句话:“政治生活并不就是公共的人类存在的唯一形式。”在此,我想说这样一句话:“写诗是诗人向社会索取权力,既安慰又对抗生活的艺术生存方式。”

在这几天的会议中,大家都在赞扬这次会议的名称“如何现代,怎样新诗”很有创意,语言也很优美。我也很赞成这一点。接到会议预备通知时,我也为这个题目感动过,认为当下新诗理论界最需要开这样的研讨会,研讨新诗的“现代性问题”。但是结合现实,我不得不说这个美丽的题目如果处理得不好,如果研讨不出真知灼见,它就是一个“四平八稳”的题目。它刚好由四个字两组,组成八个字。

为什么我写论文时觉得无话可说呢?严格地说不是无话可说,是有话不方便说。这是因为近期中国文学理论界出现一股较强烈的“去外国化”思潮,尤其是“去西方”思潮,过分强调“中国化”及“中国式言说方式”。近期似乎文学的各个学科都在开这样的“表态性”研讨会。去年冬天我在黑龙江参加了“新世纪文学理论的建设与反思学术研讨会”,应该说这个“文艺理论界的高层论坛式”的会议是办得很成功的。会上可以“畅所欲言”。我针对近年在狭隘的爱国主义思潮鼓动下涌现的极端的“国学热”及“中国潮”,有意识地提交了一篇论文,题为《新世纪必须加强西方文学理论建设》,结合个人的学术经历和培养研究生的经验,大谈西方文论,尤其是西方文学研究方法论对培养文学研究人才和提高文学理论家学养的好处。感谢大会主办会安排了我的“大会发言”。但是会议报道只报道了“新世纪需要加强中国文学理论建设”的观点。上个月在武汉大学举办的“2014 中国文学接受与传播国际学术研讨会”上,在开幕式结束后的第一场“大会发言”中,我借点评一位美国教授用西方文论分析中国网络小说的论文之机,公开宣称中国文学研究必须接受西方文学理论,尤其是富有操作性的方法性理论,我说我宁愿被人称为“崇洋媚外者”,认为西方文论我们不是接受多了,不是翻译多了,而是远远不够。当然,我主张大力接受外国文学理论,并不排斥中国文学理论,尤其是中国古代文学理论。我反对的是会导致新的“闭关锁国”的极端的“中国特色”的文学理论,抵制的是那些做不了真学问不得不打着“爱国主义”旗号“假公济私”的投机分子。

昨天钟文老师在大会发言中指出:“现代诗的创始人波德莱尔的阳光还没有普照到中国新诗的大地上。”我颇有同感:大陆新诗对西方现代诗的接受还远远不够,与世界现代诗的联系还不够,现在大陆新诗界还不是妄谈“中国化”，甚至“去西方化”的时候。今天我们研讨中国诗歌“现代性”问题，必须涉及“洋为中用”等是否应该“开放”问题。甚至应该提出今日新诗现代性建设策略：语言形式上要偏向“中国化”，内容技法上要偏向“外国化”。

讨论现代汉语诗歌诗体的现代性，必须重视人的构形本性和艺术的具形本性，重视“与时俱进”，接受时代赋予新诗及新诗诗人的“现代性”。既要重视新诗的语言的现代性和精神的现代性，更要重视现代汉语的实用性和个体性，重视现代汉诗的先锋性和现代诗人的创新性。现代汉语诗歌诗体的现代性主要指语体和文体的现代性。现代世俗性情感和现代通俗性语言是现代汉语诗歌的两大现代性特征。

今日研讨新诗的“现代性”，有必要考虑一大问题、二大需要、三大功能、四大任务、五大建设和六大特质。

一大问题指新诗必须关注“生存”，尤其是人的生存问题。二大需要指人的生理需要和审美需要。前者如弗洛伊德所关注的如何成为健康的人。后者如马斯洛所关注的如何成为优秀的人。弗洛伊德发现利比多过剩是艺术家创作的动力，马斯洛发现人具有真正的审美需要。现代诗必须关注现代人的生物性情感、心理性情感和审美性情感，不排斥宣泄式情感写作和游戏式美感写作。三大功能指新诗具有启蒙、抒情和治疗功能。四大任务指新诗要促进改革开放、记录现代生活、优美现代汉语和完美汉语诗歌。五大建设是新诗的现代性建设要建设中国人的现代情感、现代意识、现代思维、现代文化和现代政治。具体为：一、现代情感重视自然情感与社会情感的和谐。二、现代意识重视个人意识与群体意识的融合。三、现代思维重视语言思维与图像思维的综合。四、现代文化强调保守主义与激进主义的共处。五、现代政治追求宽松自由与节制法则的和解。六大特质是：一、在写什么上多变的情绪多于稳定的情感。二、在写作手法上叙述受到重视，但是诗的叙述是从主观世界，尤其是从感觉和感受出发，写的是所感所思；散文的叙述是从客观世界，尤其是从生相和物相出发，写的是所见所闻。三、在写作语言上平民化口语多于贵族性书面语，意象语言受到轻视，口语甚至方言受到重视。四、在诗的音乐性上诗的内在节奏大于诗的外在节奏，诗的音乐性减弱。五、在诗的结构形式上诗的视觉结构大于听觉结构，诗的排列形式重于诗的音乐形式。六、在写诗的思维方式上图像思维受到重视，语言思维受到轻视。

总之，新诗应该是体现现代精神的诗，新诗的现代化必须与中国人的现代化基本同步，新诗的现代性建设必须为中国的现代性建设作贡献。今日新诗可以定义为：新诗是用现代汉语和现代诗体，抒写现代生活和现代情感，具有现代意识和现代精神的语言艺术。

最近偶然读了我的儿子在QQ空间的“说说”栏目中的一段感叹。他正在台湾元智大学做研究生交换生，他说他发现两岸在以不同方式做着同一件事情，那就是让中华民族更强大，两岸的社会改革都面临同样的困境：“快则乱，慢则溃。”他决心用他的智慧和意志，在他的有生之年，防止“乱或溃”。年轻一代都如此有信心和决心，我们中年一代还担忧什么？

王珂向何处去？取决于王珂的个人奋斗！新诗向何处去？取决于在座各位诗评家和诗人的奋斗！中国向何处去？取决于每个中华人民共和国的公民的奋斗！

谢谢大家。

后记：此为我参加一个新诗研讨会的即席发言。正是它让我答应《创作与评论》的邀请，在该刊开设“新诗现代性建设研究”专栏，才有了这部《新诗现代性建设研究》著作。研讨会名称：如何现代，怎样新诗——中国诗歌现代性问题学术研讨会。主办单位：首都师范大学中国诗歌研究中心、首都师范大学文学院、北京大学中国新诗研究所。时间：2014年10月31日—11月3日。地点：北京香山饭店。发言时间：2014年11月2日下午第二场(闭幕式前)，主持人是吴思敬教授(大陆)，讲评人是郑慧如教授(台湾)。发言背景：2014年10月31日，著名诗人、诗评家陈超自杀。11月1日开幕式第一场大会发言，吴思敬教授激情讲演《诗歌：让心灵自由飞翔》。我在闭幕式前的大会发言中情不自禁，突然抛开已提交的论文即席“演讲”，一吐为快。原因颇多。得知友人陈超教授意外离世是一个原因，响应吴思敬教授的发言是另一个原因，最重要的原因是焦虑自己的处境和新诗的处境。

王　珂
2015年9月8日于南京东南大学九龙湖办公室

参考文献

一、中国书部分

[1] 童庆炳：《文学审美论的自觉》，北京师范大学出版社，2011 年。

[2] 童庆炳：《文体与文体创造》，云南人民出版社，1994 年。

[3] 王珂：《新诗诗体生成史论》，九州出版社，2007 年。

[4] 杨匡汉、刘福春：《中国现代诗论》，上编，花城出版社，1985 年。

[5] 杨匡汉，刘福春：《中国现代诗论》，下编，花城出版社，1985 年。

[6] 徐静波编：《梁实秋批评文集》，珠海出版社，1998 年。

[7] 吕进、毛翰：《中国诗歌年鉴(1993 卷)》，西南师范大学出版社，1994 年。

[8] 吕进，毛翰：《中国诗歌年鉴 1996 年卷》，重庆中国新诗研究所编印，1997 年。

[9] 朱自清：《中国新文学大系 1917—1927 · 诗集》，上海文艺出版社，1981 年影印版。

[10] 宗白华：《艺境》，北京大学出版社，1987 年。

[11] 郭宏安编：《李健吾批评文集》，珠海出版社，1998 年。

[12] 徐乃翔：《中国新文学大系 1937—1949 · 理论史料选》，中国文联出版公司，1998 年。

[13] 舒兰：《抗战时期的新诗作家和作品》，成文出版社，1970 年。

[14] 叶维廉：《中国诗学》，生活 · 读书 · 新知三联书店，1992 年。

[15] 王佐良：《英国诗史》，译林出版社，1997 年。

[16] 伍蠡甫、蒋孔阳、秋燕生：《西方文论选》，下册，上海译文出版社，1979 年。

[17] 袁可嘉：《现代派论 · 英美诗论》，中国社会科学出版社，1985 年。

[18] 伍蠡甫、胡经之：《西方文艺理论名著选编》，上卷，北京大学出版社，1985 年。

[19] 伍蠡甫、胡经之：《西方文艺理论名著选编》，北京大学出版社，1987 年。

[20] 王治明:《欧美诗论选》,青海人民出版社,1990年。

[21] 胡适:《中国新文学大系1917—1927·建设理论集》,上海文艺出版社,1981年影印版。

[22] 胡适:《中国新文学大系1917—1927·建设理论集》,上海文艺出版社,2003年影印版。

[23] 耿云志:《胡适论争集》,上卷,中国社会科学出版社,1998年。

[24] 卓如编:《冰心全集》,第一卷,海峡文艺出版社,1994年。

[25] 卓如编:《冰心全集》,第二卷,海峡文艺出版社,1994年。

[26] 卓如编:《冰心全集》,第三卷,海峡文艺出版社,1994年。

[27] 卓如编:《冰心全集》,第五卷,海峡文艺出版社,1994年。

[28] 叶维廉:《叶维廉文集》第一卷,安徽教育出版社,2002年。

[29] 叶维廉:《叶维廉文集》第三卷,安徽教育出版社,2002年。

[30] 叶维廉:《叶维廉文集》第五卷,安徽教育出版社,2004年。

[31] 叶维廉:《叶维廉文集》第七卷,安徽教育出版社,2002年。

[32] 叶维廉:《叶维廉文集》第六卷,安徽教育出版社,2002年。

[33] 叶维廉:《叶维廉文集》第八卷,安徽教育出版社,2002年。

[34] 叶维廉:《叶维廉文集》第九卷,安徽教育出版社,2002年。

[35] 乐黛云、李比雄:《跨文化研究》13集,上海文化出版社,2003年。

[36] 叶维廉:《中国诗学》,生活·新知·读书三联书店,1992年。

[37] 鸥外鸥:《鸥外鸥之诗》,花城出版社,1985年。

[38] 蒋孔阳:《二十世纪西方美学名著选》,下册,复旦大学出版社,1988年。

[39] 司马长风:《中国新文学史》,上卷,昭明出版有限公司,1980年。

[40] 郭绍虞:《中国历代文论选》,上海古籍出版社,1979年。

[41] 龙泉明:《中国新诗流变论》,人民文学出版社,1999年。

[42] 黄药眠、蔡彻:《黄药眠口述自传》,中国社会科学出版社,2003年。

[43] 郜元宝:《李长之批评文集》,珠海出版社,1998年。

[44] 中国社会科学院文学研究所现代文学研究室:《中国现代经典诗库》,北岳文艺出版社,1996年。

[45] 黄大地、张春丽:《黄药眠诗全编》,人民文学出版社,2010年。

[46] 周振甫:《文心雕龙今译》,中华书局,1986年。

[47] 陈学虎、黄大地:《黄药眠美学文艺学论集》,北京师范大学出版社,2003年。

[48] 郑敏:《诗歌与哲学是近邻——结构—解构诗论》,北京大学出版社,1999年。

[49] 袁可嘉:《现代派论·英美诗论》,中国社会科学出版社,1985年。

[50] 阎纯德编:《她们的抒情诗》,福建人民出版社,1983年。

[51] 林以亮编:《美国诗选》,今日世界出版社,1976年。

[52] 郑克鲁：《法国诗歌史》，上海外语教育出版社，1996 年。

[53] 陈惇、刘象愚选编：《穆木天文学评论选集》，北京师范大学出版社，2000 年。

[54] 钱仲联：《人境庐诗草笺注(上)》，上海古籍出版社，1981 年。

[55] 杨扬编：《周作人批评文集》，珠海出版社，1998 年。

[56] 张光璘：《中国名家论泰戈尔》，中国华侨出版社，1994 年。

[57] 王珂：《诗歌文体学导论——诗的原理与诗的创造》，北方文艺出版社，2001 年。

[58] 张嘉谚：《中国低诗歌》，人民日报出版社，2008 年。

[59] 上海书店编：《中国近代文学的历史轨迹》，上海书店出版社，1999 年。

[60] 刘经庵：《中国纯文学史纲》，东方出版中心，1996 年。

[61] 沈德潜：《唐诗别裁集》，中华书局 1975 年版。

[62] 郭绍虞、罗根泽：《中国近代文论选》，上册，人民文学出版社，1959 年。

[63] 张正吾、陈铭：《中国近代文学作品系列文论卷》，海峡文艺出版社，1992 年。

[64] 杨天石、王学庄：《南社史长编》，中国人民大学出版社，1995 年。

[65] 启功、张中行、金克木：《说八股》，中华书局 2000 年版。

[66] 朱有瓛等编：《中国近代教育史资料汇编・教育行政机构及教育团体》，上海教育出版社，1993 年。

[67] 北京大学、北京师范大学、北京师范学院中文系中国现代文学教研室：《中国现代文学史参考资料文学运动史料选》，第一册，上海教育出版社，1979 年。

[68] 阿英：《中国新文学大系 1917—1927・史料・索引》，上海文艺出版社，1981 年影印版。

[69] 本书编委会：《中国新文学大系 1937—1949》，第二集，文学理论卷二，上海文艺出版社，1990 年。

[70] 吕进：《新诗的创作与鉴赏》，重庆出版社，1982 年。

[71] 朱光潜：《谈美书简》，北京出版社，2004 年。

[72] 黄维樑：《中国古代文论新探》，北京大学出版社，1996 年。

[73] 林同华编：《朱光潜全集》，第二卷，安徽教育出版社，1987 年。

[74] 林同华编：《朱光潜全集》，第九卷，安徽教育出版社，1987 年。

[75] 童庆炳：《文学理论教程》，高等教育出版社，2004 年。

[76]《续修四库全书》编纂委员会：《续修四库全书(1698)・集部・诗文评类》，上海古籍出版社，2002 年。

[77] 朱栋霖、丁帆、朱晓进：《中国现代文学史 1917—1997》，高等教育出版社，1999 年。

[78] 程光炜、刘勇、吴晓东、孔庆东、郜元宝：《中国现代文学史》，北京大学出版社，2011 年。

[79] 刘勇、邹红：《中国现代文学史》，北京师范大学出版社，2010 年。

［80］周晓风：《新诗的历程——现代新诗文体流变（1919—1949）》，重庆出版社，2001年。

［81］傅天虹：《汉语新诗90年名作选析》，香港银河出版社，2008年。

［82］骆寒超：《20世纪新诗综论》，学林出版社，2001年。

［83］骆寒超、陈玉兰：《中国诗学（第一部形式论）》，中国社会科学出版社，2009年。

［84］赵毅衡：《新批评文集》，中国社会科学出版社，1988年。

［85］张桃洲：《语词的探险：中国新诗的文本与现实》，社会科学文献出版社，2012年。

［86］中国社会科学院文学研究所现代文学研究室：《中国现代经典诗库》，北岳文艺出版社，2000年。

［87］刘福春编：《冯至全集》，第一卷，河北教育出版社，1999年。

［88］张恬编：《冯至全集》，第五卷，河北教育出版社，1999年。

［89］何其芳：《何其芳选集》，第二卷，四川人民出版社，1979年。

［90］何其芳：《何其芳文集》，第五卷，人民文学出版社，1983年。

［91］周作人：《自己的园地》，岳麓书社，1987年。

［92］林于弘：《台湾新诗分类学》，鹰汉文化公司，2004年。

［93］姜耕玉：《新诗与汉语智慧》，东南大学出版社，2013年。

［94］王珂、陈卫：《51位理论家论现代诗创作研究技法》，海峡文艺出版社，2012年。

［95］包亚明：《后现代性与地理学的政治》，上海教育出版社，2001年。

［96］冯亚琳、［德］阿斯特莉特·埃尔：《文化记忆读本》，北京大学出版社，2012年。

［97］祝宽：《五四新诗史》，陕西师范大学出版社，1987年。

［98］罗青：《从徐志摩到余光中》，尔雅出版社，1988年。

［99］唐德刚：《胡适杂记》，华文出版社，1990年。

［100］胡明编注：《胡适诗存》，人民文学出版社，1989年。

［101］杜运燮：《杜运燮60年诗选》，人民文学出版社，2000年。

［102］林语堂：《生活的艺术》，中国戏剧出版社，1995年。

［103］汪剑钊：《中国当代先锋诗人随笔选》，中国社会科学出版社，1998年。

［104］郭延礼：《中国近代文学发展史》，山东教育出版社，1991年。

［105］杜春和、韩荣芳、耿来金：《胡适演讲录》，河北人民出版社，1999年。

［106］华万里：《轻轻惊叫》，重庆出版社，2009年。

［107］西篱：《温柔的沉默》，香港文学报出版社，1992年。

［108］王光明：《现代汉诗的百年演变》，河北人民出版社，2003年。

［109］龙泉明：《国统区抗战文学研究丛书·诗歌研究史料选》，四川教育出版社，1989年。

［110］林同华编：《宗白华全集》，第一集，安徽教育出版社，1994年。

［111］林同华编：《宗白华全集》，第二卷，安徽教育出版社，1994年。

[112] 汪剑钊:《中国当代先锋诗人随笔选》,中国社会科学出版社,1998 年。

[113] 谭仲池:《敬礼　以生命的名义》,湖南人民出版社,2008 年。

[114] 朱自清:《朱自清诗文选集》,人民文学出版社,1955 年。

[115] 钱光培、向远:《现代诗人及流派琐谈》,人民文学出版社,1982 年。

[116] 伊沙:《一个都不放过》,青海人民出版社,1999 年。

[117] 小海、杨克:《他们十年诗选》,漓江出版社,1998 年。

[118] 邹绛:《中国现代格律诗选 1919—1984》,重庆出版社,1985 年。

[119] 褚斌杰:《中国古代文体概论》,北京大学出版社,1990 年。

[120] 陈子善编:《叶公超批评文集》,珠海出版社,1998 年。

[121] 王珂:《百年新诗诗体建设研究》,上海三联书店,2004 年。

[122] 郑振铎:《中国新文学大系 1917—1927 · 文学论争集》,上海文艺出版社,1981 年影印版。

[123] 朱彝尊、汪森:《词综》,孟斐标校,上海古籍出版社,1999 年。

[124] 张相:《诗词曲语辞汇释》,上册,中华书局 1975 年版。

[125] 罗门:《在诗中飞行——罗门诗选半世纪》,文史哲出版社,1999 年。

[126] 耿云志:《胡适论争集》,上卷,中国社会科学出版社,1998 年。

[127] 苏绍连:《茫茫集》,大升出版社,1978 年。

[128] 吴思敬:《吴思敬论新诗》,中国社会科学出版社,2013 年。

[129] 袁謇正编:《闻一多全集文学史编 · 周易编 · 管子编 · 璞堂杂业编 · 语言文字编 10》,湖北人民出版社,1993 年。

[130] 闻一雕、闻铭、王克私编:《闻一多全集书信 · 日记 · 附录 12》,湖北人民出版社,1993 年。

[131] 邹容:《革命军》,华夏出版社,2002 年。

[132] 陈漱渝:《五四文坛鳞爪》,中国文史出版社,1998 年。

[133] 陈超:《诗与真新论》,花山文艺出版社,2013 年。

[134] 熊国华:《旋转的世界》,中国戏剧出版社,2013 年。

[135] 稚夫:《中国性爱诗选》,原乡出版社,2014 年。

[136] 吕进:《中国新时期诗歌"新来者"诗选》,西南师范大学出版社,2014 年。

[137] 吴思敬:《中国当代诗人论》,社会科学出版社,2015 年。

二、中国杂志部分

[1] 王珂:《诗是艺术地表现平民性情感的语言艺术——论现代汉诗的现实出路》,《东南学术》2000 年第 5 期。

[2] 王珂:《今日新诗应该守常应变》,《西南大学学报》2010 年第 4 期。

[3] 李观鼎:《论陶里的现代诗论》,《世界华文文学论坛》2001 年第 3 期。

[4]《新潮》,1920 年 9 月第 1 卷第 5 期。

[5] 曾琮琇:《戏耍与颠覆——论80年代以降台湾现代诗的形式游戏》,《台湾诗学学刊》第9号,台北唐山出版社,2007年。

[6] 丁旭辉:《詹冰图像诗研究》,《台湾诗学季刊》第33期,唐山出版社,2000年。

[7] 黄大地:《黄药眠创造社时期的诗歌创作——纪念黄药眠诞辰100周年》,《北京师范大学学报》2004年第5期。

[8]《洪水》,第3卷第32期。

[9] 冯乃超:《冷静的头脑——评驳梁实秋的"文学与革命"》,《创造》月刊,1928年7月版第2卷第1期。

[10] 黄大地:《黄药眠的跌宕人生》,《新文学史秋》2013年第3期。

[11] 郑敏:《胡"涂"篇》,《诗探索》1999年第1辑。

[12] 郑敏:《中国新诗能向古典诗歌学些什么?》,《诗探索》2002年第1—2辑。

[13] 王觅、王珂:《新诗创作研究需要新观念新方法》,《晋阳学刊》2015年第1期。

[14]《新月》第1卷1928年8月10日,上海书店1985年影印本第一册。

[15]《文学周报》第7卷,开明书店1929年1月合订本。

[16] 仿吾:《诗之防御战》,《创造周报》1923年5月13第1号,上海书店1983年影印版。

[17] 闻一多:《女神之时代精神》,《创造周报》1923年6月3日第4号,上海书店1983年影印版。

[18] 郭沫若:《创造者》,《创造季刊》1922年3月15日第1卷第1号,上海书店1983年影印版。

[19] 郭沫若:《太戈尔来华的我见》,《创造周报》1923年10月14日第23号,上海书店1983年影印版。

[20] 冰心:《谢"思想"》,《时事新报·学灯》1922年1月14日。

[21] 梁实秋:《繁星与春水》,《创造周报》1923年7月29日第12号。

[22] 钱理群:《论现代新诗与现代旧体诗的关系》,《诗探索》1999年第2辑。

[23] 南帆:《批评抛下文学享清福去了》,《中华读书报》2003年第3期。

[24] 魏建:《目睹中国现代文学研究之现状——以2003年的研究论文为例》,《社会科学报》2005年1月20日。

[25] 丹妤:《行走的花朵——冯至、邵询美诗〈蛇〉的读解》,《诗探索》2004年冬季卷。

[26] 涂丹妮:《超现实主义的爱欲流放——试论冯至〈蛇〉中性心理的病态书写》,《科教文汇》2008年第10期。

[27] 顾迎新:《冯至诗集新老版本的重大歧异》,《复旦大学学报》2006年第4期。

[28] 孙玉石:《中国现代诗国里的哲人——论二十年代冯至诗作哲理性的构成》,《北京大学学报》1994年第4期。

[29] 吕进:《新诗诗体的双极发展》,《西南大学学报》2012年第1期。

[30] 吴思敬:《新诗:呼唤自由的精神——对废名“新诗应该是自由诗”的几点思考》,《文艺研究》2011 年第 3 期。

[31] 陈独秀:《文学革命论》,《新青年》1917 年 2 月 1 日第 2 卷第第 6 号。

[32] 胡适:《建设的文学革命论·国语的文学——文学的国语》,《新青年》1918 年 4 月 15 日第 4 卷第 4 号。

[33] 胡适:《白话诗八首·朋友》,《新青年》1917 年 2 月 1 日第 2 卷第 6 号。

[34] 魏建:《目睹中国现代文学研究之现状——以 2003 年的研究论文为例》,《社会科学报》2005 年 1 月 20 日。

[35] 潞潞:《作为写作者》,《晋》2007 年第 1 期。

[36] 白红雪:《坚持隐喻或沸点写作——兼致法国学者弗兰妮小姐》,《文学界》2013 年第 6 期。

[37] 王珂:《并非萧条的九十年代诗歌——为个人化写作辩护》,《东南学术》1999 年第 2 期。

[38] 王珂:《大处茫然,小处敏感——为校园诗人一辩》,西北师范大学“我们”诗社:《我们》第 15 期,1991 年内部印刷。

[39] 王珂:《中西方诗本体论探微》,《社会科学战线》1996 年第 2 期。

[40] 王珂:《“一体”、“两象”、“三关”和“四要”——新诗“标准”的现实构建策略》,《海南师范大学学报》2008 年第 3 期。

[41] 汪静之:《诗歌与情感》,《文学周报》第 6 卷,上海开明书店 1928 年版。

[42] 孙基林:《作为寓体的叙述:从象征到寓言》,南开大学文学院、中国当代文学研究会:《中生代的世纪诗坛的新格局——两岸四地第五届当代诗学论坛论文集》。

[43] 王翌、鄢新艳:《21 世纪中国现代诗第四届研讨会综述》,《海南师范大学学报》2008 年第 1 期。

[44] 杨宗翰、王觅:《与台湾新诗与评论的历史对决》,《创作与评论》2015 年第 1 期。

[45] 林明理、王觅:《新诗是连接学院与江湖、大陆与台湾的彩虹桥》,《创作与评论》2015 年第 2 期。

[46] 丁旭辉:《台湾类图像诗的图像技巧:一字横排的视觉暗示》,《台湾诗学季刊》第 36 期,唐山出版社,2001 年。

[47] 张健:《人体诗十四说》,《台湾诗学季刊》第 19 期,唐山出版社,1997 年。

[48] 商瑜商:《米罗·卡索网路诗作的美感效应》,《台湾诗学学刊》第 1 号,唐山出版社,2003 年。

三、外国书部分

[1] [法]波德莱尔:《波德莱尔美学论文选》,郭宏安译,人民文学出版社,1987年。

[2] [德]恩斯特·卡西尔:《人论》,甘阳译,上海译文出版社,1985年。

[3] [法]托多罗夫:《巴赫金、对话理论及其他》,蒋子华、张萍译,百花文艺出版社,2001年。

[4] [美]鲁道夫·阿恩海姆:《视觉思维》,滕守尧译,光明日报出版社,1987年。

[5] [荷]A. F. G. 汉肯:《控制论与社会》,黎鸣译,商务印书馆,1984年。

[6] [德]恩斯特·卡西尔:《国家的神话》,张国忠译,华夏出版社,1988年。

[7] [俄]巴赫金:《文本对话与人文》,白春仁、晓河等译,河北教育出版社,1998年。

[8] [俄]巴赫金:《周边集》,李辉凡、张捷等译,河北教育出版社,1998年。

[9] [俄]巴赫金:《诗学与访谈》,白春仁、顾亚玲译,河北教育出版社,1998年。

[10] [德]赫尔曼·海塞等著:《陀思妥耶夫斯基的上帝》,斯人等译,社会科学文献出版社,1999年。

[11] [美]赫·马尔库塞:《现代美学析疑》,绿原译,文化艺术出版社,1987年。

[12] [德]H. R. 姚斯:《走向接受美学》,周宁、金元浦译,辽宁人民出版社,1987年。

[13] [美]雷纳·威勒克:《近代文学批评史》,第一卷,杨自伍译,上海译文出版社,1997年。

[14] [美]雷纳·威勒克:《近代文学批评史》,第二卷,杨自伍译,上海译文出版社,1997年。

[15] [美]雷纳·威勒克:《近代文学批评史》,第三卷,杨自伍译,上海译文出版社,1997年。

[16] [美]雷纳·威勒克:《近代文学批评史》,第四卷,杨自伍译,上海译文出版社,1997年。

[17] [英]弗里德里希·冯·哈耶克:《自由秩序原理》,上册,邓正来译,生活·读书·新知三联书店,1997年。

[18] [美]H. 加登纳:《智能的结构》,兰金仁译,光明日报出版社,1990年。

[19] [德]恩斯特·卡西尔:《国家的神话》,范进、杨君游、柯锦华译,华夏出版社,1990年。

[20] [德]布鲁诺·伏格曼:《新实在论》,张丹忱译,中国世界语出版社,1992年。

[21] [苏]潘诺夫斯基:《视觉艺术的含义》,付志强译,辽宁人民出版社,1987年。

[22] [英]马库斯·埃里夫:《美国的文学》,方杰译,今日世界出版社,1975年。

[23] [美]惠特曼:《草叶集》,上册,楚图南、李野光译,人民文学出版社,1994年。

[24] [美]罗德·霍顿、赫伯特·爱德华兹:《美国文学思想背景》,房炜、孟昭庆译,人民文学出版社,1991年。

[25] [美]J. 兰德:《庞德》,潘炳信译,中国社会科学出版社,1992年。

[26] [美]R. S. 弗内斯：《表现主义》，艾晓明译，昆仑出版社，1989 年。

[27] [英]彼德·琼斯：《意象派诗选》，裘小龙译，漓江出版社，1986 年。

[28] [美]韦斯坦因：《比较文学与文学理论》，刘象愚译，辽宁人民出版社，1987 年。

[29] [美]鲁道夫·阿恩海姆：《艺术与视知觉》，滕守尧、朱疆源译，中国社会科学出版社，1984 年。

[30] [菲]云鹤：《云鹤的诗 100 首》，菲律宾华裔青年联合会 2003 年版。

[31] [德]汉斯·昆、瓦尔特·延斯：《诗与宗教》，李永平译，生活·读书·新知三联书店 2005 年版。

[32] [美]H. M. 卡伦：《艺术与自由》，张超金、黄龙宝等译，工人出版社，1989 年。

[33] [日]滨田正秀：《文艺学概论》，陈秋峰、杨国华译，中国戏剧出版社，1985 年。

[34] [苏]斯托曼：《情绪心理学》，张燕云译，辽宁人民出版社，1987 年。

[35] [美]费正清：《剑桥中华民国史》，第一部，章建刚等译，上海人民出版社，1992 年。

[36] [美]费正清：《剑桥中华民国史》，第二部，章建刚等译，上海人民出版社，1992 年。

[37] [英]托·斯·艾略特：《艾略特文学论文集》，李赋宁译，百花洲文艺出版社，1994 年。

[38] [日]吉田精一：《现代日本文学史》，齐干译，上海人民出版社，1976 年。

[39] [美]费正清、刘广京：《剑桥中国晚清史 1800—1911 年》，上卷，中国社会科学院历史研究所编译室译，中国社会科学出版社，1993 年。

[40] [美]费正清、刘广京：《剑桥中国晚清史 1800—1911 年》，下卷，中国社会科学院历史研究所编译室译，中国社会科学出版社，1993 年。

[41] [美]明恩溥：《中国乡村生活》，午晴、唐军译，时事出版社，1998 年。

[42] [美]古德诺：《解析中国》，蔡向阳、李茂增译，国际文化出版公司，1998 年。

[43] [美]卡尔·A·魏特夫：《东方专制主义——对于极权力量的比较研究》，中国社会科学出版，1989 年。

[44] [德]玛克斯·德索：《美学与艺术理论》，兰金仁译，中国社会科学出版社，1987 年。

[45] [法]罗贝尔·埃斯皮卡：《文学社会学》，王美华译，浙江人民出版社，1987 年。

[46] [美]赫伯特·马尔库塞：《审美之维》，李小兵译，广西师范大学出版社，2001 年。

[47] [美]埃里希·弗罗姆：《被遗忘的语言——梦、童话和神话分析导论》，郭乙瑶、宋晓萍译，国际文化出版公司，2007 年。

[48] [奥]维特根斯坦：《维特根斯坦全集 8 哲学研究》，涂纪亮主编，涂纪亮等译，河北教育出版社，2003 年。

[49] [英]莱恩·多亚尔、伊恩·高夫:《人的需要理论》,汪淳波、张宝莹译,商务印书馆,2008年。

[50] [希腊]柏拉图:《文艺对话集》,人民文学出版社,1963年。

[51] [美]艾布拉姆斯:《镜与灯——浪漫主义理论批评传统》,袁洪军、操鸣译,中国社会科学出版社,1991年。

[52] [奥]阿尔弗雷德·阿德勒:《生命对你意味着什么》,周朗译,国际文化出版公司,2007年。

[53] [美]M.李普曼:《当代美学》,邓鹏译,光明日报出版社,1986年。

[54] [美]埃里希·弗罗姆:《健全的社会》,王大庆、许旭虹、李延文、蒋重跃译,国际文化出版公司,2007年。

[55] [法]米歇尔·福柯:《知识考古学》,谢强、马月译,生活·读书·新知三联书店,1998年。

[56] [美]马斯洛:《动机与人格》,许金声译,华夏出版社,1987年。

[57] [美]洪长泰:《到民间去》,董晓萍译,上海文艺出版社,1993年。

[58] [美]丹尼尔·托马斯·普里莫兹克:《梅洛-庞蒂》,关群德译,中华书局2003年版。

[59] [美]帕特里夏·奥坦伯德·约翰逊:《伽达默尔》,何卫平译,中华书局2003年版。

[60] [美]库尔珀:《纯粹现代性批判——黑格尔、海德格尔及其以后》,臧佩洪译,商务印书馆,2004年。

[61] [俄]卢那察尔斯基:《论文学》,蒋路译,人民文学出版社,1978年。

[62] [德]黑格尔:《美学》,第三卷,下册,朱光潜译,商务印书馆,1981年。

[63] [美]惠特曼:《惠特曼散文选》,张禹九译,山西人民出版社,1984年。

[64] [美]苏珊·朗格:《情感与形式》,刘大基、傅志强、周发祥译,中国社会科学出版社,1986年。

[65] [美]苏珊·朗格:《艺术问题》,滕守尧、朱疆源译,中国社会科学出版社,1980年。

[66] [英]伊丽莎白·朱:《当代英美诗歌鉴赏指南》,李力、余石屹译,四川人民出版社,1987年。

[67] [美]格里德:《胡适与中国的文艺复兴——中国革命中的自由主义(1917—1937)》,鲁奇译,江苏人民出版社,1996年。

[68] [美]詹姆逊:《詹姆逊现代性的四个基本原则》,王亚丽译,王逢振:《詹姆逊文集,第4卷,现代性、后现代性和全球化》,中国人民大学出版社,2004年。

[69] [美]马泰·卡林内斯库:《现代性的五副面孔》,顾爱彬、李瑞华译,商务印书馆,2002年。

[70] [德]于尔根·哈贝马斯:《现代性的哲学话语》,译林出版社,2008年。

[71] [英]莫里循:《中国风情》,张皓译,国际文化出版公司,1998年。

[72] [匈]阿格尼丝·赫勒:《现代性理论》,李瑞华译,商务印书馆,2005年。

[73] [美]罗伯特·皮平:《作为哲学问题的现代主义——论对欧洲高雅文化的不满》,阎嘉译,商务印书馆,2007年。

[74] [美]弗雷德里克·詹姆逊:《政治无意识》,中国社会科学出版社,1999年。

四、外国原版书部分

[1] Louis Untermeyer. Doorways to Poetry. New York: Harcourt, Brace and Company, 1938.

[2] Judith Williams. Decoding Advertisements. London: Robert MAClehose and Company Limited, 1978.

[3] X. J. Kennedy. Literature: An Introduction to Fiction, Poetry, and Drama. Toronto: Little, Brown and Company. 1983.

[4] David Bergman, Daniel Mark Epstein. The Heath Guide to Literature. Toronto: D. C. Heath and Company, 1987.

[5] Northrop Frye. Anatomy of Criticism. New Jersey: Princeton University Press, 1971.

[6] Mike Weaver. William Carlos Williams. London: Cambridge University Press, 1971.

[7] Denys Thompson. The Uses of Poetry. London: Cambridge University Press, 1974.

[8] G. G. Jung. Psychology and Literature. 20th Century Literary Criticism. London: Longman Group Limited, 1972.

[9] Joseph de Roche. The Heath Introduction to Poetry. Toronto: D. C. Heath and Company, 1975.

[10] Charles R. Hoffer. The Understanding of Music. Belmont, California: Wadsworth Publishing Company. 1985.

[11] Sven P. Brikerts. Literature: the Evolving Canon. Massachusetts: Allyn and Bacon, 1993.

[12] Lawernce Goodwyn. The Populist Moment. London: Oxford University Press, 1978.

[13] Roderick Nash. The Call of The Wild (1900—1916). New York: George Braziller, Inc. , 1970.

[14] Nelil Harris, Davidj. Rothman, Stephan Thernstrom. The History of The United States Volume Ⅱ: 1850 to Present Source Readings. New York: Holt, Rinehart and Win-

ston, Inc. , 1969.

[15] L. T. Hobhouse. Liberalism. London: Richard and Sons, Ltd. , 1911.

[16] G. S. Frase. The Modern Writer and His World. Endland: Penguin Books Ltd. , 1964.

[17] T. S. Eliot. Tradition and the Individual Talent. David Lodge. 20th Century Literary Criticism. London: Longman Group Limited, 1972.

[18] Michael Hamburger. The Truth Poetry-Tensions in Modern Poetry from Baudelaire to the 1960s. London: Carcanet New Press Ltd. , 1982.

[19] René Wellek, Austin Warren. Theory of Literature. New York: Harcourt, Brace and Company, Inc. , 1956.

[20] Jessie B. Rittenhouse. The Third Book of Modern Verse A Selection From The Work of Contemporaneous American Poets. Massachusetts: The Ribersive Press, 1927.

[21] Vincent. Modernism. Ezra Pound, Wyndham Lewis, and Radical Modernism. New York: Oxford University Press, 1993.

[22] James W. Bashford. China and Methodism. New York: Eaton and Mains, 1906.

[23] John McGowan. Postmodernism and Critics. New York: Cornell University Press, 1991.

[24] Joel Wingard. Literature: Reading and Responding to Fiction, Poetry, Drama, and the Essay. New York: Harper Collins College Publishers, 1996.

[25] Peter B. High. An Outline of American Literature. New York: Longman Inc. , 1986.

[26] John McGowan. Postmodernism and Critics. New York: Cornell University Press, 1991.

[27] David Bartholomae. Anthony Petrosky: Ways of Reading—An Anthology for Writer. New York: Bedford/ St Martins; Pck, 1993.

[28] Roman Jakoson. Linguistics and Poetics. K. M. Newton. Twentieth-Century Literary Theory: A Reader. London: Macmillan Education Ltd. , 1988.

[29] Raoul Naroll. The Moral Order. California: SAGE Publications, Inc. , 1983.

[30] Robert L. Shook. Winning Images. New York: Macmillan Publishing Co. , Inc. , 1977.

[31] Bruce D. Itule, Douglas A. Anderson. News Writing and Reporting for Today's Media. New York: Random House, 1987.

五、其他

[1] James P. Zappen. Mikhail Bakhtin(1895—1975). http://www. rpi. edu/～zappenj/Bibliographies/bakhtin. htm.

[2] 吴学先：《童庆炳为师有德，弟子多为名师》，http://blog. sina. com. cn/s/blog_6200ed7101013vkl. html.

[3] 罗小凤：《“诗歌批评与细读”研讨会在京成功召开》，http://www. cssn. cn/news/565402. htm.

[4] http://bbs. gxsd. com. cn/archiver/? tid-361395. html.

[5] 辛临川：《性隐喻的文本——冯至诗作〈蛇〉新解》，http://xinlinchuan. blogchina. com/119334. html.

[6] 小诗磨坊：《小诗磨坊亭》，http://blog. sina. com. cn/s/blog_4ad87d7b01008pz8. html.

[7] 小诗磨坊：《留中总会文艺写作学会隆重举办文学讲座与新书发布会》，http://blog. sina. com. cn/s/blog_4ad87d7b0102uy43. html.

[8] 小诗磨坊：《第十届东南亚华文文学研讨会在厦门召开》，http://blog. sina. com. cn/s/blog_4ad87d7b0101k8zn. html.

[9] 曾心：《论六行内的小诗》，http://blog. sina. com. cn/s/blog_4ad87d7b0100g794. html.

[10] 向天渊、杨晓瑞：《从爆破到建构：现代诗学话语机制的转换——第三届华文诗学名家国际论坛述评》，http://xinshi. swu. edu. cn/xinshisuo/shownews. php? id=116&direct=list06. php&bid=6.

[11] 小诗磨坊：《首届国际潮人文学奖(2000—2012)》，http://blog. sina. com. cn/s/blog_4ad87d7b0101ilv3. html.

[12] 小诗磨坊：《泰华作家协会和留中总会文艺写作学会承办第7届东南亚华文诗人大会在曼谷隆重召开》，http://blog. sina. com. cn/s/blog_4ad87d7b0101hjha. html.

[13] 吕进：《八仙过海——2010年〈小诗磨坊〉序》，http://blog. sina. com. cn/s/blog_4ad87d7b0100i4qn. html.

[14] 傅妍：《小磨坊》，http://blog. sina. com. cn/s/blog_4ad87d7b010007mt. html.

[15] 苦觉：《首度在磨坊里磨诗》，http://blog. sina. com. cn/s/blog_4ad87d7b010007ii. html.

[16]《“华语语系”(Sinophone)的概念提供了新的批评界面：王德威教授专访》，新加坡：《联合早报》，2012年9月23日，http://www. douban. com/note/239107395/. 2012-09-28 09:55:23.

[17] 小诗磨坊：《嗨！亲爱的朋友们，欢迎您光临我们的〈小诗磨坊〉BLOG》，http://blog. sina. com. cn/s/blog_4ad87d7b01000641. html.

[18] 小诗磨坊：《菲律宾王勇小诗六首》，http://blog. sina. com. cn/s/blog_4ad87d7b0100f3a1. html.

[19] 林焕彰：《诗，在我的心里》，http://blog. sina. com. cn/s/blog_

4e0a66690100afnp. html.

[20] 何素予：《岷州行：像花儿一样盛开》，http://blog. sina. com. cn/s/blog_5d3e76090101b0gu. html.

[21] 沈睿：《余秀华：穿过大半个中国去睡你》，http://cul. qq. com/a/20150116/039351. htm.

[22] 好搜百科：《余秀华》，http://baike. haosou. com/doc/4400061 - 8203108. html.

[23] 赵勇：《工人诗歌：用最高级语言发出的底层之声》，http://blog. sina. com. cn/s/blog_73178ddb0102vec7. html.

[24] 凤凰网文化：《汪国真去世引发大讨论：纯真记忆还是鸡汤毒药?》，http://culture. ifeng. com/a/20150426/43637303_0. shtml.

[25] 凤凰网文化：《悼念汪国真的精神误区：青春追忆症与群善表演》，http://culture. ifeng. com/insight/special/wangguozhen/.

[26] 凤凰网文化：《著名诗人汪国真去世　习近平曾引用其诗歌》，http://culture. ifeng. com/a/20150426/43636247_0. shtml.

[27] 凤凰网文化：《张颐武：汪国真起到了莫言贾平凹无法替代的作用》，http://culture. ifeng. com/a/20150426/43637174_0. shtml.

[28] 凤凰网文化：《潘洗尘：汪国真是现行教育体制下的作文家而不是诗人》，http://culture. ifeng. com/a/20150426/43636786_0. shtml.

[29] 凤凰网文化：《唐晓渡：汪国真的诗相对幼稚 但迎合市场需求》，http://culture. ifeng. com/a/20150426/43637015_0. shtml.

[30] 凤凰网文化：《陈杰人：汪国真去世 带走一个纯真时代》，http://culture. ifeng. com/a/20150426/43636407_0. shtml.

[31] 凤凰网文化：《于丹悼汪国真：我们遇见他 在恰好的年龄上》，http://culture. ifeng. com/a/20150426/43637087_0. shtml.

[32] 凤凰网文化：《诗人汪国真逝世 赵薇章诒和等名人纷纷悼念》，http://culture. ifeng. com/a/20150426/43636565_0. shtml.

[33] 吴亚顺、柏琳：《欧阳江河：汪国真的诗，全都是“假诗”》，http://culture. ifeng. com/a/20150427/43641835_0. shtml.

[34] 王久辛：《就诗人汪国真逝世答媒体》，http://blog. sina. com. cn/s/blog_4c1e6b600102vmd0. html.

[35] 新浪悦博：《谈论汪国真时我们谈什么》，http://blog. sina. com. cn/lm/z/wangguozhen/.

[36] 汪国真：《热爱生命》，http://weibo. com/u/5499278374? from=myfollow_all.

[37] 新浪读书：《汪国真：畅销鸡汤还是一代人的经典?》，http://book. sina. com. cn/news/c/2015 - 04 - 27/0942737946. shtml.

[38] 延参法师：《热爱生命——悼念汪国真先生》，http://blog. sina. com. cn/shuiyuechanseng.

[39] 黄啸：《诗人是那个时代的爱慕》，http://blog. sina. com. cn/s/blog_4be8c9b30102vm8b. html? tj=1.

[40] 叶永烈：《多才多艺汪国真》，http://blog. sina. com. cn/s/blog_470bc6dd0102viof. html? tj=1.

[41] 马小盐：《悼念汪国真的精神误区：青春追忆症与群善表演》，http://culture. ifeng. com/insight/special/wangguozhen/.

[42] 杨克：《我不想当"超人"，做"神笔马良"吧》，http://blog. sina. com. cn/s/blog_48930cd80102vqml. html.

[43] 北岛：《朗诵记》，http://www. douban. com/group/topic/2759089/.

[44] 杨克：《推了多家传媒，还是接受了报纸为"小学生诗歌节"关于汪国真诗歌的采访》，http://blog. sina. com. cn/s/blog_48930cd80102vra3. html.

[45] 陈衍强：《〈中国口语诗选〉》是这样炼成的，http://blog. sina. com. cn/s/blog_4c81e5d00102v0zp. html.

[46] 叶橹：《形式与意味》，《21世纪中国现代诗第五届研讨会暨"现代诗创作研究技法"学术研讨会论文选》，未刊稿。

[47] 王觅采访白灵录音，未刊稿。